2021年度安徽省中短篇小说精品
创作工程扶持项目

KAIWANG BAIWU GU DE XIAOHUOCHE
——2021NIAN ANHUI SHENG ZHONG DUANPIAN
XIAOSHUO JINGPIN XUAN

开往白雾谷的小火车

——2021年安徽省中短篇小说精品选

许春樵 ◎ 主编

《开往白雾谷的小火车》编委会

主　编：许春樵
编　委：方维保　伍美珍　刘楚仁　孙志保
　　　　李凤群　李国彬　陈家桥　赵　焰
　　　　胡竹峰　洪　放　曹多勇　李　云

时代出版传媒股份有限公司
安徽文艺出版社

图书在版编目（CIP）数据

开往白雾谷的小火车：2021年安徽省中短篇小说精品选/许春樵主编.—合肥：安徽文艺出版社，2022.9
ISBN 978-7-5396-7486-5

Ⅰ．①开⋯ Ⅱ．①许⋯ Ⅲ．①中篇小说－小说集－中国－当代②短篇小说－小说集－中国－当代 Ⅳ．①I247.7

中国版本图书馆 CIP 数据核字(2022)第 124013 号

出 版 人：姚 巍
责任编辑：柯 谐　　　　　　装帧设计：张诚鑫

出版发行：安徽文艺出版社　　www.awpub.com
地　　址：合肥市翡翠路 1118 号　邮政编码：230071
营 销 部：(0551)63533889
印　　制：安徽联众印刷有限公司　(0551)65661327

开本：700×1000　1/16　印张：35.5　字数：420 千字
版次：2022 年 9 月第 1 版
印次：2022 年 9 月第 1 次印刷
定价：98.00 元

(如发现印装质量问题，影响阅读，请与出版社联系调换)
版权所有，侵权必究

目 录

序　原创意志下的小说表情　许春樵 / 1

无处不在　季　宇 / 1

鸟语者　余同友 / 15

最后的红盔头　王建平 / 30

银丹草　孙志保 / 59

阿马尔的瘿　李国彬 / 73

不是朱鹮，也不是朱鹮　程多宝 / 115

我的外婆代号 L　刘鹏艳 / 140

开往白雾谷的小火车　朱斌峰 / 154

去吧，少年　米　可 / 177

要脸　丁　力 / 206

扬州月　许冬林 / 238

重圆　杨小凡 / 273

补甑　陈斌先 / 292

铜锁　陈巨飞 / 329

虬髯客（外二篇）　胡竹峰 / 355

伙伴　李凤群 / 378

追风　洪　放 / 426

骊歌　曹多勇 / 470

半条手绢　帅忠平 / 485

红色的绿茶　陈洁庚 / 516

老同学　何世平 / 543

序

原创意志下的小说表情

许春樵

  一年的日历随手就翻过去了,一年里写下的文字却形影不离地尾随着每个作家,一路前行,文字是作家活着的口粮,也是作家活着的理由,一个字都舍不得丢掉。
  所以,需要一本书,记录、总结安徽作家过去一年里写下的那些值得保留、值得交流的文字,当那些文字连同文字背后的作者集合起来,能证明安徽作家的创作实力,又能体现"文学皖军"的整体形象,编辑出版《开往白雾谷的小火车》,就显得尤其重要,也相当迫切。
  编纂小说年选,这还是第一次。
  小说在文学家族中,是一个综合性文体。诗歌的语言锤炼、散文的细腻空灵、戏剧的矛盾冲突、纪实的准确真实、哲学的站位、历史的高度、现实的把控,社会、人生、道德、伦理、人性、情感的难度处理,十八般武艺,似乎都需要,都用得着。没见着几个小说家长出了三头六臂,所以,要想写好一部小说相当难,写坏一部小说倒是很容易,只要有一个环节出了问题,小说就会翻车。尤其中长篇小说,几万几十万字,含辛茹苦地码起来,写砸了,不费力就能摧毁一个作家并不强大的自信。写小说风险大,说是冒险也不为过。
  就像珠峰难爬,前仆后继者从没间断过。于是,在过去的一年中,安徽小说家们还是你追我赶地冲上了小说前沿阵地,要么占领头条,要么转载连载,要么引起关注和评论,要么斩获奖项,这些生龙活虎的姿态产生在2021年,出现在《人民文学》《当代》《小说选刊》《小说月报》(原创版),《钟山》《作家》《中国作家》《中篇小说选刊》《北京文学》《中篇小说月报》等全国重要文学期刊的版面上。

以一支队伍的形式,安徽小说原创2021年整体出发,集体发力,这是一个标志性的特征。

小说无论是写历史、写现实、写人生、写情感,有一个核心的价值目标是不能丢掉的,这就是"以人为本"。题材、故事、构思、情节都是为"人"服务的,小说中的"人"是切近人类本心、逼近人性真相的"人",而不是平面化、符号化、真空化的"人",所以"人"和"人性"的丰富性、复杂性、多义性以及由此而派生出来的正与邪、善与恶、真与假、美与丑混合叠加在日常生活和生命体验中,就成了文学史意义上小说创作的终极探索和终端思考。通俗地说,写出"真人"。2021年安徽中短篇小说在与历史和现实的对话中,扣住了"人",写出了"人生"的真实,努力还原出"人性"的真相,这是2021年中短篇小说的一个可喜收获。王建平的中篇小说《最后的红盔头》写透了一个"中国式父亲",形象饱满扎实,笔触深入到了灵魂深处。木匠父亲吕有靠传统、守旧、狭隘、虚荣、专制,但又自尊、自律、善良、执着、诚实,他爱子女,也害了子女,他与对手较劲一辈子,可对人的高低贵贱的较劲又毫无意义,父亲的死是现代文明对农业文明的质疑和否定,是"人性"错位和沦陷后故事的最佳解决方案,"人"的自然属性和社会属性在父亲的身上实现了深度对接。

小说是有难度的生活,一言难尽和哑口无言是小说通常的表情,作家企图在无奈的生活中寻找答案,顺便亮出自己的人生态度与价值立场,李凤群的《伙伴》就是这么做的。小说写了两对伙伴,一对是我和儿子王嘉瑞,另一对是我和同学耀祖,我和儿子的伙伴关系,表层是学习成绩、升学考试、人生理想、前途道路的纠结与烦恼,而深层的却是人生观和价值观的对立,母亲的砸锅卖铁的爱变成了儿子的一种负担、一种压力和一笔背不动的债务,儿子的逆反、抗争、自甘堕落,就成了母子伙伴关系撕裂的内生动力,儿子出国后在球场上找到了自己,找到"人"活着的依据,儿子嘉瑞反世俗人生、反公共价值的生活立场,实证了是"人"的内心感受与个人体验的自主性确定了人生的意义。在王嘉瑞的精神世界里,"理直气壮的贫穷和坦然面对贫穷是最大的尊严",而耀祖却在"贫穷就是有罪"的价值取向中,在极度自尊和极度自卑的双重压迫下,最终因抢劫而被捕坐牢。两对伙伴是两种价值观在小说中的打擂台。小说在结尾时给出了人生的答案,而从小说整体上看却是没有答案的,耀祖盲目的奋斗不一定就错了,儿子在英国所推崇的价值观放在国内环境下不一定是对的,母亲对儿子的要求和期望也不能说就是不合理的。李凤群小说故事与小说立场的冲突正是人生丰富性、复杂性、多义性的另一种阐释。

孙志保的《银丹草》中那个陌生的男人,规律性地在街边摊上买银丹草卤制的卤鹅,故事后面隐藏着一个男人的人生死结,相爱的未婚妻杨丹在自己父母对婚姻的干预下服毒自杀,陌生男人最后为了给杨丹妹妹采集银丹草而死于非命,孙志保用这种极端的方式完成了一个男人忏悔、救赎的心路历程,肉体的毁灭,灵魂的获救,是这篇小说的独特视角,小说对人性隐秘地带的困境和疼痛做了深入地探索和关照。

程多宝的中篇《不是朱鹨,也不是朱鹮》和米可的短篇《去吧,少年》,属于青春期成长小说,程多宝笔下的朱莺是一个被母亲溺爱、控制和扼杀了自由与天性的少女,米可则描写了一个散养的、野蛮生长的问题少年;朱莺是画中的鸟,被固定在房间的墙壁上,少年混迹于险恶的江湖,像一只无家可归的丧家之犬。朱莺和少年置身于现实生活中的两极,一个是被父母呵护溺爱,一个无人管束无人关心,生活形态的差异性,并不能掩盖他们在精神质地上的相同性,这就是被扭曲、被异化、被伤害,是残缺而没有自我的成长,这种成长对心灵、人格、情感的压迫与伤害将影响一个人的一生,成长中的烦恼和人性的忧伤是这两篇小说的基本调性,小说直指现实人生,直面家庭教育和校园教育的双重溃败,是青春成长小说,也是现实问题小说。两位作家的焦虑和使命感在小说中旗帜鲜明。李凤群的《伙伴》也可以看作是成长小说,但李凤群站位在人生观立场上,相当于升级版的问题小说。

　　生活在现实中的安徽作家,对现实的敏感和对现实的思考,是安徽作家对现实主义传统一以贯之的传承和延续。陈斌先的《补甑》、陈洁庚的《红色的绿茶》,在题材上同属官场小说,但与既往的"官场权斗"小说不一样,他们的小说可以概括为"官场生活"小说,切口小,视角巧,比传统的官场小说写得更聪明、更隐晦、更人性化,小说中没有那种刺刀见红的尖锐,有的是绵里藏针的反思。《补甑》由一件祖传的甑的遭遇,引发了三个家庭、六个人的命运的颠覆和重组,甑在市领导和更大领导手中击鼓传花式的游历中,已经改变了古董性质,它成为了一个交易的筹码,一件投机钻营的工具。小说在传奇的故事设计中,始终坚持对人物内心纠结、挣扎、撕裂的难度书写并努力揭示被动生存下的人性真相。陈洁庚《红色的绿茶》中省城陈处长在为外地同学站台的路上开车出了事故,两条人命的车祸被老板同学摆平后,陈处陷于紧张、恐惧、焦虑、内疚中不能自拔,直至患上了忧郁症。小说结尾揭开了车祸真相,老板的同学顶包摆平两条人命,原来是为了控制陈处为其谋利而虚构的。这部小说在叙述权力威风的同时,揭示了权力的脆弱和金钱对权力的玩弄。小说没有太多戏剧性的悬念,而是深度揭示了陈处内心深处的精神灾难和心灵危机。丁力是一个擅长金融题材的作家,他的中篇《要脸》和《红色的绿茶》一样,故事里隐藏着一个巨大的阴谋,《红色的绿茶》是金钱对权力的愚弄,《要脸》则是隐形的权力给欲望和金钱挖了一个陷阱,而这个陷阱不是挖给别人,正是挖给了妹妹和妹婿,如果说《补甑》中写出了人性的无奈,《红色的绿茶》写出了人性的脆弱,那么《要脸》则写出了人性中不要脸的险恶,这是一个有穿透力的小说。季宇的《无处不在》开篇是一个"老虎"被抓,运输公司老楼等一众司机义愤填膺,言语中都表现出无比的正义和无私,小说没有直击官场,而是以此为楔子,解剖了老楼的一生每一步都是靠"剑走偏锋"走出困境,靠大大小小的权力运作解决生活中的难题,就连小学当班干的孙子,给别的孩子抄作业也收取零食和零钱。小说不在于揭露权力腐败的丑陋,而在于揭示腐败与人性的相互兼容,权力如果没有限制的话,腐败就是"无处不在",与人的地位高低关系不大。小说从人性的视角为腐败下了另一个定义。

人性探索,人文关怀,注解着安徽2021年中短篇小说"以人为本"的文学意志和写作方向,在人文关怀的题材拓展中,曹多勇的《骊歌》、李国彬的《阿尔马的瘿》、余同友的《鸟语者》、杨小凡的《重圆》、何世平的《老同学》在对人生和命运的叙事中,深度探索生活裹挟下人的情感、精神、心灵的健康与安全,追问世俗生存的终极意义和价值,是溢出了故事和人物之后的小说立意的升华。曹多勇《骊歌》中的曹老头,虚九十岁不养牛了,他活着的意义就被取消了,于是死亡成了他最大的任务,在人物的虚空、无聊、郁闷和幻灭中,曹多勇以骊歌的隐喻诠释了活着的最高意义是找到精神和灵魂的栖息之地。李国彬的《阿尔马的瘿》,一棵古树的背后蛰伏着世道人心和人间沧桑,母亲卖古树与妻子赎回古树的传奇故事,世俗烟火中缭绕着执着、善良、仁慈、博爱的人性光辉。余同友的《鸟语者》在探索人与自然的关系中,深刻揭示欲望、杂念、野心对自然和人心的扭曲和异化,公冶浩老人在诱惑、私心、焦虑、紧张、恐慌的反复围剿下最终不会说人话,成了一个真正的鸟语者。《重圆》中的杨小凡不再尖锐和锋芒毕露了,他以温和甚至是富有温情的语调讲述了一个弃儿寻找父亲和寻找真相的故事,根生找到了父亲还找到了同父异母的妹妹,小说的目标不是局限于血缘关系的父子、兄妹团圆,而是伦理价值意义上的心灵、情感与精神的融合与修复,是人性的执拗与脆弱在共时性挣扎下的现实关照。何世平坚持底层写作,《老同学》将小人物的自尊与自卑、猥琐与坎坷、勤苦与辛酸写得心惊肉跳,也许是太熟悉底层生活的真相,所以小说叙事举重若轻,人物拿捏到位,通篇流露着人道主义的悲悯和恻隐之心。

许多人把当下的"主题创作"当作"命题作文",认定出不了好作品,这是对主题创作的偏见,也是对文学创作缺少常识性的理解。只要尊重文学规律，遵守文学纪律，尊崇文学技术，主题创作的好作品就攥在手中了。2021年安徽中短篇小说出现了一批堪称上乘的主题创作作品，这批作品的一个重要品质，就是以文学手法处理题材，用文学的精神点亮主题。洪放的中篇小说《追风》是同名长篇小说的节选，这部以合肥科技创新为蓝本的小说处理难度很大，主人公是分管科技的副市长杜光辉，洪放没有把小说重心落脚在杜光辉的职务行为中，而是将他置于工作、生活、家庭、情感、心灵等多重矛盾的挤压中，在错综复杂的戏剧冲突中，塑造了一个血肉丰满的人物形象，凸显了科技创新的艰巨性、复杂性、必要性，同时也实现了科技兴市、科技强国的主题目标。帅忠平的《半条手绢》是"红耀江淮，薪火永继"主题创作的一个代表性作品，几经修改后，刊物主编激动地说"终于找到了头条作品"，《半条手绢》时间跨度半个多世纪，历史与现实两条线交叉发力，小说最重要的突破是将战争与人性、革命与爱情有机整合和统一在一个令人感动的故事中，年轻的姑娘杨玲花历尽艰辛冒着枪林弹雨到淮海战役的战场上寻找恋人，对爱情的执着和对革命的忠诚，在两个年轻人身上遥相呼应，彼此成就，是一部有温度、有情怀、有人性光辉的小说。许冬林的《扬州月》也是通过一个年轻女子茉莉的一生的命运，将人性、爱情、生命、道义、理想等丰富而深邃的人生命题以诗意的、灵动的、细腻的语言和细节呈现在读者面前。这是一个童养媳茉莉和革命者春生私奔的故事，小说的独特性就是没有把茉莉写成一个革命者，而是将她写成一个革命者的寡妇，童养媳茉莉的善良、宽容、仁爱等品质与革命紧紧连接在一起时，红色主题就被染上了浓墨重彩的人性底色。《我的外婆代号L》是一篇探索意识很突出的小说，刘鹏艳对外婆身世和经历的破译与确认，不只是为外婆风尘女污名的平反，也不只是为了确认外婆的烈士身份，所有的努力是为了使外婆在母亲的精神世界和情感世界里复活，确认身份是抚慰母亲内心的伤痛，只有抚平了内心情感的伤痛，母亲的烈士身份才有意义和价值。母亲与外婆的故事是用革命伦理折射人性之光。陈巨飞的《铜锁》构思很用心，是历史与现实在两个时空下的情感对接与精神对话,驻村干部汝生和历史老人钟师傅因为搬迁而共同走进了一把铜锁的命运中,钟师傅对逝去历史的守望,对往昔誓言的捍卫,对亲人牺牲的缅怀,是以"人"的视角展开的,小说从人心、人情、人性的维度阐释了革命的意义和价值,汝生扶贫的现实呼应是永不熄灭的历史回声。

现实主义传统在新时代有了新的表现形态,安徽作家的小说整体上坚持了现实主义的精神,但在技术层面也有许多新的突破和尝试,比如朱斌峰的《开往白雾谷的小火车》就是一篇现代主义意识很鲜明的小说,方正和方大顺不只是两个姓名落在一个人身上,而是一个人担当和实践了两个人的角色,就像白雾谷里经久不息的云雾一样,当符号与人生、想象与现实相互顶替又彼此分裂的时候,世界就失去了真相,人也迷失了自我。散文作家胡竹峰写小说蓄谋已久,《虬髯客》(外二篇)是他试水之作,散文语言的惯性成了他小说叙事的起点,传统白话的简洁、凝练、实用、韵律和造型状物的骨感,成了胡竹峰小说叙事的一个与众不同的特征,有清代笔记体小说的风味,又糅合了武侠传奇的情节设计,而故事和人物所演绎的忠勇、正义、善良、仁爱等精神品质夯实了作家和小说的价值立场。朱斌峰和胡竹峰是小说叙事的两极,与其他中短篇,构成了差异化文体。去年的中短篇小说中,先锋文学气息余音绕梁,久久不绝,余同友的《鸟语者》有魔幻现实主义的影子,刘鹏艳的《我的外婆代号L》的扑克牌式的结构,每节千字左右,为我们带来很新鲜的阅读体验。

2021年中短篇的技术进步最突出的是,故事写好了,好看的故事与当下的现代阅读形成对接,实现了阅读控制,《补甑》《阿尔马的瘿》《最后的红盔头》《无处不在》《半条手绢》《红色的绿茶》《要脸》等故事的杀伤力很强,而《伙伴》《扬州月》《最后的红盔头》《去吧,少年》等细节把控能力很突出,《骊歌》《银丹草》《不是朱鹮,也不是朱鹮》《重圆》等小说写出了哲理,写出了小说的意味。2021年中短篇小说在故事设计之外,人物关系处理、情节关系处理有了整体性、戏剧性、功能化的自觉意识,而且取得了明显的效果，或着力于人物形象和人物性格刻画，或侧重内心情感的体验和挖掘，或专注思想主题的升华。

然而，2021年的成绩并不能掩盖实际存在的短板和危机，最为明显的是，年轻小说家断档，没有80、90后的新人脱颖而出，其次是对当下迅速变化的时代变革，缺少敏锐的捕捉、深刻把握，写作资源与题材拓宽严重不足，第三是小说叙事和文体创新滞后于日新月异的时代潮流。

《2021年安徽中短篇小说选》是安徽中短篇小说创作的一个年度总结，也是交给安徽文学事业高质量发展的一份答卷，当这本书编选出版的时候，有一个结论已经形成，这就是，不断探索不断进步的安徽中短篇小说，已经以一支队伍的形象，展现出了"文学皖军"的姿态，展示了"文学皖军"的力量。

新的一年，坚信有更多优秀的作品和优秀的作家，正快马加鞭地走向《2022年安徽中短篇小说选》。

（许春樵，中国作协全委会委员、安徽省文联副主席、安徽省作协主席）

无处不在

季 宇

1

老楼斜靠在沙发上,无所事事地翻着手机。他的硕大的玻璃杯里泡着浓浓的茶,透过茶渍斑斑的透明杯体可见茶叶几乎堆到了杯口。老楼喜欢喝浓茶,茶叶放少了他感到没味道。每次泡茶都要抓上一大把,一斤茶叶喝不了几天。他还喜欢抽烈烟,一般卷烟根本满足不了他。他抽的烟丝都是从五湖乡下买来的。五湖产烟丝,但名气并不大,但老楼喜欢,因为够劲。在部队时,他常让老婆给他寄。老婆不理解,劝他不要省钱,又不是抽不起,干吗老买这种便宜货?老婆是好心,但老楼嫌她啰唆,每次都要冲她说:"你懂个屁啊?"

四海公司是一家汽车运输服务公司。办公楼前有一个停车场,停放着各种车辆。楼下有一个大房间是供驾驶员们休息用的,里边摆放了几张桌子、椅子,还有几个油迹斑驳的旧沙发靠墙摆放着。此刻,老楼就靠在其中的一个沙发上。

手机里的信息五花八门,各种离奇古怪的事都有。老楼看了一会儿,感到眼睛有些干涩了,很不舒服。随着年龄增长,他的眼睛早已不比当年。正要放下手机,忽然噗的一声响,微信里来了新消息。是老严发来的。老严是他的战友,当年曾在汽车连做过文书。老楼一看标题《顾春明严重违纪违法被开除党籍》——啊,又干倒一个!老楼心里想,点开来一看,消息很简短,但足够震动。他还没看完,边上早有人嚷嚷开了:

"看看,顾春明被抓了!"

"又是一只大老虎!"

"嘿,早该抓了!"

"我早说过这家伙不是个好鸟!"

顾春明是五湖市前市委书记,后来提拔当了省长,曾是改革的风云人物,国内各大媒体都报道过他的事迹。老楼退休前曾在市政府车队开车,经常见到顾春明。顾的司机小魏,他也认识。顾春明中等身材,不胖不瘦,腰板挺得直直的,头发向后梳,总是纹丝不乱。他喜欢背着手,走路昂着头,一副气度不凡的样子。老楼对他的印象说不上好也说不上坏。不过对他的司机小魏却十分反感。这家伙仗着顾春明的势,耀武扬威,处处耍横,就连一些当官的也不放在眼里。车队的驾驶员背后都骂他,但也不敢得罪他。据说他是顾春明的亲戚。

顾春明是个能人,起码在老楼看来是如此。他在五湖干了不少事,比如大刀阔斧搞拆迁,整顿脏乱差,使五湖面貌一新。再比如发展经济,搞开发区,引进各种外资和中资企业,使五湖的GDP和财政收入大幅上升。尽管如此,他的口碑并不佳,各种传闻一直不少。对于这些传闻老楼似信非信,不过从他的司机小魏来看,他对身边的人要求并不严。

这些年由于加大反腐力度,大虎小虎查了不少,一般案件人们早已见怪不怪,但顾春明的案子不同,一是他的级别比较高,二来他是本省官员,大家关注程度自然不同。消息一出,微信圈便转疯了。

"这下好日子到头了!"

"这班当官的咋弄的?"

"看看这段写的:经济上大搞权钱交易,生活上腐化堕落……与多名女性通奸……"

"多名是多少?"

"听说至少一个排。"

其实,顾春明的事已经传了一段时间。他刚从省长位置退下来,就有人说中纪委在查他了,还听说他被限制出境,只是没有得到官方的证实。就在几个人议论纷纷时,华子从外边进来了。华子的伯父过去与老楼同在市政府车队开车,他一进来便说:"楼叔,你听说了吗?魏峰也被抓了。"

"是吗?"

"就是前两天。"

魏峰就是顾春明的司机小魏。老楼早就料到,顾春明出事小魏也跑不了。这么年他一直跟着顾春明。顾春明调到省里后把他也带走了。"听说他捞得也不少,"华子说,"很多人给顾春明送钱都要经他手,他雁过拔毛,从中咪了不少。"

　　老楼听了便说:"抓得好!这家伙狗仗人势,早该收拾了!"老楼讨厌小魏,其实小魏虽然横,但并没有得罪过他,老楼讨厌他也说不上原因,就是看不惯。听说他被抓了,他甚至比抓了顾春明还痛快。

　　回到家里,老伴已烧好饭,坐在椅子上正与媳妇小琴说话,看见老楼便说:"顾春明的事你听说了吧?"

　　"哪还没听说?都传疯了。"老楼一边脱外套一边说。

　　"听说,他贪得不少,超过了郭三亿。"

　　郭三亿是省里的一个副省长,几年前落马,犯罪金额高达三个亿,这在当时是一个破天荒的惊人数字。老伴说:"你看看这些贪官前仆后继,多可怕。"

　　小琴插话道:"这回五湖要大地震了。顾春明在这里经营多年,买官卖官,牵扯了不少人,许多当官的怕都要人心惶惶了。"

　　"活该!"老伴道。

　　不一会儿,儿子楼勇接孙子回来了,老伴便把饭菜端了上来。大家边吃边聊,话题自然也围着顾春明的事。楼勇带回了更多的消息,他在交警队工作,上午大家也都在议论这件事。楼勇说金姐也被带走了。金姐是五湖的牛人,她是龙湖集团的董事长,该集团是五湖最大的房地产公司,资产高达数亿。了解她底细的人都知道,她是顾春明的情人,原先不过是政府招待所的一个女服务员,因长得漂亮被顾春明看中了,从顾春明手中拿走的地不知多少。"总之,"楼勇说,"这个案子闹大了,听说惊动了高层,数额也特别巨大,至少十个亿!"楼勇伸出手掌比画了一下。大家听了都骂,说是这么下去怎么得了?正说得起劲,忽然老楼的孙子说话了:"十个亿有多少?"老楼的孙子小名抱抱,今年刚上二年级。

　　楼勇说:"多了去了。"

　　"能买很多东西吧?"

　　"你说呢?"

"我也想要十个亿！"

一桌子人扑哧全笑了。

"做梦吧，你个小财迷！"小琴打了他脑袋一下说，"快吃饭。"

2

上午八点钟，老楼准时把车停在了市文联的楼下。今天他接到派车任务，送市文联的作家去松县采风。老楼今年已经63岁了，大前年从市政府车队退下来。他开了一辈子车，打部队学开车起头头尾尾开了四十多年。由于技术过硬，谨慎驾驶，几乎没出过什么事故。虽然年过花甲，但他的身体仍然很棒，每回体检都很完美（除了高血压吃药外），平时连个头痛脑热的也少见。退下来后，他无所事事，闲得难受，便想出去找事做。四海公司的马老板对他的技术无可厚非，只是觉得他的年龄大了，不大合适。后来儿子楼勇知道了这事，便给马老板打了电话。马老板哪敢得罪交警队的，马上开了绿灯。

事后，老楼得知了这件事，心里很是不快。他责怪儿子不该多事，他凭技术吃饭，用不着这么做。儿子笑道："有技术的多哩，干吗非得你？找个年轻的不更好？"听了这话，老楼就更不安了，干脆不去了。可他不去，马老板却打电话来了，主动请他去。老楼说你不是因为我儿子吧？"哪里话？"马老板说，他们了解过了，知道老楼的技术过硬，他们正需要这样的人，而且老楼是退休人员，公司不用再替他买五险，倒省了一笔钱。老楼听了这话信以为真，第二天便上班了。如今两年干下来，样样令公司满意，就连马老板也大加赞赏。

八点半，事先约定好的集合时间到了。作家们三三两两地来了。在这之前，松县县委宣传部的小童和石河茶场的沈总也赶到了。从他们的谈话中，老楼得知，这次接待是县委宣传部，而赞助单位则是石河茶场。所有的费用，包括租车的费用都由沈总结算。所谓沈总，不过是茶场负责宣传营销的，年纪才30来岁，叫他沈总不过是尊称而已。

作家们到齐后陆续上车。一个胖胖的中年男子像是个负责的，他挺着肚子，一边叫人点人头，一边招呼大家上车。小童向老楼介绍说："这位是温主席,市文联副主席兼作家协会主席。"那个温主席笑着与老楼握了一下手,他的手软软的,说了一声"辛苦了",又转头对一个年轻的女同志说:"牌子呢?咋不摆上?"那个女同志听了,便拿出一个牌子,由沈总接过去摆在车窗前。牌子上写的是:"全国著名作家松县行"。

老楼平时不大看书,文学作品看得更少,对这些作家的名字当然也很陌生,后来跑了几天,才慢慢对上号。所谓全国著名作家,其实只有两位是外省请来的,其余的都是本土作家。那两位外省来的,据说一个来自北京,一个来自上海。北京来的是个大胡子,表情倨傲,据说是一个诗人;上海来的戴着眼镜,白净脸皮,瘦高个儿,是写小说的。温主席对这两位请来替他装门面的外来和尚特别关照,上车后便把他们安排到了车子前部的贵宾座。

老楼开的是进口考斯特,19座,超VIP商务版,车前特设了贵宾座,除了座椅宽大外,还有台子可供摆放物品。两位名家坐下后,温主席也在旁边靠车门的位置坐下来,以便陪他们说话。

作家们都是侃爷,一路上海阔天空,从中东谈到南海,从国际谈到国内,从天文谈到地理,还有各种逸事趣闻、奇谈怪论,老楼过去很少听到。当然,有些能听懂,有些也听不懂,不过听上去倒也新鲜。尤其是那个大胡子和眼镜儿常常观点对立,相互抬杠,有时争得面红耳赤,更是有趣。

大胡子的为人显然不大随和,不论什么话题他都喜欢唱反调。眼镜儿谈到最近他打算写一篇反腐小说,正在收集素材。接着这个话题,自然便聊到了顾春明案。他向温主席了解有关案情的细节,并指出清除腐败最根本的是要消除腐败的土壤。他认为腐败的土壤是权力,控制住了权力才能真正消除腐败。温主席点头称是,连说深刻、深刻。但大胡子却泼起冷水:"权力?腐败的土壤难道仅仅是权力吗?难道只有权力才产生腐败吗?"

"我认为主要如此。"

"错!"大胡子说,"权力只是一个方面,为啥腐败屡反不止?为什么人人恨腐败,又爱腐败?因为腐败能带来切实的利益,所以人人恨腐败,又想搞腐败。往小了讲这是环境问题,往大了讲根子在文化。人的贪心更可怕!"

"谬论!"眼镜儿说,"你这是偷换概念。"

"难道不是如此吗?你敢说你没搞过腐败?你没有为了自身的利益讨好过权力,甚至做出法律和道德不允许的事?"

"这是两回事！"

"不，这是一回事！"

两人唇枪舌剑，互不相让。为了寻求支持，他们不时转向温主席问他对不对。温主席当然两边都不能得罪，便和起稀泥打起哈哈。老楼对他们的话似懂非懂，不过觉得各有各的道理，尽管大胡子说话偏激刺耳，但也不是毫无根据。

老楼是五湖乡下人，家境贫寒。祖上几辈全是地里刨食的农民。他爹老实巴交的，三拳打不出一个闷屁来，见到生人连个囫囵话都讲不全。家里的外事全靠他娘周旋。其实，他娘也不是喜欢抛头露面的人。她娘家姐妹六个，她行四，过去在娘家遇事总有人顶着，轮不着她出头。但嫁到楼家后，摊上一个木头一样的丈夫，不想抛头露面也不行了，一家子总得有个活络人，既然他爹指望不上，只有靠她了。慢慢也练出来了。

老楼的娘没啥文化，解放初上过几天扫盲班，虽然识字不多，但很有见识。她育有两男三女。两个男伢，大的叫楼玉福，小的叫楼玉顺。不管家里多苦多穷，娘都坚持勒紧裤带送伢儿们上学。女伢们读完小学，男伢则上到初中，后来家中实在困难，老大玉福便主动留在家里干活，把上高中的机会给了老二玉顺。

玉顺就是后来的老楼。他高中毕业那一年，济南部队来招兵。那时"文革"尚未结束，当兵可是脱离农村的重要机会，仅次于招工。于是争的吵的一时间挤破了头。老楼也报了名，但基本不报奢望。但他娘却不死心，东借西凑，置办了两个猪腿、四只鸡（两公两母），还有一篮子鸡蛋，这对贫苦之家来说可是一笔昂贵的费用。老楼爹心疼得要死，说你不过了，这要不管用岂不白瞎了？老楼娘说舍不得孩子打不着狼，管不管用，先送了再说。后来，东西便送出去了。结果在讨论名单时，公社武装部长发话了："这回招的是技术兵种，高中学历要优先考虑。"这一下便刷掉了很多人。接下去，部长又发话了："各个大队都要兼顾到，要平均分配，不要都集中到一个大队。"于是老楼所在的红光大队便分到了三个名额，巧的是该大队的高中生恰好三名，老楼是其中之一。人们都说老楼运气好，而老楼心里明白，平白无故天上哪会掉馅饼？

他打心里佩服娘。虽然她只是个农村妇女，但要不是她看得远，果断出手,老楼恐怕不会有今天。尽管那些礼品当年让他们家勒紧裤带过了好一阵子,但对老楼的前程来说却是至关重要。每每想起,他都十分感激娘,认为她是一个了不起的母亲。老楼还记得随领兵的走的那一天,娘把他送到公社,对他说:"伢儿,娘能做的只有这些了,下边就全靠你自己了。"老楼听了心里湿湿的,也沉沉的,心想,俺一定要好好干,不能让娘失望了。

到了部队,老楼分到了汽车连。这让他十分兴奋。那年头汽车还没有现在这样普及,驾驶员很吃香。学会了开汽车,就等于掌握了一门技术,将来即便复员回家也好找工作。可让他没想到的是他却被分到了炊事班。老楼非常沮丧。炊事班长老宋是山东日照人,他发现了老楼的活思想,便找他谈心,和他一起学《毛选》,提高他的思想觉悟,还带着他一起喂猪打扫猪圈。老宋是团里的学习标兵,不久,他帮助老楼的事便被团里报导员写到了报纸上。这一下老楼也跟着出了名,经常受表扬,还去团里进行过讲用。但老楼并不甘心如此,心里还想着开汽车。有一次他给连长送猪耳朵时,悄悄说了自己的想法。连长喜欢吃猪耳朵,每回连里杀猪,老楼都把猪耳朵留下来,晚上单独给连长送去。当然他对老宋谎报军情,说是连长让他送的。

老楼长得身材魁梧,方脸,大眼睛,但为人却很机灵。他来自乡村,又是贫困人家,因此时时处处放低身姿,注意搞好关系。连长家属来探亲,他送米送面送油,小腿跑得特别勤,连里烧了好菜他也大盆小碗地往家属房里端。连长家属要给钱,他不收或少收,还利用星期天去街上买大白兔奶糖送给连长孩子吃。连长家属很高兴,老是夸他不错,说小楼这个兵有眼色。这样一来,连长也对老楼有了好感。

不过,关于转汽车兵的事,连长虽然答应考虑,但一直没有消息。后来,老楼找连部文书小严(小严就是后来的老严,不过那时还不叫老严,叫小严)打听。小严是五湖老乡,他悄悄告诉老楼,这事指导员没松口。指导员是团里派下来的,文化程度高,能说会道;连长是从连里一步步干上来的,基层经验丰富,两人各有所长,却暗中较劲,关系自然有些微妙。"那可咋办?"老楼请教小严,小严便出主意说,你能不能搞到缝纫机?最好是蝴蝶牌(上海名产)。"指导员老婆想买一台,"小严说,"就是搞不到票。"那时是计划经济,紧俏商品都凭票供应。得知这一情况后,老楼便给黄月梅写信,请她设法。

黄月梅是上海下放知青。在村里时,老楼家对她挺照顾,她也常在老楼家吃饭,与老楼也谈得来。黄月梅家庭成分不好,上调的事屡屡落空。村里的几个知青都陆续走了,她仍然留在村里。老楼当兵后,有人从中说合,两人便确定了恋爱关系。老楼来信把这事说得无比重要,关系到他今后的前途大事。黄月梅当然不能怠慢,写信回上海四处托人,总算搞到了一台缝纫机,并由火车托运至指导员爱人家中。指导员十分高兴,给钱老楼也不要,后来还是指导员爱人把钱直接寄给了黄月梅。这之后不久,不用老楼再提,他转为汽车兵的事便顺利办成了。许多年过去了,有一年战友聚会,提到这事当年的小严如今的老严对他说:"火到猪头烂,礼到事情办。有权的靠权,没权的靠送。千百年都是如此,从未改变。"

　　三天的采风顺利结束了。跟着这帮作家游山玩水,好吃好喝,这比一般的差事快活多了。每到一地,当地都要馈赠土特产,其中也有老楼一份。当时正是新茶下来的季节,石河茶场请这帮作家去,自然是为了宣传茶叶。临走时,茶场每人送了两盒特级明前茶,据说每盒市价达到一千元,当然也少不了老楼的。

　　送走了各位作家,当晚老楼又帮沈总拉了一趟私活,送沈总的一帮亲戚,大人小孩十几人回老家替老人做寿。讲好了单趟,送到为止。除了汽油费、过路过桥费外,再给辛苦费一千元。这当然是老楼个人的外快,由他自己装腰包。老楼把人送到后,连夜赶回,第二天回单位交车,一点也不耽误事。虽说累一点,但一千大洋却是真金白银,相当于他月工资的三分之一。

　　老楼心里很开心。他刚来公司时,有一次,也是去松县出车,华子找他拉私活,他还有些抗拒,认为这样做有些不妥,后来华子对他说大家都这么做,不做白不做,难道你嫌钱烫人啊?于是做了一次,便有第二次,慢慢也就适应了。尽管马老板听到风声,大会小会讲过几次,声称一旦发现势必严惩,但大家都是利益共同体,互相袒护,互相隐瞒,马老板想查也无从下手。

　　回到家,已是夜里两点多钟了。老伴(就是当年的上海知青黄月梅)帮着他把礼品搬下来,除了茶叶,还有米、油以及各种土特产大大小小十几包。等到搬完了,老楼又把装在信封里的辛苦费掏出来扔给老伴。"嗬,"老伴接过来用手捏了一下,便眉开眼笑道,"这趟油水还不小嘛!"

　　老楼很得意,也不搭腔,只说了一句:"饿了。"老伴便连忙去厨房下了一大碗热腾腾的面条端上来,滴上香喷喷的麻油,最上面还卧了两个又白又嫩的荷包蛋。

3

第二天,老楼轮休。由于昨晚睡晚了,早饭后他又上床补了一个觉。十点多钟,他养足了精神,从床上爬起来。老伴早替他泡了浓茶,他一边喝,一边抽着烟斗,顿时神清气爽。午饭时间还早,他跷起腿,拿起晚报看起来。报纸的第二版、第三版整整两个版面都是报道顾春明案件的,标题是"从明星官员到落马贪官"。报道称,顾春明的房产多得不计其数,分布在北京、上海、广州、深圳等地,连他自己也搞不清究竟有多少套。至于生活更是腐败透顶,光情妇就有多名(又是多名!难道连这个也搞不清楚?老楼心里想),其中有两个情妇还为他生了孩子。"娘的,太腐败了!"老楼骂道,"这些真是作孽!"

老伴正在厨房里忙活,听到老楼骂便探出头来问:"怎么了?"老楼用手弹了弹报纸,愤愤不平道:"你看看这些腐败分子真是太可恶了!"

"你说谁呢?"

"还能有谁?"

老伴走过来拿起报纸,这是今天刚到的晚报,她还没来得及看。她看了几眼也骂了起来:"真是太过分了!国家的钱都被他们贪光了!你看看这些女人以后可怎么办?天哪,还有孩子……"

老楼没好气地说:"你真是吃饱了饭闲操心,她们关你屁事啊!"

老伴说:"我也就是说说,这些女人也怪可怜的。"

"可怜?"老楼说,"你还是可怜可怜自己吧,她们有钱有房,过得比咱们不知舒坦多少!"

"那可不一定,"老伴说,"平安是福,像咱们这样踏踏实实比啥都强。"

两人拌了几句嘴,老伴又去厨房忙活了。快十二点时,媳妇小琴接抱抱放学回来了。老楼几天没见孙子了,一见他便搂着亲了几口。抱抱一边躲一边连声叫道:"扎人!扎死人了!"老楼这才想起没刮胡子,于是哈哈大笑。"说说看,"他仍然搂着他说,"今天学校有啥事?给爷爷汇报汇报。"

抱抱说:"我们谭老师说了,让大家回去问问,有谁认识医院的人。"

"啥意思啊?"老楼一时没明白。

小琴解释说,谭老师的父亲晚期癌症要开刀,但病重无法转院,想请省医的胡院长来五湖主刀,但胡院长是有名的外科一把刀,平时忙得很,哪有时间来五湖?谭老师想请家长帮帮忙。"亏她想得出?"老伴这时插话道,"一个小小的老师也学会搞这套了!"

"妈,你别这样说,"小琴道,"你不帮有人巴不得想帮哩。"

"谁爱帮谁帮吧。"黄月梅认为老师这么做太不应该,这不明摆着是利用职权吗?小琴见婆婆这样说不便顶撞,一时沉默了。这时抱抱突然冒出一句:"有权不用,过期作废。"老楼一愣,这话从一个只有9岁的孩子口中说出来让他大吃一惊。"这是谁教你的?"他正要问,只听小琴斥道:"胡说个啥?去去去,快进屋写作业去。"

支走了抱抱,小琴又重提刚才的话头。"谭老师是抱抱的班主任,"她说,"她对抱抱一向不错,再者说搞好关系对抱抱今后也有好处。"黄月梅听了这话也觉得有理,便说:"不是不帮,是咱不认识啊。"小琴说:"哪有直接认识的?现在不都是人托人吗?"老楼坐在一边听着,一直没吭声,这时开口道:"这样吧,我找战友们问问。"

下午,老楼便分别给战友们打电话。五湖的战友有十几个,但真正有能耐的并不多。问了几个都说不认识医院的。最后,老楼只好打给老严了。老严就是当年的文书小严,他是他们这批复员兵中最有出息的。从部队复员后考上大学,后来进了报社,当上了副总编,方方面面认识的人不少。他和老楼的关系一直不错。老楼的儿子楼勇进交警队也是他给帮的忙。可是接了电话老严也为难起来。"娘的,"他啧嘴道,"五湖的事都好办,这个胡一刀是省里的人,我还真够不上哩。"

"能不能想想办法?"

"我问问吧。"

老严的口气有些勉强,老楼明白八成是指望不上了。他有些沮丧。晚上,儿子楼勇回来了。"搞定了,"他兴冲冲地说,"这事搞定了!""咋搞的?"老楼问。"我给大哥打电话了。"楼勇说。

楼勇的大哥实际上是老楼的侄子,他哥哥楼玉福的儿子,名叫楼胜。楼胜从小就被老楼接到城里读书上学,不是儿子胜似儿子。当然,老楼这样做也是为了报答当年哥哥做出的牺牲。不过,楼胜是个争气的孩子。他聪颖能干,学习特别灵光,从小学到高中一直是尖子生。后来高考时考入中央财经大学。毕业后进入省城银行工作,现在已是省城东平区分行行长,年薪五十万。

楼胜是老楼的骄傲,他常常在朋友面前提起他。"我这个大儿子,"他总是这样称呼楼胜,"真他娘的有出息!挣的钱比我们全家挣得都多。"

楼胜也很孝顺,每次来五湖,除了回村里看望父母,总要来拜望老楼夫妇,而每次总少不了大堆的礼品,有时是钱和卡,少则几千,多则上万。他还常来电话问候,总是说有事只管吱声,千万不要怕麻烦他。"过去总是你们照顾我,"他说,"现在也该我尽尽孝心了。"他说的都是真心话,当然老楼也不怕麻烦他,可这次不知咋了偏没想到他。原因是在老楼看来银行和医院隔得太远,几乎风马牛不相及。"那可不是,"楼勇说,"你可别小看大哥,他如今能耐可大了!手上有几十亿贷款,很多人都求他,省医的一个项目也在找他哩。"

"哦,原来如此,"老楼听楼勇这么一说便明白了,说,"我这个大儿子还真是出息了。"

4

日子过得不紧不慢,新年一过,老楼便算是64岁的人了。不过他的身体仍然很棒,并不觉得自己老,只是有时上街,有人叫他老人家时,他才感到岁月不饶人,心中有些悲凉,但这种感觉一闪也就过去了,老楼也不去多想。

公司里依然忙忙碌碌。每天上班下班,出车收车,按部就班,日复一日。这天早上,他刚到公司,老远便听见屋里叽叽叽喳喳地说着什么,他推门进去,华子抬眼看见他便喊道:"楼叔,你都知道吧?"

"知道啥?"

"又干倒一个!"

华子说着举着手机过来让老楼看。他满脸激动的样子,像是中了彩似的。老楼让他发过来,然后戴上老花镜看起来。原来是某省的省委书记被查出来了,他已退位五年了仍未逃脱法网。众人齐声叫好,骂声一片,都说这帮贪官真该统统杀头。顾春明案这时早翻篇了,半年前就已宣判,人们很少再提,现在又出了个新老虎,而且官阶比顾春明还要大,众人的兴奋点又被刺激起来,仿佛平淡的生活中扔下了一颗炸弹。

上午,老楼出车,任务是送歌舞团的人去会议中心开会,据说是传达什么强省文件。车上的人也在议论这件事,都说这个书记问题比顾春明大得多,不仅贪得无厌,还对抗中央,搞两面派。有个知情者透露,他在那个省有熟人,听他们说这个书记喜欢搞演员,歌舞团和话剧团的台柱子都被他搞了。"真他娘的太坏了!"那人愤愤道。老楼也在心里骂道:"牲畜不如,真该好好收拾!"

车子到了会议中心,车上的人都下去开会了。老楼停住车。他要等散会后再把人接回去。停车场停了不少车,有不少是市政府车队的,司机中有认识的,他们向老楼打着招呼,相互递烟,然后聊起天来。话题仍然少不了说到刚出的这个案子上。老楼把在车上听到的这个书记喜欢搞演员的话贩了一遍,引来一片笑声和骂声。

又说了一阵话,老楼的手机响了。他拿起一看,是小蒋。小蒋是楼胜的司机,楼胜每次来五湖都是他开车。有一次,楼胜接老楼夫妻去省城小住,也是小蒋接送的。"小蒋啊,"老楼按下接听键,刚要说话,只听见手机里传来急促的声音。"楼叔啊,你听着,楼行出事了!"小蒋的声音十分紧张。

"出啥事了?"

"楼行被带走了。"

"你说啥?"老楼大惊。只听小蒋又说:"就刚才,楼行在机场被带走了。"

"为了啥事?"

"我也不清楚,"小蒋说,"我不能多说了。"说着没容老楼再问话,便挂了电话。老楼急得喂喂直叫,又手忙脚乱地把电话拨回去,可对方已经关机了。

老楼心里一阵发慌,这时才发现自己早已大汗淋漓,背后都湿透了。边上的熟人看他这个样子,都问咋了,是不是有啥事。老楼一边支应着,一边赶紧打电话给华子。还好,华子上午没有班,老楼让他赶紧过来顶一下,自己连忙打车往家里赶。

一路上他心慌意乱。我的天哪,难道楼胜真出事了?他不敢相信,也不

12

愿意相信。楼胜打小就在他眼门前长大。他是一个非常优秀的人，这是大家共同的看法。考大学、找工作、入党提干，一路顺风顺水，从不要他操半点心。比起楼勇，真不知强多少倍。楼勇比楼胜小一岁，学习成绩一直磕磕碰碰上不去，后来好不容易考上了警校，还多亏老严帮忙找了人。在老楼眼里，两个孩子中如果有谁让他不放心那绝不会是楼胜，只能是楼勇。楼勇从小就调皮捣蛋，经常惹是生非，小时没少挨打，现在他也时常敲打他，生怕他犯错误。然而，他做梦也想到楼胜会出事。

这太让人意外了！老楼有些猝不及防。小蒋说他从机场被带走了，难道他要逃跑吗？他究竟犯了啥事？事情究竟有多大？老楼心里七上八下的，乱成一片。

就在不久前，楼胜曾来五湖一次，他还在饭店请老楼全家吃了餐饭。当时正值清明前夕，楼胜说回来给他爹扫墓。老楼的大哥前两年病逝了，家里只有老嫂子靠着小儿子过活。那天吃饭时，楼胜倒也正常，只是略显疲惫憔悴，话也比以往少一些。老楼以为他是太忙太累的缘故，还劝他要注意休息保重身体。饭后，楼胜开车送他们回去，将两只皮箱交给老楼，让他替他保管好，还交代老楼对谁也别说。

老楼当时也没当回事，因为那段时间楼胜正在与妻子闹离婚，他以为他是想瞒着妻子把一些重要的东西转移出来，这是很好理解的事。老楼啥也没问，便把东西收下了。现在想起来才感到这事不那么简单。

出租车到了楼下，老楼跳下车就往家里走。司机在后边叫道："哎哎哎，你还没付钱哩！"老楼这时回过神来，赶紧付了钱。家里一个人也没有。老伴估计买菜去了。那天是周六，楼勇值班，小琴带抱抱去参加家长会去了。老楼一头钻进自己的房间，从床底下拖出了那两只皮箱。他心里怦怦地跳着，想了一想，便找来一把螺丝刀撬开了箱子。箱子里满满的都是百元大钞，红通通的一片在眼前不停地晃动着，老楼一阵晕眩。他长这么大还没见过这么多钱。"咋办？我的老天！"他心里想着，顿时六神无主了。他很想找个人商量，可找谁呢？楼勇？不，不能把他牵扯进来。找老严？也不行，尽管他是战友，但这事不好说，也说不清楚。正踌躇间，外边传来声响，是开门声和脚步声。他心里一惊，连忙合上箱盖，接着便听见小琴的骂声和抱抱的哭声以及老伴的劝解声。

"咋啦?"老楼从屋出来问道。

老伴远远地朝他摆手,又朝抱抱说:"好了,好了,知错就改,下次不敢了。"小琴余怒未消,瞪着眼看着抱抱说:"把钱交出来!"

抱抱乖乖从书包里掏出钱来,林林总总的有一小把,都摆到桌子上,多是一元的纸币和硬币。

"就这些吗?"

"还有的花了。"

"干啥了?"

"买冰激凌了。"

"好嘛,"小琴说,"这还了得?小小年纪就这么干,长大了肯定是贪官!"

老楼不明就里,这时老伴把他拉到一边说,今天上午家长会,老师说抱抱利用小组长的权力把作业给一些同学抄,抄一次收一至两元不等。有同学家长告到了老师那里,把小琴气得不行。老楼听了半天无语,老伴看他脸色惨白,连忙说:"你咋啦?没事吧?"

老楼摇摇头,突然感到胸口阵阵发堵……

(《钟山》2021年第2期)

鸟 语 者

余同友

1

老头把那盘褐黄色的盘香点着了,那形状看着,怎么说呢,像一坨牛屎。我想笑,但努力憋着,一旁的吴晓明一脸严肃,蹲在地上,睁大双眼,两手前伸攥着空心拳,暗暗用力,像是这样就能帮助老头成功似的,他这个模样很像一个便秘患者正在解决问题。我终于不可抑止,咳哦咳哦地在嗓子里笑起来,笑声差点就要喷发而出,冲破鼓起的嘴巴直上云霄了。我认为这从头到尾就是一个笑话,吴晓明这个傻瓜竟然如此认真地配合,甘愿被一个老头要弄,这就更可笑了。我看了一眼一旁架着的摄像机,我很想掉转摄像头,将镜头对准吴晓明,让他日后看看自己这天的傻样。就在这当口,老头突然长啸一声,不知什么时候嘴里多了一只柳哨,柳哨中传出了奇怪的腔调,像是刚出生婴儿的咿呀声,又像是树叶在风中的拍打声,有时,又像是来自远古原始部落人的啸叫声(当然,我不可能听过原始部落人的声音,但在我想象中就是这声音)。老头吹着柳哨,伏下身子,双脚不停地交错转圈,两手前后左右划动,脖子一伸一缩,这时候的他看起来就很像一只鸟了,一只巨鸟。

老头穿了件橘黄色的房地产楼盘广告衫,前胸后背都印着一连串售楼部的电话号码,裤子有点肥大,又短了一截,他的一双长满了汗毛的细脚,看起来像两根刚出土的山药棍。这一身穿着,一看就知道都是别人捐助的,他还不知道从哪里弄来一顶老年旅游团的旅行帽,上面的"某某旅行社"字样已经看不太清楚了。老头这么个扮相,邋里邋遢,慌里慌张,加上长得獐头鼠目,刚出场就让我失望,也让我更加坚信,这事儿是个谎言,我之所以还能待下去,纯粹就是想看看吴晓明的笑话。

但现在,我笑不出来了,我不敢笑了,我有点相信,吴晓明说的可能是真的了。那盘香,缭绕着,在山腰那一处老坟场前,逗留了一会儿,摇摆了一会儿,突然像得到了号令,直直地蹿上了高空,一种奇异的我从未闻过的香味,随之在山林间弥漫。老头的鸟步越走越快,柳哨声声如泣,像是在召唤着什么,俄而,东边的楮树林里传来"嘟哦——嘟哦——"的叫声,一只白色的大鸟闪电一样飘飞过来,它从鸟冠到鸟尾长约一米,浑身雪白,头顶一根蓝翎,脸颊通红,两旁鼓出绿色的囊泡,两只脚细长而鲜红,真是翩若惊鸿哪。我从没有见过这么美丽的大鸟,我扭头去看吴晓明,他兴奋而紧张,由蹲姿改为探身半伏,大颗大颗的汗珠挂在脸腮上,也顾不得去擦拭,只目不转睛盯着那一人一鸟。我知道,这就是吴晓明说的白鹇了,看来,他说的并非如我猜测的那样不靠谱。那一只白鹇亮开双翅,它的羽毛真美,并非是单纯的白色,它表面是白色的,而背面却布满了波浪状的细黑半圆圈,绒毛富有光泽,这样,它双翅一扇动起来,就如同月光下波光粼粼的一湖水。它一边扇动翅膀,一边踮着脚步,跟着老头转圈,并用鸟声呼应着老头柳哨中吹出的节奏。那盘香燃烧到一半了,香味越发浓郁,老头和大鸟同时大喊一声,像是吹响了集结号和冲锋号,顿时,从四面的山林里,哗啦啦,哗啦啦,哗啦啦,飞出了一群群鸟来。凭着有限的鸟类知识,我认出来,先是白鹇,有上百只,而后是花喜鹊、灰喜鹊、竹画眉、山麻雀、苦哇鸟、黑乌鸦、哼子鹰、白头翁。它们在天空上盘旋、鸣叫着,像排演一场盛大的合唱。几千只鸟围成一个个圆圈,最里面的是白鹇,然后是花喜鹊,再外面就看不清了,它们如云团,在天空中纠缠着,流动着,那盘香的烟直直地升腾,被鸟们的双翅搅动,香味更加浓郁。正是傍晚时分,夕阳斜照,鸟们的背上闪闪发亮,它们以天空为舞台在表演集体舞蹈,和地上的一人一鸟相应和,地上的一人一鸟往东,它们便往东,地上的一人一鸟往西,它们便往西。老头的脸上像是镀上了一层神秘的色彩,如一个远古的巫者,先前给人猥琐的印象一扫而光,他不再是一个贫穷的糟老头,而是一个通灵的神仙了,举手投足间仿佛都带着神的启示。

我怀疑这景象不是真的,我做了这么多年记者了,我太知道什么可能是真的,什么可能是假的,这件事,从一开始我就怀疑是假的,不,不是怀疑,是断定它是假的,只是拗不过吴晓明强拉硬扯,我才答应和他一起来的。但眼前这景象，按以往的经验，绝对只能出现在传说中呵，我再一次扭头去看吴晓明，他也像鸟一样，尖起嘴，喉咙里发出哦哦哦的声音，两眼放光，他看着我，挥舞着双手，我知道，他的意思是：成了！我再一次掐自己的胳膊，还是感觉到疼，这不是梦，这是真的。大概过了十来分钟，那盘香烧完了，香烟消散，那些围成一圈的鸟们，才慢慢有顺序地撤退，如同大海的退潮，先是外围的麻雀、乌鸦，最后才是那群白鹇，它们像一支支箭射向莽莽苍苍的大森林，不见了，天也就突然黑了下来，仿佛是它们把最后的夕光驮走了。眼前又恢复了寂静，山地、老坟、古树，还有老头。老头直喘气，叼在嘴上的柳哨不见了，笼罩在他身上的那种神性的光辉不见了，他又成了一个瘦小、干瘪、穷困、木讷的乡间平常老头了。我起身去看摄像机，查看录下的视频，刚才那梦幻的一幕被完整地记录下来了。我们凑着脑袋又看了一遍，我查了一下，整个过程约十五分钟，等全部看完了，吴晓明按捺不住地跳了起来，怎么样？余大记者，这是多大的新闻哪！

2

"你的运气好，你运气总是那么好！"当天晚上，采访完老头，当我睡在豹坞里村部接待室那张架子床的上铺时，我对下铺的吴晓明说，"你怎么总是碰到好事呢？"吴晓明和我是大学同学，当年我们在大学公寓就是睡的上下铺，论专业课成绩，我比他好多了，可是，他一毕业就考上了本县的公务员队伍，据说本来他笔试成绩达不到进入面试的要求，后来，那个笔试第一的放弃了面试，他得以递补，而在面试时，考官出的一道大题目恰好是他头天晚上无意中翻书见到的，于是他成了一名公务员。而我呢，凭着一股子心高气傲，进了省里的一家媒体，媒体这些年越来越不好混，工作强度大，采访任务重，经常没白没黑地加班，忙得苦兮兮的，却没有多少收入，真是没有比较就没有伤害。这还不算，吴晓明到县里后，又认识了县人大主任的女儿（偏偏这位县领导的女儿还长得挺漂亮），结婚时，连房子都是老丈人准备好的。有了这样的背景，吴晓明先是从先前的那家冷门单位调到了县委办公室，做秘书、科长、副主任，眼下正在积极谋划主任一职，据说，可能性很大，这不，他这一次下派到豹坞里来挂职村支部第一书记，时间不长，也就两年，得到的关注却不少，只要做出一点成绩，那就是在个人政治履历上增添了光彩的一笔。这些都是吴晓明那天到省城来找我时，我请他在楼下小酒馆喝了一件啤酒后，他大着舌头对我说的。这把我嫉妒得牙痒痒的，恨不得一口咬下这家伙一只耳朵。但他酒喝高了，却还不忘记找我的事。吴晓明说的事就是那个鸟事。

吴晓明对我说，他是一个月前才到豹坞里村挂职管事的，这是全县最偏僻最贫穷的一个村，到那里去，是因为老丈人认为，一个地方越是贫穷就越是容易出成果，越是偏僻也就越显出他的奉献精神。不过，说是那样说，真到了村里，他还是麻了头皮。这地方要资源没资源，要产业没产业，除了山还是山，山上的树木倒是多，但是现在封山育林，再大的树也不给砍，况且就是能砍也找不到人将大树从山上运下来，村里的劳动力全都跑到外面的城市里去了，道路又不畅通，一条机耕路歪歪扭扭像鸡肠子，全村两个村民组，一个是村部所在地豹坞里村民组，最里面的一个鸟坞里村民组连电都是两年前才通的，这鸟地方要想改变从哪里下手？

吴晓明到村后的第二天早上，端着茶杯蹲在溪水前刷牙，刷得满嘴冒白沫，突然看到对面竹林里飞过几只白色的大鸟，轻盈若雪，落到溪沟那边饮水，长颈细身，步态优雅，真漂亮，他愣了一会，悄悄拿起手机准备拍照，刚要起身，那几只鸟像明星发现狗仔队般，立即腾空飞起，隐身到竹林里去了。吴晓明只拍到了它们模糊的背影，他反复看那些鸟影，然后逮到来洗菜的老太太问："这是什么鸟？"老太太看了一眼，说："这个哦，白山鸡。""多吗？"吴晓明问。"多。"老太太低头洗菜说，"以前多的是，中间有一段时间少了，现在又多了，这东西早晚都喜欢到溪边喝水。""哦，"吴晓明说，"说明现在生态好了。"他边说边赶紧在手机上百度"白山鸡"，并没有搜索到。这天傍晚，吴晓明早早趴在溪边的一蓬茅草窠边，盯着对面竹林。老太太没有骗他，果然，那一群鸟又飘飞到溪边，跳芭蕾舞一般，在溪水边啄饮。吴晓明连续拍了几张后，又拉近焦距，拍特写。这鸟还是很警惕，吴晓明稍稍弄出了一点声响，它们就飞快地跑走了。

吴晓明在朋友圈里立即发布了这些鸟照片，并询问这是什么鸟。很快，点赞一片，有个大学生物系的教授发来一段资料，说这是国家二级重点保护野生动物，2012年被列入"世界自然保护联盟"（IUCN）濒危物种红色名录；

又有一个老学究介绍说,这白鹇鸟过去可是朝廷五品文官朝服补丁上绣的规定图案,寓意为"贤";还有一个文史专家摘了李白的一首诗,说李白写过一首《赠黄山胡公求白鹇并序》的诗,诗曰:"请以双白璧,买君双白鹇。白鹇白如锦,白雪耻容颜。照影玉潭里,刷毛琪树间。夜栖寒月静,朝步落花闲。我愿得此鸟,玩之坐碧山。胡公能辍赠,笼寄野人还。"总之,朋友圈的反响太热烈了,热烈得出乎吴晓明的意料,有几个搞摄影的朋友不断地发问,这是在哪儿?能不能拍摄到这仙鸟?

吴晓明没有急着回答朋友圈里的问题,接下来几天,他什么事也不干,天天拿着相机去拍白鹇,这地方白鹇确实不少,他发现了好几个鸟群,但这些鸟不太好拍,它们非常机警,人稍有动静就立即玩消失。吴晓明拍了一大堆照片后,脑子里的想法渐渐成形。周末,他回到城里,在老丈人家吃了饭,然后向这位县人大主任汇报了他的想法。老丈人听了后,先是闭眼不语,摇头晃脑,突然,一拍大腿说:"好!这个主意好!四两拨千斤!做工作就要有这种巧劲!"老丈人都说好,那是真的好!吴晓明立即回到豹坞里开始着手实施他的鸟计划。他找来村干部,宣布了几条:第一条,以后不准叫那白色鸟"白山鸡"了,那太土了,得叫"白鹇";第二条,任何人都不准打白鹇;第三条,村里出钱买玉米粒,让护林员老叶每天在八岭脚那个地方定点定时投喂白鹇,喂的时候必须吹哨子。

为什么在八岭脚呢?那个地方平坦,白鹇也不少,利于观赏、拍照,等到白鹇喂熟了,就开始着手举办中国白鹇摄影大赛,以及创建"中国白鹇之乡",这两件事干成了,你们那些捂在家里卖不掉的黄姜、红茶、薏仁米等乱七八糟的山货还愁卖不出去?不但卖出去,价格还要翻倍,城里人好糊弄,你不卖得贵他还不舒服呢,关键是打响白鹇之乡品牌,把城里人引进来,然后就坐在家里收钱了。吴晓明一番鼓动,把村里的人说得心动了。

一早一晚,在八岭脚那个地方,老叶吹着铁皮哨子扔玉米粒,引来许多人埋伏在茅草丛里围观,但白鹇鬼精,有点富贵不能淫的做派,远远地探了探头,就又走了。老叶连着吹了半个月,玉米粒在地上积起了一浅层,那些白鹇就是不沾边,倒是麻雀斑鸠们发现了好地方,呼啦啦地飞来了,起劲地啄食着。吴晓明赶走了那些埋伏围观的人,让老叶又坚持了半个多月,结果,那些白鹇干脆连面都不露了,集体移民了。吴晓明急得一嘴燎泡,脾气也变大了,那天开村干部会时,他冲着迟到的鸟坞里村民组组长齐继发一顿臭骂,骂得齐继发两只眼睛直往天上翻。等到会议结束了,别人都散了,齐继发上前说:"吴书记,听说你在喂白山鸡?"吴晓明两眼一瞪说:"什么白山鸡? 白鹇!"齐继发说:"吴书记,白鹇这野鸟是喂不家的,不过,它是可以喊出来的。"吴晓明说:"喊? 怎么喊?"齐继发说:"有人会喊,就在我们鸟坞里,他是祖传的,一喊,几百上千只白鹇就出来了,就像是他家养的。""那你也不早点对我说!"吴晓明拉起齐继发就走。"这事要是坐实了,那就是世界级非物质文化遗产,而我,一个中国最基层挂职干部将因此载入史册,当然,你这个记者也将一夜间得大名。"吴晓明兴奋地对我说,又喝下了一大口啤酒。吴晓明沉醉在省城街头那个春风沉醉的夜晚,他说:"真没想到,鸟坞里那个鬼地方,竟然隐藏着一项不为世人知晓的世界级非遗。"听了吴晓明的介绍,我当时就断定,这也太玄幻了,不是吴晓明的臆想,就是那个齐继发在发癫。我说:"吴副主任,有这么玄乎的事吗?"吴晓明认真地说:"应该是真的,村里上了年纪的人都说看到过,你要说是撒谎,不可能一个村的人都撒谎吧,况且,山里人多老实呵,你让他们撒谎他们都不会呀,不管怎么样,你就和我去看看吧。"

  吴晓明说他找那老头可是费劲了,那天他在齐继发的带领下,走了二十里山路,翻过一座山岭,才在一个山洼洼里找到了传说中会喊白鹇的那个老头。老头正在门口的山芋地里扎稻草人。他烟瘾很大,烟一支接着一支,纸烟头上的烟灰长时间也不掉落,吸到海绵嘴那里了,才瓜熟蒂落般掉下,他身上的衣服被烟头烫得一个洞接一个洞,像一张破渔网。他的稻草人扎得很像,有头有脸有手有脚,两只手上还扎上了红飘带,迎风飘舞,做驱赶状。野猪太多了,老头很无奈地指着脚下的山芋地,这害人的东西政府还不给打,说打了还要坐牢。老头听说要喊白鹇,他连连摆手对齐继发说:"不是喊白鹇,那是祭贤,祭贤者的,一年里只有在冬至或者是族里做大事时才祭的,现在不年不节的,不是时候呀,再说,祭贤要准备呵,要做香,做一盘香至少十天工夫吧,都几十年没祭过了。"老头说了一大堆理由,把一根纸烟的烟灰都说脱落了,就是不想干。吴晓明说:"这样,只要你祭成功了,喊出白鹇了,我给你一千块钱,不,我现在就给你一千块钱,你去准备做香。"他说着,从口袋里摸出了钱,数了十张递给老头。老头看着那钱,吸了一口烟,又吐出来,又吸了一口,头一歪,伸手把钱取过去了。

吴晓明就在老头收了他钱的那天,匆匆赶到省城找我来的。他说:"这次处女演,我就找你这个大记者独自见证。"于是,十天后,我按照和吴晓明的约定,一个人带着高清摄像器材来到豹坞里村,又进入鸟坞里,看到了那精彩绝伦的一幕。此时,我已经把自己定义为,全世界第一个亲眼见证古老的"祭贤鸟舞"的新闻记者。

3

那天,"祭贤鸟舞"结束后,老头累了,他像一摊和了水的泥巴一样,无力地躺倒在一个长满了青草的坟堆上。周围都是大大小小的坟堆,长满了各种草、藤、灌木,坟上的石碑大多已经塌陷。就在那些荒坟间,我采访了老头。老头不会说普通话,鸟坞里的方言就像鸟语一样,听得我很吃力,在齐继发的翻译下我才勉强听懂。老头说他的名字叫 Gong Ye Hao,不知道这三个字怎么写,齐继发在我的采访本上写:公冶浩。啊,复姓公冶?我突然一下子想起小时候课本上学过的一篇课文,说的是一个叫公冶长的人,能听懂鸟的话,有一天,鸟对他喊:"公冶长,公冶长,南山有头大肥羊,你吃肉,我吃肠。"他和村里人跑到南山,果然有头肥羊正被狼咬死,于是,他们把狼赶走,把大肥羊宰杀了,把肠子留给了报信的鸟。这故事很诱惑小孩子,所以一直忘不了,我一拍大腿,很有可能你这门古老的技艺就是从春秋战国时就传下来的,你这是祖传哪。吴晓明也直拍大腿,这是重大发现,又是一个卖点,他对我说,你报道中一定要写这一点。公冶浩说,他们鸟坞里从前是只有公冶一个姓的,大家族,也不晓得是哪一年搬到这里来生息的,以前每年冬至家族都要举办"祭贤会",而"祭贤鸟舞"是其中最重要的一项。祭贤就是祭祀祖先,地点就在这块老坟场前,你看这个坟场,极好的位置呵,前有照,后有靠。什么照,在山洼里,你来的时候有没有看见一口水塘?看见了?经过的时候还惊起了一只野雉?那塘水多清哪,它有名字,叫金钗塘,天再旱,它也不干。后有靠呢,你看这山,像不像一把大太师椅?两边还有扶手。为了选这个位置,据说阴阳先生跑遍了我们整个山阳县,选中了后,他就变成了一只鸟飞走了。老头说得太离奇,但我还是很耐心地听着,不时地插话,我最关心的是他会喊白鹇的话题。相对于老坟地,他似乎并不太把懂鸟语当回事。公冶浩说,他今年76岁了,在9岁时,他父亲教他祭贤鸟舞的,能呼出鸟,要做到三样:一是会做香,这个香要采集山里九九八十一种花、草、树叶、树根等,晒干,掺入木屑,再盘成香,每种成分占多少是有配方的,多了不行,少了也不行,香要是做不好,鸟是不来的。二是会吹哨,最好的是柳哨,不过更有本事的也可以用嘴巴吹哨,我父亲就可以,我不行。三是要有媒鸟,最先出来的那只白山鸡,是我经常喂的,它就是媒鸟。老头一五一十,将唤鸟这件事毫无保留地告诉我们,这出乎我的意料,如果我找他要那做香的八十一种植物的配方,估计他也会说出来。我问他,有多少年没有演了?为什么不演呢?他深吸了一口纸烟,说:"1980年搞过一次,刚到户,大丰收,大家伙儿高兴,结果被当成搞迷信,把我抓到乡里关了两天,我就不敢搞了,后来,山上乱砍滥伐,树没了,山光了,白山鸡也就跑光了,再后来,又搞起火葬,这坟场也用不上了,再再后来,人也跑光了,你看这鸟坞里,有几个壮劳力?就我这老头儿还算是能干活的,没有人,野猪现在都欺负人,屋门口的山芋地都敢拱。""就没演过了?"我问。"不搞了。"他嘴上长长的烟灰总算掉下来,他又迅速接上一根,"现在的人都不信这个了,操自己的心都操不过来了,还有哪个操心老祖宗呢?""那为什么还养着媒鸟呢?"吴晓明说。老头说:"这也是凑巧,上年我去挖茶叶棵,捡到了一粒鸟蛋,带回家放在鸡窝里孵,结果发现是白山鸡,哦,对,对,是白鹇,我就养了它,经常呼它,养大了送回到山上,我一呼它就出来了,我当时还想呢,又不会演祭贤鸟舞了,养这个媒鸟也没作用,没想到,它今天还给我挣了一千块钱。"吴晓明说:"你好好养这只媒鸟,挣大钱的日子就要来了。""挣大钱?"老头又换上一支纸烟,"就这还能挣大钱?多少是大钱?"吴晓明说:"多到你数不清!"吴晓明忽悠的劲儿又上来了,"老人家,我知道你有个儿子在城里,没挣到钱,好几年都没有回家来了,到时候,你挣到钱了,他就会回来了。"老头一脸不信任,说:"他不回来就拉倒,我也不想他回来,上回你给的一千块钱,我让老齐转给他了,他收到钱,连吭都不吭一声,这个儿子算是白养了。"齐继发在一旁说:"他是不好意思,自己的儿子你还和他计较?"吴晓明起身又搜钱包,掏出了一沓钱递给公冶浩,说:"老人家,什么野猪拱山芋地什么的,就不要管了,这是两千,你抓紧时间再去准备那些呼鸟的香,马上我们要再演一场,演一场大的,来的人会更多。"老头看着钱,手伸了出来又缩了回去,他迟疑着说:"真的还要演?"吴晓明把钱往老头怀里一塞,大着嗓子说:"演,你做好准备,随时听候通知。"老头捏着钱的那只手颤抖着,既不往回缩,也不往前伸,犹豫着,他说:"这不年不节的,不能演呵,父亲说的,一年只能演一两次呵。"吴晓明拉住老头的手,往他怀里一拐,说:"时代不同了,这样的世界性非遗要发扬光大,要多演!"我们离开鸟坞里村时,山林里一片昏暗,脚踩在山路的腐叶上,沙沙沙响,不远处传来嘟哦嘟哦的鸟叫声,吴晓明兴头十足,他脑子的想法像池塘里的青蛙纷纷往外蹦。"新闻晚上就发,"他对我说,"发连续报道,我得连夜召开村干部大会,立即启动创建中国白鹇之乡和全球白鹇摄影基地工作,我敢肯定地说,鸟坞里马上就要火了,想不火都不行了。"

4

在"祭贤鸟舞"的宣传上我动了一番脑筋,从公冶长的古老传说,到"鸟语者"公冶浩的传奇,从李白笔下的白鹇到当地百姓朴素的生态保护理念等等,极尽渲染之能事,其中也不乏有偷梁换柱的地方,比如,我写公冶浩记得父亲说他们家是"鸟语世家",家谱上也有过记载,可惜后来家谱毁掉了,再比如,我写吴晓明为了鸟坞里村的发展,在村里住了十多天,才发现白鹇的行踪,等等。

这些神秘的传说,加上夺人眼球的照片和视频,在我们的省级晚报及融媒体平台上连载了一周,让我们平台每篇阅读量都达到了一百万加。鸟坞里果然成了网红打卡地。

吴晓明在微信里不断地转发各界人士前往鸟坞里村探秘、观鸟、赏鸟舞的视频,旅行社迅速开发出观鸟路线,市县两级政府高度重视,山路在拓宽,客商来洽谈。据说一位上海客商,自称是公冶长的后代,他愿意出资10个亿打造中国首个鸟语文化园,传承中国鸟语文化,甚至还引来了一位省委副书记前往视察,该副书记从政治、经济、文化、社会发展各个方面出发,高度评价了鸟坞里村的做法,并指示要传承好"祭贤鸟舞"这一世界级非遗文化,以非遗促经济发展,做好乡村振兴,实现脱贫攻坚,等等。

在吴晓明发的视频中,我看见公冶浩那个老头一身行头也鸟枪换炮了,他身着黑色汉服,黑色厚底布鞋,头上还耸了个假发缠成的发髻,横穿了一根长长的簪子,下巴上还粘了几缕白胡须。视频里看不清他的表情,不过他的步伐显得有点拖沓,不像我第一次见到的那样灵动有力,这也可以理解,吴晓明说来参观的太多了,一周一场已经满足不了需要了,现在扩展成一周两场,有时重要领导来视察,还要加演一场,老头肯定很累了,但想着演一场他就能挣一两千元,我还是暗中替他高兴。第一次采访完老头,我们往山外走时,陪我们走山路的齐继发说了老头家庭情况。老头的老伴死了二十多年,儿子小松初中毕业就出去打工,在模具厂操作机器时,左手四根手指被切掉了,这样就一直没能找到对象,到了40多岁,还是个寡汉条子。小松在外面做两天歇三天,反正一年到头就是糊个嘴,他唯一的爱好就是在网络上的全民K歌平台唱歌,每天晚上喝完几瓶啤酒后他就在手机里吼,竟然也积累了好几千粉丝。这些粉丝当中有个宁夏的女粉,经常给他点赞送花,两个人加了微信,聊得投机,恋爱了。前年过年前,小松把这个外乡女人带回来了,过了一个正月,这个女人在小松家像过门的小媳妇一样,天天洗衣、做饭、锄地,样样事都会做,老头高兴坏了。但过完了正月,这女人说她要回家一趟,她父亲去世快满百日,按当地风俗,她必须赶回去,她回去后把家里事处理好了就来。这时,村里的人就说,这女人不能放她走,说不定就是个放鸽子的,真要走也不能给她钱。老头还是让小松给她塞了五千块钱,并和小松一道送她去县城车站坐车。到了车站,那女人准备登车了,抱着小松痛哭,老头在一边也默默流泪。他们心里都预感到,这女人恐怕真是要一去不回了。

　　父子俩回到家后,发现那女人并没有拿那五千块钱,而是放在了小松的枕头下。后来,几个月过去了,那女人一直没有来,老头特意找人借了几千块钱,让小松又通过微信转给那个女人,女人一分钱没收。小松天天问她原因,女人最后说,虽说爱情是伟大的,可在你那大山里我实在住不惯,而要搬到县城镇上去住,我们又没有那个能力。小松把那个女人微信删掉了,又到了城里,又像以前一样,打点零工,糊个肚子饱,其他什么也不管,连着两年过年都没有回家了。老头很想帮助儿子小松成个家,他拼命攒钱,连挖出来的山芋都要背到镇上去卖,但那点钱离在县城买房子还是差得太多太多了。齐继发说到这里,恰好我们走完了鸟坞里村狭长的山冲,到了村村通公路上,他和我们挥手作别。我看着他身后漆黑的山林,想象着公冶浩那个老头黑夜里吸着纸烟的情景,不由得在心里说,下次再来时,一定要带条烟给老头抽。可半年过去了,我一直没有再去鸟坞里,因为与我谈了多年的女朋友要和我分手。女朋友几次劝我跳槽到一家上市公司公关部去,那里的薪酬是我在媒体的两倍多,但我还是喜欢跑新闻,一直找各种理由不去。女朋友特别失望,她说以你现在的收入,你能给我什么未来?连一套房子你都给不了,我们还有什么未来?一天,趁我出差在外,她将我们一起租住的出租房里属于她的东西全部拿走了,只给我留了一张纸条:对不起,我走了,别再找我。我没对吴晓明说这些,他隔几天就要给我打个电话,老是让我帮他谋划谋划,怎么样让鸟坞里成为更红的网红。我就对他说,那必须抓住三个关键点,一是白鹇,二是鸟语者,三是祭贤鸟舞。这其中,关键的关键就是鸟语者公冶浩那个老头了。吴晓明在手机里冲我发牢骚说,那个老头经你一吹嘘,名气大了,他真把自己当个世界级人物了,这也就罢了,他还扭捏作态,老是强调说祭贤鸟舞不能多演,一年最多只能搞两场,你说,我们发展旅游观光,人家冲什么来的?一年两场,我们还搞个屁呵!为什么呢?他不是需要钱吗?你给他钱呵!我说。吴晓明说,给呵,一场现在给两千块呀,可是他老是说不能多演,老祖宗传下来的,就是不能多演。你不知道,我现在就像伺候老祖宗一样伺候他,每次都要做很长时间思想工作,从村庄发展到乡村振兴,从非遗保护到文化传承,说得一嘴白沫,他才勉强肯出演,你说这怎么办?我想起齐继发说起的他儿子的事,我给吴晓明支了一招,你们赶快找到他儿子,可以借钱给他儿子在县城或省城买套房,帮他付完首付,剩下的让他儿子去还,为了儿子每个月的房贷,老头还不卖力?我不知道吴晓明后来是怎么办的,随着鸟坞里日趋走红,他的智囊大概也越来越多了,各路记者也越来越多,不乏中央级大媒体,后来他就很少打电话给我了。大半年后,秋末的一天,吴晓明到省城来举办鸟坞里世界白鹇摄影基地暨鸟语者申报国家非遗项目新闻发布会,他让我去了会场。吴晓明忙得不亦乐乎,他忙里偷闲告诉我说:"鸟坞里现在是真红了,成了香饽饽,要投资的大老板天天上门缠着我,有的还通过省领导来找,现在变化可大了,你什么时候再去视察视察吧。"我说:"那个老头怎么样?问题解决了?"吴晓明愣了一下,随即笑了,拍了拍我肩膀说:"你那一招真好使,立马见效,现在呵,老头自己都恨不得天天演了。"

5

　　转眼到了第二年春天,桃花开了,我的桃花运也来了,一个在省城独自拥有一套房子的写诗的女文青竟然不嫌弃我,坚定地和我恋爱上了。她名叫岩晓。有一天,我和岩晓说了鸟坞里的新闻,她立即央求我带她去那里看看。于是,选了一个双休日,我租了一辆车,载着岩晓,我们一路向南。这是我们第一次在一起长途出游,兴致格外高涨,每经过一个小镇或一处山水入画的地方,岩晓都兴奋地要我停车,自拍、互拍、合拍。这样到了鸟坞里时,天已经黑了。我没有惊动吴晓明,我对我和岩晓的未来还有点不敢确定,怕到头来在他眼里又是个笑话,我只是联系了齐继发。与一年前到这里相比,交通状况已经大为改善,小车能直接开进山村,虽然还没有来得及浇筑沥青,但路基挖得挺宽,是按照旅游等级公路的标准来施工的。齐继发在路边等我,今晚我们就吃住在他家。来之前,他就告诉我,村里现在有十多户人家都开办了农家乐,他家也是其中之一,条件虽不是太好,但都有热水洗澡、有独立的卫生间,我觉得这样就够了。吃过晚饭,我拉着岩晓到村庄里转转。这天是农历月初,一钩新月像把金镰刀,明晃晃地挂在钢蓝色的天空上,几颗星星很大地围在月亮的周围。村庄并不安静,轰隆隆,轰隆隆,山边挑起高高的炽亮的夜灯,好几辆吊车、铲车还在施工,据齐继发说是在快速建设一个度假酒店和"祭贤鸟舞"传习中心,工程日期紧,所以,歇人不歇机械,这些天都在日夜作业。凭着记忆,我找到了老头公冶浩的家。连喊几声,却没有人应答,大门是虚掩的,我推开门,屋里电灯亮着,不见人影。我拉着岩晓的手,穿过堂屋,来到后院。他家的后院就连着大山,也就是沿着山岩挖出了一块空地,盖起了猪栏、牛栏和偏厦。院子里没有灯,黑漆漆的,岩晓握紧了我的手,往我的怀里缩,她是有些害怕了。但我看见一个红点,红点一闪一闪,那一定是公冶浩那个老头子了。他在抽烟。我叫了一声:"老人家,你还记得我吗?我是那个第一个采访你的记者啊。"红点更亮了一点,我的眼睛也慢慢适应了黑暗,能看清老头了,他端坐在地上,两只眼似乎正往虚空里看。他呵了一声,然后哑着嗓子说:"哦,稀客啊,坐吧。"我给他递过去一条烟,他点点头,也递给我一支烟。我要用打火机点烟,他拦住了我,将燃着的烟头送过来。我和岩晓坐在他身边的两个柴墩上。施工的机器声远了,山上的虫子鸣唱如雨,院子里比院子外显得安静了许多。"明天表演吗?"我问。"表演。"老头嗓子里像是塞进了一团棉花絮,吐字沙哑且迟缓,一点也没有我想象中的兴奋劲儿。"你生病了?"我问他。他摇摇头,忽然没头没脑地问我一句:"我会不会忘记?""忘记什么?"他急切起来:"忘记什么? 忘记配方呵,做香的配方呵。"我迟疑着问:"你是说,祭贤鸟舞时烧的香,你怕自己会忘记配方?"他指指脑袋:"我这里怕是记不住了。"烟头的间歇的火光中,我看见他满脸的憔悴,一张瘦脸更加瘦削了,比一只鸟的脸似乎也大不了多少。"别的都是假把式,就是做香,香不对,鸟就不会出来,"他像是对我说,又像是自言自语,"我每天晚上都在默记呢,我害怕我会忘记。"我明白他的意思了。我说:"那你用笔记下来啊,用的是哪一种植物,用多少,记在纸上不就不会忘记了?"他接上了一支将熄的纸烟,狠狠地吸了一口说:"不行,我不会认字,就是让别人写下来,我也记不住啊,要是别人知道配方了,我不就不是传承人了?"我说:"让你儿子记嘛,他是你儿子,你还防着他? 刚好你传给他,也算是祖传呵。"他说:"我怕媒鸟不认他啊。"他说着,身子一挺,咬着牙说:"不行,我得默记,我要死死记住。"他的嘴唇抖动起来,像是在默念经书。"你以前几十年没演了,不还是记住了? 怎么会忘记呢? 你老就别多心了,你从小就练习的,就是想忘都忘不了。"我说。他似乎得到了安慰,点着头说:"也是,我应该不会忘记的。"他像是从一场梦魇中苏醒过来,恢复了之前我见到的老头样子。他站起来,搓着双手说:"家里去坐,家里去坐,你看我也没泡茶给你们喝。"岩晓大约是被老头刚才的神神叨叨的样子吓坏了,她偷偷地挠我的手心,我便找个借口告辞了。老头送我到门外,黑暗中,那一点红烟头红了好久。我们走过山脚,快不见了老头的红烟头时,岩晓突然停下脚步,仰着头对我说:"我觉得那个懂鸟语的老头好可怜呵。"月光下,岩晓的脸庞光洁如瓷,影子像一株河里柔软的水草。我一把抱住她,轻轻地亲了亲她的微凉的嘴唇。我说:"是的,我也这么觉得。"回到齐继发家时,他还在堂前等我。我便和他说了公冶浩老头的情况。齐继发说:"这人哪,越有钱胆越小,他现在一个月能挣一小万呢,可他老是担心自己会忘了这门手艺,整天疑神疑鬼,生怕别人学了去,连他儿子他都不相信,他把那个香的配方让儿子用笔记在纸上,纸条却不给儿子,自己保存着,他怕儿子不小心给透露了出去,除了担心这个,他又担心老祖宗会怪罪他,说是祭祖的东西拿来当玩意儿,又说,那个媒鸟现在也烦了经常表演,说不定哪天就不听话了,唉,这老头,我真担心他哪一天,在祭贤时跳着跳着,就倒了下去,你看他那个单薄样子,比鸟还轻。"

6

祭贤鸟舞的舞台不再是坟场前那一块尘土飞扬的泥地了,而是在山洼间搭起了一个四面环绕屏风、铺着红地毯的专用舞台,四周装饰着山野风光,这样便于入画,更利于拍摄和观赏。这是一场重要的演出,现场有一位副国级、两位正部级、五位副部级以及二十多位厅级领导出席观看。公冶浩穿着一身新行头,脸上还被特意化了装,勾了眼线,看起来更像是一位远古的高士。这场演出太重要了,吴晓明告诉他,要好好演,到时除正常报酬外,再额外奖励他两千块钱。老头的脚下似乎有些绵软,他上场后,竟然晕了头转了向,茫茫然,转了几圈,愣了好一会,才起身去点燃盘香,然后,开始吹响柳哨,香越升越高,柳哨声声如泣,这个过程耗去的时间远比以前长得多,长得有点让人失去了耐心。老头的脸上冒出一颗颗黄豆大的汗,啪啪啪,滴落在红地毯上。陪同领导观看的人不由得焦急起来,一起扭头向山林的方向望去。山林里没有一点动静,吴晓明急得心脏打鼓,咚咚咚,他恨不得自己跳上舞台去帮助老头呼喊。还好,过了好一会儿,就像过了一个世纪那么长,那只作为媒鸟的白鹇总算飞来了。老头浑身一震,受到了鼓舞,随即走起了鸟步,但他走得有点踉踉跄跄,媒鸟也走得三心二意,连一双美丽的翅膀也不愿意伸展开,让领导们看一看。那盘香烟倒是升得越来越高,香味也越来越浓郁,群鸟并没有如约而来。吴晓明脸色煞白,两条腿不住地抖动,他不时去观察领导们脸上的表情。老头的眼中满是绝望和哀怨,脚下的鸟步却不停,他挣扎着,喘息着,用尽所有的力气,起、伏、前、后、左、右、扭、摆、伸、缩……群鸟没有来,不仅白鹇没来,连竹画眉也没来,哼子鹰也没来,白头翁也没来,最丑陋的麻雀子也没来。天空空空荡荡。老头突然丢掉了柳哨,引颈向天,声嘶力竭地喊出了一连串奇怪的音符,像喊叫,如诅咒。那只媒鸟顿了一下,随即也和老头一样,引颈向天,它的叫声大极了,像要穿透山林,它的长喙边缘冒出了一缕缕红色,是啼出的血,滴落在红地毯上。一群白鹇终于飞来了,但它们并没有像以往那样在天空上盘旋、舞蹈、鸣唱,它们像是一片突然降临的白云,齐齐地落在红地毯上,然后,又齐齐地飞走。人们看见,那只媒鸟被几只大白鹇托举着,绑架了一样,飞走了。老头停止了呼喊与走鸟步,他一头栽倒在了红地毯上,四肢颤抖,嘴里却不知在念着什么,两只眼睛紧闭,眼角涌出了一股股泪水。这一场最后的祭贤鸟舞我并没有看到。事实上,春天的时候,我和岩晓特意去鸟坞里看鸟舞,也并没有看到,因为第二天一早,岩晓接到她妈的电话,说是她爸突发脑溢血,情况危急,让她赶快回去。我们连早饭没吃就开着车狂奔回省城了。关于上面的这场最后的祭贤鸟舞,我是听齐继发说的。我在电话里问他,那张记着制香配方的纸片呢?齐继发说,没了。怎么没了?我问。有人看见,那天那些白鹇鸟落在红地毯上,有一只从公冶浩老头的口袋里叼出了一张纸条,飞走了,后来,他儿子怎么找也找不到那张纸条了。齐继发说。那,老头呢?他怎么样了?我问。他还活着,就是不会说人话了,这下,他像个真正的鸟了,只会在喉咙里说着所有人都听不懂的鸟语。

(《长江文艺》2021 年第 3 期)

最后的红盔头

王建平

1

年三十下午,我带着老婆儿子回到老家香塘坳。刚走进老院子,一条小黄狗就扑了过来,虚张声势地朝我们吠。父亲在屋里喊了一声:"土喜!"那狗立马就意识到什么,摇起尾巴毫无过渡地客气起来,一副前倨后恭的样子。

父亲随即出现在门口,很平淡地跟我们打了声招呼:"回来了?"

未等我回应,父亲立马换了副面孔,对我儿子说:"快,过来让爷爷看看又长高了多少。"

说着,父亲把孙子揽到怀里,抚摸着他的脑袋:"哈,又高了一截,都到爷爷胸口了。"

父亲并不看我,又说:"快点长成男子汉吧,吕家可指望你顶门立户哪。"

我指着那条小狗,对父亲说:"爹,你养狗我不反对,为啥给狗起了这么个名字?"

父亲有四个儿女,大姐、大哥、我和弟弟,我们四人的名字分别叫金喜、木喜、水喜和火喜,现在竟然出了一条叫"土喜"的狗,这算什么事嘛。

父亲看我不悦,解释说:"金木水火土,你们占了四项,缺的就是这'土'嘛。"

我不想一见面就和他闹不痛快,只好息事宁人地往屋里走。

八仙桌上放着一副红盔头,父亲走过去拿起一块白棉布,很仔细地擦了起来。盔头闲置了一年,缝隙处积了不少灰尘,他便嘟起嘴使劲地吹。一旁的收音机里正拖腔拉调地唱着京戏,好像是《霸王别姬》中的唱段。父亲干活儿时总喜欢开着收音机听戏,听到熟悉的唱段,还会跟着哼上两句。收音机里"楚霸王"刚唱了一句"乌骓马它竟知大势去也",父亲就接了下一句"故而它在帐前长嘶叹息"。

每年正月,我们香塘坳有跳"三圣傩舞"的习俗。傩舞的主跳分别是戴着红、绿、黑三色盔头的三位大圣:红色代表太阳,黑色代表夜晚,绿色代表谷物。父亲扮的是红脸"太阳",是三位大圣中的领衔者,他在护从们的簇拥下,戴着绿脸和黑脸不停地走着罡步,预示着日月经天、风调雨顺、五谷丰登、人畜兴旺。父亲已经跳了三十多年的红脸,而和他搭伴跳黑脸和绿脸的配角,已经换了一拨又一拨了。

我走到父亲身旁,说:"爹,今年就不要再跳傩了,七十多岁的人了,还撑那个劲干吗?"

"咋叫撑劲?万物生长靠太阳,这跳傩还离得了你爹?"父亲抢白道,他还真把自己当成谁也离不开的太阳了。

"你也该让年轻人出头了,当初和你一起跳傩的赵百年早就歇着了……"

"赵黑脸?哼,他要不是摔坏了腰,能歇着吗?"一提到赵百年,父亲的肝火就旺了起来,他把手上的白棉布往桌上一扔,"我就是要让他眼睁睁看着我蹦跶哩。"

在我的印象中,我们父子的谈话几乎没有投机的时候。

正在灶间忙活的大姐听到声响,走过来劝我:"水喜,这大过年的,你就别和爹怄气了,爹那脾气,他说鸡蛋是方的就是方的……"

父亲一听就不高兴了,说:"金喜,你这是啥话,说我不讲理,还是说我老糊涂了?"

大姐撇了下嘴,没再多话。

这时候,我的手机响了起来,是四弟火喜打来的。接通后简单寒暄了几句,他就让我把手机交给父亲。

父亲接过手机听了半天,只说了一句话:"你现在翅膀长硬了,可你知道你这翅膀是咋硬起来的吗?"

这话父亲也曾经对我说过,言下之意是他让我们的翅膀长硬的,我们就得按照他的想法去飞。四弟也是的,已经两年没回来过年了,他在西安的一家军校教书,去年说要值班,今年又说要去宝鸡的丈母娘家过年,难怪父亲生气。

事实上,在我们几个子女成长的过程中,父亲总是独断专行——大姐金喜由父亲做主嫁给了一个病秧子,结婚十年不到,就守了寡;大哥木喜原本在村小学当民办教师,被父亲逼着跟他学木匠,结果和大哥同期的民办教师都转了正,大哥的木匠手艺却只学成了个半拉子;我大学毕业后,被南方一家外企聘用,父亲知道后,一口气下了十二道金牌,我只好回到县城,二十年熬下来,好不容易才熬成个县教育局的副主任科员;以四弟火喜的高考成绩,本来可以去北京上大学,父亲却逼他上了一所军校,原因也就是为赌一口气……

年夜饭吃得很沉闷,除了土喜在桌下钻来钻去弄出点动静,大家都没什么声音。

大姐做好饭菜,就回她自己家了。大哥早就分门立户,已经好几年没和父亲同桌吃过饭了。儿子没吃几口,就嚷嚷着要出去放鞭炮,妻子拗不过,就陪着儿子出去了。屋子里只有我陪着父亲。虽然我不住地给他搛菜,他却吃得很少,只是寡闷地喝着酒,每喝一口,他的嘴都会咂巴一下。我突然发现,他嘴角过去那坚硬的线条,已经变得细碎而凌乱了。

迎门的墙上,是过年才请出来的列祖列宗的神龛,神龛下面,是母亲的遗像,她正心事重重地打量着这个家。

父亲喝得有点多了,眼睛开始有些迷糊,他摸着身旁土喜的脑袋,说:"土喜啊,还是你最听话哦……"

话没说完,他便趴在桌上睡着了。

年初一早上起床后,父亲没在屋里。我去灶间问正在下饺子的老婆,老婆说父亲一早就去了院子里的柴房,说是要整理一下菜窖。我吃了半碗饺子,就去了大哥家。

跨进大哥家的门,见大哥正抱着儿子壮壮坐在屋里,大嫂在一勺一勺喂壮壮吃饭。

壮壮已经十二岁了,因为先天性脑瘫,身体软得像煮熟的面条,畸形的大脑袋无力地垂在胸前,涎水鼻涕把衣襟湿了一大片。大哥家有三个孩子,壮壮的上面是两个姐姐,大哥和大嫂原本是不想生第三胎的,但父亲说,不孝有三,无后为大,女娃娃能顶门立户吗?架不住父亲"做主",他们又生下了壮壮,结果就成了一块心病。

我掏出事先准备好的一个千元大红包塞进壮壮的怀里,和大哥大嫂寒暄了一番后,便在凳子上坐了下来,说:"哥,过年了,你就不到老爷子那边去看看?"

"他现在连门都不让我进,我咋去看?"大哥叹了一口气,"这样也好,他少了心烦,我多份清净。"

大嫂忍不住插话:"水喜你评评理,我家的日子给他搅成啥样了?他还真以为他戴个红盔头就是太阳了,就算是太阳,也有落山的时候嘛。"

小时候,我哥是个聪明的孩子。他能用竹片制成弓弩,带一帮孩子到山里捕獾子,还能用铁丝和自行车链做盒子炮,最奇妙的是,他用蜡笔雕成一艘微型军舰,把圆珠笔芯里的油涂到军舰的尾部,往水里一放,随着油与水的张力,那军舰会自动往前航行……大哥虽然淘气,但学习成绩很好,若是晚生几年,我家第一个大学生,就是他了。

大哥高中毕业后,就到村小当了民办教师。当时,民办教师是没有工资的,每月只有七块半的补助,父亲觉得当民办教师没出息,就逼着大哥离开学校,跟着他学木匠。要说,能像父亲那样成为一个好木匠,大哥的日子也不会差,可跟着父亲,既要受家规的管教,又要受行规的约束,而大哥偏就天生一副反骨,没多久就跟父亲闹翻了。起因是一条板凳——那天,姐夫家请父亲去打板凳,父亲觉得一条板凳没多少技术含量,就让大哥一个人去了。当大哥喜滋滋地把他做的凳子拿给父亲看时,父亲瞄了一眼,就说凳子短了,随后用尺子一量,刚好三尺,立马就发火了:"跟你说多少遍了,'凳不离三、床不离半',你咋就没个耳性?"按照木匠的行规,凳子的长度要么是"三尺三",要么是"三尺零三",寓意是几个人坐在板凳上,好比是桃园结义的三兄弟。我哥不想他的劳动成果就这么轻易被否定,嘟囔道:"这三尺,不也是'三'吗?"父亲一下子就暴怒起来,拿起斧子乒乒乓乓一顿劈,好好的一条板凳眨眼间成了一堆木柴……大哥一气之下便离开了父亲,他的木匠生涯也就半途而废了。后来,村小学的民办教师都转正了,而大哥却成了一个碌碌无为的人。为此,大嫂一直耿耿于怀,说:"我嫁给你大哥,就看中他是个教师,得,全毁到爹手里了!"

我知道大哥大嫂和父亲的矛盾很深,就没再提让他们给父亲拜年的事,坐了一会儿,便起身告辞了。

从大哥家回来,发现父亲在柴房里还没出来。推开柴房的门,一口黑色的大棺材赫然出现在我的眼前,就像一只捕食前的怪兽,很有耐心地匍匐在那儿。我知道,这是父亲木匠生涯中的最后一件作品,是专门给他自己打造的。棺材的盖板上放着那副红盔头,颜色的反差,给人触目惊心的感觉,太阳的炽烈、黑夜的阴冷同时向我袭来。我脑壳里好像有一口钟突然被撞响,一种生和死交织在一起的力量撕扯着我,我的心在一刹那被撕成无数的碎片,仿佛听到了张扬的笑声、压抑的哭泣……

一阵闷咳声,让我回到现实。声音是从另一侧的菜窖里发出的,菜窖口堆着一些新土,散发出很浓的土腥味。我正要过去看个究竟,父亲从菜窖里爬了出来,满身灰土,就像个土行孙。

我说:"这大过年的,也不歇着?"

"歇不得哦。"父亲指了指棺材,"以后,我有的是工夫歇哪。"

我不想在大过年的时候探讨这样的问题,没接他的话茬。

父亲走到棺材前,拍了拍手上的灰土,一只手扶着棺材头,问我:"水喜,你知道我这辈子最喜欢哪两桩事吗?"

我摇摇头。

"活着,我想把自个的脸装在这副盔头里;死了,把自个的身子装在这口棺材里。"说完,他的脸上浮出得意的笑。

我困惑地看着他,不知道他为什么要把这两件事扯到一起。

在村里住了两晚上,感觉有些憋闷,年初二一早,我们一家三口就往回赶。父亲也没挽留,只在临别的时候问我:"正月回家看跳傩吗?"

我摇摇头,说没工夫。

父亲目光眺望着门外很远的地方,喃喃地说:"再不看啊,只怕你就看不到喽……"

他的话里有话,似乎透出什么不祥的预感。

车子开出村子以后,感觉到春意变得暧昧起来。山阴处随处可见的残雪表明,冬天似乎并不情愿退场,而圩田里的绿色已经流畅起来,麦子和油菜用勃发的生机,试图抹去冬天的所有痕迹。转过一个山口,从山上看下去,香塘坳的形状就像一只细长的眼睛,静静地落在山坳里,打量着周围的天光山色。一阵山雾飘来,那只"眼睛"变得模糊起来。

　　我的心中也雾气氤氲,混混沌沌地想着谜一样的村庄和谜一样的人,似乎能听见父亲憋了很久的咳嗽声……

2

　　1943年深秋,香塘坳发生了一件大事。这件事在相当长的一段时间里,对我们家乃至整个村子都产生了深远的影响。

　　那天晚上,一家人正围在一起吃饭,突然传来一阵急促的敲门声。我爷爷打开门一看,惊呆了,失踪已久的我的大伯浑身是血站在面前。我大伯离家出走好几年了,听说参加了新四军,怎么突然这副模样跑回了家呢?容不得多想,我爷爷赶紧把我大伯扶进屋里,对伤口进行了处理,敷上了自制的刀创药。我大伯缓过神来,这才说了事情的经过——当天下午,新四军与一小股日本兵不期而遇,一场遭遇战迅即打响。刚开始势均力敌,我大伯还亲手击毙了一个日本少佐,但随后日军的增援部队赶到,情势立马反转。出于疯狂的报复,日军对溃散的新四军战士穷追猛打。我大伯受了枪伤,在附近的山上躲了起来,趁着夜色才潜回了香塘坳。

　　夜半时分,村子里突然骚动起来,先是瘆人的狗叫声,紧接着是杂乱的脚步声,不一会儿,村公所那面大铜锣就哐哐地敲响了,震得人心发颤。

　　荷枪实弹的日本兵把全村男女老少赶到了村中的戏台子旁,白晃晃的汽灯照着一张张惊慌恐惧的面孔。我爷爷和我八岁的父亲也在人群里。一个刀条脸的日本军官叽里呱啦说了一通,翻译官就把他的意思告诉村民——一个受伤的新四军战士藏到了村里,日军要立马交人,否则就开始屠村。一袋烟工夫过去了,人群还是静默着。刀条脸不耐烦了,拔出军刀毫无征兆地劈向离他最近的一个汉子。汉子惨叫一声倒在地上,身体不停地抽搐。我爷爷认出,汉子是他的一个本家兄弟,年前得了一场大病,还是他用家传秘方把他从阎王那儿拽了回来。而现在,这个死里逃生的人竟然被日本人一刀毙命。我爷爷突然觉得家传秘方在那把锋利的军刀面前不值一提,更不能保护全村老少的性命了。刀条脸看了看那把带血的军刀,开始寻找下一个目标。与此同时,那些日本兵纷纷拉起枪栓。人们的呼吸在加重,女人和孩子们开始发出压抑的哭声。我爷爷把我父亲交给旁边一个邻居,恍恍惚惚地朝日本人走去——我爷爷交出了我大伯,保住了全村老少,而我大伯却被日本人杀害了……

这件事发生以后,香塘坳的人似乎都有些讳莫如深,很少在公开场合提及。直到三十年后,才被人翻了出来。我父亲的灵魂也正是从那时起,被这件事撕裂开来了。

翻出这件事的,就是赵百年的父亲赵长岁。运动一开始,赵长岁便公开揭发我爷爷是出卖新四军的汉奸。他的举动一下子把我爷爷及家人推到了风口浪尖。有人开始落井下石,也有人为我爷爷叫屈,说他那样做是为了舍小家保大家。事情捅到公社后,公社的意见也不一致,当时,两个领导各执一词,一个说我爷爷是汉奸,另一个却说他是革命烈士的父亲。最后,按照"桥归桥路归路"的原则,香塘坳便出现了很奇特的场面——今天开批斗会,明天则开报告会;批斗的是我爷爷的汉奸行径,报告的是我大伯的英勇事迹。这下就苦了我父亲,他要轮番出现在两个会场,今天要参与对自己亲爹的批斗,明天又要去介绍自己亲哥的事迹。"汉奸的儿子"和"烈士的兄弟",这两个极端对立的角色让他冰火相煎。报告会还好些,父亲在发言时,可以将一些令他难堪的情节模糊处理;但批斗会就不一样了,赵长岁那帮人偏要逼着父亲说出我爷爷出卖我大伯的经过,否则,就要取消我们全家人的口粮。在那个一切全靠集体分配的年代,取消口粮,无异于要了全家的性命。我父亲像我爷爷一样,被逼到了两难的境地。为了全家人活命,只好吞吞吐吐说出三十年前的那个晚上发生的事。当天夜里,我爷爷就自杀了,他吊死在了村头那棵老刺槐上。

爷爷死后,父亲成了一个沉默寡言的木匠,他一门心思打磨那些木料,似乎在斧劈刨推中寻找某种寄托,又似乎在发泄某种怨恨。这年复一年的沉默,让我父亲成了一个好木匠,四里八乡的人家都以能请到他做活儿而感到荣光,父亲也凭借出色的手艺,让人们淡忘了他曾经的尴尬角色,在人们的赞扬声中,他渐渐做回了自己。

在香塘坳的匠人当中,父亲唯一的对手就是泥瓦匠赵百年。说来真是造化弄人,他们的父辈是对头,而他们又成了对手,这冥冥中意味着,吕赵两家的恩怨还会继续下去。

赵百年的泥瓦活儿做得也很漂亮,砌砖抹墙自不必说,他还有一手打灶头的绝活,他打的灶省柴、聚火,还不回烟。按说,赵百年和父亲并非同行,完全是井水不犯河水,但同在一个村,有时也难免互有交结。这样的交结到了给胡老贵家建屋时,就演变成了一场改变各自命运的冲突。

那一年,胡老贵家要建三间新瓦房。赵百年对胡家建屋异常热心,不但欣然接受了泥瓦活儿,还帮胡家推荐了一名镇上的木匠师傅。我们那一带的瓦房都是砖木结构,要先搭房架,后砌墙体,一般是木匠活儿做得差不多了,泥瓦匠才进门,但还没轮到泥瓦匠开工,赵百年就三天两头往胡家跑。明眼人都看出来了,他看上了胡家的女儿月香。

问题出在上梁那天。

木匠师傅在祭完梁以后,便开始安放大柁,但磨蹭了半天,就是对不上榫口。大柁落不了架,是建屋最大的忌讳。看热闹的人便开始骚动起来,有人还发出了嘘声。胡老贵的脸色变得乌紫,手指着房梁说不出话来。赵百年也在下面,用左拳不停地击打着右掌,只怪自己多管闲事。木匠师傅头上的汗冒了出来,手忙脚乱,却一筹莫展。

关键时刻,有人想起了我父亲。但既然胡家已经请了木匠师傅,我父亲自然也不好主动上门。最后,还是那个木匠师傅亲自去请了我父亲过来救场。我父亲上了架顶,眯着眼看了一下,然后骑身于柁头,接过别人递给他的板斧,高高地举了起来,嘴里念了一句:"黄道吉日来上梁,九龙八卦居中堂……"随后手起斧落,大柁便嘎嘣一声入榫。随着一片欢呼声,鞭炮齐鸣,馒头花生铺天洒下。

父亲下来后,月香给他端来一杯热气腾腾的糖茶,里面还放着三颗红枣。

这件事不仅让镇上的那个木匠师傅丢了脸,也让赵百年很没面子。为了将功补过,他在随后的泥瓦工活儿中格外卖力,横平竖直做得十分考究。此外,他还给胡家打了一口好灶。

新灶"试灶"那天,胡老贵宴请建屋的几个师傅,父亲也在受邀之列。席间,赵百年仗着酒量大,不停地跟我父亲斗酒。那场酒从中午喝到傍晚,我父亲喝趴下了,赵百年也喝醉了。我父亲趴下了,呼呼大睡,醉酒的赵百年却一把打掉了胡老贵的帽子,硬着舌头没大没小地说:"老贵,你说你,凭……凭啥呀?三间新瓦屋呀……你这钱是从哪来的?莫非你砸石头砸出金疙瘩了……"

醉酒事件导致胡老贵对女儿月香的婚姻问题重新进行了考量,不久后,月香出人意料地嫁给我父亲,成了我的母亲。

在我父母的婚礼上,赵百年再次喝得酩酊大醉,他当着众人的面,对我父亲说:"走、走、走着瞧,看哪个能在香塘坳笑到最后!"父亲当时顾及大喜的日子,没有发作,但心中埋下了更大的块垒。

3

父亲是个很要面子的人,把一张脸看得比命还重要,这就让全家人都跟着他受连累,首当其冲的是我母亲。

能娶到母亲这样有模有样的女人,让父亲挣足了面子,但他并不满足仅仅娶了一个漂亮女人做老婆,他还要让全村人都看到,这个漂亮女人还对他俯首帖耳,唯命是从。为了证明这一点,他总喜欢在大庭广众之下指派母亲做事。他指派母亲时,常常是以一个"去"字打头:去,回家把我那把茶壶取来,泡最好的茶哦;去,到代销店买包烟来,要最好的烟哦……母亲一般都会应声而去,但在实际执行中却拿捏着分寸,这是她和父亲之间的一种默契——最好的茶就是那种很普通的条茶,最好的烟也是代销店里的大路货。我上小学那年,期末考试考了双百分,回家和父亲一说,他立马就拽着我去村口找母亲。母亲正和一帮婆娘在扯闲篇,父亲大老远就冲她喊:"去,赶紧回家做饭吧,老三考了双百分哪,宰只牲口,是鸡是鸭你看着弄。"父亲这话,有三层意思:一是儿子念书很争气,二是家里伙食也不差,三是老婆很听使唤。但是那天晚上,等菜上了桌子后,我并没见到什么"牲口",连根鸡毛也没有,就到厨房问母亲。母亲笑笑,说:"水喜,你爹的面子话多着呢,都按他说的,咱家早就喝西北风了。"

很长一段时间,我一直觉得父亲是死要面子活受罪,后来发生的一系列事情,才发现我小看父亲了。父亲其实是有野心的,他要的不仅仅是那点面子,还有看不见的里子,他想掌控的也不仅仅是我们的这个小家,更要掌控整个香塘坳。为了实现他的野心,不惜让我们都参与到他的计划中来。

争当红盔头的事,佐证了我的看法。

20世纪80年代初,村里准备恢复"三圣傩舞",筹备事宜由村里的老人会操办。老人会是一个民间自发组织,由村里上年纪的老人组成,在村民中颇有号召力。香塘坳老人会的会长是德高望重的四爷。四爷过去就是扮红脸的,但随着年岁增长跳不动了,就提议让青壮年来扮"三圣"。消息传出去后,很多青壮年都跃跃欲试,父亲和赵百年也都报了名。接下来的问题,就是谁来扮红脸了。父亲和赵百年就此展开了一场激烈的竞争:赵百年去给老人会会馆的屋顶补漏,父亲就去给老人会打香案;赵百年给老人会送去一只羊,父亲一咬牙把家里那头肥猪宰了送去……

母亲劝他:"你为争个盔头,把家底都贴进去了,值吗?"

父亲说:"妇道人家你懂个屁,我争的何止是盔头啊……"他把后半截话咽了回去,脸上却显出一副使命重大的神色。

竞争进入白热化阶段,父亲突然得到消息:赵百年已经宣布,如果让他扮红脸,就将自家的祖屋让给老人会做活动场所。父亲几乎一夜没睡,第二天早晨,他也做出一个重大决定——将我大姐许配给四爷的小儿子幺宝。

父亲说出他决定的时候,母亲正在梳头,一大撮头发硬生生地被梳齿拽了下来。她顾不上疼痛,惊愕地说:"你烧糊涂了?幺宝是个痨病秧子,你这不是把金喜往火坑里推吗?"

父亲说:"我没糊涂,姓赵的逼得我没有退路了。"

我姐当时正站在房门外,听到父母的对话,立马就哭了起来。后来我才知道,她那时已经有了心上人,是她初中的一个同学。

父亲冷着脸冲她喊:"哭啥,又不是让你去打仗,花木兰还替父从军呢。"

订婚那天,四爷在自家院子里摆了十几桌。幺宝和我姐并排坐在主桌上,他那张脸精瘦惨白,和我姐饱满红润的脸形成了鲜明的对比,让人想起天际的残月和一轮朝阳。挨桌敬酒的时候,幺宝不停地咳嗽,好像整个人随时会散架;我姐的脸上挂着很勉强的笑,看得我直想哭。

不久,我父亲如愿以偿争到了红盔头。

戴上红盔头后,父亲和赵百年的争斗并未就此了结。赵百年在"三圣"中扮的是黑脸,相对于父亲扮的红脸是个配角,但他常常想着喧宾夺主,总是把手里那根祖师棍耍得眼花缭乱,博取众人喝彩。父亲为了压住他的风头,也把手里的铁环师刀耍得风生水起。这样一来,香塘坳傩舞的观赏性就有了很大的提升,连外乡人也纷纷赶过来看热闹。

我大二那年寒假,正赶上村里跳傩,发现父亲和赵百年在暗暗地较劲。开跳前几天,赵百年当着老人会几个长老的面,提出在走罡时把七星禹步改成八卦禹步。父亲一听,脸色乍变,因为八卦禹步的难度较大,而且马上就要开跳,哪有时间练习?显然,赵百年是有备而来的,说:"吕有靠,你不行还是我来领舞吧,你跟在我后头就中了。"父亲在鼻腔里哼了一声,说:"姓赵的,领舞是我红脸的事,你想走八卦,我奉陪。"

父亲回到家,就翻出四爷送他的手绘八卦禹步图琢磨起来。第二天,天刚蒙蒙亮,我起床撒尿,看见堂屋的地上用粉笔画着一些神秘的线路和符号,父亲在那里走得满头大汗。

几天后,"三圣傩舞"正式开场了。刚开始,父亲的步子走得有些生硬,几圈走下来,就渐渐流畅起来。在热烈的气氛中,父亲带着一干人从早晨跳到了响午。他打算让队伍停下歇息一会儿,赵百年却提出继续跳下去。看得出,他想在体力上和我父亲较劲。父亲略微迟疑,遂将手中的铁环师刀摇起来,继续走起禹步。约莫又跳了两个时辰,扮绿脸的那个后生还好,父亲和赵百年毕竟都是五十开外的人了,就渐渐显出了疲态。父亲的步子开始有些沉滞,而赵百年的腰已经塌了下去。但两人都硬撑着,谁也不服谁。跳到后来,他们身上的法袍都被汗水浸湿了,父亲还是坚持端着架子,把身板挺得很直,赵百年终于支撑不住了,一个趔趄跌向围观的人群,幸亏被人及时扶住……

那天散场后,父亲坚持穿着那件大红法袍走回家。在母亲给他解开法袍的那一刻,我终于发现了他身板挺直的秘密——原来他的腰身上裹束了一根很长的白布带,在布带被一层层松开后,父亲就像一堆失去支撑的草垛,突然瘫了下来。

第二天,赵百年出事了。他在修自家的烟囱时,从屋顶上摔了下来,送到医院,命虽然保住了,但伤得不轻,一粒腰子被摘除了。事发后,村里有不少人议论,说赵百年出事与前一天跳傩耗费了大量体力有关。父亲从不参与这样的议论,在家里也绝口不提赵百年的事。

这一年的年底,四爷病故,父亲接替他的位置,成了香塘坳历史上最年轻的老人会会长。他终于成了一个在村里能做主的人了。

4

当上会长后,父亲变成了一个大忙人。每天早上,他要做的第一件事,就是披着衣服背着手在村里绕上一圈。一路上,村里人不停地和他打招呼,他呢,一一回应着,一副胸有成竹的派头;若是走在很窄的巷子里,迎面走来的人就主动停下来,侧起身子等他先过;若是遇见哪个只顾低头走路的人,他会干咳一声,这样人家便会抬起头来,很仓促地向他问好……一趟固定的程式下来,就到了老人会会馆前的戏台子旁,父亲这才停下来,跟老人们喝喝茶、摆摆龙门阵。随着太阳升起,父亲身边的人越聚越多,他也就越发志得意满了。

村里人家有了什么事,都会来向我父亲讨教,就连村主任也经常来找他商量事情。有一次,村里有两兄弟,都不愿赡养自己八十岁的老母亲,村干部上门调解了好几次,也不管用,就来找我父亲。我父亲听了,什么话也没说,去了那家的老宅,背起老太太就走。他并没有把老太太送给那两兄弟,先把老太太背到我家。到了吃饭时辰,我父亲就背着老太太在村里绕圈,到了谁家门口,就高声大喊:"老人家可怜哎,给口饭吃吧。"主人把饭端出来,我父亲就在门口喂给老太太吃。两天下来,全村人吐沫星子满天飞,两兄弟撑不住了,跑到我家,向我父亲赔罪认错,把老母亲接了回去。

父亲乐此不疲地应对着村里林林总总的人和事,把自己的影响力发挥到极致。久而久之,就像他那红盔头的寓意,他似乎真成了香塘坳的一轮太阳,明晃晃地挂在那里,以至于让人们对他的光亮和温度都产生了依赖。在相当长的一段时间里,香塘坳的人都认为,只要是父亲出面,就没有解决不了的问题。父亲很享受这种功成名就的感觉。

但父亲的光芒并没有照亮离他最近的人。

因为总是忙于外面的事,父亲在家就成了甩手掌柜。家里地里的活儿,都让母亲和我大哥承包了，父亲只负责动嘴——动嘴吃喝，动嘴训人。大哥结婚要在酒桌上发喜糖，按照父亲的要求，每包喜糖不能少于十粒，但我母亲在装袋时发现糖果数量不够，每包就只装了八粒。父亲知道了，对我母亲大发雷霆，说赵百年家老大结婚，每包喜糖都是十粒，母亲偷工减料是出他洋相。母亲一气之下，就赶到镇上买来糖果，赶在开戏前上了戏台，对台下的观众喊："咱家木喜请大家吃喜糖哪！"大把大把抛撒糖果。观众们兴高采烈地哄抢起来。我的目光扫过那个混乱的场面，停在了母亲的脸上，她的眼睛里噙满了泪水……

在我们这个大家庭中，对父亲的公然反叛是在母亲去世后开始的。

母亲死于一次意外，但确切地说，父亲有不可推脱的责任。

十年前的那个秋夜，母亲到邻村刘裁缝家给父亲取新做的马褂，因为父亲要穿着它参加山神庙的奠基仪式。回来的路上，母亲不小心掉进沟里，后脑勺被石头磕了一下。也不知道她如何自己回到家里的，大姐看到母亲时，她神志已经有些恍惚了。

当时，我父亲正在会馆里和几个长老开会，商量建山神庙的事。父亲正讲到兴头上，我大姐着急慌忙地跑去告诉他，说母亲刚刚摔了一跤，正躺在床上。父亲睃了我大姐一眼，问，还能讲话吗？我大姐点点头。父亲便不再理会，继续说山神庙的事。

等父亲回到家里，母亲已昏迷不醒了。父亲这才急了，赶紧张罗着送母亲去县医院。可医生说晚了，颅内出血太多了……等我赶到医院的时候，母亲已经进了太平间。父亲蹲在太平间门口，身体缩得像一只干瘪的大虾，眼睛里已经没有了往日的光芒。

母亲的死，引爆了长期积压在我们心中的不满，对父亲的反叛，也以不同的方式开始了——寡居的大姐，不顾父亲的反对，进城做了保姆；我弟火喜干脆和父亲来个隔山打牛，两不见面，甚至学校放假也不回家；我倒是偶尔回去，但几乎每一次都和父亲闹得不欢而散；表现最为激烈的是我大哥，他在母亲去世后不久，就坚决与父亲分了家，丢下父亲单独过起了日子。父亲对我大哥另起炉灶耿耿于怀，见了他从没好脸色。但我大哥似乎做好了撕破脸皮的准备，不停地挑战着父亲的底线。

父亲和我哥闹得最凶的一次是与扶贫的事有关。

因为壮壮先天残疾，村里将我大哥家列为扶贫对象，乡里还安排了一位科技副乡长来结对帮扶。父亲得知这个消息，怒气冲冲闯进我大哥家，指着墙上刚刚挂上去的那块扶贫责任牌，对我大哥说："老二，你讨饭也别在我眼皮子底下讨，你让我这张老脸往哪搁？"转身又对旁边的副乡长说，"你们找错人家了，要扶贫到别处去扶……"

一番狂轰滥炸，把人家给轰走了。

我大哥气得嘴角不停地抽搐，一句囫囵话也说不出来，他把拳头握得铁紧，突然一声吼，一拳头砸在大门上，门上的锁环将他的手割得鲜血淋漓。

出了我大哥家，父亲直奔村部，见了村主任麻球后，又是一阵连珠炮："木喜家扶贫是咋回事？你们凭啥说他是贫困户？想出我洋相是吧？"

麻球用手摸着脑袋，赔着笑脸说："叔，这是好事哟，我还以为你要感谢我哪……"

"谢你？我卸你家门框！"父亲吼道，"赶紧去把老二家那个红牌牌给我摘了。"

"贫困户是上面定的，我们咋敢去摘哦。"麻球搓着手，显得很为难。

"你不报上边能定？你报了就得给我摘下！"父亲说完，转身就走。

几天后，父亲见那块责任牌还在我大哥家墙上挂着，就去了乡政府。乡长问他有什么事，他说是来告状的，告的是香塘坳村在扶贫中弄虚作假。乡长一听这事，重视起来，叫来乡扶贫办主任，让查一下我父亲反映的情况。主任取来表格递给乡长。乡长仔细看了一遍，对我父亲说："老人家，你反映的吕木喜夫妇虽然有劳动能力，可他家有个脑瘫的儿子，是符合条件的嘛。"

"那伢子有人养哪。"我父亲说。

"谁养？"

"我养。"

"你是他什么人？"

"我是他爷爷。"

"这么说，吕木喜是你儿子？"

我父亲点点头。

乡长困惑地看着我父亲，他怀疑可能是遇上脑子有病的人了。"老爷子,扶贫对象的资料早就报到县里了,没法改了。"

父亲在乡里没讨到结果,就去县里上访。这一次,他为了证明我大哥不符合扶贫条件,竟然使出了撒手锏——把我大哥是超生户的事也说了出来。这一招果然灵,接访的人一听超生户成了扶贫对象,很慎重,答应他尽快核实处理。

没几天,事情就有了结果——我大哥被取消了帮扶。

我大哥给我打电话:"老三,咱咋摊上这么个爹呀?你说说,全家人,从妈算起,哪个没被他祸害了?"

我大哥说着,竟然哭了起来。那哭声听上去实在是让人揪心。

我赶回香塘坳老家时,父亲正在给他那口新打的棺材上漆。见了我,他停下来说:"老三,你爹我这辈子打过那么多棺材,也该给自己准备一口喽。这口棺材咋样?"

作为一个木匠,父亲最得意的事就是,村里人活着,能住他建的房屋;死了,能睡他打的棺材。我想,父亲看着人们生前死后都在他事先设定的空间里,心里一定有种非凡的成就感。

我没心思和父亲谈论棺材的事,就岔开他的话题,说:"爹,你老是和我哥过不去干吗?他家的难处你又不是不知道……"

父亲放下手中的漆刷,围着棺材绕了一圈,停下来的时候叹了一口气,说:"老三啊,你爹一辈子接济旁人,咋能让老二被人接济?他要是成了贫困户,我这会长还咋当?那副红盔头还能撑得起来吗?还有人把我当回事吗?"

"你那副盔头就那么重要?"

"戴上去容易,脱下来难哦。"

"可你为我哥想过没有,为我们想过没有?"

"老三,别以为你喝了点墨水就想来教训你老子,"父亲突然拔高声音,"你、你姐、你哥还有你弟,都是吃风屙沫长大的?"

眼看着无法再谈下去,我转身就走,以表示对他的不满。

"别走,我话还没讲完哪。"父亲的口气缓和下来,"老三,你把每月给我的那两百块钱给你哥吧。"说完,父亲走到母亲的遗像前,从相框背面取出一个油纸包,打开后里面是一个存折。"喏,这是我和你妈一辈子的积蓄,三万块,取出来也送给你哥吧。记着,别说是我让你送的。"

父亲的声音听上去很遥远,就像是从云端里传过来的,他那张原本棱角分明的脸,也一下子模糊起来了。

5

赵百年七十大寿办得相当铺张,赵家屋里屋外摆满了筵席。村里人都知道,这样的排场与赵家的三儿子赵万庚有关。赵万庚过去一直在南方闯荡,前几年突然回到县城做起了房地产,一下子就显山露水了。

父亲竟然也在受邀名单之列。

父亲走进赵家的时候,赵百年身着蝙蝠图案的唐装,正坐在太师椅上接受儿孙们的叩拜。见了父亲,他象征性地欠了欠身子,说:"有靠啊,这不服老不中哦,你看看,现在是伢们的天下啦,我们只能享享清福喽。"

父亲显然不同意他的说法,说:"黄忠七十不服老,你也才虚岁七十嘛,是你的身子骨不争气啊。我倒是觉得我宝刀不老哪。"

赵万庚接话说:"是啊,那年跳傩,我爹到底还是扛不过吕叔啊。吕叔宝刀不老,是不是今天跳个傩给我爹添个寿呢……"

父亲的面孔板了起来,说:"这跳傩是有规矩的,敬天敬地,敬神敬祖,可不是谁都配得上的。"

赵万庚不以为然,说:"不就是热闹热闹嘛,我给钱就是了。"

父亲说:"万庚啊,不要以为有两个钱啥都能买到,有本事你把整个香塘坳都买去!"

赵万庚嘿嘿一笑,说:"吕叔,你还别说,我还真的想买下咱香塘坳哪。"

父亲的脸色变得酱紫,嘴角不停地抽搐着,本想再说些什么,但他看了看赵百年身后那幅用百元大钞拼成的大"寿"字,还是把到了嘴边的狠话咽了回去。

中午开席的时候,父亲没能坐上屋里的主桌,他和一帮闲杂人等坐在院子里,听众人津津乐道着赵家时来运转,感到受了冷落。

赵万庚端着酒杯到院子里敬酒,他举起杯子扬了扬,场面立马就静了下来。

"乡亲们啊,这些年托大家的福,我赵某人算是发了点小财,从今往后,有我吃的就有大家喝的。年轻人可以到我公司找点事做,年纪大的,我每年重阳节请大家吃餐饭,给每人送一套新衣服。"赵万庚说完,在满院子热烈的掌声中,一仰脖子将手里的那杯酒喝完。

父亲有些坐不住了,抬起屁股就想走人,却被赵万庚看见了。

"吕叔别走呀,我还没敬您酒哪。"说着,他走到父亲身旁,给父亲的杯盅斟满。

父亲本来用的是小酒盅,见赵万庚手里捧着大杯,就说:"贤侄啊,你用大杯,就给你叔用这小盅?怎么,家里没酒了?"

赵万庚笑笑,转了句戏文:"廉颇老矣,尚能饭否?"

父亲哈哈大笑:"老当益壮,能饭能酒,大杯伺候。"

喝彩声中,就有人给父亲换了大杯。父亲让人把酒杯斟满,一连与赵万庚碰了三大杯。席间有人想起当年赵百年与我父亲斗气伤身的事,怕悲剧重演,连忙打着圆场叫停。

那天,也不知父亲喝了多少酒,硬撑着走出赵家,最终还是倒在了家门口。我大哥得到消息,赶来把父亲扶到床上,父亲却并不领情,打翻了我大哥递给他的茶杯,醉醺醺地说:"吕木喜,我看你就不应该姓吕,你看看人家赵老三,长本事了,马上就要把香塘坳买了,你呀,我看你连给老子买个棺材盖都买不起……"

我大哥气得丢下他走开,然后气呼呼地给我打了电话。

当天晚上,我赶回村里,一进屋就闻到一股刺鼻的酒味。父亲躺在床上鼾声雷动,不时地还长吐一口气。我只好坐在床边守着他。

已经是深秋了,蚊帐还挂在床头,父亲躺在发黄的蚊帐里,苍老得像一具木乃伊。母亲死后,他的日子过得金玉其外败絮其中。有一段时间,我把他接到县城住,可没住两天,他就毅然决然地回村了。因为城里没他那红盔头,没有了红脸黑脸,他的权威也就没有了用武之地……

到了后半夜,父亲的身子突然抖动了一下,醒了过来。他瞄了我一下,又闭上了眼睛,说:"水喜,我刚刚做了个梦,赵百年拿着把稻权撑我哪……"

我笑道:"赵百年就剩下半条命了,能撑上你?"

"不是他一个人撑,他儿子赵老三开着小轿车带他一道撑哟……"父亲叹了口气,"我这一辈子没输过赵百年,没想到现如今他儿子也上阵了,这个赵老三势头不小哪。"

"赵万庚不就是有两个钱吗?你既是红脸也是会长,还怕他?"

"靠我一人不行哦。古话说打虎亲兄弟,上阵父子兵,你看你们几个,有哪个够斤两噢?"父亲开始抱怨起来,"你姐是个女的,不说了;你哥是烂泥扶不上墙,也不提了;你弟和赵老三从小同学,赵老三当兵那年,你弟考上了大学,你知道我为啥让你弟上军校?我就是要让赵百年知道,他儿子当的是小兵,我儿子当的是军官。可万万没想到啊,三十年河东三十年河西,赵老三现在是大老板了,前呼后拥的,而你弟呢,却只是个教书匠……水喜啊,我看咱家就你还能上点台面,你得给爹撑脸哦。"

那场寿宴后,父亲老了许多,他好像突然面临着一个村庄毫无征兆的哗变。

父亲的电话多了起来,内容大多是让我替村里人办事的,城管没收了某某的山货,交警拦下了某某的摩托,某某家的营业执照过期忘记年审了……等等。每次他打完电话,就会有村里的人来找我。刚开始,碍于情面,我只好为那些乱七八糟的事疲于奔命,一度几乎成了香塘坳驻县城的办事处主任。每办好一件事,父亲就会打电话向我反馈村里人的言论,除了褒奖,还有让我再接再厉、再立新功的意思。到后来,我实在招架不住了,只好向父亲摊牌,说我不过是县教育局一个普通科员,能耐有限,让他别再给我揽事了。父亲一听就有些不高兴,说,人家赵老三都成散财童子了,你总不能拢起袖子啥事不管吧?我老吕家也不能认哦。我说,赵万庚是有钱人,你让我和他比,就等于让麻雀跟着大雁飞,累死我也跟不上趟哟。父亲给我打气,有钱咋啦?有钱也买不来个干部当,你孬好还是政府的人嘛。

后来,虽然父亲收敛了一些,可但凡与学校有关的事,他还是照管不误。按他的说法,我是教育局的干部,管教育自然是分内的事。没办法,我只好使出浑身解数去做那些"分内"事,搞得那些校长见了我就躲。

村主任麻球的儿子考高中,成绩勉强达到县二中的录取线,却想上县一中。父亲对这事很看重,亲自陪着麻球到县城来找我。我说了这事的难度,父亲的脸就搁不住了,说:"不就是伢子上个学吗?又不是让你给他找个金饭碗,推三阻四的像话吗?"我说:"爹,县一中又不是我开的,你说话总得讲

47

理吧?"父亲眉毛一挑,说:"我咋就不讲理了？乡里乡亲的帮个忙,这是最大的理。"话说到这个份上,我只好答应他们,看看能不能通过借读的方式让麻球的儿子上县一中。

领了任务,我就马不停蹄地奔波起来。第一步要先找二中,要让二中同意保留孩子的学籍,然后到外校去借读。电话打给二中校长老吉,还没等我开口,他就先使出一招别马腿,说,兄弟啊,我正想找你帮忙哪,这事只有靠你这位大神显灵喽……原来二中最近想把学校的两排老平房拆了建实验楼,但有位老师的遗孀住在里面就是不肯搬走,而她的丈夫当过我的班主任老师。老吉让我来劝师母搬家。老吉一说,我心里就开始打鼓,这位师娘我已经很多年没见过了,她能听我的？可如果我一推了之,接下来就不好和老吉开口了。再一想,我平时找老吉的麻烦事不少,也应该回报人家,牙一咬,就把这事给答应下来了。当然,接下来老吉也爽快地答应了我的请托。

二中同意放人,还得一中同意接收。但一中校长老纪是副处级,比我们局长级别还高,平时走路眼睛都朝着天,像我这样一个副主任科员根本就入不了他的法眼。好在我有个同学在一中当教师,我就将他请到饭店商量起来。酒酣耳热之际,他竟然一拍胸口答应帮忙,说他正好是班主任,干脆瞒着学校把麻球的儿子塞进他班里旁听,这样还省了借读费。老同学愿意为我担这么大的风险,让我激动不已,赶紧向老同学敬酒。不料三杯酒敬过,老同学硬着舌头对我说,水喜,听说你夫人现在是县农委的财务科长,你也得帮、帮我个忙哦……原来,他的儿子刚进一家银行工作,需要揽储八百万元,让我老婆想想办法。我一听,头一下子就大了起来。

回到家里,我吞吞吐吐向老婆开了口。老婆吃惊地看着我,说:"吕水喜,我看你脑子真是进水了,这种事你也敢答应人家?"

我只好把事情的来龙去脉说了一遍。

她还没等我说完,就打断我:"你爹到老都不消停,他死要面子,还让我们跟着活受罪。"

生气归生气,老婆第二天还是硬着头皮去找了主任。结果总算还好,主任念在她多年来任劳任怨的分上,亲自打电话和财政局沟通,费了好大事,才将一笔专项资金存入那家银行。

事情办妥后,我开车接老婆下班。老婆一上车就开始数落:"吕水喜,我攒了这么多年的面子都为你花光了,你下次再敢冒充大头鬼,我们就各过各的。"

我嬉笑着赔不是,说要请她下馆子。

她把一个资料盒塞给我,说:"你还有心思下馆子?还是动动脑筋帮我们单位也做点事啵,这么大一个人情,总得还一点吧?"

原来,农委要迎接省里的农村改厕工作验收,在汇报环节中,有一个电视专题片,县分管领导要求片子要拍得高端大气上档次。这样,解说词的任务就落到了我的头上。

回到家里,我先看了农委给的那些资料,然后就打开电脑写起来。周末两天,我夜以继日,写了改,改了写,总算是把一场厕所革命写得轰轰烈烈,荡气回肠。天亮时,我把写好的解说词发到老婆指定的邮箱里,才靠到沙发上想睡上一会儿。刚打了个盹,手机就响了起来,二中校长老吉说:"兄弟啊,你答应我的事咋没消息呢?你那师娘不搬走,我们的实验楼就没法开工哦……"

当天上午,我买了礼物去看师娘。师娘已经八十多岁了,对我一点印象都没有,但听说是丈夫的学生,又在教育局工作,就拉住我的手哭诉起来:"吕同学,你老师是被冤枉的呀,说他偷看女生洗澡,你想想,他那眼镜片就像是瓶底子,就是一头牛放在他眼前也看不清楚哟……"

我被她说蒙了,想了一下,依稀记得当年的传言,说我老师趴在学校女澡堂的窗户上偷看女生洗澡,据说后来还给了他一个什么处分。

就在我愣神的时候,师娘的情绪更加激动起来,说:"吕同学,你得给你老师做主啊,他死不瞑目啊……直到现在,他每天夜里还跟我诉苦呀……"

师娘哭得一把鼻涕一把泪,我费了很多口舌,答应一定过问此事,才算让她稍稍平静下来。临别时,我试探地提出了搬家的事,师娘警惕地瞄了我一眼,用不容商量的口气说:"搬家可以,你得答应我的条件。"她的条件一是撤销给我老师的处分,二是公开给我老师平反。"吕同学,我这孤老婆子也找不到人帮忙,我看你是个念旧的人,你老师的事就拜托你了……"

离开师娘,我脑子里一片空白,没想到自己竟和这扯不清道不明的事裹缠在了一起,更不知道如何替我老师讨回清白。回到教育局,我去人事科翻出老师的档案,档案里却没有处分决定,想必是当年查无实据,不了了之?

或者是情节较轻,口头警告?但无论如何,既然没有处分文件,这事就好说了。我找到局长,说了师娘的要求。局长说:"你这不是胡闹吗?没有处分,哪来的平反一说?"我好说歹说,局长才同意让我把老师的档案借了出来。

我拿着老师的档案,找到二中校长,说明了事情的原委,又软硬兼施,让他带着二中的领导班子成员来到师娘家里,宣布我老师为人师表,一生清白;并让师娘看了我老师原本就清清白白的档案——几方当事人皆大欢喜,麻球儿子读一中的事总算办好了。

回香塘坳交差那天,正好遇见麻球和一帮人迎面走来。麻球一见我,就要请我去他家吃饭,说是要感谢我帮忙。父亲轻描淡写地说:"伢子念书的事不过小菜一碟,还吃啥饭哪?"旁边就有人接话:"吕叔,你真有福气哦,养了个神通广大的儿子。"父亲一听,脸上立马笑开了花。我生怕他再给我节外生枝,赶紧借口单位有事,开着车就逃出了村子。

路上,我看见一只山鹰在山谷里盘旋,显得孤独而沉郁,突然就想起了父亲,心里涌起一种莫名的感伤……

6

父亲怎么都不会想到,赵万庚说要买下香塘坳的话,并非戏言——赵万庚要在香塘坳建度假村,村子要整体搬到山外元宝圩的新社区。

乡里下来了一个工作组,组长是一个姓牛的党委委员,大家都叫他"牛委"。"牛委"一来,就让麻球召集村民代表大会。在会上,他反复强调了度假村项目对带动地方发展的意义,并声情并茂地描绘出村民们未来在新社区的美好生活。但我父亲没有等"牛委"把话讲完,就挺身而出,提出了反对意见:"你们不能为了有钱人度假,就让咱穷人度难啊!"

父亲的话一下子燃爆了会场,反对的声浪似乎要掀翻屋顶。

"就是,就是,先人留下的祖业,不能就这么丢了。"

"这可是新社会,凭什么要我们背井离乡?"

"我们死也不会离开香塘坳的……"

那天,父亲出了村部,就立马召集老人会的长老们开会,研究对策。根据父亲的提议,形成了针对这次拆迁的"三拒"原则:拒见、拒谈、拒签。

"牛委"带人上门的时候,我父亲正在家里喝酒,桌子上没有菜,只是堆着一些花生果。"牛委"递给父亲一支烟,讨好地说:"吕老伯喝酒不吃菜,果然是酒仙哦。"

"喝了一辈子酒,出了一辈子丑,顶多算个酒鬼吧。"父亲对着手心里的花生吹了一下,破碎的花生皮便一哄而散。

"老人家太谦虚啦,您可是香塘坳的灵魂人物,这次村庄搬迁还得请您多多理解,多多支持哦……""牛委"开始切入正题。

"那你们可找错人了,我就是个布衣百姓,支持不了你们。"

"只要你老能带个头,条件好说嘛。"

同来的几个人开始帮腔,尽量把"牛委"的条件具体化:可以随他挑选新社区电梯房的楼层、可以免费给他提供必备的生活用品、可以聘请他为社区文化室的管理员,甚至可以帮他介绍个老伴……

父亲不再吱声,一粒花生一口酒,后来竟趴到桌子上打起了呼噜。

"牛委"见谈不下去了,只好带着一干人悻悻离去。

那些人刚出门,父亲就直起了身子,颠三倒四地唱起了京戏:

说什么挂印定封侯,
细听某家说从头,
你若叫我把你投,
除非长江水倒流……

是《战太平》里花云的唱段。

隔天下午,"牛委"再次登门,这次他带着乡派出所所长,也一改昨天的笑脸,一进门就沉下脸来,单刀直入地告知父亲,老人会属于非法组织,而他作为会长性质严重。派出所所长随即宣布了有关社团管理的规定,说老人会没有在民政部门登记,立马取缔,勒令停止一切非法活动。

父亲淡然一笑,说:"老人会也不是我发明的,再说我也没犯啥王法,你们有本事就把我拷走。"

说完,父亲把双手并拢伸到了所长跟前。

"牛委"说:"老吕,别以为我们不敢动你,你这把年纪了,在家安安生生享清福多好？别再到处出头了，弄得头破血流的，对自己、对家人都没啥好处。"

父亲脾气上来了，说："你们总得讲道理吧？我们祖祖辈辈都住在香塘坳，咋能说搬就搬？"

父亲说完，丢下一屋子人就往外走。小黄狗土喜也从人缝里钻出去，亦步亦趋地跟在他的后面。

看父亲软硬不吃，乡长就亲自带着"牛委"来县城找我，请我回去做父亲的工作。碍于情面，我只好答应了。

他们一走，我就开始头疼了。做父亲的工作谈何容易？从小到大，他几乎没听过我一次劝。更何况，我最近也没心思管别的事——局里要配一名副局长，我和另一个股长被列为考察对象，考察过后却迟迟没有结果，我的心一直悬在那里。思量再三，我决定先打个电话和父亲沟通一下。

电话打过去，还没容我说句囫囵话，父亲就抱怨起来："老三，村里要出大事了，赵家要把村子给毁了，你得向县里反映反映，不能让他们作孽哦……"

没想到，我还没开始劝父亲，他倒给我下任务了。

我说："天塌下来有高个子顶着，你这七老八十的，就别操心了。"

父亲立马警觉起来，说："你这叫啥话？在香塘坳，我就是'高个子'，我不顶哪个去顶？我告诉你，我就是把头顶破了，也不会让步的！"

我握着手机，一时不知道说什么好。

赵万庚打来电话，说要请我吃饭。我知道他的用意，本来想推辞，但听他报了几个参与者的名字，还是答应下来了。

当天晚上，县城档次最高的楚天大酒店的"楚王厅"里高朋满座，连组织部部长都来了。我有些尴尬，觉得自己坐在一群春风得意的官员和老板们中间，就像一只翡翠串珠手链上夹了一粒羊屎蛋。赵万庚热情洋溢地向众人介绍我，说我们是老乡，是比着个子长大的发小，还特意邀请我一道给部长敬了酒。接下来，就有人开始主动给我敬酒了。喝着喝着，我觉得我这"羊屎蛋"也变成"翡翠珠"了。

几天后，我的提拔公示就贴了出来。也就在当天下午，赵万庚又给我打来电话，表示祝贺以后，就提到了香塘坳搬迁的事，想让我劝劝父亲。尽管我不知道这次提拔与赵万庚那次饭局有没有关联,但还是一口答应下来。当然,也不单是为了还赵万庚一个人情,撤村搬迁,是新农村建设的一个重要项目,建了度假村,对香塘坳只有好处,没有坏处;要说私心,我只是怕在公示期间父亲会闹出什么事来,牵累于我。

周末,我回到了香塘坳。

老屋里空无一人,连那条叫土喜的小黄狗也不在家里。走出家门,转过一个弯,就看见了父亲,他正佝偻着腰走在青石板的村道上,不时地停下来打量一下周围。旁边的土喜摇着尾巴看着主人,好像是在等他的指令。我想,父亲现在这种转悠,分明是在巡察——他要及时观察村民们的动向,以便防微杜渐。

我在他背后叫了一声"爹"。

父亲先停下步子,再慢慢转过身来,这个过程有些拖泥带水,让我突然觉出他的龙钟之态。

"你总算回来啦,村里的事你向县里反映了吗?"父亲一见我,就询问任务落实情况。

我赶紧解释说最近太忙。他问我忙什么,我就提到了提拔的事。之所以这样说,是为了给后面做铺垫,我要让他知道,作为一个领导干部的家属,一定要识大体顾大局,不能做后进拖后腿,更不能带头闹事。

但父亲一听我提拔了,立马提起了精神,好像我成了他的主心骨。"这下好了,名后带'长',说话就响,能和县长搭上话了吧?"

说话期间,不断有路过的乡亲们跟我打招呼,我心里正琢磨着如何把我的想法表达出来,回应就有些心不在焉。父亲对我的回应似乎不太满意,大声说:"老三,不能升了官就摆架子哦,赶紧给乡党们散烟呀。"

我只好掏出一包烟散给大家。在这个过程中,很多人都知道我升了官,纷纷围过来表示祝贺。父亲心满意足地看着这个场景,腰板竟挺了起来。就在这时,赵百年也颤巍巍地走了过来,父亲冲他喊道:"老赵,带个信给你家老三,我家水喜大小也是个局长了,香塘坳的事不能由着他乱来。"

看着父亲得意的样子,我有些心虚,心想,父亲要是知道我的提拔或许和赵万庚有关,会怎么想呢?

晚上吃饭的时候,终于逮着机会和父亲说起了村子搬迁的事。父亲听出了我的意思,直愣愣地看着我,很突兀地冒出一句:"你得了赵老三多少好处?"

我极力解释,可父亲就是不听,仰头喝完杯中的酒,就往外走。等我反应过来跟出门外,已经不见了他的身影。

正迟疑着,手机响了,是赵万庚打来的。赵万庚问我工作做得怎么样了,我只好如实回答。他沉默了一会儿,说:"吕局,让你费心了。这样吧,你能不能想办法让你爹离开村子一段时间?"

我一听又犯了难,说:"赵总,让我爹离开香塘坳,总得有个理由啊……"

赵万庚恳切地说:"龙王爷也有出宫巡游的时候哪,你想想办法嘛。"

通完电话,我接着去找父亲,可跑遍了整个村子也没见到他的影子。就在我一筹莫展的时候,有人告诉我,说看到父亲带着土喜往后山去了。我突然想到了一个地方,赶紧追了过去。

父亲果然是在后山我家的祖坟地。借着月光,我看见他正坐在一块残碑上抽烟,烟火明明暗暗,能看出他吸得很猛。土喜趴在他的脚边,喉咙里不时地发出含混不清的声音。

我走过去坐到父亲的身旁。他对我的到来并没感到意外,侧过头来看了我一眼,又恢复了原状。我也没有打破沉默,和他一样静静地看着前方。黑黝黝的群山,像一波波巨大的黑浪向我们涌来,山下朦胧的村庄就像一艘沉入浪谷的小船。

父亲发出一声沉重的叹息,突然冒出一句:"这村子啊,已经搭进去老吕家的两条命喽……"

我不由得回头看了一下——爷爷的坟就在不远处,大伯的遗骨葬在烈士陵园,他的衣冠冢陪在爷爷身边。这两座坟就像两头卧狮一样盯着我,盯得我心里有些发毛。

起风了,山林发出呜呜的叫声,像无数个冤魂在哭。月亮惶恐地躲进云里,像隐在窗帘后的半张脸,胆怯而模糊。清明前的山里升起寒意,父亲不停地咳嗽起来。我劝他回家,他却说,你先回吧,我再坐一会儿,有土喜陪着就行。没办法,我只好也留下来陪着他。直到东方见亮,山下的公鸡开始打鸣了,父亲才起身踩着露水往山下走。

可能是因为在山里受了夜凉,父亲回到家里就开始发烧。他躺在床上,闭着眼睛说起了胡话,一会儿说,"爹啊,我做不了主呀"……一会儿说,"哥啊,等我戴上红盔头就能做主……"一会儿又嚷道,"月香,你把我的红盔头放哪了?你这婆娘,急死我了……"随后,就让我去给他找红盔头,说,"这是普通的盔头吗?是太阳哟……没了太阳,黑咕隆咚的咋活呀……"嚷着嚷着,突然父亲竟咳出一口鲜血。

我一看不对劲,赶紧把他背上车,直接就往县医院赶。

父亲被诊断为急性肺栓塞,需要住院治疗。这下,正合了赵万庚的心思。可想到父亲竟然是以这种方式离开了香塘坳,我心里五味杂陈。

7

小黄狗土喜突然疯了。

父亲在县医院住了半月,病情才稍稍稳定一些。他不顾医生的劝阻,执意要出院回家。我知道他担心村里的事,拗不过他,只好陪他回香塘坳。

还没进村,就感觉到一种异样的氛围,几台推土机、挖掘机虎视眈眈地伏在村边,偶尔遇见的几个行人,也都是行色匆匆的样子……走进村口,见几只鸡被一条狗撵得四处飞窜。父亲认出那条狗是土喜,喊了一声。土喜倒是停了下来,但没有像往常那样向父亲摇尾撒欢,而是冲着他狂吠起来。

父亲呵斥道:"狗日的,几天不见,连老子都不认识啦?"

土喜吠得更厉害了,一副要扑过来的架势。

这时候,一辆皮卡开了过来,车厢上架着一只大喇叭,喇叭里传出一个尖锐的女声:

"拆旧家搬新家,美好生活靠大家;出旧村进新村,幸福日子传子孙……"

土喜的吠叫戛然而止,它盯着皮卡上的喇叭,眼睛里闪着惊恐,像一只正玩得开心的老鼠突然见到了一只饿猫。喇叭突然发出一阵啸叫声,土喜打了个激灵,怪叫一声,掉头就窜,差点一头撞到父亲身上。

这时候,大姐来了,这才说起土喜发疯的事。

父亲离开村子前,土喜是托给大姐照看的,说是照看,也就是把吃剩的饭端过来,倒进土喜的食盆里。那天,大姐给土喜喂食时,皮卡宣传车进村了,喇叭播着今天一样的话:"拆旧家搬新家,美好生活靠大家;出旧村进新村,幸福日子传子孙……"土喜眼盯着皮卡,刚开始似乎听得很专心,但听着听着,突然咆哮起来,腾起身扑向皮卡,狗头一下子撞到车厢板上,发出一声闷响。接下来,它就像是喝醉了酒一样原地打起了转转,随后就是一副六亲不认的疯癫状了。

父亲愣在那儿,喃喃自语:"土喜啊,我还指望你能陪我到死哪……"

走到老戏台子的时候,父亲再次停住了脚步。一群老人正坐在那儿聊天,赵百年也在当中。他们身上都穿着同样的蝙蝠图案的唐装,就像要去参加一次集体表演。看到父亲,老人们都显得很不自然,眼神躲躲闪闪,想说什么,却欲言又止。父亲显然也意识到了什么,没有和他们打招呼,收回自己的目光,努力挺直身子从他们身旁走了过去。在离开老人们的视线后,父亲的步子重新蹒跚起来。

大姐说,就在父亲住院这些日子,赵万庚和"牛委"他们做了不少功课,他们加大了宣传攻势,还组织村里的老人们参观了新社区,让他们体验了坐电梯、烧煤气、看抽水马桶等项目。参观结束后,赵万庚请老人们聚了餐,给每人发了一件他爹做寿时那样的唐装……

晚上,大姐伺候我和父亲吃过饭,就回她家了。我见父亲没什么精神,就各自上床睡觉。本来感觉很困乏,可往床上一躺,却睡不着。父亲在隔壁屋子里也是辗转反侧,长吁短叹。我敲了敲隔墙,说:"爹,你没事吧?"

父亲没应我,过了一会儿,竟憋着嗓子唱了起来:

> 杨延辉坐官院自思自叹,
> 想起了当年事好不惨然,
> 我好比笼中鸟有翅难展,
> 我好比虎离山受了孤单……

我的心中泛起一阵酸楚,突然觉得父亲像个丢盔卸甲的败军之将,眼睁睁地看着自己守护的最后一座城池即将丢失。这么多年,他似乎一直攥紧拳头想握住些什么,到头来手里却空空如也——亲情、乡情、面子、尊严……像沙子一样在不经意间从他的指缝里漏掉了,连赖以为伴的那条小狗也弃他而去了。

到了后半夜,好不容易睡着了,梦却一个接着一个,一个比一个怪诞。我梦见父亲浑身是火地站在那儿,母亲慌慌张张端着一盆水泼向他,却像泼了油,火势更旺了。父亲在烈焰中并没有挣扎,而是淡定地说,就让这火烧下去吧,烧到最后,我孬好还能剩下一堆灰,这火再凶,到头来它连影子都留不下来……

一阵嘈杂的高音喇叭声将我惊醒,睁开眼已经天光大亮了。翻身起床,想去门口看个究竟,发现父亲披着衣服,正靠在大门口。喇叭里播过"拆旧家搬新家"的鼓动宣传,又添了新的内容:"乡亲们,征迁征迁,奋勇争先。四组村民吕木喜在全村第一个签下了拆迁协议,希望大家向他学习,早日奔向美好的明天……"

我快步走出院门,发现那辆皮卡车正从我家门口慢慢驶过。我突然意识到什么,回头看了一眼父亲,见两行老泪正顺着他黧黑的脸颊缓缓滑落。这是我有生以来第一次看到父亲流泪——他大概怎么都想不到,第一个签下搬迁协议的是他的儿子,我的大哥。

因为还要上班,我打电话叫来大姐,叮嘱了一番吃药事宜,就开车返回了城里……

又过了一个星期,我正在局里开会,大姐打来电话,让我赶紧回去,说父亲把自己反锁在家里,已经一天一夜没出门了。我向局长请了假,匆匆忙忙往村里赶。

车子从山路上下来,我大吃一惊——远远看去,整个香塘坳已经成了一片废墟。那些挖机和铲车像史前巨兽一样,咆哮在飞扬的尘土里,一群找不到家的燕子惊慌失措地盘旋在废墟的上空……

下了车,经过大哥家门口时,看到那院子已经被推成一块平地了。前几天,大哥给我打过一个电话,说他和大嫂都到赵万庚的公司做工去了,大哥当保安,大嫂给公司食堂做饭,侄儿壮壮被赵万庚安排进了儿童福利院。

我在废墟中踽踽穿行,感觉脚下的土地绵软虚浮,很不真实。经过了一片狼藉,我终于看到了我家的老屋,失去左邻右舍的参照,它就像是一座孤零零的碉堡顽固地守在那儿。我收住脚步,突然想大喊一声,还没张嘴,两行热泪便奔涌而出……

我家院墙外面聚着很多人,一台挖掘机的臂杆高高举起,铲斗已经越过围墙,就像是一只炫耀武力的拳头悬在老屋顶上。

"牛委"和麻球几个赶紧迎了上来,把情况大致向我做了介绍。原来,就在这短短的一个星期,村民们都签了协议并搬进了安置点,父亲成了唯一的钉子户。三天前的一个晚上,有人看见他穿着大红袍、戴着红盔头,围着我家的屋子绕圈子。据目击者描述,父亲当时步履蹒跚,走到后来几乎是一步三摇,样子很瘆人。我大姐得知消息,赶到老院,却打不开院门,这才赶紧给我打了电话。

我走过去推了推院门,纹丝不动;冲院里大喊了几声,也没人应答。一种不祥的预感袭来,我赶紧让人找来一把梯子,翻过院墙,跳了进去。进了院子才发现,院门已经被父亲用砖头石块给垒死了。

进了屋子,里里外外找了一遍,也没发现父亲的踪影,突然就想起那间柴房,便走了过去,可柴房的门从里面给闩上了。我敲了敲,没有反应,冷汗一下子就出来了,憋足劲一脚把门踹开——柴房里空空荡荡的,那口棺材也不见了,靠墙的地方只留下一个长方形的印迹。

四下看了看,就看到了菜窖,发现窖口比原先大多了,窖里似乎有幽暗的灯光透出来。我小心下到了窖底,借着壁上挂的那盏油灯,才发现这菜窖比我想象的要大得多,那口棺材就横在那儿,父亲身体蜷曲着,靠在棺材的一侧,身上穿着大红袍、手里拿着红盔头……

我顾不上去想这棺材是怎么挪进来的,慌忙抢步上前,弯腰抱住了父亲。

父亲的身体还是热的,但看上去已经奄奄一息了。我扯着嗓子叫了几声,他的身体微微动了一下,气若游丝地说:"我……我不会离开香塘坳,他……他们不让我待在上面,我就待在下面……我想把整个村子都搬下来哪……"

(《莽原》2021年第2期;《中篇小说选刊》2021年第3期和《北京文学·中篇小说月报》2021年第5期转载)

银 丹 草

孙志保

1

下午五点半,她把卤鹅摊准时出到梨花街北头那棵老梨树下。

二十年前,她刚刚从曲柳镇嫁到黄花县城的时候,梨花街宽阔敞亮,两边栽满了梨树。梨花盛开的时候,漫天雪白,花香袭人。现在呢,梨树所剩无几,代之而起的,是两排外墙贴满白瓷砖的两层商铺。她前几天听人议论,说县里准备把梨花街改成梨花巷了,原因很简单,如果它是街,黄花县会被外人小看的。她觉得这个理由很可笑。她卤鹅摊上的木菜墩,从父亲手里传给她,经历许多年的千刀万剐,虽然已经薄得不到三寸了,她仍然不想换新的,讲究的是那份感情,看到它,就能想起很多往事。难道街道的名字不是一样吗?有时,一个名字惹出的回忆,比一本书还多呢!

但她从来不和人一起议论,她每天下午五点半来到梨花街北头,卖完四只卤鹅,就推起不锈钢卤摊匆匆忙忙地赶回家。她喜欢听那把正阳刀斩在卤鹅上的声音,喜欢听木菜墩发出的沉闷的声音。那声音才是实实在在的生活,才是生活的希望。

四只卤鹅,她只卖四只。

她尝试过卖五只,有时能卖掉,有时卖不掉。卖掉了,要多占用近一个小时的时间;没卖掉,占用的时间更多,心里总想着卖掉,不知不觉就耽搁了。回到家里,女儿优儿已经靠在椅背上睡着了,手里还捏着一支水笔,面前是没写完的作业。

而且,卖不掉的卤鹅,即使放到老汤里重温,味道也不一样了,那种从里到外散发出的淡淡的银丹草的气息就不纯正了,像是涂上去的一样。一只没有纯正银丹草气息的卤鹅,就没有魂了。没有魂的卤鹅,就没有脸再带到梨花街北头了。

于是,她只卖四只。四只卤鹅的利润,可以勉强维持她和优儿的生活了。

刘田静给她算过一笔账,说活鹅十元一斤,一斤半活肉出一斤卤鹅肉,一斤卤鹅肉的成本就是十五元,你卖二十五,净赚十块啊!这四只卤鹅,你闭着眼也能赚二百。

刘田静是她的邻摊,也是40岁左右,卖夫妻肺片。卖的东西不一样,便可以相安无事,偶尔还能做做朋友。

她从来不分辩,辩了也没人信。她用的鹅,全是两年左右的土鹅,而且是在大运河的活水里吃野食长大的。

那个给她供鹅的人,就是一直坚守在曲柳镇的,她的跛腿老娘。

2

他总是在周五晚上七点钟左右出现在她的摊子前,向她点点头,用右手的食指指一下某只卤鹅的前段。这个时间点,她已经卖掉了两只卤鹅。他喜欢吃前段,半只卤鹅的前段,带一个翅膀。喜欢吃卤鹅的人都知道前段好吃,肉筋道,有嚼头;后段肉厚,有些柴,后味差。

他来的时候,街上正热闹,身边经过无数形形色色的人和车。他站在摊子前,左手拎一只黑色真皮公文包,右手时不时扶一下眼镜,面无表情地看着远处的夜色,或者近处的灯光,偶尔会注视她一下,并无言语。她手脚麻利地斩鹅。她知道他喜欢较小的鹅块,她猜想他吃鹅时也是很斯文的。吃鹅就应该斯文,不然,舌尖上的味道留不住。

他第八次来买卤鹅时,刘田静已经注意到了他的规律,说,这男的每周都要来一次嘿!吃鹅也要有规律吗?又说,这人长得像个领导,但肯定不是,领导周五晚上有在家吃饭的吗?

她淡然一笑,他是谁,与自己没有关系。但是,真没有关系吗?有时,她心里也会想一下。

他第一次来买卤鹅,是二年前的夏至,周五。她记得那个日子,不是因为那个节气。那天,是她在梨花街卖卤鹅一周年纪念日。她想纪念一下,就把卤鹅的价格往下降了三块,却没有告诉任何人。纪念是自己的事情,说出来了,就有些酸气了。他来时,是晚上七点十分,手里拎着一只黑色真皮公文包,西裤长褂,脚上是黑色的皮单鞋。他要了一块前段。她斩鹅的时候,他突然说了一句:"你这卤鹅,有杨丹草的气息。"

她愣了一下,抬起头看着他,问:"你说什么?"其实她听得很清楚,但是,她不相信。

杨丹草?只有一个人说过,那是三十年前的事了。

那时她父亲在曲柳镇经营一家规模不大的叫"工农"的饭馆,因为卤鹅做得好,吸引了不少回头客。卤鹅好,一半是因为所有的鹅都是她母亲在流经镇南的大运河里散养的,一半是因为杨丹的手艺好。杨丹是她姐姐,比她大十三岁,高中毕业后辍了学,在饭馆里给父亲帮厨。说是帮厨,其实只做卤鹅。这手艺还是父亲的祖父传下来的,传到父亲时,吃卤鹅的人好像越来越少,父亲有些寡淡,就把手艺传给了杨丹,自己专心经营饭馆。想不到,这卤鹅在杨丹手里像大运河边的杨柳一样,越长越粗壮,很快就成了饭馆的金字招牌。

杨丹制作的卤鹅,甘爽鲜香,软糯醇厚,卤汁如酪,且有一种从内到外透出的淡淡清香,嗅之若无,食之却有,食后良久,清香仍然在舌尖和意念中缠绕,回味无穷。到店里品卤鹅的,百分之九十是奔着那缕清香去的。没有人知道那缕清香从何而来,父亲不知道,母亲也不知道。但是,她知道。每天黄昏时分,姐姐都要带着她来到大运河边,剜一种叫银丹草的植物。回到饭店后,用清水冲洗两遍,晾去水分,然后在石臼里捣碎,涂在已经腌制三个小时的鹅腔内。第二天早上,用温水把银丹草冲净,再下锅卤制。那一缕似云似风的清香,就来自银丹草。

姐姐做了两年卤鹅,就到了24岁。那年春天,在饭馆的橱窗前,出现了一张戴黑框眼镜的年轻白净的脸。那是一个儒雅帅气得令人心动的男人,看到姐姐,他的眼神就像厨房里熊熊燃烧的炉火。她告诉姐姐,说那男人的脸快被火烧着了。

渐渐地,姐姐的眼睛里也有了炉火。她知道,姐姐和那个男人恋爱了。

那个男人姓方,是黄花县城一所师范专科学校的辅导员。他来曲柳镇,带了五个学生，目的是参加社会实践。她却觉得，他来就是为了姐姐。

很快，男人便随着姐妹二人去大运河边采银丹草。大运河水清凌凌地往东流，欢快的波声没有姐姐的笑声好听。

男人喜欢吃姐姐做的卤鹅，他说那种淡淡的清芬的气息与姐姐身上的气息是一样的，温暖而迷人。

男人说那种草不叫银丹草，叫杨丹草。

连她都听得出，男人是在向姐姐表达爱慕。爱慕姐姐的男人很多，他是唯一把银丹草叫作杨丹草的人。

她仔细看站在卤鹅摊前的男人，虽然他眼神里透出无限沧桑，虽然表情被忧郁遮掩得风雨不透，但是，隐隐约约能窥到三十年前那个叫方的男人的影子。是他吗？也许是，也许不是。是与不是，与姐姐都没有关系了，与自己有什么关系呢？

他没有回答她，微微闭了一下眼睛。

她对他一笑，不再追问。

他拎了那只装了卤鹅的保鲜袋，转身走了。

从那以后，每个周五的晚上七点左右，她的卤鹅摊前会准时出现他的身影。即使很熟了，他也没有很正式地打过招呼，最多是迅速地笑一下，再加一个点头。到后来，他们之间便有了一点默契，他往卤摊前一站，她便迅速地把卤鹅的前段斩好，称好，装好，然后附上一小袋卤汤，递到他手里，说出钱数。他点头，掏钱，然后转身慢慢地离开。

这真是个好男人啊！嫁给这样的男人，是要修行八辈子的。刘田静看着他的背影，总是这样说。

三十年前，母亲也是这样对姐姐说的。母亲这么说的时候，姐姐就笑，说："我一个女孩子，值得老杨家八辈子为我修行吗？"

3

她卖卤鹅的第二个周年纪念日，周五，正赶上省里在黄花县城验收省级文明卫生城市创建。来了一个检查组，明察暗访，似乎在验证申报材料上的话。县里派了很多工作人员上街督查，禁止所有摊贩白天出摊，晚上七点解禁,解禁后,也只能在背街小巷出摊。她的心里忽然有些忐忑不安,低眉内省,却找不到一点蛛丝马迹。

区良去世以后,她很少有这样的感觉。

区良是区玲的哥哥,区玲是她在县一中的同班同学。高中毕业,等待高考放榜的时候,区玲请她吃饭,在饭桌上告诉她,区良看上她了,要娶她。她认识区良,高二时班里举行过一次联欢会,他配合区玲演过一个节目,是一个小品,名字和内容都忘了。但是,她印象里有他:一个白白净净的男人,骑着一辆银灰色的三轮车,车上放着一架钢管焊制的梯子和一个乳黄色的电工包。那时,区良已经参加了工作,在供电公司的电力维修班。她感到区玲的话挺可笑。嫁给一个电工?怎么可能!区玲告诉她,区良说她是世界上最美的女孩,如果他一生只能做一件事,他只有一个选择:把她娶回家。她知道自己是个美女,有很多人对她说过她很美,给她写纸条的男生比班里的板凳腿还多。那些纸条,她一直当草稿纸用,从学期开始,能用到学期结束。她和区玲开玩笑,说:"如果我考不上大学,就嫁给区良。""那要是考上了呢?"区玲天真地问。"那我还有什么理由嫁给他?"她笑着说。

她没有想到,她的命运就像在结了薄冰的河上跳舞,爆裂的声音说来就来。她没有考上。一年以后,她真的嫁给了区良,唯一的原因就是他爱她。在区良的搀扶下,她从冰冷的河底一步一步走上了岸。区良是个好男人,虽然平常了一些,却温柔体贴,带着她把日子过得有滋有味。她以为生活会一直安静而甜美地继续下去,却不料区良在一个夏日的晚上死于一场电力维修事故。那时优儿刚刚一岁。如梦如幻。好像区良以前给她的幸福仅仅是为了对比以后的悲苦,好像区良以前的存在只是为了证明她的存在,好像,那个男人就是一颗流星,他出现在她的生活里,就是为了在她的天幕上划上一道深深的痕迹。

梨花街北头的摊子全都转移到旁边的一条小巷里,面对面摆放,中间的空隙不到一米,勉强能通过一个人。她的摊子在最里侧。生意清淡,大家开起了玩笑。她也跟着笑,心里却像长了荒草一样,总觉得巷子外面有一双眼睛在寻找她。七点二十,她再也按捺不住,不管不顾地把卤鹅摊推出了巷子,回到梨花街北头那棵老梨树下面。

巷子里所有的男人和女人都吃惊地看着她的背影,就像看着一枝忽然飞出围墙的梨花。

她感到一阵轻松。

一辆银灰色的奇瑞汽车从西边开来,经过二百米外的汇丰大厦,停在一百米外一家小小的停车场。他从车上下来,手里拎着一只公文包。她看到他向自己走来,长出了一口气。

如果这个男人是方,那么,姐姐就是为他死的。但是,家里人都不怪他,都说杨丹没有那个命。

如果杨丹不死,嫁了别的男人呢?会不会幸福呢?说不清。

曲柳镇上的所有人都认为那个叫方的男人和姐姐是前世修成的姻缘,是牛郎和织女。他们没有在一起生活过一天,走在一起,却让人一眼便认定是夫妻。他们有夫妻相,这是父亲和母亲最欣慰的,也是父亲和母亲极力促成这桩婚姻的重要原因。但是,有夫妻相又如何呢?有夫妻相的人,就一定能生活在一起吗?

和方认识的第一百五十天,姐姐喝药自杀。他没有背叛她,但是,他的家庭拒不接纳她。那个家庭,据说有着非常显赫的背景,就像黄花城里的黄花塔,可以把一切事物当作脚下的尘埃。他把姐姐带回家,想破釜沉舟。但是,他的母亲狠狠地羞辱了姐姐,姐姐彻底绝望。姐姐是在曲柳镇自己家里自杀的,没有留下只言片语。在姐姐的遗体前,他用右手从衣袋里掏出一把裁纸刀,用尽全身力气在左手腕上划了一刀。这一刀几乎要了他的命,也割断了杨家对他的仇恨。

每年给姐姐上坟,母亲都会痛哭流涕:"丹啊,你没有那个命!"

她时不时抬头看他。他越走越近,几乎可以看到他脸上忧郁的神情了。突然,一辆白色小卡车停在卤摊前,从车上跳下三个戴红袖标的男人。一瞬间,她有一种崩溃的感觉,走出那条小巷子时心存的侥幸,在此时全部结成冰霜。没有反抗,反抗意味着一笔重重的罚金,意味着她将永远失去在这里经营的资格。在三个男人动手没收卤鹅摊的时候,她迅速地藏起了半只卤鹅,把它包在一只透明的保鲜袋里。

他站下了,面无表情地看着眼前发生的一切。看热闹的人比早晨树枝上的鸟还多,她眼眶酸酸地站在那些人中间,似乎也成了看热闹的人。

他停留片刻,看了她一眼,转身要走。她连忙赶过去,把那半只卤鹅递到他面前,说:"不好意思,今天没有卤汤了。"

他接过去,微微点一下头,掏出一百块钱递给她。她想说不要钱,如果不是为他,也许她就不会来。但是,她没有说,默默地收了钱。这时她才想起,钱包也在卤摊上。

她看着他,说:"钱包,也没了,下次再找你钱。"

他微微地吃了一惊,看了一眼那辆正在离去的白色小卡车,说:"你能记清里面有多少钱吗?"

她点点头。

他转身走开了,背影有些僵硬。

她有些失魂落魄。这样的事情,她还是第一次遇到。哪来的勇气呢?就一个人把卤摊出在这里了。她想去找刘田静,却发现刘田静就站在她身边,用一种很陌生的眼神看着她。

刘田静比她有本事,应该能帮她要回卤摊。

刘田静让她三天以后去找老陈,并把老陈的地址告诉她,叮嘱说,一定要带两条大中华,老陈不喝酒,就抽烟一个爱好。

"为什么要三天以后?"她问。

三天之内,就是老陈的爹去,也要不来。刘田静说,这三天是杀威的。

威? 有威吗? 她觉得好笑。

她没求过人,想象着自己拎着两条烟站在老陈家门外的情景,脸有些红。这时她想起了区良,想起了曲柳镇。如果区良还活着,自己就不用这样出头抛面了;如果在曲柳镇,也没有这些事了。

姐姐去世以后,父亲曾经和她说过一句话:"如果你自己还不是城里人,就不要和城里人结亲。"她记得这句话,但是,糊里糊涂的,就嫁给了区良,就成了城里人。是城里人吗? 那些和她一起出摊的女人,大多是嫁了黄花城里的男人才摆脱了乡镇。她们都说自己是城里人呢! 别管是与不是,这辈子肯定要住在这里死在这里了。

住在这里,就得守这里的规矩。

区良死后,她多次想过以后的日子,想不清。天上的鸟儿想过以后吗? 它们不想! 所以它们总是快乐地飞翔。

第二天上午,她去了一趟书店,买了两本孩子教育方面的书籍,又给自己买了两本小说。上高中的时候,她喜欢东北的一个女作家,一直追着读。这几年忙了,几乎没有时间读书,她想把断掉的习惯找回来。回到家门口,看到自家的卤鹅摊在门外停着,一个留着平头的年轻男人正在敲门。她认得他,昨天晚上见过,是那三个戴红标的男人之一。年轻男人看到她,愣了一下,脸上挤出很多笑,伸出手想和她握一下,看到她手里的书,又愣了一下,把手缩了回去。

年轻男人让她清点一下卤摊上的东西,说如果没有缺损,就物归原主了。又掏出一个钱包,放到卤摊上,让她点一下钱数对不对。她认得自己的钱包,心里突然咚咚狂跳了几下。她点钱的时候,年轻男人有些紧张,两眼直直地盯着她的手指。她点不清,脑子里迷迷糊糊的,不明白到底发生了什么。

年轻男人让她打一个收条。她清清嗓子,说:"你们也没给我打欠条呀!"说完她有些害怕,担心好好的事情突然就黄了。但是,她觉得应该这么说一句,把想说的说出来,即使冒些险也值。

年轻男人搔了搔头,有些低三下四地说:"大姐,我回去得有个交代不是?你要是不打这个条,我没法向老陈汇报。老陈凶起人来,一点面子都不给的!"

老陈?她更迷糊了。给年轻男人打过收条,她坐在屋里想了半天,越想脑子越乱。

当天晚上,她仍然去卖卤鹅,却是老老实实地待在那条小巷里。昨天晚上的经历,想一下都让人头皮发麻,再发生一次,会做噩梦的。当她推着卤鹅摊走进小巷时,看到了姐妹们惊愕的目光。那一刻,她忽然有些自豪。自豪什么呢?脸上,渐渐地有些热,有些红。

她一连想了几天,也没把事情想清楚。周五,检查组走了,禁令解除了,她又站在了那棵老梨树下。当他向她走来的时候,她的心里突地跳了一下,似乎明白了。他来到她面前,像往常一样,只是简单地点点头。她的眼睛有些热,却只是一瞬的感觉。手脚有些忙乱,这是以前不曾出现的。她没有收他的钱,说上周没找钱,这周就抵了。他也没有说什么,转身要走的时候,突然就看了她一眼,很正式的一眼。她的眼睛又热了一下,说:"你,那个——"他愣了一下,迎住她的眼神,似乎在鼓励她说下去。她却说不出来,脸竟然红了。他淡然一笑,转身走开了。

她是想表示感谢,还是想落实一下心里的疑惑?说不清,只是想说些什么。

4

周五晚上总是繁忙的,四年多的时间,一直如此。她站在卤鹅摊后面,看着眼前熙来攘往的人流,如看着一幅在墙上挂了多年的油画。

附近的街上,上周新开了一家卤鹅店。她担心生意受影响。如果坚持不下去,怎么办呢?她以前也想过这个问题,那时的答案很简单:坚持不下去,退到哪里都行!但是,现在她不想退,一步都不想退。这几天她一直在想这件事,她知道自己早晚能想出办法来。

今天她仍然做了四只卤鹅。优儿明天不上课,她心里比较安稳。七点半多一点,已经卖出去两只。他还没有出现,上周的这个时间,他已经把卤鹅摆到餐桌上了。也许,他还会喝一杯酒。也许,儿子也坐在他身边——她知道他有一个儿子,高高大大的,阳光帅气。半年前的一个周末,她在街上看到他,他的身边有一个女人,一个男孩。她能猜测出来,那女人是他老婆,男孩是他儿子。那女人长得不算漂亮,但是,很有气质。那种气质如果不是与生俱来的,就是在优越的生活环境里养成的。那一刻,她想起了姐姐,三十年前的疼,就像来自一个刚刚撕开的伤口,让她站立不稳。

"那人不会来了,"刘田静说,"过点了。"刘田静脸上的神情说不清道不明。自打那次她的卤鹅摊失而复得,刘田静在面对她时,脸上一直是这样的神情。

"其实,你现在有一个机会。"刘田静又说,"抓住了,你就不要在这里顶风冒雨了,说不定,你还能把老陈顶掉呢!"

她没回答,用一块洁白的抹布擦拭着卤摊,眼睛却是向西看的。

"他老婆上个月死了,你可能还不知道。"刘田静说这话的时候,眼神在她脸上飞快地扫了一下。

"死了?"她很惊愕地问了一句。

"死了,我一个亲戚在二号厅,她在三号厅。"

黄花城只有一家殡仪馆，总共只有三个厅。黄花城的人开玩笑，最恶毒的是，在饭店里遇到时，问别人订了几号厅。

她突然感到一阵难过。那个优雅的女人，说没有就没有了？

"那个三号厅，去了好多人，都是天天在电视上露面的。那些人要上礼，全给拒了，那要拒掉多少钱啊！"刘田静脸上的表情很夸张，似乎当时的场景又出现在眼前。

"我们在二号厅看着，感到自己白活了几十年，再活多少年都是白活。"刘田静又说。

"白活？"她看着刘田静，很奇怪眼前这个城府深深的女人会有这么悲观的想法。什么是白活呢？长江里的鱼，白泉河里的鱼，谁是白活的呢？

"我听说了，他在市里工作，手里权力大得很嗳！我就不明白了，有恁大的权力，为什么不把家搬到市里去？你看看咱这黄花县城，有什么好留恋的？"刘田静的声音越来越大。

她走开一些，看着阴沉的天空，想，也许很快就要下雨了。

又来了两个买卤鹅的，第三只卤鹅很快就没了。

"我说的你听见没有？"刘田静问。

"你说什么了？"她微微一笑，眼神一直注视着西边。

刘田静撇了撇嘴，说："你要是能攀上这高枝，就成了喜鹊了。以后，也可以照顾一下咱这帮老姐妹啊！"

她愣了一下，突然低声说了一句："你神经病吧！"

刘田静的脸突然红了，把手里的不锈钢捏子扔到砧板上，发出响亮的碰撞声。

她有些歉意，认识几年了，她从来没说过这么唐突的话。

上周五晚上，他带着卤鹅准备离开的时候，突然说："我单位附近有一种银丹草，与你用的这一种，形状和气息都有一点差别。"

她用的银丹草，是大运河边的。母亲每隔两天就托班车司机带过来一包，她到车站去取。

"我下周给你带一些，你可以试用一下。"他说。

"太麻烦了。"她说。

上个月，刚刚麻烦了他一次。虽然知道他有能力，不费事，心里还是过意不去。无法以桃报李,接李的时候,手软,心也软。

优儿小学毕业了,要上初中。按照属地就学的规定,优儿应该去七中报名。七中是黄花城八所中学里最差的一个,三个年级,共有一百二十名学生,七十名老师,每年会考都倒数第一。

刘田静的儿子蛋儿也应该去七中上学,但是刘田静托了人,已经得到了准信,蛋儿可以到六中报名。六中也不怎么好,但是,比七中好。她央刘田静再张一次嘴,让优儿也到六中去。刘田静嘴里答应着,却一直拖着不办。她知道刘田静的想法。周五下午,她去银行取了一万块钱,准备晚上交给刘田静。为优儿搏一下,花钱不冤枉。那天晚上,他去买卤鹅的时候,一眼就发现她情绪低沉,斩鹅的时候,有一刀差点刹在左手食指上。他问她是不是家里有事。她摇头,说没有,身体不大舒服。他突然说:"你家女儿应该上初中了吧?"她有些惊讶,一时不知所措。他点点头,说:"我明白了。"明白了?是什么意思呢?但是,这句话让她浮躁委屈的心突然安静下来。她没有把钱交给刘田静。她突然想起一部电影里的台词:你是个姑娘,你应该等待。她已经不是姑娘了,但是,她是女人。第二天晚上,她刚刚把卤鹅摊推到老梨树下,就见一个戴眼镜的年轻男人向她走来,让她三天以后带着孩子到县一中报名。她的泪水涌进了眼眶。欠他的情,没有能力还,只有默默地在心里感激。

他要帮她带些银丹草,事不大,却触动了她内心柔软的地方。

她心里明白,即使他说的那种银丹草能让卤鹅味道更好,也很难坚持。他说的银丹草,也是在大运河边生长的吗?怎么长期供应呢?靠他吗?怎么可能!父亲说过:"萤火虫为什么要自带光明?因为它们不想麻烦月亮。"

不麻烦。他淡然一笑。

接下来的七天,她总是在想,他会带来吗?那种银丹草,与流经曲柳镇的大运河边生长的银丹草,真的不一样吗?会更好吗?

下雨了,先是雾雨,很快变作小雨。她撑开随身带来的红色油布伞,绑在卤摊上,遮住自己,也遮住卤鹅。

刘田静嘴里骂骂咧咧,三下五下收了摊子。

"你还剩不少,明天会馊的。"她向刘田静笑了一下。

刘田静头也不抬地推着摊子走了,说:"东西馊了,也比人馊了好。"走了七八步,突然又说,"有什么好等的? 等来了又能怎么样?"

她感觉被狠狠地噎了一下。看着刘田静一左一右努力扭动的两片肥腚,她忽然想起那句话:你要是能攀上这高枝,就成了喜鹊了。

攀高枝? 她的心疼了一下。刘田静怎么会有这样的想法呢? 这个世界上,有些水注定要流进长江,然后入海;有些水,只能在小河里流淌。她是大运河里的水,散发着大运河的气息,她怎么可能与别的水融在一起呢?

快九点了,雨没有停歇的意思。一个年老的男人打着雨伞走到卤摊前。她忽然有些担心:只剩半只卤鹅了,他要多少呢?

好在,他只买了半段,而且,是后半段。她有些感激,少收了两块钱。

她看了看四周,犹豫了一下,慢慢地弯腰,从一只不锈钢小桶里掏出一只红色的布质提袋,撑开看了看,然后扯下一只保鲜袋,迅速把剩下的卤鹅装进去,放到提袋里。

她长舒了一口气。

优儿吃饭了没有? 应该没有。她不回去,优儿连糕点都不吃。她的心里有些歉意。明天,要依优儿的意思,一起去看场电影。

雨丝如注,路灯昏黄。一阵风吹来,她哆嗦了一下。

街上的行人越来越少,身边的摊子也越来越少。

忽然拥来一波下晚自习的高三学生,却是奔着一家朝鲜冷面摊去的。那个叫廉美的35岁的女人,靠一个冷面摊养活四口人,每天都要熬到十点以后。最后一批放学的学生离开后,一天的生意便结束了。

卤鹅摊上悬着的蓄电灯忽地暗了一下,像一个疲倦的女人忽然打了一个盹。她坐在红色油布伞下,一点倦意也没有。偶尔有几个匆匆路过的男女向她投来诧异的一瞥,像是在猜测一个凄美的故事。

"姐,走了。"廉美推着摊子经过她面前。

她恍惚了一下,从沉思中挣扎出来。

再向西边看一眼,只有在雨中坚守的昏黄。

她叹了一口气,从衣袋里掏出手机。每天把卤摊出好以后,她都要浏览一下短信和微信,然后把手机调到静音,安心工作。临走的时候,把声音恢复,再浏览一下有没有新短信和新鲜的微信。她的微信朋友圈很小,微信群只有两个:一个高中同学友谊群,一个梨花姐妹群。梨花姐妹群,全是在梨花街北头出摊子的女人,有二十三个人。

梨花姐妹群里,刘田静半个小时以前发了一条微信,是从黄花县城一个微信平台上转来的:柳沟桥突发车祸,一男子当场殒命。文字很简洁,最简单的事故描写,事发时间是晚上八点半左右。

刘田静发了一句评论:这么晚了,待在家里最安全,最幸福。

柳沟桥扼着省道,在城西三公里处,建于三十多年前,听说最近在修整。

她退出微信,收拾摊子,准备回家。手碰到装在布袋里的卤鹅,心里一紧,突然就愣住了。

环视四周,眼前的世界被雨包围,似乎所有事物都被雨融化为雨了。

她把红色油布伞从卤摊上取下,擎在头顶,急急地往柳沟桥赶去。

她曾经去过柳沟。一条水源充足的南北方向的大沟,从看不见的地方来,在看不见的地方消失。桥北五百米,有一片宽阔的水滩,植着多株垂柳和木槿树,一年四季都是景。半年前,她和梨花姐妹群里的十来个姐妹一起骑着自行车来到水滩,整整玩了一上午。那是区良去世后,她为数不多的聚会之一。

赶到柳沟桥时,已经十一点多了。漆黑的夜色,浓厚得让人怀疑天还会不会亮起来。偶尔有车辆闪着贼亮的灯光冲过来,瞬间便不见了踪影。她跟着姐姐到大运河边剜银丹草时,有时会忙到天黑,她很害怕,总是紧紧拉着姐姐的衣袖。今天,她没有丝毫恐惧的感觉,仿佛那黑暗本来就是她的,柳沟桥周边的所有未知,本来就是她的。

借助手机上的电筒,她看着眼前的柳沟桥,满心凄惘。桥面的南半边被蓝色铁皮圈了起来,正在施工的样子。容车通行的,只有北半边,五米不到的宽度。北边的水泥桥栏,最西边的那根,已经碎裂了,邻着的那根,歪斜得很厉害,受了重创的样子。没看到撞毁的车辆,如果真有事故发生,早该处理结束了。桥面上,散落着一些银色、黑色的塑料残片,似乎在讲述一个惊心动魄的故事。

她有虚脱的感觉,斜倚在一根桥栏上,听见雨丝的沙沙声,听见桥下的水在流,听见水边的芦苇丛中传出鱼儿跃出水面的声音。她无法判断,无法得出结论。呆立了一会儿,她打开手机微信,从梨花姐妹群里退了出来。

明天上午,她要去买一只老年手机。

一辆卡车从东边冲过来,她只好往西走了两步,退到沟坡上。卡车呼啸而至时,弧光一样的灯光把整个桥面笼罩住。她突然发现,那根受了重创的桥栏的根部外侧,悬着一大团草状的东西,像一个就要掉到沟里的孩子。她的心猛地揪了起来,她冲进卡车掀起的烟尘里,跪倒在桥栏边,把那团草一把揽起。

清芬的气息,温柔而绵厚,在雨夜里顽强地向上升起,像努力冲脱云层的月光,像在湿润的枝头缠绵不已的微风。

她撕心裂肺地长长地呜咽了一声。

哦！银丹草！

(《安徽文学》2021年第4期;《小说月报》2021年第6期转载)

阿马尔的瘿

李国彬

上部

1

严希胜来了,说是要买我家的树。开价不低,15万,我心里一动。严希胜瞥了我一眼,咧着嘴,拍了拍自己那瘦骨嶙峋的胳膊肘,笑着说,是拆骨价啊。说着,递给我一支香烟,又给我点上火。

我吸了一口烟,向远方看去。

在村西,有一棵银杏树,粗大、茂盛,两个汉子手拉手才能合围;此时,在秋日的阳光里,那树上的每片叶子都如同镀了金,风一吹,金光四射,哗啦啦地响。

这树是我祖父栽的,有九十多年的树龄了。能不能再添点?我问。

听我这么说,严希胜看着地面,满脸的为难,他一边小心翼翼地剔着牙上的烟丝,一边苦笑着说,到顶了,真的。这么大要扯(骗人)。说着,他抬头看着我,跷起小拇指。那小拇指少了一节,竖在我面前时像条残废的不停颤抖的虫子。

接着,他向我诉苦,说买我家这棵树是要办许多手续的,首先要办不是古树的证明,否则,不敢动这棵树。他还说,大树吊运也是一门科学,要请专业人员来修枝、扎土球、包裹车体,哪件事都得用钱……

我本来就是虚晃一枪,听严希胜这么说,我就不在价格上坚持了。

和严希胜分手后,我急急地往家赶,心里很激动,走起来时,两个脚板一上一下的,如同翻牌,胸前也似顶着一层又一层的浪。

　　三年前,我为张立柱做了一次担保。张立柱是外乡人,当年被乡政府招商了,然后在我们盏子郢割了一块地皮,开起了黑猪养殖场。这个人的脑子里"轮子"多,凡事都转得快,赚钱跟玩魔术一样,一挥手就能在空中抓到大把大把的票子。为人厚道、稳当,让人放心,从他嘴里听不到砖头大的话。说来也奇怪,在盏子郢,大头大脸的人并不少,他独把我当暖和人,有事没事找我聊,尤其是碰到烦心事,特别喜欢听我拿主意。

　　那是2016年的春头上,有一天,四处下雨,到处泥泞,农村人做不了大事,都在家窝着,这时,张立柱来找我聊天。聊着聊着,忽然忧虑起来,我问了半天,他才说出实情:这几年,猪金贵了,哪家听到猪哼哪家就能听到银子响,于是张立柱想扩大经营,买两辆大卡对外运猪和物料,苦于手上的资金大都套在外面,一时无法回笼,于是想借用一下我的身家,为他担保130万贷款。听张立柱这么说,我的义气一下子就冒了出来,我说,担保又不是借账,我给你立字据。二十七年前,我在安丰塘小学做过民办教师,板书好,文章也秀气,几笔就把自己的意思写在烟盒子上了。张立柱接过我的担保书,眼泪一下子就流了出来,想要说什么,肥厚的嘴唇张了几张却没能说出来,只是双手抱拳,连连给我作揖,如同一个知书达理的古人。

　　如果不出岔子,这应该是一段大情大义的佳话,万没想到,不到一年,张立柱失踪了,接着,张家的六部车子、几圈的猪、十几套饲料加工设备被人家拉走了。张家被扫平后,六七个青年男女来到了我的家。这些人穿短筒皮鞋,和你交流时并不说话,只让你看三样东西:担保书、还款计划、刀子。那刀子是古人用的弯刀,背黑刃白,看一眼就感到痛,裤裆里冷飕飕的。

　　我女人王家琴好强,往年,赶上家里粮食不够了,就是用麻绳把嘴扎起来也不愿意欠债,现在,听说我欠了130万,大叫一声就向我扑来,然后把我的脸皮子、脖颈子撕得跟刨瓜的样。并向我提出了两个要求,第一,离婚。她说,这一次我要不跟你离婚,我就是你养的。你看看,她能说出这种话,疯了不是。第二,家里的积蓄一分钱也别想动。她说,现在老天爷发下来的雷也有导航,你敢偷我的钱,打死你个龟孙。

　　无奈,我向我的兄妹和孩子们求援,总算把第一笔欠款还了。昨天又收到了催款人的信息,要我在七天内,还清第二笔款子。如果还不上,出门向左,棺材铺的电话就写在文化广场的宣传栏里。

就在这时,严希胜出现了。你说他是什么?他就是我亲爹!

2

赶到家时,家琴正坐在院心里砸豆秸。豆秸是从湖地里背回来的,豆荚都九成熟了,黑黑的,一只只的咧开嘴,轻轻一砸,躲在里面的豆粒就会蹦出来,飞得很远,为此,家琴用稻毡子将这些豆秸圈在一起,砸击时用力也很轻,很谨慎。

这阶段,被那钱闹的,家琴老多了,头发是为孙女办周时焗的,这都三个月了,底层已经见了白,像是在头发里藏了棉花,显得更憔悴;熬夜了,眼角是红肿的,还有点轻微的糜烂。我心里一沉,然后默默地坐在她面前。家琴也不搭理我,脸上也没有表情,此时,我还不如粒豆子。过了一会,我说:"跟你说件事哩。"

家琴仍然不理我,只顾砸豆秸,只是在砸击中,那棒槌犹豫了一下。

我说:"还是那个担……担保的事。"

听我这么说,家琴那张本来就阴沉的脸更阴沉了,挥舞棒槌的速度一下就提高了,砰砰砰,豆子和灰尘也一起飞了起来。

我忙说:"如果成的话……那些窟窿就能填上大半了。"

听我这么说,家琴忽然停下了手里的棒槌,先是轻蔑地看了我一眼,现出一副想哭的样子,然后无不嘲讽地说:"抢信用社?去吧,我给你戴孝。"

家琴的话很难听,我却很心疼她,就把严希胜要买我家银杏树的事说了。

听我说完,家琴看都不看我一眼了,挥舞棒槌的速度更快了,好像我刚才说的都是谎言,她要把它们一一敲碎。

我心里很难受。我知道,这件事发生后,我失去了家琴对我的信任,这真比被张立柱骗了还要难受。于是,我打了严希胜的手机。

不一会,严希胜来了。你得承认,这真是个会来事的人,他不像先前对我死说,而是把一份合同递给了家琴。

家琴上过初中,识字。

75

秋夜,月亮大得吓人,半个窗户都被月亮堵得严严实实的。

这已经是后半夜了,夜露似乎是有声的,沿着窗棂向下打着溜。平日里,村庄里倒是有三十几户人家,但真正住人的没有几户,此时,寂静无声。

床那头,家琴一直在翻身,我在这头虽然一直没动,其实也没睡。远处有狗叫声,很深沉,叫的那几声像扔进水里的石头,渐渐就沉入了水底。

家琴已经认可那份合同,这会,她忽然坐了起来,冷不丁地问:"你妈会同意吗?"

我也坐了起来,说:"会的。"

"不是会的,"家琴说,"她一定要同意呀。你跟她怎么说?"

"就直接说吧。"我叹了口气。

"哼!"家琴说,"你妈要是气死了,你就又作了一股子孽。"

家琴的这句话虽然多是在骂我,却提醒了我,我不安起来。

"你就说钱吧。"家琴说。

家琴的这句话让我的眼前亮了起来。"好。"我马上附和着,又笑了一下说,"估计一说能卖到15万,我妈拎把刀就去砍树了。"

我这句有点带讨好性质的玩笑话好像产生了效果,家琴舒了口气,慢慢地靠在床头,情绪也明显缓和了下来。这可是几个月来难得的一个变化,我很高兴,往她身边凑了凑,又扯住她的胳膊。家琴瞅了我一眼,将身子歪到一边去了。我又扯了扯她的短裤,嬉皮笑脸地说:"来,做点正经事吧,两个月了,我也不是窑里烧出来的,呵呵……"

家琴用胳膊肘子拐了我一下说:"去,你从来就没有做过正经事。"

我不放弃,又嬉皮笑脸地贴近她说:"现在正经了,来吧。"

家琴又用胳膊拐了下我,泄气地说:"去,有什么意思,打架的样,没心情。"说着,彻底转到一边去了。

我叹了口气,也侧身到一边去了。一阵失望之情像水一样,把我的心灌得满满的。我知道,这件事还像草根一样耙在家琴的心里,一天不除,一天难以轻松。我沉重起来。

就在这时,家琴又坐了起来,她推了我一下说,那个价格太低了,那么粗的树,15万就拔走了,卖树苗呀。就哄你这种没见过大钱的人。20万,少一分都不行。

我怕生意掉地下了,又觉得家琴太狠,就说:"你这真叫给南墙穿大褂,套得上嘛。不就一棵树吗,15万都算是性情话。严希胜那天喝酒了,下次再谈这个事,不一定有那个态度了。"

我的话并没有影响到家琴,她说:"你打他手机,现在就打。"

家琴的话音刚落,我的手机响了。

手机是严希胜打来的。这几天,他没回老家,就住在咬口镇里,专等我回话。不知这个时候为什么打我手机,手机接通后,他说:"老丁,睡不着啊。"

"想老婆了?"我笑着问。

"呵呵呵……"严希胜笑了笑,算是搭讪,转而口气低沉而忧郁地说,"我……我忽然对你家那棵树失去了信心。"

我心里一沉,想着严希胜这句话的意思。说实话,这个时候,我真怕他变卦:要么不买树了,要么压价。

就在这时,家琴突然把我的手机夺了过去,她说:"严师傅,我们也睡不着,翻被单样。你那个价格,拔不动那棵树。"

3

昨晚,严希胜失败了,我家那棵树的出土价长个了,从15万提到了22万。严希胜说:"嫂子,你太狠了吧。"家琴说:"这里的水到底有多深,我还没蹚呢,要不等等,我来卷裤腿。"严希胜忙说:"那就这样吧。"

当夜,家琴打了一夜鼾,惊天动地的,根本就不亚于老爷们。第二天,她又早早地起来,一边让我打电话给严希胜,让他来签合同,一边催我去找我母亲谈这个事。家琴说,你一步一步蹚啊:"先说十万,再往下说,看老奶奶怎么说。"

我不解,说:"那又何必?"

"你这个庙里堆的,"家琴恼火地说,"我昨晚想了一夜,你妈要是一口回了怎么办。"

我摇了摇手。

"就这么说。"家琴大声地命令我。

"行行行。"我连连点了点头。

母亲和我们住在一个村子。我们是五年前盖的新房，住村东。母亲还住在村西的老宅子里。老宅子前后六间，南北走起。如今，后面的三间厢房早倒塌了，成了菜园子，母亲一个人则住在前厢房里。总体环境还不错。去年，美丽乡村工作组来了，在前面为母亲拉了道院墙，还粉刷了，加上母亲又会收拾，里外利索的。

我走进院子时，母亲抱着一只筛子，正坐在门口捡豆子。目前，就是在乡下，七十多岁也不算太老，保养好的，大约也就是六十多岁的样子，靠近街边，没事就去跳广场舞，有的还跟年轻人赛脸，跳什么鬼步舞，活妖一样，我母亲却比同龄人显老，头发全白了，老沙眼，眼角烂糟糟的，背也驼了，从后面看上去像是被谁搦成了一团。想想一辈子争强好胜，火炮一样性格的母亲，如今败成了这样，我心里一酸。此时，母亲的身后有只炉子，烧煤球的，上面炖着什么，咕嘟咕嘟地响动着，屋里热气腾腾的，屋里既有一种莫名其妙的香味，也有煤球散发出的那种烧燎气，让人感到踏实和亲切。见我来了，母亲抬起头问："饿不饿？"

这都几点了？我笑了笑说，挨着母亲坐了下来。母亲把手放在我的膝盖上，面无表情，两眼无神地看着我，又问："不饿呀？"

我连连摇手。

母亲站了起来，在我身后摸摸索索地拾掇着什么，我说："别忙了，跟你说件事哪。"

母亲耳朵很好，她说："哦。"

我看了一眼院子里的银杏树。那树似乎听到了我娘儿俩的一问一答，一下就屏住了呼吸；刚才还是满院子的树叶子响，这会儿静了下来。

这时，母亲回转过来，抓了一大把枣子。母亲的手又粗糙，又黑，显得脏兮兮的，我说："刚吃过，吃这东西搞什么？你坐下来。"

母亲就坐了下来，然后把枣子放在我能够到的地方。

我轻轻咳了几声，想好了前几句，就把卖树的事和母亲说了。

母亲听说有人要买树，反应并不强烈。她轻轻地摇了摇手，然后把目光慢慢地转到了门外的那棵树上。

这四里八乡的人都说，如果从几里外看我家的这棵树，就觉得整个盏子郓被一大团亮光托着,那是一种漂浮在金色中的样子。如今坐在它的对面,感觉又不一样了:太粗壮,太高大,太茂密,人完全是趴在它脚下的。霸气哦,有它在,四处无存,邻居家的院墙都好像被它挤了出去。壮美哪!满树都是叶子,叶子是金黄的,每一片叶子都如同选出来的,一片比一片明亮,一片比一片一清晰。满树都是果子,每一只果子都显得那么有力气,那么实在,它们紧紧地抱在一起,比着看谁后掉下去。你的目光无论从哪里出发,都无法穿透它,整棵树像个庞大而厚实的巨人,一声轻微的呵气,都能让你感到什么叫风生水起。

"这个怎么能卖哦?"这时,母亲自言自语地说,"你不知多懂事,多听话,又仁义,一庄子人都喜欢。又舍得,大人小孩哪个没得过它的稷(福气)?"

"妈,"我笑着问,"你说哪个呀?"

"说树啊,"母亲说,"我还能说哪个。"

我灵机一动,笑着说:"就算它是我们家的顶门长子,这些年了,也要做点贡献了。我妈,你知道别人出多少价吗?"说着,我把两根指头架在了一起,看母亲迷糊,我又做了说明。

听说这棵树能卖10万元,母亲嘴里忽然发出了喊的一声,然后一脸不屑地说:"难怪老辈子说,银杏树不生虫子,虫子都生这些人身上了。10万,20万我还要想想哪。"

万万没想到一棵树卖到了10万,母亲也看不上。于是我说,我妈,那我再问问。说着,我走了出去,在外面佯装着和别人通了一番话,然后又走了回来。

"妈,可以,"我站在门口说,"人家说可以出到20万。"

母亲明显一愣,忽然不吭声了。

我心里一亮,好像看到了事情的根底,就开展了说服工作,我说,这么多年,这棵树没吃我们家的,没喝我们家的,这20万简直就是大水淌来的。我说,买树人是个酒迁子,花这么多钱买树,一定是犯浑,对于我们来说,可谓是一撂钱,大半都是白捡的。我又说,到处都在传,马上要并村还田了,大周、曹庄都并了,推土机眼见着就开到盏子郓了,如果一并村,上面要求砍树,这棵树就是一堆柴火,一万块都没人要了。

母亲有点倔强地说:"并村?我怎么没听说?"

我转而说:"20万啊！我妈。"

母亲不看我,两眼只是盯着那棵树,还是摇了摇头。

母亲的这个反应让我很恼火,我一屁股坐在门槛上,然后正对着母亲,一句话也不说。

屋里静了下来,外面,那棵银杏树好像感受到了我们母子的心,它轻轻地晃动了几下。有一棵大枝,已经伸展到了门头上,晃动时,那些果子发出了细碎的声响。像是问母亲,又像是在问我。

我不甘心,又说:"我妈,你不是说想在后面老宅地上起两层楼吗？这钱起三层楼也够了。"

说出这句话后,我的脸火辣辣的,觉得自己在说谎。

听了我的话,母亲叹了口气,然后眯着眼,像是对树,又像是对我说,我要盖三层楼干什么,不需要。

我轻轻地叹了口气,感到浑身上下软软的。屋里静了一会,母亲忽然问我:"可碰到什么事哦？"

母亲的话又让我精神起来,此时,我特别想动用撒手锏,把自己担保被骗的事说出来,好让母亲害怕,为我担心。但是,我还是放弃了这个想法。我觉得这个事太大,母亲要是经不住,那就出大事了。"没有……"我说,"什么都没有。"

母亲看了看我。过了一会,她说:"那就好,不卖。真想得出来。"

4

我从母亲家出来,腿就像人在泥里似的,走不动。心里恨恨的。

走进院心时,就看到家琴和严希胜正在堂屋喝茶水,分明是在等我带来好消息,一看到我,两人都站了起来。我说:"老严,你来一下？"严希胜就走了出来。我看到,严希胜出来时,家琴站在那,一动不动地瞧着我。

我把严希胜带到厨房的拐角,压低声音,把母亲不愿卖树的意思跟他说了。

听说45万也买不到老太太的树,严希胜一个劲地笑。一边笑,一边上下打量着我。他这一打量,我脸上热了,涂了一层辣油似的。果然,严希胜歪着头说:"老丁,我这可是把肉挂在你嘴边的呀。你这样搞会饿死人的。"

我尴尬,说:"呵呵……"

严希胜歪着头想了想,又笑了一下说:"45万是什么意思？45万就等于把银行搬到你家了,这还不卖？那我不能再等了。"

我慌了,一把扯住严希胜的衣袖,说:"啧,老严,老严哎……"

还没等我把下面的话说完,严希胜就充满嘲讽地不可思议地笑了笑,然后低着头,快步地走出了院子。我在后面大声地说:"等我,等我呀。"

听我在后面喊,严希胜也停下来过,但是不回声,也不回头,只是停顿了一下,然后扬了扬手,又快步地向前走了。严希胜走路时,上身不动,脚步又快又轻,两截人一样。

这时,不知什么时候,家琴已经走到我身边,她看了看轻飘飘地向前走的严希胜,又看了我几眼,问,怎么搞的？

我一扯家琴说:"到堂屋去。"

回到堂屋,家琴不愿坐,两只眼抓钩一样,在我身上直掏。"没谈好？"她问,"老太太嫌……钱少？"

我握着家琴的胳膊说:"你坐下来。"

家琴一打我的手说:"我一辈子就不喜欢你这个样子,一句话夹在树梢子上,半天落不到地上。你直接说,你妈贪心人家了是不是？"

我摇了摇头,就把母亲不答应卖树的事说了出来。我以为听了我的话,家琴会爆的,结果她站在那看着地面,半天才说:"我倒想问问你,你都怎么说的？"

"不就按照你讲的那样吗。10万10万地往上摞,一直摞到45万。任多少,大钱钉成门板,就是不卖。"

家琴看着我,半天才问:"你把我交代的都说出来了？"

我想着家琴的话,觉得都说了。就点了点头。

"你把你逞能给人家担保的事也说了？"

我愣了一下,然后坐了下来,也不敢正视家琴,只是叹了口气。

这时,家琴不轻不重地戳了一下我脑门说:"我就知道,我就能当你的神仙。"

我嗫嚅着说:"我觉得……我说钱就行了,我担心……"

81

听我说这句话，家琴立刻就"爆胎"了，她问："你担心老太太气死了是不是？我呢？我是实心的？不充气是不是？你娘俩就是在合伙杀人！杀我！"说着，脸都紫了，嘴角夹着白色的唾沫，瞪着眼就要往外走。我忙站起来，一把抱住她。我知道她一定是去找我母亲的，如果在没有事先打招呼的情况下，突然说出我担保的事，我母亲真能背过去。我心里慌起来，嘴上连连地说："家琴家琴，我们商议一下……"

家琴猛地推开我，说："商议什么？怕你妈气死了是不是？你一门子丁还不都钉在我的棺材上。我去跳安丰塘。"

我拦在家琴面前，哭丧着脸说："这样好不好，我晚上再过去，横竖把这个事说清楚。好不好？"

家琴不吭声了，呼哧呼哧地喘着气。又过了一会，她说："你还是明晌去吧，半夜三更的，老太太要是不服你这件事，现调棺材都来不及。"说着，从鸡窝旁抄起一把镰刀就出门去了。

5

一夜无觉睡。

第二天上午，太阳有一扁担高了，我去了村西。走到离母亲家几步远的时候，忽然听到一阵阵杂乱的声音，一抬头，只见有好几只竹竿围着我家那棵银杏树挥舞。哗啦哗啦的搅动声中，那些树叶纷纷地飞，犹如跳弹，更像是满天空里闹蝗虫。因为看不见人，我忙紧走了几步。走近了才发现是几个孩子在打树上的果实。此时，果实随着树叶向地上落，下雨一般。地上胡乱地摆着五六只塑料盆，各色各样，有大有小，此时连叶子带果子都快装满了。我破口大骂："想死了？想死买只杏子吃呀。"

想死为什么要买杏子吃？我也不知道，只是我们小时候讨嫌，大人就会这么骂我们。

听到我的叫骂声，几个孩子都站在那发怔了，互相看着，不知是进是退，这时，母亲从屋里出来了，她怀抱着一只杞柳小斗，大声骂我说："是我喊来的。指望不上你，哪年生果子了，不坠断枝子都见不到你屁股瓣子。"

我明白了，忙向孩子们笑了笑。孩子们见有人撑腰，又骂得好痛快，就一起嘻嘻地笑。个个都黑,赤膊鬼样。

母亲不领我的情,嘟囔着脸,让孩子们把地下的果实都捡清了,又每人分了半盆,这才让我把其余的果实倒在一起,收回家。

待孩子们走了,我把院子里的地也扫了,这才和母亲坐在了一起。

母亲的身体就是个科学家,每年都能发明出一种新毛病来,这肺气肿、哮喘多属于爱抽烟的男人的,你譬如说严希胜,早就应该得上,今年母亲也得上了。这会,她面部潮红,嘴唇发紫,一边气喘吁吁地坐在那,一边看着院子里的银杏树,然后无比敬佩地说:"这树祖贵啊,比你妈有本事哦,别说你丁家几代人得过她的稷,这周围哪个庄子上的人没被她消过饥饿。最苦的那一年,一把白果就能救活一大家人。这几年,又变成大庙了,无论谁家孩子,无论得了什么病,只要摸着我们家这棵树诚信几句,糯糊一把的孩子,转脸就又会跳又会笑了。"

母亲说得太夸张了,也有求过回去就死的,还不止一个。只是,这个时候,我也不好翻过来刺激她,最主要的是,母亲说的这些话里都有衬子,是在堵我的嘴,就任她唠叨,等她累。

果然,又唠叨了一会,母亲就不说话了,嗓子里传来了一阵阵粗糙的嘶啦嘶啦的声音,像是有一根金属的弦在颤动。

这时,我拿过一只枕头,轻轻地盖在母亲的膝盖上,然后点上烟,说:"妈,我最近钱头上紧哦。"

母亲把我刚才放在她膝盖上的那只枕头放到一边,然后一边揉着自己的膝盖一边说:"别作。我都给你掐过了(算账),手指头都掐青了。什么都不缺。住两层楼,吃喝不愁。大豆和小豆在外面都混得四面发光的,不需要你这个当老子的贴补,反倒往回寄钱。这可是你女人满庄子说的,生怕抢钱的抢漏了。再就是我了,我生活简单,一顿饭也就一酒盅粮食,他兄弟姐妹几个也都给,没让你一家子担着,还有,你娘的性子你还不知道?再等待上几年,只要觉得垮了,我自己走,利索的。"

母亲的话让我的心情很沉重,一时间,要说的大事就堵在了胸口。

见我沉默,母亲碰了碰我的膝盖。我知道母亲是在问我要烟,我抽出一支说:"天凉了,你喘得很啊。"母亲接过我的烟说:"不管他,有些病要迎头治。"我便为母亲点上了火。母亲刚吸了一口,就大声咳嗽起来。咳得很剧

83

烈,吭吭吭,刨土的样;身体也如同卷入了风暴中心,蜷缩着,战栗着。我怕她吐痰,忙从炉子里夹来一块烧尽的炭球,放在她的脚下,又踏碎了。她一边咳嗽着,一边将手里的烟掐了,然后用脚推了推那些炉灰,显得很厌烦的样。

过了好大一会,人才平息下来,她说:"蒿子,我是你亲妈,别瞒了。到底碰到什么事了? 有多难,一脚踩进磨眼啦?"

母亲的这句话,让我很难受:是委屈,也是因为感受到了一种母爱。

见我不说话,母亲叹了口气,带着埋怨的口气说:"哪怕是半截子像你老子,半截子像我也好。全部像你那个死老子,有什么话说说出来,扛不动还拉不动吗? 可怪家琴平时拿你不作数。"

母亲这番讽刺我的话一下子就激励了我。于是,我就把自己为张立柱担保,又被逼债的事说了出来。

听了我的话,母亲半天没有吭声,又问我要烟。想到母亲刚才那个样子,我有些犹豫,但是,还是把烟点上后递给了母亲。

奇怪的是,这次,母亲吸了好几口也没咳嗽,不过也仅仅是吸了几口,她就把烟扔了,然后用脚拧了拧,说:"我就知道这个小女人是个祸星。什么事都坏在她身上,泼皮胆子大,火星子都敢往家偷。你是一点也不长脑子。"

我知道母亲在骂家琴。我忙为家琴辩解。母亲说:"你别护,虱子再护也长不成猪。什么担保,是想人家巧。哼,喂你草的时候,麻绳子就给你套上了。贪心的人迷糊,那赶你的大鞭子早就别在腰上了,可惜你看不见。"

母亲越这么说,我越为家琴冤枉,还想为她辩解,又怕我越辩解,母亲越生气,越往家琴身上泻火,就说:"不说了不说了,现在……"

"现在什么?"母亲瞪着眼看着我,大声地说,"哪个作的孽,哪个到菩萨跟前拜去,别打树的主意。天说破了都不行。"

6

小时候学过两个典故,一个叫"一人得道,鸡犬升天",一个叫"风声鹤唳,草木皆兵"。这两个古书里的故事原来就出在我们淮南的八公山,确切地说就出在我母亲的娘家地。

小声地说,早些年,我外公家名声不好,八个兄弟有一半在八公山做过土匪,当然,家门里不愿这么说,把我外公家做的事叫"做道义"。或许是这个原因,我母亲兄妹五个性格大都暴烈,别说是跟外人,就是兄妹之间,两句话不合就行手(家乡话:动手的意思)。那年我上小学,是早晨,我看见大舅和我母亲站在我家门口吵架,双方都是一声比一声高,听不出在说什么。当时,母亲在喂猪,手上拿了只盆子,生铁黄釉的。大舅肩上扛着一把锄头,两人面对面站着,相距不到两尺。从早晨的阳光里看到,他们的唾沫星子尖锐、有力,能飞到对方的眼睛里。这时,母亲说着说着,突然去砍大舅,只是一盆子下去,大舅的右边脸就开流了,然后是满堂红。大舅大骂一声,一下子就把锄头举了起来,要不是我老姑爷和表大爷一把抱住,我母亲也"花开"几处了。当时,这种亲兄妹的舍生忘死的打法和六亲不顾的骂法真把我惊到了。

我有四个舅舅、两个姨。母亲和大舅、二舅、四舅以及两个姨的关系都不好,唯独和三舅家来往得多。主要是因为三舅这个人好,不计较,为人平和。平时,兄妹几家有"揉不成的面",都是三舅上前做"面头",当"面筋"。

我是坐八点半的动车去淮南的。去找三舅。

这几天,我已经被我母亲逼疯了。前面我也跟你们说了,为人担保这件事,明明是做儿子的轻信别人,老太太却怪在了媳妇身上,由着性子骂,还是农村人旧时的骂法,要多难听有多难听,要是外人,哪句话都可以上法庭。

骂就骂了,只要愿意卖树,骂几句也掉不了几斤肉,但是,话一到这个茬口就说不下去了。说到担保,她说:"你不就在当中说说话吗?钱又不是你用的,你别咸吃萝卜淡操心。"我说:"我担保,别人就找我呀。"她说:"那做得就不对,让公家找用钱人去。"我说:"张立柱跑啦。"她说:"那孩子规矩,几天就回了。"我说:"人家天天要杀你儿子啊?"她说:"他敢。公家不在了?"我说:"我现在才知道这个事不规矩,不好找公家的。"她说:"哪个肉多,哪个扛。"这当然是说家琴的。家琴冤死了。

赶在中饭时,我到了三舅家。三舅妈虚伪,嘴上却热情,我都快五十了,她还"我的乖乖,我的乖乖"地喊,手上也不闲着,又是为我掸衣服上的风尘,又是拉我手的。我三舅倒是没有多少话。

淮南人礼重,中午吃饭时,等我这个做外甥的为老辈的斟满了酒,又拿好了筷子,三舅问我:"怎……怎么瘦成这……这样。"

三舅是个结巴,说话跟点豆子样,得一粒一粒地数,真让人心疼,于是,想为他省几句话,我很快就把我这次来的目的跟三舅说了。

我希望三舅能跟我去一趟盏子郢,帮我妈妈"转转筋",软和一下我的事。我说:"三舅,我妈真老了,不讲理了,你跟她说了半天好话,她都跟站你身后面一样。这一次她真不管我死活了。"说到这,我鼻子一酸。

我在跟三舅"控诉"时,三舅一边低着头听,一边用手指头在桌子上轻轻地划拉着,那上面有酒水,很快就被三舅划得不成样子。这会,听我把事情和要求大致说完了,他摇了摇头,说:"那棵树,你……你妈跟我说……说过。"

见我迷惑,三舅又说:"别……别怪你妈,她……她心里苦。这些年,你妈不……不离开盏子郢,就……就是因为你弟弟。"

听三舅这么说,我立刻睁大了眼睛,同时,脑子里像是开了许多扇门窗,呼啦呼啦全都打开了,刹那间,过去的许多事成群结队地都飞了回来。

7

那年我五岁半,现在倒推一下,大约是1972年或者是1973年,冬天,傍晚时分。我发低烧,记得是母亲陪着我睡的,等我醒来后发现母亲不在身边了,于是,我下床后去找母亲。走到门口时,看到了一幅景象。

那时,我们家好像没有院子,那棵银杏树就在门口,显得孤零零的,此时,我母亲正在银杏树下和人说话。

和我母亲说话的是个女人,怀里紧紧地抱着一只包袱。包袱不大的一团,红底白花点。那个女人和我母亲不停地说,嗓音很粗。我母亲好像在喂猪,手里拿着那只黄色的生铁盆,她认真地听着女人的话,不时地抹着眼泪。女人旁边的是一个男人,他蹲在树根上,愁眉苦脸的,在吧嗒吧嗒地抽着旱烟。女人的身后站着一高一矮的两个男孩。大点的男孩穿着又破又薄又短的裤子,两手袖在一起,显得很冷,不时地发抖。小点的棉衣裤都撕烂了,后背和裤腿上挂着棉絮。

第二天早晨,我一觉醒来,忽然听到里屋有婴儿的哭声,跑过去一看,第一眼看到的就是那只红底白花点的包裹。此时,在包裹里哇哇哭闹的是一个男婴。再有几天,我什么都明白了,这个男婴就是那个女人的孩子:一家人饿得走不动了,又不知要去哪,就把孩子丢给了母亲。

收下这个孩子,我父亲是不高兴的,跟我母亲闹过很长一段时间,他还给这孩子起了个名字,叫厌烦,我母亲没用这个名字,说这孩子来时,我们家的银杏树正好起瘿了,起名叫大瘿子。

瘿是银杏树上生长出来的一块树瘤,一般不到五十年以上的银杏,是见不到的。在民间,一般骂人家是多余的,或者是外生外养的,就叫"瘿"。也有的用它来表达金贵,因为瘿的这部分材质很金贵,民间有话说,一只瘿,半块金。我母亲给这个弃婴起这个名字,心里想的肯定是后者。

可能是母亲名字起得好,大瘿子在我们家撑着云头长,喝八公山下来的风都添膘,到五岁时,脚底下绑粪又一样,都快赶上我高了。

那年也是10月份,满庄子上都能听到人喊,疯了疯了!这"疯了"不指别的,是说我家的银杏树。此时,我家的银杏树上挂满了白果,那果子一团一团地滚在一起,挡住了树枝,把树叶都挤碎了。

那时节人饿,尤其是小孩,只要你家里没有人,他就来敲树。那天,我母亲和父亲去咬口镇卖猪,临走时,要我带着大瘿子看树。临走时,父母亲对我们专门做了交代,我父亲说,好好看着,少一粒,我弹一下你们的头。母亲交代我,不要让大瘿子去塘边玩水,不要撩王四家的狗。

记得父母亲走了不久,村北头就传来了一阵敲锣声,我猜想不是村里来了货郎就是玩猴的上庄子了,于是,就哄大瘿子独自看树,自己跑了。

那天非常诡异,我跑到村北头时,并没有看到敲锣的人,等我再从村北头跑回来时,大瘿子就没有了。

我父母亲是下午回来的,可能是猪卖到了好价钱,一路上两口子唱嗷嗷的。而这个时候我正坐在村口哭,又害怕又焦急,哭得都不行了,见我这个样子,他们忙问发生了什么事。我就把事情的前前后后说了。

听说大瘿子丢了,又听说先前来过敲锣的,我妈撒腿就往村里跑,我父亲则把拴猪绳往地下一扔,拼命地往寿县城追。

到了晚上,母亲先回来了,先是听说大瘿子没有回来,又见我们家的树被人打得稀烂,她抄起地上的一根锤棒就向我冲了过来。母亲是真的生气了,那天,打在我身上的每一棒都像是刨土的锄头,直把我打得口吐白沫,手脚抽搐,要不是邻居们拼死相护,我就被打成一只烂鞋子了。不久,我父亲也回来了,见我被打得稀烂,就和我母亲吵了起来。平时,我父亲是怕我母亲的,那天,他发疯了,不仅一句不让我母亲,而且动手了。他推开邻居,把我母亲按在地下,劈头盖脸地打。当时,让我一辈子都不能忘却的景象出现了,满脸是血的母亲也不吭声,只是像一匹受伤的母兽,不顾一切地向门外冲去,门外是茫茫的黑夜,是一望无际的平原,风也一阵高过一阵。

　　事情并没有结束。

　　先前我说过,我那几个舅舅可不是省油的灯,他们听说我母亲被打了,又丢失了,就从八公山上骂声震天地下来了,然后把我父亲围在银杏树下,翻过来调过去地打。下手太狠了,乱棒和拳脚之下,我父亲在床上躺了一个多月。

　　没出这个事前,我父亲的身体还是不错的,出了这个事后,一是身体被重创了,另一方面是担心和想我母亲(母亲走后,父亲哭了多少次),身体一下子就垮了。一年后,父亲终于等来了母亲,但是,芒种都没过去,人就走了。

　　我母亲在外的一年里,村子里人骂,我们丁家的人也骂,尤其是我的几个姑姑,说一声骂一声,脏话都不够用的,直到后来,我才从三舅那知道,这一年里,我母亲没有像他们想象的那样生活,她沿着津浦线向北走,一直在外找大瘿子。这期间,她没有一分钱,完全靠乞讨活着,由于长期吃那些坚硬或者冰冷的干粮,嘴唇上竟然留下了一道道如同车辙般的伤痕。

　　事情说到这里,就算见到了眉目。

　　我们家兄妹六个,除了大瘿子被人拐走了,兄妹五个过得都好,老大在西安一家市级电力公司当经理,老二在重庆巴南区做建筑,两个妹妹一个嫁在南京,一个嫁在淮北,日子红火得像爆炒大虾一样。我们兄妹都很孝顺,都抢着要把妈妈往家里领。可是,我母亲哪家都不去。

　　现在,我都明白了。听了三舅的话,就更明白了。三舅说:"你妈跟……跟我说,大瘿子早晚要……要回来的。眼下,四处变化太……太大,一间茅草房子都不见了,路就更不要说了,唯有这棵树还……还在。你妈说了,到时候,大瘿子就是认不得她这个妈,也认……认得这棵树……"

听三舅这么说,我的心里五味杂陈,有感动,也有些不平衡,而且,后者渐渐地就占了上风:我是你的亲儿子,大瘿子是抱养的。摊在平时就算了,这会我摊上了事,而且是随时都要挨刀掉肉的事,你还顾着人家的儿子,完全不在乎我的死活,真让人费解,想到这些年我们两口子为母亲操的心,心里酸酸的。

难受归难受,但这些话终归在三舅面前说不出口。大瘿子自小在我们家生长,小时候跟在我后面,哥哥长,哥哥短地喊(不知是口吃还是口齿不清,哥哥总喊成"锅锅"),碰到有人欺负我,才五岁的他就会向人家扔石头,然后撒腿就跑。这份情感,任何人也看不出真假,要说母亲疼他,真是可以找到千种万种的理由。

我和三舅是5号下午赶到家的。车上,三舅教导我,母亲不愿卖树的原因就在这,其他都别扯了,针就下在这里。于是,见面后,我跟母亲说:"妈,你是想大瘿子了吧?"

听我这么问,母亲一愣,眼睛里慢慢地就亮了,那亮光是潮湿的。

三舅就紧挨着母亲身边坐着,他用一根木条轻轻地划动着地面,告诫我,慢慢说,慢……慢慢说。

我就放慢语速说:"妈啊,我也想大瘿子。我是带着他玩大的呀。想,又有什么用哪……"

这一次,家琴也跟来了,就坐在我身后,她毫无征兆地打断我的话说:"妈,你听我讲,没有用的。大瘿子要是还活着,该回来了。要是记事,该回来了。要是还能想到你老人家,也该回来了。现在是什么交通,从地球这边钻到地球那边也就天把天的,通讯又这么厉害,手机入在泥里都能一个气泡连着一个气泡地把事情说明白,对不对?"

听家琴这么说,母亲的脸色马上就变了,一块板子似的垮在那,她说:"这个狼心狗肺的,他可以不想我,我这个当妈的不能不想他。"母亲这么恨恨地说着,眼泪就到了嘴角。人老了,眼泪是浑浊的,不好看。

家琴皮笑肉不笑,阴阳怪气地说:"你光顾着想那个假儿子了,你这个真儿子哪……"

母亲一拍屁股底下的那张椅子腿说:"家琴,我跟你说。我跟前六个孩,没有哪个是假的。"又瓢子里夹籽地说,"真真假假我心里清楚。"

"没有假的?"家琴撇着嘴说,"我看蒿子就是假的。你看蒿子还能活几天了?"

我忙推了推家琴,让她少说,哪知母亲发火了,她连连拍着椅子腿说:"我跟你说,别死儿活的挂在嘴上,我这个没有本事的儿子,要死也死你手上。"

听母亲这么说,家琴腰杆子一挺,啪啪地连连拍着自己的手说:"他奶,你怎么能这么说,是你儿子去担保的?"

"哼!我肚子里出的我知道,这么大的事他不敢。"

"那你就明说是我叫你儿子去担保的?"

"我没说,天说的。"

"那好。"这时,家琴突然从身上掏出一张纸来。这张纸我知道,是昨天晚上才收到的催款函,写这封信的可能是个剞手(老家给猪骟卵子的师傅),把我身上的几大器官都标得一清二楚,每个器官能抵多少钱也都算出来了,有的精确到了小数点,后面还跟了许多买家的APP和网址。

这时,家琴把这封信往三舅手上一交说:"我三舅,这是人家给你家外甥下的要命书。我交给你了。今天,当着您老的面,我把话说清楚了。现在,这棵树和丁兆香的命绑在一起了。卖了,丁兆香就站着走,不卖就躺着。"

"不卖。"我母亲一挥手,大声地说,由于愤怒,脸都白了。

由于气愤,家琴的脸也紫红紫红的,她说:"好啊,如果老太太这样对我们,那就别怪我们做儿女的心狠。该给麦子的给麦子,该给荞麦的给荞麦,我不会再上你的门。至于丁兆香,我管不了,他是你儿子,他只要觉得你还没把他的心伤够,他照样来。"

听家琴这么说,三舅笑着说:"乖,说得什么话,说……说得不对,不对……"

家琴的眼泪一下子就出来了,她说:"三舅,不是我们做小辈的张狂,是我妈做事太……太堵人了,眼睁多大看着我们下油锅,跳火海。"

我母亲说:"喊、喊……"

家琴说:"我妈,我把话说在这搁着,反正没有日子过了,我跟你儿子离婚。"说着站起来就走了。我母亲在后面又发出了一阵阵喊喊的声音。

8

当晚,平原上奇静,四处都能听到豆荚开裂和秫秸叶轻轻折断的声音。村外传来了几声狗叫,那叫声特别有气势,从平原的这头,一直传到了平原的那头。

屋里,我和家琴都睡了。乡村的夜是厚实的,各家睡觉时都不会留灯,于是,在床上,我们被一种黑暗牢牢地包裹着。这时,我忽然听到家琴在抽泣,然后听她小声地嘀咕:"太没有良心,一点良心都没有……"

我知道家琴在骂什么。

相对那几个兄妹,我家的日子一点都不差,老大读博士后,在上海做证券,老二两口子在深圳开车行,有房有车有两娃。两个儿子孝顺,天天喊我们过去,可是我们走不了。原因很简单,母亲不愿意离开盏子郢,我们总不能把老太太一个人丢在这里。

在陪母亲生活的这些年里,爱占小便宜,性格又暴躁的家琴虽然和母亲常演对头戏,但是,在孝敬这件事上,一点礼数都不缺。平时有好吃的,都是催我过去送。碰上母亲头疼脑热的,都是自己走在前头。碰到去村卫生所打针取药,又赶上我不在家,她就用板车拉。拉板车时,头向前伸着,腰向后拖着,由于太胖,又喘着粗气,吐着舌头,有人就笑话她,说母猪成精了。

想到这些,我翻身打滚,横竖睡不着,一个劲地叹气。突然,家琴坐了起来,他把我身上的被子猛地扯到一边,说:"你叹什么气?现在我问你,你是给她面子还是给我面子。"说到这,她把我身上的被子向地下一扔说:"你要给她面子,现在就抱床被子睡到她脚头去。你要是给我面子,从今往后,不许去西头。你放心,她不会缺吃缺喝的,一切都有她亲儿子哪,我们才是树瘿子。"

我感到很烦,也觉得理亏,更觉得不解,又叹了口气,把身子翻到了一边。她火了,一边推打我,一边哭着诉苦,说的都是自己平时扶持母亲的事,抱怨的也都是那些事,听她又开始怪怨起母亲来,有些话又说得那么难听,我火了,一下子坐起来,指着她骂:"够了,屋檐下挂着锄头哪,你把我妈刨了。"

家琴立刻指着我骂："你这个没有良心的,你妈是在杀我们啊！好！我去死！"说着,从床上跳了下去,然后光着脚丫向外跑,我迟疑了一下,心里一惊,忙追了出去。

院心里有一口大缸,平时是用来储水的,每天都放得满满的。家琴跑出房屋后直接向那口大缸冲去,然后一下子就翻了进去。随即,大缸的四周传来了一阵阵哗啦哗啦的声音。我大吃一惊,忙冲过去,一把将她拖了出来。

我把她从水缸里拖出来后,她在地下翻身,又站了,然后跟跄着向厨房跑去。我向前一扑,从后面抱住了她。"你要干什么？"我问。她一边不停扭动着身躯,一边气喘吁吁地说："张立柱送你的那把杀猪刀还没有用过,我今晚试一试。"

听她这么说,我抱得更紧了。这时,她忽然平静下来,她说："丁兆香,你别抱我,我的魂早走了,今晚我一定要死成。"

我浑身颤抖起来,心里又慌、又害怕、又着急,我一下子跪了下来。我跪下来时,像是从她身上滑落的一件衣服,一直骨碌到她的腿弯,我说："家琴,别闹了,我心都碎成几瓣了。我答应你,从今天起,我再也不到那边去了……"

接下来的几天,我没有再去西头,一方面,是因为那天晚上当着家琴的面发了誓。另一方面,我也有点生气,对母亲的行为既伤心又想不通。再者,三舅一定还在那边,母亲是有依靠的。

那天晚上,我正睡得迷糊,家琴突然在那头用脚支我,支了几下,她问,这几天可去西头的？

我不知家琴问这个是什么意思,因为在这件事上,她逼我发过誓。见我支吾,家琴又用脚尖戳了戳我。我说："没……"

家琴一下子就坐了起来,她啪嗒一声拉亮灯说："这几天难道你真没去吗？"

我说："没去……"

家琴猛地一蹬我说："你这个人……想死啦。她一个老太太,身边几天没有人,烂掉也不知道。你什么人啊,猪托生的……"

我纳闷了,想说"不是你不让我去的吗？"但是,怎么也说不出口。

这时,家琴从床上爬了起来,一边骂我,一边穿衣服。墙上的影子被她扯得东倒西歪的。还没穿戴整齐,她整个人就向外走了。见状,我突然害怕起来,也内疚起来,忙披上衣服,拿着电筒,跟在家琴后面向村西走。

到了村西头,我和家琴都傻了。母亲的门上了锁,院子的那棵树被打得稀烂,树下面落了两寸多厚的叶子。

我的身上立刻起满了鸡皮疙瘩。我先是围着房前屋后转了几圈,又喊了几声妈,然后愣愣地站在了那里。而站在我对面的家琴,头上全是汗,张着嘴,一副要哭的样子。平常,家琴属于那种天不管地不收的女人,现在她露出这种样子,让我的心里掠过一阵阵恐慌。此时,夜又深又沉,四处都如同掉进了井底。

"你三舅哪?"这时,家琴突然问我。我忙打开了手机。我说:"这个时候……"

家琴急促说:"你打。"

三舅的手机竟然通了,而且打一遍就通了。这倒让我愣怔了一下,镇定了一下后,我才开始打听母亲的情况。

听我深更半夜找妈,三舅满带怪怨地说:"都几天了,才……才想到你妈。你看你们子女怎么做的?又说,别慌张,你妈在……在我这场子(这地方)……"

我的心一下子就放了下来。我说:"三舅,我想跟妈说几句。"

那边停顿下来,过了一会才说:"你妈睡……睡了。"

我愣在那。

三舅沉吟了一下,忽然说:"正要跟你们说呢,卖……卖吧。"

下部

1

说着讲着就到了5月。

5月的平原像是一条汉子,生得结实、开豁、辽阔,通身散发着一种充满了诱惑的莽撞气。一眼望去,杂色皆无,一片片的,全是黄灿灿的麦子。这些麦子芒子坚锐,穗子饱满,都熟伤了身子,坠弯了秫秆。此时,不知是风赶着麦子,还是麦子赶着风,大平原上掀起了一阵阵、一层层巨大的麦浪。巨浪中,一簇一簇的村庄被绿色严严实实地包裹着,很有点"金镶玉"的意思。

这个季节,村子里很热闹,打工的都从外面陆续地回到了家,家前屋后的人影子、说话声杂乱多了。村里的人色也分了好几种,除了当地的村民、扶贫干部、各种叫不出名字的午收志愿者、大麻鸡收割队(北方人组织的专业收割组,带大型机器,集收割脱粒为一体),还有咬口镇下来的卖蔬菜的、卖盒饭的、卖水果冰饮的、修机器的、唱快板的、卖保险的等等。人们的脸上都显得很喜气,声音个顶个地高,男人拿女人开玩笑也狠,无忌讳,全是荤段子,根本就不管老一辈和晚辈在不在场。碰到尺度过大的玩笑,女人们也不红脸,一边追打着那些臭男人,一边咯咯地笑。

我家原来有17亩地,在安丰塘上口,随着孩子们都在城里生根了,我和家琴就不想在土地上挣命了,从前年起,陆陆续续地丢了一大半。今年,留下的这六亩多地一点都不虚,攒足精神长,愣头愣脑的,把粮食都撑到别人家田里去了。而此时,我和家琴都不在田里,我去了剑门峡,家琴去了上海,母亲则躺在家里,整个人迷迷糊糊的。

母亲的病是今年2月里发的,"老病未发,新病不加,各类器官衣帽整齐"(合作社老医生的话),就是没有精神。这期间,我的两个长兄和两个妹妹都回来过,我们研究过如何把母亲带到外地看病的事,但是,母亲哪里都不愿意去,说急了,就稀奇古怪地骂,就向我们乱扔东西。

到了3月份,眼看着母亲不行了,人像是一堆土,一点点地坍陷,脸上新添了许多褐色的斑块,饭量也没有了,正如唱鼓书说的:气若游丝。

我几个舅舅都死了,眼下,大凡遇到母亲的事,只有找三舅了。

几天后,三舅来了,带来了一个和尚,从八公山下来的,大约六十多岁,丑,但很文静、稳重。三舅让我们尊称他为师傅。进屋后,师傅让人关好了门窗,先把人畜声遮挡在外,然后坐下来为我母亲把脉。

两个小时后,师傅收脉了,然后把三舅喊到屋后,嘀嘀咕咕地交代了几句就走了。师傅走后,三舅来到我们家,带着我和家琴围着桌子说话。三舅的表情很严峻,我们都不敢问,也不知那和尚到底说了些什么。三舅抽了半支烟说:"准备后……后事吧。"

听三舅这么说,我立刻蒙了。家琴也显得很意外,先是愣了一会,然后在脸上抹了一把说:"三舅,我妈到底害得是什么病?"

家琴的话好像让三舅很为难,他迟疑了一会,才苦笑了一下说,还是在……在树上。

听三舅这么说,我和家琴一下子就愣住了。尤其是家琴,很快就把头低了下去,然后用一只手支着脸,不说话了,脸上的表情是沉重的,又像是在生气,嘴角和眼角都向下微微地垂着。

总体来说,这棵树卖得还算顺利。当中只出过两个小插曲,一是严希胜听说我母亲同意卖树了,装起了可怜,想少付几万块钱,结果,家琴冲了上去,又是挖苦,又是揭露,严希胜装不下去了,只好出了原价。第二件事是,我和家琴商议,想从拿到手的卖树款子里扣一部分钱给母亲。母亲却一分钱不要,不知是什么意思,最后,这些款子全部还给了讨债人。这样,顶在我头上的债务就去了三分之二。为了庆祝这个事,家琴在路口李得才家开的饭店里摆了一桌。那天,母亲很高兴,喝了满满一大杯"八公烧",随后的几天母亲也很开心,送三舅走的那天,还笑了,声音很大,可怎么也没想到,三个月后,母亲就生病了,而且状况一天比一天差……

这时,三舅轻轻地点着烟灰,说:"生老病死很……很正常。"又向上指了指说:"有人来接了,你挡……挡不住的。"

我知道三舅是在说安慰话,但是说完了这句话,三舅又说:"按当时的那种情况,就没有别……别的办法了吗?"

三舅的话里没有树,没有我妈现在的病,但是,我和家琴都能把里面的意思接上,于是,我俩头低得更低了。

三舅走后,家琴坐在那久久地发着呆。

平时,家琴偶尔也抽烟,烟瘾不大,一般是等我把一根烟抽到半截,才要过去接着抽,或者干脆将一指烟掐成两截,自己抽另一半。

今天,我的半包烟和打火机就放在桌子上,她从烟盒子里抽出一支,点上火,慢慢地抽起来。抽烟时,她看着门外,眼神是空洞的。

我说,那个熊和尚又不是神仙,又说,三舅就是个过话的。过话如摆渡,没有直着到岸的。再说,我妈的病底子跟老锅底子样,积累了这些年,太厚了,说过不去就过不去了,与树有什么关系?

我说这些话时,家琴已把手里的烟抽去了一半,此时,她把另一半在自己的鞋跟上蹭了蹭,待那些蹭出来的火星子都灭了,她把它压在了咸菜碗底下,叹了口气说,大不了,把它赎回来。

我笑了笑。

这时,家琴又叹了口气,然后搓着自己的手说:"在你娘舅家,你三舅是最会做人的。说一句话都要放到油锅里炸炸,今天这句话,很难听啊。你是怎么想的?"

我又笑了笑说,无论怎么想,那棵树也回不来了。接着,我说出了几点理由:第一,这棵树,严希胜是花了45万拉走的,他不卖50万都不会在咬口镇上苦苦地等二三十天。现在我们想填上这个坑,钱就不是原来那么大了。第二,当初卖树的钱是救急的,到手后就装进了别人的腰包。现在要拿出这么大一笔赎金就难了,除非我妈的屋后还有一棵大树。第三,那天起树时,严希胜雇来了两部大吊车。两部吊车同时起树时,就好像把我们整个庄子都拔起来了。而拉树时用的是十轮大卡,刚出村子就被村主任带人拦住了,因为,"村村通"太脆弱,大卡车压塌了好几处……

我的话一定是把家琴吓住了,她不再问我是怎么想的了,又把压在咸菜碗下的那半截烟拿出来,慢慢地抽起来。

说服或者说吓阻了家琴后,我立刻有了一种胜利的感觉,但是,这种感觉只维持了十几秒钟,我的心里就不安起来。

母亲如果真是因为这棵树病倒了,我这个当儿子的是有罪的。如果把树赎回来能救母亲的命,而我没有去做,这也是有罪的,但是……

想到这,我心乱如麻,再也坐不住了,便起身向村西走去。

2

最近,我们把岗陈的表姨请来了,帮着我们扶持母亲。

当我问到母亲的情况时,她神色凝重地摇了摇头。表姨告诉我,这些日子,母亲茶饭不行。又告诉我,昨晚上母亲说了不少话。

说了什么啊?

表姨说:"都半夜了,她叫我给树坑浇水,我没去。"说到这,表姨指了指自己的太阳穴位,然后轻声地说,"糊涂了。"

我低下了头,心里好像被谁揪住了。

老树被拔走后,我怕母亲看不得空荡荡的院子,叫人从南京苗圃场买了两棵银杏树的幼苗,想填一下老树坑。没想到,幼苗一到家,母亲就扔了。母亲说,现在的银杏树都是人工授粉的,假,昨晚鸡叫头遍,她将一盆白果埋在了老坑里。母亲说,那些白果都是这棵老树的,是它的儿子,孙子。

表姨去厨房时,我坐在母亲的床前。如果是以前,我的脚步声只要在院子里响起,母亲都会大声地清一清嗓子,然后问:"是蒿子?"今天,直到我坐在了她的身旁,她也没有什么反应。她躺在那,紧紧闭着双眼,喉咙里传来一阵阵细微的只有我才能听到了吡吡声。我没有喊她,而是轻轻地握着她的手。当我的手和母亲粗糙得有点变形的手接触时,一阵强烈的内疚感和无奈感突然涌上了我的心头,我的眼泪一下子就流了下来。这股情绪来得太快,以至于我的两个肩头都颤抖起来。此时,我想哭出来,又怕惊吓了母亲,就强忍着。这期间,我感到母亲的手好像颤抖了一下,然后又恢复了平静。

不知什么时候,家琴也来了,她先是站在那,看着母亲,表姨递来一只凳子,她就坐下来看着母亲。

"我妈,你是不是疼那棵树啊?"她忽然这么问,声音不大。

"啊。"母亲显然听见了,声音很微弱地说。这个"啊"不知是承认还是正常的反应。家琴又问:"我妈,你就不疼你儿子啊?"

"啊。"母亲又应了一声。

"那棵树是为了你儿子才走的,光荣。"

"对呀……"

"我妈,我们把那棵树赎回来可好?"

母亲手上明显一抖,但是马上说:"不行,不行啊。"

母亲的这句话明显响亮多了,也清晰多了。

家琴突然捂住嘴,眼泪很快就从她的指缝里流了出来。

这时,我母亲说:"家琴啊……"

家琴没理我的母亲,只是把嘴巴捂得更紧了,从她粗糙的指缝里流出来的眼泪更明亮了。

母亲好像感觉到了什么,她说:"没有事,我老病底子犯了。"又说:"人到点了。到点就走。你们不要再多事啊。"

这时表姨过来了,她示意我们不要再撩我母亲说话了,我和家琴就退了出来。

回到家,刚走进院心,家琴就站住了,半天也不说话,两眼只是看着地。我说:"回家说吧。"这时,家琴眼睛红红地看着我说:"什么都别说了,把树赎回来。"

我愣愣地看着家琴。过了一会,我几乎用尽了全身力气说:"我们真拿不出这笔钱啊。"

家琴抽了一下鼻子说:"凭什么要我们一家拿,他们没有责任吗?"

"树是……是我们卖的啊,他们……"

"妈是大家的吧?"

我叹了口气。我到现在都觉得家琴这个想法太离奇,更不知如何向下走,尤其不知该怎么向兄妹开口。实在无法开口。此刻,我觉得不是妈给我出难题,不是那棵树给我出难题,是家琴给我出了难题,此时,在我心里,这个难题和担保被骗、被逼债时差不多。

这时,家琴突然向堂屋走去,一边走,一边骂:"我是上辈子欠你丁家的,欠你妈的,欠你家所有兄妹的,欠你的,欠你女儿的,对了,还欠那棵树的。我恨你家祖宗万代……"

3

令我意外的是,家琴竟然把事情做成了:大家愿意筹钱赎树。

据说,家琴没有找我的两个哥哥和两个妹妹,找的是两个嫂子和两个妹夫。更令我意外的是,她还给所有成年的小辈们一一打了电话。找谁都一句话:树回来,我母亲的命就能回来。至于,这棵树为什么被卖了,怎么造成了现在这个样子的。不知我的兄妹和小辈们是怎么问的,又不知她是怎么回答的。反正,在后面的日子里,我的兄妹没有直接问过我这个事,小辈们也没有问过。真谢谢他们。

账目单是家琴算出来的:严希胜花了16万拿走了我家的树,再加价出手,如今的赎树费估计在18万到20万之间。再加上雇车费、人工费,整个费用大约在22万块钱左右。

账单出来后,反馈很好,几家大人和孩子都表态了,认为能承担得起,到具体落实后,平均一下就可以了。两个哥哥和妹妹估计是私下通气了,每家先打来了一万元。晚辈的,每人先打来了一千元,以上现金算是前期跑腿费。

　　那天中午,家琴很高兴,喝了半斤酒,把个大胸脯拍得或左或右的,她一声比一声高地说:"怎么样?怎么样?我老王可是吹的……"

　　我也很高兴,为家琴夹了一块骨头。家琴一边啃,一边说:"我还有'备胎'哪。"

　　"备胎"这个词好像是电视剧里出来的,不知她怎么学来了,只是不知她说的这个"备胎"又是什么意思。

　　她说:"这个账单我会送一份给张立柱妈和他老婆,让她们发发汗,动动良心。她们一定知道张立柱在哪,别想瞒我……"

　　我赞成家琴说的话,也跟着骂了几句。

　　见我帮腔,家琴更高兴了,她说:"吃过中饭你就去西头,跟你妈说,那棵树要回来了。"

　　我觉得有点早,就说:"等等吧。"

　　家琴说:"你抓紧去西头,你妈等这句话,跟等一碗药是一样的。"

　　见我仍然不积极,家琴说:"你妈那边我去,你现在就打严希胜手机。"

　　我没有打严希胜的手机,一直等到下午才拨了严希胜的电话。

　　听说我要把树赎回去,严希胜愣了一下,半天才笑了笑说:"看你老丁也不是个会说笑话的人。这是谁的主意?你老婆的吧?说句话不带生气的哦,你那老婆可以离了。哈哈哈,不带生气的,不带生气的,我刚才说过了。"

　　待严希胜笑完了,我说:"老严,确切地说,是我家两个兄弟的意思,这个……你看……"

　　听我这么说,严希胜好像严肃了下来,真的?他问。

　　嗯。我肯定地回应。接着,我向他打听树的情况:卖哪去了?做什么用的?谁买的?赎回来估计要多少钱等等。

　　待我说完,严希胜咂了一下嘴说:"老丁,实话实说,我就是个路人甲。哦,说这个你也不懂,就是个中间人。为谁干,那个谁又为什么买这棵树,我一概不管。三千人打麻绳,我只管我这股子,懂不懂?现在我的活干完了,盒饭钱也领了,其他与我都不相关了。"

我笑了笑说:"老严,这怎么可能,你最起码知道卖给谁了吧?你从谁手里领的钱你还能不知道。"

严希胜愣了一下,说:"中间人。"

我笑了,问:"你不就是中间人吗?"

严希胜笑了笑说:"这么大的活,我们怎么可能是第一中间人。我要是第一个中间人,我就让女秘书接你电话了。谁不会把两手捂在肚子上摆摆架子?"

"那你上面这个中间人呢?"我问,我有点急了。

严希胜说:"老丁,那天晚上在你家喝酒,我看到一个现象,估计你不知道。天刚黑,你家那十几只鸡就上宿了。几只公鸡在最高处,母鸡在第二层,幺鸡、瘸腿鸡在最下层。我跟你说,我就是那只瘸腿的。"说到这,他说:"老丁,不跟你吹了。你吹牛逼可以用田里的庄稼抵税,我吹牛是要直掏腰包的,见客户了。"说完就挂了手机。

这对于我来说真是当头一棒。先前,我都想到了:想把树往回赎,肯定是要费些周折的,没想到上来就陷在了泥海里。

想到这,我又打了严希胜的手机,打了十几遍,严希胜才接。我开口就说:"老严,钱不是问题,都准备好了。刚才没有跟你说。呵呵……"

你不想笑的时候还得笑真难受。

老严也笑了笑说:"老丁,你认为钱还是那么大吗?"

我笑了笑说:"当然……"

"算了吧。"

我忙说:"我们再谈谈啊。"

老严说:"不谈了不谈了。你的钱再大,我也不知道树去了哪里。"说完再次把手机挂了。

结束了和严希胜的谈话,我的心情一下子就低落了。我是在草塘边上打的手机,这会忙着往家走。到家后,连喊了两声家琴,也没有人回应,我连忙打了家琴的手机,手机一接通,我就说:"你在哪?你别跟我妈说呀。"

"什么事?我说了。"家琴说。

"你妈个……"我骂道,"你回来。"我很少骂人,听我这么说,家琴一愣,然后说,我马上回去。

不一会,我们就在家里碰面了。我把自己和严希胜的谈话跟家琴说了。又怪她嘴快,事还没有见到鼻子眼的,不该告诉母亲。

听我这么说,家琴马上打了严希胜的手机,但是,严希胜关机了。随后几天,严希胜的手机更难打了,不是不接,就是关机,怎么也联系不上。那天,家琴拖着我去了咬口镇,然后在一条老街上找到了一个卖烟酒的小店,用公用电话打了严希胜手机。这招也不是很灵,手机确实通了,响了十几遍也没人接。家琴不着急,将身子斜靠在水泥台子上,不断地拨那绿色的座机,一边拨,还一边用手指头为座机擦灰和油污。店主是个驼背老头,神情有些迟钝,他说:"连拨五遍是要收占机费的。"家琴问:"我拨多少遍了?"老头就在那想了,一时也想不起来,家琴又接着拨,大约又拨了十几遍,对方还是不接。

我摇了摇手,说:"算了吧,走吧。"

老头说:"45遍。"

家琴并不走,对老头说:"一起算。"神情和气势都是一副恃强凌弱的样子,然后一动不动地守在电话机旁。大约过了十几分钟,电话骤然响了起来。家琴立刻说:"是他。接。"我忙拿起电话,说:"是老严吧。"对方愣了一下,然后有点火火地说:"老丁,你什么意思?在这件事上,我是做好人的,谁要撒谎谁死老子,我就得了五千块钱跑腿费。"后来说了一阵,我听到严希胜在那边也笑了,还听他喊了一声嫂子。接着,两人通了20多分钟的话。最后,我听家琴说:"老弟,你把圈子画到这个范围,我就感谢你祖宗八代了,将来你一定能做大拇脚指头,下面我自己找。"

给老头付了手机费,家琴拉着我往回走。家琴告诉我,严希胜这个龟孙不知藏什么心事,就是不愿意说出树的具体下落,不过,去向大致是湖北黄石、孝感一带,买家大致是房产、产业园和植物园三类。

我叹了口气。眼前一片茫然。

4

19号上午,我向湖北出发了。

出发那天,家琴笑着说,去吧:"你运气好,什么都能碰到。你看,当年你到处找不到老婆的时候,不就碰到我了吗?要不,你多丢人。现在,我总觉得我家那棵树正往家走哪,说不定不到湖北地界你俩就能碰到一起了。"

这真是一派胡言,但是我理解家琴的心,我是感动的。我手里拿了一张地图,在这张地图上,我在武汉市、荆门市、黄石市、恩施土家族苗族自治州、荆州市、十堰市、随州市、咸宁市、仙桃市、黄冈市等几个地区都画了圈,车子开动时,这些圈就在我眼前不断地晃动,我很晕,想吐,想犯病。

接下来,我用了四天时间跑了黄石和孝感,专在当地的工业园区和房产公司附近转悠,但是转了多少个来回都毫无头绪。

晚上,家琴打来电话,问我找树的情况。当家琴埋怨我瞎找时,我破口大骂,要她自己过来试试。此时,我满身疲惫,心灰意冷,想省钱,又住在老街的一个烂瓜一般的小招待所里,正在莫名地焦躁和烦恼着哪,她"没心没肺"得真是时候。

我开口大骂时,家琴没有像往常那样一句不让地还嘴。她像海绵吃水那样吃着我的大骂和牢骚,半天也不吭气。过了一会,正当我担心她会"反扑"时,她却显得很高兴地说,跟你说件好事。

我想缓和一下气氛,就应了一声。

家琴笑了一声说:"表姨跟我说,你妈知道饿了。"

这个消息是好的,只是不知是不是家琴编出来宽慰我的。家琴又说:"我过去时,我看到你妈自己在洗脸,眼睛亮沙沙的。"

"嗯。"我说。我仰头看着窗外。今晚,天上有很多星星。忽然,我感到它们不是静止的,在漫天地流淌,我好像还能听到流淌的声音。

大凡事情都这样,你心里有颗星星,你一定能见到星星。

22号,我终于在荆州北郊一个叫百果苑的房产公司找到了我们家的那棵树。

那棵树就在售楼部的院子中心,非常显眼。我还发现,售楼部的大院子里栽了许多银杏树,但是,在我家的那棵树旁边显得畏畏缩缩,非常可怜。此时,我眼睛一热,特别想跑过去,紧紧拥抱它,最后,我还是忍住了。

就在这时,一个穿着制服的姑娘满面春风地迎了上来,然后把我引进了业务大厅。

从胸牌上可以看到,这个女孩叫武婧婧,售楼部殿级类经理,什么叫"殿级类",我一概不知,也不想研究。女孩年龄不大,二十四五的样子,但是一招一式,都透着一种和她的年龄不相吻合的稳重和干练。坐下后,她就跟我介绍起了楼盘:谈卖点,说购买这个楼盘的好处,还介绍了他们在建的这个小区为什么叫百果苑。

百果树其实是白果树的谐音,女孩说,白果树又是银杏树的别称。这种树是植物活化石,有金有银有长寿,多子多福永不倒……

声音很好听,像央视播音员,不过有点太唠叨,但为了"深入",我还是认真地听着,还假模假样地翻着他们的宣传册。这期间,先是坐在我身边的女孩,忽然说着说着就坐到了我对面。这几天,我衣服换得不勤,估计是因为这个。

当女孩问我是全款还是首付时,我开始打听楼下的那棵银杏树。听我打听树,武姑娘来了精神。她告诉我,这棵树是他们百果苑的树王,是老板从安徽寿县高价买过来的。

我心里有数了,把一杯水喝得干干净净。

这时,武姑娘又为我沏了一杯水,说:"这棵树值钱了。卖家也狠,说这棵树有三百年了,开口就要80万。我家老总认为买这种树还价不吉利,除了来回运费,张口就给了92万。"

我叹了口气。

女孩以为我感叹,笑着说:"老总说,舍得舍得,珍贵才能迎来贵客,为将来的住户买一个吉祥值得,这不,今天下这么大雨,也没挡住您吗?"

我笑了笑,提出要见他们老板。女孩一听我要见经理,马上紧张起来,又坐到了我身边。这次,她跟我靠得很近,膝头若有若无地贴着我的膝头。她把一张银色名片递给我,声音更加温柔地说:"先生,我就是老总的代言人,你有什么要求都可以跟我说。"说着,她的眼睛里闪过一种妩媚,白皙而细长的手指在我的衣角上轻轻地划了一下。

"见你们老总吧。"我坚持着自己的观点。

她思忖了一下,微笑着问:"先生,你要买几套?"

"见到你家老总再说。"

"您稍等。"姑娘说,然后跑到一座巨大的盆景后面打起了手机。

一个小时后,我见到了百果苑的郭总。他四十岁左右,个子高高的,和我想象的不一样,整个人长得不错,甚至有些英俊。

当听明白了我的意思,他上下打量了我一番,问:"真的?"

我说是的,我还把这些天在湖北找树的经过跟他说了。

我说完后,他想了想,忽然说,不卖。

我忙说:"不差钱。不是92万吗,我们还可以适当补一些。"

刚才,我在走廊上等郭总时,先跟家琴通了话。把从售楼小姐这得到的消息跟他说了,家琴的意见是,向前走吧。现在,别说母亲在等着,村子里的人都知道了。如果这棵树弄不回去,他们会笑话我们的。听家琴这么说,我又和大哥、二哥和两个妹妹通了话。

听说需要这么多赎金,大家都有些意外,他们坚持要听听大哥的意见。我跟大哥谈这个事时,大哥显得很抵触,他说:"老三,实话实说,这件事从一开始,我就感到荒唐。卖就卖了,账也还了,皆大欢喜,为什么还要走回头路?"又说,"如果真是我妈的意思,我晚上跟她谈。"

我不喜欢大哥这样说话,这句话要是跟家琴说,家琴立刻就爆了。我说:"大哥,以前的事不说了。就事论事,你要是问我妈要不要把树赎回来,她一定会摆手。就这件事,你看还能不能往前走。"

听我这么说,大哥叹了口气,说:"这样,我个人觉得……如果你们兄妹几个一条声(都同意),我还能说什么。"

听老大这么说,我有点泄气了,又给家琴通了话,家琴说:"知道我为什么从一开始就不跟你家老大谈吗?他这个人为富不仁,早晚要被逮起来。行,越有钱越寡(抠门)。他既然这么说,那就让他等着。"

接着,家琴又跟其他兄妹一一打了遍电话。家琴肯定地说,大哥同意了,就看你们了。于是,大家都没话说了……

听我谈钱,郭总笑了笑说:"不是钱的事,你家那棵树已经不在了。"

我大吃一惊,疑惑地看了一下窗外。我忽然感到了自己迂腐和迟钝,这已经是5月了,银杏树怎么可能还是10月的样子呢?唉……

此时,郭总的眼睛也在那棵树上,他说:"你看到的这棵树是我们请工艺公司同比例仿制的。真树卖了。"

"树……哪去了?"我问。不知为什么,此时,我有点难受,更有点愤怒。我极力地克制着,估计表情很难看。

104

郭总还算厚道,他告诉我,银杏树已到了绵阳,买家是他的好朋友,做文化收藏和展示的,在绵阳有一座巨大的名贵树木展示馆。

"多少钱?"我问。紧接着我又表示了歉意,说自己这样打听价格很不礼貌。

看来郭总对我这种道歉很满意,君子固本。他说:"虽然是朋友,我的钱也不是别人数钱数错了搞到我腰包的,而且还有这么大的成本。所以,我象征性地收了一些费用。"

郭总到底没说象征了多少,我也不好再问,和郭总离开后,我就极力想着郭总出手的价格。

刚走下楼,忽然看到了武经理,她躲在一棵树后面,向我不停地招手。等我走近了,她微笑着说:"先生,我一直在等您。"

我忽然开了窍。不用说,这个女孩非常想知道我和郭总交谈的情况。我笑着问:"你想不想知道我和你家老大谈的结果?"听我这么说,女孩的脸一下子就红了,她说:"嘻嘻……"

我说:"那你要告诉我一件事。"

5

晚上,我把在百果苑打听到的消息跟家琴说了。我显得极为沮丧和疲惫。其实,上午,我还没有离开百果苑售楼部时,就决定放弃这棵树了。此时,我只想等家琴跟我说"你回来吧"。

家琴听了我的叙述后,突然没有声音了。我们之间静默了很长一段时间后,我忽然听到家琴在抽泣。"家琴?"我问。听我呼唤,家琴嘀咕说:"都是什么玩意,卖来卖去的……"

我叹了口气。我知道家琴开始疼这棵树了。

"你去绵阳。"家琴说,语气很坚定。

我没有回应家琴的话,我心里是迷惘的。

家琴说:"不用你管,我明天就去曹家庵,娘家就是我的箱底子。50万没问题,其他的再说。一定要赎回来。"

我知道家琴爱冲动,说:"家琴,凡事得量力而行,尽到心就可以了。"

"你尽到心了？"家琴这样问我。

我有点尴尬，忙说："钱太大了，将来都要还的。"听家琴没反应，我改口说，"还有，后涨的这些钱还是跟大哥他们说说吧。"

听我这么说，家琴叹了口气说："不要跟他们说了。我的面子他们都给过了。"

家琴虽然这么说，我的心还在悬着。

那天，那个武经理和我交换了情报，她告诉我，这个郭总鬼精鬼精的，能把一块泥巴变成一只金豆。他从买家那拿到一份古树证明，说这棵树的树林有五百年了，转手就把我们家那棵树的价格提到了192万。

我在荆州住了下来，在等家琴的消息。躺在床上，我反复想象着家琴为树流泪的样子，反复想着家琴在这件事上的坚决，想象着这个女人去娘家筹钱时一路艰难的样子。她血压很高，她的脚面是浮肿的，还经常疼，医生说，可能是痛风。她那么胖，其实睡眠一直不好……

我决定和大哥谈这个事。这些年，我跟大哥交流不多，一是因为我有点木讷。二是大哥确实看不起我。大哥为人太现实，因为做生意，社会上的那些鬼东西被他沾染得太多。尤其是在这件事上，他更现实，什么不可思议、荒唐、闹笑话等等这些词就是从他嘴里冒出来的。但是，现在我特别想跟他说，说我找树的整个过程，说我的感受，说家琴拖着肥胖的身躯，一瘸一拐去娘家筹钱的样子。

手机接通了，大哥听说我还在找树，就慢吞吞地说："找到了？"

"找到了。"

"价格哪？"

"那个价格拿……拿不到了。"

"哼哼。"大哥像是在笑，说，"所有的结局我都为你们想到了。家琴死心了吧？"

"家琴去娘家了。"我说家琴听说我妈的那棵树被人家卖来卖去的，哭了。我说家琴不忍心让母亲心里落空，我说家琴不想让盏子郢几千口人看我们丁家人的笑话……

我跟大哥一口气说了半个多小时。渐渐地，大哥不再用那种口气跟我说话了，最后，他说："我跟他们说说吧。"又说，"绵阳那地方潮湿，你自己也要注意。"

第二天上午,我陆续接到了两个嫂子的电话,她们没有提钱的事,只是说:"你们两人别急,事情慢慢来。"

我懂她们的话。我心里开始慢慢变热。

家琴说好是一天后给我电话的,直到第三天才打我的手机。听声音,家琴的情绪并不高。在整个通话中都没提在娘家借钱的事,只是说,先准备去绵阳吧,不要紧。这一句"不要紧"大致符合我的判断,估计没借到钱。我正在沉闷,家琴又说:"别打退堂鼓,明天会有人找你。"

6

家琴在娘家一向是说一不二的,要说在几个兄妹中抓起几十万块钱,那算什么,芝麻卡在牙缝里,轻轻一挑的事,但是,问题就出在家琴的快言快语上,几个兄妹,听说借钱是为了给家琴的婆婆赎回那棵树,感到莫名其妙,或者说感到没有必要,态度马上都暧昧起来。有的说要在老宅子上起地基,钱都下在土里了。有的说,钱被别人借走了,要几年要不回来,如果家琴想要这笔钱,自己去。有的说,孩子要结婚,刚在城里买过房子和车子,眼下,手里干得跟旱田一样……

家琴脾气火爆,正吃着饭哪,挥手就把手里的饭碗砸了,说自己不是来讨饭的,都不要哭穷。说着起身就走了,闹得几个兄妹兵荒马乱的,一起在后面喊。家琴不理他们,一边抹着泪一边奔公路去了。

回到盏子郢的家,家琴倒在床上就睡了。刚睡不久就听到有人敲门。家琴把门打开后,发现门口站着两个人,正是失踪了多少天的张立柱和他的老妈。

见到张立柱,家琴像是一座被突然炸开的拦水坝,眼泪一下子就喷了出来,她一把抓住张立柱的胳膊,说:"张立柱,你把我们家害苦了。"说着,再也说不出一句话来,心中的委屈像是一把草,完全堵住了她的嘴。

张立柱"扑通"跪下了。家琴也不扶他,一屁股坐在床上,呜呜地哭。这边,张立柱的母亲用力将儿子扯了起来,然后一边抹着眼泪,一边连连打着张立柱说,死孩子,造精(会惹祸),快给你嫂子道歉。

张立柱连连点头。

其实,两个月前张立柱就偷偷地跑回来了,只是一直在洋桥头叔爷家躲着。洋桥头和盏子郢相隔很近,一根拴牛绳那么远,我家的事庄邻都知道。有骂的,有赞扬的,有瞎叹息的。听说我家为了给别人担保,把祖宗几代的大树卖了,如今又为了救我母亲的命,到处筹钱赎树,张立柱再也躲不下去了。

张立柱告诉家琴,目前,他虽然还不起地下钱庄的全部贷款,但是,手里还留有40多万,他决定先拿出来给我们家,剩下的钱,他土里捡麦粒,慢慢还。同时,他想赶上我,陪我一起去找树。

28号上午,我和张立柱赶到了绵阳。很奇怪,这些日子,我心里再苦再累,都依然精神着,自从张立柱赶了过来,我忽然虚弱起来,到了绵阳,我就生病了。头痛、发烧、四肢无力,一点力气都没有。吃过午饭,张立柱让我等他一会,等他回来时,他已经把我们两人的房间安排好了。一人一间,非常豪华。我问多少钱一晚,他坚持不说,只说他从手机上预定的。

那天,张立柱在荆州和我相见时,我太意外了,火气腾地一下蹿了上来,直感到喉管都红了,像只打红的枪管。盏子郢人都知道,我是个整人(犟、性格耿直),拐不好弯,这会,不问青红皂白,迎头就"骂"了许多句。我"骂"张立柱时,张立柱一动也不动,整个人蜷缩在一片阴影里,身体像一堆沙,慢慢地向下塌陷,满脸的尴尬和惭愧。这期间,无论我怎么腌臜他,他一句辩白也没有,只是一个劲地小声地说"是是是"。不久,家琴的电话就打了过来。从家琴嘴里得知了他来的目的,我的气才渐渐消了。接下来,他也不提自己的事(哪怕解释一句也好),几乎没有话,只是前后左右地伺候我。打的时,抢着付钱;吃饭时,背着我结账;见我没烟抽了就买烟,一买就是一条子。平时,我抽的都十几块钱一包的,他给我买的都是几十块钱一包的。现在,他竟然又背着我在豪华酒店开了房。

我知道张立柱为什么这么做,我说:"张立柱,你千万不要这样。你是瘦死的骆驼比马大,我不行。这样,你要么委屈着点随我吃住,要不我们分开吃住,回去后,我按照每天的标准给你工钱。平时打车、喝水、抽烟、吃饭都二一添作五。或者你回去,我心里压不住你这块石头。"张立柱就唯唯诺诺地说,好好好。但是,晚上他又为我买来了药,叫来了外卖。

第二天早晨,我感觉到自己一点都没有好转,我和张立柱商议,想再休息半天,下午去找树,张立柱同意了。他眼见着我吃了药,又恹恹地睡下了,就离开了我的房间。

我醒来时,吓了一跳,已经是傍晚时分了,原先,屋里的那些光亮都被半黑不明的东西吃了。我竟然睡了十个多小时,可能是身上见到了药力,整个身体都汗透了。这时,张立柱回来了,他走到我的床边坐下,问好些了吗,我说好些了。张立柱就不吭声了,低着头坐在那。我说:"你怎么能由着我睡。耽误事了。明天一早就得去找。"听我这么说,张立柱说:"我去过了。"我慢慢坐了起来。"找到了树了?"我问。张立柱摇了摇头。

上午,张立柱在我昏睡时找到了绵水之阳臻树馆,见到了郭总的朋友,都家卫老总,并且成功打听到了那棵树的下落。令张立柱遗憾的是,都家卫竟然将这棵树转手了。这期间有个插曲,都家卫在苏州参加新时代高科技商务博览会时,邂逅了一个大亨,姓庄。两人在交谈中谈到了那棵银杏树。这个庄总听说都家卫手上刚购得一棵标注为五百年的银杏树非常感兴趣,希望见一下。于是,会议结束后,庄总就随都家卫来了绵阳。见过这棵树后,庄总第一句就问都家卫怎么处理这棵树,都家卫告诉庄总,他原先准备栽植,但是,请了专家看后,认为此树在运输过程中养护得不对,估计很难成活,到时候,一棵好端端的树就成了枯树烂木,现在都家卫改了主意,准备把它大卸八块卖给桂林绿世界中心做标本。

听都家卫这么一说,庄总就回到了山东。不久,庄总派来了他的副总,将这棵树买走了。

"多少钱?"我问。

张立柱摇了摇头。

"这个庄总能找到吗?"我问。

张立柱慢慢吞吞地打开了自己的手机,手指划了一下,便跑出一大片字来。

7

庄总,庄子钦,国际地心钻探工程总公司的老总,在海内外承包大型或超大型钻探业务,采用由该公司自主开发的高端设备为客户采取岩心(或矿心)、岩屑,或为客户在孔内下放置测试仪器,帮助客户探查地下岩层、矿体、油气和地热等工程。除此以外,手下还有几个子公司,制造和经营大型钻机、泥浆泵、动力机、绞车和钻塔等。平邑就是庄子钦开设的动力机制造公司,也是他的祖居地、现在的豪宅区。

这些都是张立柱从网上查到的,我们赶到平邑时听到了两种评价,一说庄子钦为富不仁,善于搜刮,又有人说,这个人是个大善人,不仅平邑人得到过这个人的好处,东边的费县,西边泗水县,南边的枣庄,北边的蒙阴、新泰都得到过他的恩泽。其中,各县乡下都有以他命名的学校和孤儿院。

这些我不感兴趣,我感兴趣的是,那棵树到底在不在他手里,那个姓都的卖了多少钱。我问张立柱,在原来的价格上,多加三万?五万?十万?到顶了吧?张立柱想了半天说:"按照都家卫所说的,你们家的这棵树路上保护得不好,已经不在状态了,说句难听的话,已经是一棵废树了,撑死天,也能只是这个价格了,说不定直下五层,有钱就卖了。"

听张立柱这么说,我有了信心,立刻打了家琴的手机。家琴很高兴,连说:"太好了太好了,找到了就好,你们还是有点本事的,我马上跟妈说。"

我忧心忡忡地说:"路上太折腾了,怕是弄回来也养不活了。"

家琴想了想说:"这件事,对于你妈来说,就是活要见人,死要见尸,只要是原来那棵树就管了(可以了)。"又说,"也许我们家那棵树会装,等回家了,几口水一饮,又活蹦乱跳了。"

下午,我和张立柱走进了一片大宅院。

一看就是个大富之家。宽大的门楼上挂着一块牌坊,上面雕刻着"庄府"二字。字是烫金的,在日头下闪闪发亮。

说是庄府,走进去才发现是一个巨大的庄园。假山、水榭、回廊、游泳池、戏台、小广场,一眼看不透,一眼看不到边,总感觉大到能装得下我们盏子鄄了。等我们转过一个玻璃幕墙时,我的眼睛一下子就亮了,我看到了我家的那棵银杏树。

此时,这棵树并没有躺在地下,而是直立在一座古建筑前。那古建筑高大、雄壮,但是,在我家的这棵树下,显得那么矮小。此时,我的心头一热,胸腔里连连发出了"喝"的声音,我想哭。因为,我看见我们家的这棵树还活着,她的每片叶子都闪闪发光,每根枝干都泛着青色。在寻找这棵树的过程中,我见过几棵巨大的樟树,上面全是青苔、乱藤,但是,我们家的这棵树不是这样,巨大的树干上干干净净,一块块隆起的部分,如同一个肌肉裸露的美男子,真是太有气势了,稍微摇动,四处都听得风响。先前,我家的这棵树上挂满了红布条,现在,有人把旧布条换成了新布条,风一吹,所有的布条都在飘摇,像是一只只手,一只只向家乡摇摆的手,向我母亲摇摆的手。而那棵树瘿显得更为粗大、倔强和调皮,在两棵树杈之间,在茂密的树叶中,拼命地伸展着。

这棵树还活着,我妈就活着!

我忽然这么想,胸腔里又发出了一声"嗝",张立柱碰了碰我手,我立刻控制了自己。

能进这个豪门是张立柱的导演。

听说我们是来考察泥浆泵的,负责营销的魏总带我们走进了产品展示厅。在那里,一个穿着制服的女讲解员手持一只激光电筒,向我们介绍了十几分钟,然后魏总把我们带到了他的办公室,想听听我们的感受。

张立柱谈到了自己的看法。看来是昨晚的功课没有白做,魏总对张立柱的赞美很受用。借一个停顿,张立柱忽然谈到了那棵银杏树。

听张立柱谈到了树,魏总立刻神气起来,我们公司叫国际心眼钻探公司,他满脸春风地说,目前,这棵树就是我们庄总的心眼,呵呵……

接着,魏总兴致勃勃地向我们介绍了这棵树的来历,大致和都家卫老总说的一样。

这时,早已迫不及待的我指了一下张立柱说:"魏总,说实在的吧,他是冲机器来的,我是冲树来的。从湖北几个县,到四川,再到山东,我追了一路了。"

听我这么说,魏总一怔,然后笑着问:"是吗?这么虔诚啊!是想来一睹风采,还是想来烧香许愿。这棵树是祖宗级的啦,八百年的树龄啊!早就成神了。"

从严希胜嘴里的三百年,到都家卫嘴里的五百年,再到魏总嘴里的八百年,这些谎言让我心里很不是滋味。"魏总,"我说,"我想问一下,这棵树是多少钱买来的?"

魏总向我和张立柱各甩来了一支烟,又给自己嘴里的烟点上火,然后说:"你们不敢想啊!看来买家在我们庄总身上都研究透了,开口就是1000

万,我前后去了五次,最后 866 万上车的。"

"866 万?"张立柱脱口而出,然后又像是蔫了的茄子,蜷缩到了一边。

"是啊!"魏总说,"我们家庄总一向要脸面,给我的指令就是,2000 万也要把这棵树弄回来。""哦!"说到这,魏总发出了这样的声音,然后说,"我家庄总,喜欢这种树,在全国我们有许多分公司,每个公司都有银杏树。"

我头上的汗一下子就下来了,痴痴地看着魏总,魏总一定是误会了我的眼神,认为不相信这个价格,于是,他从那排假书架子上找来一只遥控器,打开了电视。电视上,锣鼓喧天,人头攒动,在一张红布铺就的长案子上,魏总正代表公司和都总签字,正式移交大树,其中,摄影机把合同拍得很大,很清楚,上面有具体的钱数。魏总没有说谎。

晚上,我们在鲁南大酒店吃了晚餐。这餐饭是我安排的,而且警告张立柱不允许偷偷结账。我不仅点了完全超过我俩食量的菜,而且要了一瓶好酒。当晚,我喝了近一斤酒。酒后,我回到宾馆就哭了。我哭时,张立柱也不劝我,只是坐在旁边一个劲地抽烟,脸色非常难看。

等我哭够了,他给我递了一支烟,又为我点上了火,等我彻底平静了,他目光失神地看着墙角,莫名其妙地说:"这个钻地机的生意是可以做大的。"

龟孙!我在心里骂,都因为你。这一次,我母亲要是死在这棵树上,砸断你的狗腿。

好像知道我要砸狗腿,接下来,张立柱再也不吭一声。

8

动车真快,上午 8 点出发,当中还在济南转了车,下午四点我们就回到了寿县,回到了盎子郢。

昨晚,在手机里,我把平邑的事先给家琴说了,今天回来后,我和家琴面对面商议了一下,又把这个消息给大哥和小妹他们说了。听到这个消息后,大家都再没有表态,都很平静。我的心反而更沉重了,我无不焦虑地跟家琴说:"我妈那边怎么办呢?"

家琴平静地说:"她知道了。"

"又是你说的?"我不满地问,"你这个嘴……"

家琴喊了一声,说:"还要我说吗?"接着家琴告诉我,母亲一直就知道这件事。我去湖北的时候,她一直在骂,说我糟蹋钱,要把我找回来,家琴怕我分心,都敷衍过去了。

听家琴这么说,我感到很沉重,默默地坐在那里。家琴也不说话了,身子显得越来越往下沉,左手支着腮帮,显得很痛苦的样子。

外面好像起风了,风中有浓郁的麦秸味。湖里的庄稼少了,四处的喧哗声也弱了许多。今年,来我家筑巢的燕子少了一只,家里好像冷清了许多。屋里,我和家琴都没有话说了,寂静像沙一样纷纷地落在我的身上。

过了一会,我抖了抖肩头说:"王家琴啊,你猜猜,上午我在车上干了件什么事?"

家琴不理我。

我苦笑了一下问:"你想知道吗?"

家琴摇了摇头。

9

时间过得太快了,当我们听到安丰塘的四周传来哗啦啦哗啦啦的声音时,十月就到了。这声音是从那大片大片的玉米林子里传来的,因为先前的玉米棒子都剥去了,现在,这些玉米秸的身子骨就轻快了,它们在风中一个比一个会跳舞,一个比一个会疯,像我们平原人家的那些管不住的野丫头。五月时,安丰塘的四周是金黄色的,在这个时节,安丰塘的四周也是金黄色的,因为刚被摘走果实,有的玉米秸子上的包衣还是白的,远远看去,整个玉米林子还有一种金包银的意思。

在一片金色的波涛中,一辆蓝色的别克商务车在缓缓前行。这部车是大哥的,去平邑。此时,车里坐着七个人,母亲、大哥、二哥、大妹、二妹、张立柱和家琴。我之所以没跟车,家琴给了几个理由:第一,她想去看看那棵树;第二,这些年,母亲大多是她照顾的,她知道怎么做。今天,家琴给头发焗油了,年轻了好几岁。张立柱之所以要跟去,是因为他比我知道的更多,路途也更熟悉。

第二天下午,我打了张立柱的手机。张立柱告诉我,一切都很顺利,不仅到了平邑,而且和那个魏总联系上了。魏总还把这件事和他们庄总说了。庄总听说有人不远千里来看那棵树,很高兴,正从哈尔滨往回赶,这样的话,我母亲明天上午就能看到我们家的那棵树了。

第三天上午,我心里乱乱的,不知道母亲看到那棵树后会怎么样。如果老人家睹物思情,再悲伤过度以至于出了问题,那就罪过了。到了九点半,我又打了张立柱手机,当手机接通后,我却听到了家琴的哽咽声。我一惊,大声地问:"我妈哪?她怎样了?"这时张立柱说:"别急,我让庄总跟你说话。"我不管这些,一个劲地喊:"我妈呐?我妈在哪?"在我大声喊叫时,手机里突然传来了一个低沉的男人的声音,他说:"阿马尔就在俺旁边……"

我愣了,呆立在那里。

你可能不知道,在我们老家寿县,"我妈"叫"阿马尔"。

现在,大人小孩都说普通话了,平时叫我妈为妈妈,写到书面上,为母亲,但是,在五十年前,"我妈"就叫"阿马尔",那时,我这么喊,大瘿子也这么喊,尤其是在被打时,挨饿时,大瘿子——我那个丢失的弟弟会喊得更凶,声音也更尖锐,更凄厉。

10

那天从平邑回到寿县的当晚,我对家琴说,在车上,我做了一件事,问家琴想不想知道,家琴鄙视我,摇了摇头。其实,我在车上做了一个梦,以上就是那个梦的全部内容。后来,我把这个梦说给我母亲听了。

听了我的梦,母亲半天都没说话。她问我要了一根烟,然后仔细地抽着。抽烟时,她默默地看着院心,看着那棵树被拔走的地方。此时,老人家的目光像是一抔又一抔细土,轻轻地撒在那棵银杏树不断长大的地方。那里聚集了我丁家几代人的目光,也聚集了这平原上许多庄邻的目光,看上去总感到闪闪发光,不会暗淡。

过了很久,我听母亲说:"寒露过后,你带我去一趟平邑吧。"

(《飞天》2021年第4期)

不是朱鹮，也不是朱鹭

程多宝

1

懒得睃上一眼，纤纤玉指一点，不偏不歪，21层——误差率0%。

那些闪着红光的数字，一时电梯间争相邀宠，一跳一愣。瞓！朱莺半眯着眼，哼着无字曲，秒杀一切的范。每次，或多或少的身上散发着各种味儿的病号，塞在这么个狭窄空间里。她只好翕动鼻翼，有时还一只手儿扇那么几下。伴随直上直下或飙升或坠滑，没几天下来，新鲜感说没就没了。

唉，坐班……这就是胡素梅为她量身定制的生活套餐？

去年春上，朱莺与这个叫"21"的阿拉伯数字相爱相杀。比如说上班的这个楼层，甚至连前些天装潢完工的那个四室二厅，都是21层。

为什么是21层？而不是20或22层？胡素梅说的就是人生经验：楼房，讲究七上八下，三"七"才21，连"上"三次，不就是连跳三级？

难道命中注定？这不纳闷吗？细想一下，或许，这就是命。现在，朱莺有点认命，换句话说，大是大非面前从没做过主；或者说轮不到她做主。

她的主，只能由胡素梅做，必须的。

20多岁的人了，胡素梅还是大包大揽，决绝甚至霸道，凡事就没想过要与她这个宝贝女儿商量。朱莺当然抗争过，绝对不止一次，是没法统计的N次；小打小闹有过，轰轰烈烈也有过。但是，抗不过命。自己肉身是胡素梅给的，21层是胡素梅选的，不管是上班的这家市中心医院，还是即将成为婚房的那个21层。好像自打一生下来，朱莺就跳不出胡素梅掌心，再怎么蹦跶也是西天取经前的那只泼猴，拗不过就是拗不过，特别是母亲那套说辞，以及说来就来的眼泪，梨花带雨。

毕竟,胡素梅不是掌心无边的佛祖,也没念紧箍咒。只要一僵持,结果总是朱莺心软。不心软,还能咋的?"好了,听你的,还不行吗?妈……"

这么一声喊,对面破涕为笑,脸蛋热烘烘的,一把还搂住了,眼角扫了一眼,那是一幅挂在朱莺闺房上的画:女儿乖,女儿是妈妈的小棉袄,妈这一辈子,还不是为女儿活?

这话,如同课堂上老师要求死记硬背的数理化公式,说耳朵起了茧子,一点也不夸张。好多次,朱莺烦了厌了,就会生出类似逃学的快感,可一想胡素梅大半辈子的不容易,快到嘴边的话语化作一声叹息:摊上这么个老妈,就得认命,你说是不是?

一瞬间,朱莺恨不得一抬头,对着那幅画狂吼一声,想把画上的那只鸟儿轰走,轰得越远越好,一辈子都不想有个再见。

这幅油画,是胡素梅花了不菲的一笔钱,在市文联找了个有着什么协会头衔的画家,好说歹说求来的。据说那位画家也棍气,答应后立马闭关半个月,呕心沥血啊。还有呢,听说画家有了这幅杰作,本想自个儿收藏准备参加国展。那幅竖挂的画里,一只平常没怎么见过的鸟,这么些年一直栖在枝头,欲飞不起、要死不活,与那个黏糊糊的王立宏一样,不把人烦死,也要扒掉一层皮。

2

市中心医院那几部电梯,恐怕是世上最憋屈的电梯。虽说两边对称开着,开开关关的频率极高。刚上班时,朱莺都替它们着急,唉,这要是一个人用脑子控制的话,一周不得犯三次以上的神经病,吉尼斯纪录都要作古。这其中,有单层停靠的,也有双层停靠的,还有全楼层停靠的,以及手术专用电梯。对于医院来说,电梯是什么?没过些天,朱莺想通了:好在不管哪个电梯,朱莺都能上下自如,"可上九天揽月,可下五洋捉鳖……"这是小时候听到父亲朱银根朗诵过的伟人诗句。朱银根那个高智商,怎么不遗传一点给自己?有时一恍惚,朱莺都怀疑过自己是不是与他有血缘关系,可是这也仅仅是一个怀疑。

算了,免提就是。朱莺享受的就是这么个"医护特供",身穿粉色大褂护士服,电梯一闪身,上到21层或是下到1层,抬头一按轻车熟路,眼睛盯着手机屏,一抬头,总能准点无误。

这次,直到有了电梯到顶的提示音,朱莺才慌了神,这才发现肉身直奔顶层33楼。

进院一年多了,上顶楼这是第一次。

既然没上过顶层,看一眼又何妨?

凭窗眺望着宜湖市区,那一瞬间的感觉,正如那个叫马道远的病号说的:"登高望远,一览众山小。"

其实,马道远这层意思哪个不懂?怎么说也是拾人牙慧,诗圣杜甫自打脱口吟出,怎么说也晾了一千多年,更何况还有比这更绝的,"无边落木萧萧下,不尽长江滚滚来"之类。只是马道远随口一说,朱莺当时有了悸动,像是自己闺房那幅画上的鸟儿受了惊,扑棱着翅膀想穿越天空,甚至羽毛还从她的心尖尖上拂过的那种颤巍巍。朱莺侧脸看着马道远,人家正输吊瓶,虽说有点狼狈,另一只手还不忘记刷屏。一开始,她还以为马道远与自己一样,都是常见的手机控,哪知道人家吊瓶那几个小时,吸睛的是科研论文。顺口闲聊的几句家长里短,明显有一些敷衍。过后,再这么一想,朱莺猛地醒了,如同第一次打点滴时,让实习生护士扎歪了血管,是痛的那种哆嗦:"马道远?莫非……就是那个马道远?"

这下,算是见到真神了。

原来的记忆里,街坊邻居们羡慕的,都是与马道远有关的传说。早年,两人初中同学,一个年级组,虽然没同过班,现在说来也能沾光。只是自己一开始没怎么注意,后来留心了却一直没见过面。眼下,这位马同学接到了美国某藤校攻读博士的录取通知书。天体物理学,天哪,当初的物理课堂,朱莺聆听着老师天马行空胡吹海侃,毕竟这也是自己当年的兴趣学科。曾经,多年前有次初中物理竞赛,自己就与这个马道远并列全校第一,虽然只有那么区区一次打过平手。后来马同学一飞冲天,中考考进宜湖市一中实验班,再后来就是全市高考理科十强。而一直想学理科的她自己,没能拗得过胡素梅的眼泪。

胡素梅劝她,爬得高,跌得重。学习好了,成了国家的人;再好的,那是为人类服务的。女儿家要富养,穷不学武富不读书。我就这么个宝贝女儿,学什么物理学？以后想上天还是咋的？

朱莺一转脸,心有些堵:如果,我真的成了一只莺,有了双翅膀,哪个不想飞天？就因为是女孩子？难道,女孩子就不可以？

这个反问句,朱莺一时没有说出来。如此一沉闷,胡素梅的话语柔了些,比风向转得还快:"好女儿,妈妈就你这么个心肝宝贝,你可是妈妈的命根子,比眼珠子还要眼珠子。"

"以后上大学,也不出本省。离家近,方便。妈要是想你了,几个小时的事,近的开车远的高铁,要是想得太急了,保不准飞过去。北上广深有什么好？PM2.5什么的咱就不较那个真了,就是坐地铁,也挤成沙丁鱼罐头。你要是想考那里的大学,先找根绳子……把老妈勒了脖子再走。"看到朱莺生闷气,胡素梅又柔了,是一种好听的女中音,比那个叫李玉刚的歌手变声变调还快:"听妈妈的,不会错。这么多年,听妈妈的话顺风顺水,哪条路没走对？"

想想胡素梅这么多年的不容易,特别是生下自己的那次,听说那天的妇产科特别的忙,喊了半天医生护士也不见个人影。胡素梅难产还大出血,一条命差点闹没了。当时,朱银根这家伙真不配做父亲,他一个人还在乡下承包的水塘里起鱼,电话里一个劲儿地嚷着,说是一时走不开。乡下那地方,朱莺好久没去了,印象里只要将那一张张渔网牵扯出水面,眼前那就是满河的鱼影飞舞,天南海北的鱼贩子岸上候着。这边一网网出鱼,那边票子一沓沓塞入,有时还有转账支票啥的,交给手下人怎能放心？一年下来累死累活,背着一大笔承包费用还担惊受怕的,就依赖这几天收成,老爸要是一个闪失,说不定就是一笔上万元的损失。胡素梅放下电话时,有了些银幕或是荧屏上的那些革命英雄似的大义凛然:"老公,人在鱼塘在,我这边没事。你老婆命大福大,死不了。"

说是没事,最后的手术单签字,胡素梅自己有了些大义凛然:怪不得谁,我自己签,死在手术台上,也是我的命。

所以说,朱莺的这条命,是胡素梅从鬼门关抢来的。朱莺能不听胡素梅的？做人,总不能那么自私吧？再怎么说,也要讲天地良心。

现在,搁在眼前的云里雾里。不敢高声语,恐惊天上人？一伸手,扯一绺云;一俯首,探一眼地。这种玄妙,与那个看不见摸不着的天体物理,异曲同工吧?

生出这样的想法,朱莺免不了一笑。

马道远住院,该有三四天了? 朱莺这是第一次开心地笑了,尽管笑如夏花,尽管无人喝彩。

3

下楼,返回21层,停下,开门。仿佛电梯里窝着的那股不甘心的讨厌空气,硬是把朱莺推了出来。

21层,是市中心医院的泌尿科病房。

这家医院有点像"老牌帝国",一度占据着主城区的黄金地段。旺铺林立之间,塞了这么个医院,倒像是一块不伦不类的夹心饼干。近年来,伴随城市框架拉开,搞规划设计的估计有了顾虑,设计图纸时往外一划拉,这座集大成的中心医院就搬到了郊区。是银根收紧还是资金链断? 巴掌大一块地,楼层原准备一直加到云端,也不知道上面哪位随手一划拉,后来医院的身子骨发育到一半,草草地加了顶帽子就"出嫁"了。楼层瘦身了一小半,有些病员不多的科室,就只好合并同类项。

塞进21层的,是瘆人的心胸外科。常常半夜值班,冷不丁120急救车拉进来一个,血糊糊的几乎是一只中了枪弹的鸟。实习期刚过,朱莺就想打退堂鼓。朱银根的鱼塘大把大把进账,谁指望她挣这几个塞牙缝小钱? 虽说这家医院当护士挣的也多,加上夜班费与绩效工资,有同学考上公务员进了市直单位,就算运气好的后来混个科长,与朱莺比工资单时也没有自信。可是胡素梅不同意,朱莺也就没了辙。胡素梅这个人,什么都好,就是霸道;朱银根呢,常年就知道苦做死累,他心里只有承包的那方水塘,十几亩水面就是他的天,一小块都不想丢。这么一来,胡素梅才是这个家的天,天要是生了气,不是电闪雷鸣,就是暴风骤雨。

偏了心的老娘,叫不应的皇天。老人古话那可不是说着玩的。想了想,还能咋的? 妈妈处处经验时时教训,挑挑拣拣的就是几箩筐,况且这些年来,听妈妈的一路走下来,也没见得吃上什么亏,别的不说,就是她们这个护士班,难得的闲暇时间,护士站上总能听到谁喊了句:"这么贵? 这个月不想过日子了？剁手党啊，又不是朱莺，拿我当什么大款？"

21层的护士值班总台，忙起来一排过去，七八个护士忙碌的背影，加上两班倒的泌尿与心胸外科科室，这一层一共19个护士。其他的18个，连同护士长在内，羡慕朱莺的不在少数，常常还伴着请客、吃喜酒类的矫情。

有时，朱莺想想也就没辙了，这些年下来，处处听胡素梅的，倒也顺风顺水，与闺密死党们相比，自己少吃了一大堆苦，或者准确地说，一直泡在蜜罐子里。

4

比如说，朱莺上幼儿园呢，胡素梅就开始远程教育规划，而且从来不管女儿意愿，动辄答应再认个干爹。有时，连朱银根都没思想准备，冷不丁就有个老咸肉站在面前傻笑着，胡茬茬快戳痛朱莺粉嫩的小脸蛋了，对边的胡素梅一个劲儿地喊着："朱莺，快，叫干爸。"

鹦鹉学舌。朱莺只能这样，甜甜的声音，没心没肺的意思。于是，生活圈又多了个干爸。尽管有的老咸肉看着恶心，她真不想喊出那么一声，但是胡素梅事后却不高兴了，教导的口气语重心长："小孩子家嘛，叫声干爸不亏，更不要当真，都是你爸战友，你爸爸这批战友，哪个占的不是好单位？多个干爸多棵大树，将来有你靠的时候。"

胡素梅自有考虑。早年时分，丈夫在部队上，家里只能自己扛着，朱莺哪知道这等难处？后来，朱莺长大了懂事了害羞了，碰到了那些不常见面的也靠不上的"树"，心里懒得喊一声。朱银根急了，说："喊声干爸，还掉块肉？咱家不容易，老爸主外，你妈主内。我成天想的是挣钱，你的事情大大小小得听妈的，我们这个家能有今天，多亏了你妈。"

朱银根说得在理。他原来在某野战军当兵，那些年遇上边境战事，上边要求部队轮战，被说走就走地拉上前线。一场战事下来，他们这个班排好几个醉卧沙场，命大的凯旋时也有不少人身上缺个零部件。经过了一场生离死别，把生命看得既重如泰山又轻描淡写。大家退伍转业回了原籍，自然来往走动勤些。朱莺经常被胡素梅带着，这家吃到那家，与干爸干妈的孩子结识了不少。奇怪的是他们多是男孩，酒桌上朱莺往往成了公主。有个叫王文迪的,一口一个"心肝宝贝"地叫着。朱莺呢,看着妈妈脸色,自然答应得也算顺溜,只是一出门就抛到了九霄云外。

干爸们的好处日渐显现,只要她去了哪家,立马自成风景,虽说坐的不一定是C位,可她不是中心影响中心,不是全局牵扯全局。上了初中,朱莺成绩一度顺竿爬,冲了一次班级第三年级前十,除了那个马道远一直稳居榜首无人撼动之外,前十名次倒也数次易主。当时,朱莺不信邪,一心发狠时盼着与马道远掰手腕,可就是感觉自己还是差一把火,必须拼命跟上才有逆天的机会。有次做作业时熬夜久了些,胡素梅心疼了,第二天一早就拨了王文迪电话,说要犒劳一下宝贝干女儿。

王文迪还真牛,一个电话,两家人开了两辆车去了农家乐。王文迪有个儿子也上初中,只不过两人不在一个学校,样貌英俊得像那个同音不同名的港台红歌星,饭局间还一个劲儿护着她。这一顿饭吃得也误事,比如说一门副课作业当晚就落下了。

胡素梅说:"又不是主课,明天找同学补一下就是了。再说了,以后上高中学文科嘛,这门副课咱绕开不就行了?"

朱莺本想说,这是她喜欢的学科,她将来也想学理科。王侯将相宁有种乎?物理这门课她不信干不过马道远!虽说不是一个班,那也是同校同年级,大家同样听课,他马道远又没长三头六臂!这层意思刚一说出来,胡素梅不耐烦了:"学什么理科?是不是将来还要上博士后?"

朱莺没再坚持,她怕老妈发脾气。反正这么多学科,将来上了大学总归要选一门,想赢马道远,不一定就在物理这条道上,"不争一城一地之得失嘛",胡素梅说得也有道理。

于是,朱莺就头次偷了懒,私底下抄了一回同学作业。

不过,这次并不是白抄,同学出了价码:陪打一次游戏,再安排一趟龙泉洞旅游,必须免票才有面子。钱不钱的倒不要紧,主要的是要赚个同学间的嘚瑟谈资……

那次游玩,也就是朱莺一个电话的事,其实景点也没看头。只是没想到,自己头次的游戏大战竟然那么过瘾,一路杀将过去,人挡杀人佛挡灭佛,那才嗨得一个爽。后来,还是那个同学纠正了她,什么年代了,还爽啊爽的,太OUT了,现在最流行的说法,叫"酣畅淋漓"。

对,酣畅淋漓。只是她没有想到,这个酣畅淋漓的背后,是欲罢不能,以至于晚自习的时候,她嫌手机游戏不过瘾,还时不时地与班上几个"女汉子"翻墙找游戏室,等到玩得尽兴之后再回到教室,心里一度还跳得厉害:莫非,打个游戏,也那么上瘾吗?

不过,沉静下来,心里多少也有点偷着乐:长这么大,一直都是听妈妈的,妈妈肯定不赞同女儿打游戏。这次,总算自己做了一回主,好歹也扳回了一次。

5

当了护士,烦心事一串串的,夜班就是一个。

她们这一层18个护士分为9个班组,每人轮值半夜。到了下半夜,那就是无聊,简直是无聊的平方、立方……N次方。如何解出这道方程?总不能一人打游戏吧?突然间,朱莺有了好奇,在电脑上调出了马道远病历,他那张微笑的大头照就近在眼前。哈,马道远的眉毛怪怪的,似曾相识不说,还经不起推敲,怎么感觉有点像老爸朱银根?哈,怎么可能呢?世上几十亿人,五官也就那么几样,排列组合下来,有个把形似的也难免嘛。只是看着那张微笑着的相片,倒是想起这些天来,两人说的话也不多,加在一起,也抵不上课本里某篇文言文的字数。

对于课本上的古文名篇,特别是那些需要背诵的精华部分,朱莺倒背如流。眼下的马道远赴美读博,美国掏钱,还是全球全额奖学金。也就是说,美国人拿钱供他读自己的书。

马道远预垫的账户余款所剩无几。前几天,认识之后,两人聊了一会儿。马道远也不回避,直言相告家境艰难:当年自己上的四年大学,靠的就是单亲母亲,那边没日没夜地挣,这边没完没了地省。原指望孩子大学出来,当个公务员考个事业编,当妈的也好跟着进城。哪知道呢?马同学保研之后,导师一再怂恿他出国深造,"全额奖学金,天上掉馅饼的好事,当妈的哪能拦你前程?要怪,就怪我的名字没有起好"。节骨眼上,一个农村妇女,儿子想上天,她会忙着踮脚端梯子。

一个名字,这么重要?那次,随意的几句聊天,让朱莺有了些条件反射:

自己的名字也不太好听。本来,朱就是红色;莺呢,却是黄鸟、黄鹂、青鸟之类。本来颜色就不大对称,况且还是个小型鸣禽……

朱莺就想改名字。胡素梅哪里肯依,说这个名字是朱银根起早贪黑想出来的,那几天,新买的《新华字典》《辞海》什么的都快翻烂了。"你爸爸,1980年代的高中生,全村最有学问的人。要不怎能当上兵?"

小孩子家,能不听大人的?我们忙里忙外,到后来是为哪个好?

谁搞得清?爱谁是谁,我不稀罕。腹诽的时候,朱莺眼睛往上一挑。这一挑,父母亲就没了神。当年,那么多战友齐齐儿想当她的干爸,多少也是对这双美丽的眼睛来神。

这双眼睛很大,太占地方。要是直视过来,你会感到这双眼坐落在这张好看的脸部未免太不厚道。真是奇了怪了,朱银根与胡素梅,两人四只眼睛,加在一起也怕赶不上朱莺的一只吧。朱莺的双眼皮与别人不一样,撑开了,两汪宽宽的弧线,以同一原点画出的两道半径不等的同心椭圆,再分别平移开来,还是这个同心椭圆的上半部分,于是又对称地挂在那里。如此,这双眸子就不单单是大小的问题了,而是美。怎么个美?美得无法无天,想来也只有如此比喻,算是不辜负。

"真是熬不过你,服了;不扶墙服你,水土不服就服你,还不成吗?"朱莺这么一说,对面刚才还挂得很长的脸,立马收缩了许多。

是不是,该交男朋友了?胡素梅口气里尽管不是催婚,那也等同于催婚。

"找找找,就知道一个找。"撂下饭碗,一个转身,朱莺进了卧房,翻了几次身子,还是没有睡意,一抬头就是画上那只鸟儿。"一天到晚,哑巴似的,你这个老闷,烦死人了,知不知道?"随手,一只枕头砸过去,那只鸟儿也不生气,照例我行我素。

那么,就替自己做一回主?人生就这么几十年,要是不我行我素一次,不白活了?青春要不折腾几下,那还叫青春?

朱莺这回要撸起袖子,要干就干一单大的。其实,她心里早就有了盘算:在市区黄金地段的春归苑步行街,开家服装店。同样是挣钱,那就看谁挣更多的钱才叫牛。就在那个时间段,胡素梅劝她报考护士,说边做生意边复习,两不耽误。朱莺心想,在这家医院青丝熬成白发,到头来什么事自己也拍不了板,倒不如悄悄做个兼职赚点外块。

这次，朱莺很执拗，母女俩只好各退半步相安无事。头一次呢，女儿大了不由娘，朱莺郑重其事地说："你们不是有些闲钱吗？那就先帮女儿垫一笔，我要……证明自己。"

"等我发达了，一定偿还。不过，事先说好了，没有利息。"想了想，朱莺又补充了一句。

朱莺相信自己的眼光。再怎么说，自己也是个95后，父母亲虽说有些人脉有些经验，但未免理念老套。"这世界是你们的，但是归根到底属于我们的，可别忘了，我们才上早上八九点钟的太阳嘛。"

想都没想，春归苑步行街上，一间市口很好的门面，一家新的服装店悄悄开张了。开业庆典上，动静大点的活动一项也没有做，朱莺只是捐了笔款子，请了几家媒体的记者过来，还挂起了市妇联赠送的一个牌匾。

步行街上的店面开张，她这一家是个特例。朱莺有个同学考公务员考进了市妇联，手上有资助春蕾女童的指标任务，一直找不到人搭把手。朱莺与她同学一拍即合，"你每买一件服装，就等于给春蕾女童捐助了十元钱……"这样的创意，胡素梅哪能想得出来？

朱莺要的就是这个效果，活人，就要不一样。平时，业余时间里多是在店里复习。胡素梅想的是，女儿不可能一直耗在店里，上个班多少也算是个体面人，场面上说出来也好听些，店里杂事不妨交给别人打理。当然，这个别人也不算是别人，就是那个长相挺像歌星王力宏的帅哥，两家知根知底的。只是此王立宏非彼王力宏，就剩下一副亮得勾人的样貌。好在胡素梅看着顺眼，有时到店里监控账目时，开口闭口叫着小王，如同心里来了个置换：你王文迪不是认朱莺当干女儿么？河东河西的倒过来了，我也成了你儿子干妈。这下，咱们打个平手了。

幸好，王立宏只是长了一张明星脸，心里倒没那么多弯弯绕绕。

胡素梅要的就是这张脸，其他的她这个家里都不缺。将来，她想选中的姑爷就是要看着顺眼，比顺眼还要顺眼的那个就是帅，这样就是抱上外孙出门唠嗑时，模样错不到哪里去，"瞧瞧，吉人自有天相，老朱家的孙子，帅得像年画上的"。

王立宏那张脸还真有磁性，虽说没吸引住多少回头客，但在朱莺眼里还算耐看。本来吗？对于他来说，朱莺才是他人生里最重量级的顾客，把这个顾客吃牢了,稳赚不赔的一笔生意。想想也是,服装店怎么不赚?杭州进的货,本地只是一个欠发达的地级市,有几个肯舍近求远?再说他们的眼光哪有如此高端?单是进货的路费运费,哪个月也不是个小数目。这个主意当然是朱莺拿的,哪次出手都要拿回三四万元的货,"慢慢卖就是,做生意不用慌。几天不开张怎么啦?三年不开张,开张吃三年。开店容易守店难,我也没下什么指标,要求你一天赚多少"。

听听,朱莺一个卫校毕业不久还在找工作的95后,聊起生意经,一套一套的。只是没想到喝凉水塞牙,放屁砸脚后跟。人生的生意大戏刚一开场,头一次没听胡素梅的,朱莺就砸在自己手上了。那些从杭州搞的货进来容易出手难,王立宏一天下来,脸面笑得抽了筋,照样笑不出像样的票子。

那些货都是自己看中的,怎么会呢?没想到朱莺这一思索,连她自己也吓了一跳。

不由得,朱莺责怪起了这座城市的规划部门。商业街哪能这样规划,太不负责任啦!你们刚把这条步行街规范好了,市场做熟了,一转身又在附近规划一个丽景国际女人街?还有前面的八佰伴大卖场,以及一个已经在宜湖市区遍地打广告的万全购物中心……一听,这么密密麻麻的,头都大了。一个小小的城区,拿工资的就那么些人,还一水的房奴,又有多少有效的消费大军?况且,还有"满城尽带快递小哥"。再说了,现在农村青壮劳动力都去外地打工,只有岁末年初那会才带家人进城买几身衣服过年应个景,说不定去还是城郊的批发市场捡个便宜啥的;更有的,在外面的大城市早就购了衣服带回来。

门面租金迅速飙升上涨离谱,这也是朱莺开起之初没有想到的。当初,合同只是签了两年,没想到房东玩了心计,一开始租金没什么为难,哪想到先把你吸引进来,等你装潢了开业了有人气了,两年期限一到,欲罢不能的时候人家提出来重签合同。哈,放水养鱼,关门打狗吗。怎么办?总不能凉拌吧?你这么多货砸在这里了,回头客也记住地方了,人家房东不提价,傻子吗?再说了,周边一打听,房东合同都是一年一签,很少有人签上两年三年,人家说起来一点也不输理,还算给足了面子。

一旦思索起来,还真是不能再想了。这不,又来了一个,自己没想到,好多开店的前辈,他们怕是也没有想到。一些小青年,情侣模样的成双成对进了店铺,看衣服试衣服,一团忙乱还挺来人气。衣服嘛,本来就是让顾客试的,人家一试觉得有型,这就是成交基础。没想到在他们店里,进的一批批杭州货本来就有大局观,顾客们试的多却总不见下单。奇了怪了?别说王立宏纳闷,聘请的那个迎宾小姑娘也是一脸不解。店里这些压箱货,宜湖市哪能买到?马上要进秋装,夏装打折力度大,过了这个村可没这个店?没想到最多也就是个把星期,自己的几件镇店之宝,街上就花枝招展地火红出片片云彩。后来,她悄悄在试衣间上方安了个针孔监控,安的时候胆子可是虚的,怕人家知道了告发,要是与涉黄扯不清那可不得了。哪知道一查监控,比这个不得了的还有个更大的不得了。防不胜防啊,这些小青年们鬼精精的,他们暗地挑中某一款式,有时还装模作样地还了价,在试衣间里试了效果,就在里面用手机拍了货号——过几天,快递小哥就乐此不疲地跑开了。

敢情是网上什么都有,听说人家为了省几个钱,还有一个原因是为了少跑路,卧在沙发上刷屏就够了,有的家庭连牙膏牙刷、手纸卫生巾之类的小不点儿,也不上超市了。实体店那么高的房租,还有店员、电费之类,别说他们这样的一个不起眼小店,就是宜湖市区大街上那几个占据旺铺的老字号,怕也是挺着身子硬撑呢。

怨谁呢?吃瓜群众的眼睛是雪亮的,能省几个谁不省啊?不管怎么说,这也是买卖,本钱可是亲哥。

6

店面,很快盘给了下家。一个折返,亏的可不止几箩筐鱼虾的价钱。

嘴上没说,但胡素梅心里窝着一股风,只是丈夫一直没个话,这股风一直也没有找到喷发的出口,想想还是憋了回去。除了捏着鼻子不敢龇牙,她可是想不出来另一种选择。

"就当是一笔学费,总是要交的。叛逆期嘛,她想作,就让她作,作了几下,作不出个道道,碰一鼻子灰就老实了。我们那个时候,不也是这样过来的?哪个没年轻过?"这话,算是无意间听到了父母的一次争论。一开始,朱莺牵了牵嘴角,想当面问个一二三四,脚步都迈出房门了,突然就没有征兆似的,身子说软就软了。印象里,朱银根总是一副累倒倒的样子,据说理个发有时候都是手下聘请的工人，拿着剪子推子来个三下五除二，有时回来晚了，女儿一杯问候的清茶刚要递过去，那边还没接上手呢，就见他斜歪在沙发上，坍塌着重重的身子骨，接着就扯出了止不住的鼾声，一时间鼾声如波涛拍岸，晃荡着这具停泊的破船似的身躯。

父亲承包十几亩鱼塘，上上下下真够他喝一壶的；再说了，家里这一摊子财产，一大半还不是他挣的？朱银根眼里除了宝贝女儿，就只剩下了银行卡上忽涨忽跌的那些数字，只不过那些数字像是弹簧一样，每次蹲下就是为了迎接再一次的弹起。

当年，胡素梅哪里会想到，他们这一家像是走了狗屎运，朱银根不知不觉之间还长了劲道，口气也硬了不少。在这个家里，朱银根要是不发话，胡素梅就是再有情绪，多少也要识个脸色。毕竟，朱莺是他俩唯一的女儿。只是为什么，女儿一点也不像他们这对夫妻如此聪明绝顶？他们只得退一步想，好歹二十出头的一个女儿，青春期要是没有叛逆，才不正常呢；再说了，这些年来，他们也没琢磨出什么良好的教育方式，更没有心思搞这些虚无缥缈的东西，两人总觉得自己这一代人，吃的苦齐腰深，再怎么着也不想让孩子吃二遍苦受二茬罪，既然家里条件好，干吗子女们还要闯？又不是没日子过？实在不行蹲在家里过安稳日子，顶风冒雨地折腾个什么劲？用朱银根的那句老话说，就是："那么多老乡哥们，当年战场上一个跟头摔成一捧骨灰。咱能活下来那是命大，一辈子就这么个宝贝女儿，除了惯就是惯，还想咋的？怎么过还不是一辈子的事？"

既然这样，家里又不是没法过，看到回家的父亲常常是泥一身浆一身的，朱莺有些不忍心。私底下一盘算，自己的店面从开张到关门，前后只挺了大半年，亏空严重得有点让她不敢相信。就像她看到医生在一些病号报告上经常写下的那句："病情恶化，建议转院。"

可是，她自己又能往哪里转呢？她想得更多的是，与父亲说明情况时自己还吞吞吐吐的，朱银根虽说不会怪罪他，但做女儿的心里也过意不去。

"不就是一笔钱吗？当初答应你们做生意，这笔钱就等于是放了鸽子，我压根儿就没指望它们什么时候能回家。这些天，鱼塘离不开人，等忙过这阵子，再说接下来开店的事。听我说，别想着东山再起，没那个必要，懂吗？"有次，朱莺逼急了，手机里的朱银根这才有了不耐烦的口气。

成天就是这么个鱼塘,女儿心里淤了这么大的结,好歹也是当爸的人,你就我这么个女儿,还不闻不问的？摁了手机,朱莺呛出了泪:"行,你没空,我有的是空,这就过去。"

赶到鱼塘的时候,朱银根正在河里忙着,朝着朱莺这个方向的还是背影,自然也没有看见宝贝女儿破天荒地匆匆赶来了那么一回。

这也是自大学毕业之后,朱莺第一眼见到距离城区几十里开外的鱼塘。父母虽然在城里买了几处房产,户口在乡下一直没有迁上来。那还是好多年前的事了,父亲当初想着举家进城,户口簿成了非农业,怎么说在他这一代人手上,也算是光宗耀祖。可是胡素梅不让,说既然城里买了房就能住,何必要丢掉根据地？我们家没人做官,怎么说也要留条后路,乡下有田有地有山产,好歹还能挣个口粮,留着巴掌大的一块土地有什么不好？它们也不张嘴问你要吃要喝。这要是以后赶上城市框架拉大,有个拆迁什么的,怎么说不也是猛赚一大笔？

一晃经年,事实证明胡素梅还真是高瞻远瞩。老家这边,青壮年不是外出打工,就是进城买房安窝,回村里住的极少,要不就是那些没本事出门挣大钱的。所以胡素梅看准了承包商机,将十几亩鱼塘的承包手续办妥了。放眼望去,老家那一带空心村遍及,既然家境殷实的朱银根敢于承担风险承包鱼塘,村支两委也是求之不得。

正在忙碌中的朱银根,没注意到女儿在身后一直注视着他。此时,他正荡着小船,在一方丝网兜起来的河面上绕着圈子喂鱼。那一圈里饲养的是鲶鱼,长到斤把重时网上几条,黏糊糊的直滑手。宜湖市大小餐馆里,有这样一道菜卖得不错,叫:鲶鱼笃豆腐。当然了,也有的餐馆用鲶鱼配雪里蕻做成酸菜鱼,一度卖得挺火。只是这种鲶鱼不好饲养,不容易养大养肥,好在他们朱家的新鲜货有些例外。曾经,也有餐馆老板私底下问过胡素梅,你们家鲶鱼,那么滑嫩,莫非……有啥家传秘方？

胡素梅只是一笑,脸上纹路都被淹没了。在他们家,这种鲶鱼从来不上餐桌,对外口径就是太贵了,舍不得吃,怕蚀了本。除此之外,还有私底下养殖的黄鳝等。另外,那种腌得黄乎乎的雪里蕻,从来也是。

到了现场,朱莺眼睛发蒙了。蹲在船舱里的父亲,戴着一双黑乎乎的塑料手套,大把地抓着那一堆腥臭的不明物品四处乱撒。每扔出一把,三三两两地漂浮于河面,一窝窝鱼群在水下炸裂开来,一尾尾地直往上拱,有些像商场削价促销时哄抢的人群。一时间,朱莺眼都直了,胃里一个劲儿地冒着酸水。难怪,朱银根成天说没空,一有空就往乡下跑,还雇了几个小工——原来,他们用这种腥骚恶臭的脏东西喂鲶鱼?怎么想得出来?那种鲜美味道,难道就是来自于这种"家传秘方"?

直到那些泛着腥臊恶臭的东西扔空了,朱银根直了直腰杆,一转身看到了河堤上的女儿。不过,映入眼帘是那个渐行渐远的女儿,任他怎么喊,朱莺也没有回头。好不容易拨通手机,朱银根的声音有点控制不住地发抖:"你管那么多干吗?又不是让你吃,我们家不吃,听爸说,这些,还不是为你好?"

就这么……听你的?你挣的钱,原来——这么不干净。

这只是她的心里话,当然也不好当面顶撞。父亲成天在水上漂着,年过半百的人了,怎么说不也是亏心?可是,做父母的这样玩命地挣钱,有没有考虑女儿的脸面?以后,我怎么出去见人?亲朋好友面前情何以堪?这么一想,朱莺又想到了胡素梅,原来她脖子上挂的、手上箍的、耳朵上缀的,一出门金灿灿的一片,马路上的霓虹灯都一度为之逊色。哈,这些统统都是用这些不干净的钱垒上去的。既然这钱来得不干净,我做生意蚀本了也就没有什么好愧疚的,更谈不上心痛啦。

耳边,朱银根还在语重心长,难得一次的电视连续剧,这一回看来至少是一次四集连播。朱莺沉默了好久,半晌,估计朱银根说得有些累了,这才果断地挂了手机:我的人生我做主,也到了自己做主的时候了。

手里捏着的,是刚从朱银根蜗居的那间鱼棚的地面上,拾起的一绺头发。朱莺也不知道,当时怎么一时性起,拾起了这么一绺。这绺头发被她包在一张纸巾上,原先的又直又黑,如今也有了些许的杂灰。唉,父亲也是不经老啊。

7

自己当家做主一次!其实,早就不是第一次冒出这样的想法了。

读高中时,班主任一开始挺看好朱莺,家长会上还表扬了胡素梅这位中国好家长。那次会上,胡素梅做了表态性发言,只是一场高考下来,朱莺的分数落差如同断崖,这也让胡素梅见了熟人都别过脸去。

胡素梅哪里知道,从小那么听话的女儿,高中时就有了叛逆心理,特别是迷上游戏之后。尽管事后朱莺自己也常常后悔,甚至还写过保证书贴在床头,可一旦犯了瘾,就只顾自己痛快了再说。上网查了高考分数通知单时,朱莺知道,这样的成绩,只能上个卫校。那些曾经向往的学校,基本上没自己什么事了。

也就是那些天里,朱莺仿佛长大了,特别是看到张贴在校门口的高考红榜,头一个被鲜花簇拥着的名字,就是本市高考第一名——马道远。等到周围那一个个嘴巴张成圆形的表情控们纷纷抽身离去,尽管校门口没有一丝儿风,天气还蛮热的,可是朱莺还是感到了一种冷,从来没有过的冷,是从骨子里往外渗的那种阴冷。只一瞬间,眼泪止不住地既想往地下落,又想往天上飞。墙面上那个陌生而熟悉的马道远相片,渐渐地与鲜花混淆为一团,仿佛有列高铁或是动车,嗖地一下从她的眼前飞天。她自己呢,像是一辆绿皮慢车搁浅在那里,一再地给各路过去的快车让着道。等到所有的高铁动车啊、直快啊、普快啊等全过去了,她这辆慢车这才一路开开停停的。

感觉告诉她自己:这个叫朱莺的中学生,在毕业迈出校门之后,与前面的马道远等同学,算是明显脱节了。

"卫校,挺好啊,将来家里有谁病了,一个电话,多方便。当科学家有什么好?那是帮国家养人替世界操心,哪家没有生老病死?护理这事,总得有人做。"本来,朱莺还准备复读一年,可一进家门,胡素梅定了调子:姑娘家青春几何?受那些罪,划算吗?女孩子家,还是在家门口上个班,一家人心里实在,说出去,面子上也好看。

对于报考护士,一开始朱莺也有抵触,后来还是拗不过胡素梅,不仅仅是因为母亲的眼泪,而且胡素梅前前后后都打探好了。如今单位招聘,要想有个编制啥的,逢进必考,这是必须的。笔试,朱莺倒不担心,毕竟前些年的文化课,还有老底子在那里摆着,就是面试心里没谱,总觉得没有发挥好。结果一下来,成绩却是妥妥入围,面试这项还得了高分,让她一度以为评委那天是喝高了还是咋的,要不就是张冠李戴了。

胡素梅一听,不高兴了:"你晓得什么?以后,什么事要是再不听老娘的,自己找苦吃吧。"

这家医院的门槛还蛮高的,报考时撞脸的同学,怎么说也有几十个,人人都是一副怪怪的表情,劲儿都是私底下使,根本上不了桌面罢了。怎么一到上班时,却看不到当初一同报考的同学,哪怕一个？当真是人家笨手笨脚说不出什么？头天上班,别的护士兴冲冲的,朱莺却一副要死不活的样子,回到家里,看到胡素梅凑上来的笑脸也不想搭理,转脸给了个屁股墩:"说吧,我还能有什么想法？听你的吗？对我,还有什么安排？"

　　胡素梅听出了火药味,一关门闪了。没过几天,看到朱莺情绪稳定了些,胡素梅坚定了主意:"趁早买房,家里连首付都凑齐了。"

　　"买房？还要买房？房价快上天了,不怕砸在手里？"朱莺说,"没看新闻吗？房子是用来住的,不是炒的,电视上处处喊着打击炒房呢。"

　　胡素梅有些嗫嚅:"已经买了几处房产,现在想起来必须告知你一声,这个家早晚你要担起来,你不理财,财不理你。"

　　还有什么好说的？都买上了,这才征求我的意见,你晓得我喜欢不喜欢？朱莺一时懒得听了。几年前,胡素梅看中了城郊一处房子,买下没几年就赶上拆迁,结果很是赚了一笔。后来趁着还没限购,她在合肥、芜湖的繁华地段又各买了一套,说是将来作为女儿的嫁妆,现在虽说只是个简装,租金一年下来,也是一笔不小的数额。

　　倒是朱银根,这回怎么就来神了,口气极为稀罕地对着女儿冷硬了一回,印象里从来没有过的:"合肥与芜湖的房子,将来就是你的,只是这两笔装潢费……以后等你成了家,还得由你们自己出。怎么说,也得让你们年轻人有点经济压力,知道以后要奋斗,知道父母挣钱的不易。"

　　朱莺听了,嘴一抿,递了个受惊吓的表情,其实心里那个乐呢:"这两套房子,装潢费怎么说也得四五十万,我才懒得操这个心呢。"

8

　　宜湖市中心医院护士,虽说不是医生,收入也很风光。近年来,好多病一体检出来就是晚期,到头来逃不出人财两空的那种情况。朱莺她们忙上忙下的,有时一天下来腿肚子都打战,嘴巴干得一路上都不想说一句话。

　　只是,一到值夜班,一个女孩子家的路途安全,在父母心里倒也是个操心的事。朱莺心里倒不服输,什么时候了?宜湖市刚刚获得了国家文明城市,公安部"天网"罩住大街小巷,晚上华灯初上,灯儿都不想眨下眼睛,就等黎明过来相会,偌大的不夜城,边边角角亮晃晃的。值完了下半夜班,出电梯,医院门口一拧电瓶车,一路不打弯地回家,怕个啥?

那怎么行?胡素梅自有理由。你一个小女生,嘴上没毛办事不牢,再怎么着,别看眼下看起来是放你单飞,其实心里一直牵着缰绳呢。我这是先放你出来没事走两步,一有风吹草动那就要收绳子。怎么说,我是从你那个年龄上过来的,老娘面前,少装这个弄那个的。

这个不行,那个不行,怎么着才行?这么一想,朱莺吓了一个激灵,胡素梅你可是我老妈啊,怎么还与女儿玩起了心眼。开服装店那会,那个王立宏就是她一意孤行喊来的;现在呢,司马昭之心更不用说了。还是那个王立宏,一开始骑电瓶车保驾护航,不请自来的那种;没过几个月,就换了辆车,四个圈的奥迪,人前人后地接。这小子本事不大,好在懂规矩听招呼有颜值能带得出去,车子到了医院门口就赶紧掉头,从来没上过21层,说是胡阿姨有过特别交代,别让同事们问起来,有点丢人现眼不说,弄不好有个节外生枝就麻烦了。

还……交代了什么?朱莺想想都懒得问。肯定是胡素梅有了担心,怕是王立宏这张明星脸开了辆土豪车,会让护士姐妹们心生妒忌,要是有个什么移情别恋,出了这样的幺蛾子那是要败家的。那个高高的21层,除了几个男医生,其余都是小姑娘,值夜班的一般只留一两个小护士,放他这样一个帅帅的小青年跑上楼去,难免会让人说三道四。

其实,又有什么好说道的?王立宏这人,说不上来什么好,也挑不出什么不好。颜值没得说,绝对的衣服架子;脾气也好,一味顺着自己。就算是花瓶一个,这也可以归纳为天下难找的好。两户人家门当户对,不说大富大贵,一两辈子也是花不完的。将来过日子,不就是一个投其所好?再说,王立宏的好多嗜好也是受她影响,比如说打游戏。

朱莺的几个闺蜜,哪个不是游戏高手?有时几个人一关门,四只手机捧在手里,天昏地暗地爽,要死要活地嗨。最多的时候,八只手机摆在一块儿打,每一只手都像是抽风一样,小鸡啄米似的酸,这样的酣畅淋漓一玩就是大半天。反正干爸干妈多,双休日做东这次这个下次那个。大人们在厨房里张罗饭菜,实在不行就嗨一回馆子还有 KTV 什么的。这边几个人房门一关沙发一卧,说干就干个刺激的,那种游戏,打了一次通关,身体里四处透风冒气,真不知道还有什么比这种"血战到底"更拉风的。每次激战,朱莺多是召集人,如同微信群主,队伍是她拉起来的,搭档相对也固定。这方面,黄金搭档王立宏可谓懂她,一使眼神就是一个灵犀,谈笑间樯橹灰飞烟灭:哪个不服,下周再约?

估计火候差不离了,胡素梅这才渗透进来,有了些谆谆告诫:我是你妈呢,哪能把女儿往水里推?小王这人,看着就养眼。有人要学历,我们要孙子。现在政策放开,以后生两个,两家一家一个,各带各的孙子,反正我们还不老,你们尽管生,一切由我们双方四个老人,轮流着带。

带带带,你就知道带。一抬头,那幅画高悬眼前,让朱莺长叹了一口气。小时候,由胡素梅做主结识的那些干爸,好多个都没了后续。其实,就算常来常往又有什么意思?逢年过节总是要见上一面,无非吃吃喝喝打牌小赌,有时杠上了,麻将一上桌血战到底差不多要干个通宵。除了赌,除了拼酒,真不知道他们还会闹出什么来。小时候自己不懂事,认了那么些干爸,韩信用兵多多益善。如今想来,一切都是哄着玩的。

好在那个王文迪,风雨之中依然坚挺。上月,王文迪换了个岗,平调到市水产局,还是当一把手。"这世界变化太快,微信段子不也有这么一说?那就是——再也回不去了。"朱银根舌头硬了,"莺啊,小毛孩一个,哪里搞得清?"

上次,也是家庭聚会时喝酒,朱银根没控制住,说了句酒话:"什么两家?我们就是一家,朱莺以后有你这个公爹罩着,怕个啥?"

你是在意你的鱼塘吧?胡素梅冲了过来,抢先与王文迪炸了个罍子。高脚玻璃酒杯的酒液清澈着晃荡着,不会低于三两酒,就这么一仰脖子,直通通地灌了下去。

朱莺倒吸了一口凉气,像是吐着芯子的蛇:我的妈呀,你这是干什么?现在巴结人家啦,早干什么去了?自己拼着命冲,护犊子却不让孩子吃苦?就知道宠着惯着,其实女儿哪里笨呢,要不然,就算是马道远那样的高才生,现在能把我甩下几条大街么?

一时间,朱莺就这么干愣着,没有相应地制止表情。她想起来一句什么,好半天这才厘清了头绪,那就是:"不仅是苟且,而且是清醒地苟且。"

也就是说,眼下的自己看似活得光鲜,其实是苟且地活着,而且是一种清醒之下的苟且。不是吗?在这个家里,她只能是按部就班地任着父母摆布,还不能有自己的一丁点儿想法;若是有了想法,那就意味着是她自己自找苦吃。

9

直到面对面地与马道远母亲说了几句,朱莺更加坚定了自己的判断。

也只有到了儿子快要出院的时候,马道远母亲算是第二次赶到医院。朱莺这才知道,马道远母亲这个农村妇女是个低保户,家里不多的田地让政府征迁了,母子俩就在城郊一个小区买了个二手房,拆迁补偿款也没几个,估计还欠了一大笔债。马道远母亲平日里只能是靠卖小菜维生,要不是儿子办出院手续,往常这个时间段,还没到她早早收摊的时候。

单看看人家,风吹日晒的一张老脸,估计都没给过化妆品亮相的机会,哪怕一次也不会有。只是那双眼睛却出奇的大,年轻时一定少不了几分妩媚。

同样是母亲,现在想来,含辛茹苦的她与胡素梅有着不可同日而语、天上人间的区别。只是这个女人,一点也没有失落感,走路都是挺着并不挺拔的腰板,给儿子办出院手续的时候,跑前跑后的脚步生风,根本就没有累的那种感觉。

也许,她比谁都累,可心里却比谁都有成就感。很快,马道远去美国常青藤大学攻读博士,宜湖郊区那间二手房里,怕只有她一个人独守空房,她会玩微信吗?她会开视频吗?那么……远隔重洋的思念何以慰藉?从这方面而言,胡素梅并不输她,但是以她自己与马道远相比,朱莺有点崩盘了:当年同一年级的校友,眼下甚至将来越拉越大,这往后……还能有什么可比性?

马道远患的是肾结石,做了个微创碎石,住院也是个小手术,几天后就平安无事。本来,他就没带什么行李,只是行动不大方便,由着母亲帮着一边办理出院手续去了。马道远简单收拾之后,朝着朱莺扬了扬手,算是一个告别手势,感激似的晃了几晃。

"加个微信,老同学?"连朱莺也没有想到,这句话说出来的时候,是那种急匆匆的,生怕这一别人海茫茫,今后再也没了音讯。

"好的。你的微信号,我记下了;我的加了隐私设置,外面加不进来,不过放心,到了那边,我主动加你。"马道远这回笑得轻松。住院这些天,这还是头一次看到马道远的笑,有点像是父亲朱银根的一笔鱼生意,卖上了好价钱似的那么阳光那么无邪,当年校园光荣榜上那张微笑的照片,似曾相识的碎片记忆,是一种久违的感觉。

朱莺侧过脸,窗外的天,亮晃晃的,没有几个小时,天黑不下来。要是黑了,这个天气将是星空璀璨,仰脸寻找的话,天上的哪颗会是马道远?当然,人家肯定会是那种灿烂的,而自己呢?如果是星星的话,只能是颗无名星,估计就是亮了也如同瞌睡人的眼,没有谁会注意到。"美国博士,天体物理?好高深的东西!那个残疾人霍金,也是研究这个吧?"想了想,话题抛出来有了些突然,心里想着更换,得赶紧换。要不然,人家这一飞,远渡重洋几万里的,"祝你好运,要是发现了新星,别忘了以中国人的名字命名。"

"那——就以你的名字命名!朱莺?中国朱莺,中国制造。"马道远附和了一句,不像是开玩笑。

"再怎么,也不轮不到我。踩人吗不是?我是一只小小小鸟,想要飞却怎么也飞不高,一生平平淡淡别无他求……"停了停,朱莺从脑海里的那幅画上收回了思绪,"老同学,别介别介,我就是我,没你说得那么金贵,啥也不是,位卑言轻,如此而已。"

出境求学,又不是旅游,没你想得那么好。说不定,比唐僧当年西天取经九九八十一难还要多上几难。何况人家还有几个徒弟陪着?停了停,马道远正眼看了看她:"你那个对象,'辣么'帅,你们好啊,都快成家了,眼下我才是真的一无所有。"

"帅?哪里帅?蟋蟀的蟀……又不是影星,他这张脸,除了我收了,就是放出来,也混不来一餐饭吃。"这样的自嘲直到变成了出口的话语,朱莺也是没有想到。

"去国外,科研,有时就是一场赌博,许多科学家一生一世,也没搞出什么名堂,其实,极有可能是一种冒险。"这是马道远的临别话语。这句话,让朱莺多少天里也没想个明白。她想,这以后,两人就是联系上了,怕也是目光无处交接,除非直接视频,要不就是相约天上的一个固定星座,同一时间里仰望星空,说不定两人的目光在那颗星球上折射那么一两下,也算是那种私奔之前的放电效应呢。

又不在一个半球,有着13个小时的时差,怎么可能?朱莺这才觉得,自己有点那个了。也就是那天,马道远出院的时候,为预防肾结石的注意事项,她列了个一二三四,特地写了张纸条揣在口袋里,就是一紧张没找到合适的理由掏给对方。唉,还不是自卑惹的祸?现在,自己给了微信号人家也没有加,怎么好强求呢,那成啥了?

"肾结石这玩意儿,生活习惯相当要紧。多喝些水,蹦蹦跳跳就行了。这要是一不注意,美国那边的医药费,不是一般的贵。"当然了,这只是掖在心里的话,要是以后有了微信,再发过去也不迟。

10

一阵悦耳的音乐声,是王立宏,手机里一副讨好的口吻,说又来了几个约战的:"晚上他们过来,上次输了,一直不服,扬言今晚报仇。"

"报你的头,一天不打游戏,你要死啊。"口气冷冷的,有好几年了,王立宏也没听过朱莺这样的声音。

停了停,手机又响了,还是那个不屈不挠的王立宏。

摁了。也只能是摁了。过了一会,手机又响了,还是那种她熟悉的音乐;再一次摁了,烦不烦啊。

这份烦恼,又怎么排解呢?没辙了,朱莺想起来,要么抛个硬币,要是抛中了,那就是命了。

认定了一面,一抛,果然是;又抛了两次,这三次,都是一样的。朱莺叹了口气:这一切,都是命啊。谁一生下来就愿服输?只是这样的个人奋斗,现在……还来得及么?早年那些个同学,掰着指头一算,十好几个呢,有的在国外洗了把澡就回来了,有的嘴上说是硕士,有的还读什么"2+2",家里搭进去的票票,哪一年不是半套房子?

既然脱节了追不上了,除了认怂还能咋的?"老同学,我尽力了,就让我们这一届同学，集体对你高山仰止。这以后，只有好好培养孩子，自己没有实现的梦想，让孩子们撸起袖子加油干。"朱莺关了窗子，身体重重砸在床上，眼帘里绕不过去的，还是直逼眼球的那张画。画面上，那只鸟儿忽地长大了，睁眼一看，也没有怎么大嘛。它只是站在岩石之上虎视眈眈着，十来年了也没挪一步，翅膀也没见它振动一下。

朱莺想起来了，就是这么只鸟，当年胡素梅说过的，属于珍贵物种，反正也不是自己名字上的这个，好像是叫个什么朱鹮，还是什么朱鹮？管他呢，这么些年迷迷糊糊的，管他叫什么，她也没想到要搞清这两个汉字所表达的是不是同一种鸟的意思，或者是另一种鸟的名字。

目光掉进了窗台上的台历。一晃，即将步入9月，这一年说走就走了一大半。9月一到，马道远就要站在地球那一端研究天体物理。我在这一端蹦蹦脚，他那头能听到吗？只是，他研究的这些东西，与我有什么干系？

想了想，手机百度了一下，上面只有朱鹮的记录，没有朱鹮的相关记录。百度显示：野生朱鹮大约有500只，国人都把它看作吉祥的象征，称它为"国之珍宝，吉祥之鸟"。

那么，朱鹮又是个什么东西？莫非，自己还不如一只朱鹮？

即使到了晚上的睡梦里，朱莺还是不信这个邪。再怎么说，自己正青春，怎能不如一只鸟？管他什么鸟，哪怕是神鸟，不就是比我多了一副翅膀？自己名字里还有个"鸟"字呢。当然了，给人插上一副翅膀的事，谁也不大好弄，可是也能想个法子借个力嘛。比如说电梯一直往上升，到顶了，不是21层，是33层……朱莺就这么站在楼顶，踮着脚往远方看。前面是灯火燃烧的万家楼舍群，一汪汪熊熊不已，一直往天边铺去，铺成轰轰烈烈的暖心模样。只是，这么一放眼，又望不穿地球那端？不能，实在不能，除非自己成为一只鸟，闺房里那幅画上的那种鸟。

不是朱鹮，也不是朱鹮。

管他是什么鸟，那就是我，既然决定了就豁出去干上一场，天空那么辽阔，张翅高飞就是了。

这么想着，胆量说来就来，要什么就有什么的那种。想都没想的，那幅画儿上的翅膀直接剪了过来，一下子嫁接上了她的两臂。这么快，自己就能飞了？好，那就去一趟医院，对，当然不是自己供职的这家医院，这要是传开了,将来不管就是朱鹎,还是成了朱鹮,这事抖落开了,那都是要打脸的。不是吗?心里一直怪怪的,特别是有一次,无意中看到了胡素梅的血型,如果她真的是我生母,我怎么会有这种血型?还有呢,那双眼睛,马道远母亲的那双大眼,尽管有些干涩;还有,马道远那两道几乎复制粘贴的朱银根眉毛……这到底怎么啦?会不会,当年的一个乡镇医院,黑咕隆咚的妇产科,这一男一女两个娃,莫非就是抱错了吗?这么说,她与马道远的生日居然是同一天,上次他住院,自己怎么没想起来查一下?

那家医院到了,是一家从没去过的医院。好,死活就在这里见个分晓,朱莺收了翅膀。有个中年油腻男一样挺着啤酒肚的医生,一脸和蔼地望着她。如何向医生开这个口?剪下自己的几根羽毛,可是朱银根的那绺头发,突然间怎么忘了带呢?朱莺有了些慌张,正要解释,那个医生哈哈一笑,怎么成了王文迪的那张老脸?朱莺急了,除了夺门而逃,真的想不出还有什么别样的选择。

纵身一跃,朱莺冲出了医院顶楼的这扇窗户。只是身子沉得根本飞不起来,再怎么扑腾也是往下坠,坠得还特别快,有点物理课上有关"自由落体"似的感觉。那些高高的楼顶还有树梢什么的,齐齐地往天上闪去。这么一眨眼,很有可能脸先着地,那还不摔成了稀巴烂的一朵血花?

妈呀,这要是坠下去,摔得没个人形肯定没商量。朱莺哭喊着呼天抢地,一连串的声音,绝对是要死要活的那种……

门,轻轻地一声,被外面的人推开了。

其实,不是推开,准确地讲,那是钥匙飞速转动之后,胡素梅直通通地探进了身子。尽管是女儿闺房,当妈的哪能不留个后手?备用钥匙肯定少不了。好歹也是这个岁数过来的人,女儿就算是一只风筝,线怎么着也得自己牵着。

胡素梅进入房间的时候,如一头发怒的狮子。也就是一个惊讶的空当,这头狮子有点愣了,借着小区内路灯探进窗户的斑驳光亮,她看着正蜷缩在被子里面的女儿舞动着两手,胡乱地在空中抓着、叫着。在那张温馨的小床上,朱莺成了一只即将溺水的小鸟,浑身都在扑腾,就差没有大喊救命了。

如此静谧里的小区之夜,哪里能抓住一根救命稻草呢?

突然间,胡素梅有了一个激灵。女儿正梦魇着,不能受到丝毫惊吓。当妈的,只得轻轻地一手捞住了,正要往怀里拥,对方两只臂膀还在做飞翔状呢,一下子重重地将胡素梅推开。

扑通一声,直到胡素梅跌坐在地板上,心里还纳闷:"看似弱不禁风的女儿,两只手臂飞翔起来,哪来这么大的一把蛮劲?"

"我是你妈,莺呀莺,我的儿,我是妈妈呀。"胡素梅喃喃自语,"这到底是怎么啦,中魔了还是摊上什么了?"

"天王老子,到底……怎么了?"倒在地板上的胡素梅还没来得及爬起来,像是隐约听到了这么似有非有的一句。仰脸一看,朱莺的双臂还在挥舞着,根本停不下来,嘴巴却闭得很紧,哪里有说话的可能?

砰的又是一声,胡素梅的脸上,又遭到了重重的一击,像是被人兜头扇了一记耳光。

怎么了?定了定神,是悬挂在墙上的那幅画,突然坠落下来,砸中了胡素梅那张护肤品堆砌过的苍白素面。听到了玻璃碎片的声音,隐约还有一地的微光闪烁。那只不再安分的家伙,那个在玻璃镜框里蜗居了十多年的鸟儿,终于软塌塌地扑到胡素梅的身子上。尽管洇上几滴血迹,它却没叫出一声,也没一点闹情绪的样子。

是的,毕竟那只是一只鸟,连胡素梅也叫不准名字的画上的鸟:

不是朱鹦,也不是朱鹮。

胡素梅只知道的是:它,只能是静止在这一幅画上,而且这一辈子根本不可能飞翔。

当然了,朱银根岂能不晓得这些?只是,一听到女儿闺房里的闹腾,当爹的立马醒了。没辙,那是女儿的闺房,他一时只得焦虑地站在门外,那种一副犹豫加紧张的表情:"到底……要不要敲门问个究竟?"

(《小说林》2021年第3期;《海外文摘》2021年第9期转载)

我的外婆代号 L

刘鹏艳

刘云彬

我怀疑她从未有过自己的名字。

尽管我非常郑重地从母亲手上接过的那张泛黄的纸片上,姓名一栏赫然写着"刘云彬"三个字。

我母亲的手抖得厉害,她像我这么大岁数时手就已经不能控制自如,喝杯茶能把金黄色的汤水泼洒得到处都是,好像我们家贴满了金箔。所幸的是除此之外她多年来非常健康,不仅看着我成家立业,还有了自己的子孙。现在她终于到了大限之年,我望着她翕张的嘴唇,似乎能听到空气流动时曲径通幽的哨音,正从衰竭的肺腔里一点点释放出最后的频率。这尾调俏皮的哨音让她吐字不清,嘀嘀嗒嗒,像电报密码。我把脑袋凑近一些,再凑近一些,耳朵抵在她的嘴上,做成一个扩音喇叭。

"你、你外婆……她……她的……烈士证。"

母亲把写有"刘云彬"名字的脆黄纸片递到我手上,轻飘飘的一张,再轻轻一搓就会化为齑粉。我小心翼翼地接了,一时间却不知该把这么贵重的东西放在哪里好,只好挓挲着手,望着即将油尽灯枯的母亲,用力地点点头。她的目光已经飘走了,先是在那把灰色绒布面的靠背椅上停留了一会儿,接着就飘到了更远的地方。那把灰色绒布面的靠背椅,现在静悄悄地支棱在时光里,我想起我母亲对它的一见钟情——当时虽说有夺人所爱之嫌,而且我们家也并不缺少一把椅子,但她还是坚持把它带回了家。后来她就常常坐在这把椅子上,陷入遥远的沉思,像是享受一种更为遥远的拥抱。

我母亲郑重其事地放在我手里的,是一张很有年代感的烈士证。她说是一九五几年接到它的。但也不一定。因为过大荒的时候她为了能多领几斤粮票找了它好一阵子,怎么也找不着。那么大概是到了一九六几年,县里才通知她,她母亲的烈士证终于发下来了。由于年代久远,黄纸片上落款的时间和暗红色印章糊成一团,再也无法考证。我母亲的记忆也变成了碎片,拼凑不出完整的样子。只记得,那一批领烈士证的有好几户人家。前门老周家、隔壁老吴家,就连屋拐头的老庞家都领了证。我母亲就想,这证怕也不值几斤粮票。按老辈儿的说法,咱乡当年一起出去闹革命的乌泱乌泱的,哪家哪户没有红军?

杜曼藜

听说我外婆在上海当过舞小姐。

消息传到乡里的时候,我母亲已经18岁了。母亲不肯相信,但在外头跑单帮刚刚返乡的杨大白话一口咬定,是十年前还是八年前,他亲眼在上海的百乐门舞厅里看见了我外婆。那时候她的名字叫杜曼藜。她穿得很妖艳,和她同样妖艳的还有手里的鹅毛扇。

她拿鹅毛扇这么左一扇、右一扇,就把男人的魂魄勾走了。他们乖乖地跟在她浑圆的屁股后面,穿过《夜上海》迷离的乐声和梦幻感十足的霓虹灯,把上海的夜揉搓得汁水淋漓。

香喷喷的杜曼藜总是能在男人惊艳的目光中成为焦点,不管是生张熟魏,她都如鱼得水。她裹着一席面料精良、裁剪合体的旗袍,轻盈地掠过舞池,像一只借着气流穿过细雨微茫的美丽云燕。每个男人都以和她共舞一曲为十足的骄傲,他们谈起她的时候像是谈起某一位享有尊荣的名媛或者贵妇,绝不像是在谈论舞女。

她的歌喉也不错。但她很少登台,除非身份特别重要的客人提出非她不可的要求,她才会踩着独有的风韵轻移莲步,登台献歌一曲。她唱得情思婉转,每个跃跃欲试的音符都像在谈恋爱。靡靡之音温柔地围绕着她,她柔软的身段则整个儿包围了浪漫的歌曲,让演唱成为一种绝对完美的、表情达意的行为艺术。

要知道点歌的人与普通的看客大有不同,往往能透过氤氲在霓虹中的浪漫气息,看到闪烁的荷尔蒙凝结成细小的颗粒,在她周遭发出奇妙的光芒。这样的时候即使没有身体接触,他与她也能完成一次密谋般的对话,从而达到具体而充分的交流效果。

杨大白话当然没有这般口才,能够传达出杜曼藜的神韵之万一,不过他朴素的评价还是让没见过杜曼藜的人心驰神往——他流着口涎说:"她是个让人见了就睡不着觉的女人。"

三小姐

后来族长出面,给了杨大白话一笔封口费,才没让刘家的三小姐在乡里变成妖精一般的存在。母亲跪了一条街向每户人家哭诉:"大爷大娘、叔叔婶子,你们给评评理。"

乡里乡亲多年,家门口的池塘明白深浅,哪户人家都知道我母亲是刘家三小姐的私生女,却顶着刘家的半边天。十八年前,三小姐回来的时候,一张秀气的鹅蛋脸寡白寡白的。她好像刚刚从地狱里爬出来,脸颊凹陷得厉害,原本比西窗下的海棠还要娇艳的春色从她不满20岁的脸上消失了。她的祖父,一个在县衙里供过差的老乡绅,颤抖着双手把一个瘦得像耗子似的婴儿从她怀里接过来,一时老泪纵横。

"你怎么把孩子生下来了?"祖父问得蹊跷。

"到底是一条命哩。"三小姐答得却从容。

她伸手掠掠耳边的碎发,又整整孩子的襁褓,一脸平静,瞧不出这短短一年多的时间,历经了怎样的惊涛骇浪。祖父却知道她的倔强和叛逆,都伤筋动骨地刻在身体里。数月前,他几乎散尽家财,把她从国民党的大狱里捞出来。其时,夏天丰沛的雨水冲刷着大地上的沟壑,在看似坚固的地表形成了无数走向复杂的溪流。她踩在污水横流的青石板街道上,方口猪皮鞋里的白袜子已经变得乌黑。微微隆起的腹部让她瘦削的身体显得有些滑稽,街旁卖南货的店铺里投出一抹晕黄的灯光,不偏不倚刚好打在她蓬草一样的头颅上。这般光景的孙女让祖父看得凄凉,忍不住红了眼圈。霖霖的雨声中,只听她口里不停地喃喃道:"我们共产党人是不会屈服的……"

刘淑媛

很长一段时间，我母亲都不能原谅我的外婆——她把自己生下来，往乡下一丢，就远走高飞了。尽管太祖告诉她，"你母亲不得已才丢下你"，她还是终日陷落在一种弃儿的自伤里耿耿于怀。

太祖生了三个儿子，但三个儿子都不长命，到了我外婆这一辈，只留下三个女孩儿。这三个女孩儿也都很命苦，大小姐出嫁不久便殉夫而亡，空留下贞节烈妇的好名声；二小姐自小便是个病秧子，养在闺阁里从不出户的，拖到18岁上，终于病死了；三小姐倒是身强体健，人也聪明伶俐，最是惹她的祖父疼爱不过，可三小姐也最让她的祖父头疼——他送她去省立女子高中读书，倒读出了满脑子稀奇古怪的新潮思想，后来她还带着她逆天改命的新思想不知所终。

我母亲问起太祖时，太祖总不肯正面回答她。

"我父亲是谁？"

"是你母亲的同志。"

"他叫什么名字？"

"他叫……王革命还是李革命？我不记得了。"太祖颠顶而又狡黠地眨眨昏花的老眼，噘一下嘴，"他们的事，我搞不懂。"

面对语焉不详的太祖，我母亲有几分恼怒。她觉得父母根本就没有想过要生下她，在那种颠沛流离的白色恐怖下，生孩子确实是一种愚蠢的拖累。他们不想生她，但还是把她生了下来。这就更让人恼火。

我母亲需要填写各种注明家庭关系的表格的时候，她就把母亲那一栏写上"刘淑媛"，父亲那一栏写上"刘革命"。"淑媛"是我外婆做姑娘时的闺名，至于"革命"，既然我外婆把我母亲留在刘家，父姓也就改成了"刘"。

傅慧珍

我母亲的诞生是个谜。她曾经试图查找自己的身世，但是一无所获，这让她越发坚定这样的信念：自己来到这个世界根本是个错误。因为我外公连个名字也没有,所以有名有姓的我外婆便成为她执着的对象。终于有一天,她从一本书里看到这样一段故事——一个身怀六甲的女革命者被捕入狱,但仍旧不屈不挠地同敌人做斗争——不禁对号入座地把那个女革命者和我外婆联系到一起。

这本书叫什么名字她早就不记得了,但她记得很清楚,女革命者叫傅慧珍,鹅蛋脸,齐耳短发,有一双明亮的眼睛。我母亲不是个爱读书的人,她之所以读到这本书,完全是因为她的同学推荐她读一读。那时候也没什么文化娱乐生活,我母亲初中毕业后待业在家,闲来无事,感觉自己越长越像蘑菇,就接受了他的好意。事后她才想到,他可能是想通过借书还书这一套把戏来追求她,于是立刻把他和书都拉入了黑名单。

但是傅慧珍已经刻在她的脑海里了,怎么赶也赶不走。她想傅慧珍在狱中的时候,除了和敌人做斗争,有没有想过腹中的孩子会迎来什么样的命运呢?像傅慧珍那样,具有无私而彻底的革命性的人,怎么还有时间和精力拿来谈恋爱和怀孕呢?这真是让人费解的一件事。她越想越觉得傅慧珍就是自己的母亲,她的母亲就是傅慧珍。

她结合太祖昔日的描述,把我外婆嫁接到书里的情节中去,终于搞清楚了自己的身世——

我外婆被捕后,一直拒不承认自己的共产党员身份。由于她身怀六甲,敌人一时倒也拿她没有办法。后来她托人带信给太祖,由这个愿意捐出一半财产给政府的老乡绅出面保释,才得以出狱。太祖的另一半财产,大多捐给了替政府办事的公务人员。

我外婆出狱后却不愿跟随太祖回乡,她说她还有更重要的事要做。她在一家红十字会医务所里产下了一名女婴。她给这个孩子起名圣宁。从血泊中抱起孩子的那一刻,她的心头涌起难以言喻的复杂滋味。这个小小的人儿,是她和爱人之间革命的浪漫主义的产物,在这个幼小的生命来到人世之前,她还没有郑重地考虑过作为一个母亲的责任和重担。她和所有忠诚的革命者一样,从没有把对个人问题的考量凌驾于革命的问题之上,然而现在她实实在在地触碰到了这个柔软的小生命,忽然就多出了莫名的忧伤和焦虑。

她踟躅在深秋的街头,不觉风吹叶落,一片飘零的枯叶落在她孱弱的肩上。她恍惚了一下,时光流转,从春到秋,故乡早已被坚定的革命脚步甩在了身后,她回不去了,可是,孩子怎么办?她看了一眼怀里的圣宁,这个嗷嗷待哺的小生命,似乎在国家的革命尚未成功之前,首先引领她完成了一次女性本体的革命。

邓 红

有一年家里来了贵客,一个鹤发童颜的老太太,举手投足都是老革命的范儿,据说是北京来的正部级老干部。我母亲告诉我,这是我外婆在江西时的战友。

我们家,甚至我们市里,全都是又惊又喜。由市里的专门人员安排,我们在当时最高档的稻香楼宾馆宴请了老太太。市电视台还扛来了摄像机,导演谦卑地站在角落里,向我们摇手示意,"当我们不存在,你们尽情聊。"

部长老太太深情地说起了她和我外婆邓红的故事。

"我是1932年下半年在中央苏区认识邓红的,当时她是机要员,负责译电工作。"老太太的满头白发成为镜头中最醒目的标签,在富丽堂皇的巨大枝形吊灯下放射出水晶般的光华,她笑着看看我母亲,"像,真像。"

镜头推到了我母亲脸上,在那里,观众将看到邓红的影子。

1932年下半年,由上海绕道广东、福建赶赴江西的我外婆,化名邓红,出现在吴淞口的一艘外国商船上。她将从海上航行到广东汕头,再从汕头到大浦、潮州,沿途翻山越岭,风餐露宿,还要冒险穿过敌人埋下的竹签和铁蒺藜,去往她朝圣的"耶路撒冷"。

在瑞金城下的沙洲坝,她望见了掩映在村落中作为中共中央机关的几栋灰瓦房舍。这片自由的天地让她忍不住激动地叹息了一声。

"邓红是从大地方来的,我们怕她一下子适应不了根据地的生活,就常常找她谈心。那时候国民党的数十万大军重重包围着中央苏区,盐巴和粮食都运不进来,同志们只好吃硝盐和死去的动物尸体。浮肿病是最常见的,连走路都发飘,更不要说正常地工作了。"部长老太太忆起往昔的峥嵘岁月,分外感慨,"邓红的工作就是与白区的同志进行电讯联系。"

深陷包围圈的中央苏区与外界的联络十分困难,无线电成为中央苏区同上海党组织及其他根据地进行联系的唯一通信工具。电台和密码,是中央根据地的核心机密,也是整个党中央的生命线。依靠那些工作在秘密战线上的同志,党中央才能及时了解敌人的动态;依靠这些看不见的红色电波,党中央的声音才能及时传到各个红色根据地,领导各地的反"围剿"斗争。正是由于电台和密码的重要性,邓红他们所要承担的责任和面临的生命危险也比普通战士大得多。敌人的轰炸机往往是冲着他们来的,炸毁通信设备,切断苏区与外界的联系,这比歼灭一个师团更让国民党部队兴奋。

"那时候,邓红常常要揣上密码本和纸笔,躲进深山去办公。"老太太回忆道,"他们秘密工作的隐蔽地点距离机关十分遥远,来回都要跋山涉水。"

我们眼前浮现出21岁的邓红,脸上已经有了风霜的痕迹,然而依旧焕发着灼热的青春光彩。她穿过荆棘丛林,直到身上的衣服被划得稀烂,全身血迹斑斑。这些血是为了保证密码本的安全而流的,每一滴鲜血的背后都承载着党中央的重托。这样紧张而又艰苦的工作一直持续到长征开始,她再度怀孕,由于行动不便,无法跟随部队转移,上级指示她回到上海继续从事地下工作。

这样说,我母亲至少应该有个弟弟或者妹妹。听了部长老太太的介绍,我母亲有些激动,忙打问那个孩子的下落,还有孩子的父亲是谁。老太太遗憾地说孩子最后没保住,因为队伍转移前,邓红最后一次跑进深山里收发密电时遭到了敌人的轰炸,她不幸流产了。至于邓红的爱人,好像姓胡,是江西本地人,当时他们刚刚结婚。

我母亲非常失望,看来她并没有一个弟弟或者妹妹,她还是那样孤独。那个姓胡的男人,也不大可能是她的父亲,她隐身在历史褶皱里的父亲可能早在1932年以前就默默无闻地牺牲了。邓红去中央苏区时,当年在家乡闹革命单纯追求妇女解放的劲头已经翻篇了,无论是生活经验,还是斗争经验,都在她身上成熟起来。如果那个孩子顺利出生的话,起码有一个名正言顺的父亲。

谢思璇

根据县档案馆提供的资料,我外婆在上海时期的化名叫谢思璇,她曾经出入名流麇集的国民党高档会所。她脱下了穿戴已久的学生装,像当时上海时髦的上层妇女一样,换上了珠光宝气的流行装扮,挽着中共"特科"领导人潘汉年的胳膊,款款走进星月闪耀的宴会厅。灯红酒绿,觥筹交错,上海的头面人物谈笑风生,指点江山,像是半个中国的涨落进退都在他们的股掌之下。年轻漂亮的谢思璇如一尾金色的锦鲤,轻摆罗裙周旋其间,把应酬话说得天衣无缝,成为潘汉年的左膀右臂。

她早已迅速成长起来,不再是那个从大山深处走出来的学生妹。她喜欢歌舞升平背后潜藏着的暗流涌动的危机,喜欢与浪漫主义相纠缠的冒险和面对惊心动魄的时刻肾上腺素分泌的快感。即使类似于送文件这样简单的日常任务,也冒有极大的风险。租界里的警笛和骚乱总是如影随形,往往是提着警棍的"红头阿三"举起胸前的警笛呜呜一阵狂吹,路上的行人便被呼喝着像牲口样被赶来赶去。杂沓纷乱的脚步中也无暇分辨什么,只能跟着众人像无头苍蝇一样乱跑。这时她手中提着的小皮箱就显得那么沉重,随着它在无数条惊慌失措的腿脚之间恶作剧似的晃动,她的心脏都跟着唐突地跳出了胸腔。她必须让自己冷静下来,若无其事地走上前去,面对印度巡捕的搜查和询问,展现出泰山崩于前而色不改的镇定。

她和那个叫杜曼藜的舞女没有一点关系。

我母亲一直对杨大白话的胡说八道耿耿于怀,那年领到我外婆的烈士证,她第一时间不是用来缅怀和悲伤,而是觉得自己终于拿到了真凭实据,于是找上门去,把杨大白话狗血淋头地骂了一顿。我母亲虽是外婆的骨肉,却全没有骨肉至亲的那份情感联结。多年以来她饱受神经性背痛的折磨,我给她找过无数次医生,中西医都没用,最后还是一个心理医生一语道破天机:这种躯体性反应来自她和她母亲僵化的关系。

"她没有力量感,因为背后缺少支撑。"心理医生这样告诉我,尽管我不大听得懂。

我所能理解的就是,我母亲要强的性子和果敢的脾气都是硬撑的。也许在夜深人静的时候,她会躲进黑暗的角落,像只受伤的猫一样独自舔舐伤口,但在太阳升起之后,绝不允许别人看见她的虚弱。

在白区和潘汉年一起从事地下工作,让我外婆引以为傲。潘汉年卓越的统战才能声名远播,他儒雅的风度和渊博的学识令她仰慕不已,而潘汉年也不吝溢美之词地夸赞她接人待物大方得体。她在后来的一些材料里写道:"不管和什么人他都能谈得很火热。三杯(酒)下肚,这些人的话多起来。汉年善于引话,不知不觉间就将我们所需要了解的情报从敌人嘴里套出来……"看来,潘汉年风雅的谈吐、从容的行止都让她印象深刻。我母亲一度无聊地从中揣测,也许我外公也是这样的人。

老 L

在重庆的那段时间,我外婆代号 L。

作为地下党,她居无定所,身份多变,一会儿是小学教师,一会儿是茶楼老板娘,一会儿在街角摆香烟摊子,一会儿去教堂做修女。你可以看到胳膊上套着菜篮子跟人讨价还价的她,也可以看到坐着小汽车到处赶赴饭局和舞会的她,可以称呼她张太太,也可以叫她赵阿妹。有时她在暗夜里悄无声息地翻译密电码,有时又在青天白日的大街上跟交通员接头。她今天是个人,明天又是另一个人,前一秒钟还穿着曲线玲珑的旗袍与男人打情骂俏,后一秒钟就是面目沧桑的乡村妇人,臃肿得让男人多看一眼都嫌烦。

她拥有很多个名字,但没有一个使她觉得安全。往往是等不到她对自己的新名字产生认同感,这个名字就被弃如敝屣地作废了。她必须不断变化,以保持名字的新鲜,到最后她能记住的就是,她是一个不需要名字的地下工作者。如果她的名字被任何人记住,包括她自己,那都将是一种巨大的危险。

老 L 他们传递情报的方法包括信鸽、密电和各种暗号,有一次她去接头的时候,看见一条破裤衩挂在门后的笤帚上,就知道不能上楼了。她立刻折身,装作忘了什么东西似的,一边拍着脑袋,一边朝马路上走。路过那个佯装看报纸的探子的时候,她甚至还主动和他打了个招呼,并向他借来打火机,优雅地点燃了一支雪茄。

像这样在敌人眼皮底下化险为夷的情况比比皆是,可能是运气好,老 L 在敌人的情报名单上出现了好几年,但一直没有暴露。

我母亲怀疑我外婆从来没想过自己在乡下还有个女儿。那对革命者来说确实是个负担,再说也没有时间——我外婆常年在外面东奔西跑,干着杀头的营生,这占用了她的整个生命。因此我母亲内心里是拒绝我外婆的,她们母女之间像是一片凉透的年糕和另一片凉透的年糕,热不起来,也粘不到一块去。尽管在此之前,同一块年糕不分彼此地存在过,她在外婆的身体里,同体同命地度过了那么艰难的日子。

我母亲不记得了,不记得在外婆子宫里的温暖和抱持,只记得她们分离后,绵延一生的寒冷和孤独。她跟我说,政府给她发烈士证的时候,她一点也不觉得意外。她拿到烈士证,倒是哭了一场,不过不是为我外婆哭,而是因为她终于确切地知道了外婆已不在人世,为自己哭一场罢了。

我母亲幼年时便知道自己是个无父无母的孩子,遇到难过的事情,常常忍着不哭,这一次大哭,实在是让身边的人都惊讶不已。他们还以为她们母女之间没什么感情呢,谁知我母亲竟哭得可用惨烈来形容了。

她

烈士证上用楷体字写着"刘云彬"三个字,这让我母亲感到非常陌生。她多年来熟悉的那个口头上的母亲,一直是"刘淑媛"。不过政府是不会搞错的,她接过烈士证,一时间有些恍惚,仿佛自己才是那个被追认的烈士。

据说"刘云彬"是我外婆第二次去上海后为自己改的名字。与掩饰身份的谢思璇不同,这是日后将出现在历史档案中的烈士的名字。

从中央苏区回到上海后,她在内山书店见到了冯雪峰和邹韬奋等人,也和潘汉年再次接上了头。这家由鲁迅的日本朋友内山完造开办的进步书店,成为插在白区的一颗重要的红色棋子,联络了各地会集上海的共产党人。

她经常到书店去,也许并不是为了和联络人接头。她本就是个爱读书的人,按太祖的说法,如果当年她不是读了那么多乱七八糟的书,也不会干出那么多在本分人看来乱七八糟的事。她随身的小箱子里,有一本《少年漂泊者》,后来成为县党史纪念馆的文物被珍藏起来,连我母亲也只能隔着玻璃柜观瞻。

我母亲没有读过这本书,但她知道这是国民党时期的禁书,因而也有几分佩服我外婆。换作是她,她可不敢把禁书带在身边到处跑。她是我太祖说的那种本分人，不怎么爱读书，也不喜欢冒险，除了踏踏实实工作之外，一辈子把生儿育女当作最可靠的事业。所以她不能理解她的母亲，不能理解母亲对她的抛弃，更不能理解她母亲生生剥掉自己的血脉和已为人母的身份，只为了成为一名纯粹的理想主义的革命者。这一切都让人疑窦丛生。

外婆那令人生疑的信仰深深伤害了我母亲，一直到很多年之后，我母亲提起我外婆的时候，到底意难平。说到外婆，我母亲会用"她"来代替，叙述的语调平静无波，仿佛那是一个和她全无干系的陌生人。

"她"对她的确是陌生的。她没有吃过"她"的奶，也没有享受过"她"的拥抱，她甚至不在"她"目光所及的地方。想到这里，我母亲才会掩面而泣。不过那都是在阒寂无人的时候。

除了那次拿到烈士证失声痛哭，我母亲唯一一次当着外人的面哭泣，是因为我坚持把她拉到一个咨询师朋友面前，请他为我们做了一次家庭系统排列。我母亲年纪越来越大，她的神经性背痛也越来越严重。我到处寻医问药，但丝毫不能缓解她的病痛。有一次我和一个咨询师朋友共赴饭局，鉴于他祖上是中医世家，我就随口问了一句，有没有什么偏方可以治疗这种莫名其妙的神经性背痛，没想到他给我推荐了一种非常现代的新奇疗法。

如果我拉着我母亲去看心理医生，她一定以为我疯了，所以我耍了点小聪明。

"这只是个游戏。"我对母亲说。事实上我听到那位咨询师朋友眉飞色舞地提出"家排"疗法后，确实挺感兴趣的，这听起来很像一个角色扮演的游戏。

"我都这么大年纪了。"母亲觉得我有些荒唐。

"那您就当是陪我玩吧，"我央求道，"我最近在写一部关于家族史的小说。"

这样一说我母亲才同意。

复活的外婆

外婆在我们生活中已经消失多年，不仅我们没有见过她，就连我母亲也对她毫无印象。县党史纪念馆成立的那一年，我们作为第一批参观者，看到纪念馆西墙上挂着她作为党史资料留存的一张复原照片。放大后的影像十分模糊，瞧不清面孔，只依稀见到白衣黑裙的学生装扮。推算起来，这应该是1930年左右的外婆。

我母亲盯着那张模糊的面孔看了好久，先是站在一两米开外的地方眯着眼睛看，后来走到近前，身子抵在展示革命文物的玻璃柜台上，仰着头看那幅悬挂在矮柜上方的"刘云彬烈士"遗照。她的眉头蹙得很紧，目光咬住照片上的人，好像在探寻什么秘密。过了好久，终于还是叹息一声，垂下头来，读不出任何意义的目光软软地掉落在那本残损的《少年漂泊者》上，噗噜跌碎了。

对我母亲来说，外婆像一个符号般的存在，如果她不承认外婆，那么自己就没有来处；但如果说这个面目模糊的年轻女人就是她的母亲，她又丝毫找不到母女之间那种情感的联结。她陷入深深的困惑当中，虽然日常看不出什么异样，我却知道她心里有个硬邦邦的死结，就那么刺生生地扎在心窝里。

在后来那次充满命运的偶然性的饭局上，我的咨询师朋友提到他新学习到的一种充满神秘意味的心理疗法，可以通过情景再现和角色扮演，使死去的关系和人奇迹般地"复活"。虽然听起来更像是巫术，但它确实是一门在临床上给无数家庭带来福音的科学。于是我们决定试一试，也许可以帮助我母亲穿越混沌的历史，和素未谋面的外婆见上一面。

我们选择了一个温和的4月的午后，风和阳光都正好。母亲午休后精神不错，她说准备好了，可以跟我去见她的母亲。这个说法本身就很有趣，好像我们真的能见到死去多年的外婆似的，扑面的春光有一种穿越的感觉。

在一间布置典雅的斗室里，咨询师问我母亲："您觉得您的原生家庭是什么样的？"这个问题让我母亲费了一点脑子。虽然咨询师已经向这位固执的老太太解释过什么叫原生家庭，她还是陷在自己简单封闭的关系构图里不能自拔。"我们家只有我和我太爷两个人。"她咬着嘴唇说，"早就没他人了。"

"您父亲和母亲呢？"

"我从没见过他们。"

"但他们还在那里。"

我母亲不说话了,她舔舔发干的嘴唇,不置可否。

因为人手有限,我们无法扮演我母亲原生家庭里的全部角色,只好用两把灰色的绒布面靠背椅代替太祖和我外公,由我来扮演在这段关系中最重要的——我的外婆。我母亲则恢复了她小孩子的身份,无助地站在角落里,听从咨询师的导语,把自己和母亲放置在同一段关系当中。

"您觉得您和母亲的关系是怎样的?"咨询师慢吞吞地问道,"如果现在她就在这里,您可以根据心理距离的远近让她随意站在这间屋子的任何地方。"

"她……可以在那里。"我母亲想了想,有点不确定地说。于是我按照母亲手指的方向,站到了她对面的另一个屋角。

咨询师接着问:"她要怎样才让你感到舒服呢?或者你心里的母亲,应该怎样?她这样看着你可以吗?"这时候我正与母亲四目相对,我看到她的眼神如受惊的小兔般闪过一丝痛苦的痉挛。

"她……"我母亲不自觉地避开我的视线,把目光转向了咨询师,"还是不要吧……我不想让她看我。"

于是我按照咨询师的导语转过身去,把背部暴露在微颤的空气里。咨询师再次问我母亲:"现在好一些吗?"

"是的,舒服多了。"我母亲好像吁了一口气。

在接下来的时间里,我们不断调整位置,最终形成了我母亲和一把椅子并肩站在一起,遥望对面我的背影和另一把椅子的侧方的局面。由于地方有限,我母亲同意我离她近一些,因为我的侧前方还得再放一把椅子,那是她的父亲。在她看来,父亲应该更遥远一些,但我已经抵着墙壁了,所以不得不退回一步。我估计,如果这间房子够大,她会让我们都站到天边去。让我感到奇怪的是,那把象征父亲的椅子并没有和我一样,决然地背对着她——她认为父亲可以浅浅地侧着身看她。

两把椅子一前一后钳制着我,我陷入一种莫名其妙的沮丧情绪中去,不久全身紧绷,如芒在背。我非常想回头,但是一种奇怪的力量牵引着我的颈椎似的,使我不能回望,再说我母亲事先也说了不让我回头看她。这种感觉很难受,如同背腹受敌,受尽煎熬。所以当咨询师询问我的感受时,我就如实相告,让我母亲大吃一惊。

"你……为、为什么要……回头?"她的声音又尖又细,不像是成年人的口音,但是因为口唇哆嗦,反而有些含混不清。

咨询师再次慢吞吞地问她:"如果她想回头看你,可以吗?"

我母亲呆了一呆,接着茫然地摇摇头,又点点头。

我缓缓地转过身来,见母亲面色苍白,瘦小的身子瑟瑟颤抖,像是被雨水打湿翅膀的幼蝶。我眼里一热,竟怔怔地流下泪来。这一下引爆了我母亲,她立刻号啕大哭,不管不顾地扑到我面前,抱住我的腿伏身而泣,把自己哭成了汹涌的海洋……

那一天,我母亲把多年积攒下来的泪水都倾倒在了我身上,不,是倾泻在我外婆的身上。她哭得那样伤心,像个越过千山万水和千难万阻去见母亲一面的小女孩。我紧紧地拥抱她,像她多年前抱着我一样。我分不清怀抱中的是母亲还是孩子,她是母亲,也是孩子。

从那天之后,困扰了我母亲多年的神经性背痛奇迹般地消失了。不过,让我的咨询师朋友哭笑不得的是,老太太固执地搬走了他办公室里的一把椅子。

(《中国作家》(文学版)2021年第6期;《小说月报·大字版》2021年第7期转载)

开往白雾谷的小火车

朱斌峰

1

我注视那人很久了。

那是个废弃的小火车站，山野的黄昏来得有些早，一间青砖屋前停着绿皮火车头，铁轨从山岭的豁口处而来，转身向山坳里钻去，两侧林立着松树，轨道看上去就像消失在时光的隧道里。那人沿着铁轨向前走，把背影留给了我。他走在道砟上，瘦长的身子左右摇晃，不时做出跳跃的姿势，仿佛在枕木间的卵石和松针间寻找下脚的地儿。他的身影越来越远，我没有向他吹响口哨，没有喊出人名，而是在脸上堆积起与好友偶遇般的惊讶和欣喜，耐心地等着他转过脸向我撅起鲶鱼嘴。松林上飞过一群叽叽呱呱的鸟，他踢起一颗松动的道钉后，终于转过脸，把两条白眉毛飞了过来。我脸上的表情冻住了，就像被突然亮起的火车尾灯照蒙了。那人不是方正，他为什么跟方正长得那么相像呢？

方正失踪之前和我合伙办了一家名叫方正公司的铸造厂，干的是把铁料铸成各种各样的工业零部件的活儿。比如铸造某种规格的人，我们就先翻砂做个模具，然后用锅炉把铁料熔化成水浇注入模具里，等铁水冷凝后再车磨锻刨，一个铁质的人就会分毫不差地诞生了。我们不敢说自己是抟土为人的女娲，可这种活儿的确有"工业之母"的美誉。我们铸造过交通运输、工程机械、五金建材等配件，五花八门，尤以制造火车铸件见长。我叫不上某些铸件的名字，就跟分不清众多花草鸟兽的名目一样。方正却跟它们很熟，他会画图纸懂工艺，铣削焊铆样样精通。他盲目地相信自己能铸出人们需要的任何东西，就像个痴迷于把想象变成现实的魔法师，可他却突然失踪了。

方正是在一场暴雨里失踪的,他留给我的最后一个背影是:松垮垮地穿着蓝工装,站在厂房里看着窗外雨幕中的黄色大行车,嘴里喃喃着什么。那个长手臂的行车虽说像个巨人,可我晓得他不是在跟行车说话,而是老毛病又犯了。也许跟铁打交道太久了,他跟铸件一样,骨头里都渗出清冷的铁气,对车间外的世界漫不经心,偶尔还会迷迷瞪瞪地自说自话,跟梦游似的。我能体谅他的这个毛病,我深知再精密的齿轮,也会有卡壳的时候,何况他是个活生生的人。可我不得不警惕他的痴言妄语,有一回他盯着车床上的刨刀说,他听见铸铁紧张地发出扑扑的裂响,果然那个铸件就被刨坏了——他的疯话有时就像预言。我瞥瞥窗外的雨,走过去想听清他在说什么,虽然机器声轰鸣、大雨声瓢泼,可还是听见他的嘴里飞出了两个字:"回家。"我想把他从迷怔中唤醒,可他转身冲了出去,被大雨越裹越小,很快就消失了。

第二天一大早,雨后天晴,方嫂就从25公里外的银城找到厂里,大母鸡似的扑腾一圈后,走进我的办公室。她大着嗓门骂骂咧咧着,说她一晚上打了九次电话,可方正的手机总是处于关机状态,早上整个厂里也不见方正的人影,她的丈夫一定是带着"狐狸精"跑了。我晓得方嫂一直怀疑方正心里有个女人,却查无实据,只得将那女人命名为狐狸精。这怨不得方嫂多虑,方正除了一脑门扎在铸造事业上,总是一副魂不守舍的样儿,即便不自言自语,也心事重重地皱着眉沉默着。他不会开车不会上网,对家里的事不管不问,对儿子也不亲近,就连夜半回家都会走错楼栋敲错门,为此还被警察当作小偷抓过。我也怀疑他心里有个人或者魔,说是狐狸精也未尝不可。

我给方嫂赔笑:"怎么会?方正是受我委派,出外跟客户洽谈去了。"

方嫂尖尖地盯着我:"他那个糊涂虫能洽谈什么业务?你都是人模狗样的老板了,怎么还改不了扯屁聊谎的毛病?"

我讪笑,想起方正喃喃过"回家"的词儿:"那个……也许他回家了吧?"

"回家?他回哪个家了?"

"可能是……回他乡下的老家了吧?"

"他回那个破山村做什么?那儿没他亲人了!就算回老家了,他为什么要关掉手机呢?"

"你晓得他是个喜静的人……也许他是想暂时失联,一个人清静清静呢？再等等吧，也许他马上就会开机恢复联系的。"

方嫂眨巴眼睛，像是认可了我的说法，转身风风火火地扑下楼去。说实话，她很适合从事救火员的职业。

在确认方正失踪后，我比方嫂还着急。没有方正，厂里就乱套了：客户送来阀门图纸，没人敢下手去做；车床出了故障，没人会修理，工人们急吼吼地问我"方工程师去哪里了？""方工程师啥时回来啊？"我这才意识到在厂里方正远比我重要。我暗自思忖，如果是我失踪了，就只有两种可能：一是我为了逃避债主找个地儿躲起来了，二是有人把我绑架了。那么方正为什么会失踪呢？我只得安排工人边铸造窨井盖，边等着方正回来。做窨井盖不是精密的活儿，没有方正工人们也可自行操作的。可我一看见窨井盖上"方正铸造"的字样就不舒坦，就会想起"物勒工名"——就是古代工匠把自己的名字刻在器物上的旧例，一些古城墙的方砖上不就刻有已被风雨漫漶的人名么？我不愿看见满大街的人，把公司的名称踩在脚下，可方正执意要在所有铸件上留下大名，我拗不过他，只得如此了。久等方正未归，我真的很着急，厂里总不能一直那样生产下去，把窨井盖铺满一座城吧？有天晚上，我梦见那些圆圆的铁盖旋转起来，在街面上荡起铁的涟漪。忽而，方正推开一个井盖，从下水道里冒出了头。我赶忙扑过去喊："方正！方正——"他却又消失在井盖下了。我从梦里醒来后更慌了，就开始寻起方正来。我要去的地方是一个叫篁村的山村，当年有个叫方大顺的少年就是从那儿走出来的。

在大山里的小火车站前遇见那个酷似方正的男人之前，我信心满满，觉得自己是能找到方正的。

2

我最初见到方正，是在20世纪80年代，那时他还叫方大顺，刚从遥远的乡下而来，顶替父职在901上班。他头大身瘦，看上去像是头顶着葫芦。他与在901出生的我们不一样，影子似的飘在车间与宿舍之间两点一线上，有些畏葸、紧张，就像误入森林的兔子。我们这些土生土长的机车厂青少，技校毕业后分配在不同岗位上，吊儿郎当地上上班，下班后叫嚣乎东西，吹着口哨游走在街上的录像厅、台球室、小酒店里。子承父业的我们不担忧什么,觉得自己有大把的青春可以炫耀和挥霍,相信自己会像父辈一样,一直把制造火车的事业永远传下去。我们熟悉901的一砖一瓦、一草一木,并不担心会从哪儿窜出一只狐狸来。我们不搭理方大顺,觉得他就是一颗可有可无的螺丝钉,是个面目模糊的异乡人。这怨不得我们:方大顺的父亲在901就有些硌色,他左腿跛足,据说是当兵时在战场上落下的。他在澡堂烧大锅炉,我们每次洗澡,他都会认真地在厂里配发的澡票上盖一个小小的圆印。他酗酒,一喝醉酒就在夜半的街上游荡,把路灯的影子踩乱了。我们起初以为那老头无儿无女,是老单身汉,没想到他会有个儿子从乡下冒了出来。锅炉工有方大顺这样的儿子,我们有些惊讶,觉得他俩的长相和关系并不像一对父子,也许那是因为儿子不在父亲身边长大的缘故吧。方大顺出现在901,或许是个意外。

901是个生产火车的三线工厂,当年一批批工人、退伍军人从四面八方而来,在远离银城25公里的大山坳里,开山铺路,建起一座机车厂。一片片厂房潜隐在岭下,一幢幢家属楼建在岭上,铁路隐蔽线蜿蜿蜒蜒,工人俱乐部、邮电所、大食堂、百货店、卫生所、子弟学校次第而出,就成了现在的样子。那座工厂是保密单位,与世隔绝着,对外只有一辆小火车穿梭在大山与银城之间,只有一个代号"901"。那时,厂里人每天早上随着喇叭里的广播声起床,听听中央人民广播电台新闻联播和报纸摘要,骑着自行车去厂房里上班,下班后去工人俱乐部看看电影,在灯光球场上打打篮球,猫在家里看看黑白电视机里的《上海滩》,活得挺惬意的。孩子们去车间里捡捡铁条、螺钉和轴承,做个滑板车在街上滑行,做个弹珠枪射击夜晚的路灯,忙得不亦乐乎。厂里人虽然口音相杂,却穿着同样的工装,以战友、老乡、师徒、工友的关系拴成一团团,就跟同种植物一样。901人是制造火车的人,有些轻视银城当地人,也不欢迎异乡人的到来。

方大顺走进这样的901,被人忽视着,却引起了我的警觉。那时,我在保卫科上班,关注着来往厂区的生面孔,更关注方大顺师傅的女儿、一个叫黄毛的女子。我得知那个乡下来的男子拜黄毛的父亲为师后,就在一个夜晚,把在铁轨旁游荡的他叫到厂机关大楼的保卫科。两根灯管在头顶滋滋地响,把屋里照得雪亮。我穿着经警服坐在办公桌后摆弄着电棒,乡下来的男子缩着身坐在对面的矮椅上不敢抬头。我居高临下地看着他,在心里发笑,却一脸严肃地问起来,佯装审讯嫌疑犯。

"名字?"

他舌头像是短了半截:"方……方大顺。"

"你是从哪里来的?"

"篁村。"

"你鬼鬼祟祟在我们这里游荡,是不是想偷东西?"

"不……不是!我是厂里的学徒工。"

"哦,那我怎么不认得你?你父亲叫什么?"

他低下头不说话,我再问,他还是不说,仿佛他的父亲、那个锅炉工的名字是个秘密。我只得假模假样查查他的工作证,把他放了。我隐隐觉得他是个表面懦弱、内心固执的人,那样的人应该不会成为我的情敌。

在901,师傅对徒弟比对女婿要求还严,方大顺起初并不讨黄毛父亲的喜欢,他懵懵懂懂,遇到机器不敢伸手,似乎怕那些铁家伙咬他。他不会哄师傅,师傅端杯,他不会续水,就像不懂事的走亲戚的客人。幸好,我偶尔会拉他一起,拎点酒菜,去黄师傅家喝喝酒,黄师傅对他的脸色才像一块铁慢慢熔化了。其实,我的目的就是借他的徒弟名义,找机会亲近黄毛。我和黄毛偷偷亲上嘴后,并没有过河拆桥,反而跟他成了兄弟。我有时挺烦他,他就像溺水的人抓住了我这根救命稻草,抓得太紧了。我觉得他有些奇怪,他在厂里那么孤单,为什么不肯与他的父亲亲近,甚至不肯叫那锅炉工一声"爸爸"呢?我俩常常坐在黄昏的铁轨上,沉默地看着两边坡地上在风中摇曳的青草,各想各的心思。他从不跟我说他在乡下的往事,只告诉过我他从乡下到901是奔着火车而来的。他在18岁之前,从没走过山村,只见过绿皮火车穿过大山而去。可我觉得他只是那些渴望逃离乡下农事、过上工厂生活的人之一,那时还没兴起打工潮,还没有层出不穷的私营企业,买米还需要粮票,乡下的孩子只有凭考学、参军才能进城,换个轨道过上自己想要的生活。如果没有锅炉工这样的父亲,方大顺是不能进入901的,可他看上去不像是个幸运儿。

方大顺干的是镟修工。在901流传着一句话:"火车跑得快,全凭车头带。车头跑得稳,全凭脚板平。"火车头的脚板就是车轮,车轮的轮箍会结茧会出现金属疲劳,会发生硌伤脱离,发出刺耳的啸声,甚至会导致火车出轨。

镟修工就是对火车的轱辘进行镟修的人，就像个修脚工，要镟去火车脚板上的茧，保障火车不发生脱轨事故。方大顺在黄师傅的骂骂咧咧声中，唯唯诺诺地学着。他眼睛不眨地看着黄师傅，就是不敢跳进大镟坑触摸机器。那大镟坑里，车轮旋转，火花飞溅，车刀削出的铁屑飞出，那些铁屑是滚烫的，就跟生着尖刺的荆棘一样。一般人不敢跳进镟坑情有可原，可方大顺是旋修工，他不敢跳入镟坑就成了厂里的笑话了。厂部本想把他调到后勤部门继承他父亲的锅炉工事业，可他父亲灌了一瓶酒，闯进厂长办公室闹腾开来，逼得厂部取消了调令，他这才稳当地做起了黄师傅的徒弟。他虽然不敢摸机器，却有事没事总爱去铸铁车间、铆焊车间、总装车间溜达，旁观工友们锻压车轮、开动刨刀、组装火车，像个好奇的孩子。他还从厂部图书室借来各种专业书籍，纸上谈兵地琢磨着什么。他走在街上总是大梦未醒的模样，好几回绕着铁路隐蔽线走，却找不着家门。我真不知道他什么时候才能出师，能真正成为一名货真价实的工人。

我们觉得方大顺是误植在 901 的一棵水土不服的植物，可我们都看走眼了。

3

方大顺是两年后，终于跳进镟坑的。

这天黄昏，喇叭里下班号响起时，黄师傅要方大顺理个发洗个澡去黄家吃饭，不知是要纪念师徒结对两周年，还是为徒弟摆下了鸿门宴。听到消息后，我很为方大顺担心，在 901 一个学徒久不能出师，不只是徒弟的笑话，也是师傅的笑柄，黄师傅可能要放弃方大顺了。方大顺浑然不觉，脸上漾着棉花般的笑，去清理自己了。我和黄师傅在黄家把酒菜备好，久等方大顺不来，却等来一个消息：方大顺竟然误入女工澡间了，他显然不熟悉父亲曾经工作过的岗位，又犯迷糊了。好在厂里人晓得他是个糊涂虫，女工们泼水笑骂把他轰出澡间，并没有把他扭送到保卫科去，可他却不见了。黄师傅脸更黑了，气得差点摔碎了酒瓶。我知道方大顺是因害羞躲起来了，便去找他。他果然坐在小火车站前的铁轨上，把头压在膝盖上。

我笑嘻嘻地走过去，喊："大顺！"

他抬头瞥了我一眼,又垂下头去。

我上前拍拍他的肩膀:"呵呵,你看见什么了?"

他抬起头,迷茫地看着我:"啥?"

我盯着他:"你在女澡间看见什么了啊?"

他脸一红:"我……我啥都没看见,只是白花花一片。"

我笑出声来:"回吧,黄师傅在等你喝酒呢。"

我把他的肩膀拍得摇摇晃晃,他这才期期艾艾地站起身,低着头跟着我向家属区走去。

到黄家后,黄师傅睃了方大顺一眼,黑着脸哼了声,就闷头喝起酒来。方大顺不敢看师傅的脸,盯着一盘虾子不错眼儿。我偷偷地朝黄毛眨眼笑,笑得黄毛脸都红了。她在厂部幼儿园当老师,只喜欢讲童话。

半晌,黄师傅眼睛就迷离了,已经八成醉了。他拿起筷子一下下地敲起方大顺的头,敲得不重却很准,就跟和尚敲木鱼似的。他边敲边说:"你这个闷葫芦的脑壳是咋长的啊?怎么这么不开窍?你都学徒两年了,怎么连镟坑都不敢下啊?你让我怎么当你师傅?我可是八级技工大师傅,我的脸都让你丢光了!算啦,从今天起你我师徒的缘分就算尽了,你爱干吗干吗去!"他说得颠三倒四,把酒气喷在方大顺的脸上。方大顺被敲得小鸡啄米,头点个不停,脸红成一匹布。我和黄毛想把黄师傅的话岔开,可黄师傅执着地说着,也许是把方大顺当作次品了。

忽而,方大顺噌地站了起来,灌了一杯酒,梗着脖子喊:"师傅,别敲了!我这就去镟坑操作给您看!"

黄师傅一愣,也站了起来:"好好!走,是骡子是马,咱们镟坑见!"

我们跟着黄师傅走出黄家,向厂房走去。

走进车间后,方大顺真的跳进了不足三平方米的镟坑,他慢慢直起腰,长舒一口气,伸手开动机器。火车轮旋转起来,他从慌乱中稳住神,渐渐进入了角色。他眼睛盯着头顶上的车轮,耳朵捕捉着刀片对车轮的切削声,身边铁屑飞起,冒出一股热气,重重地撞在地面上。一阵机器轰响后,火车轮缓缓停了下来。黄师傅看着像镜面一样的轮面,黑脸上的笑就像火星一样迸了出来。方大顺从镟坑爬上来,看着师傅的脸也笑了。

那天晚上,我陪着方大顺在铁轨上走了一圈又一圈。他兴奋得脸发红,踩着枕木手舞足蹈着,嘴里不时发出哦哦声,就跟上紧发条的机器人似的。我脚步轻快,发现那晚的月亮镀上了一层银。

自那晚后,方大顺仿佛打通了七窍,把镟轮的活儿干得游刃有余起来。他还操作起机床,拿起焊枪,把焊压刨锻各个工种全玩会了。他走路腰杆直了,眼睛亮了,偶尔也会跟工友们开开荤玩笑了,就跟灯管被通上电似的。

我问他:"大顺,你怎么一下子就把厂里的工种全弄懂了?"

他搓搓手:"其实,我一直在看书,看师傅们干活儿,有时看师傅们干活就跟自己在干一样儿……我已经把厂里的生产工艺、工序在脑子里演过一遍又一遍,晓得绿皮火车是怎样造出来的了,晓得厂里所有机器做啥用、有啥脾气、怎么用了!"

我疑惑地看着他:"这怎么可能?"

他笑得很明亮:"其实,弄懂901是什么样儿后,我就不慌了。"

我们这才明白过来,方大顺看似在袖手旁观,其实一直在暗暗琢磨厂里的工艺,一直在心里练着,只是不敢下手而已。他是在洞悉机车厂的所有秘密后,才真正走进901的。

此后,方大顺经常戴着大红花,从工人俱乐部的台上捧回奖状,慢慢就成为厂里的技术能手了。黄师傅一见徒弟就眉开眼笑,还不顾我和黄毛的眉来眼去,想让方大顺做他的女婿,可他只有一个女儿。一直把黄师傅当作老丈人的我心里很不舒坦,看方大顺就有些生气了。方大顺没有琢磨过我的心事,仍围着我转,还央求我帮他把户口本上的"方大顺"改成"方正"。我问他是不是嫌现在的名字土气了,他眼神有些乱,摇着头喃喃说他在乡下老家时就叫方正,没说完就闭住了嘴。我们保卫科管着全厂职工及家属们的户籍档案,给他改个名字不是难事儿,可我就是不愿帮他这个忙,还将这事告诉了他的父亲。

于是,某个黄昏,锅炉工在街上追逐起方大顺,他瘸着腿,走得地动山摇,却追不上儿子。他走,方大顺就走,他立住身子,方大顺就停下来,有点儿敌进我退、敌驻我扰的意思。他站住身喘着气骂:"你个混蛋小子,有点出息就想把名字改了……你忘本啊!"方大顺停下脚,不回头看锅炉工,也不回话,看上去有些心虚。一群孩子围过来,学着锅炉工的样儿哄笑——那是我看到的年老锅炉工和年轻镟修工最像父子的场景了,平日里这对父子很少说话,就跟两人之间隔着一层绝缘膜、隔热层似的。

我站在路灯下旁观着父子追逐的游戏,在心里窃笑着,直到黄毛走过来一巴掌拍在我的脸上,才醒过神来。

我听见黄毛嗔怒地说:"这是你搅出的事儿吧?你那张嘴涂了润滑油啊,那么油那么滑,真是讨厌!"

我听见锅炉工在喊:"方大顺,你小子要是敢改名字,我就把你送回乡下去!"

我想起自从进入901后,方大顺就再也没有回过他的乡下老家了,他还记得回家的路吗?

4

篁村,就是方大顺的老家,也是我要去寻找方正的地儿。

我先是坐高铁向南前行,然后转乘绿皮火车钻进连绵起伏的群山。进入大山后,我就有些晕头转向了,仿佛正穿过隧道前往时光的深处:从子弹头的银白色高铁,到哐啷哐啷的绿皮火车,再往前走,我会不会遇见红色大轱辘的蒸汽式火车呢?其实,去远方我们会心无旁骛,可回到从前往往会迷路的。

在山间废弃的小火车站前遇见那个与方正长相相仿的男人后,我忽然对此行没了信心。那个疑似方正的人眉毛是白的,我走上前递给他一支烟,向他询问起去往篁村的路。他狠狠地抽完烟,用脚尖把烟屁股踩灭后才说:"篁村就在前面,你跟我走吧,我就是篁村人。"我跟着白眉毛沿着松林间的铁轨向前走去,越走越深。我总觉得身后的路正被什么掩去,便不时回头瞥上一眼,却只看到黄昏的光线越来越黑了。

白眉毛沿着枕木向前走,背影被风吹得摇摇晃晃。

我想不起来方正有没有跟我说过篁村是种稻还是种麦,就含糊地问:"那个……篁村的收成还好吧?"

"收成?我们村早就不种庄稼了,山田没人种……都抛荒了。"

"哦?那你们靠什么生活?"

白眉毛回头睖了我一眼:"你不是来游玩的吗?我们篁村有远近闻名的

白雾谷风景区,好多城里人来游玩,村里人就靠那营生过日子呢。"

我笑笑,自打旅游热起,景区开发就像得了猩红热,一个个真假难辨的古遗址成了任人打扮的老姑娘,一些藏山露水的大自然成了搔首弄姿的小妹妹,我早想租个小岛,做桃花岛岛主了。可此行我是来找人的,对白雾谷没有多少兴趣。

我想起方正的原名,就问白眉毛篁村以前有没有一个叫方大顺的人。白眉毛摇摇头,说村里没有这个人。我想再问问他是否认得方正的父亲,却想不起那个曾经的锅炉工叫什么名字了。

白眉毛打开了话匣,喋喋不休地说起篁村大雾的传说,说很久很久以前,一支军队被敌军追至大山里,忽然一场白雾漫起,两支人马都在雾中失去了记忆,竟然握手言欢,在这里弃甲耕田,开枝散叶成了篁村的先人。我不相信传说,眼里却浮起了白雾,我有理由相信白眉毛的记忆可能被雾气吞食了。我恍惚起来,觉得大山在雾中隐匿和模糊起来。

不知走了多久,忽而,"两只蝴蝶"的手机铃声飞了出来,我一个警醒回过神来,接听手机。电话是方嫂打来的,她支吾半晌才说:方正可能是因病失踪的。她说方正在家时,经常用"他"来称呼自己,仿佛他的身体里住着两个自己。他会对自己礼貌地说"您好",会变着腔调自己跟自己对话。虽然她听不懂另一个方正说的方言,却听出那话里有着辩解和内疚的口气——难道人也能雌雄同株吗?

我很诧异,用手机百度了一下,查出竟然真有那种叫自我认知障碍的病。我想问方嫂,那个她怀疑的狐狸精难道就是方正自己吗? 以前,方嫂跟方正闹过离婚,我劝她说方正就是个套中人,不可能外面有人。可她不再是当年那个好忽悠的幼儿园老师,舌头早就磨得锋利了。她说方正拿回家的钱,跟他的年薪、所得公司分红相差太大,到底是我在撒谎,还是方正把钱给了别的女人了?我很纳闷,我真没有亏待方正,如若方嫂所说是事实,那么方正把那些称得上巨额的人民币弄到哪里去了呢?他把钱私自存起来了?他用那笔钱炒股了?那个总犯迷糊的家伙对钱没有多少兴趣,是不会管钱、不懂让钱生崽的啊。我宁愿相信是我没有付给他那么多钱,毕竟我是个满嘴跑火车、不太可信的人。我和方嫂曾一起问过方正关于钱的去向,可他连眼皮都没抬,就跟没听见一样就走开了。难道他是把钱送给了他心里的另一个自己了？难道他把那些钱匿下来,就是为了这次出走做准备的？我忽然觉得此行前程未卜起来。

铁路两侧的林荫尽头,豁然开朗,一个山村出现了。那个山村在四山环绕的盆地里,我跟着白眉毛走进村子,一幢幢吊脚楼沿山溪而立,挤挤挨挨连在一起。石板路遍布村中,枝枝蔓蔓,横跨小溪的风雨桥、旷坪边的石栏随处可见。四周的梯田层层叠叠而上,只有砖塔处露出一个豁口,那应该是去往更深的大山里的山隘了。走在村里,白眉毛跟三三两两擦肩而过的村人打着招呼,飘飘忽忽的。若不是不时会偶遇坐在溪边写生的学生和端着相机拍照的游客,我都怀疑自己误入一张旧照片了。

走进白眉毛家,我意外地发现那古旧的院落,竟然是个小酒店。数间房里电视机、电脑、卫浴一应俱全,就跟城里的连锁酒店一样。白眉毛笑,说那是他孙子经营的小旅馆。他的儿子携着一柄斧子出外打工,在深圳做装潢,在那儿有了自己的房子。孙子从小在深圳长大,却回来整起了民宿。篁村有好多人家开起小旅馆、小饭馆,常有外地人来入住就餐,比以前种庄稼收入好多了。

我就在那个民宿里住了下来,跟白眉毛喝了半斤酒,啃了两节玉米,天就真的黑了。白眉毛单身一人,喝完酒坐在椅上,捧着一本《篁村志》打起了瞌睡。我把《篁村志》拿到手翻看起来,那是一本印刷粗糙的小册子,上面有图有文字,先是介绍了篁村的地理、历史和传说,然后就是数代村人的名录,最后是数位当过官员、办个企业的村人事迹。这是一本枯燥无味的书,记述并不生动翔实,可能是记述人被白雾吞噬了记忆,也可能那是一本抵抗遗忘的书。我在上面竟然找到了方大顺的名字,上写:"方永生,参军后进入901工作,其子方大顺,12岁溺水而亡。"我愕然:"方大顺不是仍活着吗？难道我要找的人早就提前去另一个世界了？"

我摇醒白眉毛,指着书上的名字问他:"这本书上不是有方大顺吗？你怎么说村里没有这个人呢？"

白眉毛有些生气:"我是说村里活着的人中没有他,谁还记得那些已经过世的人啊？"

我走出白眉毛家,走进夜晚的篁村。数家院落挂起红灯笼,影子落在溪水里洇成一片片模糊的红。石板路上不时有黑狗跑过,却看不到人影。我走着走着,忽然看见前面的民宿里有个女子人影闪过,恍惚就是方嫂。我想我可能跟方正一样,出现幻觉了。

5

我说方正出现过幻觉,并非诽谤。20世纪80年代末,901那个还叫方大顺的镟修工就频繁出现过幻听幻视。

那时,方大顺已经是年轻有为的技术劳模,他用一次次技术革新为厂里带来了效益,成了厂里的宝贝。我从他身上嗅到了从木头变成钢铁的蜕变气息,我相信:如果不出意外,他会从班组长到车间主任,一步步走上机车厂中层领导岗位,前途是一片光明的。可就在那时,我发现他练功练得走火入魔了。

我担忧起来,忍不住把方大顺得了幻觉症的事儿,告诉了黄师傅的女儿、幼儿园老师黄毛。那时,我和黄毛的爱情进入了深水期,总是磕磕碰碰的,而黄师傅正在加紧撮合黄毛和方大顺的婚事。黄师傅语重心长地告诫女儿,说我是身无一技之长、就靠嘴巴混世的男人,做丈夫不靠谱。当时我对黄师傅很有意见,认为自己会对黄毛一直好下去的。多年后,我才发现黄师傅看人是精准的,如若当时我能听信他的话做好职业规划,现在可能已成为知名作家了——当然这是后话。当时,黄毛深受他父亲的影响,对我越发横挑眉毛竖挑眼了。我第一次告诉她方大顺出现幻觉时,她挺好奇,乐得嘴角开了花。可随着我说的次数越来越多,她就对我翻起白眼儿。她要找方大顺查证此事被我挡住了,我不想在方大顺的眼里成为告密的小人。于是,她很生气,说我天生就是大骗子,在编谎话诋毁方大顺,破坏方大顺在她眼里的美好形象。我越急切地辩解,越让她反感,反而让她离方大顺越来越近了。我无奈地发现黄毛的心里有个弹簧,越挤压反弹得越厉害,把我弹得越远。我不怨方大顺,只期待他的幻觉不要那么频繁,可我总得怨恨一个人吧?

终于,我向长须男子下手了。我找了几个兄弟,偷偷把长须男子抓了起来,用手铐把他铐在大仓库。那个仓库很空旷,人的喊声是传不出去的,我愿长须男子能在里面彻夜打坐,或者用特异功能遁身而去。可第二天,他已经瘫在地上,喊哑了的嗓子也发不出声儿。我放了他,他就悄悄离开901再也不见人影了。方大顺寻师不见,焦躁了些许日子才安静下来,不再寻师了。

第二年初春的早上,我去方家找方大顺。锅炉工不在,方大顺正和黄毛坐在房间里嗑着瓜子。我走进房间时,日光从窗外射进来,让我的眼睛迷了迷。

我听见方大顺欣喜地说:"哦,我看见屋后的油菜花全开了!"

我大笑:"怎么可能?这是初春,油菜花怎么会开呢?我没看见901有油菜花开啊,你又出现幻觉了吧?"

黄毛雀跃:"走!我们去屋后看看!"

当我们走到方大顺家的屋后油菜地时,赫然看见几百株油菜竟然开了,一波波地卷起金黄的波浪。我从来没见过油菜花开得那么热烈那么愤怒,我蒙了:我来时真的没看见那里油菜花开,难道是我看错了?难道方大顺的幻觉能变成现实?我看见黄毛穿着红裙子的身影,在油菜花里穿来穿去,听见她的清脆的笑声在追逐着蜜蜂,也许女人天生就热爱幻觉吧?

多年后,想起那个油菜花盛开的早晨,我还有一种做梦的感觉。

6

也许是因为没了师傅指导,也许是因为有了黄毛相伴,爱钻牛角尖的方大顺竟然半途而废不再练气功,又一头扎进车间里。那时,机车厂开始军工转国企,在市场经济的初潮中扑腾得直呛水。901人这才知道山外的世界并不需要他们源源不断地制造火车,"造火车的人"在银城人眼里不再风光了。缺少活计的生产线开开停停,被放长假的工人开始游手好闲,旱涝保收的工资日渐缩水稀薄起来。似乎有风从大山的隘口灌了进来,机车厂摇曳起疯长的青草来。一时风吹草动,有人悄悄找关系调进银城机械厂,有人偷偷为私营工厂干起私活,有人默默地停薪留职去了南方,厂区里弥漫起不知所措的恐慌。更多的工人守在厂里,稳稳妥妥地等到退休养老,甚至有人相信终有一天901会整体搬迁到大城市去的传闻。厂房越来越灰暗,一两台尚在运转的机器发出空洞的轰鸣。方大顺站在车间里,身影越来越硬,就跟刨刀削出的铁屑似的。那辆在901和银城之间穿梭的通勤小火车一直没有停开,方大顺还得定期给那个绿皮铁家伙"修脚",他执拗地干着活儿,把那火车轮锁修得更光滑了。痴迷气功或许只是他的一次"寒热病",病愈后的他似乎对外界的风有免疫力了。

有个夜晚,我和他走在铁轨上,想着一样的心思。风吹动山坡上的草,也吹乱了月光。

我苦恼地挤着脸上正在消退的青春痘,问他:"大顺,假如厂里不行了,你怎么办?"

他迷迷瞪瞪地望着我:"怎么会?这么大的国有工厂怎么会不行呢?"

我抬头看看天上的月亮:"我说的是也许……现在厂里自主经营,是断了奶的孩子哦。"

他眼睛亮亮地看向远处的铁轨:"不管怎样,只要有铁轨在,火车都会一直沿着轨道行驶的,是吧?"

我想说也许火车也有改轨换道的时候,可没有说出来,只看着拎着信号灯的巡路工越走越远。小火车站没有扳道工,那条唯一的铁道有着固定的方向,固定久了,有些道钉生锈了,巡道工偶尔会巡巡路的。

就在那时,我忽然发觉方大顺的父亲老得太快了。901人以工种区分身份,锅炉工就像是制作铸件时切下的边角料,不被人瞧上眼的。方大顺的父亲因查出肺部有疾,竟然把酒戒了。不再喝酒的他变得沉默了,手腿却总是抖个不停,跟触了电似的。方大顺对父亲仍然生疏着,仿佛温度总达不到焊点,父子俩没法焊接在一起似的。可我看得出:方大顺看父亲的眼神,从以前的敬畏、冷漠变得怜悯了,在默默地注视着锅炉工的日渐衰老。年老的锅炉工见风就抖,可有时也会神采飞扬起来,拍着枯瘦的胸脯说起往事,说起当年在部队当工程兵的经历,说起901铺设铁轨时热火朝天的场面,说起第一辆火车出厂时敲锣打鼓的情景。他跟众多的父辈一样,一沉浸在往事中就会荣耀起来。我们这才知晓锅炉工的跛腿不是来自硝烟弥漫的战场,而是开山修路铺铁轨时的一场事故。他的腿瘸了,而铁轨在山岭间生长出来了。那时我们崇拜军人,忌讳生产事故,锅炉工的形象在我们眼里又下滑一丈,快低到尘埃里了。

年老的锅炉工在那个冬天来临之前,气越喘越急,咳嗽得越来越剧烈,似乎想把肺吐出来。终于，当雪花纷纷飘舞起来时，他就安静地躺在厂部卫生所的白被单下，去了另一个世界。在这之前，那辆通勤的绿皮小火车竟然出了事故，在开往银城的途中，把两节车厢甩离了铁轨。事故原因是方大顺未能尽职引发的，他竟然好长时间没有检测和镟修小火车的车轮了。幸好那场事故没有人员伤亡，只是发出一阵尘土飞扬的轰响，把成群的麻雀震昏了。那些麻雀落在草坡的薄雪上，星星点点，等我们要去拾起它们时，又扑腾着翅膀叽叽喳喳飞走了——901的冬日竟然还有那么多麻雀，它们为什么会在车轮和铁轨的碰撞声中集体晕了过去呢？我们边议论麻雀，边把脱轨的车厢抬上铁轨，发现小火车比以前重多了。方大顺当然要受到应有的惩罚，那几日他总是失魂落魄地问我："你说……火车为啥会迷路呢？"他的样子让我想起中学语文课本上的祥林嫂。又过了些日子，锅炉工就走了，我不喜欢怪力乱神，可宁愿相信那场事故是他逝世的预兆。

锅炉工被厂部卫生所的白色救护车运到银城殡仪馆去了。面对父亲的遗体，方大顺脸上的肌肉松动，终究没有哭出来，也没有流下眼泪。老工人望着睡去的锅炉工说："这个老伙计，没到期限就报废了，哎！"工人家属叹息："大顺连一滴眼水都没流，虽然是亲生却没亲养，这对父子缘分浅啊！"等厂领导读完悼词后，锅炉工就被推进殡仪馆的锅炉，变成一缕烟一堆粉了。捧着父亲的骨灰回901的路上，方大顺神情木然，心思像是被麻雀叼走了。当远远可见岭上的电视发射塔时，他忽然抬眼看向窗外零零乱乱的雪花说："他……这一辈子总跟黄的土、黑的煤打交道，总算被雪花接走了。"他的话有些凉，也许是被车窗外的风吹凉的吧。

第二年春天，油菜花真的盛开时，方大顺和黄毛结婚了。那时流行集体婚礼，在厂工会的组织下，一场以十二对青工为主角的盛大婚礼在工人俱乐部里举行了。当婚礼进行曲响起时，一对对新人鱼贯登台，新郎穿着西服打着领带，新娘穿着白色婚纱，就跟一对对孪生花似的。我远远地坐在台下，根本分不清其中哪对新人是方大顺和黄毛，他们着装打扮同一款式，幸福的表情太相似了。那些新娘的身后都有两个孩子捧着婚纱的裙角，他们来自黄毛所在的幼儿园，涂着红脸蛋，也很兴奋。他们显然比新人们老练，他们曾在六一儿童节多次登上这个舞台，跳过舞蹈《葵花朵朵向太阳》。我远远地看着他们，心里有些空落，觉得那些新人就像云朵正离我越飘越远。

我从热闹的俱乐部踅出,被凉风一吹,打了两个寒噤:这样的春日还有倒春寒?

一个喝醉了的老工人摇晃着身子走过来,歪着头看我:"那个……今天又开表彰大会了啊?"

我把大衣的领子竖起来:"好像……是吧。"

老工人仰起酡红的脸:"那我怎么没听见大合唱《咱们工人有力量》啊?"

7

我是在《咱们工人有力量》雄壮的歌声中醒来的,一时不知自己身在何处。一缕缕白雾从窗外游了进来,我才醒过神发现自己身在篁村。山村静得让人恍惚,我仿佛看见隔世的场景从雾里浮现出来:一个雪厚三尺的冬夜,山村少年为从大山里逃离出去,曾坐在油灯下刻苦读书,却未能考到山外的学校,只好一辈子蜗在大山里,当他雪夜闲看路遥《人生》时,把眼睛看湿了;一个山花初开的春日,那人的儿子初中未毕业,就跟着邻家的哥哥走出了大山,去南方的城市打工,梦想着在那海边的城市买套房;一个多雨的夏日,那人的孙子从城里回来了,在山村开起民宿,计划再办一个旅游度假区……我说的山村少年就是白眉毛。世道真是变化快,以前乡人争着从乡村逃离,现在又有人来乡村寻游了,时光是不是一条回环往复的河流?可人只有一条路,能在时光之河里来回洇渡吗?方正从篁村走出,假若他现在重新归来,肯定不会再是少年了。

太阳出来后,篁村的雾就散了。白眉毛领着我走进砖塔下的隘口,去白雾谷景区游玩。既然是景区,难免有伪饰的嫌疑。我去过一个山谷里开发出来的景区,那里有巨大的恐龙、大象、斑马,一按动电钮就会笨拙地活动起来,发出满山谷的吼叫;那里有水泥做成的树屋,远看像一棵枝繁叶茂的大树,里面却是设备齐全的宾馆双人间——那么白雾谷会是什么样子呢?在去往白雾谷的路上,白眉毛仍跟我唠叨着大雾的传说,要我担心被雾气吸走记忆。我漫应着,对白雾谷之行并没有多少期待,只想在那山谷里遇见我要找的人。

白雾谷果然跟众多的景区一样,让我有种似曾相识的感觉。山谷里有一面绿得发蓝的大湖,山壁上修凿着大小不一的山洞,湖上搭起一条起起伏伏的椭圆形轨道,一串模仿绿皮火车的滑车在沿着轨道奔驶,跟银城游乐园的过山车应该属于同一类项目,没什么奇妙之处。

我跟着白眉毛攀到岭上的小火车出发地,那是个蒸汽式火车头造型的建筑,门前一个形如站牌的水泥墩上写着"迷失的火车",不像是火车站名,应该是游乐项目的名称。一走进那个建筑,我就被晃花了眼,里面竟然摆放着各种各样的镜子,恍若走进了玻璃里。四周人影幢幢,我走,身边镜子里的"我"也跟着走。

白眉毛把我领到售票口说:"老板,这个小火车很好玩,你玩玩吧。"

我迟疑:"你跟我一起玩玩,费用我来。"

白眉毛摆摆手:"不是钱的事儿,把你带到这儿,我就是导游,在这里吃喝玩乐是不用花钱的。我是不习惯这个,坐在小火车里我就头晕。"

"哦?你晕车?"

"是啊,就因为这个毛病,我这一辈子都没出过大山呢。"

我还想说什么,白眉毛一晃眼就不见了。

我不辨南北,站了片刻才买了票,跟着游客跳上小火车。服务生上来帮游客拴紧安全带,就像捆起一个个粽子。接着,一声长长的汽笛声响,小火车缓缓滑出玻璃小站。新鲜的阳光瀑泻而来,我一阵目眩,待适应光线后,才放眼望去。小火车飞在大湖上,我的心一下子提了起来,赶忙把目光从湖面上收回,看向车上的同行者。忽地,我看见前面第三排有个游客像是方正,心里嘀咕:难道那是白眉毛?他也坐上车了?小火车越滑越快,那人转过头朝我一笑,又转过脸去。就在那短促的一笑间,我认出他真的是方正:他果然回到他的出生地了。他比以前脸色红润多了,头发梳理得顺溜多了,可他就是方正,我喊:方正!方正——

小火车飞快地奔驶起来,沿着轨道向下冲去,又向上攀起。我惊惶地闭上眼,拼命地压住心脏,怕它飞了出去。我并不恐高,却在小火车扑向湖面时担心自己落入湖里,在攀升时担心自己被抛出车外。我蓦地怀念起901的绿皮小火车,它那么平稳,只是偶尔有些微微摇晃,那时我一坐上它就会打瞌睡,就像睡在摇篮里。而这山谷间的小火车上下幅度太大,车速也快慢不均,难道这就是现在人想要的刺激吗?我紧紧地抓住把手,担心头顶的风会揪住我的头发,把我甩离大地。耳边惊叫声四起,我也张大嘴巴尖着嗓子喊叫:"方正!方正——"没人应声,也许我的喊声被惊叫声淹没了。

小火车终于慢了下来,我睁开眼去寻前面的方正。忽然,一团团白雾从湖面升腾上来,片刻就漫遍了整个山谷,我眼前雾气飘荡,根本看不见前面的人。我着急地等着白雾散开,等着小火车停下来,到那时我会给方正一个紧紧的拥抱。小火车绕来绕去又缓缓滑行了好几圈,滑得雾气渐渐散去,这才停了下来。游客们解开安全带,向车下逃去。我赶忙去寻方正,却发现前面第三排座位空了,曾在那里坐着的方正已经没了身影。我心咯噔一下,慌忙扫视起四散的游客,他们从一节节车厢里跳下来,嘈杂一片,却没有方正的人影:难道我刚才出现幻觉了?如果不是幻觉,那方正怎么从小火车上消失的呢?如果是幻觉,我为什么那么真切地看到他了呢?难道这场大雾真的能让人消失,或者能让人产生幻觉?当然,最大的可能是方正在停车后,混在游客中间逃走了。

我头晕目眩地爬下车,摇摇晃晃地走出小站,对着门外的阳光揉起眼睛,想把眼里的雾气挤出来。

就在那时,白眉毛走了过来,笑吟吟地看着我。

我一把抓住他的手:"告诉我,这个山谷里的大雾真的能……"

白眉毛打断我的话:"你还真信那些鬼话啊!"

我急切地喊:"可是……"

白眉毛收住笑:"那个,你跟我走吧,白雾谷老板要见你呢。"

"哦,白雾谷老板是谁?为什么要见我?"

白眉毛搓搓手:"我也不知道,你去了不就明白了?"说完,他把双手团进袖管里,低着头向前走去,其实他的背影跟方正还是明显不一样的,显得佝偻多了。

我想了想,只好跟着白眉毛走去。我没有去想白雾谷老板是什么人,只是有些担心没有白眉毛导游,我会在这山谷里迷路。其实,我的方向感一直很好,容易迷路的人不是我,而是方正。

8

创办铸造厂,就是我把迷途的羔羊方正引上星光大道的。

901机车厂在一个多雨的秋天停产倒闭了,这并不突如其来,我们像是跟病入膏肓的亲人告别似的,在一寸寸的撕疼中慢慢接受了这个事实。我们心里有些深信不疑的东西坍塌了,在连绵的秋雨里,以一粒雨滴的茫然理解着大海的忧伤。我们不得不自谋出路了,有人返回父辈的原籍,去了他们陌生的故乡;有人被私营企业高薪聘请,过上了优渥的生活;有人在银城过境公路旁开起摩配汽修店,当起自己的主人。901仿佛一瞬间就空了,露出了衰败的迹象。

那时的方大顺像是猝不及防被行车上坠下的铸件砸中了,他愤愤不平地埋怨:"都怪那些厂长,就晓得把钱往自己兜里揣,只晓得计件工资、减员增效、下岗分流瞎折腾,把厂子弄垮了!""都怪那些工人,没心思上班,产品越做越毛糙,把厂子搞臭了!"……他怨天尤人,常去车间里转悠,看机器们安静地锈去。也有工厂想聘请方大顺,可他犹犹豫豫,舍不得离开901。他茫然不知所措,忧心忡忡地问我:"机车厂倒了,绿皮小火车还会开下去吗?"我想他过于担忧了,绿皮小火车是901通往银城唯一的火车,怎么会停开呢?他焦急地问我:"机车厂没了,我该怎么办啊?"我早已胸有成竹,就对他说:"海阔凭鱼跃,你就跟着我干吧!"我知道他是一粒淹没在沙砾里的金子。

没过多久,我就拉拢起原厂销售科的同学、原厂技术标兵方大顺,租下空置的铸铁车间场地和机器设备,召集十数个下岗工人干了起来。我们铸造起窨井盖、阀门、叉车,规模越做越大,终于办起了有模有样的铸造公司。其实当老板并不容易,得能经得住事儿。原厂销售科的同学在激烈的争吵后分家单干了,技术工人走马灯似的换个不停,厂里业务青青黄黄,我为此经常薅头发,终于成为成功的秃头企业家。我毫不怀疑,未来的方正铸造厂会重现901当年的气象。自办厂后,方大顺一直跟着我干,生产技术全由他当家,别的事他不问不管,只是固执地坚持公司必须取名"方正铸造",还要把厂里生产的所有产品都铸上这个名字,那时他已经把自己的名字从"方大顺"改为"方正"了。我只好依了他,当然公司执照上的法人代表必须是我的名字,这是不可篡改的。我有一种自己的儿子跟他娘姓的怪怪的感觉,也许方正公司就是时代的私生子吧。

时间那玩意真是奇怪,总在悄无声息地改变着什么。我们抵抗时间的方式,就是使用防腐剂防锈油,好让机器能够运转下去。可我们却无法阻止时间改变人的模样：方正即便改了名字还是他，就像齿轮只要涂点机油就能正常旋转。可以前的黄毛变成方嫂后，就像一朵含苞欲放的花骨朵，竟然大瓣大瓣绽放起来。从文静的幼儿园老师，到巧言善语的传销工作者，再到泼辣能干的小酒店老板，她跟苏醒的母兽一样越来越张牙舞爪，似乎总在心急火燎地想抓住什么，也许越发鼓噪的时代在她身上留下发酵剂了吧。她警惕、尖利，常为芝麻大的事儿动气，恶声恶语地数落方正，如若方正顶上一句，她就会像泼上油烧得更旺，弄得方正越发沉默，更愿意跟机器为伴了。我见过方正认真钻研过一本书，上面说的是应对女性更年期综合征的方法——他也许是把方嫂当作出了故障的机器来研究吧。我低声问他："有效果吗？"他脸红了红，摇摇头无奈地笑。说实话，我有些怀疑方正的出走跟方嫂有关。

我曾听过他撮着鲶鱼嘴对我说："你说说，我跟黄毛是不是前世有仇啊？"

我笑笑："夫妻前世都是老鼠和猫……她怎么你了？"

他眉毛越皱越深，像是被螺丝越旋越紧："她总是跟我寻丝觅缝地吵架，真让人受不了！"

我晓得方正以前是喜欢黄毛的，现在生活上是离不开方嫂的，他不喜欢鸡飞狗跳地过日子，却不会跟老婆离婚——我还真不知道离开方嫂后的方正会是什么样子呢。

我安慰地拍拍他的肩："没事儿，嫂子就是刀子嘴豆腐心……我有机会劝劝她哦。"

他闭上嘴转身走去，走了三步，突然回头说：总有一天，我会逃开她的！

我当时以为他说的是气话，现在想起来那可能为此次出走埋下了"伏笔"。

其实我也有些畏方嫂，她指责起我总是一针见血，不留情面，满嘴嘲讽。可我总得见她，我把公司招待餐尽量安排在她的小酒店里，在那里我即便喝醉了，也会睡得踏实安心，就像睡在 901 家里那个小铁床上。有一回我在小酒店喝酒时，一家公司派人来找我要债，刀都横在我脖子上了，就是方嫂拿起厨房里的菜刀把那伙人赶跑的——其实，能在这世上找个安心的地儿未必是一件容易的事儿。

我没跟方嫂说起此事,不是怕她跟我翻脸,而是不想给她添一份内疚。我在来篁村寻找方正之前,去小酒店找过方嫂。她显然好久没有睡好觉了,眼圈黑得像熊猫。

我说:"方嫂,你莫着急,我会把他找回来的。"

她气鼓鼓地绷着脸:"你爱找就找,找不回来就拉倒,就让他死在外头好了!"

我想劝劝她,如果方正回来了,让她对他温柔些,可哼哧哈哧不知怎么说出口。

就在那时,一阵手机铃响,她慌乱地一把抓起手机,看了看来电显示,又扔到一边。我晓得她一直在等方正的电话,一直在等方正回来,只是要强地摆着脸而已。

我嘴角有些发干:"那个……方正在外面真的没有女人。"

她尖尖地刺我一眼:"你打小就扯屁聊谎的,你说的话我能信吗?"

我竖起手指:"真的,我向你发誓!"

她叹了口气:"其实我也晓得他不是那样的人,晓得他没有被你带坏,不是拈花惹草的人。"

我赔笑:"是,是的。"

"可是……他心里装着事儿,整天像在梦游……作为他老婆,我都不知他整天在想什么……我能不跟他吵吗?我吵吵闹闹,就是想把他从梦里闹醒!"

我不好再说什么,就起身告辞。

她看看我,从吧台拿出一顶帽子:"你把这顶帽子带上吧……这些年,他头发掉得厉害。"

我接过帽子,摸摸自己的秃头,走了出去。

那是一顶鸭舌帽,曾经是901工人们最爱戴的帽子,也是方正最爱戴的帽子,看来方正这次出走准备不充分,忘记随身携带那顶帽子了。

9

见到白雾谷老板时,我倏地想起忘记携带鸭舌帽了。

白雾谷老板迎面走来时,我瞳孔陡地放大了。他梳着大背头,挺着瘦长的身子,眼神亮得像雪。他的着装、神情与方正迥然不同,可眉眼太像方正了,而且也有一张鲶鱼嘴。我迟疑着,不敢贸然相认,我已经好几次认错人了,也许这里有很多人跟方正长得相似吧。我的手不自觉地摸向腰包,那里面有方正的照片。

白雾谷老板向我伸出了手,笑:"好久不见!"

我握住他的手,小心地回应:"好久不见,您是……?"

"我是方正啊!我晓得你到篁村来找我了,我在小火车上见过你。"

"真是你!你怎么变成……这个样子了?"

"你是问我怎么开发起白雾谷吧。"他灵活自如地转过身,眺向窗外的大湖:"这些年我把公司里的分红全用在这上面了!我打款出图纸,委托少时伙伴建起了这个景区。"

"那你……为什么要瞒着我,瞒着你老婆呢?这是个很好的投资项目啊。"

"我只是想自己干点事儿……这是我老家,年少时我很想离开这儿,现在又想回来了。"

我很生气:"你就算自己想单干,想回乡创业,也没必要跟我们玩失踪啊!"

他眉眼低了下来,又恢复成方正的模样,有些口吃:"不……我不是想欺瞒你们……其实,我回来是想找回自己。"

"找回自己?要找回那个少年的你吗?"

我想这并不奇怪,人有时想回到故乡回到童年,跟曾经的自己握手言欢。

"不……不……我要找的另一个自己……他早就溺水沉入这个大湖里了……可在901我总觉得他就在我心里,就在镜子里,就在我身边,跟我说话儿……我开发白雾谷就是为他做的,我现在只是暂时帮他打理一下……过些日子,我还会回901的。"

我心里一跳,方正心里果然一直藏着个人,那个人总出现在他的幻觉里,怪不得他那么孤僻,常常独自发呆,自言自语了,这不就是一种病吗?

大湖上白雾再次漫起,雾中传来一阵阵惊叫声。我已经过了好奇的年龄,早就见怪不怪了,可方正的话在我心里跳了许久。

后来,在那间三面飘窗的办公室里,方正说出了他的一个不愿示人的秘密。他说,其实他真的叫方正,不是方大顺,不是锅炉工的儿子,他少时就父母双亡了。锅炉工有个儿子叫方大顺,是他一起长大的玩伴,以前两人形影不离,就跟孪生兄弟似的。某个夏天的黄昏,他跟方大顺像往常一样到白雾谷的大湖里游泳,追逐湖面上的水鸭,可方大顺不知怎么就溺水身亡了。等长大后,村里人就让他冒名方大顺,以锅炉工儿子的身份去了901。那时乡村的孩子能到城里单位上班就跟鲤鱼跳龙门一样,是令人羡慕的事,他小时候就喜欢去岭上看飞驰的火车,当然愿意离开山村了。他以方大顺的身份来到901后,先觉得那儿就是个迷宫,后来就慢慢喜欢上了机车厂。他有时觉得自己是孤儿方正,有时觉得自己就是锅炉工儿子方大顺,甚至觉得方大顺溺水是自己杀死了另一个自己。他一直想回篁村找回自己,为另一个自己做点什么……听着听着,大湖上的雾就飘进我的脑瓜里,我分不清方正说的事是真实发生过,还是他的臆想,但肯定不是谎言。

我问他篁村和901他更喜欢哪儿,他说也许方正喜欢篁村、方大顺喜欢901。

我问他这里的白雾是不是真的能蚕食人的记忆,他说有时人需要一场雾。

我问他为什么要在山谷里开发"迷路的火车"游乐项目,他说901的火车迷路了。

白雾渐渐散去,我和方正站在飘窗前,看着大湖。我俩许久没有说话,仿佛一对羽毛褪去的大鸟。湖水真蓝,波澜不惊的湖面上投下山岭的倒影,偶尔一只水鸟掠过湖面,没有划出一丝水纹。

忽然,我听见白眉毛的声音:"你们看,那湖像不像一面大镜子?"

我惊回头看去,白眉毛不知什么时候进来的,正注视着我和方正。我没有应声,却听见满谷的鸟啼声响起——

(《小说月报·原创版》2021年第6期)

去吧，少年

米 可

1

这天清早，一个群山环抱的小镇，人们才刚踏出门，准备和新的一天相爱相杀，少年已用橡皮筋将19000元现金扎成捆，塞进斜挎包内，离开了自动取款机。

透过深色面罩，少年眺望农村信用社的大字招牌。那是第五笔，也是这单最后一笔取款任务。五个19000元，一共95000，少年可以提200元的劳务费，前提是必须在两小时内把钱取完。

戴上摩托头盔，蹬着二八大杠，车铃一路呼啸，就像俯冲轰炸机。小镇居民停下脚步，有的还指指点点，少年却心无旁骛。你在做一件非常严肃的事情。他这么告诉自己。少年本可以打开面罩，感受初夏的风，但他没有这样做。不要让别人看见你的脸。这是三舅的命令。

少年曾暗忖：再完成两单，你就可以从二手市场买一辆五羊踏板，125cc排量，到时便可以一单多取几次款，收入也能增加。可再多出的钱该怎么花，或是带母亲到市里面看病，又或是买一部可以玩"吃鸡"游戏的手机，少年还无暇细想。

绿灯变成红灯，一辆大众轿车缓缓停了下来。少年认得驾驶座上的胖警察，但副驾驶座上那个留了一抹小胡子的男人很面生。少年伸长脖子，看到小胡子手上攥着一个对讲机。

少年的心一沉。

红灯还有3秒。少年紧了紧斜挎包带，推着自行车，经过大众车头。胖警察摁响了喇叭。少年反倒停了下来。司机开始狂按喇叭。副驾驶座上的男人也探出头,要少年赶紧让开。男人说的是普通话。

少年退回到斑马线。大众车离开了,三辆车紧随其后,一同往山上驶去。望着车队越来越远,少年立即骑上自行车,掉头向山上的大顶村狂蹬。

少年心里盘算着,如果这支车队真是去大顶村,那他们一定会走前山的路。可是那条路昨天被落石堵了大半,现在还在疏通,他们必须再绕到后山去。你或许可以跑到他们前头去。少年这么告诉自己。

山高路远,少年没有片刻的松懈。临近目的地时,少年看到路边停着一辆又一辆轿车、面包车、大巴车,车头都朝向大顶村的方向。少年又一次紧了紧斜挎包背带,肩膀也随之越发沉重。少年本可以掉转车头,带着包里的五摞钱一路向下,先找一个地方藏好,等一切消停后,再去买摩托、买手机、带母亲看病。但这些想法根本没有出现在他的脑袋里,他只是憋着一口气,骑上最后一个大坡,停在村委会广场那群看热闹的村民后面。

广场中央,十来个戴着黑色头套的男女排成一排蹲在地上,双手抱着脑袋。一瞬间,少年的心变空,开始不知所措。与此同时,穿着制服的警察正将电脑、电话、手机、银行卡等物品摆在广场上。大众车上的那个小胡子在边上抽着烟,目光扫过围观的群众,然后停在了戴着头盔的少年身上。

看着小胡子便衣走过来,少年想跑,但不知道往哪里跑。小胡子用指关节敲了敲头盔,用普通话问,你是镇上拦车的那个?

少年没有承认,也没有否认。

小胡子一把拉开斜挎包的拉链,看到里面码放整齐的四摞人民币。小胡子笑了。

片刻沉默,少年松了口气,像是终于完成了某项任务。他摘下头盔,还没来得及抹一把汗,另一个黑色头套就套在了他脑袋上。头套有点歪,两个眼睛根本对不上孔,少年便索性闭上眼睛,心想:剩下的事情就和你无关了。

等了一刻钟,大巴车开到小广场,电信诈骗团伙成员被悉数押上了车。少年排在队伍末尾,他瞥了眼围观的人们。有记者在摄像,有女人在哭喊着丈夫的名字,还有人牵着牛,不闻不问地走向远处的菜畦。一直到他踏上大巴的那一刻,少年才看到了人群后面的母亲,扶着二八自行车的车把,四下张望。他的三舅就在站在边上,沉默不语。

大巴车在镇上的派出所外短暂停靠,少年被单独带下了车,胖警察和小胡子便衣正在一间办公室里等他。胖警察为他取下头套,解开手铐,还递过来一瓶矿泉水,笑着说,两个轱辘跑不过四个轱辘吧。

　　少年没有伸手接水。

　　胖警察板起脸:"你叫什么名字?多大岁数?"

　　胖警察又问:"你是车手吗?取过几次钱?是谁命令你取钱的?"

　　少年始终沉默以对。

　　小胡子拉过一把椅子,坐在少年面前,缓下语气,普通话字正腔圆:"不出卖朋友,在你看来,或许很英雄。但如果你连自己的名字和年龄都不说,我只能给你买一张飞机票,把你带去一个很远的地方,那里有看守所,有法院,或许你还得进监狱。我不知道你对这一切有没有概念,但我希望你明白我在说一件非常严肃的事情。"

　　在少年心里,保持沉默同样非常严肃,和誓言一样。

　　小胡子看着胖警察,两人一同出了屋,在门外窃窃私语。少年听到胖警察说起自己那个犯迷糊的母亲,迷糊到给少年上户口时随意报了个出生年月。

　　小胡子回到屋里,再一次问少年,你今年到底有没有满16周岁?

　　少年还是没有搭话。

　　最终,小胡子放弃努力,他拨了电话,要同事多买一张回程的飞机票。

　　临近傍晚,一行人被押到飞机场。过安检时,工作人员要少年摘掉头套,对着镜头。少年绷着脸,挺起了胸。为了不影响其他乘客,警察带着电诈分子提前登机,占据了最后几排位置。少年坐在中间,靠窗坐着的是小胡子。起飞瞬间,少年伸出胳膊,抵住了前排靠背。小胡子问,第一次坐飞机吧?现在正在爬升,过会儿就好了。

　　少年紧闭双眼,一边忍受着耳膜的鼓噪,一边想起被荒草掩盖的山路,想起洄游到湖里的草鱼,还有那些不知名的山歌,翻过一道道山麓,飘向云的方向。

　　小胡子拉开遮光板,如同打开了一道金色的门,少年不由得侧过脑袋。夕阳就在不远处,巨大、浑圆、温柔得像母亲的乳房。少年向上看,更高的天际披满了金色鳞甲,沉默得高贵;再向下看,乌云结成厚厚的痂,透过云,只能看到点点灯火,令人心凉。少年盯着那些灯火出了神。

小胡子说:"很美吧?"

少年看着他的眼睛,点了点头。

飞机落地后,一辆大巴把他们接上,驶了一段高速,最后抵达一处高门大院。院外是连片的庄稼地,除了近处一个长了四条腿的窝棚,大地上再没有任何的凸起。少年暗忖,到平原了。

穿过几道铁门,警察向电诈分子宣读了《犯罪嫌疑人权利义务告知书》,说明这是临时羁押区,所有人先在这里睡觉,睡不着的就好好想想自己犯了什么罪,有什么需要坦白的,等到明天上午会有人来提审。

抓他们的那拨警察走了,另一拨年龄更大的警察接管了他们:检查身体、录入信息,然后是拍照、按指纹、采集血样,最后给每人发了马甲。其他人的马甲都是黄色的,唯独少年的马甲是蓝色的。莫名其妙。等关进号房后,看到同屋的黄毛少年也穿着蓝色马甲,少年才明白蓝色代表着未成年人。

黄毛刚想围过来,就有声音警告:老实睡觉! 黄毛退回自己的床铺,故作老练地问:"你犯了啥事?"

少年看着黄毛,目不斜视。他不想流露出丝毫的畏惧,也不想显出半点的不屑。

黄毛摊开手:"我理解,来这里的人都说自己没罪,可管用吗? 不到24小时就全得招。"

少年保持着沉默,瞥了眼摄像头。

黄毛压低声音:"我明白了,你是不想让镜头后面的警察听见。要不这样,我来问,问对了,你就眨眨眼。"

接下来,黄毛分别说了杀人、强奸、抢劫、盗窃、诈骗等几个罪名,说到诈骗时,少年的眼皮颤了颤,却没有眨。黄毛站起身,背着手兜了好几圈,才突然说出"贩毒"这个词。少年犹豫了下,眨了眼。

黄毛激动地说:"看你的面相,就像住在山里面的,对不对? 对! 你一定是带货的,一手交钱,一手交货。"

少年想了想,觉得黄毛说的和自己做的大差不差,便点了点头。

黄毛感慨,怪不得这么淡定呢,原来是做大事的人。

少年的嘴角扯出了一个笑,随即又有些哀伤,他不知道还要多久才能离开这里。少年背过身子躺下了,黄毛却还在边上不停地说……

黄毛说的事情听起来很远,但一转念,似乎又都近在眼前。少年打了个哈欠,觉得这一天过得相当梦幻,他试图从中梳理点什么,但发生过的事情就像黄毛的喋喋不休,没有个重点。又一个哈欠后,少年沉入了那条被荒草掩埋的山路。

2

第二天清晨,吃过早餐,少年便等警察来提审。走廊上,看到同案犯们像服务员上菜一般挨个被带去审讯,少年的肚子开始不安地咕噜,但他始终忍着没有上厕所。一直到下午四点,少年才见到来提审他的小胡子。小胡子边上还坐了一位胖大妈,套了个花裙子。

小胡子介绍大妈是关心下一代工作委员会派来的,讯问未成年时需要监护人在场,因为少年的父母不在身边,所以就把大妈请了过来,做一个见证。

少年又默默地看了眼大妈。

小胡子问:"还是不打算开口?"

少年点点头。

"因为你是一个哑巴?"

少年摇摇头。

小胡子抱起胳膊:"我现在不想向你普及电信诈骗的危害,也不会预测你会收到什么样的量刑处罚。我只想问你一个问题,为什么直到现在才来提审你?"

少年摇了摇头。

"我看出来了,你年龄虽小,却是块硬骨头,硬骨头总得留到最后。可也正是因为硬,脑袋才像榆木疙瘩刻两个眼,不转圈儿。"

胖大妈皱了皱眉头，但没有提出异议。

小胡子接着说："你玩过一种叫作跑得快的扑克游戏吗，玩家不断给对方挖坑，让自己胜利逃亡。咱们统一收网、集中审讯也是一个跑得快的游戏。只有这样，你们这些电诈分子才会互相指认，甚至互相泼粪，以此减轻自己的罪行。"

胖大妈用指关节磕了磕桌面，表示对"泼粪"一词的不满。

小胡子抱歉地笑笑："当然，我不是教你当叛徒，更不是让你栽赃陷害别人。我只想让你知道，人是多面的，既有英雄的一面，也有小人的一面。当小人时，就不仅会诈骗那些陌生人，也会把身边的人往火坑里推。"小胡子拿起一沓辨认笔录，每张笔录上面都印有十二个头像，而属于少年的头像上都被按上了红色手印。

小胡子说："既然你不开口，我们就只能通过别人的供述来了解你的犯罪行为。除掉那些夸大不实的指认，我们已经明确你在团伙里的车手身份，一个最底层的从犯。你本可以在山里的派出所里坦白一切，我们也就不用费那么大劲把你带到这里来。但你什么都不说，结果搞成了这个局面，你难道不应该从中吸取什么教训吗？"

小胡子直勾勾地盯着少年，看得出来，他真心希望少年能够说些什么。

可少年最终还是沉默了，不是不尊重，更不是对抗，他只是在守着一份誓言。

小胡子叹口气："看来你真够硬的，但既然你选择玩成人的游戏，那你就要做好碰个鼻青眼肿的准备。"接下来，小胡子公事公办，让少年在一式三联的取保候审决定书上签名，一份办案单位留存，一份交给少年，最后一份交给关工委的胖大妈。——因为拿不出保证金，小胡子便请胖大妈做少年的保证人，确保他在案子审结前不再次犯罪。

接着是办出监手续。少年想和同监室的黄毛告个别，却被急着下班的管教催促着穿过一道道铁门，最后像是唾沫一样被高墙大院给吐了出来。夕阳西下，关工委的胖大妈站在一辆出租车前，招呼少年快点上车。

两人先是到了火车站，胖大妈给少年买了回家的火车票——明早9点发车，中转两次，次日十一点抵达。反复帮少年熟悉了三遍行程后，胖大妈又领着他到了售票厅边上的麦当劳,指着菜单上的图样让少年选。少年不肯选。大娘狠狠心,买了个全家桶,摆在桌子上,热气腾腾的,像一份危险的资产。少年还是不动手。

好吧,舍命陪君子。胖大妈往嘴里塞了一个鸡翅,边嚼边抱怨:"我可是有三高冠心病的。"

两人默默地吃了一阵,胖大妈从钱包里数了500块钱给少年,说这是他回家的路费。

少年接过钱,指了指火车票和全家桶,把其中的400元退给了胖大妈。

胖大妈明白少年的意思后,笑了。她默算了一下车票和饭钱的总额,又给少年找了15元钱。

饭后,胖大妈领着少年看了三家宾馆,要么是价格太高,要么是管理混乱。穿过过街天桥时,少年停在一个弹电子琴的老头面前。胖大妈靠着栏杆,借机歇了歇脚。一曲终了,少年往老头的碗里放了5元钱。

下天桥后,胖大妈偷偷告诉少年,老头的电子琴根本就没插电,音乐全是他屁股后面的小音箱里传出来的。少年看着大妈,一脸忧伤。胖大妈的心被戳了一下,觉得自己真多舌。下一秒,她便决定领少年回家凑合一晚上。就一晚上。

少年洗澡前,胖大妈的女儿打来视频电话,两人聊起了留宿少年的事情。少年把淋浴水量调大,遮住了客厅里的声音。浴室有一面镜子,抹去上面的水汽,少年可以看到身上成排的肋骨。再往下看,是几根蜷曲的绒毛。这些毛是春天长出来的,少年不知该拿它们怎么办,就像他不知道该拿当下怎么办。

客厅没了声音。少年擦干身体,换上准备好的衬衫短裤,又端着一盆洗好的旧衣服出了卫生间,正好撞见胖大妈将贴在一幅国画背板后的小塑料包揭下,包里面装的都是黄金首饰。少年怔了一下,慌忙逃去阳台晒衣服了。

等少年返回客厅,国画又回到了墙上,胖大妈说:"晚上你睡次卧吧。"

少年指了指沙发。

好吧。胖大妈进到主卧,想了想又说:"你是个陌生人,就像下午那个警察说的,有时候要当小人。"

少年点了点头。

胖大妈关上门,停了两秒,咔嗒一声,门从里面反锁上了。

3

当第一声鼾声从卧室传出时,少年起身,光着脚取走阳台的湿衣服,然后悄然离去。

少年并非感到了侮辱,也没有把火车票撕碎丢在客厅餐桌上。他只是觉得自己的存在让胖大妈有些尴尬。他不喜欢那种尴尬,所以才选择离开。或许一觉醒来,胖大妈会有些失落,有些不安,但少年相信,她会很快把自己给忘掉的。

出了楼栋,少年穿上鞋,四下张望。要去哪里,这是第一个要考虑的问题,但想了会儿,少年才意识到这个问题和那张火车票一样毫无意义。

一栋栋楼房就像老家层峦不绝的大山,一条条道路就像通往悬崖或村庄的秘径。少年从未被大山吞没,也没有被小径迷惑。少年开始信马由缰地走,于是,路灯成了秋千,将他的影子拖长、缩短、再拖长,然后交给下一盏路灯。

少年跑了起来,他希望摆脱这些路灯,却在蓦然间,迎面撞上了魁星阁。这座明代的石阁位于老城关中心,南来北往的道路汇集于此,形成一个环岛,孤零零地把它圈在了中央。少年默读了标识牌上的介绍,想起老家荒草滩里也有一座塔,没有名字,少年把它唤作"大老粗",是他和弟弟攀爬游戏的乐园。后来,弟弟不在了,他便独自躺在塔顶,眯起眼看上面刻的繁体字,一看能看大半天。

少年翻过护栏,看到石阁一层的大门是锁着的,便把湿衣服系在身上,把旧鞋子挂在脖上,朝手掌呸呸两口,先攀上了第一层的石柱,噌噌向上蹿了两把,钩住了一道石梁,吊着身子挪到梁的尽头,便到了最难的部分。少年沉一口气,猛地一跃,双手抱住阁楼一角,腹部撑住劲,一只脚已经钩住了瓦当。下一秒,少年便连手带脚在瓦片上飞驰,几秒后就翻到了二层的回廊上,轻轻一推,朱红色的木门便开了。

二楼的大厅空空如也,三楼、四楼、五楼也都是如此,一直到顶楼,少年才看到一尊小小的护法金刚站坐在地上，圆睁着双眼，像是在质问来犯之敌。少年来到回廊，绕着圈儿，极目远眺：北面笼罩在一片黑暗中，想必关押他的办案区也在那里。南面是摩天大楼的所在，愈向上便愈是熠熠生辉。东面和西面的景致区别不大，由高到低，由浓变淡，既像是城市的开篇，也像是城市的终章。

少年退回到塔内，蹲在那尊护法金刚前。黄毛说出狱后，一定要把衣服烧掉，去一去晦气。旧衣服还有些潮，少年耐心等待，一直等到月落星沉，等到整座城市的至暗时刻，他才掏出打火机把衣服点燃。

预想的那团火并没有升起来，倒是浓烟熏黑了护法金刚的脸，显得越发凶神恶煞。与此同时，楼下传来了笑声。少年探出脑袋，看到石阁下出早点的摊贩正和扫大街的清洁工打着招呼。

随后几天，少年以魁星阁为原点，从不同方向走进这座城市。那张火车票则一直揣在他的口袋里，上面家乡的名字会给他带来某种安全感，让他一点点窥探城市的秘密。

于是，眼睛变成了嘴巴，对所有看到的画面都狼吞虎咽；脑袋成了肠胃，努力消化思考那些陌生的景致。单从颜色来说，他明白那些穿着蓝色或黄色夹克骑手是给人送饭的，那些黑箱子、绿箱子和白箱子的三轮车是给人送货的。他也明白不同类别的垃圾应该放在红、黄、蓝不同颜色的桶里，很自然地，他又联想到穿着不同颜色的背心对应不同性别和年龄的犯人。

当街道的一切无法满足少年的好奇心时，他便开启了俯瞰的视角。有一天，少年搭乘直达电梯到达一栋大厦顶楼的观光平台。刚转过吧台，整座城市便踩在了他的脚下。

自那以后，少年便爱上了摩天大楼，总是想着法儿摸到大厦的顶楼，一次次俯瞰整座城市，如同国王巡视陌生的疆土。有时夜里，当他从魁星阁的青石板上醒来时，他便想起了那些摩天大楼。

少年时而走进地铁站。不管是走进地下瞬间迎面的浊风，还是列车抵近前的那阵疾风，抑或是车厢内循环着的，带有消毒水味道的凉风，都裹挟着无数的行人，钻进一个又一个幽深的黑洞。身处这些陌生乘客当中，少年并不觉得温暖，也不觉得孤单。他只是沉默着，或坐或站，随着车厢微微摇摆着身体,在幽深的地下守护好独属于自己的那份秘密。

最后一班地铁抵达城关时,已是夜里十一点一刻。少年还要再游荡会儿,直到小贩们全部散去,少年才会翻上魁星阁,开始一天唯一一次进食。虽然少年买的都是最便宜的食物,却也是花样翻新。他还在护法金刚塑像前摆一个苹果,但赶在苹果干瘪前吃进了肚子。

虽然剩的钱越来越少,但少年相信,既然这座城市送了座石阁给他住,那一定也不会让他饿死。就这样过了两周,在弹尽粮绝的那个午夜,一个卖烧饼的小贩请他帮着把电烤炉搬到三轮车上。活干完后,小贩用手指着魁星阁,问少年是不是住在上面。

接下来几天,魁星阁周边的商户们纷纷招呼少年干起了杂活,还会借机和少年攀谈两句。少年当然还是保持沉默。商户们便传言少年是个小哑巴。这反倒激起了大家的怜爱之心。

有家名叫"鲜果达人"的水果店老板试了少年几趟后,便把自己的小摩托借给少年,让他负责周边会员住户的水果速递。摩托是"五羊牌"的,排量要小一些。打着火的那一刻,少年的心随着车身一同颤了一下。毫无疑问,在那一刻,少年是幸福的。

但这种短暂的幸福又时常被紧张甚至是惊吓所打断。因为每次送货敲门时,就像是和未知的外星文明建立起一种连接。对方有男有女,有老有少。有人会塞给他一瓶矿泉水,或是一根冰棍,然后拍拍他的肩膀或脑袋;有人会请他到屋里坐坐,让他陪着看一集电视剧,或是现场表演一段瑜伽操;有人会把他直接拉到酒桌上,给他倒一杯洋酒。还有一家,每次都是一只金毛犬开门,当少年把水果放在玄关上时,金毛会递过来一只前爪,和少年郑重地握握手。

为了掩饰自己的紧张,少年从二手市场淘来一个摩托头盔。之后,当他再敲客户门时,他就戴着头盔,罩着面罩,就像一个蒙面劫匪。这为他省了不少事。等所有水果送完后,少年才会把面罩掀起,感受穿巷而过的风。有时他会走神,想起山里帮电诈团伙取钱的日子,想起爬高楼钻地铁的日子。少年的心,如同一个装了几块小石子的易拉罐,有些空,却不时地叮当作响。

就这样,一个没留意,巷子口窜出一个老头。少年虽然急刹住了车,老头还是一屁股坐在地上,扶着腰,哎哟起来。

4

少年合上面罩,盯着地上的老头。他听过"碰瓷"这个词,也确信没有撞到老头,但他又不知该怎样从中撇清关系。

与此同时,老头的哎哟声已经变成了咒骂,不过是对着那些看热闹的路人:"没长手啊,不知道扶我一下。"

路人只是笑着举起手机,并不多废话。

老头这才指着少年说:"别耍大牌了,先把头盔摘下来。"

面罩下,少年喘息着,呼出的水汽模糊了视线。他想起了小胡子警察关于小人挖坑的告诫。

看到少年没反应,老头从包里取出一个钟馗人像的面具戴上,骂骂咧咧着,别以为就你能装恐怖分子。

路人在边上哈哈大笑,老头嫌丢人了。

老头朝路人唾了一口,"我是在跟小子斗狠呢。"

一老一少像两个棋艺不佳的对手,只想防守,不思进攻,时间便随老头寻阴凉的屁股,一点点向前挪着。

最终,少年还是骑着摩托绝尘而去。老头站起身,躺在小卖部外的凉椅上接着等。半个小时后,少年步行回来,一手抱着头盔,一手捏着字条,上面写着:我带你去医院。

两人打车去了人民医院,开了全套心肝脾肺肾的检查单。缴费窗口前,老头把总价加了一下,得出个数,问少年,交得起钱吗。

少年摇摇头。

老头撕掉一个检查前列腺的单子问:"这次行了吗。"

少年还是摇摇头。

老头叹口气,从口袋里摸出一张医保卡,说了六位数密码,让他刷卡缴费。

抽血的小护士认得老头,她打趣道:"忍着点疼啊,别又把保安叫来了。"

老头讪笑着,撸起袖子,咬住了后槽牙。

检查完身体,两人打车回到老头住的四合院。少年想走,却想着还欠老头检查费。老头也不让少年离开,说是万一晚上一口痰出不来,翻白眼前没人招呼。老头又说一共花了2125块零8毛,抹去零头,按护理费一天100块算,管吃管住,少年得陪他三个礼拜。

少年知道老头是在胡搅蛮缠,但他既想不出拒绝的理由,也想不出更要紧的事,便默默扶着老头进了屋。老头要撒尿,两人便又一起进了卫生间。

马桶边上,老头说:"把扣子解了。"

少年看着老头,没明白什么意思。

老头不耐烦道:"大前门的扣子啊,我弯不下腰。"

少年解开老头的皮带,把他的裤子拉到腿弯。

老头骂:"耍流氓呢!"

少年没有理会。

老头降了音调,和少年商量:"行行好,小孩才这么尿尿呢。"

少年又弯下腰,刚拽着裤边往上拉,一泡没有任何章法的尿液便滋在马桶壁上,又星星点点地溅在少年的手背上。少年不知所措。老头倒先埋怨上了:"说是要检查前列腺吧,早就年久失修了。"说着,还用手扶着那只老鸟,上下左右抖了抖。

那一夜,老头一共小解了五次,大解了两次。少年隐约觉得老头在捉弄自己,但沉沉的睡意让他无法深究其中的原因。凌晨四点四十,老头坐在马桶上,告诉少年,他没法在拉屎的同时去尿尿,就像不能用鼻子吐气时用嘴吸气,完全是一个道理。

少年没有反应。

老头笑了:"我的意思是,一次只能做好一件事。"

天放亮后,少年看清了四合院的全貌。除了南侧三间可以住人,其他屋里都堆满了破烂杂物,单是各种酒瓶子就占了一整间屋子。闭上眼,少年仿佛听到那些酒瓶子在尖叫。

老头挂着拐杖,让少年陪他到老街转转。走在路上,不时有小摊小贩向老头打招呼。老头点点头,又用拐杖指了指少年,像是在展示新养的宠物。

两人在一家烩面馆解决了早餐。吃完饭,老板非但没有收钱,反倒是赔着笑脸给了老头5000块钱。老头边数钱边告诉少年:"这些商户都是我的租客,包括这条街的门面,还有街后面那栋五层小楼,全都是我的。"老头又说,"你会不会觉得很惊讶?原来坐在你面前的是个土豪,所以,你是不是也该对我客气一点?"

老头嘿嘿笑着:"或许你会觉得不公平,一个破老头,啥事也不干,光靠租金过逍遥的日子,而那些摊贩还得每天风里来雨里去。"

可这就是生活,这就是世界。老头从包里取出一个账本,找到烩面馆老板的名字,在下面打了个钩,然后把账本扔给少年:"今天是收租日,你带着这个账本,帮我把房租都收了。"

老头拄着拐杖,走得风风火火。少年看着账本,这样劝自己:"收租和送水果(包括给电诈团伙取钱)都是一回事,一手交钱,一手交货。"

少年先从沿街店铺开始收。因为老头已经带少年遛了一圈,店主们大多认识少年。即便还有少数陌生的,只要看到那个账本,也知道少年来是什么目的。总的来说,还算顺利。

收完店铺的租金,少年穿过巷子,来到四合院后面的那栋小楼。如果说那些开店铺的老板能把握自己的生活,小楼的住户中则多了许多城市的失败者。身子虚,火气就大。他们朝少年泼脏水,弹少年的脑袋。收不到几户后,少年便回到四合院,戴上摩托车头盔,却又碰上一个喝醉酒的租户,非要拿啤酒瓶试一试"防弹头盔"的厉害。

到了晚上,老头看完账本,骂道:"你个没用的家伙,不知道赖着不走啊?不知道一吵二尿三踹门啊?不知道剪人家网线,砸人家玻璃啊?"说完,老头打电话叫来五个小伙子,自己戴上了钟馗面具,拉着少年来到一家欠租户的门外。老头先用钥匙开了锁,小伙子们一拥而入,把屋里的电器和家具都被搬到了走廊上。一个涂了黑色口红的女孩哭了一阵,又骂了一阵,看没啥作用,便用塑料皮把家具电器罩住,拎着一包衣服离开。一条大金毛犬坐在门前,冲着女孩的背影瞪大了眼。

那一晚,老头带队赶走了7户租客,又给每一户重新换了锁。最后,老头还给那五个小伙子每人发了300块钱劳务费。回到四合院后,老头摘下面具,教训少年:"如果你白天把房租收了,我就不用掏那些劳务费,那些被赶走的住户也不会晚上睡大街。"

少年知道老头在把责任往他身上赖,就像上次碰瓷一样。

老头摇了摇钟馗面具："你以为我戴上这个,是去装坏人吗？错。我就是一个坏人,虽然,我也是一个好人。我是一个大人,可我也还是个小人。我想笑就笑,想闹就闹,一个人怎么可能就只有一面呢？你不是喜欢戴那个头盔吗？那个头盔就是你的一面,你最厌的一面。你应该龇起牙,把你最凶残的一面露出来。"说着,老头模仿野兽,怪叫了一声,张牙舞爪地进了屋。

少年没有进屋,他想着老头说的面具和头盔的比喻,隐约觉得和小胡子警察说的有些相似,也有点道理。但少年不想深究那些道理,他不想把日子过得太复杂。

5

伺候了几天,少年不得不承认,那一大堆检查单对老头或许是个交代,对于自己却像是把风筝的线头交给了对方,也因此失去自由。

这天早上,老头打发少年去银行给儿子汇款一万元。

出门时,少年习惯性地望向四合院后面那栋楼,看到那条大金毛还坐在塑料皮盖着的家具电器前,像是在等待涂着黑色口红的女主人。

到了银行,少年把钱递给柜员,又打开老头事先写好的字条,刚瞥了一眼收款账户和收款人,脑袋就蒙了一下。少年立刻在字条背面写下：不汇款了,把钱还给我。

回来的路上,少年揣着这一沓钱,像是揣了一个没有绑闹钟的定时炸弹。临近四合院时,少年又看到了那条大金毛,金毛身后的那堆家具已经不见了踪影。少年爬上楼,陪着大金毛一起空等。一直等到日过中午,少年才说出温习了几遍的话："你的任务完成了,你跟我走吧。"大金毛呜咽了一声,跟着少年下楼回到了四合院。

老头正弯腰盯着客厅桌面下的一张老照片,一个穿着警服的青年正向镜头敬礼。看到少年回来,老头扔过来一个手机,嚷嚷道："我还以为你卷款跑了呢,以后我给这个手机发短信,你要第一时间回复我。"

少年点了点头。

老头问："钱汇走了吗？汇款凭证呢？"

少年用手机键盘敲出两个字：扔了。

"扔了？"

少年努力站直，目光坚定，但越是这样，他的心就越虚。

老头转身进了卧室，回来时，又戴上了钟馗面具。他把鼻子凑到少年前胸后背嗅了半天才说："好吧，我相信你，下次一定要保存好！"

少年犹豫会儿，在手机上打出一行字："你给这个账户汇了几次款了？"

老头掐着腰道："我给儿子汇款，你关心个什么屁啊？接着，老头踢了一脚大金毛，你怎么把它带回来了？"

被老头一打岔，少年用手机回道："它的主人走了。"

"我这也不是收容所啊。"

少年低下头，双脚却一步也不挪。

老头摘下面具，摆摆手，好吧，多一个也不算多，反正我不管它死活。

少年打开堆杂物的房间，从里面翻出一个木箱子，又在箱底铺上一层旧毯子，接着把大金毛引导进了箱子。完成这一切，少年刚一转身，却看到老头在门边站着。"你是给它备床呢，还是备棺材呢？"老头笑着说，"你不知道吧，这条狗少说也有15岁了，换算成人的年龄，那得有105岁。"

这条金毛的确很老了，不仅下颌长了白胡子，满口的牙也掉了一半，啃不动骨头。少年便用肉汤泡了米饭，用勺子一口口喂给它吃。吃完后，金毛会连连打一阵嗝，看得少年心惊肉跳，生怕它被食物呛住了喉咙。

和少年一样，这条金毛从来也不吠叫。大多时候，它只是趴在院子中央，呆呆地看着门外一小方街面。看得倦了，金毛便闭上眼，肚皮也没了起伏，少年便用手指去探它的鼻息，感受它平静的呼吸。少年不禁想，若是按年龄算，这条狗和他弟弟的年龄相仿，但若是按照老头的换算，大金毛又算得上一位老人家。在15岁的高龄死去，对于狗来说，不知是一件幸福的事情，还是一件哀伤的事情。

看到少年把精力放在大金毛的身上，老头虽然有些不满，诅咒金毛早死早托生，但并没有太过刁难少年。毕竟对于自己交代的事情，少年总还能又快又好地办完。

魁星阁就在城关的中心，不管去哪里办事，常常转过一条巷子，便满眼是它庞大的身躯。特别是晚上，虽有楼宇遮挡，看不到它的模样，但仅从那片发光的云彩,少年便知道下面就是魁星阁。它像一个超大的发光磁铁,撩拨着少年的心。

到了周末,老头要少年陪他去城南湖玩一天,还特意强调把大金毛带着。湖面不大,水也不深,中央有一个沙岛,几艘脚踏船围着沙岛转圈圈。老头租了一艘小黄鸭,要少年做划手,他负责掌舵。船行到湖中央时,老头问少年:"你会游泳吗?"

少年摇摇头。

老头似笑非笑,突然拽住大金毛的爪子,把它掀出了船,少年随即也跳进了湖里。老头悠闲地看着他俩在水里挣扎了会儿,才踩着脚踏,慢慢靠近少年。少年却躲着他,搂着金毛的脖子,艰难地爬上了湖中央的沙洲。

老头的船靠不了岸,只能漂在几米外的水面上。老头说,要想学游泳,首先就得泡在水里面。

老头又说:"你个傻货,狗是会游泳的,根本不需要你救。"

少年转过身,屁股对着老头。

老头蹬着脚踏船绕到少年正面,"好吧,刚和你开玩笑呢,回船上吧。"

少年索性仰面躺在沙洲上,太阳晒得他睁不开眼,金毛也趴在边上,用舌头舔他的耳根。少年已经忘掉生老头的气,也不去想怎么再回到岸上,他只想享受现在的每一秒。

老头干等了会儿,骂骂咧咧地返回游船码头,劝住要去营救的船老板,说是孙子和他置气呢,晾上两个小时就好。太阳快落山时,老头才又蹬着脚踏船,再次靠近沙洲。晒了大半天,少年浑身上下油亮亮的,就差一根火柴把他给点着了。老头先扔给少年3瓶矿泉水,看着他咕嘟嘟喝完后,才说到饭点了。少年点点头,牵着金毛蹚水上了船。

晚餐是在湖边一家农家乐解决的。饭前,老头指着院里一只欢快的小羊羔说,这是我在农庄寄养的母羊生的,才五个月大。老头还鼓励少年拿玉米棒喂小羊,少年没有这么做,他猜想老头肯定又在捉弄他。

果然,晚饭临近结束,服务员端着一盘烤羊排摆在桌上。老头举起一根羊排,让少年猜这是小羊身上第几根肋骨。按照老头的剧本,少年或是该愤怒,或是该恶心。但少年只是默默地啃着羊排,骨头被咬得咔嚓响。老头笑了,他觉得自己低估少年了。

　　入夜,老头喝了半斤酒,早早地睡在农家乐的民宿里。少年牵着金毛到了院内,把从后堂要来的发糕放在地上,又在上面插了一根火柴,点燃。火光跳跃的瞬间,少年闭上了眼睛,试图回想弟弟生前的模样,然后为他许下生日的祝福。

　　火柴燃尽,少年收拾好心情,抬头看墨蓝色的苍穹,竟和老家的夜空一般澄澈。少年抚摸金毛的脑袋,想起这些天来警察、黄毛、胖大妈和老头试图告诉他的那些人生道理、社会法则,林林总总,就像那些不同形状、不同颜色的云彩,可云彩的上方,天空却还是那片天空。虽然脖子仰得有些酸痛,但少年的心却和天空一般宁静。

6

　　有时走在路上,看到前面有染黄发的,少年都会走快几步,看那是不是黄毛。作为陪他在这个城市度过第一夜的人,少年很想知道黄毛现在过得怎么样。

　　一次,几辆高头大马的改装摩托呼啸驶过,其中有个背影很像黄毛。刚替老头缴完电费的少年原地站住了。几分钟后,车队绕了个圈子,从少年的身后驶来。其中一辆摩托停在少年身边,车手摘掉头盔,还真是黄毛。

　　黄毛很兴奋,他拍了拍摩托车后座,让少年坐上来,接着带少年在城关兜了一圈,才来到城南的湖边,加入那些正在烧烤的伙伴。

　　黄毛给少年看了一份《治安警告处罚决定书》,说他只是跟在老大后面撑场子,没有拿家伙,更没有伤人。公安局给了他一个警告,就把他给放了。

　　黄毛问少年:"警察把你怎么着了?"

　　少年用手机打下四个字:取保候审。

　　黄毛叹口气,兄弟,你的事情还没完啊,没准还得抓回去坐牢。

　　少年点点头。

　　黄毛告诉少年,一定要把那个取保候审的手续收好,有了这个,大伙儿都会对他高看一眼。说着,黄毛便向大家介绍了少年,说他专门给毒贩们带货,认识很多真正的狠角色。

从那天起,黄毛便经常约少年一起出来玩。起先,黄毛惊讶于少年对于社交软件和网络游戏的陌生,但很快,黄毛便为自己找到了解释:毒贩嘛,肯定用最传统的联络方式,越少暴露自己越好。黄毛向少年求证。少年憋着笑,想向黄毛说明自己只是一个电信诈骗犯。但一转念,到底是怎么骗的,少年又无法说清。看到少年欲言又止,黄毛劝少年放松,这是城市,是法治社会,没那么多打打杀杀,要学会享受城市的美好。

黄毛带少年泡网吧、逛酒吧,吃喝玩乐都不需要黄毛买单。黄毛帮少年注册微信、微博账号,教他用这些账号和朋友们取得联系。黄毛还给少年下载了一个软件,在个人资料里面一顿浮夸后,还上传了几张照片。有一张是少年的取保候审决定书,还有一张显示少年坐在一辆红色敞篷的跑车驾驶座,大大的墨镜掩饰了少年的慌张。

根据"神器"的系统设置,软件主页上全是女孩的照片,琳琅满目得像是进了水果店。点开之后,手指向左划一下,便代表不感兴趣。向右划一下,系统便会自动加对方为好友,并把少年的资料和照片推送过去。晚上睡不着,少年忍不住打开"神器",向左划、向右划。然后,他看到了那个被老头从出租屋里赶走的,涂着黑色的口红的女青年。在昵称栏,女青年给自己填了一个"小姐姐"的网名。少年把小姐姐的照片拿给金毛看,金毛伸出前爪,扒拉着手机屏幕。少年翻看小姐姐网上动态,发现她经常去附近的一家奶茶店。少年便领着金毛,到这家奶茶店外面等。等到第三天,小姐姐出现了,外带了份双皮奶。少年牵着金毛跟在小姐姐后面,越是向前就越是心慌。转过两条巷子,小姐姐突然回头发问:"你干吗跟着我?"

少年一惊,指了指牵着的金毛。

小姐姐说,你就是那个把我赶出门的家伙。

少年连忙摇头,同时把狗绳递了出去。

"你想干吗?把我赶走还不够,还要把我的狗赶走?"

少年急得都快哭出来了,他用手机打出一行字:"我只是想想把它还给你。"

小姐姐狐疑地问:"你是哑巴吗?"

少年没有反应。

小姐姐说:"这不是我的狗,只是我经常给它吃的,它才和我亲一点。再说了,就算是我的狗,我不想要了,你凭什么把它硬塞给我?难道它把你咬了?"说着,小姐姐掀男孩的T恤下摆,作势要寻找伤口。少年连连退后几步。小姐姐接着说:"对了,你是暗恋本姐姐,但你不好意思说,才会牵条狗来跟踪我,对不对?"

小姐姐哈哈笑着,转身离开。少年跟了一段,一直到另一间出租屋门外。小姐姐又说:"有胆量就进来啊。"

少年原地杵着没动,小姐姐哼笑一声,消失在了门后。

那天晚上,少年失眠了。少年也曾暗恋过女孩儿,那感觉就像是绕操场跑了十圈,特别上头。但涂黑色口红的小姐姐已经不是女孩,她可以独自租房子,有许多爱慕者,或许还有一份养活自己的工作,这些都是成年人干的事。

小姐姐给了少年一种陌生的冲动,黏糊糊、滑溜溜,很难抓住,或许不小心,还会被她给吞进肚子。可也正是这种危险感,让少年忍不住在"神器"上手指右划,给她发去了好友申请。后半夜,少年从春梦中醒来,看了眼手机,发现对方居然通过申请,还邀请他晚上七点到出租屋小聚。

老头看到少年白天一副思春的模样,便派他去整理账簿,每整理好一本,便交老头审核一本,结果检查出许多错误。老头拉下脸训斥少年,少年却还在痴痴地笑,惹得老头也想笑。挨到晚上,少年正要出门,老头把他喊住,给他的头发抹发胶,给他的腋窝里喷香水,还让他穿上衬衫西裤。打扮齐整后,老头把少年推出门,一辆滴滴叫来的商务车正在门外候着。

坐在车上,少年感到一万个不自在。发胶、香水就像金色的松脂,豪华轿车就像系了蝴蝶结的礼品盒,一层又一层把他包裹成了个琥珀。可不管怎么光鲜灿烂,他们考虑过被困住的小虫子的感受吗?

到达目的地后,少年下了车,却被司机喊住。司机打开电动尾门,那只满眼疲惫的大金毛正蜷缩在后备厢里。少年的脑袋又一次蒙了。

看到少年这副打扮,涂黑色口红的小姐姐先是一惊,才哈哈笑出了声,拽着少年的衣领,把他拉进屋。这是一个单间,电视柜上除了化妆品,就只有一个米老鼠样式的摄像头。一张双人床占据了屋子的中央,床的背景墙上贴了整面的3D立体画。床边还有一幅帘子,一个简易的衣橱藏在帘子后面,白色的文胸搭在衣橱顶上。

少年赶忙把视线收了回来,听到小姐姐在说:"放松点,别紧张。"说着,小姐姐躲进了帘子后面,窸窣一阵后,再出来时,已变身成一只衣不蔽体,却蒙着口罩的白色狐妖。少年后退一步,被趴在地上的金毛绊了一跤,后脑勺磕在了门上。

狐妖对着米老鼠摄像头说:"这是一个傻乎乎的小哑巴。"说完,她把少年扶起来,又一把将他推倒在床上,开始解少年的衬衫扣子。

少年只觉得血往涌,全身似被封住了穴位。

狐妖弯下腰问:"这是你想要的爱情吗?"

少年瞪大了眼睛,看见藏在小姐姐眉梢末端的黑痣。母亲也有这么一颗黑痣。少年喊道:"不,不要!"他的身体急着往后退。那条金毛像是得到了命令,也跳到床上,横在了这对年轻男女之间。

面对金毛的獠牙,狐妖松垮着变回了人样,她嘟囔道:"原来你会说话啊。"

少年紧闭双唇,躲回自己的世界。

小姐姐扔了一支眉笔过来。少年犹豫片刻,用眉笔在纸上写下:"我想我妈了。"

小姐姐哼笑一下,然后鼻子抽了抽,忍住了哭。叹口气,小姐姐接着说:"不要把我想成坏人,我也是第一次直播这事,我得还债。"

帘子再次被拉开,少年看到一台笔记本电脑,屏幕上显示"主播已离线"五个字。小姐姐往身上裹了一件睡裙,对少年命令道:"你走吧,带着你的狗,不要再来找我。"

少年坐在床上没有动弹,他对这样结束还没做好心理准备。

小姐姐没好气地说:"你还想怎样?向你道歉,然后重新开始,爱上对方或者彼此恨上一辈子。"说着,小姐姐拽着狗绳,把金毛拖到了门外。少年护着狗,也跟着出了屋子。小姐姐最后说道:"你知道什么是爱吗?知道什么是恨吗?"说完,她便关上了门。

少年站了会儿,他或许不知道爱,也不知道恨,但他能体会到难过,他替这个涂黑色口红的女青年难过。当他还在忧伤中无法自拔时,那辆送少年来的商务车已经在巷口摁响了喇叭。

7

少年没有坐车,而是固执地牵着狗,步行回到了四合院内。

老头正端坐在堂屋,戴着那副钟馗面具。

少年当着面给老头发短信:"你怎么知道我要和她见面的?"

老头倒也不回避,指着少年的手机说:"我得弄清楚你到底在想什么啊。"

少年又发短信:"你知道那女孩是干吗的?"

老头嘿嘿一笑:"当然,进她屋的男人可不少,我来算算,你是今年的第几个啊?"

少年压着内心的怒火,接着发短信:"为什么?"

当然是好玩呗!

少年拼命摇头,表示不相信老头的说法。

老头说:"好吧,就是给你生动的上一课啊,教你什么是爱,什么是恨。"

少年捂着耳朵,跑进了屋里,把塞在枕头里的那一万元汇款取了出来,连同手机一同放在老头的桌上,随即便跑出了屋。老头也是迟疑了一下,再想追时,少年已经出了院门,消失没影了。

少年一直往前跑,虽然并没有一个目的地,却还是很快撞见了魁星阁。少年没有犹豫,他翻过围栏,拽着横梁,身子打了个摆,便翻到二楼的瓦当上。一分钟后,他又一次见到了那个被他熏黑脸的护法金刚。少年躺在青石砖地面上,感受着一种沁人的冰凉,他的脑子也随之平静下来。他试图理解小姐姐口中的爱与恨,努力领会老头演绎的人生道理和社会法则,还有费力记住小胡子向他宣读的犯罪嫌疑人权利与义务。少年想得头疼,他不明白,为什么他在城市遇到的人都要向他灌输这样或那样的道理。

又是一个黎明,少年刚从魁星阁翻下,骑着摩托车的水果店的老板便问他,不在老头那住了?

少年点点头。

老板叹口气,骑着摩托车走了。

少年接着往前走,烩面馆的女老板招呼少年进店,给他端了碗面,也问少年:"怎么,和老头闹别扭了?"

少年闷头吃面,心想消息怎么传得这么快。

也真难为你了。女老板笑着,给他递了一支笔和一张餐巾纸。

少年在餐巾纸上写下:"他怎么了?"

女老板一边给少年剥茶叶蛋,一边说:"老头有弟兄三个,他排行老三。"弟兄三虽然穷,脑子却很灵光。老大和老二在外面打工,赚到钱就寄给老三,由老三在家盖房子,往大了盖,往高了盖,结果就积攒下这一条街的商铺和那栋五层的楼房。只不过弟兄仁的命也不好,遗传老年痴呆,老大已经死了,老二也全靠人在护理着。只剩下老三,也就是这个老头每月收着租金,供养着老大和老二一家。当然,老头也一直焦虑地等着老年痴呆找上门的那天,所以脾气才坏得狠。

少年又写道:"他没老婆和孩子吗?"

女老板说:"他老婆看上个没钱的小白脸,在富贵和爱情间,最终选择了爱情。他还有个儿子,原来是警察,后来有一次在外面抓罪犯,遇到山体滑坡,连人带车都被埋了,到现在也没找到尸体。"

少年耳朵一轰,突然想起客厅桌面下那张穿着警服的男青年的老照片。

女老板还在说,后来有媒体记者采访老头,让他说一说儿子是怎么舍小家保大家的,结果被老头泼一桶屎尿,嚷嚷自己儿子只是和他闹了别扭,躲到外面不愿意回来了。

从烩面馆离开后,少年开始漫无目的地游荡。此时正值早市,人来人往非常热闹。但越是热闹,少年就越发感到一种彻骨的孤独。他想起老头要他给儿子汇款的事情,他不知道老头是真的相信儿子闹别扭躲了起来,还是用那一万元钱保存聊以自慰的希望。少年唯一确定的是,作为参与诈骗的一员,他欠老头的已不止是那些被骗的钱财,还有某种更沉重的东西。

想到此,少年停止游荡,跑回到四合院外。或许是听到了响动,门槛上坐着的老头抬起头,只一秒,失落的眼神里便泛起了泪花。

8

黄毛给少年提供了一份工作,工作内容是帮着公司清债,同事是那些在网吧、歌吧里一起耍的伙伴。少年隐约觉得这份工作有问题,正在犹豫不决时,黄毛的一句话让少年下定决心,他说这份工作就是督促欠债人履行自己的职责。是的,正是职责这两个字打动了少年。

因为职责,少年才回到了老头身边,一边照顾起他的生活,一边努力理解那些人生的道理和社会规则。也是因为职责,少年才默许了黄毛让他把头发染成了绿色,在脖子上文了文身,又在鼻翼上扎了鼻环,末了,还给他挑了一套打满铆钉的夹克。

如黄毛所保证的,他们不会采取暴力手段,只是借着晚饭团聚时刻,敲开债户的门,换上鞋套,在客厅的沙发坐成一排,将那份贷款合同摆在茶几上。黄毛告诉少年要保持冷酷,一酷到底。但在一个又一个陌生的家庭中,少年还是不由得走神,他有时会看镜子中的大伙,红橙黄蓝的头发,就像是一排不同口味的芬达。有时他还会瞟屋里的陈设,阳台挂着的衣服,地上趴的小狗。小狗凑过来,少年还会摸摸它的脑袋,被黄毛用眼神紧急制止。

黄毛是清债小组组长,这样的小组公司有十来支。作为组长,黄毛不仅把清债看成了一份工作,更把它当成了一份荣誉和责任。他始终强调大伙儿是一个团队,要发挥"吃鸡"高度专注、互相照应的精神,绝对不能有人拖后腿。就连公司团建活动,黄毛也要带领大家勇争第一。活动结束后,神秘嘉宾亲自给黄毛颁奖,少年举起手机,拍下了这一荣耀的瞬间。

少年没有把自己在做的事情告诉老头,每次工作结束,他都会换掉"工作服",摘下鼻环,再把衬衫的衣领立得高高的,遮住脖颈上的文身,最后用鸭舌帽压住一头绿发。老头当然不会对这一切眼花到视而不见,但老头偏偏啥也不说。自从少年那晚把汇款还给老头,真相的薄纸就已被捅破,但另一种无言的隔阂却也随着真相而树立起来。

少年也想打破这层隔阂。在一桌吃面的时候,他也凝视老头额前的白发,想从中读点什么出来。老头便抬头问他:"你想对我说什么?"

入夜后,少年的脑子发乱,睡不着觉。蓦然间,他意识到自己开始思考未来了,思考那种遥远的,充满着不确定性的城市,以及城市的规则、角色和种种故事的开始与结束。这种思绪的漫游给他带来一种深浅不一的虚空和麻痹,却也使他忘却了当下显而易见的危险。

事情始于一次直播事件。那是清债小组第五次到一户人家登门讨债。男主人照例跳窗逃跑，只丢下老婆、女儿还有一只猫在家里。黄毛也是急了，把小女孩怀里的那只猫给绑了，带回到公司开了直播，威胁男人当晚若是不还钱，就把小猫就地正法，让女儿恨爸爸一辈子。少年不知道绑架一只猫违不违法，但黄毛的这种做法让他难以接受，他上前劝阻，被几个同伙推出了屋子。少年一急，拉下了公司的电闸，又挨了一顿臭骂，被轰出了公司。望着楼上亮灯的办公室，报警的念头在他的脑海里一闪而过，但一想起那份取保候审决定书，少年只得深深地叹了一口气。

在直播平台，此次事件像是一个导火索，把公安局一直暗地侦查的公司涉嫌套路贷犯罪公之于众，引起了一片哗然。第二天，少年来到公司，想办理辞职手续，却看到一排闪着警灯的警车停在公司楼下。警察们正端着一箱箱合同、文书和票据下楼，过了一会儿，十几个带着黑色头套的人员也被警察押解下楼，推上警车。

少年在这群警察当中寻找小胡子的身影，他希望也有一个小胡子警察能把自己带走。但找了一圈，他只发现一个有些面熟的警察。想了一会儿，他断定这个警察和压在老头客厅桌面下那张照片里男青年是同一个人。

警察走后，少年有些失落，他正想着要不要追去公安局，把自己干得坏事都说清楚，却被黄毛拉到边上的巷子里，要他把给公司团建拍的照片全部删掉。少年蓦然想起那个给黄毛颁奖的神秘嘉宾。少年不懂得说谎，只是不住地摇头。黄毛用手去摸少年的口袋。少年往后躲闪着，一直退到墙根，才将黄毛推开，跑出巷子，只留下黄毛在后面喊："你个傻子，我们是兄弟！我们是团队啊！"

少年不管不顾地往前跑，好像每向前一步，都是在逃离那个窝藏了电信诈骗团伙的大顶村。跑了一阵，黄毛发来一段视频。只见那条大金毛被硬拖上了三轮车。末了，黄毛警告少年：赶紧把手机交出来，否则会让这条老狗死得比那只猫更难看。

少年心头一紧，立刻掉头，却撞见了神色匆匆的老头。老头说："刚才有一群小子把那条老狗抢走了，是不是你得罪什么人了？"老头又说，"你别冲动啊，赶紧报警。"少年一边指着手机上的时间一边摆手，接着便跑开了。只丢下老头在后面追喊："我错了，全是我的错，一切都是假的，都是安排好的……"

9

　　黄毛把少年约到城关外的一家报废汽车拆解厂。远远地，少年看到一个同伙在门外张望。少年把手机关机，扔进了路边的垃圾桶。

　　院子三面被各种汽车躯壳和零件堆满，仅剩的一面被防洪的大涧沟横断，由于沟里正在清污作业，几十年的污浊被重新翻出来，臭烘烘地压迫着所有人的神经。

　　黄毛坐在一辆报废的桑塔纳车顶，俯瞰着少年："怎么，回头是岸了？"

　　少年摇头，目光在寻找那条老金毛。

　　黄毛说："别找了，你只要把手机交出来，我就把那条狗还给你。"

　　少年摊开双臂，几个同伙便将少年全身上下摸了个遍。黄毛又拨打了少年的手机，语音提示关机。黄毛跳下车顶，来到少年身前："你可知道，给我们颁奖的才是公司真正的老板。如果我们保护了他，那我们以后将会平步青云、前程似锦、荣华富贵……"黄毛停了停，像是找不到更好的成语，便冷下脸说："如果那张照片到了警察那里，那不仅是老板倒霉，我们更会被当成叛徒，没有出头之日了。"黄毛的指头已经戳在了少年的鼻尖，"你不想当叛徒吧？"

　　少年只是摇摇头，没有更多的表示。

　　黄毛对少年说："要不打一架，要是你的金毛赢了，那你就可以带它离开，要是金毛输了……输了怎么办呢？"黄毛一时间脑袋短路了，倒是牵狗的同伙接话道："输了就会被咬死，那都怪你不交出手机。"

　　话音刚落，一条斗牛梗就突然挣脱了牵引，满院子狂奔，牵狗的同伙一吓，松开了另外两条狗。牵着金毛的也撒了手，随着大伙儿一起爬上了车顶。三条斗牛梗狂奔了一阵，终于摆脱了嘴套，开始向畏缩在墙角的了金毛发起了攻击。金毛跑了几步，眼见着摆脱不过，便朝三个小矮个子哮吠起来。斗牛梗连声都不吭一声，直接向金毛的前腿和脖颈发起了攻击。

　　车顶上，少年反手抓住黄毛的肩膀，使劲地摇晃，要他和手下约束住那三条斗牛梗。黄毛也慌了神，一阵胡乱命令后，同伙没有一个人敢跳下那个生死场。眼见着金毛再次被逼到了死角，少年只觉脑袋发蒙，仿佛看到了在地上疼得滚来滚去的弟弟。少年用拳头敲了敲太阳穴,然后在报废车上抽出两个雨刮器,跳到了斗牛梗面前,用力挥舞手里的塑料兵器。

两条斗牛梗稍一后退,便又扑了上来,一节节咬断了雨刮器,而另一条斗牛梗则迂回到少年侧肋,把他撞翻在地。少年刚起身,三条狗就都扑了过来。身后,黄毛开始尖叫:"报警,赶紧报警啊,要出人命了啊!"

黄毛的尖叫已经毫无意义,那些无处不在的獠牙构成了一圈陨石带,冲击着少年的肉体,而身后,那条老金毛也冲了出来,护在了少年的身前。

少年醒来时,发现自己正躺在病床上,那个小胡子警察站在他的床边。他是向我来宣布死刑的吗?少年恍惚会儿,瞥见床头柜上的手机,他伸出手,看到手背被尖牙撕裂的伤口。少年想起发生了什么。

小胡子说:"不要乱动,伤口得慢慢愈合。"

少年没有理会,还是伸手去拿手机。

所有人都被抓了,包括那个幕后的老板。

少年圆瞪着双眼,希望小胡子能读懂他的关切。

小胡子哦了一声,那条金毛伤得很重,你的房东老头把它带去了宠物医院治疗,目前已经过了危险期。

小胡子转过身,招了招手,老头和关工委的胖大妈一起来到了床边。两位老人家都垂着脑袋,像是犯了错的学生。少年等着他们说出真相。

沉默许久,老头鼓起了勇气,是这位关工委的女士找到我,说她是你取保候审的保证人,但你从她家里跑了出来,会不安全,便让我想法子把你收留到家里。于是,我编了自己被电信诈骗,还有儿子牺牲的谎言,让你一直陪在我的身边,保证你在取保候审期间不出事。

少年的目光在两位老人的脸上逡巡,看得老头有些不好意思,便用胳膊肘拐了拐胖大妈的水桶腰:"说到底,这也是我的同伙。"

那不是因为你演技好吗?胖大妈嘟囔一句,又羞赧道,"我和老头在处对象,所以他才答应了我这个请求,没想到他还真入戏了,你别生我们气啊。"

少年想笑,是那种最由衷的笑,就像小时候他和弟弟,还有其他玩伴们玩过家家时才有的百分百的欢乐。

老头像是获得了大赦,将一个崭新的摩托车头盔和两把摩托车钥匙留在床头。胖大妈说:"算一个小礼物吧,以后出院了,头盔可以遮掩一下伤口。"

少年本想拒绝老头,但他不想老头难过,便点了点头。

10

所有人走后,少年在想,为什么揭穿谎言的那一刻,他居然会笑。想了许久,他明白过来,不管是小胡子的法律课堂,还是老头和胖大妈的善意谎言,都是源于对自己的关心和爱。少年甚至不恨黄毛,也不恨涂黑色口红的小姐姐,至少他们在遭遇困境时,都会诚实地面对一切。当然,对于生活,少年也从来不会骗自己。

接下来的日子,老头和胖大妈轮流到医院照料少年,护士们都夸这对爷爷奶奶真是疼孙子。在少年面前,老头虽然还是一副罪不可赦的模样,但两只眼睛却偷偷活泛起来。少年猜想老头又开始计划什么了。

五天后,小胡子来医院履行解除取保候审手续。小胡子告知少年,他参与的电信诈骗案件已经起诉到了法院,由于少年不满16周岁,而且在案件中属于从犯,罪行轻微,检察院最终做出了不予起诉的决定,这也就意味着,少年获得了法律意义上的自由。

告知完毕,少年从床头柜里取出几张纸,上面写的都是他在电信诈骗和套路贷团伙中的所作所为。

小胡子扫了一眼,把纸对折塞进了口袋,接着问少年:"出院后打算去哪里?"

少年摇了摇头。

小胡子又问:"会回到老头那里吗?"

少年耸耸肩。

小胡子故作叹气:"给个面子,和我说句话呗。"

少年咧嘴笑了。

出院那天清早,趁着老头和胖大妈还没赶到,少年的三舅溜进了病房。

见到这位远方的不速之客,少年有些猝不及防。三舅先是打探了一番案情,看到少年沉默以对,便又一次说起了那段往事。三舅说:"这一切都怨你爸,要不是他当年抛家弃子,你妈也不会迷糊地错把农药当成咳嗽水喂给了你弟弟,造成你弟弟中毒身亡。当然,你为了不揭发你妈,面对来调查的警察,你像哑巴一样一个字也没吐。"

说着,三舅开始帮着少年收拾行李。父亲走后,他和母亲的家都是由三舅来当,之前车手的活也是三舅给介绍的。看着三舅雷厉风行的样子,少年仿佛又回到了山里的那个老家,那个让他无力自拔的地方。十分钟后,三舅已经领着少年离开了病房。临走前,少年把老头送他的那个头盔戴在了头上。

两人离开住院部大楼,穿过中央广场,快到门诊部时,少年说要上厕所。三舅让少年快一点,便在厕所外边抽烟边等少年。一根烟抽完,少年还没从厕所出来,三舅正狐疑时,两个便衣警察已经一左一右钳住了他的胳膊。被押上警车前,三舅瞥见少年正昂首挺胸地走出医院大门。三舅嘴巴张着,半天说不出话来。

按照少年的指认,小胡子和同事把在逃的电诈分子抓获后,再想寻少年,却也是找不见了人影。打手机也是关机。小胡子调取了医院及周边的监控视频,发现少年先是步行,然后又乘了公交车,再之后就消失在了午间放学的学生潮中。

小胡子给老头打了电话,说他不用去医院了,少年已经自己出了院。老头立即喊上关工委的胖大妈,在老城关寻找少年的踪迹。老头还发了朋友圈,发动所有租户商贩帮着找,找到了减免一个月房租。可直到天擦黑,连条有关少年下落的线索都还没有。此时,魁星阁下的小贩们开始出摊,老头灵机一动,想着少年没准在和自己玩躲猫猫,正在石阁上面看自己瞎忙乎。

在小胡子警察和管理部门沟通后,老头获准进到魁星阁里,一层层爬到顶楼,看到端坐在青石砖上的护法金刚。有趣的是,护法金刚的脑袋上正扣着老头送给他的那个摩托车头盔。老头怔了会儿,笑了,他明白过来:少年已经不再需要头盔去遮掩什么了。

喧嚣的夏天终于过去了,老头开始把那条老金毛牵出来遛,带它熟悉自己地盘里的商铺和租户。两个老家伙走得都很慢。有时,金毛会突然停下脚步，鼻子向前凑着，像是嗅到了熟人的气味。与此同时，一辆辆摩托车、电瓶车和自行车从老头的身后飞速超过。老头看着这些背影，却一次也没看到他们的正脸。老头相信，那个不说话的少年很有可能就在其中。或许某一天，少年会掉转车头，和老头打个招呼。想到此，老头由衷地笑出了声。

(《小说月报·原创版》2021年第7期)

要 脸

丁 力

1

吴冶平当初投资林中，一个重要的考量是他认为林中是个要脸的人。多年的特区历练让吴冶平相信，任何投资都是有风险的，对任何项目的投资最终都落实为对人的投资，最失败的投资莫过于把资金投给一个不要脸的人，而吴冶平相信林中是个要脸的人，所以他对林中的投资不会成为最失败的投资。吴冶平要求不高，只要不是"最失败"就行。好比你在二级市场买卖股票，股价涨涨跌跌在所难免，但至少要保证你买的股票不被退市或摘牌。后来的发展也似乎验证了吴冶平的判断，从2010年至2019年的十年合作中，潮起潮落风云变幻，但总体上算下来，林中给吴冶平的资金回报率是每月两个点，一年24%，十年下来，即使不算复利，投资回报也超过240%，还不算成功吗？所以，当2020年林中的资金链断裂突然无法继续支付资金回报时，吴冶平也波澜不惊，该怎么生活仍然怎么生活，该怎么面对仍然怎么面对。

走司法途径是免不了的，不是吴冶平真打算通过打官司讨回本金，而是做出一个姿态，否则，夫人安慧和大姨子安聪还以为他是和林中合伙骗她们呢。

既然不打算讨回本金，吴冶平就不打算为打官司再投入一分钱，用他对老婆的话说，就是至少不要再扩大损失。

老婆迅速理解并赞同吴冶平的观点，这也是他们夫妇在动荡的环境中维持婚姻稳定的重要因素。安慧虽然强势，但大事不糊涂，不像前妻虽然温柔但重大问题分不清轻重，在老家那样安稳的环境中，老婆的温柔贤惠很重要,在特区这般沸腾的氛围下,夫人大事不糊涂能与丈夫保持一致更重要。由于夫妻二人达成共识,所以他们很快找到一家专门做司法投资的公司签约。

　　这就是深圳的好处,一切从市场出发,只要市场有这种需求,就一定能找到对应的服务,像司法投资这样的机构,内地许多人可能连听都没有听说过,在深圳却能非常方便地找到。机构老板司徒先生是个香港人,出面的却是内地人欧阳律师。特殊时期,深港往返受阻,吴冶平自始至终都没见过该机构实际控制人司徒先生,以至于他怀疑香港老板是否真实存在。不是他生性多疑,而是他之前有个专门做 ISO 认证的朋友,明明是他同乡安徽人,机构却打出"港资"旗号。这个无所谓,只要能把事情办成,管你打什么旗号。

　　既然吴冶平不打算再投入一分钱,那么打官司的前期费用只能由司法投资方全部承担,包括诉讼费、律师费、资产保全费等等,所谓司法投资,含义在此。作为回报,双方约定追讨回款的 30% 归司法投资方。协议之所以顺利达成,是因受托方从风险代理的角度考量,30% 的提成比例高于行规,但委托方吴冶平安慧夫妇则认为,官司即便能赢,被告也没钱给。还是那句话,林中是个要脸的人,他要是有钱,肯定会按时甚至提前按月支付吴冶平夫妇的利息,绝不会走上打官司这条路,既然官司赢了被告也没钱给,不如给"司法投资"方更高的提成比例,以充分调动受托方的积极性并促成委托协议顺利签订。

　　虽然是夫妻,但毕竟是半路夫妻,结婚的时候就说好,小钱不分你我,大钱各自独立。所谓"大钱",包括房子、车子、投资等等,借钱给林中是一种投资行为,当然属于"大钱"。林中分别从他们夫妇二人手上借的,各自打了借条,所以如今要打官司,自然是分别起诉。除了他们二人,还有安慧的姐姐安聪,三个人加起来总借款接近两千万,也就是说,司徒先生司法投资十几万或几十万元,可能收回几百万元,这样的生意当然可做。

　　吴冶平的案子很快了结,因为他很好说话,主张庭外和解,并且条件由对方开。吴冶平特意告诉欧阳律师,无论对方开出什么条件,都不要拒绝,先告诉我,我来决定是否达成和解。结果,林中的委托律师提出借款总额减半,放弃偿还过期利息,每月偿还本金一万的和解方案。吴冶平立刻同意,并让欧阳律师咬住对方不松口,在法官的见证下立刻签订具有法律意义的和解协议,案子迅速了结。

据说司徒先生对这个和解结果非常不满意,他对欧阳律师说:"我投资几万,你每月才收回三千,我赚什么钱?"

欧阳心里说:"每月收回三千,一年就是三万六,你不就已经收回成本了吗?后面的十几年等于坐收纯利还不知足?"但嘴上却回答:"双方当事人意愿一致,我有什么办法?"

老婆安慧也说吴冶平傻,本金砍半还分二十二个月给?他能活二十年吗?吴冶平心里想,我当初借给他四百多万,已经拿回利息一千万了,能再坚持二十年每月给一万就不错了,你还想怎样?做任何事情,不能只算你自己的账,也要替对方算算账。但他嘴上却回答安慧:"万一我先走了,林中的每月一万归你。"见老婆没笑,又补充说,"林中是个要脸的人,不会耍赖的。"

表面是怎么算账的问题,实质是心态问题,甚至是做人标准问题。在安慧、安聪看来,十年来林中虽然支付了她们超过本金两倍的利息,但本金却一分钱没还,她们现在追讨的是本金,吴冶平本金腰斩,剩下的一半还每月只偿还一万,接受这样的调解,不等于脑子撞到车厢盖上了吗?再则,虽说林中支付了高额的利息,但当初如果她们不投资林中,而投资房产,回报是多少?就说吴冶平吧,当初为了投资林中,总共卖了三套房,倘若这三套房子不卖,现在至少值两千多万!算上林中前后总共支付给吴冶平一千万回报,现在即便一次性把本金全部退给吴冶平,他也至少吃亏五百万!

吴冶平的回答是:"这不能怪林中,只能怪深圳的房价涨得太快,假如同期深圳的房价没涨,或只略微上涨一点,我不是赚了吗?"

"可事实是房价涨了十倍啊!"夫人安慧强势回应。

"那还是不能怪林中,"吴冶平说,"只怪房价涨得太快。假如我知道房价这样涨,别说林中喊我'大哥',他就是喊我'爸爸',我也不会把房子卖了投资他。"

安慧不作声了。

吴冶平继续开导:"假如我那三套房子不卖,也不会有后面买的这两套房子,所以实事求是地说,要说吃亏,最多只吃亏一套房子,而不能说吃亏三套,况且吃亏的原因是房价上涨太快,不能怪林中。"

安慧似乎想通了,决定与丈夫保持一致,也愿意与林中达成和解,但不接受本金腰斩的方案。凭什么？能不要利息分月偿还就相当不错了，干吗腰斩本金？

道理虽对，却执行不下去。

林中始终未出面，一切由他的委托律师周旋，律师估计也有提成，所以很卖力，想着既然吴冶平接受本金腰斩每月一万的方案，那么他老婆就该按此办理，于是，双方久久未能达成和解。其间，吴冶平已经连续数月收到林中每月的一万，他没耽搁，立刻按协议支付给司法投资方三千元，于是司徒先生也转变观念，认为达成这样的和解方案也不错，指示欧阳律师与吴冶平一起做安慧的工作。

吴冶平不想掺和夫人的事情，经验告诉他，掺和老婆的事情是标准的吃力不讨好，但又担心拖久了法官直接宣判，即便是对原告有利的宣判，也起到对双方都不利的效果。因为林中不是骗子，他是实在无力偿还，硬判的结果必然是强制执行，那等于是宣判林中的企业死刑，而林中的企业死了，吴冶平的每月一万元就泡汤了，三败俱伤，何必呢？

林中使用了一个新号码给吴冶平打电话，让大哥做做嫂子的工作。吴冶平回答："可以，但人与人不一样，你不能指望她和我一样同意本金减半的和解方案。"

"你知道的，"吴冶平说，"我们虽然是夫妻，但毕竟不是原配，我们的经济是各自独立的。"

"知道知道。"林中说。

"再说安慧很强势，"吴冶平说，"她一直认为自己比我聪明。不是聪明一点，而是聪明许多。"

"知道知道。"林中仍然这么说。

"所以，"吴冶平最后说，"工作我一直在做，同时我也想做做你的工作，对你嫂子不要抱着和我一样的腰斩想法，实际一点。"

林中给出新的调解方案，安慧总共借给林中三百万元，要么腰斩，但每月支付给安慧的不是一万，而是两万，要么按照两百万每月一万。

吴冶平不理解林中为什么提出一百五十万每月两万的方案，他担心林中的支付能力。吴冶平相信林中是个要脸的人，不到山穷水尽是不会走上打官司地步的，既然山穷水尽，哪里还能保证安慧的每月两万？再说，同样是腰斩，吴冶平的基数还大一些，凭什么每月给安慧两万而只给他每月一万？吴冶平不是攀比或嫉妒，而是忽然理解林中这么要脸的人从事那么好的行业还会走到山穷水尽，说到底是做人出了问题。你看他对吴冶平、安慧夫妇债务的和解方案，这不是谁好讲话欺负谁吗？无论是做生意还是做人，哪能这样？多荒唐！

2

林中的工厂是生产芯片的。

当然不是14纳米芯片或28纳米芯片，而是压敏电阻芯片。但毕竟是芯片，符合国家产业扶持政策，做得好，公司真的可以上市。吴冶平当初就是冲着上市才卖了三套房子投资给林中的，并且他的举动最终影响了老婆安慧和大姨子安聪，让林中的工厂上了前道。有了前道，林中的工厂就正式跻身芯片行业期待上市了。

起初林中是一家台湾工厂的销售总监，掌握订单后，出来自己干，但因资金不足，只勉强上了一条"后道"生产线，也就是买来别人生产的芯片，涂上氧化银，再还原成表面银膜，然后在银膜上焊接接口，最后在外面包裹环氧树脂保护层，打上型号和商标出厂。

第一次交往是在新阶联，林中获悉吴冶平本科学的是有色金属冶炼，研究生才学的经济，因此他在各地冶炼厂都有同学或校友，林中想拜托吴冶平帮忙与氧化银涂浆的生产企业建立联系，直接从工厂拿货，降低成本。这对吴冶平来说是举手之劳的事，毕竟，他这是帮同学或校友推销产品呢。可是，林中却像接受了很大的恩惠，请吴冶平吃饭，给吴冶平送礼，甚至给吴冶平派红包，让吴冶平顿时产生一种得了便宜又卖了乖的感觉。今日回头看，这可能是林中的策略，为了求你办一件很大的事，先故意求你办一件很小的事，却给你很大的感谢，让你相信他是一个知恩图报甚至小恩大报的人，大到你反过来觉得欠了他的人情，这时候，他才提出自己真正希望求你办的大事，你就无法轻易拒绝了。

吴冶平他们这代人遵循一个基本的做人原则，就是无功不受禄，滴水之恩当涌泉相报。总之，得了别人好处或占了别人便宜就于心不安，就要想办法报答或偿还对方。在这种背景下,吴冶平不得不主动关心林中工厂的情况,目的是看还有什么方面和哪些地方能继续给他帮助与关照。

林中显得受宠若惊,口口声声说"感谢大哥的关心",末了,说干脆这样吧,哪天大哥方便,我请您到工厂看看,当面向大哥讨教。

吴冶平听了想笑,我向你打听你工厂情况,怎么变成你向我"讨教"了呢?但去工厂看看倒是可以的,毕竟百闻不如一见,一座工厂的情况单凭几句话说不清楚,如果详细说,不如直接到工厂看看。

林中按最高规格接待吴冶平。亲自从深圳把吴冶平接到惠州的工厂,带着他从写字楼到生产车间,从原料到生产再到装配,最后到包装和出厂,仔仔细细看到位讲清楚。自始至终,林中亲自陪同,小心翼翼,给厂里工人和管理者的印象,吴冶平不仅是林中的"大哥",更是企业的"后台老板"。

参观结束,林中在台商俱乐部设宴款待吴冶平,并坦言:"托以前台湾老板的福,该俱乐部还继续把我当'台商',但这个资源我平常舍不得用,今天大哥来了,才偶尔动用一下。"

吴冶平很感动,心想:"我只不过帮你介绍了一两家氧化银浆液的生产厂,能节省多少成本?用不着这么隆重和恭敬吧?"

酒过三巡,吴冶平主动问林中:"还有什么需要大哥出力的,说。"

林中诚惶诚恐,很不好意思地挤出两个字:"资金。"

吴冶平顿时哑了。他不是银行行长,管不了贷款。就算他是银行行长,贷款也不是随便给的。

但现在不是讨论这个的时候,吴冶平让林中说具体一点。既然来了,看了,吃了,起码得把情况弄清楚,即便自己不能直接帮忙,遇上合适的机会也可以为林中牵线搭桥。这是吴冶平他们这代人的做人原则。

林中显然是有准备的,他仿佛就等着吴冶平这样问,所以,这时候回答得很有条理。

从眼下看,林中说,他的钱全部投入设备了,缺少流动资金,只能"有多少流动资金做多大生意",因此看着订单不能做,生产线不能满负荷运转,严重制约了企业的运转与发展。从长期看,只做后道的压敏电阻产品相当于"代工厂",赚不了多少钱,本行业真正赚钱的是前道,也就是压敏电阻芯片的生产。所以,资金问题将是长期困扰企业发展的大问题。

"是我把问题想简单了,"林中检讨说,"考虑问题不周。以为行业好,只要手上掌握订单,就没问题了,没想到现在是这个结果。"

吴冶平安慰林中,说任何企业都要经历这个阶段,资金问题不是他一个人碰到的难题,所以并不是他的错。

"我太冒险啦。"林中继续检讨。

"做企业哪有不冒险的?"吴冶平继续安慰说,"白手起家的老板都是敢于冒险的。我甚至以为,企业家的第一精神就是敢于冒险的精神,不敢冒险,哪里能成为企业家?"

"但我也太冒险啦。"林中仍然检讨。

吴冶平开始为林中想办法。

"向亲戚朋友借呢?"吴冶平问。

林中回答:"不瞒大哥,就是这个后道生产线,我也是找亲戚朋友老乡同学借钱才勉强上马的,现在流动资金缺乏,再借实在不好意思开口了。"

"除了亲戚朋友,还有其他途径吗?比如新阶联……"

说到这里,吴冶平忽然理解林中为什么拜他为"大哥"了,因为他是新阶联副主席。

可能是林中误解了,吴冶平想,以为新阶联主席团成员都是大老板,没想到其中还有他这个"笔杆子",或者林中并没有误解,知道吴冶平并不是大老板,但毕竟也是副主席,自己没钱,但至少可以利用副主席的身份和职位优势介绍新阶联内真正的大老板给林中。这也是有可能的,吴冶平相信,如果行业确实好,林中手上又有订单,别说借款,就是投资都有人干,而投资是不需要支付利息的,对林中的企业发展更有利。

吴冶平决定回去之后再打听打听,探探新阶联内部几个有实力却没有进入主席团的非公经济人士代表的口气,看他们对林中所做的这个压敏电阻芯片行业的看法,以及对借钱或投资入股的兴趣。

3

新阶联的全称是新的社会阶层联合会。吴冶平作为有一定社会影响力的"自由学者",那一年参加市委统战部组织的一个学习班,其间有人找他谈话，希望他加入无党派联盟。吴冶平觉得奇怪，既然都无党派了，还联盟干什么？回答是希望加强与自由职业人士的联系。吴冶平说那就应该成立一个自由职业者联盟，并说如今的自由职业者群体非常庞大，包括自由作家、自由评论人、自由撰稿人、网络写手、网评人士、独立律师、独立会计师、独立投资人、独立艺人、独立经纪人等等。意见反映上去，上面很重视，当时的市委统战部副部长专门找吴冶平单独征求意见，希望他把想法说得再具体一点。吴冶平就说，改革开放以来，中国产生许多新兴行业，除了自由职业者之外，还有小企业主、私营企业的高级管理人员、专利发明人、海归创客、专门做股票期货比特币的独立投资人等等，有些相当有实力却不属于工商联。因此，吴冶平向副部长建议，在八个民主党派和全国工商联及无党派联盟之外，应该再专门为这些有影响的人士成立一个新阶层联盟，以适应新形势下统战工作新发展的需要。副部长对吴冶平的意见很重视，并把他的意见写进报告向上级汇报，没想到与上级的想法不谋而合，所以，当深圳作为全国的试点率先成立新的社会阶层联合会的时候，副部长力推吴冶平担任主席，说他是"对这个组织认识最清楚的人"，但吴冶平推辞了。不是他谦虚，而是他觉得自己没这个实力，不说别的，就说筹备期间临时开个会议，吴冶平连场地都提供不了，这个主席还怎么当？所以他建议副部长找一位有一定实力的非公经济人士担任新阶联主席，他最多只适合担任副主席或秘书长。经慎重且务实考虑，副部长采纳了吴冶平的建议，在有实力并热衷公益事业的非公经济人士中挑选了一位主席，吴冶平出任副主席兼秘书长。从惠州回来后，吴冶平就打算利用这个平台所掌握的资源，为林中的工厂寻找资金出路牵线搭桥。

　　吴冶平很快打听出压敏电阻芯片确实很有前景，当时正在搞"村村亮"，用的都是LED灯，每一盏LED路灯至少要用四个压敏电阻，因此未来几年需求缺口巨大，也有几个非公经济人士愿意介入，但不是借钱，而是入股。吴冶平赶快安排林中过来面谈，并带着他们到林中的惠州工厂考察，似乎很有诚意。吴冶平以为大功即将告成了，可一谈到实际问题立刻陷入僵局，因为双方在股权问题上分歧巨大。

　　双方当着吴冶平的面进行初步评估与匡算，若开发前道芯片生产，至少还要再投入一千万，而原先林中的"后道"投入才一百多万，并且他实在再也拿不出钱了,也就是说,按照"股份制",林中在新企业内只能占10%左右,沦为小股东。对此,林中坚决不接受。吴冶平做工作,林中说:"如果那样,我就重新变回'打工的'了,与自己当初从台资厂辞职出来创业的初衷背道而驰,不行,坚决不行。"

虽然林中态度坚决,似毫无余地,吴冶平却并没有放弃,显示出他作为一个协调者的耐心与韧性。

吴冶平继续做双方的工作,努力寻找双方的共同点。最后,双方果然在两点上达成共识:第一,压敏电阻芯片项目确实很有前景,也符合国家的产业扶持政策,做得好,很有可能公司上市;第二,双方都希望吴冶平自己也出资,哪怕吴冶平投入很少一点资金,占很少一点股份,双方都拥戴吴冶平出任公司董事长,因为双方都信任吴冶平,并认为吴冶平新阶联副主席的身份有助于公司上市。

吴冶平当然不会接受。不是不愿意出资,而是不愿意出任董事长,因为这与他当年下海的初衷不一致。当年吴冶平在经济研究所当研究生的时候,写了一本《新经济新思维》。可因为他当时资历浅,还属于"学生"辈,所以这本书虽然在外影响巨大,但在研究所内部却遭到强烈的抵制与排斥研究所实在待不下去了,只能"下海"。但在办理正式调动的时候,又遭遇原单位扣着档案不放的窘境吴冶平一怒之下,愤然放弃"调干",甘当"自由人",开始"自由学者"和独立投资的生涯。其间遭遇的挫折就不说了,但好歹他当年预言的"新经济"获得广泛而深入的实践,他自己的"新思维"也有充分的用武之地。经过二十多年打拼,终于熬成所谓"著名学者",经常在各企事业单位和电视上做报告开讲座,产生一定的影响力,成为统战的关注对象,当选新阶联副主席,并拥有一定的个人财富。但是,他不愿意成为任何公司的董事长,因为一旦当上董事长,他就既不"独立"也不"自由"了,所以,对谈判双方的共同建议,吴冶平毫无保留地断然拒绝。如此,双方的合作最终未能达成。

吴冶平很愧疚,白白折腾了林中一番。可林中却丝毫没有责怪吴冶平的意思,他仍然喊吴冶平"大哥",仍然十分感谢吴冶平,甚至,干脆请吴冶平做他的企业顾问,按月给吴冶平发顾问费。这让吴冶平怎么受得了?激情之下,他拿出自己的闲钱十万元,资助林中应急。林中却正儿八经写了借条,附上自己的身份证和企业营业执照的复印件,以他本人和公司的双重担保向吴冶平借款。吴冶平说不用,真的不用,不就是十万块钱吗?兄弟一场,不至于吧?林中说,我这是遵守大哥在《新经济新思维》一书中的教诲,在市场经济背景下,一切按契约办事,双方共同遵守契约,合作才能长久。

林中抬出吴冶平的著作,并引用他著作中的观点作为自己行为的依据,让吴冶平无话可说,只能接受林中的借条。至于后来怎么一步步演变成吴冶平把自己的房子卖了投资林中,则与他老婆安慧参与进来有关。

4

吴冶平的前妻和他是一个研究所的,并且他前妻的父母也在研究所工作。关于他撰写《新经济新思维》这件事,前妻从头到尾都知道并参与其中。因为当时电脑并未普及,吴冶平的书稿是前妻帮他用仿宋体誊抄的。可是,当吴冶平因此事成了研究所的"千古罪人"并连累到前妻和她父母之后,前妻又埋怨起吴冶平。这让当时孤立无援的吴冶平很生气,觉得前妻没有立场、不可理喻。最后,当吴冶平不得不"下海"时,前妻也没有跟随他,而是说等他站稳脚跟她才带着儿子来。可什么叫站稳脚跟呢?正式调动不可能,因为研究所极不配合;挣大钱当大老板更不可能,因为吴冶平没这个野心也无这个胆量。他似乎只适合做一名"文人",迫于生存的需要偶尔做一点小投资,也多半是验证自己的理论、证明自己的判断。如此,吴冶平就一直没有达到前妻所设定的"站稳脚跟"的要求,长期分居,最终离婚。

今天回过头看,他们的离婚真不怪前妻,吴冶平当初在研究所的出格行为,不仅让他自己在单位无法立身,也给他前妻和岳父岳母造成很大的麻烦和伤害,但当年吴冶平可不这么认为。当年他认为前妻不明事理且大事糊涂,既然我出版著作的事他前妻前因后果都清楚,就不该在他受到别人排挤时埋怨他;既然他前妻同意我"下海",就该跟他走,而不必等到他"站稳脚跟"才来。总之,当时吴冶平年轻,还没有学会站在对方的立场和角度思考问题,一切思维以自己为原点,所以当前妻提出离婚后,吴冶平欣然接受,并同意儿子的监护权归前妻。许多年之后,当他理解自己当初对前妻、对孩子、对前妻的父母造成的巨大伤害而想弥补时,一切都晚了,甚至,当吴冶平已经成名而"荣归故里"回原单位参加学术研讨会时,两位前导师都摒弃前嫌公开认吴冶平是他们得意门生的时候,前妻仍然拒绝让他见儿子。当他见到前岳父依然按以往的习惯叫"爸"时,竟遭对方当众拒绝与斥责。

这些吴冶平都认了,认为是自己的罪有应得。唯一无法释怀的是,儿子不原谅他,不接受他,而他为了这个儿子,和安慧结婚后没再生孩子。吴冶平理解儿子对他的恨,可一切无法挽回。

吴冶平和安慧结合的直接原因是他们碰巧是同一家集团公司的顾问。吴冶平是该集团的经济顾问,安慧是集团的法律顾问。两位顾问一男一女,且一个未婚一个离异,最后走到一起貌似必然。

两人在价值观上也有许多相似之处。他们都喜欢自由,都不敢承担太大的风险。吴冶平就不说了,当年因原单位不配合而完成不了"调干"进入不了体制内所以不得不当"自由学者",而安慧并没有这个限制,却也没有加盟任何一家律师事务所而甘当企业法律顾问。

吴冶平曾经询问过安慧为什么走这条路?安慧的回答是:给企业当法律顾问有固定工资,加盟律师事务所不但没有工资,还要向事务所交钱。

啊?是这样的呀?安慧不说,吴冶平真不知道。他疑惑,既然如此,为什么那么多学法律的人都热衷当律师却很少有人选择做企业法律顾问呢?

安慧回答:"可能做律师挣大钱的机会多吧。但我觉得自己作为一个女人,不必为了挣钱而把自己搞得那么紧张,承担那么大压力。我这样当企业法律顾问不是蛮好吗?"

是。吴冶平看安慧确实过得蛮好。都说当代人压力太大,可仔细一想,这些压力大多数是自己造成的,尤其是女人,对于一个长得还算漂亮、受过良好教育的女性,如果不攀比,小富即安,像安慧这样只做一名企业法律顾问而不去当律师,哪里有多大压力呢?

两人在生儿育女的态度上也不谋而合。安慧认为自己三十多了,一生孩子耽误几年就超过四十,而女人一过四十,即使外表不老,心也老了,为了一个不知是男是女也不知是聪明是傻更不知将来是否孝顺的孩子,搭上自己一辈子太不合算。而吴冶平则想着反正自己和前妻有一个儿子,安慧如果愿意生他积极配合,不想生他也不反对。如此,他们在领证之前就商量好不生孩子且"小钱不分,大钱AA"的生活方式。

虽然AA,但借钱给林中十万的事吴冶平还是给安慧打了招呼。不是征得她同意,而是体现互相尊重。

安慧一开始并未在意,毕竟他们AA,况且十万元对一个中产家庭来说并不是什么大事,何况老公原本就是学经济的,投资是他生活的一部分,十万元借给林中,只当是一种投资罢了。

月底,林中登门,送来两千元分红和一大堆礼品。

吴冶平看着一大堆礼品,忽然理解林中的两千元为什么不从账上转而一定要亲自登门奉送了,原来是借机送礼。

他认为大可不必,吴冶平对林中说:"我们是这么好的兄弟,干吗一定要'送礼'呢?"

"应该,应该。"林中谦卑地说,"大哥这么帮我,还自己掏钱让我扩大生产,不送礼不足以表达我的感谢之情。"

"十万元能扩大多少生产啊,"吴冶平说,"你这样又给利息又送礼,自己还有没有得赚啊?"

"有得赚,有得赚。"林中说,"不瞒大哥,我这种生意,只要接单就至少能赚纯利四个点,给大哥两个点,我还剩两个点,我和大哥一人一半。"

"那你还送礼呢?"吴冶平指着一大堆礼品说。

"是这样,"林中说,"开工厂,有些成本是固定的,不管产量多大,房租和人工工资都是那么多,所以,大哥借我十万让我扩大生产,虽然只让我赚四千元,但扩大的这部分摊薄了固定成本,因此即便把四千元全给大哥,我实际上还是赚了。"

这样啊! 看来真是理论在基层、实践出真知啊! 同时吴冶平心里想,既然如此,我是不是该再给林中十万呢?

想了,但吴冶平当时并没有说,更没有这么做。他想到"冲动是魔鬼",打算等林中走后,他与夫人商量商量再说不迟。是对夫人的尊重,更相信女人比男人冷静。

其实安慧当时就在家,只是躲在里屋没出来罢了。在吴冶平和安慧的家,除非是来亲戚或他们共同的朋友,否则,像林中这样工作关系上的朋友,谁的朋友谁出面,另一个可以躲在书房或衣帽间里不出来。

林中一走,安慧立刻出现,查看林中都送了什么礼品。

在那天林中送的一堆礼物中,最值钱的是一套化妆品,而且恰好是安慧喜欢的牌子,以至于吴冶平事后想,那天林中的造访醉翁之意在夫人。

为显示自己大度,吴冶平把林中给的两千元现金与一大堆礼品放在一起,任夫人挑。安慧显然不是那种浅薄的女人,至少表面上不贪财,她没有拿那份分红,只拿了那套化妆品,并且当场拆开,立刻往手背上抹,仿佛是检验产品的真伪。

"你都听见了?"吴冶平问。

安慧没有立刻回答,继续检验化妆品。

"我打算再借给他十万,你看怎么样?"吴冶平又问。

安慧这才放下手中的化妆品,没好气地说:"你只想到你自己,好事情怎么没想到我?"

"这算好事情吗?"吴冶平真的不敢确定。

"不是好事情你干吗还想借?"安慧反问。

"盛情难却啊。"吴冶平说,"你看看,两个的点,还这一大堆礼物,像是我帮了他天大的忙。"

"确实是你帮了他的忙啊。"安慧说。

"是吗?"吴冶平像是问安慧,更像是问自己。

"当然,"安慧说,"他刚才不是说了吗,不扩大生产,房租还是那么多,你借钱给他扩大生产,产生利润不说,至少为他摊薄了房租成本。"

"这个你也听见了?"吴冶平惊叹地问。

"喊。"安慧嘴一撇。

"那么,"吴冶平问,"你也打算借钱给他?"

"先去他厂里看看再说,"安慧说,"如果他借钱确实是投资工厂,用于扩大生产,可以考虑。"

5

为表达自己的诚意和信任,那天和安慧谈论这件事之后,吴冶平又再给林中打过去十万。林中立刻回电话,说太感谢大哥啦!雪中送炭!感谢!万分感谢!并表示马上过来,把借条当面送给大哥。

吴冶平回答不必,反正过两天他要带他夫人再去工厂看看。

林中立刻表示欢迎,随时欢迎,热烈欢迎!

"是这样,"吴冶平说,"关于借钱给你扩大生产的事,我对安慧说了,她并未表示反对,还提出要去工厂看看。我想啊,或许她自己也想支持你一些,她手上的闲钱好像比我多。"

"太好啦!"林中激动地说,"感谢大哥!谢谢!谢谢大哥!"

过两日吴冶平带着安慧去惠州的工厂,林中自然拿出更大的劲头盛情接待,但话里话外,主要谈论他想上"前道"的事,说前道压敏电阻芯片的生产才是这个行业的核心和真正赚钱的部分,说如果上了"前道",企业就迈进芯片行业了,不仅立刻享受许多重点扶持政策和政府补贴,而且只要规模达到每年五千万,就可申请上市。

听得吴冶平有些激动,但夫人安慧却始终面无表情,似表示不相信。

吴冶平对林中说:"先不谈前道和将来上市的事,就说你眼下这条生产线,要达到满负荷生产,还需要多少流动资金?"

林中回答越多越好。

安慧皱了一下眉头。

吴冶平说:"总得有个数吧,订单太大了,你这条生产线也完成不了啊。"

"一百万,"林中说,"再有资金一百万,我这条生产线就能达到满负荷生产。"

"每月能产生利润多少?"吴冶平又问。

"二十万。"林中回答,"后道的利润率不高,只有20%,如果上前道,生产芯片的毛利60%,纯利达到40%。"

吴冶平忍不住笑了一下,不是高兴,而是笑林中念念不忘"前道"和芯片。安慧却一如既往,脸上没表情。

回到深圳,吴冶平没问安慧的看法,她主动对吴冶平说自己最近买了一份保险,总计一百万,已经交了三十万,还剩七十万,今天去工厂看了并仔细听了林中的介绍,忽然发现买保险不如投资他的工厂保险,且收益相差许多。

"可你已经交了三十万了呀。"吴冶平说。

"那没关系,"安慧说,"保险有一个月的反悔期。"

吴冶平略微想了想,说:"不必反悔,你跟他们说,就买三十万的保险,剩下的七十万资金另有安排,不买了,他们如果说可以,就这样;如果刁难,则'反悔',连付出去的三十万也要回来。"

安慧没说话,似接受了吴冶平的建议。这是她的特点,吴冶平无论给安慧多好多重要的建议,她都当面不表达接受和任何感谢,只是背后悄悄地照着吴冶平的建议去做。这点她似乎与林中相反,林中是只要吴冶平给他建议,哪怕是不成熟的建议,他都摆出醍醐灌顶的样子欣然接受,还说感谢,至于背后到底是不是照办就不一定了。吴冶平发现人的性格无所谓好坏,林中的性格让人舒服,安慧的性格却更可靠。人说性格决定命运,其实性格也与职业有关系,不同的性格适合不同的职业,或者反过来说,不同的职业也筛选和培养不同的性格。比如林中这种性格,非常适合做销售,而安慧的性格则更适合做律师或企业法律顾问。吴冶平这时候给出安慧"不必反悔"的建议,是对林中的看法有所保留,他担心安慧退了保险借钱给林中将来万一后悔会责怪他,所以这时候吴冶平问安慧:"你真的相信林中所说的话?"

安慧回答:"当然不全信。"

"那你还打算借那么多钱给他?"吴冶平问。

"第一是他热情,"安慧说,"我不是说他对我们热情,而是对工作和事业充满热情。如今这么热衷于创业做事业的人不多,他能这样精神饱满很难得;再说,他既然对我们这么热情,那么对客户也一定热情,这一点对他的事业发展很重要。"

吴冶平点头,赞同夫人对林中的分析与评价。

"第二,他搞的这个产品确实很有前景,"安慧接着说,"我已经上网查了,压敏电阻市场确实很大,前道芯片确实属于国家重点扶持范围,做得好,做上规模,确实可以上市。"

吴冶平大幅度点头。

"第三,"安慧继续说,"国家形势这么好,经济发展这么快,我们俩过去都太保守了,小富即安,不思进取。上个月我回贵阳,发现许多同学发展得都比我好,而我们在深圳,他们以前都羡慕我甚至仰视我,这次回去才发现,我们落伍了,严重落伍了!"

"所以……"吴冶平欲言又止。

"所以我打算先投一百万试试,看他达到满负荷生产后是什么状况,如果确实如他所说,或基本差不多,我们干脆再投资一千万,帮他建立前道芯片生产线,实现企业上市。不好吗?"

吴冶平点头,说:"好是好,可我们有一千万吗?"

"我们没有,"安慧说,"但安聪有啊。到时候我们可以拉上安聪一起投资,有了她的投资,不仅能解决资金问题,而且对林中的约束更有把握。"

吴冶平这次没点头也没说话,因为他一直小心翼翼地躲着安慧的姐姐安聪,不想被别人说他沾连襟的光,更不想接受对方的居高临下。吴冶平不喜欢与这类人交往甚密,而一旦把大姨子安聪也拉进来,就必然经常接触,每次都接受对方的"平易近人"不好受,更不需要,所以吴冶平需要认真思考,权衡利弊。

6

安慧的一百万借给林中一个月之后,他们再次来到林中位于惠州的工厂。这次不是林中邀请的,而是安慧突然拉着吴冶平"闯"来的,并且她不让吴冶平事先给林中打电话,说就是想制造"突击检查"的效果。吴冶平认为这样做似乎有些"小心眼",同时也理解女人毕竟是女人,一百万借给别人总不是很放心,要个小心眼搞个"突击检查"也可以理解。他相信林中也能够理解,倘若林中不理解,有什么过激反应,则更证明安慧做法的必要性。

当日林中并不在工厂,他那个在工厂管事的亲戚见到吴冶平安慧夫妇,第一时间并不是热情接待,而是给林中打电话,林中一接到电话,马上指示表舅热情接待。表舅问怎么热情接待,林中说:"上次我怎么接待的你不都看到了吗?照我上次接待他们的样子做。"

放下电话,林中一秒钟没敢耽误,马上拨打吴冶平的手机,上来就道歉,说实在不知道大哥大嫂在百忙之中来工厂视察,未能亲自迎接,实在抱歉!现在他在浙江出差,落实长期订单的事,今天无论如何是赶不回来了,抱歉,实在抱歉!但已经指示表舅盛情接待,请大哥大嫂吃好、喝好、参观好。感谢大哥大嫂的亲临指导。大哥大嫂辛苦啦。感谢!感谢!万分感谢……

林中的特点是热情过度,上来就是一通检讨与感谢,一口气把所有的好话全部说完,让对方无话可说。吴冶平耳膜震了半天终于等到开口说话的机会,他说不是"亲临指导",更不用"吃好喝好",而是他和安慧为了进一步支持林中的事业,打算卖掉惠州海边的房子,正好路过工厂,所以顺便进来看看,问林中是否见怪?

"不见怪不见怪。"林中说,"哪里会见怪呢?我的工厂,就是大哥大嫂的工厂,你们想什么时候来就什么时候来,随时欢迎,热烈欢迎!辛苦,大哥大嫂辛苦!感谢!感谢大哥大嫂……"

表舅接到林中的"圣旨",自然不敢怠慢,这时候脸上绽放出热情的笑容,尽可能模仿林中的样子,很有风度地领着吴冶平和安慧参观。无奈表舅形象气质都不行,而且年纪太大,一看就是"老农民"。林中的精力主要放在接单上,工厂的日常管理应该另外请一个素质高的职业经理,哪能把志在上市的高科技企业交给一个"老农民"呢?但现在显然不是说这个问题的时候,吴冶平打算等到一个适当的机会当面与林中探讨。

安慧的注意力则不在这里,她重点观察自己的一百万是不是真正投入到扩大生产当中了。还好,厂里的生产线虽然还是之前的一条,但辅助设备增加许多,整个车间仿佛一下子被填满了,作业面上的工人也比之前稠密,大家都在紧张忙碌。这说明产量确实增加了,而且吴冶平也给白银有色公司的同学去过电话,获悉林中在该处的银浆订购量这个月增加不少,说明林中确实把钱用于扩大生产,而不是吃喝嫖赌或拿去做投机生意。

表舅虽然见过林中怎么带着吴冶平安慧夫妇参观工厂,却没见过林中怎么带他们去台商俱乐部用餐,他甚至连台商俱乐部的大门朝哪里开都不知道,再说,吴冶平安慧夫妇也不愿意跟一个"老农民"去吃饭。所以那天他们参观完林中的工厂后,果真像正好路过顺便看看那样立刻离开,不但没留下来吃饭,甚至连水都没有喝一口。再说时间太早,也没到吃饭的时间。吴冶平决定假戏真演,不如真到自己位于惠东县的海景房看看。

路上,安慧问吴冶平:"你真打算卖了海边的房子支持林中?"

吴冶平回答:"说说而已,这个你都听不出来?"

"要是林中当真呢?"安慧问。

"他当真怎么了?"吴冶平反问,"他还能强迫我卖房子借钱给他?再说,他如果不上前道,你给他的一百万足够了;如果上前道,我这海边的房子别说一套,就是十套也不够。"

"那倒是。"安慧说。然后又问,"你说我们到底要不要支持他上前道呢?"

吴冶平回答:"这个你不用问我,问你姐姐安聪,她比你更聪明,自有判断。"

安慧不说话了,回敬吴冶平一个白眼。

吴冶平忍住不笑,假装专心开车。

"安聪比安慧聪明"这话说到安慧的痛处,但这话不是吴冶平说的,而是他岳母说的。在吴冶平看来,岳母是个谜。国家单位的正式职工,好歹也算有见识的人,却一点都不会装,直接把"势利"二字写在脸上,对两个女儿安聪和安慧的态度就不用说了,单就是春节全家聚会的时候,她真能做到左边对大女婿卑躬屈膝,右边对小女婿趾高气扬。吴冶平在内心设想了一下,换上他,无论如何都做不到,而老太太居然做得那么娴熟自然,不佩服不行。其实女婿有无实力,与她一个退休的岳母有关系吗?用得着这样"爱憎分明"吗?谜啊。

安慧与她姐姐安聪到底是怎么谈的吴冶平不清楚,因为当时他不在现场,但最后的结果他却知道,因为林中打电话向吴冶平报喜,说:"大哥您好!向您汇报工作。告诉您两个特大喜讯。第一,这笔长期订单终于敲定啦!第二,我们可以上前道啦!感谢!感谢!谢谢大哥的牵线搭桥和鼎力推荐!感谢!再次感谢大哥!大哥您就是我的贵人!"

吴冶平被林中感谢糊涂了。这笔长期订单与他一点关系都没有。林中签订长期供货合同确实是特大喜讯,但这绝对不是吴冶平牵线搭桥和鼎力推荐的结果,贵人从何说起呢?

那就是第二个特大喜讯决定上前道了?吴冶平想,与我有关吗?难道是我头先帮他引荐的新阶联内部两位非公经济人士忽然想通了?答应向林中投资一千万了?果真如此,那我真是林中的贵人。但这不可能,因为当初的谈判吴冶平始终参与,谈判破裂的原因吴冶平也很清楚,两位非公经济人士不可能突然放宽合作条件与林中达成投资合作。退一步说,即便他们这么做了,也绝对不可能绕开吴冶平,连个招呼都不跟吴冶平打就与林中签订投资合作协议,毕竟吴冶平还是新阶联的副主席,是领导。两位非公经济人士比鬼都精,哪里有连个顺水人情都不会做还故意得罪领导的道理?

不可能。绝对不可能。更加不可能。那么……

吴冶平很想知道林中到底是怎么解决投资前道资金的,但他绝对不能开口问林中,因为他是"大哥",林中是"小弟",大哥掌握的资讯不能还不如小弟;更因为吴冶平是"领导",林中相当于"群众",领导掌握的资讯更不能不如群众。所以这时候吴冶平告诫自己一定要沉住气,不要问,摆出"一切尽在掌握中"的样子,继续和林中聊,他相信聊着聊着林中就会主动抖搂出事情的来龙去脉。

"哪里有什么贵人,"吴冶平说,"这一切都是你自己努力的结果。"

"客气!"林中说,"大哥客气!"

"不是客气。"吴冶平说,"你知道吗?你身上有一个很难得的优点,一般人不知道的优点。要我告诉你吗?"

"大哥客气。"林中说,"大哥请讲。请大哥讲,小弟听着呢。"

"热情。"吴冶平说,"对工作热情,对事业充满热情,对客户热情,对朋友热情。"

"过奖。"林中说,"大哥过奖!谢谢大哥夸奖!"

"不是夸奖,"吴冶平说,"也不是我一个人这么说。你嫂子也是这么看你的,不然她那么谨慎的人,也不会轻易把一百万现金借给你。"

"是是是,谢谢嫂子!"林中说,"可要不是大哥,我根本就不认识嫂子,更不会认识嫂子的姐姐安聪大姐。所以,我还是要谢谢大哥!大哥您确实是我的贵人!"

"这样啊!"吴冶平禁不住深吸一口气,"是安聪借给林中一千万了?这么大的事,安慧怎么都没跟我说一声呢?"

这也是他们夫妻不合拍的地方,虽然AA,但吴冶平借给林中十万都要给安慧打个招呼,毕竟是夫妻嘛,而安慧买保险一百万事先都没跟吴冶平说一声,如果不涉及安慧借钱给林中,他都不知道老婆背着他买了一百万保险。而"说一声"这种事,是一种夫妻默契和相互尊重,她自己不说,吴冶平是不方便主动问的。就说眼下,如果真是她姐姐安聪借给林中一千万,肯定是安慧牵线搭桥协助操作的,否则如林中所说,他根本就不认识安慧的姐姐安聪。借款一千万不是小事情,其间肯定有来回周折,这么长的过程,安慧都没跟吴冶平吐一个字,真能沉住气啊!佩服!

或许并非沉住气,而是性格使然。安慧的性格是不多话,不惹事,更不搬弄是非。这当然很好,作为女人确实很难得,但她这种"好性格"有点过分,因此也表现出冷漠和不顾他人感受的一面,似不食人间烟火。所以吴冶平还是欣赏中国古人的教导,做事情要"中庸",不偏不倚,不走极端,即便是"好性格",走向极端就彰显出弊端来了。

吴冶平告诫自己不要生气。对于"性格",有什么可生气的呢?

到了晚上,二人见面,做饭吃饭,洗碗刷锅,看电视。吴冶平忍不住假装突然想起来一样对安慧突然冒出一句:"今天林中给我打电话了。"

"说什么?"安慧问。

"报喜。"吴冶平说,"一是长期订单敲定了,二是他有钱上前道了。说感谢我帮他牵线搭桥。其实他最该感谢你。是你把他引荐给安聪的吧?"

"是。"安慧说。

"那你怎么都没告诉我一声?"吴冶平忍不住问,"毕竟林中是我的朋友。他今天突然打电话说感谢我,弄得我都不知道该怎么回答。"

"怎么没对你说?"安慧说,"我早对你说了呀。"

"你对我说过?什么时候?"

"上次去厂里的时候啊,"安慧说,"后来还去了海景房。你忘记了?我问你要不要支持林中上前道,你自己说这个问题别问你,问我姐姐安聪,怎么,真忘记了吗?老吴啊,你真老了呀,记性这么差……"

"那就算说了呀?"

"那还不算啊?"

吴冶平哭笑不得,张着嘴,却发不出声音。

7

日子沸腾了数月,吴冶平安慧夫妇在林中的不断汇报、报喜和每月不菲的分红与对公司上市的憧憬中度过。林中已经多次承诺,公司一旦上市,他们的借款立刻债转股,并透露这是大姐安聪与他的协议中明确规定的。吴冶平这才理解大姐为什么那么快就与林中签订借款协议,原来诱点在这里!

"大哥放心,"林中承诺,"给大姐什么待遇,给大哥和大嫂就是什么待遇。"

这话吴冶平信,他相信林中是个要脸的人,不可能给大姐安聪一个待遇,给吴冶平和安慧另一种待遇,毕竟,安聪安慧是亲姊妹。吴冶平甚至后悔没有多借给林中一些钱。除了借给林中的二十万之外,他身上还有一些钱,这些钱如果也借给林中,不仅眼下享受的分红更多,而且一旦将来林中的公司上市,就会获得十倍甚至数十倍的增长!若不顾及脸面,他真想再主动借给林中一些钱,可吴冶平也是一个要脸的人,这样主动要求把钱借给别人的口实在无法张开。

安慧似乎也有此意,因为她借给林中的一百万也并非她个人的全部身家,再加上每月两万元的额外收入,几个月下来不又是十万了吗。但她也没说再借的事,看来安慧也是个要脸的人。只是安慧与吴冶平的交流比往日明显增多,这几个月安慧忽然产生许多感慨,比如忽然理解什么叫资产性收入了,就是不通过劳动,仅靠个人资本,也能获得一笔不小的收入。如她借给林中一百万后,每月获得两万元的利息,竟高于她工资的一倍,而如果想让老板把她的工资提高一倍,无异与虎谋皮,现在仅仅凭一百万个人资本,就轻易实现啦!再想想她姐姐安聪,每月资产性收入高达二十万!估计街面上大多数开饭馆的、开服装店的、开理发店的、开洗脚屋的、开美容院的、开汽车修理铺的、开小作坊甚至开小工厂的等名副其实的老板,每月纯利也未必达到二十万吧?他对安慧说,林中成功的原因一是他碰巧进入了一个好行业;二是林中待人谦虚热情,原本互惠互利的事,他却总是念叨别人的功劳,从不宣扬自己的功劳。吴冶平特意强调这一点,似委婉地批评和善意提醒老婆安慧,因为她在这一点上似与林中相反。关于他们的不成功,吴冶平分析主要在于之前不开窍,只想到积累财富,没想到让财富创造财富,现在看来,财富创造财富的能力似乎比人更大。关于这一点,吴冶平首先自我批评,说他还是学经济的,理论讲起来头头是道,实践起来还不如"小弟"林中,甚至也不如夫人,是夫人关于自己在贵阳的老同学面前落伍了的发现,才促成了他们乃至大姐与林中的合作,而大姐安聪的介入,客观上提升了他们夫妇与林中合作的档次,由之前单纯的借款拿利息提升至未来可以债转股成为上市公司小股东的层次。即便是小股东,也一定资产过亿,由"中产"

上升成"资产",这是一次多大的飞跃啊!

首先飞跃的是林中。吴冶平能明显感觉林中在新阶联内部地位的提升,一个显著的变化是,他已经由一名蹭活动人士转变为赞助活动的非公经济人士。因为赞助,林中成为新阶联里最受欢迎的人,被增补为新阶联理事。照此下去,下次换届成为副主席实现与吴冶平平起平坐完全可能。虽然眼下林中还不是副主席,但秘书处的几位美女看林中的眼神和态度已经超过对待吴冶平。这不奇怪,因为吴冶平的学者身份很空洞,而林中的赞助商身份很实惠。

这一日,林中又提着大包小包来拜访大哥。因为礼品太多,林中一个人提不了,不得不让司机帮忙提。

这也是林中的变化之一,之前林中是自己开车,如今却请了专职司机。除了帮他开车之外,还相当于他的勤务兵或跟班,如对重要客户拜访时帮忙提礼品等等。

这次夫人安慧没有躲在衣帽间里,出来与吴冶平一起接待林中。这不能说安慧势利,因为此时的林中已经是他们夫妻两人的共同朋友了。

吴冶平也不再"平易近人"了,竟然有些忐忑:"林中突然再次隆重拜访,难道又有什么事情要求我吗?或者有什么事情要麻烦我吗?求我应该不会,要说麻烦,最大的麻烦就是他提前把钱还给我,否则他眼下还能有什么事情能给我制造麻烦呢?"

"可千万不要这样麻烦我啊!如果林中这时候把钱退给我,我真不好拒绝,因为我是个要脸的人,把钱借给别人,'好借好还再借不难',哪有债主拒绝借债人还钱的道理?再说当初也没声明是长期借款,但凡借钱的,都是应急,现在林中显然已经不需要应急了,还钱不是天经地义的吗?"

谢天谢地,让吴冶平最担心的事情并没有发生,恰恰相反,林中此次登门拜访不是为了还钱,而是想再次借钱。这对吴冶平当然是个天大的好消息,但同时也感到十分意外,心想,林中都到处赞助了,还差钱吗?不差钱还找林中借钱干什么?难道存心帮林中实现从"中产"向"资产"的转变吗?真是好兄弟啊,急大哥之所急,大哥后悔什么事,你马上就给我弥补后悔的机会!吴冶平立刻想起社会上流行的一个段子,说一个人有十个朋友,只要他开口借钱,立马就变得一个朋友都没有。还有段子说某大学教授为甩不掉之前的女朋友而苦恼，无意中对自己的研究生说了，该研究生给出秘方，就两个字，"借钱"，教授一开口向女友借钱，不用"甩"，女朋友立马自动消失。可"借钱"与借钱不一样，对一般人来说，你一开口借钱，十个朋友立刻变成一个没有，但对于大老板不是，据说大老板的钱至少有一半是借来的，不是从银行借，就是从资本市场"透资"，再不然就是老板之间的"相互拆借"。因此，对大老板来说，开口借钱或"拆借"是日常事务，不会因此少了朋友。相反，老板借钱越多说明公司规模越大、朋友越多，甚至，像林中这样再次向吴冶平借钱，在吴冶平看来是小弟"提携"大哥，让大哥也早日进入"资产"。吴冶平激动地看了老婆一眼。老婆安慧波澜不惊，似有疑惑。吴冶平立刻清醒大半，提醒自己天上不可能掉馅饼，真掉下来也不要轻易吃。林中确实是自己的好兄弟，但没有好到为了提携我而故意向我借钱的程度，因为这个程度超出了人性。但吴冶平就是吴冶平，他很善于学习，现在就学会了林中的说话方式，而不是之前的学者方式。

"好啊，"吴冶平说，"这说明你的事业又发展了嘛。"

"是是是，"林中回答，"托大哥的福，现在订单暴增，前道生产根本满足不了后道的要求，而且还有许多只有后道的小企业哭着喊着求着愿意出高价购买我们的芯片，我不能放着钱不赚啊！"

"这么说你打算再上一条前道生产线？"吴冶平问。

"是！"林中说，"大哥不愧是著名学者，不用我解释，只说一个开头，您马上就知道我后面要干什么。"

"那不又是一千万？"吴冶平问，"这个忙我可帮不了啊。不瞒兄弟，你如果说差几十万，我和你嫂子挤一挤，或许能帮你凑上，但上千万的资金，我就是砸锅卖铁也帮不上你呀。"

"当然不能让大哥砸锅卖铁。"林中说，"我找大哥汇报这件事，是想听一听大哥和嫂子的意见，看我要不要再上一条前道生产线。"

"你不都讲了嘛，"吴冶平说，"不能放着钱不赚。"

"这只是一方面。"林中说。

吴冶平问："另一方面呢？"

"另一方面是为了公司上市。"

"公司上市？"吴冶平问。

"是。"林中说,"我现在是万事俱备,只等上市。"

吴冶平和安慧同时点了一下头,这话他们俩高度认同,同时也最为期盼。

"但上市是有条件的。"林中说,"第一条就是规模要达到年产值五千万以上。我算了一下,为达此目标,必须再上一条芯片生产线。"

吴冶平和安慧互相看一眼,最后安慧代表他们夫妇回答:"可我们确实拿不出一千万。"

"知道。"林中说,"我当然知道。所以我说了,我来向你们汇报,因为这事太大,作为小弟做出这样重大的决定之前,有责任和义务向大哥大嫂汇报。有你们的支持,我就有信心了。不瞒大哥大嫂,自你们支持我之后,我自己也有长进,现在我也有一定的融资能力,所以今天来一是看望大哥大嫂,二是向大哥大嫂汇报工作,三是与你们一起想办法。我有些狭隘,希望肥水不流外人田,更不希望将来公司上市成功了,内部股东太多,形成反对派影响决策,甚至内部夺权。如果大哥大嫂持股比例高,一定会站在我这边的。"

"这个你放心,"吴冶平说,"将来我和你嫂子的股份可托管在你的名下。"

"太感谢啦!感谢大哥!感谢大嫂!谢谢大哥大嫂的理解与支持!"林中说着,居然站起来,对着吴冶平安慧夫妇认认真真鞠了一个躬。

8

林中走后,吴冶平安慧夫妇陷入长时间的苦思冥想之中。他们没有共同的子女,这是他们俩第一次经历如此夫妻心往一处想的时刻。最后,夫妻俩终于想到一处:卖房子,凑钱给林中上第二条芯片生产线!

能卖的房子虽然是丈夫吴冶平的,但老婆安慧的态度似乎更加积极。除了贵阳的同学过去仰视她、现在混得比她好这个刺激外,就是她不想总被姐姐一家视为"穷亲戚"。或许姐姐一家人并没有拿她当"穷亲戚",只是偶尔流露出优越感,但这种优越感经母亲不假掩饰地放大,让要脸的安慧受不了,而只要他们卖了房子凑钱帮林中上了第二条芯片生产线,那么眼下他们的利息收入和未来公司上市后的账面资产虽然依然赶不上姐姐，但起码也相差不大，至少可以超过贵阳的绝大多数同学。

成败在此一举！人生能有几次搏？此次不拼待何时！

除了惠州的海景房之外，吴冶平在深圳还有三处房产，其中一套是他和安慧结婚前自己住的，位置不错，在南山，可惜面积不大。婚前吴冶平一个人住没问题，婚后作为家庭略显拥挤，所以他们结婚后居住安慧位于罗湖的房子。南山吴冶平的房子出租，租金用于安慧罗湖房子的管理费、水电费等日常开销。现在因为投资的需要，这套房子可以卖掉，借给林中后，利息高于租金，照样满足罗湖房子的开销。另两套位于平湖的白泥坑，位置不好，但面积较大，复式楼，当初买的时候就没打算去住，纯粹是为了投资，现在果然涨了一倍，虽然不如南山的房子涨得多，但卖了也是赚了。

事不宜迟，夫妻俩商量好之后，立刻给林中打电话，告诉他们夫妻的共同决定：第一，他们眼下可以立刻先再给林中五十万元，其中吴冶平十万，安慧四十万；第二，他们决定卖房子支持公司上第二条芯片生产线，但必须签订长期借款协议，不然，为了借钱给林中把几套房子都卖了，结果林中借去三个月就把钱还他，而我们再拿这个钱可买不回原来的房子啊。

"这个请大哥放心，"林中说，"钱借给我，你们不主动要，我就不还给大哥。眼下按月两个点支付利息，公司上市后折算成公司股份给大哥。"

"好！"吴冶平说，"君子一言……"

林中马上接上："驷马难追！"

南山的房子很快卖了，所获现金立刻全部借给林中用于投资第二条芯片生产线，使吴冶平从林中那里获得的利息收入立刻超过夫人安慧，感觉自己也算有钱人了。

平湖白泥坑的两套房子卖得慢一些，主要是这两套房子原本就没有打算自己住，所以没装修，是所谓毛坯房，另外，这两处房产还处于按揭贷款状态，不像南山的房子那样红本在手，所以无论是成交还是回款都慢一些。折腾几个月，等房款全部回笼给了林中后，吴冶平的利息收入每月超过八万元！顿时感觉自己像富翁了。但吴冶平并没有按照富翁的标准高消费，他在攒钱买房，因为三套房子全部卖了后，吴冶平实际上成了无房户，住的是老婆安慧的婚前房，总觉得自己作为男人腰杆子不直，所以他必须自己买房。无奈此时深圳已经开始限购,所以吴冶平后来买的这两套房中只有一套是商品房,另一套是所谓集资房,但位置不错,深圳高铁站附近,所以租金收入不低,价格也上涨不少,让吴冶平觉得当初卖了三套房支持林中并未吃亏,毕竟当了几年"富翁"嘛。而新买的那套商品房则比他以前卖掉的几套房子都好一些,因为是打算自己居住的,所以选择标准比较高,位置、面积、户型、小区环境和物业管理都不错,唯一的缺点是附近没有名校,而这恰恰是他们不需要的。所以买了之后,吴冶平和安慧立刻搬了进来,安慧之前的那套位于罗湖的房子对外出租。

安慧的那套房子虽然没卖,却不断用房租和利息收入追加对林中的投资,但到了三百万之后,她忽然宁可把钱放在广发银行做理财也不再给林中了。等林中的公司出麻烦后,吴冶平对安慧竖大拇指,说:"你确实比我聪明,幸亏罗湖的房子没卖,也没一直追加投资!"他向夫人请教,"你是怎么做出这个决定的?"

安慧说只是一种感觉。

吴冶平问什么感觉?

安慧回答不踏实的感觉。

吴冶平让她说具体一点,哪怕不连贯的零碎感觉也行。

安慧说比如公司上市,她从一开始就怀疑林中的公司是否真的能够上市成功,因为这些年她在深圳做企业法律顾问,认识声称能上市的老板太多,但最终成功的极少,而许多未上市成功的老板其实比林中更有实力。

吴冶平问:"那你当初还那么积极?"言下之意:那你还鼓动我卖房?

"因为我也相信林中是个要脸的人,即便有些吹牛,但还不至于是骗子,他借钱的目的确实是为了投资实业,所以我也想赌一把,心想即便上市不成功,我们每月拿两个点的利息也不吃亏。"

安慧说完,吴冶平没有再问。他明白安慧的小心思,鼓动老公卖房而她自己不卖,就是想保全自己的婚前房。吴冶平有些鄙视,但没说破。

两个人静了一会儿,安慧反问吴冶平:"你是从什么时候感到不对劲的?"

吴冶平看一眼安慧,似不想回答,但最终还是回答:"从他把第二条生产线建在山东开始。"

"啊?"安慧叫起来,"那不是一开始吗?"

吴冶平点头。

"既然一开始就怀疑,你怎么不早说?"安慧反守为攻责备吴冶平。

"早说有用吗?"吴冶平反问,"房子已经卖了,钱也给他了,还能要得回来吗?所以我当时所能做的,就是赶快凑钱再买房。"

"对我有用啊!"安慧说,"你要是早说,我至少不会再往里面投钱了呀。"

"不往里面投,你往哪里投?"吴冶平问,"买房限购了,夫妻俩最多两套房,你不可能再买了。投资股票跌得更惨。"

"我可以在银行做理财啊!"安慧争辩道。

"在银行做理财?"吴冶平说,"买银行不保底的理财产品还不如给林中安全,买有保底的产品一年收益才三个点,而林中一年二十四个点,你舍得吗?再说万一公司上市成功,你不是后悔得要跳楼?"

"问题是没有上市成功,现在连本金也难保了!"

"这个谁知道,"吴冶平说,"愿赌服输。再说本金怎么没回来?你总共给林中三百万,拿回来有四百万了吧。"

"那也还是吃亏。"安慧说,但说的声音不大,因为她清楚,要说吃亏,吴冶平实打实卖了三套房,而现在手上只有一套半的房子,这才是"吃亏"。

安慧沉默了片刻,问吴冶平:"你为什么说看他第二条生产线建在山东就觉得不对劲呢?"

"和你一样,"吴冶平说,"也是一种感觉。"

9

其实也不用吴冶平说,当初他们第二次借几百万给林中后,再去工厂考察,却发觉并没有开设新的前道生产线,而且一点要开工的迹象都没有。没有准备场地,也没有待安装的设备。两人的心里马上就咯噔一下。安慧第一个想到的是林中把钱卷跑了,差点急哭出来。吴冶平则冷静一些,因为惠州工厂热火朝天,不像老板卷钱走人的样子。他立刻打电话给林中,单刀直入,说他们此时正在工厂,既没有看见你,也没有看到新设备,甚至连新生产线的场地都没看到。他问林中是怎么回事,你在哪里?

林中一如既往,立刻"道歉",说实在不知道大哥大嫂今天来,所以没能留在厂里恭候。

吴冶平说这个无所谓,我最关心的是新生产线的事,并再次追问:"你在哪里?"

林中回答:"在谈融资的事。因为您和嫂子筹集的几百万只够新生产线所需资金的一半,我必须筹措另一半。资金不到位,当然不能上。不过现在问题已经解决了,我这两天就去向您当面汇报。"

回答貌似合理,但吴冶平已经感觉出不对劲,怀疑林中有什么事情隐瞒他。

过两日,林中当面向吴冶平安慧夫妇汇报:融资真不容易,他在惠州玩不转,只能回自己的老家山东,但条件是新的生产线必须建在山东。因为时间紧,所以没来得及向大哥大嫂汇报。

为证实自己的说法,林中还拿出照片和手机录像,证明他们的钱确实用在新的芯片生产线上了。照片中还有林中和山东当地领导的合影,场面很隆重,似他在家乡很受尊重和欢迎。

安慧脸由阴转晴,吴冶平则疑虑更深了。第一,他感觉林中回山东建厂是早就计划好的,甚至早就开始的事情,可对他们却只字未提,哪里是"来不及汇报"这么简单?第二,从手机录像看,山东工厂的规模超过惠州工厂,他和安慧凑的几百万连一半都不够,那么,除了他们夫妇之外,林中用同样的方法还在外面借了多少钱?第三,山东的投资环境和未来上市机会哪里能比得了深圳?惠州的工厂是深圳公司的分公司,所以林中才是深圳市新阶联的理事,山东的工厂应该不属于深圳分公司了吧?离上市不是更远了?

吴冶平问林中:"山东是另外成立的一个公司吧?"

"大哥是这样,"林中赶快解释,"一开始我想和惠州一样,成立深圳公司的山东分公司,但不在当地注册公司,当地政府就不兑现扶持政策,我就上不了新的生产线。我这个人要面子,大话说出口了,不可能再把钱退给大哥大嫂。您也说了,钱退回去您也买不回原来的房子,所以只能硬着头皮上。按照他们的要求,在老家注册公司,新的生产线也建在老家。一开始很难,老家那环境,麻烦更多!但现在终于走出困境,下个月就能投产了!到时候欢迎大哥大嫂去山东,为新厂剪彩……"

林中的话有真有假,这是他的特点,用真话掩护假话。吴冶平想象,林中以深圳大老板的身份荣归故里,带来资金和高科技项目,当地肯定热烈欢迎,给予很高的荣誉和政策扶持,这是真的,但林中回山东建厂,可能不仅仅是要脸和虚荣心这么简单。除了政府扶持如当地银行贷款外,看新厂规模,他还一定拉大旗当虎皮,从其他途径大量高息借款,这个数目是多少?利息有多高?会不会把企业压垮?但吴冶平的房子已经卖了,钱也给林中了,不可能要得回来,即使要回来也买不回之前的房子,怎么办?他只能一方面祈祷林中的企业多撑一天是一天,多撑一年是一年;另一方面,吴冶平利用林中每月支付给他的八万多利息,又卖了惠州的海景房凑首付,采用按揭付款的方式赶紧再买房。现在,他当年担心的事情终于爆发,林中果然在外面借了很多钱,且有些利息超过每月三个点,而他的管理又没跟得上,终于,工厂的利润抵不上借款利息,最后靠借新债偿还旧利息,恶性循环,最终导致资金链断裂。

10

吴冶平以为安慧肯定会接受第一套调解方案,即本金一百五十万,每月偿还两万,因为如果是他自己,他就接受这个方案,毕竟,未来的事情谁也说不好,当然是先能拿回来多少是多少。可是,安慧却主张第二套方案,即本金两百万每月偿还一万。

吴冶平把自己的想法说了,安慧不听。这也是安慧的特点,吴冶平的建议她从来不听,甚至没听完或没听清楚就直接否定,她反问吴冶平:"你知道按第一套方案意味着什么吗?"

"意味着你每个月可收回两万,"吴冶平说,"比我多一万。"

"错。"安慧说,"意味着万一过几个月或几年林中终止支付,我再起诉他,就只能按一百五十万起诉,而不是两百万。"

"知道啊,"吴冶平说,"是这样的呀。"

"那等于我白白丢了五十万!"安慧说,"我发神经啦?"

吴冶平很想说,如果那样,则更应该接受现在的每月两万,多拿一万是一万嘛。他甚至想说,你按一百五十万每月两万调解,然后我们俩交换调解协议,我拿二百二十万每月一万的调解协议和你兑换一百五十万每月两万的协议,比你的两百万每月一万还多出二十万,不是更好?

想说,但他最终没有说,因为吴冶平不想被安慧误解为自己想占老婆的便宜,更了解夫人的强势习惯,总认为她比吴冶平聪明一百倍。既然如此,作为"笨蛋"的吴冶平再给"聪明人"安慧建议,不是自讨没趣甚至讨骂吗?算了,随他们去吧,他们想达成什么调解方案就达成什么调解方案,该说的话我已经说了,听不听是她自己的事,切不可因为"为你好"而把自己的意见强加给任何人,包括夫人。因为每个人的情况不一样。吴冶平自己年纪大了,身体也不好,能不能再活二十年很难保证,当然希望每月先拿回两万再说,而夫人安慧年轻,熬得起,不愿意白白损失五十万也能理解。算了,不管他们吧,不是早说过夫人的事情不能掺和吗?怎么又忘了呢?

按协议,林中于每月的最后一日向吴冶平支付一万元,他通常都是拖到晚上,搞得吴冶平一整天都惦记这件事,还不好意思打电话问。没理由问,因为即使林中于当天的二十四时差一秒汇款给他,也不算违约,吴冶平有什么理由提前问呢?再说,他现在也轻易不给林中打电话,省得去猜他哪句是真哪句是假。可是,今天一大早吴冶平刚刚坐在电脑前就收到林中的两笔微信转账,每笔一万。

微信转款不奇怪,林中早就说他的任何银行账号都被查封了,只能使用微信转账,为此,他还专门注册了一个新的微信号,问题是为什么今天是一大早就转款,而且是两笔一万元呢?

正疑惑着,林中的微信电话打过来。

"大哥你好!"林中热情依旧,听不出"破产"的声音,"大哥好!一早打扰!抱歉!钱收到了吧?"

吴冶平刚想说"收到了,谢谢!但为什么是两万",可还没有说出口,林中马上就自己给出答案:"是这样,我没有嫂子的微信,所以嫂子这一万元就请您转给她。给大哥添麻烦了。谢谢!谢谢大哥!"

"没事。"吴冶平说,"我马上转给她。顺便把你的新微信号推荐给她,下次你还是直接给她。"

"好!给您添麻烦了!谢谢!感谢大哥!"

吴冶平刚想说这没什么麻烦,用不着感谢,可同样是还没有说出口,就听林中接着说:"另外请大哥帮个忙,做一下大姐的工作,希望大姐也和你们一样,尽快达成协议,总是拖着不好。"

"这个……这个我马上对安慧说,由她对安聪说比较好,我嘛,你知道的,很少和大姐说话。"

"知道知道,"林中说,"好,谢谢大哥!感谢感谢!"

放下手机,安慧已经推门进来,抱怨道:"一大早打什么手机?吵死人了!"

"林中。"吴冶平说,"他把你的一万元也转给我了。说你没加他的新微信。"

"转来了?"安慧睡眼惺忪的脸上立刻绽放笑容,"这么早!"

"是。他是一个要脸的人,只要有钱,就……"吴冶平忽然觉得这些话多余,赶紧低头看手机,点两次接收,再把其中的一万转给安慧,顺便把林中的新微信推荐给她,然后才说,"我把林中的微信推荐给你了,你赶紧加他,说我转给你的一万元收到了。另外,他要我们做一下安聪的工作,希望你姐姐和我们一样与他达成和解。"

安慧赶紧掉头回卧室,拿起手机,先接受一万元转款,再加林中新微信,然后才对跟进来的吴冶平说:"我怎么给她做工作?当初我们与司徒先生的代表见面的时候,她也在,可后来并没有与他们签协议,自然有她自己的考虑。"

"什么考虑?"吴冶平。

"我怎么知道?"安慧反问。

"你分析一下嘛。"吴冶平忽然感觉自己有点八卦。

"你自己不会分析吗?"安慧继续怼他。

"一个原因,两种可能。"吴冶平当真分析起来,"一种可能认为自己'有料',不需要委托司徒他们也能打赢官司,干吗白白给人家30%?另一种可能是不敢起诉,怕拔出萝卜带出泥。我觉得第二种可能性更大。因为如果是第一种可能,她自己为什么也不起诉呢?你说我分析得对不对?"

"对个屁!"安慧再次怼他,但声音不大。

又过了一些日子,突然听闻林中的公司并没有破产,并且即将上市,但申请上市的主体不是深圳公司,更不是惠州分公司,而是山东公司,与吴冶

236

平安慧夫妇没有半毛钱关系！更让他们夫妇震惊的是，据说林中公司的上市与安慧的姐姐安聪鼎力相助有关，而且她的一千万借款也已经全部转化成山东公司的股份。

　　吴冶平又想起岳母的口头禅"安聪就是比安慧聪明"，却听见夫人安慧从丹田里迸出一句："她不要脸！"无奈中国话听不出是"他"还是"她"，或许全包括了吧？所以吴冶平想，还是中国话全面啊。

(《中国作家》(文学版)2021年第9期)

扬 州 月

许冬林

每个家族的故事,都是一段辗转起伏的乐章。在扬州的运河边,在安徽的长江边,我的姑婆茉莉女士,与我,隔着时空之水,演绎着一曲生命二重唱。

1

等到月半,月亮蛋子长团了脸,江水噗地涨上来,湾里的船就要起身了。谢馥春香粉铺后边的码头边,春生叮嘱茉莉要记住了日子。

茉莉长得瘦怯怯的,一张鹅蛋脸边,拖着两根粗黑的辫子。在长街上做点小买卖时,惯常打扮是一件豆青色斜襟上衣,下配赭色长裤,底下一双青布鞋。又瘦又白的茉莉,不做买卖的时候,静静坐在窗沿下帮婆婆干活儿,总像个没有血色的假人,只有搽点胭脂她才会活回来。

运河边,茉莉傍着春生,低头看见月亮的倒影浅浅的,豆芽似的刚刚生出来——黄昏渐深。她咬着几根辫梢的发丝,似在用力做下某个决定。春生说完,团着掌心在茉莉面前晃。

"好香呀!"茉莉道。

"可没有茉莉香……给你买的胭脂哦。"春生展开手掌,是谢馥春家的胭脂,白瓷外盒上青花一朵。

"过几天就走了,还买……"茉莉白了一眼春生,却也伸手捏过小巧的胭脂盒,打开了贴近深嗅。

"我怕万一……万一这一回你走……走不掉呢。万一走不掉,这盒胭脂不知够不够你用到明年春分时节呢。"春生嗫嚅着解释。

"你不在,我不用。"茉莉说着,将胭脂盒又放回到春生手心,不觉将含在口里的发丝轻轻噗出口外……

秋月升起在运河之上,离墨色的屋脊与院墙渐渐远了,像船儿起了航。夕晖的余光早已烧尽,化作暮霭水汽袅绕在堆满木材、皮货、煤炭之类的货船之间。

"我得赶紧回去了,不然婆婆又要找来。"茉莉说着,从春生肩边心慌慌起了身。临走,塞给春生一包熟菱角。

"哎呀,胭脂还没带上呢。"春生起身来追茉莉,茉莉已经闪进了黛色的巷子里。

春生握着小小的胭脂盒,远远立在运河边,不敢深追。他仿佛听见了深巷里"茉莉——茉莉——"的叫唤声。是茉莉的婆婆在骂,还是她那半瞎的小叔子在寻她?

春生提着一袋熟菱角回到船上,风灯已经在船头挂起来,灯下坐一圈人在喝酒,水面不时泛起水花,应是鱼儿在争食船工们弃下的菜屑。春生进了船舱,将胭脂盒塞到自己的枕下,然后提着一袋菱角到船头,哗啦倒在矮桌上,给众人充当下酒菜。

"春生,又去会小寡妇了?"一个船工一边剥菱角,一边嬉笑着问春生。众人哄笑,都望着春生。

"什么小寡妇?人家一个才17岁的姑娘,寡你个头!"春生喷回去。

"那17岁的姑娘跑起来,辫子比人还长,剪下来,能给我们当缆绳用。"一个船工接口道。

乖乖隆地咚,韭菜炒大葱。船头又一阵笑声。

清白的月亮越升越高,月光和着风灯的光扑簌簌落了半河,水底仿佛起了火。两岸的城郭、街衢、屋舍的墨色倒影都在这火里成了灰。

"金黄麦那个割下,秧呀来的栽了。拔根的芦柴花花,洗好那个衣服桑呀来采……"

岸上的酒楼里,扬州小调的吟唱伴着丝弦之音,一句一句飘到了船头上。

春生酒酣,睡倒在船头,夜风吹拂,只觉酣畅,不由得也跟着吼唱起来:"洗衣那个哪怕黄昏那个后呀,采桑那个哪怕露水湿青苔……"

今日秋分。

朋友从国内来，在他的宾馆房间里见面，喝着他带来的龙井茶。

我说："这龙井怎么飘着一丝茉莉香呢？"

朋友笑道："有吗？我没闻到啊，是你心想着哪位茉莉姑娘吧？莫非有初恋在国内至今不忘？"

我道："别扯了，我姑婆名叫茉莉。"

朋友忙道"失敬失敬"，起身给我续水。他兴致很好，十多个小时的飞机，此刻依然胸膛挺得像城墙般牢固，看得出，他活得舒展得意。人到中年，精神再造一个人的骨肉貌相。

朋友说起他的城里高层、乡下宅院、汽车和孩子、主办过的高端论坛和参加过的高端会议，似乎生活也是一杯极品龙井。我目光低到杯沿，想起自己二十年前初到美国，租住地下室，上班在三十几层的高楼上，每天像太阳一样，黄昏落到地底，黎明后又升到天空。怕人鄙夷，默默用力将自己的英语发音从英式调整到美式。在纽约工作了五年，不甘心，又跑到加州，又几年再换地方。

我说："一朝出了国门，就像得了习惯性流产，从此每到一地只三五年就会挪窝儿。"朋友笑道："国内的朋友每到小聚就提你，你丫被大家忌妒得坐立不安了吧？"

已是夜里十一点多，我起身告辞。朋友殷勤送至一楼大堂。

我寻到自己的车，开出宾馆。街道空旷，偶尔有人影飘荡。我很少一个人晚上出来，这回发现夜晚像高楼一样也是一层层搭建的，黄昏是凌乱的第一层，晚上七八点钟是热闹的中层，九十点钟是黄金白银般的中高层，到子夜时分便是高处不胜寒了。这样想着，就到了一处草坪边，草坪尽头是一片浓墨似的林子，里面传出萨克斯的乐音。

谁这时还在练习乐器？是爱好，还是要考试？细一听，我浑身一个激灵，曲子竟是《茉莉花》。

我将车子泊在林子一头，开了半扇窗，熄了火。"姑苏城外寒山寺，夜半钟声到客船。"此间况味，颇近张继的《枫桥夜泊》。林子里，一个高大的人影立在树下，看不清是否是华人。

我的脸有点痒，我摸了摸，似乎是湿的。难道我流泪了？我一直怀疑自己人到中年,却得了林黛玉那样迎风流泪的病。

我想起三十多年前,在扬州大运河边的一个巷子里,白发的爷爷从谢馥春日用化工厂退休回家,在院子里养了十几盆茉莉。那时我常帮他从运河提水,爷爷一边给花浇水,一边跟我念叨:"你太爷爷害痨病,太婆婆养不活一窝的孩子,所以你茉莉姑婆3岁就被送到林家做童养媳,换回来两担大米,救了我们一家人的命。可苦了你姑婆……"那时,爷爷给茉莉花殷勤浇水,就仿佛在疼惜他的茉莉妹妹。许多个夜晚,我是在爷爷哼着《茉莉花》悠扬的小调中模糊睡去。但,我只在两张照片上见过茉莉姑婆,一张是她在扬州东关街上拍的,那时她看上去还很年轻,一张是她中年的照片,穿着深色褂子,从芜湖那边寄到我们家的。两张照片里的人,像两个人。

2

茉莉还未到家,就见巷子里她小叔子拄着棍子往外走。茉莉提着空篮子飞身穿过巷子,边跑边道:"我回来了!"

小叔子便定住了脚步。他视力不好,个子又矮,不论白天和晚上,出门总随身带根棍子,棍子上端被他的手掌磨得发出黑亮的光泽来。

茉莉进了门,飞快扫了一眼婆婆,忙将自己卖菱角换得的一堆零碎小钱捧给婆婆。

"多少?"

我没来得及数。茉莉低声道:"我想赶着回来做家务,一卖完就跑回来了。"

嗯,那放这吧。到处要用钱,立冬前,我得把你和老歪的房间布置好。婆婆一边数钱一边计划着。

茉莉立在旁边,咬着辫梢没说话。婆婆说的老歪,就是茉莉的这个杖棍行走的小叔子。

婆婆数完了钱,进里屋去藏钱,回头见茉莉还在客厅没动,忽然怒道:"你钉桩上了?怎么半日不动?厨房还不收拾去?"

茉莉不吱声,忙进了厨房。婆婆不说点灯,她便不敢点灯。茉莉就着天窗漏下的一点月光,囫囵着将婆婆和老歪吃剩的一点稀粥喝完,接着将锅碗摸黑洗干净。然后给婆婆打洗澡水,擦背。

黑暗里,婆婆的声音也像被水洗过,凶悍暂时滤去,半低的嗓音散发着温热的气息。婆婆坐在盆沿边,说道:"茉莉,我养了你十几年,你就是我家的人了。别听你哥撺掇——将来这些房子、田产,都是你的。我两腿一伸,一桩东西都带不走的。"

茉莉忙道:"我有大半年没见我哥了,我没听他……"

婆婆道:"嗯,谅你也不敢。你记住一句话,你生是林家人,死是林家鬼。我养了两年的畜生别人都休想拎走,何况是我养了十几年的一个丫头,老娘的东西谁敢动!"婆婆说过,便起身出澡盆,抽出茉莉手中的毛巾来擦身上的水珠子。茉莉便去倒洗澡水。

帮婆婆洗过澡,又等老歪洗过了,茉莉才洗。洗过也不上床睡,一个人在院子里就着月光搓洗衣服。

月光下的院子里,蛐蛐儿的叫声一波落了一波又起,它们像坐在船上吹拉弹唱,迎娶新娘。茉莉想到半个月前,在街上卖菱角遇到在谢馥春作坊里放工回家的哥哥,哥哥在她脚边停下了,安慰她说正在想办法,但茉莉知道哥哥其实没有办法。除非哥哥带着她逃走,逃离扬州,否则她善良老实的哥哥永远不是她骁勇善战的婆婆的对手。但哥哥上有老,下有小,如何为了一个已做了林家十几年童养媳的妹妹抛弃家小呢?每一回,哥哥见了茉莉,安慰过后,总会叹息一声:"要是我们的书堂姑爷不出事就好了。"

闭眼想想,茉莉对书堂的印象已渐模糊。书堂大茉莉6岁,他离家到杭州读书时,茉莉才9岁,其后只在寒暑假才回来,回来也只待在书房里读书写字,吃饭时,他们俩不同桌不同时。及至茉莉十三四岁,明白了书堂是她将来的丈夫时,羞涩令她从来没有正面好好地看书堂一眼。他暑假回家,她将自己养的一盆茉莉悄悄放在他的窗台上,茉莉正开花。她悄悄观察过,他开窗,探身看了看茉莉花。

说起来,那时婆婆还并不太凶。婆婆和书堂还有老歪,母子三人在餐厅吃饭,茉莉在厨房里,配合着吴妈做活儿,她听着他们的笑声,心里也有欢喜。何况还有吴妈在旁边念叨:"茉莉,看书堂少爷的风度,林家要再度荣耀了,吴妈将来可要沾点茉莉的福气啰……"

可谁会想到,书堂在杭州一毕业就上了战场,一年后就传来阵亡的噩耗。这些年,为了供书堂读书出人头地,运河边的稻田已是卖了又卖,全指望将来书堂收回来呢。书堂是家道中落的林家最后的体面和希望。

书堂走了后,婆婆就一日日凶起来。最凶的那一日,是茉莉的哥哥来领茉莉回家的那一日,既然书堂已不在,这个还没圆房的妹妹总不能做一辈子寡妇吧。哥哥还请了谢馥春的二掌柜出来帮忙说话。

但是,婆婆凶起来就是一道闪电,就是一把亮晃晃的刀,所向披靡。她发狠说,谁要是拐走了茉莉,她便要将人家祖宗八代的棺材板一块块抠出来。

是的,走了书堂,还有老歪呢。

茉莉嫁老歪,鲜花插牛粪。

从此,老歪被婆婆教唆着,日夜看守茉莉。他先前在东关街跟人学摸骨算命,现在也不学了。他唯恐茉莉被人抢走。

茉莉搓洗完衣服,起身泼了水,蛐蛐儿的叫声像是被扎紧的口袋倏地收住了,然后又哗地从另一头泄出来,叫得越发欢了。

夜晚比白天还要光明热闹呢!茉莉抬头看看月亮,月亮像加了厚底的白盘子,越发牢固了。茉莉轻轻呼口气,秋夜的空气甜丝丝的。

"妈,我去河边把衣服清一下,明早起床就要去塘里摘菱角。"茉莉靠近婆婆窗口轻声说道。

"那叫老歪陪你去。"

"不用了妈,明早我和老歪都要起早干活儿,就让他先歇吧。再说,月光好得很……"

茉莉说着,就提了一桶衣服出门,经过院门外的那块大石头边,茉莉蹲了身子,抓起抹布将大石头擦了一遍。大石头是祖上传下来的,立在门外多少年了,茉莉也不知晓。石头上镌刻的两个红色大字"林宅"在月光下泛着冷冽的黑紫色。

茉莉擦过石头,便往运河边走去。月光下的运河,空明静寂,一切都像河蚌在水底孕育珍珠。空气里远远飘来扬州小调的声音,声音轻得如同落花。

茉莉捞了捞水,又捞了捞月亮,月亮晃了晃,又不动了,像拴在了河底。茉莉张开胳膊在河水里用力摆动衣服,月亮便晃得像檐下的铃铛,仿佛风雨将至,世界要天翻地覆。

洗完衣服,一上岸,茉莉才发现老歪不知几时已来了,他捏着根棍子,蹲在地上,宛若一个破旧的咸菜坛子。

茉莉也不说话,提了衣服径直回家。老歪也不言语,起身挂棍跟在身后,木棍敲击路面,发出"当——当——"的声音,仿佛一长串圆溜溜的眼珠子。

波士顿有个江苏同乡定期小聚的酒会,我因为行踪不定,参加得不多。同窗回国之前,我特意抽时间领他去感受一下。每次参加这样的酒会,我总有一种偏安一隅的淡淡忧伤。大家交流着各自的近况,谁若有从国内带来的酒或茶,都会郑重打开共享,然后说着说着,又扯出来一堆旧事。

这一回,我领着同窗,给一位江苏同乡介绍:"国内来的同窗好友,带了不少极品龙井来,馋不馋?要赶紧上门讨去哦,后天他可要回去了。"

正说着,一段萨克斯曲子,宛若一带清秋白雾,从台前飘过来,水润清凉,是《茉莉花》。我一时有失重之感,整个人被罩在乐曲里眩晕了。吹萨克斯的男子,在幽暗灯下,略显清瘦的身影轻轻摇曳,摇得像宣纸上的一根墨竹。对了,就是扬州郑板桥的墨竹。这时,忽然门口处响起了掌声,一位约莫70岁上下的男子推进来一把轮椅,轮椅上坐着一个更老的男子。

吹萨克斯的男子一边吹着,一边迎向轮椅,然后欠了欠身,继续吹着,掌声再度响起。

江苏同乡靠近我道:"这是祖孙三代,今年春上才从华盛顿搬来波士顿……"

我点点头,忽想起上一周的那个半夜,路边树林里也有人吹萨克斯名曲《茉莉花》,难道是他?

"今天这个酒会,既是同乡小聚,也为老先生祝寿。哦,那个,说起来老先生还是扬州人呢,走,过去认识一下。"同乡说道。

我便由同乡引着,过去拜见轮椅上的老者。老者一只耳内塞着助听器,脸上布满黄豆大小的老年斑,但精神尚佳;另一只耳内没有,使得半边脸像被切掉一小片。

我一边疑惑着,一边上前躬身:"江先生好!我是扬州人。"

我特意将"扬州"两个字提高了音。老者的眉似乎提了一下,然后扭头看了看他推轮椅的儿子。他儿子指了指我,欠身到他戴了助听器的左耳朵边道:"也是扬州人!"江老先生听过点了点头,看着我,又张开怀抱,我便上前和老者拥抱。这一抱,我像儿时抱住了爷爷,眼泪差点出来了。我的爷爷,一个国营日用化工厂的老职工,若活到现在,也和轮椅上的江老先生一般年纪吧。我意识到自己有点失态,忙及时调整,然后向吹萨克斯的男子竖起了大拇指。没想到江老先生也朝他孙子竖了大拇指,然后和我相视一笑。

酒会上告别江老先生时,老人家嘱我去看他,我点点头,但我并没有去要老先生的住址。酒会一结束,便随同乡去劫同窗带的龙井了,然后又陪他们聊了几个时辰,看样子他们似乎有了合作的意向。

只是,连我自己都意外,我竟然随同窗一道回国了。一帮混得风生水起的旧时同窗,将接风的酒宴从飞机落地的上海,铺到南京,再到故乡扬州,我后悔跟随同窗坐同班飞机回国,一路招摇,搞得我像隋炀帝似的。

同窗问我回国干什么,我说看我爷爷。他说你爷爷真是高寿。我说爷爷今年若在刚好92岁了。

"那你的茉莉姑婆呢?"

"比我爷爷小3岁。若在的话,89岁了。"

关于我的接风宴,不仅到扬州还没收尾,反而新一轮的酒宴又开起了头,那就是各个堂兄弟妹、表伯叔姨姑、表兄弟姐妹争相预约时间。

从前不是这样排场的。

我颇为苦恼,跟父母说。父亲说:"冬至要到了,你茉莉姑婆无儿无女,一世可怜,你是晚辈,去给她上个坟吧。"

在坐车还是坐船的选择上,我琢磨了半晌,决定坐船。坐船慢,行程可以拉得长一点。在国内,除了参加酒宴,我无所事事,时间阔绰。从扬州城内的游船码头出发,坐船到瓜洲,从瓜洲搭货船到南京,然后继续溯江而上,到芜湖。半个世纪前,大运河的许多船队到皖江流域乃至江西和湖北,也是这条线。我站在船头,看水天茫茫,一时恍惚,竟有时空穿越之感,仿佛回到姑婆坐船的那个年代。

3

到了月中,十里扬州街热闹起来,如同蒸笼刚揭开,生意人的吆喝声比平日更大,货摊上陈列的物品比平日更多,石板路上挤得只见人头,看不见脚下人影子。"二十四桥明月夜,玉人何处教吹箫",虽然北方的仗一直在打,但在扬州城,总还有那么一些穿长衫的闲人,或步月,或荡舟。有水有月,处处都是二十四桥。

又兼潮平岸阔,船队将要远行,暂时停泊的货船上,纷纷走出短衣打扮的船工和伙计们,他们上岸采办各类衣食物品,以备长途水运的消耗。

酒楼上歌女的丝弦拨到烟笼寒水月笼沙的惆怅销魂章节。仗从北方往南方打,有人在收拾金银细软,各寻投身处。

婆婆在走廊里喊:"那个小慢屁虫的茉莉来,屎都让你磨成屁了,油糕和酥饼你几时才能挑到长街去卖!老娘肠子都急断了……"

茉莉一边应着"来了来了",一边在灶台上烫得直甩手。自从书堂阵亡的悲惨消息传到扬州林家后,婆婆连孤老的吴妈也养不起了,茉莉此时已能局面。可是,一逢上船队停留补给和出发采购这样的生意旺季,茉莉就累得够呛。老歪视力差,只能帮些粗重活计,细活儿上全指望不上。便是叫他将油糕从盘子里转到箩筐里,他也总要悬空先提了双手,张开十指,摸索好一会儿,然后才开始轻拿轻放地搬油糕。茉莉看了着急,所以宁愿自己腿跑快点,也不要老歪做这些细活儿了。

这几日,她夜里起床,做油糕和酥饼,婆婆还未起床时她已挑到长街去卖了。到中午回家,饭后再做,下午又挑去卖,卖到天黑掌灯。

再怎样累,茉莉都会趁月光在河边洗衣。老歪依旧每夜都会陪在岸上,直到她洗完衣服上岸回家。茉莉权当没有老歪在身后,她看着水底的月亮在衣服和水波间,像朵白茉莉花儿,先是小小的蕾儿,然后一夜展开一瓣,又一夜又展开一瓣,直到开成一朵颤动在水底的月亮花儿。

到农历十六,早上天就开始纷纷扬扬地飘着雨丝。婆婆在里屋的床上道:"小茉莉哎,天阴人少,就少做点吧,卖不完就可惜了……"茉莉一边应着,探头瞧瞧,不见人影,便将自己门后的一个包裹带出来塞到筐底了。

秋雨性子慢,一直慢腾腾地下,到黄昏,月亮还没出来。晚饭后,茉莉照例去河边洗衣,老歪歪歪倒倒地一路滑着,跟在茉莉身后。衣服洗完了,茉莉身子一歪,雨伞被茉莉甩到河中去了。老歪听到响声,忙问茉莉怎么了。

"伞掉河里了,被冲远了,怎么办呀?"

"我下水捞去。"

"天冷了。再说,天又黑,你又看不清——妈知道了肯定要骂的。"茉莉焦虑地说。

那再买一把吧?老歪咕噜道。

"你有钱?一定是从妈那儿偷来的吧?"茉莉语气里俨然有了要举报老歪的意思。

老歪便不吱声。

茉莉又道:"我在这里看着,你回家,阁楼顶上有个长竹竿,你拿来。你慢点,别摔着了!"

老歪一走,茉莉便大声唱起来:"洗好那个衣服桑呀来采,洗衣那个哪怕黄昏那个后呀,采桑那个哪怕露水湿青苔,小小的郎儿哪,月下芙蓉牡丹花儿开了……"河中间飘过来春生的应和:"泼辣鱼那个飞又跳,网啊来抬了……"

一只小船箭似的射过来,一只木桨往捣衣石上一磕,船定住了。

"快上来!"

茉莉扭头往岸边望了望。

"快上来呀,我们的大船已经起了锚,再迟就追不上了。"

茉莉蹲下身,脱了脚上一双青布鞋,整齐放在捣衣石上。"我要做出自己投水自尽的样子,他们就不会来追。"茉莉心想。

赤脚的茉莉,上小船,换乘大货船。问春生早上给他的那个包裹,春生从自己被窝儿里掏出来,茉莉打开,换洗的衣裤鞋袜早就备齐了。

微微的风雨里,船行得分外快,出瓜洲右拐,开上横阔的长江,然后逆流而上,过南京,到芜湖。

到芜湖后,春生领着茉莉下船,坐划桨小船到江北的一处半岛形的沙洲上。穿过芦花摇曳的芦荡,翻过一道不高的江堤,就到了一处茅屋前。这是春生的外婆家,一个名叫"高镇"的小镇外滩边。

春生没有父母,自幼由外婆抚养长大。舅舅见春生领了个姑娘回来,心里猜想来路不明。舅母道:"看那姑娘的样子,天天唱什么芦柴花,大约心里是欢喜的。"春生便将实情说了一半给外婆和舅舅听,这一半的实情便是茉莉那还未圆房的丈夫在北方的战场阵亡了,茉莉成了寡妇,瞒下了婆婆要将茉莉改嫁给老歪的情节,他怕说出来,胆小的外婆怕生是非会送茉莉走。

茉莉阵亡的丈夫参加的是国军,外婆和舅舅依旧受惊吓不小。在外婆的茅屋旁边,舅舅给春生和茉莉又搭了一间茅屋,准确说,是芦苇屋。四壁用荻柴围上几层,屋顶是芦苇铺就,夜里睡觉,风从缝隙里钻进来游荡逡巡。清晨醒来,衣服上,被子上,他们的头发上,常常落了一朵朵芦絮,一对新人相顾大笑。

"不知道我走了后,妈和老歪他们会怎么样了。"有时茉莉会自言自语道。

"她不是你妈,她是镇压你的地主阶级。"春生说。

茉莉不太懂,疑惑地望着春生。春生道:"我听过大兵们给我们讲课,地主阶级必须要被打倒,蒋家王朝一定会被推翻……"

十七那日早上,天晴了,老歪的妈妈早早就起了床。她常常半夜不眠,到清晨,往往听着茉莉忙着家务的声音反倒心里踏实能眯上一会儿。这一日,家里格外安静,远处长街的铃铛声、喇叭声和着吆喝声,在晨气里弥散,凉丝丝、毛茸茸仿佛就在枕畔。

她起床后,没见茉莉给她送来洗脸水,正想喊茉莉,忽见有人远远地喊着林太太:"不好了呀,运河里有人自尽了呀,林太太快去瞧瞧,一双青布鞋方方正正放在石头上——怎么就想、想,想不开了呢?"

老歪妈妈白了来人一眼,没理会,照旧进了厨房,可是心里到底害怕,"茉莉"两个字竟也叫不稳。厨房里,冷锅冷灶的,这是从来没有的。她霍地转身,奔到茉莉房里,被子整整齐齐的。她不死心,上前去摸了一把,又拎起被子抖了抖,以为茉莉像一粒芝麻是能抖出来的。

"老歪,茉莉呢?"她的嗓子哑了。

老歪靠在门框上,低着头道:"我不知道。"

你怎么不知道!不是叫你天天看着她的吗?老歪妈妈一边说着一边便往运河边赶。

河边,一桶衣服还在。老歪妈妈翻了翻,确定是自己家的衣服。那一双鞋,是茉莉的。茉莉一直想穿绣花鞋,老歪妈妈知道茉莉看外人穿绣花鞋眼馋得很。从前,她当她是丫头,不配穿;后来,书堂走了,茉莉是寡妇,就更不配了。

打捞的船只在河里来回捞了许多趟,只捞得一把雨伞,以及一些落满淤泥的破烂衣服。

老歪妈妈便坐在河边哭。老歪不知何时也来了,也在流眼泪。老歪妈妈忽然恼怒起来:"老歪,说你瞎你还真是瞎,你怎么看的人?"

老歪忽然哭出声音来:"下雨,我回家先睡了……我不知道……我不知道……"

寻不到尸,只得将那一双青布鞋捡回来,做了个衣冠冢,在书堂的衣冠冢旁边。

老歪又回到了长街上,跟人学摸骨算命。

秋尽冬初时节,芜湖段的江面上薄雾茫茫,夕阳像个鸟巢支在斜前方的芦花上,芦花在万道斜晖的照耀下,蓬松成一张辽阔的婚床。而船的左边斜后侧,一轮明月低悬,纽扣似的,端正、恬静——这是在中国,江河大地,肃穆庄静,又生气蓬勃,如慈母初睡无声,又如小儿初醒言笑。我心里有莫名的感动,忽生了就此终老还乡再也不远游的冲动。

我百度过,姑婆曾经生活的那个地方,是一个名叫"高镇"的工业小镇,那里出产电缆之类。上岸后打了车,叫司机带我到镇子中心,找家宾馆先住下。在江中的船上,看着两岸的丘陵、城市、村舍、芦苇、田野时,我就想过,给姑婆上坟不是一件急需完成的事,我想在这个小镇一步一步寻找我茉莉姑婆的足迹。这个无儿无女的扬州女人,如何在这个没有亲人的陌生小镇一住四十余年?是什么挽留了她?

我得住下来,慢慢捋一捋思路。在高德地图上将这个小镇地形看了又看,小镇三面环江,是个半岛。镇中心在长江大堤脚下,堤南是冲积沙洲,堤北是圩田,如今堤南堤北散落着大大小小的工厂。我推测,茉莉姑婆当年应该是生活在堤南的,因为听爷爷说过姑婆的房子周围到处是芦苇,想来靠近滩涂。姑婆的丈夫,春生姑爷爷是个渡江英雄,老一辈的人应该知道。

晚上，我到小镇广场，有意找几个老人搭讪。结果一连问了七八个，人家都摇头而去。这几个老人是小镇的新移民，他们知道渡江战役，也听说过划船的春生这个人的名字，至于我的茉莉姑婆他们一概不知。

我才想起，七十多年过去，大浪淘沙，这块土地上的居民像江水一样往别处流去，新的居民又像流水一样填补到这里。

我问到当年的政府所在地，听父亲说茉莉姑婆当年在政府大礼堂里每年会做一次报告的，那里应该会找到一个知道我姑婆的人吧，即使当干部的退休了，甚至去世，但也许还有煮饭的、烧水的、扫地的会知道呢。

没想到当年的老公社已经成了一所中学，而且变成中学也有四十余年了。我站在学校铁门外，门卫警戒地问我找谁，我心里一阵酸涩。

我在找一个六七十年前的人！

我抚平心绪，想着既然来了，就想法进去看看。我说找校长。门卫放我进去了，然后指了指校长办公室。

校长是个50岁开外的男人，不热情也不冷漠的表情。我说我是渡江英雄春生的晚辈，想打听一下……

我还没说完，校长就打断了我的话说："据我所知，英雄春生是没有后代的。"

"嗯……是的……是的。"我有些结巴道，准确说，我是他的妻子吴茉莉的晚辈，娘家的晚辈，她是我爷爷的妹妹。

哦，每年清明节，我都会带学生去烈士墓园给英雄春生扫墓的。校长说着，过来跟我握手。

校长给我泡了杯茶，我环顾了一下办公室，又从窗边俯瞰了一下校园内景，没有一桩建筑物是旧的。

我呷了一口茶，抱歉道："打扰校长了，我其实主要是想打听一下我的茉莉姑婆的一些往事，作为后人，我想了解一下她当年在这里的生活情景。"

"就是英雄春生的妻子吧？我记得，我读书那会儿，听过她给我们讲革命故事，嗯，主要是她的丈夫在渡江战役中的英勇行为……她穿着藏青蓝的褂子，在台上讲……"

"你记得这样清楚！连她穿的衣服都记得！"

校长笑笑道："那年代，经常在国庆节前，学校会邀请一些英雄模范到学校给我们学生讲革命战争年代的故事,本镇一个打鬼子的英雄,一个是渡江英雄春生的遗孀,会被学校轮流请来给学生讲故事。你的姑婆每次讲故事都穿那件藏青蓝的褂子,而且褂子上没有勋章,不像另一个打鬼子的老同志胸前挂一排勋章,所以印象就深些。"

我的心像被什么猛地咬了一口,一时接不上来话。

校长见我感慨的样子,便起身道:"要不我带你去一下烈士陵园吧?"

我感谢地点点头。

车子在蜿蜒江堤行驶了十分钟的样子,到了一处松荫下。下了车,眼前一尊高大石碑巍然耸立,上书"渡江英雄纪念碑"几个大字。石碑后方是滚滚长江,石碑背面镌刻"人民英雄永垂不朽"。陵园岑寂,草丛里落了一层松针。院墙下有几处坟茔,校长说大多是衣冠冢。

我问:"我的茉莉姑婆的坟在什么地方?"

校长一愣,忽然想起来,道:"这个我还真不清楚。"

我说:"我从扬州动身来时,我父亲跟我说也在江边,离陵园不上一里路。"校长想了想,跟我说:"那我带你去前面看看。"

我们便找到了江边另一道小堤上的一处坟地,远远通过一个个隆起的坟包看来,大约有十来座坟。

校长说:"自从小镇规划出一片公共陵园后,有后人在这边的,基本都把坟迁走了,剩下的这些坟,要么后人不在本地,要么没有后人。夏天发洪水时,有时江水能淹到坟脚……"

这样说着,就找到了我茉莉姑婆的坟。坟前立了碑,以我爷爷的名义立的。

但我知道,其实姑婆去世时,我爷爷也躺在床上了。那是我上中学时,我父母来这边奔丧,我记得那几日,我爷爷蹒跚着在扬州的小院里抱着一盆茉莉花哽咽。我那时并不能理解他的感情,对一个仅在照片里见过的姑婆,并无特别的情义。

此刻,我躬身给姑婆行礼,眼里潮湿。仿佛一条溪流和另一条溪流汇合,这是一个和我有着许多共同的生命基因而我却并不熟悉的女人,我的长辈,我爷爷一辈子念叨的妹妹。

跪拜过,起身我才忽然发现,姑婆的坟边,依着一座无名坟。几乎是紧紧地依靠着,我心里纳闷儿,这是谁的坟?江堤空旷,其他的坟丘都相隔了一段距离,只有我姑婆的坟边紧紧立着一座无名坟,仿佛丫鬟紧紧地贴在小姐身后。

我问校长,校长也不知。

回学校的路上,我沉默不语。校长忽然道:"我们学校有个退休老教师,80多岁了,或许对你姑婆的事情知道得多一些,你愿不愿意见见?"

我忙道:"愿意愿意。"

到学校后,校长便打电话,帮我联系那位老教师。老教师退休后去了铜陵儿子家,这回听说是英雄春生的亲戚来访,回说翌日由他孙子开车送他来学校见我。

晚上,我住在小镇宾馆,小半夜,接到江苏同乡打来的越洋电话。同乡说,江老先生一直盼着我去看他呢,听说我回扬州了,托我回美时,替老先生带一瓶运河水,和一包扬州土,他要种一盆茉莉。

我心里一阵温热,跟我爷爷一样呢,爱种茉莉。

4

"茉莉,仗很快要打起来了。"

在芦苇围就的屋子里,清冽的夜气四处满溢,夜气里升腾着潮涨的气息、油菜抽薹开花的气息、新芦拔节吐叶的气息。春生对茉莉说,江堤内的小河里,中国人民解放军已经在那里训练撑船划桨,训练上船下船,训练水上射击……

"还要怎么打?"

"还能怎么打?当然是要打过长江去,成立新中国……"春生道。

躺在床上,茉莉忽然转过身,问春生:"你也要去打仗?"

春生笑道:"你猜!舅舅把门板都捐给部队了,门前门后准备盖新房用的几棵大树也砍了捐了,给部队造船……还有,我这么好的船工,不上前线也太可惜了吧。"

"你会打枪吗?"茉莉小心问道。

"会的。这几个月,我在河里教解放军划船和游水……推翻了蒋家王朝,以后就没有童养媳了,人人都是自由的,想怎么过就怎么过。茉莉,到时你就可以安心回扬州看你哥哥了……"

"好。春生,那你好好划船,好好打枪……"被窝儿里,茉莉握住了春生一只粗糙有力的大手。

"我还想过了,打过长江去,成立新中国,推翻了一切剥削阶级,我就可以自己买条船,专跑扬州,茉莉,到时候你想哪天回扬州就哪天回……"黑暗里,春生抚着茉莉的脸动情地说。

"好,快睡吧,你明天早点去教中国人民解放军。"

茉莉说着,自己却睡不着。她害怕,又激动;她欢喜,又忧虑。早春的夜风吹动屋顶枯败的芦苇叶子,发出细小的簌簌声,那仿佛是叶子在和叶子悄悄地说话。已过惊蛰,春江水暖,早早拱出地面的虫子在黑暗的墙脚唧唧叫着,茉莉摸了摸自己的小腹,她觉得自己的腹内也有一只小虫在轻轻地叫着——外婆叮嘱她,不到三个月,还没坐稳呢,不能张扬说出去的。茉莉便连春生也不敢说了。

到了4月,春生一连几日已没回家,他已经和部队吃住在一起了。江南那边打过来的枪炮,在夜里像流星坠落江面。白日里,茉莉和外婆,还有舅母及几个孩子多半待在防空洞里,几个孩子有时舅母管不住,他们听不到炮声时会跑出来东瞅西瞧,然后带些消息到防空洞里,又放了几只坐了稻草人的船到江里了……茉莉和舅母都不懂。外婆道,这叫草船借箭,戏里唱过的。

这样说了三五日,忽听得江上的枪炮声密集了,到天亮,孩子们跑出防空洞一看,村里的解放军和船基本没影子了。

打过去了!打过去了!孩子们在防空洞外叫喊着。

这里茉莉扶着外婆,跟着舅母一起爬出了防空洞。只觉得太阳光格外亮,村子空得让人心里发慌,总像丢了什么。

各家给解放军划船的男人,陆陆续续都回来了,可茉莉等了几日,也没等回来春生。茉莉心里忐忑,问舅舅,舅舅说他也在问,说不定跟着部队又往南方去了,听说解放军过了长江,还要打过台湾海峡去……

没有春生的消息,茉莉睡觉不踏实,噩梦不断,醒来一身汗水。她常常梦见春生被水呛着,抬不起头来。醒来,茉莉思忖着:莫不是海里的浪大,春生跑惯了长江和运河,还不习惯过海。

江堤下,驻扎着一个战地医院,一批批从前线转来的伤病员被送到这里。村里的妇女们被支前指挥部发动组织起来,到医院里协助医生照顾伤员,喂饭,洗衣。

医院里,坐的,躺的,总要有几百个病人吧,有解放军,也有船工。茉莉也来了,她一边照顾病人,一边悄悄听着伤员们和乡亲们说着渡江的情形。

子弹嗖嗖的,从耳朵郭子边飞过去,我要是头偏了一毫毫,哎呀,这会子早喂江里大鱼了。一个伤员靠在门板搭起的床上说,他一边说着,一边还捂着他的左耳朵,仿佛子弹还在飞。

是啊,我们靠近南岸那一会儿,敌人惊着了,江面上那炮火下得比稻田里萤火虫子还满呢。你们妇女躲在防空洞里哪会晓得哦……一个船工模样的男人一边说一边仰头比画着。

这时又一个船工接过话茬儿来,长叹一声道:"这些日子,我在伤病员里找了又找,没见春生,我毛估着,春生大约是回不来了……"

什么?春生?

众人愕然,他可是我们这帮人里船划得最漂亮的啊。

渡江那夜,春生的船划得快,就要靠近南岸时,他的船被南岸敌人的碉堡火力给封锁住了。春生大约急坏了,他跳进了江水里,硬是将船拖到了岸边,解放军上岸了,可是他自己却中弹了……

病房里,一阵接一阵的叹息声。

春生最英雄!有人沉痛地说。

当时江水急,我们都来不及去捞春生,天麻麻亮,我眼睁睁看着他被冲走了。火药的味道,血腥味……除了春生,我也不知道江里漂走了多少人,我也顾不得这些了。我送了一船解放军,赶着回来再送一船过去,当时时间太急了,我没顾上他,我以为他一个老船工,漂一段路还能爬上岸的……

茉莉端着一盆染满血渍的衣服,只觉屋顶晃荡,芦苇长到了天上。她闭着眼睛问医生,他们说的这个人是谁?她多么希望那个英雄不是春生,不是她的丈夫;她的丈夫是划船的老手,一定会划着船回来的。

医生握着茉莉冰冷的手,低声缓缓道:"革命,肯定是要付出代价的,肯定是有牺牲的。我的丈夫,已经牺牲两年了……"

茉莉大叫一声"春生",便倒地昏迷过去。

这之后,茉莉躺了一个月,舅母和外婆轮番照顾,总算将她从鬼门关上拖回来。但是,她的孩子在那一场昏迷中丢了。春生还不知道她有过宝宝呢。

过了几天,舅舅去参加渡江庆功大会,带回来一个消息,江边要建一座烈士陵园。没几日,便有干部模样的人来找茉莉,要一件春生的衣服,给他做一个衣冠冢。茉莉不说话,从竹丝箱子里寻了一套她在扬州给春生买的衣服,衣服还新崭崭的,春生一直不舍得穿。来人摸了摸衣服,摸出一盒胭脂来,问胭脂是否也带走。

茉莉瞧了瞧胭脂,青花瓷的小盒子,是春生在扬州要送她的,她没要。她想起自己跟春生说过,他不在,她不用胭脂。于是,茉莉摇了摇头,示意来人将胭脂也带走。来人犹豫了一下,还是将胭脂放到了茉莉手心里。

"你是烈属,我们会按照政策给你发放烈士家属抚恤金的,你安心过日子吧……"来人安慰过茉莉,便捧着春生的衣服走了。

"在高镇,我等到了那位退休的老教师,姓吴,跟我同姓,我顿感亲切。"吴老师跟我说,她在五十年前的公社大院里听过我姑婆做报告,给老百姓作。后来乡政府搬到天河边,老公社的办公室改成教室,我的姑婆还来做报告,给学生做。也就是说,这个如今的学校院墙若还是旧的,一定回荡过无数回我的姑婆经过扩音器处理放大的声音。

吴老师领着我来到一处高地,指着隐约可见的墙基说:"这是当年公社大礼堂的主席台处,你的姑婆捧着几张稿纸,对着下面几十排老百姓作报告。"

我说:"还穿着一件藏青蓝的褂子,是吧?"

吴老师道:"是的,是蓝褂子,起先几年还新崭崭的,后来就旧了,旧了她还穿,褂子大得很,我怀疑是男式的。她剪着齐耳短发,脸色偏白,我第一回听她讲童养媳的经历时,还感叹,太俏丽了,可惜得很。我怀疑她不识字。"

我一愣。我说:"这个我还真不清楚,她很小就被领走了,说是童养媳,其实就是奴仆,做奴仆不能进学堂是有可能的。"

"我怎么怀疑起她不识字呢?是这样的,我听过她许多回报告,每次她手里都捧着几张稿纸,但从不看稿子,我想,自己的经历自然是不需要看稿子的,可是,有一次,我发现……"吴老师说说停停,用脚踢了踢墙基处冒出来的一丛树苗。

"发现什么了?"我好奇问道。

"小吴,你过来,我跟你讲,这是什么树苗你知道吗?这是杨树苗,肯定是当年大礼堂前面的那棵大杨树的树根发出来的,大杨树上绑着个大喇叭,你姑婆的声音从大喇叭里传出来,把公社院墙外的庄稼都铺满了,血雨腥风……哎呀,树砍了又砍,根还在,新苗就还会长出来找阳光哦。生命可真是顽强啊!吴老师感叹着说,还蹲身扯了一把小杨树苗,凑到鼻子前闻了闻。我发现你姑婆的报告十年前说的内容和十年后的内容有出入,这是我偶然对照我的听报告笔记时发现的。我后来留心她的稿子,稿子外皮都磨损了,可里面的纸还是白生生的,说明稿子还是原来的稿子。甚至到后来,她做报告时连稿纸都不展开了。"

"这么说,稿子是别人替她写的。"我抿了抿嘴道。

开展学雷锋活动时,我还带一群学生去过她住的屋子,去帮烈属打扫卫生,那时她老了,和几个婆婆坐在桌子上摸骨牌。后来,我们学雷锋时,会提前通知她,她就不再摸骨牌,并且为孩子们准备几块水果糖,和她的弟弟一道坐在门口等我们。

吴老师叉着腰,站在秋阳下,白发苍苍,也像一根芦柴花。我想起有位名人说过一句话,大抵是说人是一根会思想的芦苇。但没等我深究这"芦苇"的内涵,我又被吴老师说的"弟弟"给绊着了,我心想我姑婆没有弟弟呀,难道后来捡了个弟弟?又或者是后来找了老伴儿,对外不便明说,就说是弟弟?我不敢深想下去。我知道,生活中的许多事情,若一直探下去,会比小说还要出人意料。我便不再言语。

就不知道磁带还在不在,还能不能找到了……吴老师自言自语道。

我忙问:"什么磁带?"

"你姑婆的录音磁带啊。"

还录过音?我越加好奇。

吴老师领着我,去了本地的渡江战役纪念馆,这也是本地的一处爱国主义教育基地。两进三间,前面的三间陈列着关于渡江战役的各类图片、文字和物品,后面三间是民居,展示曾经的生活场景。吴老师道:"你仔细看看,看看有没有磁带,这个陈列厅里所展览的东西,我作为本地的中学历史老师,当时向展馆提过不少建议。后面三间是当年春生同志的家。当然,当时的房子肯定没有这么好,当时是土坯的,你姑婆住了一些年,后来政府帮忙建成砖瓦房。你姑婆去世后,她弟弟又住了几年,等她弟弟也去世后,我写信给政府,建议把这里修缮成春生同志的故居,后来上面综合考虑了本地是当年的渡江区域,就干脆建成了渡江战役纪念馆,后面三间依旧作为春生同志的故居。"

我们在此没找到磁带。我便在后面三间的故居里踟蹰了一个多时辰。这里离江近得很,在门槛上坐下来,能听到江上轮船行驶的轰鸣声。想必姑婆在此,一定也是日日夜夜听着船声和水声。她听着,想没想过回到她运河边的娘家呢?回到哥哥的身边?

既然有磁带,一定也有照片了?离开纪念馆的路上,我问吴老师。

吴老师摇摇头道:还真不一定有。录磁带,也是因为你姑婆后来给学生做报告做不动了。大约是80年代后期,我们请你姑婆来给学生做报告,你姑婆整个精神状态差了不少,我想,这站在台上要说上一两个小时她肯定受不了,我是做老师的,我知道年纪大了,一堂课四十分钟都已站不下来了。学校里新来的年轻人有办法,他们提议让你姑婆坐广播室里讲,然后他们又跑到乡政府借来一台录音机,将你姑婆的讲话录音下来了。那是你姑婆最后一次严格意义上的做报告。这以后,有好几个单位都效仿我们,请你姑婆来,让她坐在台上,录音机播放磁带,扩音器再把声音扩得老远。于是,我们后来又把磁带翻录了好几盘,给过不少单位呢,包括小学、文化站……

吴老师一连说了许多,没想到她记性还这样好,我感激又佩服。她喝了几口水道:"老年人嘛,就这样,过去的事记得真切些,你若问我昨天的事、前天的事,我也许一桩都说不出来呢。"

当年的小学也搬了校舍,我猜想着一定不好找磁带,便决定去文化站试试。相对来说,文化站是清冷的单位,大拆大建那样的事,文化站沾边的少,这样好,说不定能找到老东西。吴老师也同意我的观点。

我们便去文化站,文化站锁了门。几番打电话询问,才知文化站站长早下海经商去了,这是座没有住持也没有和尚的老庙,我心里竟然有些暗喜。

得知我是渡江英雄的亲戚,来寻访英雄的足迹,镇上的宣传委员从会议里抽身出来,替我们开了文化站的大门。

5

舅舅渡江立了功,又识得一些字,后来带着舅母和几个孩子进了城,他做了齿轮厂的工人。外婆年纪大了,留下来,跟着茉莉过。茉莉也分得了几亩沙地,她跟着村人学着种庄稼,春种棉麻,秋种油菜、小麦,冬天,她跟着村子里的男男女女到芦苇荡去砍芦苇,然后卖到江边的造纸厂去。

一过三五年,也不提回娘家。大年初二,村子里的沙路上,大人小孩的身影往来不绝,那些出嫁的妇女们,都带着孩子,拎着礼品,回娘家给父母拜年。春寒尤烈,茉莉陪外婆坐在屋里烤火,呆呆地看着门外往来的人影。外婆捏着茉莉的手问:"当真你没有娘家吗?还是当初瞒了父母私自跑出来的?茉莉我儿呀,跟外婆说句实话,家里若还有人,你就赶紧趁春上闲,也走走娘家……"

外婆一句话,说得茉莉眼泪汪汪。茉莉何尝不想回去看看哥哥呢?当初,她是怕给娘家添麻烦,伪装投水自尽,跟春生跑来这个江边小村。如今忽然回去,哥嫂一定以为她是鬼魂现身了,就算她解释清楚了,她逃跑嫁人又做了寡妇的事,一定会很快传遍十里扬州街,也一定会传到老歪和他妈妈耳朵里。虽然说,已经是新时代了,婚姻自主,可她到底是被林家养了十几年的丫头。

茉莉辗转反侧,夜夜难眠,外婆早就瞧出了她的小心思。外婆道:"天下的父母娘亲,永远都不会怪罪自己的孩子的,纵然是生了气,你好好儿赔个不是,他们就欢喜了。我已把你回娘家的礼品都备好了,你是有娘家的人,我早瞧出来了。"

茉莉被外婆说得心动了。走了春生,哥哥便是她在世上最亲的亲人。茉莉便收拾行李,走水路,两个半日便到扬州。到扬州后,她没有立马回家,而是围着围巾,遮了大半张脸,在城外游荡,直到天黑尽才急急往家赶。长街的石板路上,她把步子摆得格外轻,唯恐荡出来一点回声,被熟人听出来。路过谢馥春香粉铺前,她还是忍不住朝门前张望了一眼,那时候,春生常在谢馥春后面的小码头边等她,她假装买胭脂水粉,甩开老歪,径直穿过谢馥春的店堂和作坊,去会春生。

月亮出来得早,待茉莉到了家门口,早春的上弦月细得像小口咬出的牙痕印儿,让人觉得疼。茉莉敲院门,里面没有声音。她便又敲院门。谁呀?是一个年轻女子的声音,不像是嫂子的,茉莉心里一阵慌,忙拉了拉脸边的围巾,没搭腔。里面便没了声音。茉莉想,莫非哥哥家来了亲戚?便又敲门。一会儿,院门半开了,是个陌生的女子,她问茉莉找谁。

茉莉看了看开门女子,确定不识,便踮脚朝屋里看了看。

"看什么看?问你找谁?"

"我找我……"茉莉想说哥哥,可心里忽然没了底,便问道,吴万章住这里吗?

"不知道。"陌生女子啪地关了门。

茉莉便一时没了方向,她一个人走完了长街,又往运河边走。牙痕似的月亮落在运河里,静静地陪着她走,茉莉不觉走到了她当初搓洗衣服的地方。石阶还在,好像变长了,水边又多了几块洗衣石。水边没有人洗衣服,茉莉就着淡淡的月光在一块最大的洗衣石上坐下来。坐下来她才发现,她坐的这块石头不是洗衣石,石头表面凹凸不平,莫非是妇女们临时搭放物品的石头?茉莉便又起身,忍不住瞥了一眼这块大石头。这一瞥,茉莉吃惊不小,那石头上镌刻的"林宅"两个大字赫然在目。

这不是林家大门口石狮子前面的那块石碑吗?曾听得老歪妈妈讲,这块石碑是林家祖上在扬州做生意发迹后请名家镌刻的,放在新置办的房子前,都传了好几代了。那时的老歪妈妈寄希望于书堂再振林家气象,每年都会请人来在掉了色的字迹上再描上一趟朱漆,还会布置吴妈定期擦拭石碑和红字,吴妈走后,这些事便落到了茉莉手上。

难道林家的房子被拆了?茉莉有些好奇,又好像是不放心,便上岸悄悄往巷子深处探,房子还在,里面灯火影影绰绰,传出小孩子的哭声,妇女呵斥小孩子的声音,房子西边一角竟还有男人喝酒划拳的声音……茉莉只觉得纳闷,莫非也是换了主人?

茉莉不敢一家一户地去敲门,只得又晃荡回到谢馥春香粉铺前,店铺门已关,旁边有个小门,里面住了人,茉莉猜想是值班的门房,便去敲门,又报上哥哥的名字"吴万章",没想到哥哥还在这里做活儿。

门房给茉莉指明了哥哥的新住处,茉莉寻到,已是半夜。茉莉想,若是敲开了哥哥的门,又是半夜,哥哥一定以为自己真的是鬼,若是惊动大了,孩子们哭起来,那就坏了。好在已找到哥哥家,心便是定了。这样想着,茉莉便蜷缩着靠在哥哥家的大门上。

哥哥天明起来开门,一个女子倒在自己脚背上,他大吃一惊,以为是乞丐,忙扶她起来。

兄妹相认,从惊诧到惊喜,再到悲伤,一上午,眼泪像运河水似的不断流。问起各自近况,哥哥还好,"谢馥春"正在进行公私合营的改造,但哥哥没有丢掉饭碗,他将会成为国营的"谢馥春"的老职工、老师傅,将来是要带徒弟的。说起搬家,哥哥说城里的几户大户人家都把房子让出来了,像他这样的工人都改善了住处。

"老歪家那边呢?"茉莉到底忍不住,问起哥哥来。

"我一直以为是你婆婆,不,以为是老歪妈妈逼死了你,扬州城里的人都这样认为,我恨死了他们林家,所以从不关心他们林家的事,他们不好也是报应。"哥哥说起多年前到林家要领妹妹走时,被那个地主婆子骂得狗血喷头,依旧气愤得一脸涨红。

茉莉便低头不语。

哥哥顿了顿又道:"说起来,他们现在也惨得很,老歪眼睛不好,只能做点苦力,老婆子已经哑巴一样了……"

茉莉在哥哥家住了三五天,其间未曾出过一次大门。

"大家都以为我死了,也好,就让扬州城的人都忘记了我也好……"茉莉跟哥哥说道。茉莉也不想再在扬州城碰到那一对母子。

兄妹分别,哥哥提议到照相馆照一张合影,水路漫漫,再见面尚不知何时。茉莉本不想照相,又怕哥哥惦记自己,便照了。照过后,哥哥照了全家福,茉莉也照了一张个人小照。照过,茉莉便登船而去,哥哥答应后期会把合影照寄给她。

茉莉自此开始了和哥哥的书信往来。公社里一个年轻人经常给她送信,也帮她读信和回信。到了特别的日子,茉莉便被邀请安排着,开始去做些报告,以亲身经历,讲述自己如何反抗地主阶级的压迫,如何从一个童养媳转变成一个积极支持丈夫的开明女性的传奇经历。第一次做报告回去后,茉莉便剪掉了自己两根乌黑的长辫子,她看见公社里那些积极的妇女、进步的妇女,都是干练的齐耳短发。如果春生在世,也一定会支持她这样。

外婆是在一个冬天去世的。外婆去世后第二年的春上,家里忽然来了一个扬州的客人。这个人是老歪。茉莉看到老歪那一刻,惊讶得如同晴天打了一个炸雷,把老歪给炸出来了。

文化站小小的,像一个落满灰尘的小盒子,我和吴老师小心翼翼地启开,唯恐一不留神,奇迹就化蝶而去。

我翻了翻落满细尘的办公桌上的物件,然后拉开抽屉,卷了角的旧报纸、旧杂志层叠纷乱,让我想起有年深秋在加州的一处郊外游荡,脚下的落叶和腐土也是这样层叠纷乱,动一步,灰尘飞扬,就快把孤单的我埋了。在橱顶的一只纸质皮鞋盒里,我翻出沉甸甸的一大盒磁带。我喜出望外,心里不禁感谢当初收留了这一大纸盒磁带的人。

磁带上面贴的目录纸还在,有李玲玉、张明敏一类歌星的名字,也有气功讲解字样,更多的是革命歌曲的磁带。吴老师翻了翻道,感觉不对,不是我说的那个磁带。我说:"说不定有呢,不要光看标签纸,也许当初有人录音用的是这些歌曲磁带——只要将磁带上的歌曲抹掉,就可以录音,这是非常简单的技术,我当年就干过。"

吴老师道:"那你要一盘盘听了。"

我便向那位宣传委员请求借用磁带一天,并且当晚便到镇子上一家文化用品商店买了一台中学生学英语用的那种复读机,回到宾馆便听。大多数的磁带确实听不了,第二天,我便将磁带在宾馆窗台上铺开晒,晒过之后敲打,来回倒带子,磁带总算能转了。

果然都是些唱歌的带子。这实在令人丧气。我便抱着一纸盒的磁带,去找那位宣传委员归还。

宣传委员问我:"你到底想要找什么?"

我说:"我想找几盘磁带,特别的磁带。"

宣传委员笑笑:"要怎么样才算特别?"

我想了想道:"我其实就想找到与我姑婆有关的物件而已。"

宣传委员沉默了一会儿道："若说找个把特别的人，我兴许能帮个小忙，要说特别的物件，这几十年过去了，天翻地覆的变化，真不好弄……"

我一愣："还有？特别的人？"

"是这样，我们镇的那个关工委里有一帮老同志，我曾经在一次活动上听他们说过你姑婆，其实，也不是说你姑婆，而是说你姑婆的干女儿如何如何……"宣传委员若有所思道。

我姑婆有干女儿？那个关工委是个什么组织？我心里重燃希望，赶忙问道。

就是关心下一代教育工作委员会，简称关工委，成员多半是当地政府部门已经退休的老同志，发挥余热……我帮你问问她干女儿。

我很顺利地找到了姑婆的干女儿，一个 50 岁上下的中年女人。她说："许多人都以为我认她做干妈是有所图，你们想想，她一个孤单单的女人，纵然丈夫是英雄，可是已经不在了，能有什么给我图呢？再说了，我那时那么小，哪里知道什么图不图的？"

我笑了笑，猜出她这些年借着英雄的干女儿的光辉在一些事情上方便了些，但是并没什么实际的大用场。

我便问她多大做了我姑婆的干女儿。

哎呀，这说起来可远了。还是读小学时，我那时大约也还 10 岁上下吧，扎着两条长长的小辫子，上学路上遇见了她，她竟然跑过来忽然要抱我。我吓死了，以为是拐子呢，便挣扎着要跑。没想到她抱我更紧了，还要我叫她妈妈。我看了看，她那时应该有四五十岁了吧，我想我妈妈可没这么老，便不肯叫。后来，又有几回上学，我又看见她站在路口等我，见我就抱我，要我叫她妈妈。她还掏出来一把糖果，给我吃。你们知道的，那时小孩子都嘴馋，我便喊她妈妈。后来同学们都知道了我有个站在上学路上给我糖果的妈妈。再后来，她到我们学校给我们讲革命故事，我才知道她的身份，回去跟我父母说，我父母便说干脆结个干亲吧。于是，我就正式成了她干女儿。

我听她快言快语说了一通，久久不语。中年女人见我不说话，便又敞口说起来："虽然说是干女儿，我还是尽了做女儿该做的，逢年过节的，我都去看她。她去世后，每年清明冬至，只要我在家，我都会去她坟上烧几个纸钱给她，给她磕几个头……"

我觉得奇怪,为什么父亲没有跟我说起姑婆在这边有个干女儿呢?是忘记说了,还是不想说,还是根本就不知道?如果父亲跟我说姑婆有个干女儿,那么我就可以直接来找她老人家的干女儿了,也省得绕上一大圈。

我心里生疑,便径直问道:"你有我姑婆的磁带吗?"

哎呀哎呀,你怎么知道我有呢?中年女人很意外的样子。

我道,我知道:"她做报告的内容,被录了磁带,我此番来,就是想听听我姑婆的声音。"

没想到中年女人很爽快地起了身,我在客厅听到她开橱柜的声音,一会儿,她捧出一个蓝白方格布的包裹来。她摁亮客厅吊灯,在吊灯下的饭桌上解开包裹,六盒磁带,都有透明外盒包装着,磁带上没有标签。还有一个青花瓷的小盒,女子打开来,说,这是胭脂,干妈有一次哄我时给我擦了,但也只擦过一次,我后来知道那是她丈夫买给她的。还有一个婴儿的肚兜,这是她缝给她那未出生的孩子的。只有这些了。干妈临死之前,只给我这几样。你们想,她走的时候,她弟弟还在,还要过日子,能有什么值钱的东西给我呢?就为这个,我说出来大家都不相信,我还和许多人吵过呢。也是你们今天来得巧,再有半年我要进城带孙子了,不然这些东西我也不拿出来的,好歹是个念想……

我把几盒磁带借走了,说明听完一定归还。我到镇上买了几盘英语磁带,只能买英语磁带,因为镇上文化用品店里没有空白磁带可卖。磁带保存得很好,没受什么潮,这在雨季漫长的南方实在难得。我很快听到了姑婆的声音。

"17岁那年,我从扬州城跑出来,我上了英雄春生同志的船。也是在结婚后,我才知道春生同志是一个潜伏在大运河船队里的共产党员,他为了新中国的成立,特别是渡江战役牺牲了自己……"

沙哑的声音,缓慢的语速,仿佛是在讲述别人的故事。她说起春生同志,仿佛不是在说自己的丈夫,倒像是说一个戏里的人。可是,潮水一样的掌声不时涌起。还有几盘磁带是回忆她的扬州生活的,里面有几个人的声音,像是在聊天,我怀疑是被人偷着录下来而姑婆自己还不知道。我忽然想起,吴老师跟我说起我姑婆不识字的事,他说姑婆手拿的讲稿还是一样的讲稿,可是嘴里讲出的内容,前后十几年比较之下,竟有差别,这差别就是关于林家的生活越提越少了。如此看来,我眼前这几盘磁带,确实是我姑婆晚年的录音。

我打电话给父亲,说我找到了关于姑婆的许多信息。父亲很激动,要我一定要带回这几盘磁带。我便将这几盘磁带上的内容翻录到新买的英语磁带上,同时我打开手机,按了录音键。

磁带缓缓走动,杂音不少,仿佛紧闭的门窗外有飞沙走石叩打。我躺在床上,将这几日所得的关于姑婆的信息捋了捋,然后衔接,拼凑出一个扬州来的女子,在这个长江半岛上的台上与台下。当我拼凑出这样一个完整的女人时,我觉得自己仿佛替爷爷领回了一个落在他乡的妹妹。这是我们这个家族的一桩大事。长河远逝,光阴轮转,有人成为墓碑,有人成为蒿草。但是,不妨碍在我们这个小小的无名家族里,姑婆茉莉凝结成我们心底的一块石碑。

我打电话回扬州跟父亲说:"姑婆有个干女儿。"父亲平淡的语气:"我知道。"我又道:"似乎并不太坏,我就是从她那里找到了姑婆的录音磁带的,这非常难得。"

父亲哦了一声,说道:"当年给你姑婆奔丧时,我问她要过,她不给。没想到,留了这些年,倒给你了。大约是觉着再留也涨不出什么价值吧……"

我带了些礼品过去,跟姑婆的干女儿解释了一番,还好,她没太大意见,接过了我翻录的英语磁带。这样,我得到了六盘古旧的磁带,奉若至宝。

6

一身泥水破烂的老歪,贴在茉莉家的门框外,戴着一顶同样沾满泥土的鸭舌帽,往门内探头看了看,看过,将头和身子又缩回到门外。

茉莉一眼就认出了是老歪,可是,她太吃惊了,以至整个人坐在椅子上忘记挪动脚步出来一瞧究竟,她需要定一定神,确定自己不是在扬州。她摸了摸自己头发,当年的两根长辫子早不见了,脖子上光秃秃的,她再次确定自己不是在扬州。她看了看贴在墙上的领袖头像,想到自己已经是烈属,依旧没有起身。她不知道自己该说出什么样的言语对待老歪。

老歪贴在走廊下,见屋子里没有动静,便又将头往门内探了一下,见茉莉坐在椅子上,他受惊似的又缩回了头。茉莉清了一下嗓子,老歪在门外也轻轻清了清嗓子。茉莉终于起身,走到门框处,低声问道:"你怎么来了?"老歪听出茉莉并不热情的口气,便低着头,不作声。

茉莉走下走廊,扫了一遍左邻右舍,没有大人在外边,只有几个孩子披头散发地在场地上玩着跳绳子的游戏。茉莉便细细瞧了瞧老歪,道,你是一路打滚来的吗?你瞧瞧你,脸上手上都是泥。"老歪将手往袖筒子里缩了缩,又提着袖子胡乱地擦脸颊,依旧不作声。"

茉莉了解老歪的脾气,当别人的话没有说到他的心坎上时,他会一直闷得像头驴子。

"进来吧。"茉莉道,依旧是不热情的口气。

老歪便进了门,洗掉了几盆水,然后坐下来吃茉莉烙的饼子。依旧不作声。

茉莉见老歪要吃完了,便道:"你吃完就走吧,你在我这里不好。"

老歪的饼子还有小半截露在嘴巴外面,左右为难似的,不知道是该吐出来还是吞下去。老歪抹了一把眼睛,慢吞吞地花了好长一段时间,才将那剩下的饼子吞到了喉咙里。

"妈妈走了!"老歪说。

茉莉没说话。

"妈妈死了!"老歪忽然站起来,说完便往门口走。他摸到靠在门框边的棍子,慢慢沉进门外夜色里。

茉莉一个人待在门内,想起在扬州林家的种种。有一年,书堂放寒假回来,从杭州带回来几样甜点,母子三人在客厅里吃,说笑声像鸽子的翅膀,扑棱棱地飞到厨房里。后来,老歪送了几块点心到厨房里,给吴妈和茉莉吃,吴妈直夸老歪有菩萨心。

但是,茉莉和林家人,到底是不一样的人啊。一个要干活儿,要听人差遣;一个可以放脸子给别人瞧,可以任意差遣她和吴妈以及一帮长工。如今,世道变了,他们还是不一样的两类人。

晚上,茉莉家的门,被人敲得咚咚响,茉莉起来开门,一愣,竟然还是老歪。这回老歪不等茉莉开口,低头径直说道:"茉莉,妈妈走了,我一个人待在扬州,我实在害怕,我白天不敢出门,晚上不敢睡觉⋯⋯所以,我找了你哥哥,我从他那里要了你的地址。我是不打算回扬州了。"

"你是说,你……你要在我这里住?"茉莉有些意外。

老歪点点头,道:"你走后,扬州东关街上的舅舅家也很快就搬走了,他们招呼都没跟我们打……现在妈妈也走了,我除了你,没有亲人了……"

老歪一句话,说得茉莉也有些心酸。

老歪进了屋,一个人在灯下,一边吃东西一边抹泪。茉莉远远坐在门框边,乱纷纷的各种念头,像雨前池塘里的小鱼儿,一会儿蹿出来一个,令她自己都一惊,然后沉到心底深处去,末了又蹿出来一个。

既然自己做不下来决定,便让别人来做吧,茉莉想着,便起身往大队部方向去,她觉得应该把情况如实汇报。茉莉没走多远,便听见老歪拖着棍子在身后追过来,老歪追到茉莉跟前,一把抱住了茉莉的两条腿,脸贴在茉莉膝盖上哽咽道:"你这是要把我交上去吧?茉莉,我求你给我一条活路吧……"

茉莉道:"我只是要去把事情说个清楚……"

能说得清楚吗茉莉?你一说,再一查起来,什么结果你想想。我们家……还有书堂……我想着,你是烈属,或许我在你这里还能……

村里的狗吠声由远而近地追过来,老歪越加慌张,把茉莉的两条腿勒得更紧了。茉莉又急又愤,大声道:"我已经不是你们林家的童养媳了,你不必再追着我不放……"

老歪一惊,提起胳膊抹了一把眼泪,看了看茉莉,道:"什么童养媳啊,我一直当你是姐姐,我从扬州一路边躲边逃地寻到你这里,好几回掉到泥沟里,以为自己肯定活不成了,可是一想到这个世上还有姐姐在,我就来了力气,我就能望见路了,就爬起来接着跑……"

夜色之下,茉莉弓起右手指,悄悄抹了抹眼睛。

老歪说完,起了身,啪地远远扔掉手中的棍子,低声冷冷说道:"你去喊人来吧,我不跑了,也没有地方可跑了。"

村狗的叫声,引得几个村民跟着狗声寻到了沙路边,很快来到了茉莉和老歪身边。茉莉忙扶起了老歪。

"这么晚了,茉莉你怎么在这里呢?"村人望望身材瑟缩的老歪,忍不住问茉莉。

茉莉笑道:"是我娘家来的弟弟,家里日子不好过,投奔我这里。我说,我这里粮食也不充裕,他生气了,天黑就要走。你们帮我劝劝我弟弟。"

村人听茉莉这一说,便都上来七嘴八舌地帮着劝老歪。老歪不作声,低着头,由村人和邻舍们引回了茉莉的小屋。

这之后,老歪便帮着茉莉干活儿。

茉莉去外面做报告,讲自己的反抗经历和春生的革命故事,老歪低低戴顶鸭舌帽,坐在台下人群的尾巴处,默默地听。听过,人群里响起掌声,老歪低着头,也跟着鼓掌。茉莉做完报告,等台下人群散去,然后到偏僻处领着老歪,一道回家。茉莉牵着老歪,老歪一手握着茉莉的手,另一只手照例提了棍子,棍子跟着脚步轻轻地点着地面,像是一个汉字的偏旁部首。

慢慢,越来越多的人知道,茉莉有个弟弟。弟弟个儿矮,眼睛又不好,话也不多,所以没人上门来帮忙说媒。

老歪跟着茉莉听了几回报告,渐渐对茉莉有了意见,有时听完报告回来一整天不跟茉莉说话。

一回吃晚饭时,老歪鼓着嘴巴说:"你从前跟春生好的事,我知道,你们在谢馥春后面的小码头边见面,我也知道。不要以为我看不见,我心里揣着镜子呢。"

茉莉有些意外,瞥了一眼老歪,没说话。

老歪眨了眨并不明亮的眼睛,继续道:"就是那年中秋,下雨你去河边洗衣裳,伞掉河里了,你让我回家讨竹竿。我还没走几步,你们就在河上唱芦柴花,我耳听着你上船的声音,我知道你是和他私奔走了……我当时也想着喊人,来留下你,可是我没喊人。我想过,你还是走了好,虽然我有些不放心,可是还是觉得你走了好,你走了,我就不用天天跟你后面看着你了。我其实也不知道怎么对待你——我知道你对妈妈的安排是不愿意的,我呢,当然不想勉强你的。所以,你上了船之后,我就回家睡觉去了……这些我从来都没有跟妈妈说过。所以,你以后上台,就不要再提我妈妈了,她虽然打过你,也骂过你,可是她都已经死了,你还提她干什么呢!"

茉莉放下手中碗,怔怔地看着老歪:"老歪,我受苦那么多年,我现在就说一说,怎么就不能说了?"

老歪也放下手中碗,回道:"你苦,我们也苦,我们都是一样的嘛。你见过我妈后来的样子吗？她后来比你还要苦呢……我们这算扯平了，都不说了就不行吗？"

茉莉有些生气，她霍地站了起来，看了老歪好一会儿，可是，又默默坐下来。

我后面半月的时间，又去了几次姑婆的那个干女儿的家里，每次都不空手去。她后来知道我是从美国回来的，对我的态度比先前更为殷勤。她给我看她少年时的照片，讲少年时的事情。从这些零星的交谈中，我又拼凑出一些信息：姑婆的弟弟是个善良忠厚之人，曾帮过附近众乡邻干农活儿、造房子，经常在别人家吃饭时假装吃饱了，然后回家偷偷吃东西；姑婆死后，这个弟弟没上一年就死了，死前委托别人将他葬在姑婆坟边；他们还有个哥哥在台湾，但似乎没联络上……

我惊诧不已，我爷爷并没有兄弟在台湾啊。我便去县统战部查询，报了来历，工作人员是个小姑娘，领着我到档案室去查资料。档案室在一楼，看档案室的中年女人表情死板僵硬，也如一盒档案，她一边嚼着花生米，一边伸出粗壮的手臂将我拦在门外。我心有不悦，只好站在门外瞟，像个待产妇女的丈夫。大约二十来分钟，里面传出结果来：有个台湾亲戚，姓江，籍贯扬州。我还想再多问几句，档案女人已经关上了门。

我回到宾馆，想到父亲年事已高，以后委实不适合辗转来高镇给姑婆扫墓了。一个念头忽地在我脑子里一闪：给姑婆迁坟，将姑婆迁回扬州，迁到宁静的京杭大运河之畔。

但是，随即新的问题就出来了，这个在高镇忽然多出来的"弟弟"怎么办？

我觉得，我需要回趟扬州了。如果迁坟，在农历年底前还来得及。

回到扬州，亲戚朋友的各类酒宴又起来了。有一回，席间有人问我什么时候回美，托我打听孩子出国读书之类的事情。窗外明月照耀运河河水，游船上的各色彩灯好似珍珠翡翠，我醉意蒙眬，信口道："我不回美了，此生就此老在扬州了……"

我说过，忽然四座无声，弄得我好意外。大约过了半盏茶的时间，才有人想起来似的，开始拍掌说道："好，那以后，我们大家可就能常在一起喝酒了。"我笑道："几瓶老酒，几个老友，加上一座两千多年的老扬州，一条通江达海的老运河……此生足矣。"

很奇怪，自打我说决定留在扬州后，酒宴就少了，电话也少了。莫非到年底，大家都忙起来了？我心想。

我便和父亲细细商量关于姑婆迁坟的事。我说，姑婆一个人在江边，太孤单，我想将她的坟迁回扬州，往后也好……

父亲很快打断了我，她不是一个人在那边。若把她迁回来，她坟后面的老歪怎么搞？也迁回来吗？林家这边走的走，死的死，也都没有后代了……

老歪？我很吃惊。我说，那边人说的那个弟弟就是那个林书堂的弟弟老歪？我对老歪这名字印象太深刻了。童年时，爷爷在院子里叹气，他说若不是林家逼姑婆嫁给老歪，姑婆是不会上船跑掉的。

父亲说，就放那边吧，她的丈夫也在那边。人这一辈子，不管是上哪条船，上了船，便是泼出去的水了……便是你，你呢，我看着，也是要一辈子只能做做扬州的客人了。

父亲一句话说得我心上一跳。扬州是爷爷的扬州，是父亲的扬州，是我童年的扬州，而今，就算我心底闪过无数念头，终究是萤火虫的那一点光亮，不长久。

亲友给我举行的饯别宴在元宵节之后，依旧是运河边的一家酒楼，推窗即可临水赏月。月亮像一块碎掉的瓷片，落在潮退的沙滩上。席间有位做了中学老师的同窗说："上次你说留下来，我就心里不同意，你怎么能留下来呢？你走了，我给学生上地理课，我指着地球仪上的西半球好歹还能插一句，我有个中学同学就在这里呢……"

我笑笑，心里忽然想起扬州还有个江老先生一家在美国呢，只是不知老先生最近怎么样了，老先生还托付我带运河水和扬州的土到美国给他种茉莉呢。

临行前夜，母亲照例给我收拾包裹，两个行李箱里塞满扬州的各种吃食，还好是早春，否则这样捂到美国会全都馊掉。母亲说，多带点吧，到那边还能送送朋友啊老乡啊什么的，安慰安慰乡思吧。

我忽然想起来，问父亲，我们家是不是在台湾有个什么亲戚？父亲说没有。我让父亲想想，父亲低头想了想，很确定地说，还真没有。

我便说,在高镇,姑婆的干女儿说她听姑婆"弟弟"说,他们在台湾有个亲戚,但是好像也没有下文。我到那边的有关部门查了档案,确实有个亲戚,姓江。

哦,我想起来了,可能是1988年的事,是有一封从台湾来的信,寄到扬州林宅的。那时候,哪还有什么林宅了呢。寻找老歪和他母亲。搞侨务工作的人下来问,一问,得知老歪母亲死后没上一年,老歪也投水自尽了,上面便代为回信说老歪母子早年已亡故,自此便没来信。一九九几年,老歪有一次悄悄回扬州来,我便把这事告诉他,叫他上去问,看还能不能联系上,也不知道后来怎样了。

"哦,原来老歪果然有这么一门亲戚。1949年前后那几年,听说扬州走了不少富户。"

"你知道那姓江的是谁吗?就是林书堂。我后来细问过了,写信的人叫江林书堂。林字前面加了江姓。原来说阵亡是骗我们的,大约是攀了高枝。可是,我们的茉莉姑婆,却因为他这一句谎言……嗨!"父亲气愤地说。

我心里一惊,立马拨电话给波士顿的同乡,问他江老先生是不是叫江林书堂。同乡说,是啊是啊,你怎么知道的?我颤抖着,什么也没说,便挂了电话。

我忽然觉得自己像一发子弹,恨不得立马冲出枪膛。我将从高镇带回来的六盘磁带小心包好,连同那个播放英语磁带的复读机一道,塞进了我随身背的小包里。

到了美国,我的两行李箱的吃食很快便在同乡中基本散尽,最后剩下一瓶水和一袋泥土,我便向同乡要江先生的住址。同乡回道,江先生一个月前已经过世了。我愕然半天。

我最后见到了江先生的儿子,在他家的客厅里,轮椅还在,放在阳台一角。我说:"江先生,这是江老先生要的运河水和扬州的泥土。"

"叫我林先生就可以了。我其实姓林。"

我暗地冷笑了一下。

林先生道:"我父亲其实也姓林,是到了台湾之后才改姓江的……"

林先生很快叫来那位吹萨克斯的儿子,他们用英语低声说了一些什么,然后转身对我道:"我带你到我父亲的墓前去吧,你有什么话可以跟他说说。"我们便上了吹萨克斯的小林先生的车子。车上,林先生继续跟我说着他的父亲,小林先生偶有插话,但都是英语,我推断出小林先生的汉语并不好,属于那种能听出个大概但是说不好的那种。

　　说着说着,林先生掏出手机,点开一段音频,里面是江老先生苍老而吐字依然清晰的声音,带着一点扬州腔:"我于民国十四年出生在中国扬州,一条世界上最长的运河边,我出生一年后,父亲便上了北伐战场,直到三年后负伤回家,从此一直赋闲在扬州。我有一个弟弟,小名老歪,因为先天视力不佳,走路一副歪歪倒倒的样子,所以我们就叫他老歪。我8岁那年,父亲郁郁而去,丢下母亲、老歪和我,从此家境越加艰难。15岁那年,我去杭州读书,直到从军入伍,其间只在寒暑假回扬州小住。民国三十七年,我从北方的战场上撤退,奉命去南方,秘密护送黄金和车辆过台湾海峡上台湾岛。在兵荒马乱年代,母亲很不放心,不断托人催我回家完婚。哦,对了,我母亲在我9岁那年,给我领回来一个童养媳,我的这个小媳妇儿人长得倒还机灵好看,可惜不识字。她娘家哥哥给她取名叫茉莉,因为她皮肤很白。因为运送黄金和车辆是秘密任务,上级命令我们要严守秘密,更不可向家人朋友暴露行踪,在此之下,我们的姓名都进入了"阵亡"的名单,我们成了一支只有代号而没有姓名的部队。我原想着,等战争结束后,就回扬州,接母亲和弟弟他们到南京安居,同时送茉莉进女子学堂读书,没想到那一去,就再没回大陆了。上岛之后没几年,军中派系排挤得厉害,甚至出现擦枪走火的事情,我的右耳便是因此受伤失去听力的。我立足艰难,深感前途无望,直到入赘到你们的外婆家,我的境况才有改善,我也自此随了你外公姓江。20世纪80年代,我写信到扬州,寻找我的母亲和弟弟,那边回信来说我母亲和弟弟早已亡故,我收到信时,几乎一夜落尽头发,心想大陆此生是回不去了。我的这种心情,你们大约永远不能体会。一代人有一代人的悲壮与牺牲。后面便是你在美读书、生子,我和你母亲又离开了生活三十多年的海岛,到美帮你照顾孩子……近几年,我常做梦,梦见自己在扬州,我带着老歪和茉莉在运河边放风筝呢,那风筝飞呀飞呀,就飞出了扬州城,我心里一阵急,老歪和茉莉也追在后面哭喊着,醒来满心的懊丧和悔恨……我不知道自己懊悔什么,可是心里分明就是懊悔。我常想,难道这世界的某个角落,还有人在天天责怪我吗?"

……

"这是家父临终之前说的话,我用手机录下来了。"林先生低声说道。

在江老先生,不,是林老先生的墓前,我将一袋扬州泥土徐徐倒进一个敞口的蓝色玻璃瓶子里,再将一瓶运河清水缓缓注入,最后插入三枝在美国的花店里买来的茉莉——但愿老先生不要怪我没有给他带一盆扬州的茉莉。

那位中文说得不利索的小林先生不知几时已吹起萨克斯《茉莉花》。

我鞠躬完毕,正准备往回走,忽然摸到了我随身背的包里的复读机。我知道,复读机旁边是我从国内带来的六盘磁带,我还要不要在墓前播放呢?

而且,我早已准备好台词:这里有几盘蒙灰的磁带,说的是几件旧事,林先生,你且拣一个有月的晚上,慢慢来听。你可以听了 A 面,再听 B 面;也可以,听过 B 面,再听 A 面……

我的台词还要不要登台说出呢?

我抬头看了看远方。天边晚霞还未褪尽,一弯清瘦的下弦月,已早早从东边的云天上浅浅浮现,仿佛一片半旧的泪帕子,斜斜别在衣襟上。我想,那是扬州的月亮吧。

(《小说月报·原创版》2021 年第 9 期;《作品与争鸣》2021 年第 10 期转载)

重 圆

杨小凡

大哥离开我们的时间是他自己定的。

现在,坐在他的灵堂前,觉得一切仿佛都是自有安排,无可逃脱。

腊月二十九,我从省城回到故乡。本是不想回来的,患肺癌四年的大哥从病房里给我打了电话:"三,回来过年吧。我年后就要走了!"

他的声音已有些沙哑,但底气还挺足的。我强装着笑说:"大哥,你别瞎说,你这病没事的,现在医疗水平多发达!"

"灯里剩多少油,我清楚,不想再熬了。明天我就出院,在家里过了年,过了生日,我就心满意足了!"大哥很平静,似乎还有些兴奋地对我说。

我说:"你别出院,我明天就回去!年三十那天,我们弟兄几个到医院陪你过年。"

腊月二十九,我赶到家的时候,大哥已经回到了乡下的家里。我埋怨四弟和侄子为什么让大哥出院。四弟委屈地说:"你还不了解大哥吗?他这么一个明白人,我们能拦得住吗?"

说的也是,我们家弟兄六人,加上我上面的一个姐姐,姊妹七个,一直都听大哥的。他是老大,高中毕业回乡后他就成了母亲的助手,成为这个家的主心骨。我们从心眼里是敬他,也是怕他的。

年三十那天,大哥的气色突然好起来,满面红光的。他自己剃了胡子,换了衣服,指挥着贴春联。春联贴好后,又与我们一起去村北的祖坟去祭祖。他走路已经很吃力了,但还是坚持自己慢慢走。路上,他指着赵家那片坟地给我说:"三啊,赵家人也不少,说散都散了。人这一生啊,真是做梦一样。"

中午吃饭,大哥执意要喝酒。在医院都不能顺利进食了,我们当然不让他喝。但他却坚决地拿起酒瓶,给92岁的父亲和自己倒了一杯,然后,吩咐侄子给我们弟兄几个全满上。他先带着我们给父亲敬了一杯,然后,给我们五个弟弟每人也碰了一杯。当然,他只能象征性地喝一点点。我们弟兄一边笑着敬他酒,一边说着宽心的话,气氛热烈乐呵,但每滴酒都那么苦涩和难咽。都知道,这是我们与大哥在一起的最后一顿年酒了。

正月初五早上,大哥像泄了气的皮球一样,人就躺在了床上。他的脸颊热红,说几句话就得吐口痰。但他却不想停下来说话,我和四弟、侄子陪在他的床前,听他说以前的老事儿。为了让他少说话,每当他刚开了头,我们就接着他的话回忆,只是在不对的地方,他才开口纠正。一个话题完了,他会再提一个话题,他心里好像有说不完的话。我们为了让他休息,就借口打电话或者有事,离开他,让他安静会。我知道,他真的快要走了。这情形与我母亲离世前一模一样,人离世前对过往的留恋是一种本能反应。

初六早上,大哥喝了小半碗稀饭,又做了雾化,气色显得不错。他又开始给我们说1960年他差点没饿死的旧事。刚说一会儿,他的手机突然响了。他显得很兴奋,从枕头边拿起手机,摁下接听键,电话里一个年轻人的声音传出来:"爷,听说您回家了,我一会去看您!"

"啊,根生啊!你别来了,咱村子都封了,进不来出不去的。我好好的没事。"他怕声音小,说话尽量用着力气,声音也更加沙哑了。

根生?根生是谁啊!我有些不解地看着大哥和四弟。我从来没听说过,这个叫根生的跟大哥有什么关系。

根生的声音又响起来:"那我夜里去,就说是送口罩的!"

大哥放下手机,看我一脸疑惑,就指着侄子说:"儿啊,你办了件好事!"

我更加不解了。就问:"根生是谁?"

大哥笑着说:"是赵三胖卖掉的那个儿子!"

"啊!是赵三胖的儿子?你们是怎么联系上的?这些事儿,怎么从来没人给我说过。"

大哥有些遗憾地说:"你从考上学之后,哪在家待过。老家里这三四十年的事,你咋能知道。"

赵三胖的家住在村子最西头。他比我大一岁,小时候,他和四弟像跟屁虫一样跟在我后面玩,我们三个是村子里玩得最好的。只可惜,从1985年到现在,我再也没有见过他。关于他的传说是听过一些,我也多次打听过他的下落,但是,他留给我的印象还是停留在我十八岁以前的记忆。

其实,赵三胖很瘦,正是因为瘦,他娘才给他起了"三胖"的名字。他前面有两个姐姐和两个哥哥,他在男孩里排行老三,村里人都喊他三胖。他家是我们村里唯一的外姓,据老人说,他爷爷那辈才从黄河北逃荒过来的。我们小的时候,家家都很穷,春天连肚子都吃不饱。他爹脾气很大,动不动就打他们姊妹几个。发起火来,近了,朝脸上抽、用脚踹;远了,捡起什么用什么砸。三胖脸上身上常常被打得青一块紫一块的。每次挨打后,他都吓得不敢回家,跑到我们家里,有时就在我们家里吃住。

我母亲看到三胖在我们家不走,就知道他又挨打了。她就领着三胖,骂骂咧咧地向村西头走去。他家低我们一辈,他爹叫我母亲婶子。我母亲总是叫着他爹的名骂:"赵胜,你个孬种,打孩子有啥本事!有志气你别生养这么多啊!"这时候,三胖他爹就赔着笑说:"老婶子别生气,这孩子属猴的,三天不打就上墙!"

三胖6岁那年的春天,得了一场大病,差点没死。村里人都说他被吓破了胆,先是不停地拉肚子,后是发高烧,再后来吃什么都吐。他本来就瘦的,这样折腾一个月,刚能出门的时候,走路都扶墙。我们在一起玩时,他老是坐在地上,或者倚在树上,两个眼珠木刻的一样,每转动一下都很费劲。

他被吓着那天,我也在场,也被吓得不轻,我们两个一起跑到了村外。那是打春不久的一天,天气还很冷,我与三胖一起在村里麦垛边玩了一会,就决定去生产队里盛喂牛草的那个大屋里暖和暖和。我俩刚走到屋门前,就见三个戴着高帽子、花花绿绿的纸人出来了。纸人的脸被画得黑一块红一块绿一块紫一块,血红的舌头伸出来老长,脖子上都吊着打有红叉叉的纸牌子。纸人比人高大,我俩没看到后面的人,认为这就是大人说的鬼。

半年后,三胖的病好了。从此,也胖了起来,人像是气吹的一样,一天一个样。村里人都不明白,他咋就胖起来了呢。现在,我想,他如果不是因为那次得病后胖起来,他的命运也根本不是后来的样子。

侄子见我一脸的不解,就对着我说:"二叔啊,要说我碰到根生这事啊,比小说还小说,似乎一切都是命中注定的一样。"

接着,他讲起了根生的事儿。

侄子是我们这药都市的律师协会会长。谁家遇到官司,能请到他去打,即使输了,他不再觉得冤屈。

七年前的一个秋天,他的大成律师事务所里,突然来了一个年轻的女人。这女人约莫二十六七岁的样子,人长得还算漂亮,但脸上却写满了冤屈和不平。侄子接待了她。但听她说是一桩因丈夫打伤人入狱的案子,就委婉地拒绝了。现在,他只接经济案子,刑事案都推给其他的律师。这个女人当时就哭了,她说丈夫一审被判六年是冤枉的,明明是对方想抢占他们的家产,丈夫只是出于气愤,一时失手打伤对方,咋能判这么重呢。

侄子说,做律师时间长了,从事主的表情上就能判断出是不是有冤情。他从这个女人的言行上判断,应该是有些冤屈的。于是,就让她细致地先讲一下案情。

女人说,她丈夫叫锁根生,1985年出生,是公公家收养的儿子。她公公叫锁明全,和婆婆一辈子没有生育。根生4岁的时候经人介绍被公公收养。公公家是卖中草药的,开的有一家叫"福满堂中草药"的贸易公司,生意不算好也不算差,至于现在家底有多少,她也不太清楚。三年前,她经人介绍认识了锁根生,一年后两人就结婚了,第二年生了个儿子。儿子出生七个月时,公公锁明全心梗去世了。

公公有个哥哥,早年去世,他的儿子叫锁兴光。按辈分说,这个锁兴光与锁根生是堂兄弟。公公的丧事办完的当天下午,锁兴光就来她家里骂,说锁根生是野种,霸占了他们锁家的钱财。他是想贪占公公留下的家产,锁根生肯定不愿意,两个人就对骂起来。骂着骂着,动起手来。锁根生一拳打在了锁兴光耳门上,他就倒在地上,躺着装死。警察来了,立了案,经过鉴定,说锁兴光被打成耳聋和轻微脑震荡。一拳怎么就能打成耳聋呢?一审,重伤害罪判了六年,外加经济赔偿44.6万元。

侄子说,那天他听过案情后,竟立即决定接下了这个案子。按说,对于律师而言,要动感情是很难的,这案子也完全可以交给手下的律师去办,但那天他鬼使神差一样决定亲自办这个案子。

侄子说,在监狱会见室里,他看到锁根生的第一眼,就觉得这人面熟。他详细听过锁根生的陈述后,就开始问一些细节。

"你知道自己是锁家收养吗?"

"知道。"

"你什么时候知道的?你来锁家时有记忆吗?"

"我是在12岁时才听邻居说的,他们说我是4岁时被养父买过来的。"

"你听说过是从哪里买过来的吗?"

"我听说出生地是在城西四十里的一个村子。16岁那年开始,我偷偷地到城西四十里那一带村庄打听过,但没有任何消息。"

"后来为什么不再找了?"

"我一直在找啊!但没有任何消息。"

"当你听说自己是被生父卖掉的,你还找他干什么呢?难道你不恨他吗?"

"开始恨,后来我就不恨了。"

"为什么不恨了?"

"后来想明白了,为什么要恨他呢?如果他不把我卖到养父这儿,我能过上今天这样有钱的日子吗?"

"那你找他,是想感谢他?"

"我就是想知道,当初他遇到了什么难事,舍得把我卖了?他现在过得怎么样。"

侄子说,在问话时,他看到了锁根生右嘴角有个黑痦子,加上年龄的巧合,以及似曾相识的神态,他初步断这个锁根生应该是赵三胖卖掉的儿子小伟。

侄子比锁根生大四岁,根生4岁还叫小伟时,同在一个村,还抱过他。尤其是,他右嘴角的痦子,侄子是有记忆的。

会见结束时,侄子对锁根生说:"我会帮你上诉的。减刑后在里面好好改造,争取早日出来。出来后跟我联系,也许我能帮你找到亲生父亲!"

锁根生愣一下,突然跪下来给侄子磕了一个响头。

侄子对我说:"当时我觉得这孩子不是坏人。我想圆他一个梦。"

大哥安静地睡了有一个多小时,醒来的时候又不停地咳。几口痰吐出来后,侄子和四弟又给他做了一会儿雾化,他脸上的红潮才退去一些。

他看着我和四弟说，赵三胖这孩子啊，也是命中注定的。命这东西真是说不清的。从大哥的话中，我判断刚才他应该是没有真正睡着，侄子们的谈话他是听到的。

侄子不想再让大哥多说话，就岔开话题问我：二叔，你说三胖当初咋能卖孩子呢？

我看了看大哥和四弟，就说："我也说不清，可能当时他太需要钱了吧。"

四弟点上一支烟，摇了摇头说："我后来问过三胖，他不承认是卖！

应该说，四弟与三胖在一块儿的时间最长，他们一起拜孙大炮为师学武术，有四年时间形影不离。他们一起打对把，互相间更了解，包括三胖娶的媳妇芝兰，都曾是孙大炮的徒弟。

说起三胖和四弟拜孙大炮为师学武，我是知道点的。在这之前，我和三胖一起到芮红脸的戏班学过一年戏。那时，农村刚让唱老戏，芮红脸就打了个戏班。那年，三胖10岁我9岁，不知道什么原因，家里就送我们去了戏班。

想到这里，我问大哥："大哥，当初我咋去学了半年戏呢？"

大哥想想了就说："还不是因为穷啊。进戏班不交钱还管饭，再说了，要得欢进戏班，学成了，还可以走村串户地吃百家饭。"

"啊，原来是这样啊。"我笑着说。

大哥想了想，又吃力地说："还有一层是母亲怕你娶不上媳妇。戏班子里女孩多，说是学戏，我猜想母亲是想让你学戏，将来混一家人。"说过，他又笑了一下。

记不清啥原因了，我半年后就从戏班回来了，可能是嗓子不行，只能学丑角，没啥前景。不久，三胖也回来了。三胖回来后，芮红脸来他家找过一次，说三胖是块唱"红脸"的料，将来会出息的。三胖就是不愿意再回戏班。芮红脸走后，三胖的爹赵胜狠狠地打了他一顿，我记提是用青秫秸打的，打得三胖满院子跑。

就是在那年秋天，三胖又开始学武了。这件事，我是记得清楚的。

收完秋，村里村外场光地净了。一天下午，村里来了个耍刀卖艺的拳师。拳师带着四个徒弟，拉着一辆板车，上面装着刀枪剑棒和铺盖行李。一阵铜锣敲过，就在村里大人小孩子围成的圆圈内表演了。

看完表演，三胖就迷上了，从家里端出一大瓢黄豆。他缠着爹非要跟着去学武功不行。他爹赵胜一想,家里少张吃喝的嘴也是好事,就把这个外号孙大炮的拳师请到家里。赵胜是有算计的人,既然要让三胖学武,就得照应好孙大炮。他又从鸡窝里拽出刚歇窝的母鸡,又跑魏岗集上打了二斤散酒,像对待孙子一样地待承着孙大炮。三胖的娘眼底儿浅,心疼那只咯咯哒哒叫的老母鸡,她怕填了孙大炮这个坑,连一点儿回头子也见不了。一直到赵胜打酒回来,这只母鸡还没舍得宰。

赵胜一回来,三胖就告状说:"俺娘不杀鸡!"

赵胜气得涨红着脸,照着三胖娘的屁股就是一脚。女人倒地时,正被在院子里瞅天看云的孙大炮看到。

"老哥,这是咋了?"

三胖爹嘿嘿嘿地笑:"俺也自小爱武术,这不,见到你高人瘾就上来了,练练腿。"孙大炮笑了笑,"好的拳师是找徒弟的,你一家子都喜爱,你这孩子我就收下了!"

三胖的爹一听这话,想踢个弹腿,让孙大炮高兴。可一抬腿,竟摔个四脚仰天。

那天晚上,我母亲也动了心。她也想把四弟送给孙大炮当徒弟,就让我父亲拿着家里仅的十几块钱,领着四弟来到三胖他家。

第三天,三胖和四弟就随孙大炮,浪迹天涯,习练拳术去了。三胖他爹可是高兴坏了,这下好了,这下好了,一天家里又少吃九个馍,少喝三碗汤,过几年之后兴许还能自己领回来了个俊媳妇呢。对于三胖他爹来说,这确实是一个最划算的买卖了。

我母亲却说,学点武艺好。别说行走江湖吃香喝辣的了,胳膊腿练强壮了,长大了总不会吃亏吧。

现在看,我的母亲还是有远见的。当她知道她娘家有个远门侄子考上大学,就要求我发奋读书。只有读书,将来考上了大学,离开这黄土地才能有出息。

后来,我就到魏岗中学读初中。那时,初中都住校,一个星期才回来一次。也就是从此,我对三胖和四弟学武的事不太清楚了。

这时,我问四弟:"说说三胖你俩一起学武的事吧。"

四弟叹了口气,又点上一支烟,才说,许多事真是弄不清,怎么走着走着就变道了。

于是,他说起了三胖学武后的事。

三胖15岁那年,和四弟一起跟着师傅孙大炮在城父镇教场子。在那里,他结识了一个也喜欢武术的小女孩——芝兰。芝兰天天跟着三胖看他演练,一连半个月。后来,芝兰也进了场子学武,成了孙大炮的徒弟。

半年后,三胖的父亲赵胜突然去世,他被叫回了家里。一个月后,他的母亲也离世了。15岁的三胖面对如此变故,像被抽去了脊梁骨一样,蔫在家里,一动都不想动。

临近春节了,三胖突然想起芝兰的那对水汪眼,而且再也不能不去想她。

天不亮,他就朝芝兰的家乡——城父镇,奔去。芝兰也是不停地想着三胖,想得心一扎一扎的疼。见三胖来找自己,立即跟着三胖走了,他们回到我们村。住在家里一间偏房里,这一年他们俩都刚过16岁。一年后,生个儿子叫小伟。两个大孩子加一个小孩组成的家,其困难是可想而知的,打打吵吵的事时时发生。

小伟一岁多时,一个常来村里修收音机的人勾上了芝兰。穷人家的女人好上钩,小伟过完两岁生日的第二天,芝兰突然不见了。三胖抱着小伟,找啊找,一找就是一年多。

芝兰就像大海里的一朵浪花,一会儿在三胖眼前浮现,一会儿又融入大海,三胖看所有的女人都是芝兰,可最终连芝兰的一点消息也没听说过,更没有找到她。

18岁的三胖带着两岁多的儿子,一大一小两个人,其凄苦是可以想见的。

再深的亲情,也容易被这样的日子磨钝。

后来,三胖听魏岗集上大老苗的话,把儿子送给了一个做药材生意的人家。说是送,其实是收了人家八百元钱的。三胖后来才觉得,儿子是被自己卖了。他把拿到的八百元钱放在黑提包里,按了又按,拉上拉锁,挂在借来的自行车把上。他心里很难受,突然想到要抽支烟,在这之前他是没有抽过烟的,他认定抽支烟自己心里肯定要好些。于是,他立即拉开黑提包的拉锁,抽出一张票子,就去路边的商店买烟。

当他买烟转身回来的时候,车子被人推走了。转眼间,没了孩子也没了钱。

三胖回到村里,气恼得要死。四弟这时也不再学武了,快到了说媳妇的年龄,被母亲叫了回来。他知道三胖的事后,劝过他几次。但是,这劝是不顶用的。

三胖一直气恼不已。人一气恼,总是要找个发泄的地方。三胖想不出如何把心里的怨气发泄出来,就把头向住的那间房的土墙上撞。一次一次,一天一天,撞,不停地撞撞,时间长了,头上竟有功夫了。有一次,他喝酒后不想活了,拿酒瓶向头上砸,酒瓶竟一下子粉碎了,但他的头却丝毫未伤。三胖愣了半天,突然大笑起来,自己想撞头死都找不到硬东西了,因为他有了铁头功。

三胖觉得唯一能让自己生存下来的办法,就出去走街串村的卖艺了。

于是,他来到了河南的汝南县。当他来到刘老家这个村子卖艺时,被一个丈夫触电而死的寡妇看中。寡妇要看中的男人,可是跑都难跑掉,何况,三胖也是一个孤人呢,俩人说结婚就合床了。

又一年,他们生了个女儿,加上这女人前夫留下的儿子,三胖觉得很满足,也很幸福,突然间竟儿女双全了,这是他做梦都没有想到的好事儿。

三胖这个媳妇的二哥是派出所所长,见三胖有一身武功,觉得与坷垃为伍是有些白瞎他这个人了,就让他到派出所当辅警。

四弟说到这里,用力吸了一口烟,然后说,这人一生向前走的路真是没个定性,有时走着走着,冷不丁地就岔道了。

可不是吗,三胖因祸得福成了辅警,这连他自己也是没有想过的。只可惜啊,捣蒜杵顶不住大水缸。三胖生来不是庙里的神,受不了那香火。

这一切都是命啊!

四弟说话时,大哥其实并没有睡着。他动了动身子,向我们摆了摆手,然后有些吃力地说:"唉,这些天我想明白了,啥叫命啊?人的命还是人做主,只不过,有的是自己能做主,大多数人的命都是别人在给你做主呢。"

听了大哥的感叹,我觉得他下面肯定还有许多话要说。一个快要走的人能说这话,说明是有一些事真正触动了他。

于是,我就问大哥:"大哥,难道赵三胖的命运是别人摆弄的?"

大哥停了好一大会儿,才开口。我以为他没有了说话力气,其实不然,从他接下来说话的神态和语气,他是在想到底该不该说。

大哥长叹一口气,终于开口了:"都是要走的人了,还是说了吧,说了也无妨了。三胖这孩子,毁在大老苗手上!"

"啊!大老苗?"我正在惊异的时候,大哥又长出一口气,接着说,"他也得了报应!离地三尺有神灵啊,阎王不会放过恶人的。"

侄子年龄小,没听说过大老苗。我和四弟对大老苗是了解一些的。

大老苗住在魏岗集西头,年轻时当过土匪,中国人民解放军到药都城时他投了诚。跟着大部队说是去过长江,后来自己回来了。他说得了病,被部队退回来的。究竟是什么情况也没有人弄得清。但他很会来事,一次一次运动竟没有真正牵连过他。

他是有媳妇的,是个外地口音的女人,也不知道是哪里人。他们一辈子生养不出孩子,就两个人过着。我六七岁的时候,到魏岗去赶集,常见他腰后面插杆两尺长的枣木秤,在鸡鸭行里转。他一直是鸡行里的经纪人,人们背后都叫他吃秤杆的人。买家和卖家拉好价钱,他用秤杆子一撅,你就得给他几分行钱。

这个人脸很长,有点像马脸,整天黑着脸,眼珠子骨碌碌地转着。别说我们小孩子了,就是来赶集的大人们,也怵他几分。

四弟说,十一二年前这个大老苗才死。

我们讨论了一会大老苗的事,四弟突然问大哥:"大哥,那年,三胖回村,你为啥没给他说?"

大哥想了想,摇摇头,叹着气说:"不能说啊,木已成舟的事了,说了也晚了。再说,真说了可能会出人命的!"

接着,四弟给我讲了十三年前,赵三胖夜里回到村里的事儿。

那天夜里,四弟并没见三胖,他正在城里干着一个小工程。三胖回来的事,是大哥后来给他讲的。现在,大哥说话困难,四弟是有意接过大哥的话茬。

他说,那年刚入腊月没几天,就冷得出奇,村西边的沟里开始上薄皮冻了。

　　大哥那天正好没去城里打工,天刚黑就坐在屋里看电视了。新闻联播后面的《天气预报》还没放完,他就听到院里的黑狗一声急一声的叫。大哥出了屋门,就着屋里散出的灯光,吵着黑狗,走到大门前。这时,他听到两下重重的敲门声,就大声问:"谁?"

　　"叔,是我!"

　　大哥听着声音不太像本地人,就警惕地又问:"你是谁?"

　　"我是赵三胖啊!你听不出来我的声音了?"

　　大哥迟疑了一下:"三胖?他都快二十年没归家了!他妈的,你到底是什么人?"

　　"叔,我真的是三胖啊!不信,你拉开门缝看看。"

　　大哥折回头,把屋檐下的灯拉亮,才小心地把门开个缝。他一看这人模样,还真有点像赵三胖。于是,又大声说:"真的是三胖啊?你他妈不会是鬼吧?"

　　赵三胖进了院子,大哥才真正断定这人就是三胖。只是,他没有以前胖了,头秃顶了,在灯光下反着光,衣裳穿得还是干干净净的。他本来下巴就向前伸,现在向前托得更长了,两个腮上竟长出几道很深的龟裂纹。看这脸相,估计这些年在外面没少遭罪啊。

　　三胖进屋后,从怀里掏出两瓶古井酒放在桌子上。然后,又掏出烟,给大哥敬了一支,而且坚持着给点着。

　　那天晚上,大嫂到城里看孙子去了,家里就只有他们两个人。大哥,拉开煤球炉子,炒了盘花生米,又炒了盘鸡蛋花。他们两个就喝了起来。

　　没喝几杯,三胖哭了。哭过之后,他就头上一句、脚上一句地讲他那些年经历的事。

　　他跑到了陕西潼关一个金矿里去干活。他是在在矿洞里打风钻,这活根本不是人干的。打十来分钟,白矿粉起的雾,人和人离三尺多都看不到对方。从矿洞出来,用力一擤,鼻子里能出来两坨圆柱,鼻子早就被完全堵住了,只能用嘴呼吸。

　　干了有半年,与他一起打钻的河南柘城人发现了一块明金矿石。他们两个起了贪心,第二天就悄悄地从矿里跑出来,在外面卖了两万三千块钱。

他要了一万,那人拿了一万三,两个人约好从此不再联系,天各一方。

那时的一万块钱算钱啊,他本来想到继续向北走,找一个小城市落脚做个小生意。但是,毕竟出了人命,又怕河南那边公安追过来,就想到山西去挖煤。煤矿上哪里的人都有,不容易被查到的。没想到,他在车站被人骗了,被带到一个黑窑场拉砖坯。

进了窑场就被搜身,身上的一万块钱被收走。赵三胖肯定不愿意啊,这时,老板就指挥着四个人把三胖给绑了起来,先是饿了三天,然后就审讯,非问他钱是哪来的?三胖一口咬定,是捡来的。他被打了个半死,先是说要把他送到公安局去,后来又让他拉砖坯。

三胖说,那些天他的肠子都悔青了,不仅丢了钱,还挨打,出苦力。那感觉真是死的心都有了。他为了逃出这个地方,只能装得老老实实的干活,以便寻找机会。一个月后的一天晚上,他见看这些劳工的三个人喝多了,就凭着身上的功夫把看门的一个人打倒,逃了出来。

逃出来后,他打零工挣点饭钱和路费,向东走。钱没有了,再到建筑工地上干一个月,挣点钱,继续向东走。在泰安时,他听说到威海捞海带活轻,也挣钱。尤其是,整日在海上漂,不担心被人认出来。他就搭上车到了威海。

那天晚上,他边喝酒边和大哥说:"这世界上根本就没有农村人干的好活,捞海带这活更是要命。海上的风咸,活也重,整天身上都是汗,一天干下来得喝十斤水。再说了,咱在平地上长大的旱鸭子,晕水也晕船,成天吐,心里吓的缩成一疙瘩。干了一年多才算适应。

"第二年刚入秋,出船了,风太大,竟翻了船,淹死两个四川蛮子。我吓得要了工钱,离开了威海。后来,又到了张家口,混来混去,在一个小区看大门了。唉,不说了。"三胖说到这里时,连喝了三杯。

大哥说看大门不是挺好吗,风吹不了,雨打不着的。

三胖却说:"好得很呢,俺也不知道咋跟这小区的一个寡妇挂拉上了。女人啊,真是男人的对头,要男人的命,你想着她的那个蜜蜜枣,其实那就是个害人坑。"

说到这里,他就不愿意再说下去了。大哥知道他在外面的事不可细问,但是,突然回来的原因,肯定是要问的。

三胖只说那边出了点事,他也想家了,就偷着回来看看,天不亮就得走

大哥听他这样说,估计着可能又遇到了一些麻烦。就追问说:"你这次到底是为啥回来?"

三胖想了想,终于开口了。

他说:"叔啊,你侄子这次偷跑回来,本来是想找大老苗算账的,现在又改想法了。我这些年啊,想来想去,芝兰是大老苗给勾塔走的,小伟也是他哄着送人的。他妈的,我这一辈子就是他祸害的。可我没有真凭实据,再说了,也是自己当年年轻脑子发热,现在一身事,再杀了他不更麻烦吗?"

大哥听三胖说这些,知道这时只能劝了。本来,大哥还想把大老苗一次酒后说漏嘴的话告诉三胖,现在看是不能再说了。就劝他说:"人啊,多一事不如少一事,你千万不能再冲动了,往后还有不少日子呢。"

他们又喝了几杯酒,大哥说:"你咋不回你家?你大哥、二哥都在村里呢。"

三胖冷笑了一下,然后说:"刚才俺在西头转了转,他们以前都不管我,我现在这样子回去,有意思吗?我从小就在你家玩,受你和俺奶的照应,心里比跟他们亲?对了,我回来的事,你不要和任何人说,谁知道我回来,都不好!"

大哥他们俩,都喝得有些晕了。

大哥就问三胖:"这些年你没想再找小伟和芝兰吗?"

三胖苦笑着说:"我有啥脸啊,这次回来可能是最后一次回咱村了。我一会就得走。"

"走?夜里走啥?"大哥不让他走。

三胖站起身来,说:"叔,我真得走了,天快亮了。你也别拦我,咱爷俩喝了这场酒,把我这些年的大概说了,心里好受多了。你要放心,我没做啥葬良心的事。"

大哥见拦不住他,就把身上的几百元钱掏给了他。

三胖推辞一会,最终还是收了。临出门时,他又跪下给大哥磕了个头。大哥把他送到村东头,他突然抱着大哥哭着:"叔,我把姓也改了,叫卜建伟,一竖一点那个卜。我还回张家口,那边的事如果摆平了,也许我还会回来看您!"

说罢,他转身大步走了。

这时,大哥听到三胖边走边唱起了《赵氏孤儿》里面的戏文。

　　天暗下去了。我走出大哥家的院子,见村街上空无一人,只有几条狗静静地走来走去。由于疫情,人们还没有出门打工,都窝在家里看电视。

　　我回到大哥的堂屋里,他正咳得厉害。四弟和侄子又给大哥喷了药,病情才缓和下来。

　　我在心里埋怨大哥没有听我的话,非要出院回来过年。现在,疫情正紧,医院病房不再接收慢性病人。侄子给大哥的主治医生打电话,还是想去医院,医院说这病就是在医院也没几天了,况且现在医院里进去了几十个新冠病人,真的是没有必要再来了。

　　大哥听到给医院沟通的事,也摆手制止。

　　他说话已经十分吃力了,人瘦得皮贴着骨头,他说现在并不疼,只是咳嗽和喘气困难,坚持不再去医院。

　　家里其他的人都在院子里或偏房里看电视。我和四弟还有侄子,我们仨陪着大哥。

　　看着床上的大哥,我们心里也觉得难受和无聊,继续用聊天来打发时间。

　　侄子说:"根生在监狱里三年零两个月就出来了。他出来的第二天,就找到了我,一是表示感谢,更重要的是打听他爹赵三胖的下落。"

　　其实,侄子只是听大哥说过,三胖回过村里的事,具体情况并不清楚。于是,只好带着根生回到村里找大哥。

　　根生见到大哥,没开口说话,就先跪在地上磕了三个响头。大哥赶紧把他拉起来,仔仔细细地看了好大一会,两眼也湿了。

　　时间真快,一晃竟二十多年了。当初,这小孩也常在大哥家吃饭,三胖有时出去的时候,就把这孩子放在大哥家里。现在,这孩子都快30岁了。

　　那天,大哥问根生为什么要找三胖?恨不恨他?根生流着泪说,他这一辈子最大的愿望就是找到三胖,找到他娘芝兰,让一家人破镜重圆。当他知道自己是被三胖送人的,心里就特别委屈,街坊邻居背后对他指指点点时,他就想一定要找到亲爹娘,问问他们为什么要把他送人。后来,他大了,一些事想开了,如果一直跟着三胖,生活又是什么样子呢?尤其他结婚生孩子后,劝自己原谅三胖。再说了,现在,三胖和芝兰都漂泊在外,连村子都不敢进,他们心里肯定更苦。

大哥明白了根生的本意,但是,也担心他也找不到三胖。三胖上次夜里回村时说得很清楚,他没有脸见根生,也没有脸见村里的人。而且,这二十多年经历的事太多,可能还有些不好说的。

但是,见根生态度这么真诚和坚决,大哥就把三胖那天夜里回来的事,一五一十地和他说了。其实,只有三个信息是有用的,那就是:张家口,卜建伟、在小区当门卫。

张家口这么大,那么多小区,何况,又过六七年了,三胖极有可能早不在张家口了。到哪里去找呢!

临别时,大哥对根生说:"你有这个心是好事,但未必真能找到。找到找不到也无谓了,你爹还健健康康地活着,他自己在外面二十多年了,没事的。你到张家口碰碰运气就算了,家里的生意别耽误了。"

根生却说一定要找到他。他就是把张家口这个城里的小区一个一个地打听,也要找到他爹的下落。

根生虽然这样说,大哥却不抱希望。

我、四弟和侄子正聊着根生的事,侄子的手机响了。

电话是根生打来的。他已经到魏岗集上了,离村子还有三里多路。

电话是在魏岗集西的疫情检查站打来的,虽然测了体温没有问题,但检查站还是不肯放行。当他打通电话,证实是来看大哥的,才给他放行。疫情虽然检查得紧,但对于体温正常,家里有病人的还是放行。

几分钟的时间,根生到了。他停好车,就直接进了院子。

进屋后,我仔细看了看,虽然是第一次见他,那脸膛和神态都像赵三胖年轻的时候。尤其,他那向前伸着的下巴,那托板嘴更使他父子像一个模子刻出来的。

他径直走到大哥床前,一把拉着大哥的手,有些激动地说:"爷,我才听说你病了!你要放开心,没大事的。您好人有好报!"

四弟把大哥扶起来半躺在床头。大哥笑了笑,呼着气说:"我能想开,早晚都得走!"

大哥想喝水,根生跟大侄争着要喂大哥。他从侄子手里要过来汤勺,舀着碗里的温开水,小心地送到大哥嘴里。

我在旁边看着,心里想,这真是个仁义的孩子。

大哥喝过水,嘴张着断断续续地说着话。话有些含混不清,但个别字眼还是能听明白的。他是在问赵三胖的事。

根生叹了口气,眼皮眨了几下,是怕眼泪落下来。又过了几秒钟,他才说:"爷,你还操着心呢!我找到俺爹了,可他犟着不回来。估计您的话,他也许能听。"

这时,四弟就说:"找到了咋不回来呢?真是的,他从小就是头犟驴。"

接着,根生说起了他前年找赵三胖的事儿。

根生说,他到了张家口,整整找了二十七天,一个小区、一个小区的问,最终才找到他的下落。他不在小区当保安了,转到一家养老院看大门去了。那天下午,我来到"幸福里"养老院,到门口,一照面,我就知道他是俺爹。

看见他,我就止不住眼泪了。为了让自己镇定,我赶紧点上一支烟,只抽了两口,我又把烟扔了,快步到来门上前。

他问我来看谁。我说:"爹,我是来看您的!"

"你,你这孩子认错人了!爹,可不是乱叫的。"三胖子根本不认根生。

根生就说:"爹,俺老家是亳州赵湾的,我叫赵小伟啊!"

"我不知道啥亳州,你认错人了。走吧,走吧!"

说着,赵三胖走回门卫室里。

根生说:"他肯定认出我来了,就是不肯相认。"

这时,我觉得好委屈啊,好生生一个家你没守住,娘不知道现在是死是活在哪里。我4岁你就把我送人,为了你,我打伤人家坐了三年半的牢,现在找到你,你竟不认。

想到这里,他推门走进门卫室里,突然开口大骂:"你是个什么东西,成家了你守不住家,俺娘被你打跑了,儿子被卖掉,你一个人躲着,对谁都不管不问,你配当爹吗?你还是个男人吗?"

他一边骂,一边哭。骂完了,双腿一软,扑通,跪在地上,给赵三胖磕了三个响头。然后,抱着赵三胖的双腿,放声大哭起来。

赵三胖浑身抖动着,弯腰抱起根生,两个人抱在一起大哭起来。

根生说到这里,眼泪不由得流了出来。

我递给他两张抽纸。他擦了擦眼,掏出烟递给我和四弟。

那天晚上,根生给我们说了许多话。

他说,找到他爹那天晚上,两个人就在门卫室里,坐了一夜。都是他在说,赵三胖在听,偶尔才说几句话。他是不愿意把这些事的说出来。问了也支支吾吾地不肯说。

第二天,我怎么求他,让他跟我回来,他就是不答应。给他钱,他也不要。最后,硬给他留下一万块钱。临走的时候,他对我说,汝南县留盆镇官庄有个妹妹,让我去看看过得怎么样。他打死人逃走时,这个妹妹一岁零五个月。

根生说,我当时心里好受多了。心想着,找到妹妹后,他们哥妹两个再一道来找他,也许,那时他会同意回来的。

我从张家口直接奔汝南县去了。到了官庄,我没敢直接找妹妹,而是在邻村先打听了一下。一问都知道,说安徽来的姓赵的,在派出所打伤了人,留下媳妇和女儿跑了。前两年,那个女孩的母亲得病死了。现在,这个女孩20多岁,在驻马店职业学院上学。

根生打听清楚了,妹妹叫赵聪。于是,他就立即到了驻马店职业学院,没费多大劲就找到了妹妹赵聪。

赵聪对父亲赵三胖的事,只是听她妈说过,现在突然冒出来个同父的哥哥,她怎么也不肯相认。这可难坏了根生。实在没有办法,他又折回头来到张家口,他想让赵三胖跟他一道去认妹妹。

赵三胖现在知道,当初被打的那人后来又活过来了,毕竟成了脑震荡,两年后就去世了。他还是担心案底还在。根生就用手机录了三胖的像,让他给妹妹说清事情的缘由。根生再次回到驻马店职业学院,找到赵聪。她看了父亲赵三胖的录像,听了三胖的解释,仍然不肯相信。后来,根生又去了两次,最终在半年后,赵聪和他做了亲子鉴定,才接受根生。

根生说,他们相认后就立即去了张家口。但是,他爹赵三胖仍然不愿意回亳州。赵聪的母亲也去世了,家里没有啥亲人,毕业后就来到亳州,在根生的药厂里帮忙。

说到这里,根生心情变得很好,他毕竟找到了妹妹。但是,让他遗憾的是,赵三胖为啥就不肯回来呢?

他说,他现在最想的就是能再找到他亲娘芝兰。

那天他与赵三胖第一次见时,快天亮的时候,赵三胖含糊地说到他娘。现在,他是应该知道她的下落的,但他就是不肯说。

这一直是根生心里的疙瘩。这个疙瘩只有赵三胖才能真正解开。

那天晚上,我们聊到最后,根生说,这一辈子的愿望就是亲人团圆。

快十二点了,根生要走,说药厂正在加班生产着口罩,活紧,得盯着。

他走后,四弟说,这孩子有这股劲,兴许他们家能团圆的。

我心里想,也许不那么重要。人生中的重圆只是短暂的,大哥不是马上就要与我们离别吗?

四弟没想那么多,他说,现在就差芝兰的下落了。何况,赵三胖也许真的知道。

侄子和我的看法一致。他从律师的角度分析,赵三胖为啥改姓卜?这里面一定还有故事。他在张家口跟那个女人的关系,我们也都说不清。这离重圆还隔着不少呢。

大哥最终还是圆了自己的心愿。正月十五那天,他过完自己六十七个生日,第二天早上就平静地走了。有时,人的意志力真的是不可估量的。初十那天,我就觉得大哥可能过不去了,可是,他硬是一天只靠两汤勺水,撑过了十五。

大哥出殡那天,根生和他的妹妹赵聪都来了。

棺材入土时,根生跪在地上抽泣着,拉不起来。送葬的人都不认识根生,就窃窃地议论,这是哪个亲戚,跟大哥咋这么亲啊!

后来,听说是赵三胖的儿子赵小伟,人们都很吃惊和感叹。

这孩子,也许是为自己哭呢!

那天,根生与赵三胖的大哥,他的大伯相认了。赵三胖的二哥在外地打工时,受伤去世了。但让我没有想到的是,根生跟他大伯只是礼节性地相认,并没多说几句话。

他心里到底的想的什么？这也是亲人啊，不也是团圆吗？

后来，我与四弟聊到此事时，四弟说，这孩子哑巴吃饺子——心里有数，他知道亲近。当初，如果他大伯肯帮帮赵三胖，他们家也许就散不了！

看来，根生要想在心里与亲人重圆，也是不易的。

(《作家》2021年第9期;《小说选刊》2021年第10期转载)

补 甑

陈斌先

1

　　胡太息一本正经地说："天地人,世之三元也。"
　　周三圭斜睨胡太息半天,才掸掸衣袖说："姓啥名谁也忘了?"
　　这次出行,是郑大江撺掇的,郑大江说："好歹都是曾经的女婿。""曾经"一词说出,胡太息瞬间跌入沉默,好半天才在电话里说："说来也是呀。"
　　周三圭电话里犹豫半天,最后问："一起回去好吗?"
　　"悄悄地进村,打枪的不要。"郑大江灵机一动,故意调侃下。
　　约好了时间,郑大江替周三圭订好了高铁票,又替胡太息订好了机票,让手下把车次、班次发给了周三圭和胡太息,而后,郑大江先行一步,到了三元的黍离亭,坐等胡太息和周三圭。

2

　　黍离亭民宿坐落在国道的旁边,庐三(庐州到三元)灌渠的一侧。灌渠两边早已打造成了风景带,成了乡村旅游的热门地。民宿老总郑大吕趁机将居住的旧房子装修一下,顺势改叫了黍离亭。问题是,绿化带两边的风景太过单调和孤立,民宿生意始终不死不活的。郑大吕急眼了,找到当地一位算命大师,苦霜霜说,再这么下去,熬毯了。所谓的算命大师,不过是民间一位老者,可他熟稔《易经》,有些章节张口便能背出,让人觉得他有些神秘莫测而已。算命先生见郑大吕火烧眉毛的样子,捋捋胡子说："用了'黍离',何不统统用上《诗经》《楚辞》的篇名?"郑大吕拍拍脑壳,醍醐灌顶一般大喊:

"我怎么就没想到呢。"

郑大吕倾尽积蓄，在黍离亭周边又建了"麦秀阁、九歌廊、天问坡、九章榭、九怀渠"啥的，不到半年时间，黍离亭突然间名声大噪，兀地火了。就连"人间诗意哪里寻？请到三元黍离亭""住下黍离亭，难了三元情"这样不伦不类的广告词也跟着火了起来。

生意好，郑大吕的心情自然也好了起来，这天，他剔着牙花对参观的人群说："起高楼，宴宾客，五湖四海皆兄弟，欢迎，欢迎。"

郑大江跟郑大吕扯上了兄弟，自然会把胡太息和周三圭安排到黍离亭这里。

走动间，郑大吕殷勤备至，在他眼里，胡太息何等人也，值得热情周到。

周三圭讨厌郑大吕异乎寻常的巴结状，始终冷翘着嘴唇，不想说话。郑大吕不管周三圭怎么想，依然百般讨好胡太息。等走到麦秀阁时，郑大吕紧走几步挨上前，小声问胡太息，要不要报告下书记和镇长呢？

胡太息不想打扰当地官员，这次回来纯属私下活动，听郑大吕反复问，斜眼看看郑大江，意思是：不用吧，说过不用的。

郑大江拉住郑大吕的胳膊说："老弟，不用，真的不用。"

郑大吕依然不太甘心，吞吞吐吐地说："三小姐走了，要不要请下周文的大哥周武和二姐周荃呢？"

胡太息见郑大吕哪壶不开提哪壶，突然间多了尴尬，半天没有吭声。

郑大江急忙拦住郑大吕话头说："不用，不用。"

周三圭也冷冷跟上一句："说过不用啦。"

郑大吕讨厌周三圭多嘴，十分不悦想：屁都不算的家伙，一直虎着脸，尿。

好在周三圭也不想搭理郑大吕，来来往往，倒也相安无事。

谁知到了餐桌，酒至酣畅之后，郑大江怎么就说起了发财，郑大吕来了劲，大大咧咧地说："我个穷小子，纯属瞎眼猫撞上了死耗子，日他碓子，让《诗经》和《楚辞》救了一命。"日他碓子，是庐州人口头禅，没有什么实指意义。胡太息听到郑大吕说出家乡的口头禅，感到亲切，张嘴跟上一句："日他碓子的，这就火啦？"

可不是吗？火啦。郑大吕露出藏下的得意。

周三圭皱皱眉头，放下酒杯，掸掸衣袖想：你个胡太息好歹也是庐州大学中文系毕业的,不该说这种没头没脑的口头禅,还那般俗气。周三圭张了几次嘴,想掠胡太息几句,可始终插不上嘴,话总被郑大吕打断。

　　胡太息这里始终没有顾及周三圭的情绪,一直低头跟郑大吕说话。退休之后,很久没有这么开心啦。在位时,不想说不行。退休后,想说,没人听了。老婆见他一天到晚喋喋不休,常常冷鼻子冷眼说,老了要有老了的样子。胡太息看看小他十六岁的后娶老婆,愣怔想,在家也不能说话啦?见老婆不待见他说话,心生感慨,都说娶个小的好,直到今天才明白,从生理到心理,皆不同步呀。无处说话,唯有读书。老婆出门之后,他便躲进书房,捧起了书本。很长一段时间,胡太息都在钻研《道德经》和《逍遥游》,由老庄追逐到王阳明,得了"格物致知"精髓后,胡太息才一拍大腿说,日他碓子的,白瞎活了。这番到了黍离亭,又到了三元,胡太息什么都感到亲切,压在心里的话就像灌渠的水潺潺向前,说天说地,说格局和境界,更想说大悲悯情怀,天、地、人,三元之气,就是这么说出来的。

　　周三圭不比胡太息,参加工作之后,就没有离开过庐州,尤其离婚后,整个人都不在状态,好像连笑都忘记了。也难怪,先前儿子一年还能回家看他几回,现在连儿子也很少看他了。一套房子,一个人,想笑,但笑给谁看呢?他没有那种疏离的亲切,倒生出一些挫败感,尤其见到郑大吕百般讨好胡太息,那种感觉嗖地拥堵到嗓子眼,只可惜,他一直没有说话的机会。好在周三圭在单位也不太说话,更不会笑,人们早把他当成了"完了"之人。周三圭在单位总有一肚子不服气,听到别人说他"完了",常常拧着脖子想,我会完么?为了证明自己不会"完了",憋口气,写人文实录,陆续发表了《庐州地名探录》《石板冲史话探寻》《九里庙前因后果》《三元人文考证》的文章。文章发出,周三圭来了精神,捧着杂志问同事:"我完了吗?完了吗?"

　　同事多数笑而不答。

　　害得周三圭常常一个人躲在家里喝闷酒,微醺时,才对着空气说:"我完了?你们完了才对。"感觉不过瘾,又对着酒杯说,"清者独孤僻,补者心最高,你们懂个屁。"

　　好长时间,单位没有遇见喜事了,前几年,单位一个同事转岗担任了其他单位的负责人,这对方志办来说,真是天大的骄傲,座谈送行时,轮到周三圭发言了,谁也料想不到,他竟然不合时宜地说起《红楼梦》中的《好了歌》:

"世人都晓神仙好,唯有功名忘不了!古今将相今何在?荒冢一堆草没了。"那种尴尬,可想而知。好在大家不会跟周三圭计较,最后相视一笑,发出会意的一笑,意思是一个好端端的人,说毁就毁了?

周三圭见别人理解不了他的意思,跟着哼了一声,意思是:咋跟你们成了同事?

胡太息跟郑大吕这边越说越说投机,竟然站起来互搂脖子碰杯。周三圭终于找到了插嘴的机会,对着胡太息大声说,不说"三元"倒也罢了,说了,得按正经说。周三圭口气有些咄咄逼人,见胡太息瞬间愣怔下来,便不顾一切地脱口而出,地名这等大事,岂能乱说?

胡太息知道周三圭性格,冷眼说,取"天、地、人"之气有何不可?

周三圭没想到胡太息还执迷不悟,于是控制声调,几乎一字一顿地说,南宋之际,战乱不止,胡周郑三家人逃难至此,叫了"三元",意取"三家联手,就此开泰"之意,何来"天地人"之说?

胡太息当然知道这等事实,问题是,郑大吕能把《诗经》和《楚辞》的篇目打造成风景,我说"天地人"之气有何不可?胡太息见周三圭恼羞成怒的样子,摇头说:"大吕家的民房都能叫上黍离亭?略实取意,咋的?"

周三圭怒不可遏地问:"你们是不是什么都敢瞎说?"

胡太息觉得周三圭不可理喻,摇头不语。

周三圭见胡太息有瞧不起他的意思,再次轻掸衣袖说:"地名乃承载万物之器,一就是一,二就是二,容不得妄想和臆凿。"

胡太息觉得争论下去无趣,可又憋不住心里的委屈,对着郑大江说:"如他所说,一生二,二生三,三生万物,都是不对的啦。"

周三圭没料到胡太息还敢掰扯,站起来争辩说:"那说的是'道',我说的是地名。"

胡太息让周三圭怒怼得不知道说啥好时,只好一声不吭低头下头去。

陷入沉默时,谁也没有想到郑大吕这里来了气。按说这种争论与他何干?他郑大吕才多大?可郑大吕见胡太息受了委屈,呼啦站了起来,学着周三圭的口吻说:"如你所说,黍离亭之类的名字都是妄想、臆凿啦?"

周三圭颤抖着嘴唇说:"我说的是学问,你说的是生意。"

"老祖宗留下的东西,就是给人用的,我觉得胡厅说得比你说得好。"郑大吕不想给周三圭丝毫面子。周三圭浑身战栗起来:"你、你,俗人一个。"

郑大江见场面失控,急忙打圆场说:"争论这些有啥意思呢?喝酒、喝酒,吃菜、吃菜。"

郑大江出面打圆场,胡太息自然见好就收,端起杯子故意显出大度,呵呵对周三圭说:"喝酒。"周三圭本来就不想端杯,见郑大江挤眉弄眼的,气哼哼地放下杯子。郑大吕见胡太息尴尬地端杯子,又主动跟胡太息碰杯,边碰边说,让我说:"你们仨,胡厅水平最高。"

周三圭心里添堵,独自喝光了杯中的酒,暗想,咋就遇到郑大吕这样的人?堵至深处,无处发泄,只听到,周三圭的嗓子里咕噜咕噜响个不停。

郑大吕不管周三圭的情绪,哈哈大笑,进而与郑大江碰响了酒杯。

周三圭忍无可忍,没有丝毫犹豫,头也不回地离开了酒桌。

周三圭走了,郑大吕说话更加放肆了,他指着郑大江说:"哥,咋把这玩意领回来了呢?"

3

早餐后,仨人决定去看僧家窑。郑大吕嚷嚷要随行,周三圭用无法妥协态度说:"你去,我走。"

郑大吕没想到周三圭还生他的气,尴尬地看着郑大江。郑大江得给周三圭留些面子,回头劝郑大吕说:"不用你陪,你也不必耽误酒店生意。"郑大吕看看周三圭,哼了一声,半天才转头对胡太息说:"日他碓子的,算啦。"郑大江劝慰说:"算啦,算啦。"

实际仨人心里都清楚为啥去看僧家窑,没有僧家窑就没有那只甗。那只甗早已不知去处,至今,仨人都不能释怀,自然想去看看僧家窑。

这么说来,还得从甗说起。

甗是中国古代的蒸食用具,为甑的上半部分,与鬲通过镂空的箅相连。单独的甗不太多见,通常与甑、鬲和箅相关联。甗多为圆形,有耳或者无耳。出土的甗中,铜制品居多,铁制品也有,瓦制的很少。

然而,三小姐家就有一只瓦甗。

要怪就怪明智大师,谁让他闲来无事,竟然摔打土坯,拉条、晾坯、素描、上釉,最后烧制了那批甑呢?奇怪的是明智大师烧制的瓦甑,蒸煮火炙一概不烂,仿佛铜制的一般。后来几代窑师一直探寻明智大师的技法,曾选择无数种黏土试验,均以失败而告终。直到民国,一位窑师历经磨难,依然不出明智大师烧制的那种瓦甑时,才怅然而叹,生与灭,不是吾等之辈能改变的。

非典那年,到处喷洒消毒药水时,官至副处级调研员的周三圭突然想起了明智大师制作的那批甑,他专门找到时任房管局局长的胡太息说,物格属于人格,一人一物,终究无法仿制。

非常时期,大家的神情都很严肃,胡太息正为防控疫情大为光火之时,见周三圭到办公室哗哗剥剥的,心里来气,没有搭理周三圭。周三圭想到一个问题,非要说清说透,他堵住胡太息的去路说,物和格的问题,想必你是清楚的。胡太息大概清楚了周三圭心里想说什么,心中咯噔一下,失去底气一般,弱弱问:"人造物,物怡人,有啥不能模仿的?"

周三圭讨厌胡太息当上房管局局长之后的说话口气,过去鉴于胡太息的声威,不敢造次,非典把人的情绪弄乱了,周三圭好像也变了一个人,挺直身板说:"一物一气,味儿不同。"怕胡太息听不明白,周三圭接着用了一个通俗的比喻说:"好比腌腊菜,汗味不同,有的人腌制出的腊菜就臭,而有的人腌制出的腊菜就酸。"

什么乱七八糟的,胡太息懒得与周三圭争论这等话题,故意转过身去。

周三圭不管不顾,继续感慨:"可惜了明智大师的味道。"

胡太息恼了,回头还了一句:"你说说明智大师有啥味道?"

周三圭嘀咕道:"仁德的滋味。"

这个周三圭,说他什么好呢?酸臭之味又扯上仁德,到底想说啥?

实际周三圭想说,拥有仁德之心的人,才能烧制出无人能及的甑。

说起明智大师的仁德,胡太息焉能不知?南宋偏居江南,惹得来来回回无数次拉锯之战。三元地处江淮之间,来回争战中,殃及上了战火,闹得饿殍遍野、苦难丛生。明智大师心有不忍,决定闭庙建窑,好招募劳工,以解周边民众苦厄。没想到,随着窑货四处热卖,劳工收入大增,三元很快成了江淮之间的富庶之地。明智大师为此扬名四方,引得南宋府尹专门派员前来慰问。胡太息想到这些,脱口而出,明智大师的仁德之举,不是气味,是德行。

周三圭不服气,犟脖子争辩,仁德就是滋味。见胡太息心中有鬼似的,周三圭再次发问:"请问后来的窑师为啥烧制不出明智大师造出的那批甑呢?"

胡太息怎么能知道?

周三圭料想胡太息不知,于是故作深沉说:"还是少了仁德的滋味。"

胡太息无法忍受周三圭的不着调,大声说:"咋又扯上滋味啦?"

周三圭冷冷说:"仁德是有滋味的。"

实际周三圭想说,文家改变了三元姓氏格局后,引发新的纷争,后人多有失德之举,焉能烧制出明智大师烧制的那批甑呢?

要怪就怪昔日的文家祖上太能吃苦。那个看起来文弱不堪的后生孤身一人乞讨至僧家窑,寄居在僧家庙院外的蒿草中早已奄奄一息。要不是明智大师仁善,救他一命,只怕三元再也没有文家后人。谁也没有想到,就是这位潦倒不堪的年轻后生,用了不到三十年的时间,一跃而成三元的首富。为此庐州地界谣言不断,有说"文见郑,风不顺",有说,"文见周,咕噜噜";有说"文见胡,满地出",最后有人把这些话归纳起来,变成一句话,那就是:"郑胡周遇见文,啥事都不成"。文家占了上风,郑胡周三姓随之黯淡下去。打闹、纷争,由此开始。据说闹了几代人,最后还是文家占了上风。胡、郑、周三家人只好怀揣悲伤和绝望,再次选择迁徙。远的去了江西,近的去了周边县区,实在无法迁徙的,甘当文家之奴。离奇的是,到了明末清初,那批甘于为奴的郑胡周三家的遗老遗少,再次起势,竟然打败了文家,又占了主流。直到三小姐这辈,文家早变得势单力薄了。

这些事实,胡太息清楚,可这些纷争不是一句"滋味"就能概括的?更不是"味道之说"就能道尽其中的玄机的,是时事弄人,跌宕起伏。

周三圭听到胡太息的辩解,越发恼火,继续犟着脖子说:"失去仁德之心,焉能烧出过硬的甑?"

胡太息实在无法忍受周三圭的造次,见周三圭步步紧逼,这才豁出身家性命一般大声说:"说了半天,不就是让我承认,我的行为,失德失仁吗?"

话到这种地步,周三圭才点头,不再吭声。

事实上,文家衰落后,文家后人多有不服,到了三小姐这辈人依然不服。委屈多了,三小姐心里便堆满忧伤和苍凉,常常在夜深人静之时,捧出祖上留下的那只甑,一遍遍抚摸。

甑确实为明智大师所制,不说身型,单就紫红色釉身、疏朗处绿釉,就可以看出那个年代的特征,更别说甑内通透处的描金和其他特征了。抚摸久了,三小姐就会暗自落泪地想:"我一个女流之辈,如何担当重振文家的大任呢?"

文家后人无人知晓祖上传下的象征图腾的古甑为何会落在三小姐手上,女儿周文更不知晓。直到周文出嫁前,三小姐才把周文叫到面前说,眼看你就要出嫁了,娘有件事不得不说。三小姐的神情肃穆,样子十分吓人。周文见娘神色怕人,有些发蒙,神情跟着庄重起来。三小姐这才焚香净手,捧出那只传家宝,颤颤巍巍地放在桌上说:"它是老文家兴盛的见证,传到我这里,文家依然没有任何起势迹象。"说完这些,三小姐面呈凄凉之色,很久才慢吞吞说:"祖上有"传盛不传弱"的家训。娘的子女中,唯你读了中师,眼看又要嫁给前途无量的胡太息,娘思考很久,才选中了你。记住娘的话,此甑姓文不姓周,往后它依然姓文,不能姓胡。"

周文吓得哆哆嗦嗦,不敢接甑。

三小姐抚摸着甑说,将来子嗣中如有图腾迹象,就到娘的坟前烧场纸,火光冲天的那种。周文见娘越说越沉重,急忙跪下接过甑说:"这么说,娘将这只甑传给大哥便是。"

三小姐长叹一口气说:"你大哥周武太过老实,你二姐周荃目不识丁,娘只能传给你。"

面对这等交代,周文只好顺从娘的意思接过甑,好似抱着千斤重担似的,面对着娘长跪不起。

4

等到新婚之夜,周文为表真诚,还是捧出那只甑对胡太息说:"我娘把传家宝传给了我,太过沉重,不敢相瞒。"

大概在20世纪八九十年代,那时,胡太息刚当上庐州房管局的科长不久,当时不少人已经开始关注文物,胡太息见周文捧出古甑,激动不已,想着,抱得美人归不说,还落下这等贵重的陪嫁,自然格外高兴,急忙说:"我懂你的意思。"

周文说:"娘专门交代,你我将来如有孩子,可否姓文?"

胡太息想了半天才说:"生女姓文,生男姓胡可行?"

周文还能说什么呢?姓氏文化摆在那,胡太息已经给了她莫大的面子。周文私藏好那只甄后,鞠躬说:"谢谢你开明。"

这话不提,话说光影似水,胡太息在房管局科长的位置上纹丝不动地连干了三年,眼看同期入职的有人提拔成了副处,心里不是滋味,常常回家唉声叹气。

机缘巧合,庐州分房过程中,胡太息认识了市委郑书记。闲聊中,得知郑书记是三元人,胡太息暗自高兴地想:"三元就是他的机会。"找到空隙,胡太息故意对郑书记说:"我老婆周文也是三元人。"

说到三元,郑书记多了一些兴趣,问:"哪个村的?"

胡太息赶紧说:"我岳母人称文家三小姐,地地道道三元人。"

提到三小姐,郑书记笑笑说:"原来你是三小姐女婿呀。"

难道郑书记认识岳母?

郑书记见胡太息满脸疑问,笑笑说,你岳母可不是一般人。

胡太息点头哈腰说:"受了一辈子苦,普普通通一个人。"

郑书记不说受苦,单说文家发迹的旧事。

听郑书记说岳母家的逸事,胡太息激动得浑身战栗,一激动,脑子充血,心思短了路,慌乱中,居然顺带说出了周文的陪嫁。

郑书记知道明智大师,也知道那批甄的来历,于是问:"难道那批甄真有留存?"

胡太息说完就后悔了,那只甄是周文的传家宝,咋能轻易说出来呢?倘若书记看上了咋办?胡太息见郑书记想得到确认答复,只好硬着头皮说:"确有留存。"

这天周末,胡太息在家打扫卫生,郑书记突然打通了胡太息家的座机,笑呵呵说:"小胡在家呀。"

郑书记亲自问好,胡太息再次激动起来,声音颤抖说:"在家,在家。"

郑书记说:"今得点空,想带夫人看看你家的那只甄。"

胡太息心头一凉,嘴上只好说:"欢迎,欢迎。"

挂了电话,周文警觉起来,问胡太息:"郑书记怎么知道我家有只甑的?"

胡太息懊恼不已,简短说了前后经过。周文说:"我娘临走时说,至宝物件,秘不示人,谁让你拿来说的?"

胡太息说:"光想着套近乎,不知不觉间说漏了嘴。"

再责怪也没有用了,周文只好闭嘴。

郑书记来看甑,周文惶恐一番,才把那只甑捧出并摆在桌上。

郑书记夫人说:"也没看出个好歹呀?不就一个不伦不类的瓦罐么。"

郑书记说:"你不懂,不懂呀。"郑书记有点爱不释手,看了又看说:"都说这批甑不怕气蒸火炙,试过没有?"

"何曾试过?"

"能不能试试呢?"

胡太息傻了,假如试试,蒸裂了咋办?

郑书记见胡太息犹豫,不说话,一直看着胡太息。

胡太息只好硬着头皮说:"试试,试试。"

周文没有办法,只好把钢精锅放上水,又把钢精锅架在煤气灶上,再把甑架在钢精锅上,在甑的上面扣上锅盖,做好气蒸的准备。一切都准备妥当了,点火时,周文迟疑了,又看看郑书记和胡太息,见没有退路,这才捂眼退后几步。

胡太息见郑书记还在看他,顾不得啥了,闭上眼,憋足一口气,上前啪地打着了火。

钢精锅里的水很快沸腾了,胡太息意思可以停火了。可郑书记始终不吭声。胡太息只好咬牙盯着甑。一个多小时过去了,厨房到处都是水雾,看不清郑书记的表情,胡太息急慌慌在问:"好了吗?郑书记才小声说,差不多啦。"

胡太息急忙上前关火,而后顾不得滚烫,拿出一条毛巾包裹起甑沿,快速端离钢精锅,急慌慌地跑向客厅。待热气散尽,见甑没啥大碍,胡太息这才长舒一口气,小心翼翼地退回到板凳上。

郑书记见胡太息让出位置,缓步走上前仔细查看那只甑。甑非但安然无恙,连紫红绿釉好像也起死回生一般,光鲜无比。看了许久,郑书记才哈哈大笑说,真品无疑。

周文听到郑书记说真品,急忙端起甑,走进卧室,再次藏好甑。

郑书记见周文好半天走出,这才回过神。看看周文脸色,断断续续喝了几口茶,才慢悠悠对夫人说:"你不知道三小姐呀,她可不是一般人。"

三小姐是谁?老郑今天咋啦?

见夫人愣怔,郑书记感叹说:"周文的母亲,了不起的人。"说完这些感叹,郑书记慢腾腾站起来要走。

书记到家,怎么能走呢?胡太息急忙喊周文留客,周文和胡太息一起央求郑书记夫妻留下吃饭。

郑书记一锤定音说:"还有事,以后吧。"

郑书记到底走了,弄得胡太息惆怅好大一会儿。

后来,胡太息一直记住郑书记说的"以后",常常邀请郑书记到家吃饭,可郑书记一次都没有答应。

那是1995年的秋天,天凉得深了,房管局长找到了胡太息,先说了几句客套话,然后蓦地问:"听说你家有只甑?"

"局长怎么知道的?"

"文物这种东西,说白了,到底就是一件东西。"

胡太息说:"那是。"

房管局长说:"有位老领导,当然这个领导姓啥名谁,我就不说了,老领导呀,特喜好收藏,郑书记当年多亏了他的提携呢。"

胡太息不明白局长的意思,扑闪着眼睛,半天没有接话。

房管局长说:"说来你当科长四年多了吧,年轻人得抓住机会咧。"

谈话到了这里,房管局长什么也不说了,静静看着胡太息。

胡太息回办公室的过程中,回味局长意味深长的话,隐隐约约明白了咋回事,随之吓出一身冷,汗想,难不成郑书记让他试探我的口风?

回到家里,胡太息说啥也张不开口,那是周文的传家宝,它承载的东西,胡太息再清楚不过。换作别的什么都好说,可郑书记通过局长把话挑明了,不作回应的话,估计这辈子也就完了。要怪只能怪自己嘴快,现在该如何是好呢?

周文见胡太息愁眉苦脸地坐在沙发上发呆,暖心地问:"遇到啥事啦?"

胡太息不想说,周文以为自己哪点照顾不周,追问:"是不是我有些地方做得不妥,惹了你生气?"

周文怎么能这么想呢？说实在话,像周文这等知书达礼的老婆哪里找去？也罢,胡太息索性把苦恼说出,免得周文瞎猜疑。

周文听到胡太息如此这般一说,突然间不说话了,怎么会这样？他可是书记呀。

胡太息说:"房管局长说的也是,东西就是东西。"

周文终于冷静下来了,见胡太息还在纠结,豁出性命一般说:"对我来说,真的是千难万难。送了出去,我就是文家罪人。不送出去,可能我会遗憾一辈子。"

胡太息当然知道其间的轻重,怅然说:"算啦,当一辈子科长也挺好的。"

胡太息不那么说,周文不可能涌出豁将出去的心情。胡太息那么说了,她得有个态度。前后艰难取舍一番之后,周文咬牙说:"娘的话我懂,这只甑承载了文家的起起落落,如果我们的孩子能姓文,你能就此升职,也算符合传承之意。"胡太息见周文打定主意之后,连连摆手说:"不妥,不妥,这里不仅涉及甑,还涉及你的家世和我的尊严呢。"

周文不知说啥好了。

纠结很久,胡太息终于放弃了念头,摇头想,也罢。

可就在那段时间里,市里研究干部,胡太息意外被提拔成房管局的副局长。胡太息清楚背后的原因,涉及了报恩,如何是好呢？

周文见胡太息整天恍恍惚惚的,有天夜里,周文忍痛说:"明摆着的事么,为了你,我就当一次老文家的罪人。"

5

算起来周三圭属于周文的同宗弟弟,同宗到多远,只怕周文和周三圭自己都说不清。

周三圭比胡太息迟毕业六七年,有了胡太息这层关系,毕业分配时,直接分到了庐州地方志办公室。那时,周三圭心中的感激之情无法言表,比比看,同期毕业的同学,大都去了农村,唯有他不但留在了市直,还在市委、市政府的大院里上班。周三圭常常对胡太息说:"姐夫,没有你,就没有我,这辈子别想让我忘记感激。"

胡太息努努嘴说:"年轻人,少说多干,什么感激不感激的。"

工作几年后,周三圭才知道方志办的弊端,原来这等单位虽属政府部门不假,可确实没有什么地位,无权无势不说,还得有坐冷板凳的功夫。这些不足为惧,怕人的是,机关大院的姑娘现实,没有谁看得上方志办的小伙子。追求几个大院上班的姑娘,姑娘们得知他是方志办的,就像燕子一般飞到别人的怀抱里。问题是周三圭又是一个不愿将就的人,各种耽误,岁近30,依然单身。

也许周文让周三圭这个弟弟蹭饭蹭烦了,一天遇到远房表妹郑大菊到家吃饭,徒生主意,当着周三圭的面,故意问郑大菊到底谈对象没。郑大菊在市二院上班,是名护士,看上去肉乎乎的。郑大菊听周文那么问,实话实说:"我天天上夜班,谈个鬼呀。"

周文装出不经意的样子,瞅瞅周三圭,周三圭立即明白了周文的意思,脸唰地红了。

周文故作轻松问:"三圭还单着吧?"

周三圭羞得不敢抬头,脸红得像片大红纸。

郑大菊见周三圭害羞,落落大方说:"人家在机关大院上班,咋看得起我等上夜班之人?"

周三圭听郑大菊说的那么直接,忙说:"哪有的事。"

郑大菊感到周三圭腼腆得有些好笑,主动说:"多大的人了,还这么害羞。"

周三圭鼓起勇气,抬头看了郑大菊一眼,最后把眼光停在郑大菊的脸上,居然目不转睛起来。弄得郑大菊越来越不自在。为解尴尬,郑大菊自我调侃说:"好像不认识我咋的?"

周三圭郑重说,过去看的不算。

郑大菊笑呵呵地问,看够没?

碍于周文在,周三圭红晕又起。

周文见有戏,大包大揽地说:"就这么定了。"

看来看去,还算满意,周三圭不再说啥,站起来恭恭敬敬地说:"听姐的。"

结婚那天，胡太息当的证婚人，双方单位看在胡太息的面子上，来了不少人，走过结婚程序，到了晚上，自然双双进入洞房。

郑大菊见闹房的人离去，上前抱住周三圭说："总算安静了下来，让我好好看看你。"

周三圭挣脱开郑大菊的怀抱，从枕头底下扯出一条白毛巾，而后，恭恭敬敬铺在床的中央。郑大菊不高兴了，什么意思？一个大学毕业生还搞这套？

说来周三圭也确实够循规蹈矩的，恋爱时，郑大菊几次暗示，甚至无数个周日都磨蹭在周三圭的住处。可周三圭始终都与她保持着适当的距离。郑大菊那时候特别好奇，疑惑问："难道不爱我？"周三圭一本正经地说："正因为爱，所以才不敢胡作非为。"回答得没有问题，郑大菊高兴，可郑大菊不甘心，继续挑逗说："也许那样才叫完美。"

周三圭当然明白郑大菊的意思，急忙正色道："那样不好，不好。"

郑大菊那时候觉得周三圭特别可爱，暗想，像周三圭这等自律的人，绝对算得上好男人。

没想到新婚之夜，周三圭居然捧出一条白毛巾。

按说，这也不是什么坏事，正好检验下自己的洁白无瑕。可问题是，自己不是真金，焉能不怕火炼呢。郑大菊笑笑问："有这个必要吗？"周三圭不说话，拉灭了灯，然后抱着郑大菊说："我在意。"

不在意还好，在意就出问题了。

郑大菊见搪塞不过去，索性咬牙坦白，说自己上卫校时，谈了场恋爱，没想到那个家伙不负责任。郑大菊最后说："可这一切并不影响我对你的真情。"

周三圭拉亮了灯，看着郑大菊问："你失过身？"

郑大菊点头。

周三圭猛地拉灭了灯，蒙起了头，一个人躲在被窝里抽泣。郑大菊尴尬了，瞬间陷进沉默里。没想到周三圭抽泣半天，啪地又拉亮了灯，近乎绝望说："你骗人。"

郑大菊见周三圭这般痛苦，生了愧疚，道歉说："我们始终没有那个，我咋好意思开口呢？"周三圭嗷嗷大叫："看我好欺负咋的？"

郑大菊说:"难道那些会影响我对你的真心?"

"离开纯洁,何谈真心?"

这是什么话？郑大菊跟着抽泣起来。郑大菊静静哭了一会,拉灭了灯说:"如果你在意,明天我们就去办离婚手续。"

"离婚？婚姻岂是儿戏?"

"你说怎么办?"

"你这个骗子。"

"我不是骗子,一直都想告诉你,可你不给我机会。"

"相处那么久,没有机会?"

"我是个姑娘,起码的矜持要有吧?"

周三圭又拉亮了灯,然后扯出白毛巾,拿把剪刀,从白毛巾的上头一点一点往下剪,由于急切些,剪伤了手,血液溅到半截白毛巾上,接着洇染开来。周三圭看着血渍洇染出的梅花一般图案,捂住脸,把半截毛巾包裹起来。之后,再次拉灭了灯,骑到郑大菊身上说:"你这个不要脸的女人。"

郑大菊捂住了脸,郑大菊没有体会到爱意,感受到的全是屈辱。

办完那事,周三圭扯开另一条被子,独自钻了进去。

第二天起床,郑大菊再次提出离婚,周三圭恼了,啪啪打了自己好几个耳光。郑大菊擦擦眼睛,跟胡太息一起见亲人,谢朋友。外人倒也没有发现出异样。三天回门,外出旅游,他俩像无数新婚夫妻一样,走完了该走的程序。可旅游归来,两个人都清楚感情出了问题,由于周三圭不想离婚,郑大菊也不好较真,只好别别扭扭过下去。等到融进日常生活时,周三圭心里越来越委屈,好像郑大菊在他心里埋下了一团龌龊,又在龌龊之上盖上一团恶心,最后又弄条破抹布把一切都包裹起来似的。到了晚上,想起破抹布包裹起来的龌龊和恶心,周三圭怒火中烧,上身、下身,全然不顾及郑大菊的感受。

时间长了,人们发现周三圭和郑大菊的婚姻出了问题,那种问题是显而易见的。周文发现问题后,连续邀约几次周三圭。周三圭不加思考,张嘴便予以拒绝,好像周文也骗了他似的。周文不知道周三圭这个远门弟弟到底咋了。只好打电话叫郑大菊去。周文问郑大菊:"你和三圭之间到底咋啦?"郑大菊不好意思说出真相,撒谎说:"他就那么个人,结婚后变了一点罢了。"

"过去挺开朗的,婚后为啥变了呢?"

郑大菊说:"也许在单位不顺心,也许心情不爽,不说他了,我们喝酒。"

郑大菊能喝酒的,不一会就把自己喝醉了,醉酒之后,郑大菊才后悔地说:"我咋就答应了?咋就嫁了呢?"

周文说:"你俩挺般配的,为啥说这种话呢?"

郑大菊哭哭啼啼,打死不说原因。

周文感觉周三圭和郑大菊之间肯定出了问题,打电话给郑大江,让郑大江问问周三圭到底怎么回事。郑大江是郑大菊的远房哥哥,接到周文电话后,找到郑大菊,无头无脑地问:"你跟周三圭到底咋啦?"

郑大菊不知道郑大江什么意思,遮掩说:"挺好的呀。"

郑大江说:"挺好的,为啥有了生分?"

郑大菊说:"也许刚刚结婚,彼此不适应吧。"

到了春天,有次郑大江喝多了酒,疑问又起,主动找到周三圭,悻悻地问:"你和大菊之间到底出了什么问题?"

周三圭见郑大江醉醺醺的,懒得搭理郑大江。郑大江恼了,二话不说,劈脸给了周三圭一拳,高声骂道:"你竟敢冷落我妹妹?"

周三圭擦干血污,丢下郑大江说:"你妹妹?对了,确实像你妹妹,像你这个谎话连篇的人。"

郑大江酒醒了大半,周三圭,竟然敢说我谎话连篇?那时的郑大江已经成了老板,不说身价千万,家里至少也有七八百万存款,岂能容忍周三圭这般腌臜?郑大江撵上周三圭说:"你给我说清楚,我怎么就谎话连篇啦?"

周三圭掸掸衣袖,冷笑几声,扭头,噌噌走了。

郑大江最后让老婆胡明娟问郑大菊,郑大菊想,再瞒下去不知还要生出多少误会,于是哭哭啼啼地说了原因。

胡明娟听到郑大菊的哭诉后,半天没有吭声,等她抬起头时,才咬牙对郑大菊说:"告诉周三圭,让他学学我。"

郑大菊不知道胡明娟让周三圭学她什么,愣怔好久,才站起来说:"不要问了,慢慢就会好的。"回家之后,郑大菊当然不会提及胡明娟说的话,冷脸过日子就是。

有天晚上,周三圭还如过去一般潦草,郑大菊委屈,才想起胡明娟说的话,忍住委屈,对周三圭说,弟媳让你学学她。

"学她啥?"

郑大菊也不知道学啥。

周三圭沉吟半天才说:"郑大江、郑大菊,哼哼。"

"哼哼啥?郑大江咋啦?值得你哼哼?"

冷战持续中,郑大菊怀孕了。听到郑大菊怀孕的消息,周三圭一夜未睡。天刚蒙蒙亮,周三圭就起床了,先洗漱一番,待穿戴整齐后,才叫醒郑大菊说:"看在孩子的分上,我会像个丈夫的。"

郑大菊那会眼睛湿润了,她想骂几句周三圭,可见周三圭神情肃穆,只好捂住嘴,压住哭声。

打那之后,周三圭变了一个人,洗衣、做饭、煲汤、打扫卫生,全包了。郑大菊看周三圭忙里忙外的,大为感动,脸上终于露出笑容。

周文见郑大菊不再惆怅,专门找到郑大江说:"周三圭还真听你的话,打你规劝后,又变回了过去。"

郑大江想:"他听我的?不可能。"想起周三圭的变化,郑大江对周文说:"不知为啥又变了回去?真拎不清他是什么熊人。"

6

按说郑书记、郑大菊、郑大江之间都能攀上世亲,可郑书记根本不正眼看郑大江,更别提郑大菊了。一次郑大江为了搞定一个工程,托胡太息找郑书记,郑书记始终打哈哈,直到郑大江临走,郑书记才眯缝着眼睛对郑大江说:"我怎么会过问工程方面的事情?"惹得郑大江回家骂了好几天郑书记。心中放不下,加之气不过,郑大江便找周三圭说郑书记的闲话,说到最后,郑大江心生疑惑,忙问周三圭,为啥他单单器重胡太息?

周三圭也困惑,想了半天才说,也许胡太息比其他人会顺蛋呗。

郑大江摇头不信,可他又说不出其他理由,只好嘟囔道:"单就顺蛋而言,我不比胡太息差,肯定还有其他原因。"周三圭见郑大江胡言乱语,便丢下他,摇头走进办公室。刚坐下,主任突然敲门,让他去一下办公室。

周三圭迟疑,主任找我何事?起身跟上主任,慢慢走进主任办公室。没想到,主任回身,还砰地反锁上办公室的门。主任这般反常,让周三圭有些不适应,周三圭忐忑地问:"有事?"

主任神秘问:"知道甄吗?"

"知道,咋啦?"

主任说:"这么跟你说吧,一位老领导,弄到明智大师烧制的一只古甄。可老领导的老伴眼神不好,打扫卫生时,不小心把那只甄弄成了两瓣。老领导为此生了病,现在还躺在医院里。"周三圭想,与我何干呢？主任见周三圭不开窍,简略地说:"老领导不想让文物局的人修补,怕人家顺手做了馆藏,特托我找人想想办法。"

周三圭说:"修方志与修复文物是两码事。"

主任情急之间,想起了过去单位的花盆打碎了,大家要把那只破碎的花盆丢到垃圾桶里时,周三圭说,别丢,把它修补好就是。谁也没有把那只花盆放在心上,谁知过了几天后,周三圭上班变魔术一般掏出塑料袋子里的花盆,放上土,植上花,花盆看起来还是好好的,大家都问周三圭怎么修复的？周三圭说,粘粘、补补,小事一桩么。主任想起这些,笃定周三圭有修复文物的能力,眼下不好找别人,病急乱投医,就他周三圭啦。想到这里,主任淡定说:"横吹笛子竖吹箫,什么不是人学的？"

"可我从来没有修补过文物呀。"

"从今天开始,你就到文物局拜师,没有学不会的事。"

周三圭傻眼了,隔行如隔山呀,现学现卖,咋行？

主任说:"能把这只甄修补好了,你就是功臣。"

周三圭没想过功劳,想的是主任如此信任他,不好意思拒绝。

主任说:"人生就是挑战自我的过程,挑战懂吗？"

说到挑战,周三圭来了兴趣,是呀,不挑战自我,怎么知道自己不行？再说,还能到文物局拜师,有啥怕的？周三圭答应之后,不放心文物局那边,小声说:"人家会教我吗？"

主任说:"局长是我哥们,他会安排好的。"

周三圭这才站起来,挺挺胸脯说:"这么说,我就挑战下？"

"什么叫挑战？你本来就行。"主任神情释然,接着打开了门,然后直接把周三圭带到老领导家。

老领导已经出院了,躺在家里静养。见主任和周三圭进门,咳嗽半天才指指卧室的凳子,说坐。俩人谨慎坐定,老领导眯眼瞅了瞅周三圭,疑窦丛地生说:"这么年轻,能行?"

主任知道老领导的意思,站起来解释说:"别看他年轻,他可修复过好几件文物呢。"

压根没影子的事,主任却说得有鼻子有眼的,看来主任也想挑战一下自我,笃定周三圭行。老领导摇头说:"修复文物不是砌墙涂腻子,得有专业知识。"

主任说:"他就专业呀,否则咋敢带他见你呢?"

老领导再次看看周三圭,摇头说,算了吧。

周三圭没想到老领导居然瞧不起自己,心有不服,便不管不顾地说:"不就补个甑吗?我还修补过甗和鬲呢。"

"真的?"

周三圭眨巴几下眼睛,大包大揽说:"有何难的?"

话说到这个份上,老领导也只能死马当作活马医,亲自下床捧出两瓣甑,话不成句说,多好的物件,找谁说理去?

甑碎成两瓣,崩裂处还散碎了一些瓦屑。周三圭接过两瓣甑时,才感到惊慌,看来挑战真的来了。

回程路上,主任说:"此事切切不能告诉任何人。我把宝押到你的身上,你可得给我上心喽。"周三圭见主任千叮咛万嘱咐,才知责任重大,后悔在老领导那里配合主任说了谎话,苦笑半天才说:"万一修复不好,咋办?"

主任说,没有万一,只有成功。

7

有了主任介绍,周三圭找到了文物局长,局长推荐了一位老师,周三圭见到老师说:"我平时喜欢收藏,免不了做些修补,真心求老师赐教。"接着,周三圭行了徒弟礼,又奉上一些尊重,随后,跟着老师断断续续学了两个多月。之后,周三圭把自己关在书房里,反复学习修复文物的相关知识。那时节,时光没有停留脚步,星移斗转,夏天已经变成了秋天,周三圭看完满天星星,才撮口气走进书房,认真研究明智大师制作那批瓦甄的来龙去脉。等到一个阴雨绵绵的晚上,周三圭觉得熟悉了全部经过,便想着手修补。遗憾的是,刚想出手,难处就来了。恢复旧貌,需经过光谱分析颜料光泽、从而论证出颜料成分。没有设备,颜料修复就没有办法完成,加上绘图、粘补、加固、补型以及金箔回贴等等技术,都还处于一知半解之中。看来想修复好这只甄,比登天还难。想到这些,周三圭的手开始了痉挛,始终不敢碰那半片甄,仿佛那半片甄就像一个炸雷。咋啦?我的手咋啦?喘息半天才明白,修补文物得从战胜心理障碍做起。于是周三圭听着外面淅淅沥沥的雨声,开始练习手力,刀叉笔锉,一样一样练来,等练到深秋,把每件工具都练的滴溜溜转、直到出神入化之时,周三圭才用左手按住右手说:"再不争气,我就剁了你哦。"右手好像被他驯服了一般,不再痉挛不说,一个动作甚至还可以纹丝不动保持一个多小时。

直到这时,周三圭才长出一口气想:得,土法子上马,成功的例子多呢。

周三圭终于决定出手了。

他先用锉子轻轻锉平粘接面,又把两瓣甄固定在自己制作的小型滑轮轨道上,见万无一失后,才用注射器在粘接面上注射101胶水。之后,顺着滑轮轨道,把两瓣甄慢慢向前推进,待推到恰当位置后,才啪地对接上,直到严丝合缝,才小心翼翼用绳子固定住。耐心等了一个多小时后,见两瓣甄牢牢黏合在一起时,周三圭开心地笑了,站起来拍拍手想,黏合在一起并不难呀。才得意一小会,他端看黏合处却傻眼了。裂缝痕迹清晰可见,里外皆是。这如何是好呢?他想起了老师的话,用透明的金箔粘贴里面,粘贴好后,上膏、着色,先里后外。如法炮制,很快消灭了内里痕迹。临到外面,无从下手了,弄不清外层釉彩的成分,怎么修补?临近初冬,北风不停地嘶吼,周三圭瑟瑟发抖,还在琢磨颜料问题。他越猜想越糊涂,怎么也搞不清明智大师用了什么颜料。从春末到初冬,郑大菊挺着大肚子眼看就要生产了,见周三圭天天晚上埋在书房里捣鼓破东西,心里一直不舒服,想着才变好几天,又变成这等样子,到底想干啥?实在无法容忍了,某天深夜,郑大菊敲开书房门,气呼呼问:"知道我多么辛苦吗?"

周三圭没好声气地说:"谁不辛苦?"

郑大菊问:"你捯饬破瓦片有啥意思?"

周三圭一个愣怔,想起主任叮嘱,不敢说明真相,遮掩说:"破玩意才值得珍惜。"

"说啥呢?阴阳怪气的。"

周三圭说:"挑战自我,挑战懂吗?再说很多东西根本无法修补,可我不信。"

郑大菊听出了周三圭的话外之音,抹把眼泪躲开周三圭想:这个周三圭真不是靠谱的家伙。

剩下的还是颜料问题,如何才能找到这等相似的颜料呢?唯一能做的,就是先在外缝上粘贴金箔,然后再涂抹石膏,磨平,一切都差不多了,却还是找不到合适的颜料。实在没有办法了,周三圭恼了,干脆买了七彩笔想:顺着色系,慢慢着色吧,否则咋弄呢?

紫色、红色、绿色。他一点一点往上涂,晾干后,看上去颜色几乎接近,喜不自禁,特意用手摸摸着色处。这一摸,坏事了,涂抹处居然掉色。怎么办呢?问文物局的老师,老师说:"不用矿物质颜料着色,肯定不行。"

"可哪里能寻到紫红绿的矿物质颜料呢?"

老师说,我手上有些矿物质颜料,你拿去试试。

着上矿物质色彩,晾干后,接连蹭了几次,好家伙,还真不掉色了,可新鲜颜色与过去颜色不匹配,周三圭想做旧,又怕作废了其他釉彩,揉揉心,只能那么将就了。

周三圭抱着缺憾,打了主任电话。

主任亲自到了周三圭家里,看了半天,觉得满意,于是小心翼翼包裹起甑,让周三圭提着,去老领导家。

一路上,周三圭始终忐忑不安。好不容易走到老领导卧室,等拿出甑时,他的心几乎跳到嗓子眼里。

老领导左看右看,感觉确实完好如初。可细细打量,很快发现了颜料问题,老领导叹息说:"修旧如旧,缺了做旧,到底差了成色。"

周三圭心咯噔一下,眼前一阵眩晕。

很快,老领导呵呵笑了起来,接着高兴说:"能修补成这样,已经很好了。"老领导一高兴,居然下了床,提议用气蒸法,试试修补水平。周三圭急忙拦住说:"修复用的胶水,焉能经得起火烧汽蒸呢?"老领导点头沉思一会想,也是。带着遗憾,老领导收起甑,之后,才激动握住周三圭的手说:"能修复成这样,不错啦,谢谢你,年轻人。"

周三圭心中的呼啸到这时才戛然而止。

过了春节,出了正月十五,市委开始调整市直班子,谁也没有想到胡太息又被重用了,居然兼任了市政府的副秘书长。更为出奇的是,主任转任去了实权部门,而名不见经传的的周三圭,居然也提拔成了方志办的正处级调研员。大家疑惑,周三圭也疑惑,一天周三圭专门找到主任问,到底咋回事?

主任想,周三圭真是明知故问,见周三圭不像装蒜,这才大声说:"组织的眼睛是雪亮的。"

周三圭想,确实雪亮,否则轮不到我。

8

胡太息接连得到重用,举止神情都变了。说到市长,喜欢先说出名字再加上职务,就像市长喊他太息秘书长一样。看起来只是称谓游戏,实则学问极大,不是谁都可以那么喊某某市长的。说起胡太息的变化,还有一个明显特征,那便是他由一个话痨变成了惜字如金的人。他可以在喧嚣而嘈杂的争论中,一声不吭。当需要胡太息说话的时候,他会拖长声调,先咳嗽几声,镇住场子,才会字正腔圆,说出想说的话。

在外面怎么表现,无关家居。回到家后,胡太息好像变得做不好自己似的。常常阴着脸,不言不语。心里纵有一千个、一万个不高兴,说话还是只蹦单词。偶尔,蹦出的单词会把周文吓得半天回不过神。胡太息咋啦?什么时候变成这么说话的?

这天胡太息见房间太乱,超越了忍受极限,皱皱鼻子、跷起二郎腿说:"乱。"

周文上前说:"你帮我收拾下,今儿课多。"

胡太息说:"校长不知减课?"

周文说:"我的事不用你操心。"

胡太息突然就火了,是那种火气没来由一般四处乱窜。

"孩子小,乱点咋啦?过去也是这样的。"

胡太息端着腔调说:"你现在是市政府副秘书长的老婆,好好学学郑书记夫人的派头。"

周文恼了:"去你娘的胡太息。"控制不住情绪,周文哇哇喊:"别忘了,你叫胡太息。"

胡太息当然清楚周文的意思,他确实叫胡太息,可今天的胡太息不是过去的胡太息。为了一只甑,这些年来,在周文面前,一直不敢大声说话,那只甑带来的憋屈和压抑,早让他厌烦透顶,我要重新找回自尊。胡太息站起来慢腾腾说:"统筹不会?"

"不是家务活的问题,是态度。"

"态度咋啦?"胡太息提高声音,变回了另外一种神情,大声问:"真以为那只破甑就能打动郑书记?别忽略我的付出?"

周文不屑一顾地说:"不管你当什么,回家你还是丈夫和女儿爸爸。"

胡太息太难受了,呼啦站了起来说:"校长能跟你平起平坐吗?嗯?"

周文气得当即落泪,哭哭啼啼说:"早知道这样,打死也不捧出那只甑了。"一气之下,周文把脏乱衣服丢了一地,带着女儿,去了周三圭家诉苦。

周三圭明白了来龙去脉后,脱口而出:"症结原来在这里。"想到症结,周三圭口中、心里全是不屑:"喊,呸,胡太息呀胡太息,有什么资格装腔作势?"

往后再见胡太息,周三圭口中全是埋汰。

胡太息怎么能容忍周三圭的埋汰?有天他拽住周三圭的胳膊,扯到无人处,才冷冷地说,吃错药啦。

周三圭嗷嗷喊:"我看不起你这种人。"

胡太息还记得周三圭过去说过感激之类的话,世上哪有周三圭这种感激法?这不是过河拆桥吗?胡太息忍无可忍,直白地说:"忘记你怎么分到市直的?怎么得到重用的啦?"

周三圭说:"我呸。"

"简直不知好歹,"胡太息生气问,"翅膀硬啦?"

周三圭说:"我没有翅膀,心里只有恶心。"

胡太息说:"这次提拔,真以为靠你的能力?"

周三圭想反驳,突然想起了补甑,猛然间哑了口。

胡太息点中了周三圭的死穴,周三圭羞愧得不敢抬头了,胡太息咋什么

314

都知道？周三圭满脸通红地甩开胡太息的手，赶紧拍拍屁股走人。

龌龊跟着胡太息的提醒一起涌上心头，是呀，没有胡太息送甑，他就没有机会补甑。这么说来，我跟胡太息竟然是一路货色。周三圭茶饭不思，到家就坐在沙发上发呆。

郑大菊问："咋啦？为啥几天都不说话？"

周三圭喃喃自语："我肮脏、龌龊，我不是东西。"

郑大菊又问："到底说我，还是说你自己？"

周三圭知道郑大菊误会了他的意思，可他的苦恼不想对郑大菊说，他大声喊："自己琢磨去。"

9

周三圭心里烦死了，主动找到郑大江说："胡太息恶心死我了。"

郑大江正为胡太息进一步得到重用而感到高兴，说白了，胡太息到底还算胡明娟的远门哥哥，做生意，争项目，胡太息就是未来的靠山，周三圭有啥资格乱说胡太息？郑大江想罢，劝慰周三圭说："胡太息和你什么关系？不说我们仨的姓氏，想想我们老婆姓什么？"

周三圭拧着脖子说："他变了。"

郑大江问："他变？你不变？"

周三圭说："都说商人庸俗，我算领教了，去尿，以后不要联系我。"

郑大江气得脸红脖子粗："你个周三圭，真是一根筋，去去去，说不到一块，散伙。"

周三圭恼火喊："散伙就散伙。"

周三圭走了，郑大江生气，把周三圭说的话又学给了胡太息，胡太息笑笑说："看在周文的面子上，算了。"

郑大江说："说来他也算我的姐夫，可我不护短，如果让我说句公道话，我现在就说，他周三圭怎么能跟你比。"

胡太息笑笑，意思是值得比吗？

三个男人在这里拉开了隔阂的序幕，周文、郑大菊、胡明娟却成了主角。周文对郑大菊哭诉说："官把胡太息害了。"

郑大菊问:"回家也端着架子?"

周文鼻子一把眼泪一把地说:"谁知道他成了这种人。"

郑大菊把这话又学给胡明娟,胡明娟说:"人都会变的,郑大江没钱时,不知有多乖,现在呢?回家的次数一天比一天少。"

郑大菊感慨万千,想想周三圭,也感叹说:"家家有本难念的经,算了,算了。"

三个女人说的本来都是细碎之事,传来传去,话却变味了,说胡太息当上副秘书长后,不顾家,天天甩脸子给周文看。这话不知怎么就传了出去?胡太息问周文,周文问郑大菊,郑大菊问胡明娟,互相责怪,闹的三个家庭轮番吵架,这边说,那边谁谁说了啥;那边说,这边谁谁那么说。结果谁也说不清到底谁说了啥,闹得三家不再来往了。

就在那时,老领导走了。老领导是庐州德高望重之人,没有他的奉献,就没有庐州的今天。听说老领导病故,全市上下熟悉老领导的人都很悲伤。

老领导老伴年纪大了,受到打击,早躺到医院去了。老领导三个儿女轮番照顾娘,最后老领导的大儿子便想起那些古物了,听说那些东西特别值钱,究竟值多少,没个准头。焦虑的是,爹临走时没说那堆东西传给谁,将来娘撒手走了,如何分配那堆古物?老领导大儿子提议,把爹收藏的古物私下卖了,钱当着娘的面平均分了。

老领导的大儿子有这个提议,是因为眼下遇到过不去的坎了,做了几年生意,一直亏本,现在要账的挤破门,急得他就差跳楼了。急等钱用,就想到爹留下的那批古物了。没想到,他的提议得到两个妹妹的支持。老领导老伴想想也是,什么都是儿女的,老伴走了,我又不能把那堆东西带到坟墓去。

老领导的大儿子这天抄着手找到郑大江,神秘地说:"老头子收藏了一只甄,据说价值连城,听说你有不少收藏界朋友,能不能帮我想想办法。"

"多少钱合适呢?"

"五百万。"

"什么甄值这么多钱?"

"明智大师制作的,都说它是无价之宝。"

郑大江找到收藏界朋友打听,行家说:"还真说不好价格,说它珍贵,它乃无价之宝。说它不值钱,也许一文不值,说来,那批甄始终没被划入国宝的范畴。"

郑大江说:"那到底值多少钱呢?"

"物以稀为贵嘛,品相好的话,这个数。"行家伸出五个指头。

"五十万?"

"往大里说。"

"五百万?"

"至少这个数。"行家又晃了下五根手指。

郑大江吓得张大了嘴,喜不自禁把老领导大儿子带去见行家。

行家约了四五个朋友,研究半天,最后开出四百万的价格。

老领导的大儿子说:"至少五百万。"

行家说:"这只甑破碎过,修补的痕迹还在。好在品相尚好,否则一文不值。"

老领导的大儿子急等钱用呀,一咬牙,握手成交。收到钱,老领导的大儿子那叫一个激动呀,乖乖隆咚,一只破甑就卖了四百万,老头子留下的古物多呢,将来免不了麻烦郑大江,想想以后,一激动,顺手转给郑大江二十万,然后千叮咛万嘱咐说:"老头子收藏的那堆东西,免不了麻烦兄弟。"

郑大江白捡二十万,当然高兴,连说:"好说,好说。"

郑大江回家把事情的来龙去脉说给胡明娟听,说完还喜滋滋说,白捡了二十万。

胡明娟当然高兴。高兴之余,想到了周文,好久没有走动了,这次一定带周文去买件衣服,也好修补一下彼此的感情。周文接到胡明娟的邀约,没有拒绝。到了商场,在挑拣衣服的过程中,胡明娟把郑大江白捡二十万的事说给了周文。

说者无意,听者有心,周文问:"什么甑?"

"谁知道什么甑。"

周文脸色越来越不好看,最后捂住眼睛说:"四百万呀。"

周文知道,那只甑必是她的传家宝无疑,四百万打了水漂,搁谁心里能好受呢?周文早已听不到商场里面的嘈杂声,脑中显现的只有数字:四百万,四百万……等她抬头再看郑明娟时,眼中全是泪水。郑明娟不知周文为啥突然间变成这样?刚想问及原因,周文瞬间捂住自己的嘴,而后,失去应有的镇定,慌乱说:"我有些不舒服,我得走啦。"

胡明娟疑惑:挑拣半天了,为啥又不买啦?

周文不解释原因,噌噌地跑出商场。

回到家,周文丢下包,躺在床上落泪,四百万什么概念呀?每月工资才一两千元,四百万乃天文数字呀。

胡太息不知道周文心情糟糕透顶,晃晃悠悠下班,进门就责怪周文做饭晚了。

周文突然间火了,拍着床腿说:"下饭店吃去?"

"咋?"

"四百万都送人了,还怕下馆子?"

"什么四百万?"

"你说什么?那只甑让人家卖啦?"

胡太息知道老领导走了,没想到他的子女会卖甑,四百万?胡太息心里也刺啦一声,很久都没有说话。

周文说:"我豁出性命为了谁?谁能想到他转手送了老领导呢。"

胡太息说:"泼出去的水,心疼有啥用?"

周文苦恼极了,不管不顾说:"记住,你的这身皮,是我花四百万买的。"

周文的话说得这么难听,胡太息瞬间阴沉起脸。

周文抑制不住内心的冲动,上前扯掉胡太息的外衣,扯了一件,又扯一件,哭哭啼啼说:"我倒要看看你的这身皮究竟值多少钱。"

胡太息的阴郁转化成了冷峻,可他能说什么呢?

见胡太息始终不说话,周文趴在桌上呜呜哭了起来,她想起了娘,想起了那份沉重,瞬间感觉已经不是四百万的问题了。

胡太息没想到事情会弄成这样,无处撒气,只好一个人走了出去。

饿着肚子,淋着冷雨,胡太息的苦恼扯成忧伤。来回走动中,想到了郑大江,好你个郑大江,就算你帮他卖了甑,何必让胡明娟告诉周文?

胡太息私下找到郑大江,鼻子不是鼻子、脸不是脸地说:"开心啦?"

郑大江云里雾里的。

胡太息说:"白捡了二十万是吧?那我告诉你,那二十万是我的。"

郑大江彻底糊涂了,二十万怎么能扯上胡太息?

胡太息说:"知道那只甄哪里来的？是我送老领导的。"

郑大江清楚原因后,愣住了,想到胡太息的身份,郑大江转身拿出一张存折说:"这里有四十万,算我补偿你的。"

胡太息说:"你补偿,你补偿得起吗？胡太息怒气冲天,转身走了。"

郑大江白白受了一场埋汰,特别窝火,想到胡明娟传话,回家就骂胡明娟糊涂。

胡明娟委屈争辩说:"我哪里知道那只甄是周文的传家宝呢？"

郑大江说:"日你碓子,能不能把嘴闭紧喽？"

胡明娟好心落得这种结局,心里委屈,找郑大菊诉苦。

郑大菊把胡明娟的话又说给周三圭听。

绕了几个来回后,不知道谁透露了风声,坊间很快有了杂七杂八的传闻,人们窃窃私语:"看起来人五人六的,殊不知官帽是老婆拿传家宝换的。"

胡太息听到传闻后,脸都气青了,谁这么埋汰人？不是郑大江,就是周三圭,咋遇上这两个不知好歹的家伙。越想越气,回家把怨气撒在周文头上。周文心里早就水煮火燎的,焉能容忍胡太息？从此俩人开始了新的争吵,一场猛于一场,三个月不到,开始了分居,半年不到,赌气离婚。

胡太息离婚消息很快成了庐州官场的爆炸性新闻,2005年前后,离婚人还相对比较少,不像今天,离婚就像过家家似的。说起胡太息离婚,政府大院的人一直在私下津津乐道,议论越来越难听,有人说,胡太息靠老婆传家宝上位,又甩了老婆。有人说,没想到郑书记和老领导是那样的人。议论多了,话传到郑书记那里,郑书记已经交流去了京城,担任了一个不大不小的领导,得知传言后,专门打电话问胡太息为啥离婚？

胡太息说:"一言难尽。"

郑书记问:"离婚咋还扯出那么多事情？"

胡太息说:"我哪里知道呢？"

郑书记长叹一口气说:"算了,你干脆离开是非之地。"

谁也没有想到,2006年的冬天,一场雪之后,郑书记真把胡太息调到北京一家事业单位,还当了个副职。

胡太息拍屁股走了,苦的是周文,想想看,几番折腾后,仅仅落个姓文的女儿和一套房子。

周文一口气恼憋在心里,无事时,就找周三圭诉苦。

周三圭不仅不安慰周文,还添油加醋说:"姐,离开那种人,算你福气,别说他官至副厅,就是成了皇帝老儿,也抬不起头做人。"

周文没想到周三圭会这么说胡太息,愣怔半天才问:"你怎么到庐州的?"

周三圭说:"即便我担下人情,也瞧不起他那种人。"

周文泪流满面,什么也不说了。

后来周文专门去了一趟三元,扑倒在三小姐的坟前,连抽自己几个耳光说:"娘,女儿是个罪人。"说道伤心处,昏厥过去几回不提。

10

自打周文跟周三圭诉苦后,周三圭的心里也绾了一个结。那只甄是经他手修复的,假如当初不下那么大的力气,结果又怎样呢? 当然,假如老领导的大儿子不认识郑大江,卖甄之事怎会传到周文这里? 假如不是出于气愤,自己怎会不三不四地诋毁胡太息呢? 周文跟胡太息离婚,我周三圭也推脱不了干系。周三圭解不开心中的疙瘩,打电话对周文说:"姐,你们离婚,我也有责任。"周文说:"与你何干? 怎么能怪你呢?"

周三圭说:"我不修补,就没有后来这些事情。"

周文说:"弟呀,你不替人家修补,人家不会找别人?"

周三圭说:"假如不那么上心,就会变成另外一个结局。"

周文说:"谁修补一件东西不上心呢?"

周三圭说:"有些东西是无法修补的。"

周文说:"说哪儿去了,你不是修补得很好吗?"

说到修补,绾成的疙瘩又缠绕上几道箍,郑大菊好比破碎成两瓣的那只甄,他修补了这么多年,伤痕还在那里。

过了春节,便是春天,一个春雨缠绵的夜晚,周三圭对郑大菊说:"大菊,我可以修复好那只甄,可我修复不了我心里的裂痕。"

郑大菊说:"你的意思,我们也离婚?"

周三圭说:"我本来打算当个好丈夫、好爸爸的。"

郑大菊说:"凑合不是一家人家,折磨我这么多年,早累了。"

话说到这个份上,没啥好留恋的。两个人达成和解,协议离婚。最后郑大菊带走了儿子,临走出家门时,郑大菊回头说:"周三圭,我从此不会原谅你的。"

周三圭眼睛一黑,居然流出热乎乎的东西。

周三圭离婚,又变成大家口中的话题,有人说,周三圭修补好了那只甄后,也得到了重用,现在居然学胡太息,也看不起原配了。有人说,周三圭是胡太息的人,靠山倒了,心情不好,惹得郑大菊生气。有人说,周三圭不知听谁说,郑大菊曾经失过身,心有郁结,到底释怀。私下议论,不需要负法律责任,人们可以大胆想象,勇敢猜测。

周三圭被大家说得灰头土脸,也懒得解释了,婚都离了,这些议论又算什么呢?

至此,周三圭变得越发笨拙,连走路姿势、说话的腔调都变了。一年过去,两年过去,十几年过去了,胡太息已经退休了,眼看周三圭也快退休了,还是孑然一身。大家看到周三圭潦倒的样子,又多了同情心:你说好端端的一个人,为啥说毁就毁了呢?

胡太息走后,郑大江很少到庐州看周三圭。可郑大江也有苦恼,缠绕不清时,他想找周三圭说说心中的苦,于是,电话邀约周三圭坐坐。

周三圭说:"不去。"

郑大江大度劝慰说:"你总得找个女人过日子吧?"

周三圭说:"不找。"

郑大江问:"还惦记大菊妹妹?"

周三圭说:"不惦记。"

郑大江说:"那为啥一直熬着?"

周三圭说:"我熬着?你才熬着吧?"

郑大江确实煎熬透顶,这些年,他回了不少次三元,有次回去说是投资,镇里大小领导跟了不少,其中一个镇领导喝醉了酒,突然说:"三元的名角女婿,就剩下你喽。"

郑大江当时尴尬死了,不知道怎么替胡太息和周三圭解释,好半天都没有吭声。有人打圆场说,婚姻讲缘分,说来说去,还不是三小姐留下那只甄害的!此话一出,一桌人都陷入冷场。甑在三元早成了人们议论的话题。说白了,要怪就怪周武、周荃两兄妹。如果他们不找周文闹,不闹到市里,三元人咋能知道三小姐留下一只甑呢?风波之后,周武念着周文的苦,原谅了妹妹,可他不能原谅胡太息,回家到处说,胡太息不是东西。

周三圭也跟着离婚,郑大菊一家人想起周三圭的种种不是,无法原谅,也到处说周三圭的不是。结果胡太息和周三圭都成了三元人诟病的话题。

郑大江不想解释其中原委,如果当初他不替老领导儿子找买家、不回家嘚瑟,结果不会这样的,现在物是人非,他说什么好呢?

更为重要的是,这些都是表面问题,让郑大江的尴尬不是胡太息和周三圭,而是他自己的婚姻也快走到了尽头。

11

周文、郑大菊和胡明娟相继离婚后,苦了、烦了、累了,仨姊妹只好抱团取暖,闲暇时,喜欢聚在一起说话。其间,免不了提起那只甑,说起甑,周文整个人就蔫了。郑大菊提议花钱仿制一只甑,就当真的收藏,好去心疼。胡明娟觉得郑大菊主意不错。周文听了郑大菊和胡明娟的话,真的找人仿制了一只甑。这回她没有私藏,而是把仿品摆在香案上,每天清晨带着女儿一起对着仿品烧香磕头。磕完头周文总会对女儿说:"这只甑虽是仿品,同样是娘的命,它承载的东西,不是它的本身,你要记住,此甑传盛不传弱,你得继续传下去。"

女儿虽说已经成人,见母亲如此这般说来,不堪重负,常常落泪。

郑大江得知情况后,打电话对胡太息说:"周文不该逼孩子。"

胡太息听来难受,怅然说:"说来都是我害的。"

郑大江说:"文家咋就传下了一只甑,看看弄的。"

胡太息说:"不是甑的错,是人。"

挂了电话,郑大江也开始难受,想起物是人非,特别感慨,总想找周三圭倾诉,可周三圭根本不给他机会。这天郑大江苦恼透顶,想找周三圭说话。电话打通后,周三圭说不见,郑大江顾不了面子,主动上门。

周三圭打开门,看是郑大江,立即想关门。等郑大江挤进门,见到屋里的脏乱样子,突然傻眼了。这是家吗?跟垃圾场差不离。两室一厅的房子,门口堆满了纸箱盒子和一堆鞋,沙发上扔的都是杂七杂八的杂志和厚厚的地方志书籍。餐桌上,放着很多没有洗涮好的碗筷,尤其可怕的是书房里到处都是碎碗碴子。

郑大江难受,问周三圭怎么把日子过成这样啦?

周三圭掸掸衣袖说:"率性才能随性。"

郑大江说:"书丢在沙发和茶几上,为啥书房却堆满破碗碴子?"

周三圭啥也不说,一脸诡异地捧出一只碗。

碗是瓷碗,上面好像有青花图案。周三圭问郑大江:"这只碗好看吗?"

郑大江问:"老玩意?"

周三圭摇头。

"那有什么好看不好看的?"

"看不出修补过?"

郑大江仔细端详,发现没啥异样,递给周三圭问:"什么意思?"

周三圭说:"水池中的碗,等着摔呢。"

"摔碗?"

"我已经修补好了一百多个,我不信修补不好它们。"

郑大江糊涂了,看看周三圭想,难道这家伙精神出了问题?郑大江还是忍不住疑惑,小声问:"摔烂之后,又去修补,到底什么意思?"

周三圭说:"意思多了,你不懂。"

"什么懂不懂的,肯定脑子出了毛病?"

周三圭说:"尿,你脑子才有问题。"

郑大江哈哈大笑:"奶奶的,谁脑子都有可能出问题,可我郑大江不会。"

12

是是非非之后,一把年纪的仨人总算又聚在一起。去往僧家窑的路上,郑大江心情好多了,莫名的烦躁也走了不少,心里轻松,故意把车开得飞快。

周三圭坐在车上始终不说话,捋着脸看着掠窗而过的风景。秋天了,风景多了一些沧桑,也多了一些斑驳。胡太息不知道在想什么,一会说:"知轻傲物,便是良知;除却轻傲,便是格物。"一会儿又嘀咕:"美之与恶,想去若何?"

郑大江不知道胡太息说什么,难道胡太息脑子也出了问题?

周三圭讨厌胡太息这般磨叽,没好声气说:"既然知道做每件事情都要符合良知,为什么还要那么做?"

胡太息不想搭理周三圭。

周三圭又说:"既然懂得美善与邪恶就在一念之间,为什么做了错误决定?"

胡太息说:"你没有资格说我。"

周三圭说:"仨人中,我是最有资格谴责你的人。"

胡太息气得又闭上了嘴。

郑大江眼看胡太息跟周三圭又要争论,急忙说:"你俩能不能不要争吵了?难得一起走走看看,能不能忘掉过去?"

忘记?谁不想?问题是忘得了吗?胡太息不想搭理郑大江,这么多年,摸爬滚打,历经沧桑,岂是他郑大江能理解的?见周三圭不搭腔,胡太息不再嘀咕了,一直看着掠窗而过的风景。

车里气氛有些别扭,郑大江突然打开了音响,里面传来孙楠《留什么给你》的歌声:

> 那天离开你
> 留下几个字给你
> 心若像潮汐
> 梦如何决堤

胡太息听到歌声,连忙说:"关了,关了,吵死人。"

郑大江刚关了音响,车子就滑到了僧家窑门口。

眼前的僧家窑,早没了过去的影子。几口窑,分别成了几个土堆,土堆上长满了竹林,远远看去,青翠欲滴的竹林,倒有一些幽静之感。唯一欣慰的是,曾经的窑厂大门,还留下一根门柱,门柱上依稀可辨"僧家窑窑厂"几个字。单门柱的一侧,有几间平房,看起来倒还整洁。

平房的门开着,无处可去,三个人便走了进去。

大白天的,平房的窗户却死死拉上了窗帘,门倒是半开的。等仨人推开门,走到平房中间,才发现身后慢悠悠跟上一个人,仔细端详,发现是一位白发苍苍的老者。等眼睛适应了光线,才看到老者袭一身麻纺长衫,样子有些古怪。

老者见三人不打招呼进屋,双手合十,客气问:"先生至此何事?"

老者谁呢?合作社时代的窑师?郑大江满脸疑问。

老者拉开了一扇窗帘,屋里明亮起来。胡太息和周三圭目光被屋内存放的坛坛罐罐所吸引,主动往深里端看,单单留下郑大江与老者交涉。

老者见郑大江不说他是谁,便丢下郑大江问胡太息和周三圭问:"这些坛坛罐罐都是历经千辛万苦收集而来,你们是不是哪位窑师的后代?"

胡太息仰头说:"窑师?"

老者疑惑半天,又看周三圭。见周三圭满脸忧伤,蓦然而出:"九五说,飞龙在天,利见大人,想必三位都是与僧家窑有缘之人吧?"

胡太息想,何止有缘呀,涉及太多辛酸,可他到底什么也没说。

坛坛罐罐都为合作社时代生产的居多,现在也成了稀罕物件。胡太息看看周三圭,慢慢往更深处走去,走到尽头,突然发现一条案板前,居然供奉了一只巨大的甑。胡太息愣住了,这么大一只甑,为啥存放在简易平房里?胡太息忍不住激动,颤抖问老者:"这件是不是真品?"

"老者说,真品,何来真品?"老者接着叹息说:"六四象曰:括囊无咎,惧不害也。无害有害,有害无害,可惜了那只真的。"

"为啥这么说?"胡太息有了好奇。

周三圭一直在猜想老者是谁?最后周三圭想,如果没有猜错的话,此人必定是郑大吕所说的算命先生。

胡太息见周三圭不吭声,盯着老者说:"先生张嘴八卦、闭口乾坤,想必你就是传说中的算命大师吧?"

老者这才微微一笑说:"你们是问事还是问命呢?"

周三圭冷冷地说:"事和命,都不问,问心。"

"心?"老者有些糊涂,怔在那里。

郑大江对这些坛坛罐罐不感兴趣,嘀咕说:"这有什么好看的,不如去看看那几堆土,看看竹林,绿色养心。"胡太息和周三圭不想搭理郑大江,郑大江感觉无趣,便一直东张西望的,当看到正面墙时,突然发现了周文、胡大菊和胡明娟仨人的名字,这里为啥有她仨的名字呢?仔细看时,才发现,这里居然成立了"僧家窑古甑研究会",会长居然是周文,副会长是郑大菊、胡明娟,下面还有一大帮理事啥的。

古甑研究会,什么时候成立的?难道这几间平房是她们三个投资兴建的?郑大江赶紧指给胡太息和周三圭看,仨人目光盯在墙上,当胡太息看到周文的名字时,突然捂住肚子,半天不能起身。老者见胡太息难受样子,忙问,先生哪里不舒服?

很长时间,胡太息才抬起身子问老者,这是什么时候的事?

老者说:"说来话长,当年明智大师仁德无比,为救众生,闭庙建窑,救众生于水深火热之中。"

这些胡太息清楚,胡太息急于听到下文。

老者早习惯了从头说起,说了半天才说到当下,老者依然不紧不慢地,远的不说,就说时下有个忘恩负义的人,骗了三小姐留下的真品,披上了官衣,居然狠心丢下了周文,弃女而去。

为啥要这么说呢?

世上之苦,莫过心疾和赎罪,周文为向文家后人谢罪,专门募集资金,建了这个简易陈列馆,意思让文家后人原谅她的过错,记住那件真品承载的意义。

胡太息瞬间又捂住肚子。周三圭也青紫了脸,周文所为,不知对错,转脸看看郑大菊的名字,他突然变了一个人似的,哇哇喊了起来,喊叫间,居然奔向巨大古甑仿品。

谁也没有想到,周三圭会捧起仿品,啪地摔在地上。

老者吓坏了,指着周三圭说:"你,你怎么能这样?"老者想起了报警,可手里没有电话,冲出门外,喊:"来人!"

周三圭跪在地上慢慢捡拾瓦块,等捡拾得一块不少时,他用衣服包裹了起来,而后喊住老者说:"别喊了,告诉周文,我叫周三圭,我一定会把破碎的瓦甑修补如初的。"

老者一听是周三圭,更加气愤了,当他意识到另一个人有可能是胡太息后,老者疯了一般喊:"你们不配看这些。"

周三圭不知道咋想的,突然抽出一张卡说:"这里是我的全部积蓄,一百万够不够做件仿品?"

老者不说话了。

周三圭说:"看看碎了的这件,通体根本没有描金,釉彩也不对。"

正当老者不知如何是好时,胡太息站起来说:"我就是胡太息,我来担保,我们一定会还你一个更加真实的瓦甑。"

当老者确认眼前站着的真是胡太息后,哇哇大叫:"你这个没良心的,你有何颜面站在这里?"

仨人逃也似的离开了平房。

老者根本不打算放过胡太息他们,一直站在马路上喊:"快来人呀,昧良心的胡太息回来了。"仨人羞得急步快跑,直到跑到竹林深处。

竹林之下是旧时的古窑体,窑体的后面,就是过去的僧家庙。可僧家庙的遗址弄哪儿去了?郑大江一会说在这,一会儿说在那。周三圭见郑大江胡扯扒拉的,指着高速公路说,喏,那里。一条崭新的高速公路擦着竹林而过,想必僧家庙旧址就在高速公路的下面。胡太息看了半天才说:"黍离亭,麦秀。麦秀、黍离亭。"念叨几声,转头问周三圭,明白这两首诗的意思吗?周三圭不屑说:"悠悠苍天,此何人哉?物是人非,岂能不知?"

胡太息拍拍头说:"时光真是怕人的东西,惭愧,惭愧。"

周三圭为胡太息能说出这种感慨的话,有了一丝欣慰。可他转念想到了郑大吕,想到《诗经》和《楚辞》的篇目,转身对郑大江说:"那个谁,凭啥用了黍离亭和麦秀阁的名字?"

郑大江说:"看看,又来了。"

周三圭不停摇头,最后苍凉说:"日他碓子的,白瞎了千古不朽的篇名。"

就在那时,郑大江的电话响了。郑大江接通电话后,连忙说:"大吕呀,我们还在竹林里。"郑大吕声音很大,胡太息和周三圭都能听到他说了什么。郑大吕说:"想来想去,我还是报告了镇里。书记、镇长都来了,等着你们回来吃中午饭呢。"

郑大江捂住电话,走到偏僻处问:"谁让你说的?"

郑大吕说:"镇里有交代,黍离亭来了重要客人,都要向他们报告下。"

那时,郑大江已经听到竹林之外的人们叫喊声。

郑大江急忙说:"那你让书记赶快给僧家窑村干部打个电话,说我们三个遇到麻烦了,快打呀,现在就打!"

(《当代》2021 年第 5 期)

铜　锁

陈巨飞

1

清明节放假第一天，汝生决定再去一趟鹰嘴崖。

汝生买了卤菜、花生米，还有两瓶宣酒。他心想，死马当活马医，就当是最后一次了。无论怎样，还是要试试。

车子开到村部，汝生找村主任借了辆电动车——去鹰嘴崖的路，只能走两个轮子的车。主任正站在人字梯上摘香椿头，说："车子电不多了，你到老钟家充一会，不然骑不回来！"汝生一边推出电动车一边打趣道："主任你真抠门，昨晚上我就发微信给你说今天去鹰嘴崖，你是故意不充电的吧？"主任说："这才一年多，我这辆车都被你骑报废了，也不晓得丑！"

汝生骑上电动车一溜烟跑了，听见主任远远地喊道："快去快回，香椿芽拌水豆腐，你的最爱！"

骑了一段，汝生的手机响了，是小挽打的。小挽说："爸爸，都放假了你怎么还不回来？"汝生说："爸爸有事呢。"小挽说："那你忙完事情就回来，我新学了一支曲子，吹给你听。"

春天的风，吹在身上凉丝丝的，让人神清气爽。汝生穿过一片茂密的竹林，经过波光粼粼的月牙塘，向大山深处骑去。白鹭和灰鹭在山间飞来飞去，嘴里衔着筑巢的树枝。油菜开得正欢，田野上到处都是草木新发的味道。

汝生此去鹰嘴崖，是为了再一次或者说最后一次动员老钟搬迁。老钟是汝生结对帮扶的贫困户，也是如今鹰嘴崖唯一的钉子户。老钟是个祖传的铜匠，寡汉条子，整日敲敲打打，除了做铜壶铜盆，还兼带鼓捣铜花铜鸟。

本来日子还能过下去,但近些年谁还用这些老物件?机器生产的东西,又好用又便宜。并且,大家的日子渐渐好过了,大多数人家就搬到了城里,鹰嘴崖几乎成了一个空心的庄子。老钟的铜匠铺成了聋子的耳朵,老钟的日子也越来越紧。好在老钟喂了不少鸡,还可以补贴家用。村里想让他扩大规模搞养殖,他拿着小锤子叮叮当当地锤击着铜丝,头都没有抬一下,聋了一样。村里又让他种贡菊,或者栽桑养蚕,他都断然拒绝。

汝生当初选择最困难的一户进行帮扶,虽然有些草率,有些意气用事,但根本问题其实是主任误会了他的意思。汝生的意思是要选一家经济条件最差的贫困户,主任理解为,汝生要选择一个工作难度最大的来锻炼自己。年轻人嘛,都有一股使不完的劲儿,专拣硬的磕;想来想去,脾气最倔、行事最古怪的老钟便落到了汝生身上。汝生第一次去鹰嘴崖就碰了钉子。他带着几份材料,兴冲冲地找到老钟,让他填表。老钟问:"填什么表?"汝生说:"钟师傅,我仔细研究了你的条件,完全符合五保户和低保户的要求,材料都帮你打印好了,你签个字就行。"老钟啪嗒一锤子砸在铁砧子上,把汝生吓了一跳。"我不识字!"老钟没好气地说。汝生说:"不识字没关系,我读给你听,你摁个手印就行。"老钟没接他的茬,说:"我有手有脚有手艺,养得活自己,不要你瞎操心。"碰了一鼻子灰后,汝生骑着主任崭新的电动车回到了村部,心想,这是个什么人呢,狗咬吕洞宾。

主任留汝生吃个便饭再回去,一盘香椿拌豆腐被汝生吃个精光。汝生只顾低着头扒饭,不好意思看主任,生怕主任看出什么。主任却嘿嘿笑了,说:"出师不利啊。"汝生停下筷子,抬头问:"主任你怎么知道的?"主任不紧不慢,从电动车的后座上取出文件袋,放在桌子上。汝生的脸唰地红了。

"老钟这个人,死要面子,也不愿给人添麻烦。我们做过多少次工作了,他都不肯向政府伸手。"主任接着说,"老钟是好人,也不懒,只是有自己的活法。想要改变,怕是也难。"汝生说:"累点、苦点我都不怕,我就怕这种又臭又硬的。"主任说:"你才跑一趟,受点委屈,有啥苦,有啥累的?你是重点大学的高才生,大学时就入了党,这点挫折算什么?相信你有本事,让石头开花,让老钟发家!"

后来,汝生又跑过几趟鹰嘴崖,不是吃个闭门羹,就是没个好脸色。一来二去,汝生多少有点意见。打生下来起,汝生就没有受过什么委屈。汝生想,老钟真是不识好歹,谁也不欠他的,都是为他好,这么不配合工作,这不是故意嘛,存心和国家的好政策过不去。

不过有一次,汝生让老钟的态度有了改变,当然还不能算根本的转变。那一次,汝生刚到老钟家的铜匠铺,就感觉不大对劲。一群鸡在院子里觅食,看到人来,一哄而散,留下了一院子的溏鸡屎。汝生尽管很小心,还是难免踩上几坨。铜匠铺静悄悄的,既没有火苗的呼呼声,也没有敲打铜器的叮当声。搁在往常,鸡应该在后山坡散放着,另外每次汝生还没到院子,打铜器的响动就会很悦耳地传来。汝生心存疑惑,在一块石头上蹭了蹭脚上的鸡屎,然后一推门,发现铺子的门是从里面闩上的,这说明老钟应该还在铺子里。这都几点了,老钟该不会还在睡觉吧?汝生敲了几下门,也没人答应。他搬来一根毛竹,顺着毛竹爬上木格子窗户,看到老钟躺在床上,眼睛睁着,豆大的汗滴颗颗滚落。

汝生飞快地从窗户爬下来,下了门闩钻进铜匠铺。有那么一瞬,他感觉自己是个身手不凡的游击队员,甚至可以飞檐走壁。他一摸老钟的脑袋,像是触到了盛开水的铜壶。汝生想,糟了,发这么高烧,得要赶紧弄到医院。他用凉水拧了块毛巾敷在老钟的额头,掏出手机打120急救电话。由于山高路远,交通闭塞,扔块石头都打不到人,鹰嘴崖这一块儿几乎没有网络信号,汝生的电话打是打通了,可是汝生能听见对方说话,对方却听不见汝生说话。汝生就在院子里移动着找信号强一点的地方,都不行。屋后有一条小路,一直通向鹰嘴崖,汝生想,鹰嘴崖那么高的地方,肯定有信号。于是他循着小路往山上跑,路上的鸡受了惊吓,扑腾着翅膀乱飞。到了半山坡,总算把电话打通了。汝生让120救护车马上到村部,他想办法把老钟弄过去。正待离开,汝生这才发现自己站在一座坟茔的坟头上。他不禁打了一个激灵,跳下坟头,朝墓碑作了个揖,说:"冒犯冒犯!"他扫了一眼墓碑上的字,上面写着"故先考钟公大民之墓"。

回到铜匠铺,老钟的眼睛睁得更大了,一对眼珠子像是要跳出来似的。他双手紧紧地捂住自己的腹部,全身已经汗湿透了,连盖的被子也在滴水。汝生想扶起老钟,但老钟根本站不起来。汝生心一横,那就背吧。他抓住老钟的胳膊,背起老钟往屋外冲,可没出院子,老钟就滑了下来,蹭了一身的鸡屎。看来使蛮力是不行的,更何况离村部还有五里路呢。看着老钟痛苦的样子,汝生又累又急,一筹莫展之际,他环视一周,瞅见柴房里有一辆板车——有救了!他把老钟放到板车上,给老钟擦了一把汗,正待拉起板车,又想起老钟的身份证和医保卡没带,就问老钟。老钟艰难地吐出几个字,汝生跑进屋内,找到靠床的抽屉,用力一拉,哗啦一声,里面的东西全撒落地上。好在东西不多,汝生找出身份证和医保卡,把剩下的东西又放回抽屉。抽屉里有一个铜锁,小孩子戴的那种,一根红绳子穿着。红绳子是新的,铜锁看起来有些年头了。汝生看这个铜锁有点面熟,但时间紧急,也没多在意。当然以前的时候,这种铜锁在皖南很是常见,也不是什么稀罕之物。

老钟得的是胆结石,发炎感染,情况危急。医生说,迟两个小时送来,老钟命就没了。做了手术,取了结石,老钟对病床边两天两夜没合眼的汝生说:"小夏,你受累了。"

汝生心头一热,说:"钟师傅,我不累!"

2

还记得那一天,杜鹃打开门,看到门口齐刷刷地站着一队人马,可吓得不轻。那天,天还没亮,杜鹃的大大钟老三就生了炉子,屋里渐渐暖和了起来。一阵嘀咕声传来——"杜鹃,起床啦。"

可杜鹃不想起来。寒冬腊月的,天太冷啦,风穿过屋顶的茅草和土墙的缝隙直往屋里钻。皖南的冬天真冷,山沟里更冷。一家四口蜷缩在仅有的两床被絮下,尽管铺了厚厚的一层稻草,还是冷。

不过相对于别人家,钟家的冬天算是好过的了。钟家有祖传的铜匠手艺,村头的那间铜匠铺子,以前开在江宁府,算到如今,至少已经经营了一百年。大大闲聊时,说自己小时候听老人讲,钟家的铜器,大清朝的皇上都用过呢。后来闹长毛,钟家为避战乱,于是逃到了皖南的山沟里。到了这一代,除了钟老二在南京城有一爿小门面,就只剩钟老三这一间小小的作坊了。小有小的难处,也有小的好处。打铜器就要烧焦煤,炉子伸出蓝色的火焰,不一会儿就把铜丝烧得通红。每到热天,杜鹃就感觉自己住在密不透风的灶膛里。姆妈挑来沁凉的井水,杜鹃抓来葫芦瓢,先给弟弟大民舀一口,然后自己灌了满满一肚子。这是难处。好处是冬天,冬天家里要温暖得多。

可没生炉子的时候,杜鹃还是恋着热被窝——稻草铺还是不顶寒啊。

大大又喊了声:"杜鹃,起床啦。"

杜鹃应了一下。她闻到姆妈熬的玉米糊糊的香味,听见铜水壶开始滋滋冒出热气的声音。天刚刚泛亮,也该起床了。家里的几只鸡还等着杜鹃放出去呢,那可是家里的油盐罐子。按照杜鹃的想法,姆妈把这几只鸡看得比她和大民还金贵。它们生了蛋,被姆妈小心地收了,攒在坛子里。攒些日子,姆妈就去镇上换点钱。姆妈胆大,"逢赌"的时候,还去山窝里的赌场卖过煮熟的鸡蛋。听姆妈说,赌场的鸡蛋比平常贵多了,赢钱的人不把钱当钱。但姆妈也有赔了老本的时候。前一段时间,有人说晚上"逢赌",还是个大场子。这些年,兵荒马乱的,好久没有"逢赌"了。于是姆妈就把家里所有的鸡蛋都煮了,准备用赚来的钱给杜鹃和大民各添一件棉袄。煮鸡蛋的时候,大民在锅灶边转来转去,眼巴巴地想吃一颗,口水流得比青弋江还长。要知道,杜鹃和大民一年只有两次机会吃鸡蛋。过年是一次,还有就是过生日那天,姆妈会下一小碗长寿面,碗里会埋一颗白灿灿、香喷喷的鸡蛋。为此,今年大民过生日那天吃了鸡蛋后,砸巴着小嘴巴说:"好想每天都过生,每天都过年啊。"姆妈说:"大民真是个好吃佬。"

杜鹃在灶下添火。她看见大民趿拉着一双旧草鞋围着锅灶,仰着头,张着嘴;由于瘦,一双黑黑的大眼睛显得更黑更大了,一动不动地看着姆妈。杜鹃对姆妈说:"姆妈我的棉袄不要了,我家冬天那么暖和,都穿不上棉袄。你给大民买双布鞋吧。"

姆妈没有回答她,让杜鹃的心里一阵失落。鸡蛋煮熟后,姆妈用凉水浇了,让杜鹃拿来竹篮把鸡蛋一颗颗放进去。放最后一颗鸡蛋时,杜鹃看了一眼大民,手一滑,鸡蛋落到地上,摔裂了。姆妈骂道:"毛手毛脚的,冒失鬼!"摔烂的鸡蛋品相不好,不好卖,姆妈就把鸡蛋塞给大民。大民一把抢过鸡蛋,欢天喜地地飞远了。

傍晚的时候,姆妈挎着一篮鸡蛋正准备出门,突然来了一队当兵的,有好几十人,端着枪闯将进来。进了钟老三的铜匠铺,一个鼻子旁边长个大瘊子的军官说:"我们是国军,奉命抓土匪、抓汉奸。"他的瘊子像是遗落在鼻孔边的一粒大鼻屎。大瘊子手一挥,一伙士兵马上开始翻箱倒柜。大大战战兢兢地上前道:"老总,我们这没有土匪,也没有汉奸。再说,人也没法藏在抽屉里啊。"

大瘌子一巴掌打在大大脸上,耳光响亮,大大的嘴角流出了殷红的血。杜鹃和大民大气不敢出,紧挨在姆妈的身后。

"恁你话多!"大瘌子气咻咻地撤回手,把皮带松了松,吼道,"查!"

能查出啥呢?不一会儿,家里被抖了个底朝天。大瘌子鄙夷地望了大大一眼,对手下说:"又是个穷鬼,撤!"他一转身,发现姆妈脚边有个竹篮,就朝手下努努嘴。杜鹃赶紧把篮子抱在怀里,但一切都是徒劳的。一个士兵一把夺过篮子,篮子里的鸡蛋滚出来几颗,落在大瘌子的脚边。

大瘌子一脚把一颗鸡蛋踩破,咧着嘴笑道:"我当什么宝贝呢,原来是一篮破鸡蛋。带走吧,咱不能空着手。"

手下提着鸡蛋就要走。姆妈冲上去,想要夺回篮子。大瘌子上去,一巴掌把姆妈打倒在地,姆妈的嘴角也流了血。姆妈喊道:"你们这是动抢啊,你们才是……"话没说完,大大捂住了她的嘴。

大瘌子走到门口,装模作样地直摇头。他对左右说:"你们看看穷鬼的觉悟;啧啧,老子替他们打日本鬼子,他们就是这样对待老子的,连颗破鸡蛋都不给我们!真是穷山恶水出刁民!"左右连连称是。

大瘌子一伙走了后,姆妈边哭边收拾铜匠铺子。姆妈说:"一篮子鸡蛋啊,就这么被抢了,还打人,这不是土匪是什么呢?"

大大说:"幸亏鸡还没回笼,要是回笼了,估计只有鸡屎是我们的了。眼前这个景况,我留了个心眼还是对的吧,存的千把斤玉米偷埋在鹰嘴崖的山洞里,不然啊,我们一家得饿死!"

姆妈说:"早知道,还不如把鸡蛋给两个伢子吃呢。大民那么馋,我只给了他一颗烂的。杜鹃还没有吃到呢。她上次吃鸡蛋,还是大半年前的事了。"说完,姆妈又哭了。

杜鹃的生日是在春天,她生下来的时候,整个鹰嘴崖的映山红全开了,像是绯红的云彩。钟老三就给女儿起了个名字叫杜鹃。杜鹃今年10岁,已经是家里的半个劳力了,能帮大大和姆妈做很多事。连大民也帮着干活,穷人的孩子嘛,又不是少爷、小姐要享清福。所以,杜鹃成了大大和姆妈的小帮手,大民成了杜鹃的小帮手。

杜鹃在屋后喂鸡,大民跑过来对杜鹃说:"姐姐,给你。"说完伸出小手,

334

手心里攥着一只鸡蛋。杜鹃问:"哪来的?"大民说:"姆妈给我的我没吃。我知道,姐姐是故意摔的,姐姐对我好。"杜鹃眼睛一红,抽着鼻子说:"大民自己吃,我不吃。"大民舔了舔嘴巴,说:"我吃过啦,臭鼻屎踩碎的那个鸡蛋,我捡起来吃啦。"杜鹃破涕为笑说:"大民你真是好吃佬,臭鼻屎踩过的鸡蛋你都吃。"

最后,杜鹃决定和大民一起吃鸡蛋。大民吃一口,杜鹃吃一口。他们舍不得大口吃,于是一颗小小的鸡蛋,他们吃了很久很久。直吃到鸡儿回到笼中,大地披上暮霭,鹰嘴崖旁边的松树上,挂上了一瓣弯弯的月牙,他们才回到铜匠铺。

大民问:"姐姐,你说会不会有一天,鸡蛋敞开了吃,想吃多少就有多少?"

姆妈说:"好吃佬,快睡觉!"

3

汝生发现电动车的速度慢了下来,表盘上显示电量已接近于零。好在高高的鹰嘴崖就在前方。越是到大山深处,路越是不好走,坑坑洼洼,有几段还要涉过深浅不一的山溪。主任不止一次说:"汝生你把我的车子当坦克了,逢山过山,逢河过河。"

一不小心,前面的车轮轧上一块小石子,方向一偏,汝生摔倒在路旁的刺梨子窠里。爬起后,衬衫抽了线,左胳膊上还挂了彩,两道印子渗出血迹。汝生把电动车扶正,加大电油门,但车子纹丝不动——好了,车子彻底趴火了。汝生有些懊恼,索性就坐在石头上歇会儿。唉,这个老钟,偏要住在这个鸡不生蛋的地方,真不知道他是怎么想的!

鹰嘴崖现在只剩下老钟一户了。由于这里山险路陡,铺路架桥的成本高,又容易发生滑坡、泥石流等地质灾害;最主要的是,这几年来,鹰嘴崖已经没几户人家了。去年县上决定对鹰嘴崖的村民实施整体搬迁。消息传来,另外几户欢呼雀跃,很快搬到镇上,在新房子里过了年。唯有老钟死活不肯,主任和汝生轮番来劝,也没有任何效果。镇领导把主任和汝生都叫去,还给他俩泡了茶——坊间都知道,镇领导笑嘻嘻地请喝茶,就是严肃的批评,就好比背个处分。主任和汝生互递了眼色,都不敢碰茶杯。镇领导说:"嫌茶不好?我这可是正宗的'汀溪兰香',鹰嘴崖的手工野茶!"说到鹰嘴崖,主任和汝生恨不得把头低进裤裆里。镇领导又问:"是不是政策没讲透?"汝生没吱声。主任回答道:"该说的都说了,老钟就一句话,他死,都要死在鹰嘴崖。"汝生对这句话太熟悉了,至少听老钟说过几十遍。汝生想来就生气,叫你去城里,是享福,老钟咋就这么不识抬举呢,害得自己和主任还要"喝茶"。汝生说:"老古话说得真对,穷山恶水出刁民!"镇领导可能怀疑自己听错了,就问汝生:"你说啥?"汝生说:"我看这个老钟就是刁民!"

镇领导一拍桌子,两只茶杯跟着跳跃了一下,茶水洒了出来。汝生和主任吓一跳——他俩从没有看过镇领导发这么大的火,一时不知道如何是好。汝生自知说了错话,低着头不敢看镇领导。镇领导指着汝生说:"好你个夏汝生,你说谁是刁民?就你这心态还能搞好工作?"

挨了一顿臭骂,还被上了半天课。镇领导把前几天党课上的内容又讲了一遍——"当年新四军在我们皖南,靠的是什么?人民群众!还有人说群众是刁民!"

出来后,汝生委屈得眼泪都要流下来了。主任说:"甭理他,你让他去会会老钟,一个样!"汝生说:"他骂得对,我是活该被骂。"

车没电了,汝生只好推着车子往鹰嘴崖走去。岭上岭下,到处开着映山红,好似绯红的云朵生在山坡上。汝生想,虽然这里交通不便,但风景优美;如果发展旅游,徒步旅行那种,搞野营拓展,倒是个好地方。月牙塘可以开发休闲垂钓场所;到时候再发展生态养殖,弄几个民宿,几家农家乐,说不定真能火起来呢。可一想到自己连一个老钟都搞不定,汝生就很懊恼。

终于把车子推到了老钟的院子,汝生已是汗流浃背。他喊了一声"钟师傅",没人答应。汝生看到铜匠铺子大门开着,料想老钟肯定在不远处。他顺着院子四下张望,并没有看见老钟,却听到一阵鞭炮声。汝生这才想起今天是清明,刚才路上还遇到几个人背着纸钱和烟花筒子去扫墓呢。汝生心想,老钟一定扫墓去了,就绕到屋后,朝鹰嘴崖走去。

小路上蝴蝶翻飞,马兰头、灰灰菜和野蕨连绵地铺起绿毯,显得生机勃勃。远远地,汝生看到老钟蹲在那里,就喊了声:"钟师傅,我来啦。"老钟应着说:"来了。"汝生来到坟前,朝坟鞠了一躬。汝生对老钟说:"这个地方真是风水宝地，上次你胆结石我打电话给120,就这里找到的信号!"老钟在一旁割草，没有停下手中的活，说:"你这个干部是说话不负责呢，前几天你不还说这个地方不好吗?"汝生说:"我的意思是这个地方不适合人住，不是……"老钟说:"适合鬼住?"汝生不好意思地说:"钟师傅，你真会开玩笑。"

老钟没说什么，专心割草，两个人没话说，气氛就有点尴尬。汝生发现墓前摆着好几个包子和一小堆鸡蛋，像小山丘一样，有些惊讶，就找点话题说:"钟师傅，你是大孝子，放这么多东西，都是实实在在的真家伙。"老钟依旧在割草，草丛里有几根野竹笋，他收拾出来，放在一边。汝生只好继续说，"不过城里现在提倡文明祭扫，大多只送点鲜花。"老钟搭话了，说:"我们鹰嘴崖啥都缺，就是不缺花、山樱桃、油菜、苦李、打碗花，什么花没有呢，哪需要送花。"汝生见老钟接话了，兴奋起来，打趣说:"钟师傅，现在条件好了，讲究养生。你送这么多鸡蛋，容易引发胆囊炎呢。你记得吧，医生让你少吃蛋黄。"

老钟停下活，抓一把青草垫在屁股下面，坐在坟边，自言自语说:"现在条件是好了，我的病啊，就是条件好了，吃出来的。以前真穷，姆妈对我说，我大大想吃个鸡蛋都吃不上，到死也没尝过肉包子的滋味，叫我以后上坟，一定要带上鸡蛋和包子。"汝生说:"那也不至于吧，改革开放这么多年，哪有人还没吃过包子。"老钟说:"我大大没吃过，他没过上好日子,7岁时就被日本鬼子炸死了。"汝生没听清，问:"多大来着? 18岁? 那时也该解放了啊。"老钟说:"8岁。"汝生说:"钟师傅你真会开玩笑，你是抗日神剧看多了吧。"老钟说:"我没看过什么神剧鬼剧，我也不是开玩笑，你看——"

老钟指着墓碑，在"故先考钟公大民之墓"的旁边，有一行小字，上面刻着"生于民国二十一年，卒于民国二十八年"，在墓碑的左下角，则留有老钟的名字——"孝子:钟承，立"。汝生疑惑地看着老钟，不明白这是什么情况。

老钟站起身来，面向群山，微驼着腰。60多岁的人了，头发也已经有点花白。也许是一辈子打铜器在炉火旁烘烤的缘故，他的皮肤是古铜色的，和他的职业十分搭配。老钟缓缓地说:"我大大其实是我舅舅，我跟姆妈姓钟，就这么一个亲舅舅,7岁就死了，姆妈把我过继到舅舅名下，他就成了我的大大。姆妈说，你姓钟，就是钟家的人，无论什么时候，你都不能扔了你的舅舅、你的大大，逢年过节，上坟的东西一样也不能少。我的手艺是跟我家公学的。20世纪八九十年代,村里的年轻人都出去打工赚钱,我没有去。我答应我姆妈的,就要说到做到,我就是要守着我大大,守着家公家婆,守着鹰嘴崖,守着铜匠铺子。小夏啊,你们的政策是好,我也不是不识好歹。但我跪在姆妈的病床前发的誓,你说我能不能到城里享清福,扔下他们不管?"

汝生的眼睛湿润了,不知该说什么好。一朵云从鹰嘴崖飘过,汝生看见一滴雨水从墓碑滑落下来。下雨了。

4

北风呼啸。杜鹃起床后,还没顾得上擦把脸,姆妈就叫她开门把鸡赶到后山去。杜鹃应着,拨开门闩,刚把门打开,却又猛地关上。杜鹃的脸本来是黑红黑红的,这会儿吓得煞白。大大停下手中的活计问:"怎么了?"杜鹃压着声音说:"外面,外面好多兵!"姆妈一听,赶紧抱起还在熟睡的大民,朝后门跑去。

这时,外面传来了声音:"老乡不要怕,我们是新四军!"

听说是新四军,杜鹃心里紧绷的弦松了一点。姆妈也在后门口停了下来,没有急于往外跑。大民惊醒了,被姆妈搂在怀里,睁大眼睛不敢作声。一切好像都静止了下来,杜鹃甚至听到了鹰嘴崖上麻雀叽叽喳喳的叫声。

大大还是有些不放心,透过门缝瞄一眼,立马吃了一惊,连忙打开门。站在门口的,是一支穿着破烂的队伍,刚打过仗的样子,大概二十多人,他们的帽子、衣角结了薄薄的一层寒霜。北风吹过来,他们抖得像小河边的荻花。队伍的最边上还有一名女战士,抱着一个六七岁的小女孩。她俩的头上、身上还沾有几根稻草,估计刚从杜鹃家的草堆里钻出来。

大大向他们招手道:"老总们,快进来,烤烤火!"一个人跨出队列,朝大大敬了一个军礼。这个人的军装少了一只袖子,左胳膊打着绷带,血从里面渗出来,看上去像是戴了一个红臂章。他说:"谢谢老乡!我们是新四军,不兴叫什么'老总',喊'同志'吧。"大大尴尬地笑了,说:"好、好,同志们来烤火,瞧你们冻的。"红臂章说:"老乡,给我们搞点吃的吧。另外这里有几个伤员,要到你家去处理一下伤口。这是我们预支的伙食费。"大大没接钱,说:"都知道你们新四军前几天在县城打鬼子,还打了大胜仗,我怎能收你们的钱呢?"说完,大大吩咐姆妈和杜鹃把藏在柴草堆底下的大米取出来几升。红臂章说:"别、别,就和你们一样吃玉米糊糊,我都闻到香啦。"

　　杜鹃知道,这几升米,是家里准备过年打糍粑的,是糯米,又甜又香。买这几升米的钱,是茶春的时候,姆妈带着杜鹃爬了几座山,采了十几天的野茶换来的。有一次遇到了野物,搞不清是狼还是啥,龇着牙,身上的毛直竖,杜鹃腿都吓软了,幸亏姆妈手里拎着柴刀。遇见野物其实不算什么,前几年还有更吓人的呢。那时杜鹃还小,也跟着姆妈采茶,采茶的时候,总能吃上红红的树莓和拳头大的油茶桃。那一次,杜鹃发现一大丛羊奶子树,红通通的羊奶子挂满了枝丫,真像一串串小鞭炮啊。杜鹃饱餐一顿后,看到山崖下有几棵茶树长得惹人喜爱,就上前去摘了几片。摘着摘着,杜鹃忽然发觉手上沾满了血。难道被蚂蟥叮了?皖南的蚂蟥,又长又狠,每次采茶,杜鹃的腿上都免不了被咬几口。吸饱了血的蚂蟥圆滚滚的,咬过的伤口得要好一阵子才能痊愈。杜鹃正要查看是不是胳膊上有蚂蟥,蓦地看见茶棵底下躺着一个血肉模糊的人,杜鹃差点叫出声。姆妈赶过来,发现人还没死。就在这时,远处隐约响起了一声枪响。那个人吃力地睁开眼睛,干裂的嘴唇翕动着,断断续续地说:"我是游击队的……把这封信送给……镇上卖豆腐的老冯……"他摸索着,从口袋里掏出一个折叠的小纸条。姆妈接过纸条,放进盛茶叶的筐篮里,接着从里面抓出一把茶叶,把纸条埋了进去。姆妈还把随身携带的锅巴塞进他的口袋,压低声音说:"那边有很多羊奶子,树根和树叶都可以治病。"那人说:"有人搜山……快走……"

　　姆妈和杜鹃刚下山梁,就遇到几个腰上插枪的人。有人大喝一声:"站住!"姆妈和杜鹃就立住不动了。为首的问:"干什么的?"姆妈小声说:"摘野茶的。"为首的端着盒子枪朝杜鹃走来,杜鹃的心都要从嗓子眼里跳出来。为首的在杜鹃的筐篮里抓了一把,的确是茶叶。他斜乜了姆妈一眼,对姆妈说:"现在你不要说话,我有事问小孩。"他弯下腰对杜鹃说:"你家在哪?杜鹃说,翻过两座山,鹰嘴崖下面。"他又问:"你们从山上过来,有没有看见什么人?"杜鹃说:"有。"

　　四下宁谧,只有风吹着树林,地上的一片枯叶打着旋儿。还有一只布谷鸟在叫:"茶春好过!茶春好过!"杜鹃用余光看见姆妈惊恐地张着嘴巴。为首的和另几人对视一眼,问道:"人在哪?"杜鹃说:"在这啊,就看见你们。"

为首的一愣,随即哈哈大笑,露出两颗龅牙,说:"你们看这个小孩,说话好玩。"他用枪指了指山下,说,"快走吧,莫要误我们的事,老子的枪可不长眼睛。"姆妈拉着杜鹃就走,还没走出几步,后面就喊道:"慢着!小孩,你的手上怎么有血?"杜鹃转过身,伸出小手说:"山上好多蚂蟥,吸人血,你们千万要小心!"为首的又是哈哈大笑,说:"我过山风还怕蚂蟥不成!"

　　下山后,姆妈说:"我的伢子,你可吓死我了,小小年纪的,可真行!"杜鹃还小,听不懂姆妈的话,搞不清姆妈到底是骂她还是夸她。第二天一早姆妈去镇上卖茶,带了杜鹃一起去。卖了茶后,她们找到"冯记豆腐店",把信送给了老冯。老冯给了姆妈一升豆腐,还给了杜鹃一个香喷喷的肉包子。肉包子可是个稀罕物,杜鹃还没吃过呢。她暗暗地想,一定要带回去和大民一起吃,给大民也尝尝。刚刚出了镇子,杜鹃就惦记起肉包子了,她说:"姆妈,老冯说肉包子要趁热吃才好吃呢。"姆妈说:"那你吃吧,给大民留一口就行。"杜鹃从蒲包里拿出肉包子,掀开油纸,咬了一口。真好吃!杜鹃从没吃过比肉包子还好吃的东西,这个肉包子可是她和姆妈冒着丢命的风险换来的呢。杜鹃想着昨天的事,还是有点后怕,但是吃着这个肉包子,她觉得都是值得的。想到这里,杜鹃又吃了一口。等回到铜匠铺子,肉包子只剩下指甲盖大的一坨了。

　　大大问大民:"肉包子好不好吃?"大民说:"没有什么味道,像纸一样。"大民吃的是裹包子的油纸。

　　这件事,杜鹃一直很内疚,觉得自己当姐姐的,不该这么不顾弟弟,哪怕留一小半包子给大民尝一下也行嘛。她暗自发誓,不管以后如何,一定要让着大民,一定要让大民尝尝肉包子的滋味。

　　"杜鹃,愣啥呢?快去抱点柴火给你大大。"姆妈的一声招呼打断了杜鹃的回忆。杜鹃看到炉子的四周围着几个伤员,那个小女孩也在烤火,小手通红。大民捧着一个玉米饼子,掰了一半给她,小女孩怯怯地不敢接。那个女战士正在给一名伤员包扎,看到了,说:"拿着吧。"小女孩于是接了,低着头慢慢地啃。屋外的院子,几块石头支起了一口炒茶叶的大锅,大大正在和红臂章说:"火要这样架,才没有烟……"杜鹃抱来一小堆干柴,大大把它们放在最下面,上面架一些刚捡回的湿柴。红臂章说:"我们以前在山上打游击,生火怕冒烟,怕暴露了目标,所以经常喝生水、吃冷饭,有了你这一招,今后就不用当野人啦。"

5

回到铜匠铺子,汝生要给电动车充电。老钟说:"充不了,停电了。"汝生问:"那什么时候来电呢?"老钟一边给竹笋剥皮,一边说:"谁知道呢,你等雨停,到鹰嘴崖打个电话问问。"汝生说:"倒也不急,这次来,我没别的事,就是想陪你喝一杯。"说完,汝生把车上的酒和菜拿到屋里。老钟说:"我去年刚开过刀,胆囊也不太好,不能喝酒。"汝生说:"都快一年了,今天多少喝一点儿。"

不一会儿,老钟就把一盆腊肉烧笋子端上桌子,香气四溢。汝生说:"钟师傅,这么长时间,第一次在你家吃饭,看来手艺不错嘛。"汝生看到桌上还有一碟红红的果子,红玛瑙似的,看起来煞是可爱,就问:"这是什么菜?没见过呢。"老钟说:"这是羊奶子,山上摘的,又甜又有营养,以前的时候,它可是游击队的粮食呢。"汝生尝了一粒,感觉有点酸。

老钟取出一对酒杯,黄铜的,细腰阔口,形状像一朵玫瑰花。汝生说:"这杯子是钟师傅的作品吧?完全是工艺品嘛。"老钟说:"自己打着玩,也没用过。"汝生把两个杯子都斟满酒,说:"那我可就既有口福,又有眼福了。来,钟师傅,我敬你一杯。"老钟一口喝干杯中酒,抓了一把羊奶子嚼着,他吐出籽,把汝生的酒倒满,说:"小夏,上次你救了我的命,也一直没谢你。早知道你今天来,我炖只老母鸡。"汝生说:"哪敢喝鸡汤,刚刚体检查出血脂偏高!"

酒过三巡,雨停了,电还是没来。汝生拿起铜酒杯仔细端详,说:"钟师傅的手艺这么好,有没有带徒弟?"老钟说:"我们钟家打铜器,是祖传的,一直是传男不传女。我12岁时跟着家公钟老三学手艺,如今五十年了。十几年前收过一个徒弟,我想传他手艺,让他吃住都在我家,不要一分钱,可他吃不下苦,最后还是跟人打工去了。干这个活,烟熏火烤的,还挣不到钱——谁还用铜器呢,现在都用陶瓷的、塑料的。钟家这个铺子,到我这代算是走到头了。"老钟说完直摇头,径自喝了一杯酒。

一瓶酒快见底了。汝生问:"钟师傅,现在还有人来打铜器吗?"他指着一旁的操作间说,"我看你这炉子都没开火呢。"老钟头都没回,说:"没了。前几年还偶尔有人来,现在你们把鹰嘴崖的人都弄走了,这里交通又不方便,还有谁来!"汝生说:"这可不能怪我,你自己也讲过,以前方圆几十里的人都用你打的铜器;主要还是因为时代变了,现在的人都用新材料了!"老钟感叹道:"说的是呢,几十年前,家家户户的小家伙都挂着老钟家打的长命铜锁,现在不是金的就是银的。如今我打铜器,就是打着玩儿,解闷。"

说到铜锁,汝生想起来了,说:"上次帮你拿身份证的时候,我看到一只铜锁,我家也有一个一模一样的呢,恐怕也是你打的。"老钟说:"那个铜锁是我家公用子弹壳子打的,黄铜,下面挂着三个铜铃铛;你家的是白铜打的吧,没有铃铛,不一样。"老钟打的长命锁都是白铜的;因为怕小孩子把铃铛咬掉吃进肚子,所以锁下面也没有挂小铃铛。汝生想了想,说:"不对,我家的也有铃铛呢;钟师傅,你把铜锁再拿给我看看。"老钟放下酒杯,打开抽屉,把铜锁递给汝生。汝生捧着铜锁,看到锁上印着"长命百岁"的字样,繁体字,从右到左读的。看上去年代有点久远,铃铛生了一些铜绿,但摇一摇,还能发出清脆的响声。翻过来一看,上面赫然印着一个名字,"华英子"。汝生问:"你这个铜锁哪来的?"老钟说:"我家公打的,刚才说的。"汝生说:"这只锁不是华英子的吗?怎么在你家?你认识华英子?"老钟说:"我怎么不认识,算起来,华英子还是我阿姑呢。我还没记事的时候她就不在了,在新安江水库的工地上累坏了身子。"汝生的眼睛红了,他望着老钟,喊了声:"钟师傅!"老钟问:"怎么了?"汝生说:"华英子是我外婆!"

老钟一怔,然后走向前去,紧紧地握住汝生的手。他的嘴角颤抖着,问道:"你家的锁上,刻的名字是不是'钟大民'?"汝生说:"前几年,决定工作去向的时候,我妈叫我到这一片来,说我外婆是这一块的老百姓养大的。然后拿出铜锁给我看过一眼,说是外婆的东西。我当时也没细看。"老钟说:"你外婆叫华英子,一切就不会错。你可知道为什么你家留的是我大大的锁,而我家的这只锁是你外婆的?"汝生摇了摇头。老钟说:"我大大钟大民,就是因为你手里的那只铜锁,被日本鬼子的飞机炸死了。"

就在这时,电灯闪了两下,来电了。老钟的一台老式电视机之前忘了关,现在正在播放当地新闻:

"清明祭英烈,鲜花慰忠魂。今年是新四军进驻云岭八十周年,4月4日

铜锁

上午,我县广大干部群众在新四军抗日殉国烈士纪念碑前举行敬献花篮仪式,深切缅怀革命先烈的丰功伟绩,激励广大党员干部不忘初心、牢记使命、奋勇争先,为我县高质量赶超发展凝聚强大精神力量。"

和汝生一起看完这条新闻后,老钟关上电视,叫汝生去给电动车充电。一群鸡待在廊檐上,安静地小憩,偶尔发出咕咕声。汝生回到桌前,把剩下的一瓶酒也打开了。老钟说:"不能喝了,再喝就醉了。"汝生说:"钟师傅,我知道你酒量好,我以前看过好几次你一个人在喝酒。我啊,还真没想到,你竟然是我表舅!"汝生给老钟又倒满了酒,自己也喝干满上。汝生接着说:"铜锁的故事还没讲完呢。"老钟索性深深喝了一口,说:"好!今天就陪你这个外甥喝个痛快!"

汝生的头有点晕。他用手撑着头,听老钟讲起了遥远的往事。老钟说:"这些事情有的是我家公家婆讲的,有的是我姆妈讲的。我大大和你外婆是结拜的兄妹,我家公给他俩各打了一把长命锁,就是希望他俩平平安安,长命百岁,真没想到,唉……日本鬼子的飞机在鹰嘴崖一带扔炸弹,乡亲们都往山里跑。你外婆华英子正在洗澡呢,我家婆一把抱起她,裹了件衣裳就往外冲去。我姆妈拉着我大大也往外跑,大家刚跑出院子,华英子说:'糟了,把铜锁落下了。'我大大说:'我去给你拿。'说完就往回跑,我姆妈都没拉住他。他刚钻进屋子没一会儿,日本鬼子的炸弹就掉了下来,草屋一下子变成一片火海。我家婆眼前一黑,顿时晕了过去。后来大家在土堆里找到了我大大,早就没气了。他的小手沾满了血迹,还紧紧地攥着一把长命锁……"

话没讲完,老钟已是泣不成声。汝生的眼泪也止不住了,模糊了镜片,他掏出纸巾擦眼镜,然后把锁捧在手心,说:"就是这只锁吧。"

汝生把铜锁还给老钟,他站起身,双手举起满满的一杯酒,对老钟说:"钟师傅,这杯酒,我敬您!我终于明白,为什么我妈没去大城市,而是留在皖南,为什么我妈又让我来这里扶贫。以前只是听我妈说过,外婆寄养在山里的人家,只是外婆死得早,没来得及报答。待我妈回来工作时,这户老人,就是你的家公家婆吧,也不在人世了。这个恩,一直没报呢。"老钟说:"都是一家人,还报什么恩。"说完老钟也站起来,与汝生把杯中酒一饮而尽。

6

　　大大在院子里的大锅前熬稀饭,一边和红臂章聊天。红臂章对大大说:"老乡,看到你打的铜器,手艺真不赖!平时还种田吗?"大大回答:"也种呢,鹰嘴崖山多地少,只租了老吴家坡上几块旱地,坡下一块水田。山场倒是租了不少,但没什么出产。主要还是靠手艺吃饭。四邻八乡的,很多人都用我们钟家的铜器。"红臂章说:"那你就是钟师傅吧。"大大说:"我姓钟,在家排行老三,别人都叫我钟老三。同志,你贵姓呢。"红臂章说:"我是家里的老四,姓华,就叫华四。"大大原先蹲在地上看火,一听到这个名字,连忙站了起来,问:"你就是那个值一百块大洋的华四队长?"红臂章哈哈大笑,说:"那是以前,现在国共合作,一起打日本鬼子,我这颗头是一块钱也不值了。"大大说:"你是大英雄、神枪手,我听过你很多故事呢,都是来打铜器的人讲的!"

　　杜鹃偶尔也听人说过华四队长,还以为他有三头六臂呢。她朝华四看了看,并没有发现他有什么特别。

　　大锅里腾腾地冒出热气,米香飘满了院子。华四揭开锅盖,用长长的铜勺搅了搅锅底。他盖锅盖的时候,左手明显有点颤抖。大大说:"华四队长,你的胳膊受伤了,快去检查检查。"华四把勺子搁在锅盖上,说:"不碍事,昨天打进一颗子弹,一会取出来就没事了。你也不要叫我队长,就喊我老四吧,我叫你三哥。这一仗一打,鬼子肯定要老实几个月。上面要求我们战斗过后就来鹰嘴崖,在这里修整一段时间,今后还要经常麻烦三哥呢。"大大高兴得直搓手,连声说"好"。大大说:"我早就知道新四军是真正打鬼子的部队,华四队长是我们老百姓的人。我家老大死得早,老二在南京城也开铜匠铺子,闹鬼子之前,我带信给他,叫他来鹰嘴崖躲一躲。我们这里,很穷、很偏僻,所以连土匪都没来过。打我记事起,就前些日子来了几个当兵的,也就抢了几个鸡蛋。可老二一家都没跑出南京城。后来,他家隔壁邻居逃荒到我这儿,说老二死得好惨啊,我那个二嫂和侄女……"大大捂住脸,呜呜地哭出声来。杜鹃看到华四的泪水在眼眶里打旋,牙齿咬得咯咯响。华四说:"三哥,你放心,这个仇我们一定会报!"大大擦去泪花说:"老四,我相信你们。就凭你们在外面冻着也不敲门,我就知道你们肯定能打败鬼子!"华四说:"不惊扰乡亲们,是我们的纪律。这一仗打了好几天,昨晚军长亲自指挥我们伏击鬼子,把鬼子一顿好揍。结束战斗后,为了不留痕迹,我们从小河里蹚水来的鹰嘴崖,当时河水开始结冰了,我们踩在水里,像掉进炭火盆一样难受。多亏你家的院子和草堆,不然我们可就冻死了!"

稀饭终于煮好,姆妈还端来满满一碟香咸菜。战士们排成一列,每个人都拿着竹筒盛饭。大大说:"我家有碗,用碗吃吧。"杜鹃赶紧去拿碗,华四手一挥,说:"不用碗,就用竹筒,又结实,又不烫手。这是我发明的,我们副军长都在用呢。"

其他战士喝稀饭的间隙,华四到屋里做手术。听华四介绍后,大大和姆妈才知道那个女战士是军部的军医,姓郭,他俩是一对夫妻。烤火的小女孩是他们的女儿,叫华英子。昨天晚上,郭医生接到通知,连夜带着孩子从军部赶到鹰嘴崖与华四会合,给战士们治伤。华四臂上的子弹有点深,一时取不出来。郭医生的钳子沾满了血,但华四一直咬着牙,没有哼一声。杜鹃几乎不敢看,感觉太疼了。后来,华四让大大帮忙把他绑到柱子上,胳膊也被固定起来。郭医生从沸水中取出手术刀,划开伤口,华四终于忍不住叫出声,但他被捆住,动弹不得。杜鹃看英子闭着眼睛,大民也惊呆了。接着,大家听到咚的一声,华四的子弹取了出来,落到铜盆里;一缕血丝随即消融在水中。

华四包扎完毕,连喝了两碗稀饭。大大说:"老四,你真是条汉子。"华四说:"这不算啥,在这一带打游击的时候,我身中两枪,差点死在大山里,幸亏遇到采茶的老乡,叫我用羊奶子树叶、果子疗伤,总算捡了一条命!"杜鹃一下子想起了几年前的事。姆妈也说:"老四,你当时是不是要送信给卖豆腐的老冯?"华四放下竹筒,看着姆妈和杜鹃,说:"原来遇到救命恩人了呀!你们不但救了我,还把信送给了老冯,救了我们一支队伍!"华四朝姆妈缓缓地敬了一个军礼。姆妈不知道怎么回敬,有点不好意思地说:"下山后看到有人在搜你,杜鹃很聪明,把他们支走了。"华四朝杜鹃竖了大拇指,说:"好样的!"杜鹃低下头,高兴得像又吃了一个肉包子。

华四的队伍在鹰嘴崖边驻扎了下来。他们的营房是竹子扎成的,大大去帮忙,小半天的时间,房子就盖好了。几排碗口粗的毛竹撑起墙壁,椽子和檩条用的是厚竹片,用葛藤或篾子编织在一起,最后铺上稻草当作顶棚。

华四负了伤,英子也有点受凉,在大大的一再请求下,华四一家住在铜匠铺。姆妈和杜鹃把一间放农具的偏房收拾出来给自己家住,把暖和的大房间让给华四一家。

第二天一早,华四和郭医生到营房去了。姆妈招呼杜鹃、大民和英子吃早饭。英子的脸红扑扑的,咳了几声,姆妈用手背摸了摸英子的额头,又摸了摸大民的,说:"英子有点发烧。"吃过早饭,姆妈叫杜鹃去邻村称二两红糖,路上再捡几个火石头。大民和英子也要去。姆妈说:"英子,你不在床上躺一会吗?还发烧呢。"英子说:"我没事。"姆妈交代杜鹃道:"千万不要到月牙塘玩,跌下去可不得了!"回来的路上,杜鹃在河边捡石头,大民和英子要帮忙。杜鹃说:"英子不要捡,火石头都在水里,冷得很。"火石头泛白,是最硬的一种石头,两块火石头撞击在一起,能看到火花,能闻到焦煳的味道。英子问:"捡石头干吗?"大民说:"姆妈给你治咳嗽,把火石头烧红,倒上红糖,用开水一冲,你等糖水凉下来一口气喝完,包好!"英子咳了一下说:"石头还能治病,我都没听说过。"杜鹃问:"英子,你几岁?"英子回答道:"8岁。"大民说:"我也8岁,你得叫我'哥'。"英子说:"指不定谁大呢,我是七月初七晚上生的,新四军来到这里那天,正好是我生日。"大民说:"哈哈,我是七月初七早上生的,那天是七夕节,牛郎织女相会,不信你问我姐。"杜鹃说:"英子、大民,你俩同一天过生,真赶巧呀。"大民说:"怎么样,你得叫我'哥'。"英子说:"好吧,大民哥。"杜鹃笑着说:"大民,做哥哥的可要护着妹妹。"大民从水里挖出一个火石头,说:"英子你放心,谁要是欺负你,我就用火石头砸他的头。"

捡了几块石头后,杜鹃拎起红糖,喊大民和英子回家。大民看包红糖的油纸有点散,对杜鹃说:"这次买的红糖不知道甜不甜,当时也没尝一下。"杜鹃说:"好吃佬!你不要打红糖的主意。路边这么多刺梨子,也很甜,你去摘一把给我们都尝尝。"大民就去摘刺梨子。刺梨子刺多,大民手被扎了几针,咧着嘴喊疼。杜鹃说:"这算什么,你看人家华四叔!"

三个孩子嚼着刺梨子走在回家的路上,正午的阳光又暖又明亮,屋顶上的霜全化了。

除夕那天,大大和华四把战士们都叫来,和钟家一起过年。听华四说,鬼子连吃了好几个败仗,已经很久没有动静了。前几天,华四他们打到一只野猪、两只野兔;大大带着几个战士,还挖了一百多斤野葛粉,又杀了几只鸡。这个年过得比以往热闹。吃年饭的时候,大大对华四说:"老四,你家英子和我家大民是同一天生,这是缘分,是天意,我想高攀一下,让这两个孩子认个兄妹吧。"华四和郭医生都说"好"。大大让姆妈拿出一对铜锁,给英子和大民分别戴上。姆妈对大民说:"英子现在就是你的亲妹妹,你要让着她。"大民摩挲着铜锁没有说话。铜锁系着细细的红绳,油灯下泛着光芒。锁上分别刻着钟大民和华英子的名字。华四说:"三哥三嫂你们也不说一声,我啥都没准备呢。"大大说:"我们是一家人,不说两家话,这两只铜锁是我用你们捡的子弹壳子打的,不值钱。"华四说:"三嫂和杜鹃还救过我的命,我们驻扎在鹰嘴崖,全依仗着你们帮衬,这份恩情我们不知道怎么报答。"大大说:"你们帮我们打鬼子,替我二哥一家报仇,让我们好好过日子,就是最大的报答!"

7

老钟的"非遗"大师工作室挂牌那天,镇领导来揭牌。见到汝生,镇领导说:"我就知道你小子有办法,看来你是属毛驴的,不激不行!"镇领导离开时,塞给汝生和主任一人一小盒茶叶,说:"上次在我那,你俩一口茶都没喝,这次带给你们尝尝。"

主任看镇领导走远了,对汝生说:"你看领导,觉悟就是比你高。你真不够意思,白骑我的车,白吃我家的饭,也不知道报答一下。你给老钟申报的时候,怎么不给我家祖传的豆腐工艺弄个'非遗'?"汝生笑道:"拉倒吧你,你家就是磨豆腐的,有啥子工艺?"主任说:"怎么不是工艺,冯记豆腐?曾经获过巴拿马万国博览会的金奖!"汝生哈哈大笑,说:"谁不知道这是你爷爷骗日本人的话?你家豆腐运到巴拿马,不变成臭豆腐了吗?还巴拿马,白拿给马都不吃!"主任气鼓鼓地说:"好你小子,以后不要吃我家的豆腐。"

老钟走过来,胸前别着一朵小红花。他着急地对汝生说:"一会儿几个孩子搞拜师礼,我没问题;弄什么直播,看我怎么打铜器的,我也没问题,就是那个采访,我哪说得好呢。"主任替汝生回答说:"钟师傅,现在要喊你'钟大师'了;以后采访多着呢,你正好操练操练!"老钟说:"什么大师,我就是老钟。这个事情，真要好好感谢你俩，要不是汝生想出这个办法，我家祖传的手艺，就要断在我手上了！"汝生说："自家人，谢个啥，你就按照刚才的说，想说什么就说什么，不要紧的。"老钟说："好呢好呢，只要你们不笑话我。"

一晃几个月过去，"钟承铜工艺品大师工作室"几乎成了网红打卡地。镇上很多中小学生周末到工作室跟老钟学习制作铜艺品，工作室坐得满满当当。老钟挑了几个有灵气的孩子，经常给他们开开小灶，其中一个孩子的作品还在省里获了奖。有一次，汝生去看看，老钟说："现在的铜器不愁卖了，每天都有人在直播室下单。"汝生还听说，网上还有不少人通过直播跟老钟学手艺呢。

汝生对老钟说："当初让你搬出鹰嘴崖，你还不愿意。"说得老钟不好意思地挠挠头，说："是我的错，是我的错！小夏，等哪天你有空，来喝一杯，我心里念你的恩呢。"汝生说："可别，去年清明陪你喝酒，你看我都醉成啥样了。你也不用谢我，没有你家公家婆的养育——还有你母亲，为了保护我外婆，差点把命丢在月牙塘！没有外婆哪有我呢？所以，是你家对我家恩重如山啊。"老钟说："这都是过往的事情了，一家人不说两家话！"

8月的一天，电闪雷鸣，暴雨如注。天气预报里说，这次强台风"利奇马"强势登陆，破坏性极大。虽然之前做了很多预案来防范，但雨势太大，造成全镇多处山体塌方、道路中断。汝生和同事一起把敬老院的二十多个老人转移到镇中心小学，又帮低洼处的商户搬东西到二楼，回到办公室，已是全身湿透。微信响了，是小挽的语音留言，她说："爸爸，我今天考长笛五级，考过了你给我什么奖励？"汝生没想出奖励什么好，索性就没回。小挽的语音下面有小挽妈妈的信息："老公，中国情人节快乐！台风来了，注意安全！"汝生坐在凳子上想休息一刻再换套干净衣服，猛然想起今天是七夕节。顾不上换衣服了，他马上拨通了主任的电话。汝生问："主任，你有没有空去趟鹰嘴崖？老钟在那！"主任那边有点嘈杂，说："我在下面转移群众，现在没空，等忙完再去……老钟不是搬镇上了吗，怎么又回了鹰嘴崖？"汝生说："今天是钟大民的生日，他肯定上坟去了，鹰嘴崖那地形，太危险！"

汝生匆匆往鹰嘴崖赶，这个天气和路况，肯定不能开车；他找出一辆自行车，骑上就跑。一路上，不是滑坡就是倒伏的大树挡住了去路，汝生就扛着自行车绕过去，他心想，幸亏骑的是自行车，要是骑主任的电驴子，还扛不动呢。

　　经过月牙塘时,汝生发现塘里早就溢满了水,塘埂已经多处渗水,随时有破坝的危险。真是糟糕,得赶紧找到老钟,离开这儿。等汝生蹚过浊黄的小河来到鹰嘴崖下时,他已彻底变成一个落汤鸡。这时,风和雨都小了一些,乌云散开,天空也亮了起来。他抹了一把眼镜,终于看到了坟前的老钟。汝生喊道:"钟师傅,快走,这里危险!"老钟听见汝生的声音,扭头一看,说:"小夏,你怎么来了?"老钟给汝生打伞,汝生说:"不用了,趁雨小了点,我们快走吧。"老钟说:"我们到家躲一会儿? 我那还有旧衣服,你换身干的。"汝生说:"月牙塘快破了,我们走!"老钟说:"好!"

　　推着车子,刚走了一里多路,老钟突然想起来什么,对汝生说:"我得回屋一趟。"汝生急了,问:"现在还回去干吗?"老钟说:"不行,我要取个东西。"汝生拉住老钟,说:"以后再取。"老钟说:"就是那个铜锁。"汝生说:"我知道在哪,我去拿吧。"汝生说完就把自行车放倒在路旁,拔腿向铜匠铺子冲去。这时,老钟听到不远处发出咔嚓一声巨响,不好,是月牙塘的坝子破了!老钟大声喊道:"小夏……"他拼命地朝老屋跑去。

　　老钟在坍塌的乱石堆里找到了汝生。汝生的头上全是血,胸口起伏着。老钟推走汝生身上的大石块,哭着喊:"小夏,小夏!"汝生慢慢睁开了眼睛,看到老钟,他艰难地松开手——他的手心里躺着一只铜锁,沾满血迹。汝生吃力地说:"铜锁,铜锁,拿到了……"

8

　　腊月初八,鹰嘴崖飘下了今冬的第一场雪。风卷着雪花呜呜地吹,吹得天地彻寒,四野苍茫,远处的山峰已然"白了头"。大大和姆妈带着杜鹃来到大民小小的坟前,给大民送腊八粥。姆妈说:"大民啊,喝了腊八粥就不冷,喝了腊八粥,就快过年了。"杜鹃觉得自己很不争气,泪水怎么也忍不住。泪水落在脸颊上,很冰凉。

　　华四的队伍穿戴和步伐都很整齐,迎着风雪,正经过大民的坟墓。华四喊道:"敬礼!"一队士兵齐刷刷地向钟老三一家行标准的军礼。大大和姆妈转过身,望着行礼的队伍,一时哽咽。许久,大大说:"走了?"华四说:"三哥,我们走了,北上抗日,替大民报仇,替二哥一家报仇,替千千万万中国人报仇!"大大上前,握住华四的手,眼泪止不住地流出来。大大抽噎道:"老四啊,大民死得好惨。"华四扶住大大,强忍泪滴,说:"三哥你放心,这个仇,我们一定要报!"华四和郭医生叫出队伍后面的英子,对大大和姆妈说:"这次去前线抗敌,生死不能预料,英子就交给你们了。"姆妈说:"都是一家人,英子就是我家姑娘。"杜鹃走过去,把英子的小手紧紧地拉住。姆妈又说:"老四,今天是腊八节,喝口粥吧。喝了腊八粥就不冷,喝了腊八粥,好好打鬼子!"

喝了粥,华四说:"三哥,三嫂,我们走了!"说完转身离去,头也不回。英子追上去,哭着喊道:"爸,妈!"郭医生回头看了一眼英子,眼里噙满泪花。这时,风雪更大了。华四的队伍越走越远,直至消失不见。

过了段时间,邻村有个人来补铜壶,告诉大大一个消息。那个人说,新四军还没走多远,就中了国军的埋伏,死了不少人呢。听说,华四队长和他的队伍,一个人都不剩了!大大一惊,问:"中国人怎么打中国人呢?"那个人说:"谁知道呢。现在到处搜新四军,胡乱杀人,老百姓又要遭殃了!"

等补铜壶的人走后,大大关上门,把家里人叫到一起,对英子说:"今后,别人问你姓啥,你要说姓钟,叫钟英子,你以后要像杜鹃一样,要喊我们'大大、姆妈'。今后,我们就是你亲大大、亲姆妈,千万不能说漏了嘴。"英子点点头。大大又看了看杜鹃,杜鹃也点点头。

大家紧张了好几天,也没遇到什么危险情况。但是大大和姆妈很警觉,一旦有不认识的人进了院子,就让杜鹃带着英子从后门跑出去,躲到鹰嘴崖后面的山洞里。

过了年,搜新四军的没来,春荒来了。去年日本飞机带着炸弹到处乱炸,田也没法种。世道这么乱,来打铜器的人也越来越少。杜鹃家的日子一天比一天难过了。年前把仅剩的几只鸡卖了,换了点糙米和玉米面,才勉强过个年。大大带着一家人上山挖葛根,两天下来,只挖到一小篮子,不够吃一顿的。晚上,大大对姆妈说:"照这样下去,我们都得饿死。要不,就答应老吴家吧。杜鹃到老吴家,好歹能吃饱饭,我们也能找他们借点吃的。"大大租了老吴家的田地和山场,老吴家对钟老三一家,也一直很关照。可惜吴家少爷十几岁了,是个瘸子。前天,老吴喊去大大,想把杜鹃要去吴家,做吴家少爷的童养媳。大大和姆妈当时说，杜鹃还小呢，要不过几年再说。老吴留大大吃过饭再走，大大没有留。

屋外有寒风吹进来，所有人都缩了缩脖子，油灯下，人影贴着墙壁，像一张薄薄的饼摊在墙上。姆妈一直在补杜鹃被刺划烂的衣服，没有搭话。补着补着，姆妈放声大哭，她把杜鹃搂在怀里，哭喊道："我的杜鹃呀。"杜鹃被姆妈勒得生疼，感觉喘不过气。

天一亮，杜鹃穿上姆妈昨晚上补好的衣服，把玉米面掺上野菜，倒进沸腾的锅里面。英子走到杜鹃跟前，拽了一下杜鹃的衣角。杜鹃叫了声："英子！"英子摘下自己的铜锁，踮着脚给杜鹃戴上。英子说："杜鹃姐，你戴上锁吧，保你平平安安。"杜鹃把英子搂在怀里，眼泪落在英子的肩膀上。杜鹃想了想，从包袱里拿出大民的锁，戴在了英子的脖子上。

吃过野菜玉米糊，大大带着杜鹃出门了。等走出院子，姆妈追上来，说："杜鹃，到吴家要听婆婆的话，不要顶嘴，要是他们打你，你就跑回来！"杜鹃瘪着嘴说："姆妈，我听话。"英子在后面跟着，跟了一里多地，大大说："英子你回去。"英子站住不动了。杜鹃走了很远转身看，英子还没有回去，旷野中，一个小人儿像一棵苦菜贴在小路上。

到了吴家后，杜鹃每天起得更早了。起来后，要先给水缸挑满满一缸水。杜鹃才12岁，比水桶也高不了多少，她只能半桶半桶挑；就这样，肩膀都磨破了。挑完水后，烧开水、烧早饭。每次，杜鹃都等吴家人吃完才吃。吴家人吃早饭的当儿，杜鹃到青弋江边清衣裳。倒春寒的时候，江水冷得刺骨。杜鹃的手生了冻疮，她一边舞动棒槌，一边流眼泪。杜鹃真想念铜匠铺子啊，一天到晚都暖烘烘的。她也想大大、想姆妈，也想英子。但她不敢向婆婆提出回家，怕婆婆生气。

吴家少年吃完早饭一瘸一拐地上学去了。杜鹃晾了衣裳，将吴家人用过的碗筷收拾好，盛了半碗红薯稀饭在锅灶后面吃。婆婆喊她，她放下碗来到了堂屋。老吴坐在椅子上，吧嗒吧嗒地抽烟。抽了两口，他停下来说："杜鹃，你今天回娘家看看，还没回去过呢。"杜鹃仰起头，又朝婆婆看去。婆婆朝她点点头，说："早去早回。"杜鹃饭都顾不上吃，就去收拾东西。她偷偷攒了一小袋锅巴，正好带回去。临走时，婆婆喊住了杜鹃。杜鹃心想，不是锅巴被婆婆发现了吧。婆婆拿出一个小口袋，对杜鹃说："这两升大米和一升黄豆带给你姆妈。你早上没吃饭,拿块年糕路上吃!"

杜鹃高高兴兴地踏上了回家的路。她是一路跑回家的;跑着好,跑就不冷了。杜鹃还出了汗,回家的路怎么就这样远呢?她背着口袋,把年糕放在怀里。年糕还热着呢,等回家了要和英子一起吃。

杜鹃终于看到了鹰嘴崖。她一口气跑进院子,喊道:"我回来啦。"杜鹃来不及喘口气,就被眼前的一幕惊呆了。院子里站满了人,都是当兵的。大大和姆妈以及英子站在一旁,两杆枪对着他们。杜鹃从姆妈的眼里看出了担心,大大还向杜鹃使了个眼色。这个眼色,是要让杜鹃赶紧走吗?就在杜鹃犹豫的时候,大大喊道:"哪来的小叫花子,快滚!"杜鹃总算听懂了,转身往院子外面跑。但是迟了,两个当兵的冲上来,把杜鹃一把扔进院子。杜鹃摔在地上,口袋里的豆子一颗颗地滚落出来。一个人走过来,拎起袋子倒过来,雪白的大米、焦黄的锅巴和滚圆的黄豆都撒到了地上。杜鹃看这个人的鼻子边,有一个鼻屎一样的大瘊子。大瘊子问大大:"这个小孩是谁?"大大说:"是来要饭的叫花子。"大瘊子恶狠狠地说:"我看她是来搞粮食的!"说完,他朝杜鹃踢了一脚,一边吼道:"快说,粮食是不是送到山上去的?"杜鹃被踢得眼冒金星,感觉舌尖咸咸的;一摸鼻子,全是血。大瘊子拔出手枪,说:"嘴硬是不是?老子崩了你!"

杜鹃的脑袋嗡嗡的,听到人说:"慢着!"说话的人走到大大的面前,不怀好意地笑了笑,露出了两颗龅牙。他阴阳怪气地说:"钟老三,你只有一个女儿。"他指了指英子,英子往姆妈的身后躲得更紧了。他突然又指向地上的杜鹃,对大大说:"你可不要私通朱毛都不要的土匪!那可是死罪。我咋看这个小孩和你有点像呢?你不认识是吧,那好办,给我打!我看你认不认识!"

两个人架起杜鹃,抄起枪托子就往杜鹃身上砸。杜鹃的鼻子和嘴巴全流了血,哭着喊:"大大、姆妈,快来救我啊……"但大大和姆妈什么都没说,只是把英子搂得紧紧的。英子也在哭。杜鹃听她不停地说:"我怕,我怕!"大大和姆妈怎么不认自己呢,杜鹃正想问问姆妈到底为什么,头上被什么重击了一下,她疼得晕了过去。

迷迷糊糊中,杜鹃听人说:"都快打死了……肯定不是他家的……高,实在是高!不愧是过山风……锁上有名字……弄不好就是华四家的兔崽子……"

一阵山风吹过,杜鹃清醒了许多,头像炸裂一样。她睁开眼睛,发现自己正被两个人扛着,夹在队伍中间。杜鹃看鹰嘴崖越来越远了;此时,正走在陡峭的悬崖上,下面就是月牙塘!她用力一挣,滚落在深深的月牙塘里,溅起巨大的水花。大瘪子回头一看,喊道:"不要让她跑了!"啪地朝水里放了一枪。杜鹃的耳朵感到钻心的疼,就什么也不知道了。

月亮升起来了。杜鹃艰难地睁开眼睛,发现自己躺在塘边的灌木丛里。山崖挡住了月光,树影黑黢黢的,猫头鹰在叫,一声接着一声。不过,月牙塘却印着明亮的天空;水底,有一颗发光的夜明珠。杜鹃感觉胸口有什么东西粘着,一摸,是那只铜锁,上面粘着变形的年糕。她咬了一口年糕,但咽不下去;她的胸腔翻滚着,哇的一声吐出了血。远远地,杜鹃依稀听见谁在唱一首歌:

"栀子花,乒乓乒;茉莉花,上刀心;做双花鞋看娘亲。娘亲怀我十个月,月月辛苦到如今。一只鸟,绿茵茵;买花线,穿花针;做双花鞋看娘亲。娘亲怀我十个月,日日月月都担心。"

后记

在大家自发组织的夏汝生同志追悼会上,老钟和汝生的母亲一起,把分别印有钟大民和华英子名字的两只铜锁,捐给了县革命历史纪念馆。馆长说:"两只铜锁,是新四军和皖南人民的同心锁,也是共产党和老百姓的同心锁;我们要将这两只铜锁永远保留下去。"老钟几乎三天三夜没合眼,打了一支铜笛子,送给汝生的女儿小挽。小挽接过笛子,轻轻地说:"爸,我的长笛五级考试通过了,现在演奏给你听。"

小挽拿出铜笛,吹了一支曲子,汝生的妻子断断续续地和着:

"长亭外,古道边,芳草碧连天。晚风拂柳笛声残,夕阳山外山。天之涯,地之角,知交半零落。一壶浊酒尽余欢,今宵别梦寒。"

老钟想,这是什么歌,真好听,以前还没听过呢。

老钟一阵恍惚,脑海里浮现了很多人。华四队长挎着手枪,家公拿着钢錾、姆妈、大大和英子手挽着手……最后出现的是小夏,他换上了一副新眼镜,朝老钟轻轻挥手。他们在高高的鹰嘴崖上站成一排,像一面旗帜迎风展开。

人生难得是欢聚,唯有别离多……

小挽的笛声停了,汝生妻子的歌声也停了。老钟朝照片上小夏挥了挥手,两股热泪流了下来。

(《中国作家》(文学版)2021 年第 10 期)

虬髯客（外二篇）

胡竹峰

李靖近来总有些惆怅，常与功曹、县尉或者一帮衙役饮酒消愁。七八分醉时便撇下众人出城而去，独往郊外深山，陶然中登上高处，仰天长啸，一声声在山岚激荡。喊得累了，倒头酣睡，做些纵横沙场的梦，做些治国安邦的梦，带着些倦慵的寂寞。偶尔酒喝得厌烦了，一人一骑带上弓箭，去山中打猎，一走多日，怅然而行，并不以猎物为意。

正值盛年的国君携一众嫔妃，浩浩荡荡，在江南富庶之地流连忘返，索性把政事交付司空府打理。司空大人位高权重，一人之下，万人之上，把持朝廷，操盘人事。李靖自幼饱读诗书，研习武艺，一身才学，将满腔抱负凝成笔下之救国方策，等待时机报效国家。李靖自负豪气，却报国无门，只好将救国安邦的梦想寄托在司空大人身上，千里迢迢前往洛阳求见。

一路所见，民生凋敝，开皇之治的繁华不再，如今满目疮痍，李靖倍感焦虑。关于朝廷和司空大人的种种传闻，未能亲见，不敢轻信。抵达洛阳后，多方托人，得以打通关节入得司空府。心想，若能献上救国方策，委以职责，倒也不虚此行。

司空府门庭若市，热闹非凡，府第规模、体制模仿皇宫，亭台、楼阁、水池、假山布局别致，极尽奢华。李靖身着郡丞官服，被一侍者一路引着，过前院的时候，见几名仆人驱赶一只小白象，大概是从后苑潜入过来的。穿过几重楼阁，李靖觉得后背微微沁出汗来，终于入了厅堂。司空大人斜倚在卧榻上闭目养神，一群侍女手持茶杯、茶托、糖果、痰盂、拂尘，分列两旁。拂尘微摆，光泽如银，龙涎香在屋子内弥散，丝丝缕缕令人沉醉，静谧舒适。

眼前的司空大人，宿醉方醒，一脸倦容，面容晦暗。李靖站立在厅堂中央，递上名刺，并不言语。想起幼年随祖父拜谒司空大人的往事，当年他虽未列司空，端坐中堂，威严神武，目光如炬，多少人将他当作理想的榜样和毕生的追求。无论如何,李靖也不能把眼前这位颐指气使的司空大人与跟随文帝一统疆土、立下赫赫战功的大将军等同起来。

司空大人微睁双目漫不经心地问道:"来者何人?"

"雍州李靖。"

站立一旁的随从在老官耳畔轻语一番,司空大人方才懒洋洋说道:"原来是故交之后,快快看座。"李靖动也不动道:"今日来,只想呈上我的救国方策。"话虽如此,并未做出呈上的动作。

"方策?好好好,给我看看。"

年轻的李靖重燃起希望,毕竟,眼前的这个人曾四方征战立下大功,不会置国家前途于不顾。于是满心欢喜,取过随身带来的包袱,小心翼翼地掏出事先准备好的长长的策论。侍者接过,司空大人并未立即打开,只是平平正正地放在右边的小矮桌上,问道:"没有别的了吗?"

"只此方策。"

司空大人手拊其床,略带关切地道:"我当年跟你祖父说过,你有大将之才。年轻人,有何求?"

"李靖此行,不图个人名位,只为朝廷而来。国家正值多事之秋,不说西边突厥虎视眈眈,中原境内就有河南的瓦岗军,河北窦建德,江淮还有杜伏威、辅公祏。大乱在即,司空大人深负朝廷重托,应收罗天下有志有为之士,以礼相待。"听来客说得郑重,司空大人睁开双眼,从卧榻上稍微直了直身子。"笑话,进我司空府的,哪个无所求?"司空大人心里隐隐愤怒,欠了欠身子,重又半倚到卧榻上,侍女赶紧递上一杯茶,抿了一口道:"草莽残寇,何足道哉?待我大军压过,尽如蝼蚁齑粉而已。""然此时今日,叛乱群起,民不聊生,江山社稷危在旦夕,司空府邸歌舞升平,今上巡行未归,难道世间的一切与司空府、与司空大人毫无干系吗?"见李靖说得郑重,一个执拂尘的侍女目不转睛地盯着他。李靖眼角余光中但觉那人身材高挑,面容姣好。"大胆李靖,如此无礼,念在故人情分,今日免你冲撞之罪,老夫不与你计较,快快退下。"李靖心思如潮涌翻腾,一种难以言说的绝望涌上心头。

墨色的天空中,隐隐有雷声,乌云卷过,李靖却觉得眼前一片空明,起身告退,离别之际,仿佛听到拂尘侍女一声低叹,循声望去,好一双明亮的眸子,不由心下一颤。

快快出得司空府,莫名的惆怅涌上李靖心头。想来身居高位的司空大人是不会翻读那份长长的方策,更不会在乎一位落难小吏的想法。懊悔间,司空府一名小厮追了上来,紧跟其后的正是执拂女郎,匆匆问罢自己的住处地址方才别过。

回到客舍,李靖一肚子愤愤堵塞胸口,半坛浊酒顷刻间见了底。一觉醒来,天色已晚。上午受挫的种种再次在脑海中一幕幕闪过,独自躺在客栈床上,再难入眠,心想明天一早便离开这里。更夫敲打梆子的声音渐次走近,又慢慢远去,将李靖的最后一丝叹息稀释殆尽。

窗外轻雾升腾而起,月色朦胧如银似水,洛阳的秋夜颇有几分凉意。秋风吹过屋顶,掀动蒲草门帘,零落的月光若隐若现地泻进客栈小院。一个娇小的人影闪动,渐次靠近,脚步轻盈无声。

敲门声隐隐响起,"咚咚咚!"似有迟疑,又有些急切。李靖习惯性地警觉起来。初来此地,谁会来访呢?难不成司空大人读了方策,相约我深夜面谈?心下不觉畅快,起身戴上束发,整一整衣襟,开门相迎。一紫衣人站立门外,约莫十七八岁年纪,身材清瘦,身披紫色斗篷,头戴紫色帽子,遮住了面容,却露出一双明亮的眸子,肩挎大布包。李靖一见即知是白日司空府上执红拂的女子,不免脸色愕然,心中一惊。

"我是专程来投奔先生的,白天在司空府聆听高论,不由心生仰慕。"那人脱下斗篷、帽子,露出身上的绣花短褂和云彩红裙,李靖顿觉眼前光芒四射,接过布包,迎了进来。

"先生勿要多虑。"那女子嫣然一笑,"从司空府逃出来,就已做好打算。如先生所见,府里情形跟朝廷一样,金玉其外,败絮其中,有志者皆欲另寻明主。"言语举止柔软轻盈,玉面泛红,眼帘低垂,屈膝行礼。李靖心神微微一荡,听罢了这番话,又陡生敬佩,拱手作礼。

"先生的方策司空大人投掷一旁,今来送回,小女子不才,却也一字一句读过,真知灼见如珠玑灿然。司空大人无心朝政,先生金珠击雀,实在可惜了。"李靖苦笑一下接过,倒了一杯水,请那女子落了座,说道:"李靖身份低微,常有忧国之心,只是无门,自忖方策实有强兵富国安民之旨。"

"司空府一天比一天显贵荣耀,一门兄弟族人位列公卿。诸子虽无汗马之劳,也都官至柱国、刺史。司空府上家童几千人,大人无暇顾及下人,后院披罗挂绮的乐妓、小妾就数以千计,美女无数。府上有人文采斐然,还有人精通草隶,都是江南士子,也沦为家奴。司空大人内外亲戚却得了清静显要之职。我当值多年,达官贵人来来往往见过无数,今日得晤先生,实在三生有幸。天下将乱,先生有此大志,家国之幸。小女子决意托付终身,愿同甘共苦。"李靖不响,国家危亡之际,何去何从尚未可知,怎敢随意动了儿女私情?何况司空府中人擅自离府,必然会有人查询,其中凶险可想而知。

"敢问尊姓大名?"

那女子略作沉思,低语道:"娘家姓张,江南吴兴人。家父原为陈朝大将,兵败被杀,家母入司空府充当乳娘,去世多年。我自幼在府中长大,先生就叫我红拂吧。"说罢,抬头凝视着李靖,目光里尽是爱意。"请先生收下我,为奴做婢一生相随,永不离弃。"显是定了决心,有意相携不返。李靖道:"如今我穷困落魄,能有如此才识兼备女子相随,实为三生有幸,岂能薄待以奴婢,当明媒正娶才是。只是事业未遂,怕误了你的前程。跟着我,前途渺渺,行军打仗,有万千辛苦,怕苦了你啊。"红拂似是看透了李靖的心思,一脸坚毅道:"生逢乱世,想要建功立业,就不能踌躇心事。公子雄心万丈,早晚必成大器。"话已至此,李靖不再推托,抱住她,胸口一热。

两人夤夜出城。

"我们去哪儿?"

"北上太原,投奔李世民。"

经北邙山脚的时候,开始下起了雨。李靖想,天公助美,这雨下的正是时候,料想那老官儿就是派人追踪,也不好找到痕迹了,一时心情稍微放松了些许。是夜,两人借宿破庙中,和衣卧在神像下,不敢安睡,天刚明亮就纵身上马一路西去。

枫叶披红挂彩,秋风卷过如旌旗烈动。李靖满腔豪情,欲成大事,心急如焚,无意玩味美景,日夜纵马西行,不愿停歇。好在红拂相伴,一路上对他诸多照顾,让这个孑然一身的习武男儿感到温暖,多了从容。司空府贴有告示,各处搜寻,虽是敷衍了事,红拂还是身着男装,一路小心谨慎。

日夜兼程走得八九日,到达山西灵石境内。李靖见此地地脉丰厚,草木森森,与中原气象大为不同。更难得郊外偏野有一旅店,几间客房虽简陋,倒是清净,为独行的江湖人士所喜。竟日奔走,到得此地,离司空府势力大远,再也无虞,二人留在旅店小住以养精神。

旅社虽小,南来北往有不少豪客停宿。眼见隋朝大势已去,奇人异士各显本领,不惜冒险赌命,群雄逐鹿,各路反王蜂拥而起。

秋风拍打着窗户,有些微凉了,时令马上就是寒露了。午后,红拂铺好床榻,换上女装,坐在窗前梳妆,一头秀美的长发垂落在地,时不时和在屋外刷马的李靖闲聊上几句。秋日午后的阳光正打在红拂脸上,透着红晕,越发妩媚、俏丽如灵狐,李靖在一旁痴痴看着,如坠梦境。屋里地炕旁堆着劈开的松木,炕上火炉烧得正旺,锅里炖着羊肉滋滋作响。肉香与松脂的余味在屋内回荡,热腾腾地飘出了小屋。

这时一身材魁梧,生有满脸虬髯的男人骑着一匹瘦小的毛驴进得小店。那人脸色如铜,腰间斜挂一把尖刀,径直往客房方向进来。也不问掌柜有无房间,随手将包裹扔在红拂窗台不远处做了枕头,两腿一伸躺了下去,双手抱头,目光动也不动挺挺直视红拂,痴痴呆看了半晌。李靖心头火起,渐生怒色,几欲发作,手已按在腰间刀柄上。红拂见状,侧转身子,左手捋发,右手示意李靖暂且不要轻举妄动。

红拂梳理完毕,绾起一头秀发,自报家门,径直向那虬髯客人行礼问好:"敢问兄长贵姓?"虬髯客不禁一愣,说本姓张,家中排行第三。红拂欢喜道:"原来是我张家儿郎。那我就称你一声三哥了。"

"我就叫你妹子吧!"虬髯客坐起来,一脸豪爽,"今日得幸遇见同宗妹妹,真是大喜事啊。"这时李靖走了过来。"快来见过三哥。"红拂移步上前,挽着李靖的手前来行礼,并一一介绍。虬髯客一脸忸怩,微露失望之态,片刻恢复如常,闻得锅里肉香,问道:"炖的可是羊肉?"

"正是凤翔羊肉。"红拂柔声作答。

"快去给三哥弄点吃的。"虬髯客声音爽亮。

红拂立即吩咐李靖出门买几个烧饼,转身挑动火炉,烧得更旺了。羊汤滚滚,香气扑鼻。虬髯客拿出炖好的羊腿,抽出随身携带的尖刀,薄薄地削下肉片,将余下的脆骨切碎丢向拴在墙角的瘦驴,那毛驴一点点啃食而尽。红拂心下大乐。虬髯客道:"我这毛驴生下来几个月大,不好草料,生肉熟肉都能吃,吃过猪肉、鱼肉、鸟肉、兔子肉,这一回又吃羊肉。"红拂见那毛驴虽然清瘦,体毛却是黝黑锃亮。看到虬髯客拿着一块肥膘羊肉时,毛驴甩头迎过去,神态亲昵。

虬髯客问:"可有酒?"

"三哥不嫌弃,就用妹妹的酒杯满满饮一盏水酒。"

虬髯客拿起酒杯,暮光下见杯沿淡淡的胭脂唇印,鼻中闻到一阵清幽的香气,也不知是从杯上来,还是红拂身上来,心头一荡。可惜这么美丽的女子与自己无缘,一时有些怅然,仰头将杯中酒一饮而尽,不禁哈哈一笑:"好酒,旅途有此美酒,又遇见妹子这样爽利的人,痛快,痛快。江湖儿女比为官作吏的更讲义气。"闲话间,李靖提着烧饼,又新沽得一坛酒,推开了房门。

"哥哥今夜要喝个痛快。看你那李郎行状,一介贫士。妹妹怎么选中他呢?"虬髯客笑问。"李靖是当世英雄。"红拂回想起自己这几天的点点滴滴,深信自己的判断和选择,将深夜投奔的事说了。虬髯客移目良久,露出几束敬佩的光芒,心想,果然是世间奇女子。李靖放下酒食,笑着道:"红拂与我,亦如今日与三哥,皆是命中注定的缘分。"

原来虬髯客本名张仲坚,扬州首富张季龄之子,落地时生父嫌其相貌丑陋欲杀之,母亲不忍,吩咐家中昆仑奴救得性命,经高人传授文韬武略,艺成后欲起兵图天下,正欲寻同道中人。红拂听得入神,饶是李靖少年英豪,也不禁心旌摇动。三人又说起洛阳种种,李靖说起司空府上所见。听得虬髯客大怒,抽出尖刀,呛啷一声,刀刃银光闪闪刺入桌面,震颤声嗡嗡良久,扬声道:"区区司空小儿,此刀足矣。尸居余气,形神已离,不必为意。你们将往何处?可愿跟随于我?"李靖道:"承蒙三哥不弃,当真共谋能成大事,也不枉此行。我与红拂感激不尽。此行本欲投奔太原李世民。听人说他是人中龙凤,当时我并未相信,才来洛阳司空府。""据说他是位奇人,我正要前往拜见。倒是不知道他到底何奇之有?"虬髯客语气淡淡地说道。李靖一阵惊喜,把自己所了解的太原李世民的情况一一说来,末了特意强调,市井谣传说他天命所归。

听完李靖一番话,虬髯客回想起一位术士曾说过,中原将现明主,并不是自己,突然心生凉意。转念一想,李靖口中的李世民究竟是何许人也,若是果真能让自己信服,何不会上一会。

"我的同乡刘文静跟李世民要好,可以代为引荐。可是,三哥为何要见他呢？"李靖心有疑惑。言辞之间看得出，虬髯客不像甘为下士之人。"为兄颇知相面之术，一见即可知其人底细，看他有无王者气象。明日你们先行一步，我随后赶到。"见李靖将信将疑，虬髯客又补充道："人之骨相气色，皆有天道。耳眼嘴鼻腮，形状不一，乃至神情气色，样样都能表现这个人的遭遇和成就，就如一本书一样清楚准确，只要你会读。一个人是强是弱，狡猾、诚实，或是果断、残忍，或是机敏、诡诈，大可一目了然。""如此说来，命运乃是天生？"李靖问。虬髯客呵呵笑道："命运七分由天，三分由自己。既是天命，自然不可违。"

次日，虬髯客与李靖拱手拜别，他们约定，到达太原翌日，在汾阳桥相汇。虬髯客跨上瘦驴，疾驰而去。

"夫人相信天命吗？"李靖策马向前，回顾身后的红拂。"若说不信，恐怕夫君也不认了。"红拂脸贴着李靖后背，搂得紧紧的，她相信，这个人就是天命安排的。若当初没有勇气从司空府私奔出来，纵有天命，哪有今日良辰美景？

"今日去太原。据说李世民正在召集人马，密谋举兵起事。相信他就是我要追随的明公。"李靖说得严肃，从司空府受到冷遇之后，他已经彻底断了对朝廷的幻想。红拂也满心期待前往太原，"我在司空府对李世民事迹偶有耳闻，但从未听闻此人拜谒司空大人。"

"图官谋职，不惜卑躬屈膝、阿谀奉承，李世民岂能踏入那腌臜府上。"

"我相信三哥要见那李世民，也有特别的缘由。"彼此相视一笑，异口同声说道，"三哥真是个奇人哪。"李靖夹紧了马肚子，扬鞭在空中虚抽一下，马加速飞跑了起来，踩过原上，虚土浮动，扬起一阵灰尘。

汾阳桥头，李靖和虬髯客如约相见。李靖身形高大雄伟，颈项英挺，虬髯客强壮魁梧，肩膀方阔，两人轻快矫捷，穿街而过，一语不发，引得太原城街头无数行人纷纷侧目。当下寻一家饭馆，店家早早迎上去安顿好坐骑，送上草料。进得店内，要了两碗热腾腾的汤饼，一壶酒，两只烧鸡，菜蔬四碟。店里来客不多，来来往往几个商户，也有闲适的当地人。相较奢靡繁华的洛阳，太原城则是热闹中各安本分，井然有序，看不见乱世纷扰。

一碗汤饼下肚，李靖颇感温暖，他奔波多日，身心俱疲，只想尽快见到期盼已久的李世民。餐毕,李靖立即拉着虬髯客直奔晋阳令刘文静处,刘府地址红拂早就打听好了。

快近刘府,李靖和虬髯客不约而同紧张起来。李靖先进得府内,挑明来意:"刘大人,今天专程来访,为见李二郎。还带了位朋友前来,现在就在门口。""快请快请!"刘文静也有一种求贤似渴的迫切,连忙随李靖一同出去迎接虬髯客。见他身形矫健满脸虬髯,举止间透出修为和智识,有非常之貌,一时满心欢喜。三人进得厅堂,彼此一番介绍,自有仆人让座上茶。刘文静请二人稍候,一面吩咐准备午餐,一面转身入内室,差人去请李世民。

晋阳令府邸不大,倒也清净雅致,是读书议事的好去处。刘文静时任晋阳令,祖籍江苏,在雍州出生长大,跟李靖算是同乡,颇有几分交情。眼下政局动荡,刘文静虽为文官,也好结交天下能文善武有志之士,为日后备用。因为敬重李渊父子,晋阳令府内室不觉间成了谋事所在地。原来,李世民早已与刘文静商议起事事宜了。一听有人远道而来求见,意外之余,又深感这是吉祥之兆,立马赶了过来。

虬髯客和李靖喝过两杯茶,这时,一个身材高大的青年走进屋来,挺颈扬头,鼻管笔直,鼻梁隆起,鼻尖尖锐,红髯硬挺向上翻卷,仿佛力能悬弓。虽在深秋,却也穿了一件夹袍,外罩浅蓝紫的裘衣,一色半新不旧,戴一顶青色角巾,正是李世民。只见他面带悦色,看过李靖方策,拍案大喜,连声赞叹。李靖胸中块垒尽消,虬髯客一言不发,面色时,时悲愤,时沉思。目似鹰隼,双眼中说不出是仇视还是敬畏。

出得刘府,李靖问:"三哥觉得李世民如何?"虬髯客闷声不言,神态略显局促,走得几步,喃喃自语:"我已看出十之八九,命啊,命啊,可惜……"当下二人来至一间屋舍,是虬髯客私宅,装饰极为别致。是夜,虬髯客准备了一桌丰盛的宴席与李靖夫妇同饮,神态如昔,谈笑自若,大杯饮酒,三个人谈至深夜。红拂难掩倦意,已经是哈欠连连,虬髯客与李靖相视一笑,让她先去安寝。

天光透亮,彼此用过早饭,虬髯客起身告辞:"为兄先走一步,要去五台山见一位高人,二月初三再回太原。代我向红拂辞行,勿忘约定。届时到东门小酒馆找我,若是看见我的驴子和一匹黑骡子,即可上楼相会。"李靖出门送行,眼见虬髯客在长街尽头消失不见了才回到屋内。

转眼到了二月初三,李靖、红拂按期前往太原东门酒馆,果见一驴一骡拴在外头,急急抬脚上楼去。"兄弟来得正好。"虬髯客起身欢迎,身旁坐着他从五台山上专程请来的道人。这道人精研法术、天文,擅长相面。他说话很少,沉静却不失热情,似乎始终在观察身边的一切,又似乎毫不在意周遭的一切。

虬髯客吩咐管事把李靖夫妇引到内室。他们对坐长谈,讲论行军用兵之道,如此讨论研究,往往时过半夜。那道人则多忙于观察天象,寻求星斗之会合,云气之变化。

几天后,道人想见见李世民。"请兄弟引荐我这位朋友吧。"虬髯客似乎有种迫切的果断,心想我一身武艺韬略,誓要以文治武功平定天下。如果李世民真是天命所归,我纵有万般本事,也不会与他相争。但命运又何尝不是抗争的结果?此处若不可争,去往别处,总要争出个称霸一方。

翌日,虬髯客与李靖依旧先拜谒晋阳令,刘文静当时正在棋室,请随从安排道人坐下对弈,虬髯客跟李靖也站在一旁观战。棋兴正酣,双方势均力敌。不知何时,李世民悄然坐在了棋盘边。依旧披着裘衣,巾服萧然。道人见李世民岸然端坐,两肩垂直,两手在两膝之上,两目注视着棋盘,双眉偶尔弹动一下,两眼内光芒四射,仿佛能看透一切,一呼一吸间,有不同寻常的王气。道人猛地站起来,感叹道:"输了,输定了。已经无法补救。这棋用得妙,太妙了,绝妙!"众人并未明白何以输棋。实际上,这局棋并非不可救药。但是,虬髯客在一旁神情黯然,站立起身,叹息一声,道谢辞去。

出了府门,那道人说道:"中原有主,道兄不必枉费气力。"虬髯客两肩松软下来,思忖大势既然改变,不如远走他乡自谋为王,免得猛兽相争,生灵涂炭。李靖不敢多问,紧随其后。回到酒馆,虬髯客一反常态,对迎出门来的红拂道:"三哥有些重要的物事要给你们,且随我来。"领二人往另一处长廊走去。一扇并不起眼的木格子门后,豁然有一院子,向内是大厅,布置得富丽堂皇,数十个仆婢环站四周。东间有盥洗室,里面的妆台、古镜、铜盆、水晶灯、衣柜、围屏,无不精绝,宝气纷纷。饶是红拂在司空府上见过无数金银财宝,也觉得眼花缭乱。过得一盏茶工夫,虬髯客携内人出来,那女人二十多岁,生得端庄妍丽,大方殷勤,招待热诚细致。进膳时,姬女开始奏乐,歌

虬髯客(外二篇)

曲奇妙悦耳如方外之物，李靖前所未闻。宴会将毕，几个仆人捧入盘子，依次摆在东墙脚下一排矮凳子上，黄绸盖面。

众人走下堂，虬髯客夫人拉着红拂，虬髯客拍拍李靖的肩，掀起绸子，盘子里放着文件、契约、记录册子和几串钥匙。"这些银钱送你，万勿推辞。原本一俟时机到来，以此成就大业，但现在它们应该另谋明主了。相信你二人会善用它们。红拂妹子也会以夫为荣。你应当辅佐李世民。不要忘记我传授你的兵法。快则三五年，李家可得天下，你忠心保他，必可同享富贵。我另有所图，十几年后，贤弟若听说异域有人建业称王，定是为兄，那时你们再为我痛饮一大杯。"转向众男女仆婢家丁说道："从今以后，这就是你们的主人，快快拜见。"当下轻装便服，虬髯客夫妻二人悄然南行，只身带了一名男仆相随。自此中原一带经年再无虬髯客踪迹，李靖也一次次命人明察暗访他的行踪，迄无结果。好在熟知虬髯客的性格本事，天下虽乱，也绝不致为匪人所害。

大唐一统天下很多年了，东征西讨的战乱终于结束。李靖功勋卓著，深受李世民倚重，荣升三军统帅，官至左仆射平章事，册封卫国公，马上驰骋变成文书往来，那日见一则上疏通报说，有人带千余艘船只、数十万人马从海上登陆，平定内乱，如今自立为王。李靖猛然一惊，哪来的英雄豪杰，旋即幡然大悟，三哥不愿屈居人下，远走异域他乡，果然成就霸业。顾不得手头公务，李靖慌忙赶回家中，红拂闻讯大喜，眼窝一湿。夫妻二人携手来到院中，双双朝东南举杯，邀明月共饮，遥贺兄长功成。

杯酒落喉，李靖胸中澎湃一股暖流，侧脸见红拂眼圈微红，不知道什么时候已经泪光盈盈。放下杯子，李靖只手负背而立，另一手拄着那灵寿木手杖，庭院梧桐叶又落下几片。侍女已燃好婆律膏，那日面圣，上说有奇香，乃是交趾献来的贡品。婆律膏果然好闻，月光下，青烟袅袅，幽幽飘过李府大堂，几十米外的侍卫轻嗅一下，忍不住深吸一口气。

任二十娘

长安郑家豪奢，家有良田、酒坊、药行若干。天宝末年，先遭安史之乱，又遇藩镇割据、宦官专权,大唐国力渐衰,郑家就此中落,好在人丁还兴旺。老母亲生子六人,街坊邻居喊郑大、郑二、郑三、郑四、郑五,最后的一个就是郑六,久而久之,本名外人倒是不甚明了。

郑六早年习武,终日耍枪弄棒,唯少大志,颇好酒色,虽娶得妻室,并无基业,穷而无家,依附妻子韦氏一门,代管外务,得空与族下几个闲人厮混一起,与妻子堂兄韦崟最为要好,起居游逛,形影不离。那日两人又相约晚间到新昌里喝酒。午时刚过,匆匆用过膳食,浑家让郑六将近日女红拿去市上换黍米菜肴,郑六哪里耐烦,偷偷跨上驴背早早出了家门。

走在长安街头,不多时就走到了升平坊。升平坊在长安外郭城,地势高耸,四望宽敞,京城之内,为长安名胜。一逢节日,人来人去如网如织,平日往常也红男绿女不绝。

行进间,郑六和三个女子擦肩而过,其中一个白衣女子,容貌最为美丽出众,扭头看时,一张雪白的瓜子脸,凤目含愁,幼眉弯弯,约莫20来岁年纪。郑六去过风月场所,得趣一些妇人,何曾见如此美貌的女子,一时愣了半晌。那丽人伸起衣袖,遮住半边玉颊,嫣然一笑,百媚横生。郑六欣喜难耐,提缰绳赶驴追上前去。

那三个女子,忽而走到郑六前边,忽而又故意落后。郑六想要上前搭讪,一时又下不定决心,犹豫中,见那白衣女子不时注目于他,眉目含情,竟像是也有好感。郑六嬉皮笑脸问:"娘子美艳如此,为何却要徒步而行?"白衣女子笑着道:"你有驴却不借予我,我想不徒步也不行呀。"语音清亮,带着三分娇柔,郑六越发欢喜:"这毛驴顽劣,难以匹配佳人,倘或娘子不嫌弃,就冒昧把它献给你吧,我送你回家。"引得那女子不禁笑出声来。

郑六惯于风月,一路上有说有笑,只讲市井之间稀奇怪事,不时与那白衣女子眉目传情,两个人彼此有意,很快熟悉起来,早就忘了与韦崟的相约。毛驴踢踢踏踏,向东而行,不知走了多远,天色快黑了。来到一座门宇高大的宅第前,土墙环绕,房屋鳞次栉比,气派森严,长安城中也不多见这样的人家。白衣女子道:"这就是我家,郎君稍等片刻。"转身进去了。自有女仆前来问讯,郑六问白衣女子名号。女仆答:"大娘姓任,排行第二十。家中上下称她二十娘。"这时门内有请,郑六慌忙将驴拴在门前树下,帽子也忘戴了,跟那人进去了。

入得堂内，见一个30余岁的妇人坐在那里，却是任家大姐。她命人点起灯火，布置饭菜，又取来新酒。郑六不敢敞怀放量尽兴，每次饮得半杯酒，不时拿眼偷看内屋。任家大姐心里有数，道一声告罪旋即离席。这时，打扮一新的任二十娘走进堂上，和郑六一起酬饮。烛光映到她脸上，郑六心中大乱，感慨天下竟有这等美貌的女子。二十娘目光流转，仿佛羽扇纱巾轻抚，郑六和她眼波一触，全身如浸在暖洋洋的温水中一般，说不出的舒服受用。

郑六一大口一大口地喝酒，咕咚有声，脸上神色喜不自胜。有三分醉意时，丢下杯盏，推过椅子，乜斜眼睛，过去将二十娘揽入怀中。二十娘娇笑着倒是不拒，郑六越发胆大，欲伸手入怀中。二十娘抗拒不从，郑六哪里忍得住，只在耳边轻唤娘子，手忙脚乱，却把胸前阔带弄成死结了。唐时妇人以胖为美，内里皆穿无吊带的"心衣"，侧面开合，称为"祠子"。二十娘见郑六手忙脚乱，扑哧一笑，心一时软了，手劲一松。郑六就在她胸前揉搓不绝，妇人呻吟不止，颠鸾倒凤，郑六狂放了几回，直到后半夜两人方才相拥睡去。睡不多时，天蒙蒙亮光景，二十娘却摇醒他，说家里兄弟是教坊中人，如今在南衙当差，天一亮就要出门了，被撞见了不好。郑六少不得搂过妇人头面，在怀里吻了又吻，恋恋不舍离开了。

出得任家门庭，时间尚早，长安城里门还没有开，路边胡人饼铺也才刚刚点上灯开始忙活。郑六癫狂了一夜，此时腹中甚饥，想去吃一碗汤饼，等里门开启后再走。闲坐间，忍不住问胡人："从此间往东，有一户高门大院，是谁家宅子？"胡人回："那一片残垣断壁，自我来这里开店，就已经荒废多年了，没有宅子啊。"郑六道："我刚从那经过，你莫诳我？"无论那胡人怎么解释，郑六只是不信。胡人忽然醒悟："啊呀，我知道了。那里住着一只狐狸，经常诱惑男子与之同宿，我倒是见过几回了，公子难不成也有此艳遇？"郑六大赧，面红耳赤，哪里肯认，埋头将汤饼吃得干干净净，空碗朝天，不剩一滴残汤。饭毕，怀中取得两枚开元通宝，径直丢在桌子上。

原来李渊初入长安时，民间用隋代的轻钱，积八九万枚才满米斛，乃于武德四年，铸行成为"通宝"的钱币，取名为"开元通宝"，钱文由欧阳询所书。前朝虽有"大历元宝"钱，当朝也有"建中通宝"钱，流传不广，朝廷与民间还是通行开元通宝。

吃过汤饼,天色已经大亮,郑六掉头转回夜里留宿的任家,围墙和院门破旧了一些,内庭野草丛生,一片荒凉,哪有什么人家。郑六大骇,后背都是冷汗,战栗不能言语,回到家里倒头便睡。浑家拿着烧火棍就打,责怪他一夜未归,郑六觍着脸,只是裹紧被子,哪敢说实话。

之后几天,郑六不敢出门,又惊又怕。如此过了数日,又念念不忘二十娘的美艳、妖冶,夜里想那一夜癫狂,欲火焚身,想着能再见她一面,就是狐精,死也不枉一世为人。天明去街头闲逛,想寻那女人,一连几日,不见二十娘踪影。如此过了十几天,那日郑六照例到街上闲逛,途径西市一家衣店,人群中蓦然见到二十娘。郑六起身追喊,二十娘却躲于人群,避而不见,郑六不舍得放手,一路穷追,直到巷子尽头。二十娘无路可走,只得背身而立,以扇遮面道:"郎君已经知道我非人类,为何还要来惹我?"郑六答:"我心里有你,不管你是人是鬼怪是狐精?"二十娘道:"我欺骗了郎君,羞愧难当,没脸再见你。"郑六走上前,从后面抱住她:"我天天都在想你,你难道忍心弃我不顾吗?"二十娘心头不忍:"安敢弃郎君不顾,是担心你嫌弃我。"郑六指天发誓,言辞郑重急切,赌上自己性命。二十娘这才转回头,移开了扇子。几日不见,神采似是越发艳丽了些许。

两人一路出城归家,走过荒野,心切切里,郑六欲就地找一偏僻处行好事。二十娘哪里肯从,"人间美色无边无际,郎君无缘得见罢了,不必对我如此多情。此地荒芜,不得乐趣。"郑六请求能够和她再续情缘,二十娘道:"被人世厌恶憎恨,没有别的原因,只因非你族类,怕我伤人。我从来没有伤天害理,郎君不嫌弃,我愿意一生一世侍奉。"郑六大喜,嘴里就说得寻一住处,与任家几个兄弟远离些。二十娘以手遥指东边道:"那有一处好院子,大树高过屋顶,宅子虽旧,门巷幽静,可以租来住下。你和韦崟相从密切,他家中存放着有些日用器物,可以借来用度。"

郑六一一按二十娘吩咐,找好房舍,又去借来器物。韦崟的叔伯外放为官多年,几座宅子的日用器物寄存在厢房空闲。韦崟问他要这些东西有什么用,郑六答:"弟新得到一美人,房子已经安定好了,屋子里少了家什。"韦崟调侃他:"凭郎君尊荣,那女子一定是个丑八怪吧?哪里会有什么美人呢?"嘴上如此说,仍吩咐几个仆人将郑六所需的帷帐榻席乃至锅碗瓢盆之类一并送了过去。

虬髯客(外二篇)

仆人送完家什归来，韦崟问："郑六真得了一个美人？"众仆垂手回："真是怪事，长安城怕也找不出那样好看的人！像天仙一样呢。"韦崟亲族庞大，素来喜欢四处交游，见过美人无数，不以为然，于是问："比某某人如何？"仆人答："不及也。"韦崟一连说了四五个美貌女子，家仆都说不及。韦崟族下有一内妹，美艳如仙女一般，家人视为明珠，于是问和她相比如何，几个仆人讷讷不敢回话，韦崟道："但说实话无妨。"一胆子大的仆人道："还是比不得呀。"韦崟拊掌惊讶："天下竟真会有这样的美人？"打来热水洗净脸，戴好头巾，涂好嘴唇，去了郑六家。

帝京虽繁华，地处西北，气候干燥。一到冬日，朝中自有人制作各种油膏，除了供应内廷所需，也分发给文武百官。皇帝将口脂、面脂装在染绿、镂花的象牙筒中，赐给文臣。这是每年例行的赏赐，当朝大文士白居易、杜甫都曾蒙此恩惠。

韦崟到了郑六住处，他恰好出去了，一个仆人守在门边，却不上来应话。几个小童正在打扫庭院，果然是一清幽所在。问主母何在，小童嬉闹不理，韦崟只好自行入内，忽见一角红裙从门内一闪而过，上前通了姓名，那人正是任二十娘。韦崟忙不迭将她引到了窗前明亮处，仔细一打量，果然美艳动人。

两人未及几句话，韦崟爱之若狂，不由分说上前搂做一处，推向床帷。二十娘拼命挣扎，哪里肯从，韦崟紧紧箍住并不松开。二十娘眼看撑不住了，忽然求情道："我愿意从你，请容我稍缓片刻。"韦崟方才松手，二十娘却又一个躲闪，站在桌子后去了。韦崟心痒难耐，又上前强行求欢，二十娘拒不就范，反复几遭，韦崟急躁起来，使出了全身力气死死按住，双手只是乱摸，二十娘这时精疲力竭，大汗淋漓，自知难以幸免，躺在床上动也不动，神色惨然。韦崟不禁住手："你就如此厌我吗？"二十娘叹息道："公子少年英俊，谁个不喜欢。只是郑六太可怜呀！"韦崟问："这话怎讲？"二十娘回："他堂堂六尺男儿，连一个女子也保护不了，还算是个丈夫吗？公子豪富奢侈，得到的佳丽数不胜数，像我这样的不知遇到过多少。郑六一介小民，又穷又没本事，自立都做不到。能够称他意的不过我一个女子，公子就忍心夺友人妻妾吗？这些年郑六吃穿用度全都仰仗公子，倘或你以为贱妾也应该送呈枕席,我无话可说。"

韦崟虽无礼,却也是一个豪壮义气之人,听完二十娘一番话,深感佩服,连忙放开她,整理衣衫恭敬一拜:"如此,刚才多有得罪。"膝头一软,跌坐入椅,只是苦恼,手中茶水溅出,胸前衣领湿了一大片。隔桌见二十娘微笑时神光离合,愁苦时楚楚动人,不由得满腔都是怜惜之意,胸口热血上涌,就算为她粉身碎骨,也是甘之如饴,如此丈夫气概,生平殊所罕有。

过得一盏茶工夫,郑六回来了。二十娘神色从容,只字不提刚才,韦崟更是王顾左右,给一把钱,令小厮去街上打了两坛好酒,并三斤羊肉,菜蔬若干,又摆放得胡麻饭。用过酒菜,女仆上来撤了器具。三个人宴席半日,有说有笑,韦崟别过归家。此后,二十娘所需的柴米蔬食皆由韦崟供给。二十娘有时会到韦家拜访,出入有时乘车马,有时坐轿,有时步行,每次都不会待太久。韦崟日日与之相处,对二十娘越发爱慕敬重,日用如同自己浑家,两人相亲相昵、嬉戏调笑,只不越男女大防。

二十娘日用清浅,日常饮食与常人不同,不好羊肉、牛肉之类,专喜野兔、鱼、鸡、鸭、鹅,并各类菜蔬。穿衣用具更为朴素,合身即好,不论新旧。那日韦崟见二十娘衣服简陋,买来几匹绸缎让人为她量身制衣,二十娘却婉拒道:"我只要穿直接做好的成衣。"

二十娘知道韦崟的心意,感谢他道:"公子对我的怜爱之情,实在让人惭愧,我以鄙陋之姿,难报厚意。可是不能辜负郑生,所以也不能让公子尽兴而欢。我是秦地之人,生长在秦城,家人本属优伶,表亲姻族中有很多人都是人家的姬妾,认识美人无数,公子若有意中人,我当促成良缘。"韦崟道:"不必为意!"

时间匆匆,转眼冬去春来,节令已经是寒食,那日韦崟和几个朋友到千福寺游玩,见到刁缅将军府上有个善吹笙的女子,年纪不过16岁,双鬟垂耳,娇美的姿容美艳绝伦。回家之后念念不忘。二十娘道:"那女子叫宠奴,她母亲是我的表姐。"韦崟于是伏在席上拜托她玉成一段姻缘,二十娘便将这事应了下来。之后便开始不时出入刁家。

过了几天,宠奴突然身体染恙,针灸汤药,一家上下都很担忧,托人找来巫师医治,二十娘向韦崟要两匹细绢贿赂巫师,依她所指示行事。说病人待在家中不利,应当出外居住在东南方某地,以获取生气。刁缅和宠奴母亲按巫师所说地址找去,那地方正是二十娘的宅子。刁缅请求让宠奴暂且安住一段时日,二十娘佯装不便,推脱说地方窄狭,对方再三请求方才答应。

宠奴过来后,二十娘引韦崟相见,说是长安大公子,且精通药理,暗中每日给汤药若干令韦崟调理宠奴,不过几日竟得痊愈。韦崟见宠奴娇小可人,宠奴见韦崟这般风流人物,心迷不已,二人情不自禁成了好事,日日在郑六家里相会。几个月后,宠奴怀有身孕,其母知道后惊惧不已,迁怒二十娘误人,带着女儿回到了刁缅家。

郑六屈居人下,每日人前强颜欢笑,在家也不免吁叹,恨自己不得功名,恨自己家道中落,恨自己不得富贵。二十娘让他权且宽心,说人生来皆有定数,不能强求。如今这般自在也是福分。

那日郑六又在感慨身世,二十娘问郑六能想办法凑到五六千钱吗,有一个可以牟利的机会。郑六说此事不难,出门片刻即拿回六千钱。二十娘道:"东市有一卖马人,马大腿上有黑斑,可以把它买回来待价而沽。"郑六照吩咐去了东市,见一人牵着一匹马出售,马左大腿上也确实有一大块黑斑,赶紧出钱买下来。回到家后,众人见那马瘦弱不堪,力不胜风,都笑丑人买劣马,郑六也不恼,不以为意。

马在家中养了几天,二十娘道:"今日此马能遇买家,最低三万价钱。切记,切记。"让郑六牵着马又去了东市。不多时,即有一人愿意花两万钱来买那马,郑六不肯,那人不愿意加钱,兀自纠缠不休。东市一帮闲人在一旁聒噪。郑六缠得烦了,于是骑马折回家里,那人一路跟着,不得已抬了点价钱,说可以出到二万五千钱,郑六仍是不从,咬定三万不卖!郑六正妻的几个兄弟却又看不下去了,聚拢过来撺掇不已,只好卖给了那人。

有好事者打听买马者的来历,原来那人是个养马小吏,他养过一匹左腿有斑的御马病死三年了,如今朝廷追责,官府拿出六万钱找一匹相似的马来顶替。少得了那么多钱,郑六懊悔不已,二十娘却来安慰:"郎君命里只合如此财帛,一切都有定数,何必在意。"

如此过了一年有余,转眼到了寒冬腊月,郑六要去槐里府金城县公务。郑六放不下二十娘,劝她同行,二十娘回绝不从,道:"不过十天半月,郎君给我留下些粮食就好,我在家里安心等你回来。"郑六只想朝夕相处取乐,再三请她同行,二十娘坚决不肯,郑六日夜厮磨,只是好言相劝,二十娘长叹一声道:"有巫师说我这一年不可西行,所以心中不愿。"郑六不禁大笑:"娘子这样明智的人,怎么会被妖言所迷惑呢?"还是劝说同去,二十娘无奈,苦笑着道:"巫师言语成真,我徒然为郎君而死,于你又有何益?"郑六不信,仍旧坚持两人一起,二十娘没办法,只好应允。

走了两天,一行人来到了马嵬,二十娘骑着马走在前面,郑六骑驴紧紧跟着,几个女仆尾随其后。这时一匹猎犬突然从草丛中窜出来扑向二十娘,她受惊之下坠到地上,化为白狐向南奔去,猎犬穷追猛赶。郑六慌忙跳下驴背赶过去,边跑边喊。白狐奔跑不及,被猎犬追上一口咬开了喉管,在地上动也不动。郑六骇然仆倒,只见首饰散落一旁,马在路边悠闲地吃草,二十娘的衣服堆在马鞍上,马镫悬有鞋袜,像金蝉脱壳一般,一众奴仆不知踪迹。郑六心下大恸,将白狐尸体与衣服首饰一起埋了。

几天后,郑六回到了长安,韦崟见到他十分欢喜,迎上前问:"二十娘还好吗?"郑六大哭说殁了。韦崟闻听此言,不禁泪下,满脸哀痛,问起二十娘死因,韦崟不信,道:"狗虽凶猛,何至杀人?"郑六道:"二十娘并非是人。"韦崟惊骇莫名:"非人?那她是?"郑六说清缘故,韦崟惊讶叹息良久。第二天,两个人一起到马嵬拜祭。韦崟想看二十娘最后一眼,挖开坟土,空空如也,只有一张白色狐皮,入手柔软,清香扑鼻。狐皮上几点鲜血殷红不褪,如樱桃如胭脂,咽喉处,犬痕仍在。

南柯太守

淳于棼,扬州人,生在富庶之地,家拥巨资,嗜酒成瘾,精通武艺,行事不拘小节,任性侠义,结交了不少豪杰之士。官至淮南道副将,有一回酒后狂言,冒犯了主帅,被解职居家。

去职离官,淳于棼郁郁不乐,常与友人酒聚遣怀。每日必饮,逢饮常醉,醉后多梦,梦见自己上天庭下五洋,同玉皇把酒畅言,或梦见路遇仙女,几番周折,结为夫妻。梦醒一切又烟消云散。

淳于氏族下老宅南边有株古槐,上千年历史,树干粗壮须几人合抱。枝干茂密,遮阴蔽日,覆压近亩地面。树根下有一树洞,洞口浑圆,可容一人。

常有群蚁出出入入,整日忙碌,打架、运粮、结伴出游,如一个独立的蚂蚁王国。淳于棼常与友人在槐树下饮酒欢醉,看着来往的蚂蚁,常生羡慕,叹息人还不如蚁虫。

正是九月,天高气爽,淳于棼又与朋友聚饮,大醉不起,众人只能亲自送他回家,安顿在堂东廊檐下贴枕而卧。不多时醒来,恍惚中见众友人早已散去。这时两个紫衣使者翩翩而来,纳头拜倒,说是槐安国王传令,邀约前去。淳于棼不及细思,整衣下床,跟随其后,见一辆青油小车,驾以四马,左右七八个侍从。

上了马车,出庭院大门,淳于棼直向那株古槐树下奔去,说来也怪,那洞口径直不过几寸,车马行人却能直入其中。走着走着,忽见这里山川景物草木道路,与人世殊为不同,淳于棼一路狐疑。又前行数十里,到了外城,城上建有矮墙。车马行人,不绝于路。左右驾车侍从,连声吆喝,路上行人纷纷向两旁退避。进入城里,只见朱门重楼,灿然辉煌,楼上有金书,题曰"大槐安国"。淳于棼心下不解,不知身在何处。守门的卫士一见车来,马上赶过来行礼,恭敬有加。旋即一骑快马奔来,传令大王的驸马远道而来,令其先去歇息。于是在前带路,一队车马迤逦前行,片刻即到。淳于棼懵懵懂懂地被人扶着下车进门去,屋宇雕梁画栋,华美壮丽。庭院里,花木扶疏,奇珍异果,罗列其中。屋内桌椅铺着绣垫,窗设卷帘,床上锦帐,仙品果馔,应有尽有。

忽听外面高呼:"右丞相到!"淳于棼小跑着下了台阶,恭迎来客。一人身穿紫色官服,手执象牙朝板,走上前来致礼。右丞相道:"敝国地处偏远,我王不自量,特派使者恭迎大人来此,高攀婚姻,还望大人勿要见怪。"淳于棼回答道:"棼低贱无能,怎敢有此奢望?"两人携手出门朝见国王,行百余步,入一朱漆大门。手持矛、戟、斧、钺的武士,布列左右,文武官员几百人,垂手站立两侧。淳于棼忽然看见旧友周弁也在迎接的队伍里,心里暗自揣测,不明所以,也不敢上前询问。

右丞相引淳于棼走上大殿,殿旁警卫森严,俨然皇宫。一身形高大,额头似蚁之人端坐王位上。素衣练服,簪朱华冠。淳于棼战战兢兢不敢仰视,左右令其跪拜。那国王道:"从前得到你令尊的同意,不嫌弃我这小国,允我将二女儿金枝公主瑶芳,许你为妻。"淳于棼只是匍匐拜谢,不敢言语。国王又道:"今日一见,也是姻缘前定。请暂回馆舍,择日再行大礼。"淳于棼心想,父亲驻守边疆,已落入敌手,不知生死。莫非他与北方敌人讲和,才有今日奇事?

回到馆舍,礼聘用的羔羊、大雁、钱币、绸绢,以及各种仪仗、歌妓乐队、酒宴灯烛,车马礼品一应用度,尽皆齐备。一众女子纷纷前来随侍,唤作华阳姑,或称青溪姑,也有叫上仙子或下仙子,每人又有若干侍女。她们东游西逛,笑语喧哗,进进出出,人人头戴翠凤冠,身穿五色霞衣,镶嵌黄金首饰,赤色金光,淳于棼几欲睁不开眼。这些女子个个年轻貌美,巧言利舌嬉闹玩笑,淳于棼哪里见过如此阵容。

这时,三个红衣吉服的男人上来拜见,说奉旨意来做驸马傧相。淳于棼见故交田子华也在其中,好生惊讶,走上前,握着他的手,叙旧良久:"你何故在此?"田子华道:"我四海漫游,偶到此地,得右丞相武成侯段公赏识,因此留了下来。"淳于棼问:"老友周弁也在此,你可知道?"田子华道:"周弁官至司隶,权势甚盛,我多次蒙他庇护。"二人相谈甚欢。一会儿,传来喊声:"请驸马!有请驸马!"三个傧相马上取来佩剑、礼服、礼帽、华靴,为淳于棼更衣。田子华道:"想不到今日能目睹你的盛礼,快意事也。"这时,几个仙姬一样的伶人奏起美妙的音乐,乐声清亮婉转,调子却凄凉悲怆,非人世间所闻。车子前面,有几十个仪仗人员高举通红的烛火引路,车子装饰金翠步障,彩碧玲珑,仪仗队伍绵延数里。淳于棼在车中恍惚,浑身不自在。田子华几次和他说笑,宽慰其心。

车队来到一座宅邸前,门楣上书"修仪宫"。众随行纷纷下车,暂列两旁,摆开了婚礼阵势。司仪官请淳于棼下得步辇,引导他朝上跪拜,向来参加婚礼仪式的人前后左右打躬作揖,又迈门槛,踏火盆,闹场面,婚礼仪式,一如人间。一个时辰后,所有礼仪程序行毕,礼成。淳于棼缓缓走到新娘面前,犹豫片刻,轻轻揭开新娘面纱,见到新娘年约十四五岁,肤如凝脂,唇红齿白,目如点漆,鬓若刀裁,真真是美若天仙。二人饮过合卺酒,从此结为夫妻。淳于棼只觉得就在梦里,偷偷掐了一下自己,并不是梦,心下大乐,令人取大杯,与来客痛饮何止三五十杯。

淳于棼如今贵为驸马,荣耀日盛,出入车服,游宴宾仆,排场之大仅次国王。与公主情义日洽,淳于棼入则夫妻同心,出则与文武官员交游聚饮。京

虬髯客(外二篇)

师西有座灵龟山,那里峰峦峻秀,川泽广远,林树丰茂,飞禽走兽无数。淳于棼常与官员来此田猎,力战一日,人人大获全胜,舒心畅目,日暮满载而归。

好日子如流水,不知做了多少年驸马,一天淳于棼忽然念起父亲,于是启奏国王:"臣成婚之日,大王说是奉臣父之命。臣父在边防辅佐将领,因为战事失利,陷落胡人军中,和家中断绝音讯已有十七八年。大王既然知臣父下落,还请明告,臣请一往拜觐。"国王立即回答:"亲家公官职在身,守卫北疆,我一直与他有书函往来。你可写信去告知一切,不必急急前去。"淳于棼遂叫妻子准备孝敬父亲的礼物,连同写好的书信,一起派人送去。

过了几天,收到回信。信中所言皆父亲生平事迹,也多有思念教诲他的话,情意深切,一如昔年。又问起家乡亲戚存亡,闾里兴废。复言道路遥远,风烟阻绝,言词极悲苦哀伤,暂时不让儿子去看望他,只说到丁丑年,定能相见。淳于棼手捧书信,哽咽悲泣,凄苦不能自禁。公主看夫君不快,心下不忍,想方取悦他,思来想去,觉得外放为官最好。淳于棼道:"我性情散漫惯了,不愿习政事。"公主道:"一切无妨,我从旁协助,对父王说明意思。"几天后,淳于棼受诏为南柯郡太守。

淳于棼素日只知仗义行侠,从未想过大富大贵,又不通政务,如何能治理好一个郡呢?于是上奏国王委办旧友周弁与田子华政务。国王按表准奏,任命周弁为南柯郡司宪,田子华为南柯郡司农,一起往南柯郡。

行前,国王、王后在京城南部设宴饯行。国王道:"南柯是我国大郡,土地丰饶,人物豪盛,须有惠政才能治理好。现在有周、田两人辅佐,卿当勉励,不负举国期望。"王后更嘱咐公主:"淳于郎性情刚强,好酒,加之年少气盛。为妇之道,贵乎柔顺。你好好侍奉他,我就不担心了。南柯虽不远,究竟不能早晚见面,今日暌别,能不泪湿衣襟。"淳于棼夫妻二人洒泪跪别,登车拥骑,向南而去,一路上言笑甚欢。

到达南柯,郡里大小官员、和尚道士、父老士绅、乐队、管车的差役、武卫人员、准备好的太守花车,争先迎接,趋附迎奉。人群拥挤不堪,钟鼓喧哗,不绝十数里。只见城墙、亭台、楼阁,佳气郁郁,颇为壮丽。进入大城门,门上也有个大匾额,大书:"南柯郡城"。车子进入一座朱漆轩敞的厅堂,两侧排设仪仗,屋宇庄严幽深,那便是太守府了。

淳于棼到任后,一心想出业绩,建立功名。于是不辞辛苦,考察风土人情,访贫问苦,政务都委托给周、田二人。一番努力,慢慢见出成效,郡中治理得清明妥帖。自此他在南柯郡为官二十年,百姓广被教化,到处歌颂他,为其建功德碑,立生字祠。槐安国国王也特别看重他,赏封地,赐爵位,得享丞相之荣。周弁和田子华因政绩卓著,几次升迁,官越做越大。淳于棼生有五男二女,儿子依赖门荫封官,女儿与王族子弟结亲。荣耀显赫,盛极一时,当时无人能及。人世间所渴望的功名富贵,至此悉数实现,觉得人生再无所求。

这年,檀萝国侵犯南柯郡。国王传令征讨。淳于棼命令周弁领兵三万,拒贼寇于瑶台城。谁料周弁刚勇轻敌,交敌之后,打了败仗,丢盔弃甲,单骑潜逃。淳于棼于是囚禁周弁,上表向国王请罪。国王赦免了他们。不久,周弁背发毒疮,不治身亡。妻子金枝公主也不幸害病,十天后也去世了。淳于棼悲伤难抑,上奏请求暂解太守之职,护送公主灵柩回京。国王批准,让田子华代行南柯太守之职。

公主灵柩启运那一天,淳于棼痛哭不止,丧葬队伍所过之处,百姓、官员无不号哭相送,并摆设酒菜路祭,更有甚者,拽住车辕,牵衣拦道,不忍淳于棼离去。灵车到达京都,国王和夫人素衣郊野,哀哭不止,谥号"顺仪公主"。重新备仪仗、灵车上的华盖、乐队,公主灵柩葬于京都东十里盘龙岗上。

淳于棼不吝财物,与京师大员往来甚密,豪门贵族,没有一个不与他交好的。自离南柯郡回京居住后,进出自由,交游广泛,威望和权势比在南柯郡时还要高。国王开始疑心忌惮他,恰好有人上奏章,说天象有异,国将有大祸,京城将会迁移,宗庙将会崩坏,事变由外族挑起,在宫廷之内爆发。时人纷纷议论淳于棼僭越王位,逾越本分,国变应在他身上。国王震惧,下令削去淳于棼位阶,禁居私宅,不准外出。

淳于棼心里不服气,自认守郡多年,并无败绩,现今受到流言诽谤,心里郁郁不乐。如此过了几个月,国王也有不忍之意,对他说,我们姻亲二十余年,不幸小女早夭,不得与你偕老,我心中十分悲痛。王后把外孙留在宫中,亲自抚养。你离家多时,可暂归故里,看看乡亲族人。外孙留此,不必挂念。三年后,再迎卿归来。淳于棼道:"这里就是我的家,叫我回到什么地方去?"国王道:"你本是广陵郡人。"淳于棼方才忆起前事。

国王派人送淳于棼,出宫门时,看见将要乘坐的车子破败不堪,平时使唤的手下人、车夫一个也不见,两个紫衣使者一路跟从。车行数里,出了大城,仍然是当年走过的路,山川原野,一一如旧,只是自己年事渐高,心中十分感叹。两个使者一路只管哼哼唱唱。一会儿,车子驶出一个洞穴,淳于棼看见自己的本乡里巷,不改昔日情形,几十年前的记忆悉数来到心头,不禁悲从中来,老泪纵横。

车到家门口,紫衣使者扶他下车,进了门,走上阶沿,忽见自己卧于堂外东廊檐下。淳于棼一下子怔住了,又惊又怕,不敢近前。二使大呼他姓名数声,淳于棼才慢慢清醒过来。见家中僮仆正执帚洒扫庭除,斜阳照在西墙上,杯中残酒还在东窗台上,一切都是入梦前的情形。倏忽梦中,却过去了几十年。淳于棼感念嗟叹不止,将自己梦中经历告知门人,众人甚感惊奇。

淳于棼记起平日饮酒的槐树下确有一树洞,于是寻到槐树下洞穴道:"此即梦中闯进去之处。"家人认为乃树精作祟,命仆夫拿了斧头,砍去树根上叉枝,除去新生枝条,查究洞穴内情况。向旁边挖进去一丈多,发现一个大洞,洞底豁然开朗,可容下一张床。上面堆积着泥土,修成城墙、楼台、宫殿之状,有数不尽的蚂蚁,隐聚其中。土堆中间有小台,朱红颜色,两只大蚁卧其上,白色翅膀、红色头首,长可三寸。左右几十只大蚁护卫,诸蚁不敢靠近。又挖到一穴,在槐树南向树枝四丈多高之处,通道曲折,中间有块方地,建土城、小楼,一群蚁聚集其中,这便是淳于棼治理的南柯郡。又一穴,在西边二丈远处,凹陷如地窖,形状怪异,中有一只腐烂的乌龟,龟壳大如斗。由于积雨浸润,壳上小草丛生,繁茂荫翳,草丛覆盖了整个龟壳,此乃淳于棼曾打猎的灵龟山。忽然又发一穴,东去丈余,老根盘屈,若龙蛇之状,中间土堆一尺多高,则是那公主墓地。

淳于棼追想前事,感叹于怀,看到发穴所得踪迹,皆符合梦中情景,不忍破坏,令人掩盖如旧。这天夜里,忽发暴风骤雨,天明去看洞穴,蚂蚁遁迹不见踪影。淳于棼想梦中"国将有大祸,京都迁徙",此即应验。又想起檀萝国征伐之事,请友人同去找寻踪迹。发现住宅东去一里有条干涸山涧,旁有大檀树一株,树上藤萝缠绕,遮阴蔽日,树旁有小穴,群蚁聚集其中。

想起周弁、田子华都住在六合县,多日未通音信,淳于棼派人探望,得知两人急病已死去多日。过几天,有使臣执旌表来到家里,淳于棼才知父亲几年前在胡地骂敌而亡,朝廷赏赐百金、绢一百匹等,并有农具十套、耕牛五头,诏令淳于棼为"不良帅",维护一方治安。淳于棼托病未从,每日依旧大杯饮酒,希望再做一次南柯梦,醒着的人生了无生趣,他很怀念曾经梦里的岁月。依旧每饮常醉,可惜醉后只是酣睡。

三载后,正是丁丑年秋月,淳于棼无疾无痛,死在家中,终年47岁。

(《天涯》2021 年第 5 期)

伙 伴

李凤群

1

耀祖关在苏南一个看守所已经有一年多了。12月的南方已经很冷了。尤其是昨天突如其来的那一场雪。雪花柔软细小、无声无息,但很快铺天盖地,把整个世界全部包裹进去。树梢、屋顶、马路、草地,工人们的清洁桶和睫毛上全都挂着冷冰冰的雪。看守所应该比家里更冷。南方没有暖气,虽然许多人家也不舍得整日开着空调,人们还是有各种办法抵御严寒,然而,看守所就不一样了。我想到看守所的时候就想到冰冷的石墙和铁栅栏。我想到关在那里的人一定在瑟瑟发抖。许多电影里都有这样的镜头。我曾经参观过一所女子监狱。从表面上看,高墙大院,跟普通的工厂没什么区别,可是进门的时候,没有指令,那些门根本打不开,而且最外层的门又高又重,拉开的时候故意发出刺耳的声音;进了大门,从逼仄的走道拐几道弯,之后,要站在两扇厚重的铁门跟前等很久。陪同人员为了缓解客人的压抑,会向你解释这个程序为什么这么复杂。进去之后,供参观的犯人宿舍都非常整洁,没有一样尖锐的东西;车间也跟普通服装厂没有区别。普通服装厂有男有女,但这里,只有清一色的女人。我注意过一个非常漂亮的女孩坐在缝纫机前。在我们参观的十来分钟里,她的眼皮一次都没有抬。她让我想起上学时最漂亮的女同学、公司里最受欢迎的女同事以及电影里的女主角。她的冷漠而年轻的脸让我十分好奇,我盯了很久,但没有机会跟她说话。

如果没有这个消息,耀祖将从我的日常中被忽略,到了逢年过节思乡心切的时候,他会屹立不倒。但现在,耀祖令我回想起见过的那座监狱,想起缝纫车间里高高的玻璃窗口闪烁着冷酷无情的光芒,想起记忆存贮的各种真真假假的监狱画面,当初的好奇心荡然无存,留下来的是深重的苦涩的滋味。每天早上,我起床后就感到苦涩,每晚入睡前,我仍然被苦涩的感觉包裹着。然而,我一点儿侥幸心都没有,没有像正常人那样问一句:"是真的吗?会不会是一场误会?"我的内心丝毫没有替耀祖辩解的意思。盗窃、抢劫、打人都是有罪的。耀祖有罪这件事渐渐变得像石头一样,坚硬顽固,无可挪动。后来,我明白了,耀祖的人生,无论经过多少流转,不过是从前那个世界的延伸,跟想象的一样糟。从很小的时候起,他的脸上就明明白白地写着那些信息——我因为年纪小,因而无从表达,但我隐隐有预感,关于耀祖,关于耀祖的命运,早有定局。

我无法称耀祖为朋友——如果一个人你二十年里只见过三次面,说话没超过十句,也许不能将之称为朋友。他也不是我的前男友,不是亲戚,我们没有血缘关系。

他是我的童年伙伴。他的父亲也是我父亲的童年伙伴。我们两家比邻而居差不多七十年了。我们同一年出生,一同在那个小孤岛上长大。15岁起,我们去不同的地方上高中,之后只有逢年过节才见面。又过了几年,我们各自在不同的城市讨生活,见面的次数变成三五年一次。算是兄妹也是可以的,但我们到底不是兄妹,如果是兄妹,我得到他进监狱的消息,这个时候应该站出来想办法,而不是仅仅缩在这里掉眼泪。但是真切的眼泪提醒我,耀祖,比我以为的对我还要重要,以至于我束手无策,如困兽在屋中团团打转。

2

耀祖被抓进去的当天晚上,我试着联系儿子。就今天而言,我的脑子里只有两个人:耀祖和儿子。我儿子对我的家乡非常生疏,不像我们小时候,经常会去外婆家一住就是整个夏天,现在的孩子生命金贵,时间也金贵,适应不了农村的酷暑和苦寒。他一岁那年春节,我带他回乡下过年,正月格外寒冷,冰锥子挂在屋檐上,到娘家头一天,怕他冻着,我们把他裹得像粽子,他很不自在,嗷嗷直叫唤,谁哄都不行,直到耀祖抱着的时候才停止哭闹。这是他和耀祖的第一次见面,他纠缠了耀祖整整一个下午。我们围坐在桌边打麻将,耀祖带着儿子东跑西荡。这就应该是耀祖,沉默无言,值得信赖,吃得了亏。到了晚上,孩子适应了江边的气候,也适应了耀祖,发出咯咯咯的欢笑声。之后我数次带他回乡,他仍然谁也不亲近,唯有见到耀祖,却能大大方方地走到他跟前,喊他"舅舅",甚至他长大之后,只要提到外婆家,童年和妈妈的好朋友,我儿子总是说:"妈,那个耀祖舅舅……"

如今,耀祖身陷囹圄,我的儿子远在异国,我已年过40,我以为一切翻天覆地,可是令我牵挂、折磨我的还是这仅有的几个人,我的内心无比苦涩。冷战了五天之后,我在微信上留言问儿子 A-level 的考试成绩出来没有。其实这只是个借口,我并不期望他的成绩突然好到天上去,我只是希望这种冷战有理由结束,并且不是以我的道歉结束——要是道歉的话,冷战结束就容易得多。但道歉是个坏的开始,即使道歉,也应该由他向我道歉。无论如何,我要坚持自己的立场。我在养育他,我在挣钱供他读书,奋斗了半辈子,现在还租住着别人的一居室呢。我甚至也没有继续沟通的欲望,因为不管我说什么,他都会顶回来。有时候搞得我灰头土脸,都不知道手往哪里摆。我一片忙乱,脑子就不转了。等我理顺了,又想争执点什么的时候,人家发来语音说:"我们都觉得自己是对的,我改变不了你,你也改变不了我,不如暂时什么也不要说了。"

总之,我已经五天没有跟他联系了。但我知道他的动态。我知道他今天早上吃了两块可颂面包,喝了一杯牛奶;我还知道他昨晚子夜一点还在跟别人语音电话。他的笑声通过他在英国监护人的手机传送给我,使我的心里既酸楚又欣喜。

我已经一年多没有见到他了。上一个暑假因为疫情他没有回来,我去英国的签证也过期了。回想他的模样,我的儿子最让我倾心的地方,就是他有一种从容不迫的气质。这种淡定和稳重,我以为是一种教养,也像是一种基因突变。我跟他父亲,我们这代人,这个家族里都没有这东西。我第一次发现他如此与众不同是在伦敦的街头。那是我第一次去英国,我们在街头走了很久。经过一条小巷时,天已经黑了,行人稀少,路灯昏暗,我很紧张,担心迷路,担心遇到电影里的黑帮火拼,担心招停的出租车司机会抢劫我们。

"不会的,妈妈,"他说,"有我呢,你什么也不用担心。"说完不疾不徐地往前走。我现在回想起来,他也没有那么笃定,对这个地区也很陌生,四周没有参照物,但是,他没让我看出他一筹莫展。他的脚步不紧不慢,一直到灯火通明的地铁站,脸上才露出喜色,呼出一口气。

但这只是他在人前的样子,进了屋,安顿好,他一声不吭地走进自己的房间。房门很快锁起来。说我们母子零交流,完全不是夸张;说他恨我,更不是空穴来风。现在,我多想跟他说说耀祖的遭遇,可是他没有给我这个机会。

3

在耀祖被抓进去的前一个月,我才见过他。在我小时候长大的村子,正月初三,到处都有疫情的坏消息,我们已经准备马上动身回城里去,以免道路被封。突然,我看到一辆红色的旧奔驰停在我们两家房子的过道上。我听到耀祖的屋子里有孩子的声音。还能是谁?直觉告诉我是耀祖带老婆孩子回来了。我朝着他的大门口喊了起来,像我小时候经常做的那样。长大了之后我们不会大喊大叫,但是回到村子里我们还是会情不自禁地放大音量说话。耀祖从门里走了出来。距离上一次见面,已经七八年了。但是他认出了我,我从来没有怀疑他认出我。他叫了一声我的小名,然后就那样看着我。他老得有点狠,头顶已经秃了。一个小男孩站在身边,我知道是他的儿子,但是外人肯定会说这像他的孙子。我相信我在他眼里同样老了,但我们都觉得那不是个事。他问我说:"你一个人回来的吗?你的孩子呢?"

"他在国外上学呢。这是你儿子吧?"我假装才刚刚发现这一点。

"是啊是啊,5岁。小瑞都出国了吧?"他的口气里有着掩饰不住的羡慕,以及更加复杂的情绪。他说话的时候就那么直愣愣地看着我。我装着没听出异样,轻描淡写地说:"小瑞成绩不好,在国内上不了好高中。"

"可是那要好多钱。"他还是直愣愣地看着我。他小时候就喜欢那样直愣愣地看人。我假装看不见那辆奔驰旧得跟什么似的,反而提高嗓音很惊喜似的说:"你买车了呀?"

是啊,耀祖买车了。耀祖妈妈正等着我提起车的事呢。她喜滋滋地责备说,人家十年前就买车了,耀祖到现在才买车,还这么旧。

什么时候都不晚,我说,反正都有车了。

以后回来方便了,他妈妈说。他妈妈真的欢喜,去年她还在责备他没有开车回来,如今,因为车,似乎和城市、和儿子的距离更近了,她的面色很舒展。耀祖没有说话。

耀祖的儿子在叫爸爸,之后我回到自己的家,毕竟门外太冷了,我们都只穿着件毛衣。

但是,等我吃过饭站到门口,门口那辆破旧的奔驰车不见了,耀祖也不见了。

临时有事,老板让他马上回去。他妈妈告诉邻居们,一并也告诉我。他过几天还回来,他的老婆儿子还在这儿呢。

耀祖母亲脸上的光还在。光是一种很特别的东西。昨天她脸上还没有这种光,前天,以及之前的许多天,我们大家过年相见打招呼的时候,都没有,但是,在耀祖回来的这半个钟头,光来到她脸上。她已经很老了,大约七十七八岁,但她脸上的光让她神采奕奕,看上去精力旺盛。

直到我离开的时候耀祖也没有回来。他的5岁的儿子独自看着江面,他的脸上隐隐约约有一种耀祖小时候的模样,如果不算冒犯的话,就是那种傻呵呵、直愣愣的神情。这个东西被原封不动地继承下来了。

4

关于耀祖妈妈脸上的光,我一路都在回味。我本人,并没有享受过这样的时刻,作为家里的长女,我的成长是无波无澜的,没有创造过什么奇迹,也没有遭遇过重大挫折。我不记得妈妈因为我而充满了光,并且,我也没有从儿子身上感受到什么光荣的时刻。承认这一点很难为情,但并不妨碍我相信,即使一百岁的人,也渴望看到妈妈脸上的光以及为儿女而感到光荣。

我儿子长到18岁,我只有在他出生后前七年享受了一个做母亲的快乐,后来十多年,基本上就是不愉快和烦心事居多了。不,这里面还有许多快乐的东西,但那些东西藏得很深,被其他东西覆盖了。

在他7岁之前,我相信我们都是真正快乐的。那时,我的想法开放,不拘泥于那些粗糙的成功学经验,信奉快乐高于一切,希望儿子在自然中锤炼出坚强的性格，我还希望他有爱的能力，懂得给予、分享。总之，我有自己的一套。我把房子买在近郊，虽然上班有点不方便，但近郊有更多的绿化、科技馆和露天公园。别的孩子小小年纪去学钢琴、跆拳道，我则教我儿子快乐和玩耍。他每天骑脚踏车在公园里快乐游戏，并且结识了一个叫陈逸的童年玩伴。陈逸的父母在教育方面与我们不谋而合，大人小孩都非常投缘。我们两家都没有刻意选择重点小学，两个孩子同一年上了小区附近的一所普通学校。

一进小学，王嘉瑞就显示出跟别人的差距。他成绩不佳，显然不属于那种有着惊人记忆力和学习兴趣的孩子，但这没有引起我特别大的警惕。有一次，我看到儿子考了83分的试卷右上角画了一个圆，里面是一个"40"。"这是什么？"我问儿子。

"这是我的学号。"儿子声音响亮地回答我。

但是，下一张考了79分的试卷上赫然画了一个44。"你的学号会变吗？"

"不会呀。"儿子歪着头打量着试卷。我意识到这不是学号，可能是排名。班上总共45个学生，这意味着我儿子的成绩是全班垫底。我有一种隐隐的不安。

第二天下午放学，我试着走到教室门口接孩子，主动和他的语文老师聊了几句。她证实了我的猜测：那的确是排名，而不是学号。她很高兴我终于来找她谈话了。她告诉我，别的孩子都在上小学之前完成了拼音和百位数之内的加减，王嘉瑞这方面基础的确很差。但是，她接着说，可以通过周末上补习班的形式让他追赶上学校的进度。

他不是笨，他只是基础差，只要家长用点心就可以了。

见我一副不是特别在意的样子，老师面露不悦："高考制度摆在这里，成功或者失败，一目了然。上重点中学，成为一个有用的、体面的、成功的人，表面上成年才能决定，事实上决定因素在起步线上，在小学，在每一天，在家长的观念里。"她说得很有哲学意味。这是一位三十五六岁的年轻老师，她的脸上写满了世故和阅历。她的神情里有一种"非此不可""别无选择"的意思。她脸上还有另一层意思："你和你的孩子已经滑到了某种危险的边缘。"我一阵心慌。

直到第一次参加家长会,我更真切意识到一个成绩不好的孩子在学校里的处境。我儿子应该还是懵懂无知的,看到妈妈坐在他的位置上,兴奋地咧嘴一笑,把书包往我身边一丢就逃开了。他在操场上做游戏,等我开完家长会带他一起回家。

数年之后想起那个家长会,我仍然感到毛骨悚然。

似乎上一秒还有和我一样的家长们,他们轻松愉快地交流,像我一样坚定地沉浸在给孩子一个"快乐、自然、健康"成长的理想中,决心当与众不同的家长。但是,班主任开口的一瞬间,就给乱糟糟兴奋着的家长们一个下马威。她简洁地问了声好,就步入正题。她列举了这个班同学的毛病和问题,说到自己承受的压力和劳累,她特别说到有些孩子,给班级带来了很大的挑战。家长们停止交头接耳,端正坐姿。班主任说话的时候不与我们的目光对视,无法断定她在说谁的孩子。气氛很快变得相当沉闷,甚至令人心慌。紧接着,她开始表扬起几个孩子。她指着在一旁帮忙的孩子,列数他们的优点。她一再提到这几个孩子的名字,说他们有很高的学习自觉性,不让人操心,起到了带头作用。这些孩子被挑选出来在黑板上写欢迎辞,他们穿梭在坐满了家长的教室,把老师提到的注意事项发到每位家长手上。他们表现得相当自信,有点儿像社会上的成功人士。很明显地,这几个孩子家长的表情松弛了。总之,令她稍感安慰的是,在这个糟糕的班级,仍然被打捞出五六个近乎完美的孩子,多少让她轻松了一些。不得不承认,这世上是有天赋异禀的孩子,他们在这么短的时间内就用突出的表现征服了老师,赢得了关注。

我渐渐发现,老师所有的批评和担忧里,都有针对我儿子的部分。但王嘉瑞根本感觉不到他就是老师嘴里那一类"粗枝大叶,上课容易分心,态度不端正,喜欢交头接耳"的亟待家长重视和修理的差生。家长会刚结束,他就蹿过来喜滋滋地牵起我的手。他的手热乎乎的,额头上有残留的汗珠。他不知道我的心情已经跌到了谷底。老师说了,孩子的问题就是家长的问题,学习的问题就是命运的问题。上升到这个高度,让我觉得胸闷。我的儿子是个笨蛋,这个念头开始蹦出来,我的快乐教育的理论这会儿也不那么笃定了。我妥协地想,我也不想做一个天才的妈妈,我只想做个普通孩子的妈妈,至少不会让老师觉得我的孩子是个麻烦,在其他的妈妈听到我的自我介绍时,不会嗯嗯地打着哈哈,而那些明星学生的妈妈周围全是赞叹的声音,这个场面太伤人了。

这算是我们人生的新篇章。我隐约感到王嘉瑞不是我希望成为的那种人:活泼、机灵、乐观,有主见、有好胜心。他不是。他调皮、爱玩,特别爱热闹的场合,可是见到大人却不会主动礼貌地打招呼,也似乎对成为一个坚强的人不感兴趣,不敢看恐怖片,也没有拆卸电视机的好奇心。4岁之前他只有两次创举:一次是把他爸爸的新手机放到装满水的茶杯里,另一次是剪碎了一床被子。关于被子,我逼问过他。他用有限的语言,表达了他的想法:他很想知道剪刀能不能把被子剪碎。他一解释我就原谅他了,不,甚至更爱他了。

但他是个笨蛋。这很让人沮丧,这似乎是个事实,有各种试卷上的排名为证。

这样的情绪随着学期的深入越陷越深。我对这所小学产生了一种恶感。我和陈逸的母亲做了一个简短的交流。她儿子的问题跟王嘉瑞一样,她本人压抑和受辱的感觉也和我一样,即使她面对的是另外一个班级、另一个班主任和另一群优秀的学生。

"我和他爸当年都是名牌大学的学生会主席,年年拿奖学金,对我们来说,学习是自然而然的事,没想到我儿子从一年级就被认为是差生,在班上连个小组长都当不上。"她的声音明显不够淡定了。

"你本来就不稀罕什么组长……"

"我不稀罕是一回事,当不上是另一回事。"

看得出,她的教育理念已经在转变。她的话让我对学校的恶感没有减轻,反而加重了。

快乐童年带来的后果没有因为我的重视而消逝,仿佛我不是让我的儿子享受了学龄前快乐无拘的时光,而是透支了人生的信用卡,要连本带息地加倍偿还一样。老师把班上的家长拉进一个QQ群,每天在这里布置作业。一开始还只是布置作业。到后来,除了布置作业,就是班主任老师的训诫。班主任老师说:"家长们想一想,我们这个学校本来排名就不靠前,升好中学的概率就不大,如果再成不了尖子生,这样一路下去,连个普通的三本都上不了。这些都是用数据说话的,不是我们凭空捏造。"这些话隔三岔五就重复一回。许多家长点头称是,也有些无动于衷,我则被说得心灰意冷。数学老师好像长了千里眼,看到我不是滋味的样子,她在群里补充说,其实并不难,教育,任何时候行动起来都不晚。她们就这样前后矛盾又配合默契地夹攻我。基于自己是如此地容易受人干扰,我决定打起精神,试着准备按照老师的意愿来教导孩子。负责任地说,这也是违背我自己的意愿的。每天晚上我逼迫他弹琴——既然他的同学都各有特长,这一点他似乎也应该跟上去。其余时间,我督促他写作业。我坐在他对面,算是寸步不离,直挺挺地看着他的手,间或用些空洞的话来鼓励他。一旦他的笔尖在纸上绕来绕去,不落下去,我就意识到他在开小差。那时我们尚可称为朋友。我常用感情来诱导他。我告诉他,就算全世界都背叛他,我也不会。但是,越来越多的冲突则无可避免,一旦他拿回来一张排名倒数的试卷,一旦他的老师在我跟前讲他又犯了什么错误,一旦我参加过一次家长会,如此多的一旦,对我的耐心和爱心的摧毁是致命的。

　　而且,毫无悬念地,情况没有改善,他没有变成我和老师期待的那样的小孩,仅有的几次好的表现,数学考了满分,体育测试得了"优",我们全家就出门庆祝,就是为了强化他对此事的记忆和愉悦感和追求成就的决心。遗憾的是,这样的时候非常少,少得可怜。无论我用了多少心思,他回报我的都是更差的成绩。试卷上出现他没有学过的东西,但别人同样能得到高分。毫无疑问,他的同学们不仅在学龄前就开始学习,现在仍在加速度进步。这使我无法去跟老师理论、辩解。儿子的成绩变成了我的弱点,我有时像他的同谋,是学校的破坏者和后腿,我开始躲躲藏藏。遇到他们班长的妈妈,我也装着没有看见。那些意气风发的家长让我自惭形秽。到后来,我每天像贼一样猫在学校围墙后面,等他出来,带他回家。最折磨人的是每天傍晚,孩子们在校门口和老师们告别,但在那些欢声笑语背后,藏着很难体会的残忍。另外就是陪伴孩子做作业的时刻,我明显能感觉到孩子的疲倦。他不勤于思考,对明明白白的答案也不知情,有时明显是想装糊涂逃过去。仿佛他觉得,只要他做得够快,妈妈会布置更多的作业。别的家长的确是这么做的:如果孩子在学校把作业做完,他们晚上会拿出来更多的练习题。但我没有这样的机会。我再三向王嘉瑞保证,早做完早休息。他不抵抗,只是消极地摆弄着作业本,这样磨蹭到夜色已深,我们彼此都疲倦不堪为止。这个交涉过程给我带来了极大的痛苦。我心里明白，比起一个快乐的童年，我更希望他成为一个优秀的、有出息的人。而他正用实际行动证明自己有可能朝相反的地方去。我常常忍着忍着，很想一跃而起，一巴掌打过去，打到他目瞪口呆为止。

5

我爸爸退休之后，就生活在过去的老宅子里。他偶尔会来我们兄妹几个家里转一转。他成了我了解老家人事的唯一管道。在我把儿子送到英国读书的那一年，我爸爸带给我一个消息：

小林回村做善事来了。

这是村子里出的一件比较轰动的大事。这个事从我爸爸、从我同学和亲戚那里分别以多种版本传到了我的耳边：小林那年腊月向村里每位年过六旬的老人捐赠了一千块钱。有人说捐赠会年年持续，还有人说即将每人每年一万。

谁都没有他那么大方，而且不需要啰里啰唆，左手摁个手印，右手就拿到了钱。

"都说现在的世道坏了，我看却是更加好了。"我爸爸补充说。

我们的村庄一直以来是一个被边缘化的、没有受到过任何重视的小岛。堤坝是泥土垒造的，房屋也是泥土墙壁。在我长大之后，许多房子重造后改用青砖，不过就那些青砖，也都是村里人自己挖土、建模，在村口的小土窑里烧出来的。我见过许多孩子在这里出生，虽然现在他们都不知道去了哪里；我也见过许多老人在这里死亡，埋在村头的坟岗。我经历过发洪水，水位跟门槛齐平，武警们扛着沙包从大船上跳下来，我也见过江心里一闪而过的江豚。后来，大多数年轻人陆陆续续离开，出外谋生，留下老人和孩子。小林的壮举让村子里充满了欢乐。

后来又听人说小林在村口圈了一块地，说要造一幢五层的楼房，把村里行动不便的老人都拢在一起住，免费。

那年春节回去的时候，村里人都在说这个事。

我对小林的记忆已经很模糊了。我只记得他是耀祖的表弟。他仅比我和耀祖小两岁,小时候,他就是个大大咧咧、生性温和、最喜欢玩弹弓的小屁孩。他的家境也是一团糟,至少不比耀祖家更好。他的父亲是一个驼着背的、整天愁眉苦脸的老实人。小林没有朋友,只有跟在耀祖后面,可耀祖对小林的态度不好,因为小林身材矮小,常受欺负,又没有自己的主见。不管去哪里玩,闯了什么祸,最后来承担责罚的总是耀祖。没有迹象表明,他将来会与众不同,有大成就。但在成年后我们各自分开近二十年,他衣锦还乡,并且成了一个大善人。那年正月我也见到了他。他穿着看上去昂贵的西装,迈着气定神闲的步子,对着菜地、荒坡和芦苇荡指指点点,像是在回忆,也像是要赋予这些事物新的意义。他后面跟着两个比他年轻的小伙子,像在陪他视察自己的江山。而我们这些同辈,仍然在各自的城市里过着平凡的生活,想到这里,我闪回屋子里。他走过来,邻居们跟他打着招呼,感谢他;他走过去之后,邻居们在背后继续夸奖他。

他跟耀祖一起长大的,耀祖就没这个出息。耀祖的妈妈本来坐在门前的石阶上,她突然站起身来,颤抖着捂住自己的胸口,走回了屋。她非常瘦,她走过我们身边的时候没有发出一点响声。小林是她出了五服的远房侄子,就在刚才,小林经过她的房子,还亲热地问候她。她问小林要不要进来喝杯茶,小林说再找机会来专门看望她。可是突然之间,她表现出这样激烈的情绪。在场的人面面相觑,各自散开。

等到吃晚饭时,我妈妈告诉我,年前小林来发钱的时候,全村只有耀祖妈妈没有要。

小林自己并没有亲自来发钱。他的几个下属来操作这件事,他们挨家挨户发钱和油,带着印章,领过钱的只需要大拇指上蘸一点红泥,盖个手印就好。

他们并不清楚耀祖妈妈和小林的亲戚关系。他们把钱递给耀祖妈妈的时候,耀祖妈妈一口回绝了。

"我有儿子。不需要救济。"

"这不是救济,有儿子也可以领。"小林的下属解释说。

"有儿子怎么能要别人的钱呢!"耀祖妈妈早有准备,仍然客客气气地摆了摆手。

小林的下属并不喜欢强人所难。他们继续向前,去寻找下一户符合条件的老人。

村子里的人都不欣赏耀祖妈妈的做法。如果欣赏了,就等于承认自己的钱拿错了。因为没有儿子的孤寡老人才三五个,可是,现在领了钱的有五六十位。他们一致责备耀祖的妈妈"老顽固"。

"老顽固"没有悔改,她放出话来,就算小林建了房子,她也不会搬进去。她没有理由让别人给她养老。给她养老是耀祖的事。

这样一来,又像是对那些指望从自家房子搬出去的老年人的一次嘲讽。老年人过来跟耀祖妈妈争辩说,这些剩在村子的老人零零散散地分住在埂上,有一个突发意外,其他人好几天才能知道。住到一起有利于大家相互照顾。

可是耀祖妈妈不肯就范,小林的房子还没有影子,她和邻里之间就此已经拌了好几次嘴。

她似乎一心一意对善良和关爱关上大门,主动脱离一种慈悲和照应,甚至和一辈子的老伙伴们公然对立。她卓尔不群的样子几近可憎。

"真顽固,"我爸爸说,"我都不好意思责备她,她都过得那么苦。"我相信我爸爸说的苦,是对耀祖的思念,现在,唯有对儿女的思念是他们共同的东西。

我爸爸说,做长辈那样做是不对的。

那次他来我小妹妹家,我妹妹30岁生日那天,我们在一起说着闲话,相信我们姐妹俩目光对视了一眼,被我爸爸捕捉到了,他急忙补充了一句:"我会跟孩子们商量着决定,而不是自己一个人说了算。"

他的话,显示他与耀祖妈妈巨大而本质的区别。

我爸爸比我年长24岁,他竭力保持智慧犹存的样子。像年轻时一样,他每天都从生活的经验、从子女、从新闻、从各种突发事件中学习新的东西。但是,我相信他仍然有许多无法理解的东西。我的意思是说,我们能避免别人的错误,却未必能避免自己的错误。

6

既百思不解,又心有不甘,我的疑虑越来越重。出于对糟糕心情的改善,以及对儿子智力的疑虑,当然老师的暗示也有些影响,我带王嘉瑞去了医院,检查他是否有多动症。诊断结果显示他一切正常,相当健康。脱离了学校,他和我都是正常的,连医生也说着正常的话。他说大多数孩子其实都不爱学习。不爱学习是人的天性。所有的学习和知识都是成人在对抗人类自身的弱点,不是所有的孩子都能无障碍地接受安排。

这位医生年纪已经很大了,两鬓斑白,面容慈祥。他说,他经常要接待像王嘉瑞这样正常的孩子,因为在学校表现不好被送来检查。现在人都太聪明了,智力正常的就被怀疑有病。

的确,有些人应付压力的能力强,有些人应付压力的能力弱;有些人适合当前的节奏,有些人就是跟不上。

"老师可不这么善解人意。"

"起码做妈妈的要善解人意。"他微笑着说。看来,这样的情况他不是第一次见了。

最后,医生叮嘱我说:

"强行让他跟着别人的节拍,只会扰乱孩子正常的心智,现在看不到后果,但总有一天,那些拔苗助长的后果会显露出来。"

医生的话像拨开了一道迷雾。我冷静下来,好受了些。算是检讨自己带孩子看医生的疯狂念头,我又开始周末带他去公园,去乡下,去科技馆。王嘉瑞奔跑在草地上,聚精会神地看科幻片,脸上有一种迷人的专注,他的兴趣包括收集搭建城堡、卡通片和漫画书;他还对新款的汽车特别着迷;遇到球场,也表现得兴致盎然。在雾气弥漫的早晨,我们骑电动车去上学。他坐在后座上,身上的热气通过我的外套传导到我背上。这是真实的生活。这个时刻我总会消除对他的怀疑、对人生的怀疑。但是,他的成绩仍旧不见提高,频繁犯一些低级的错误:上课有小动作、字不好看、在课堂上顶撞老师。有次测试,他一道题都没有做错,却因为字迹不端正而被扣了五分。奖状和赞美与他无缘。

有天我去接儿子放学,他说他们班上有个同学得了区里的奥数冠军。

"你想当奥数冠军吗?"

他毫不犹豫地回答:"想。"他的回答出其不意地干脆爽快,不仅把我,把旁边等红灯的骑车人都吓了一跳。

"那你怎么不好好学习呢?"

"我想好好学习的呀!"儿子瞪大眼睛,露出委屈的神情。或许他也像我一样,只是不知道把"想"和"做"统一起来。

那时候我醒悟过来,就连我的儿子自己都已经被熏陶、感染,做好进入角色的打算,我,还停留在原地。我下定决心要推他一把。

儿子四年级的时候,他的好伙伴陈逸转到了一所国际私立学校。他妈妈来告别时说,儿子的成绩很差,不太适应中国的应试教育。"别人家的孩子"让他们怀疑人生,他们不得不重新规划下一步的发展。他们让他念私立学校,然后送出国。陈逸的母亲表现得很振作、很有头脑,看上去也有这个经济实力。

半年过后,陈逸的妈妈打电话告诉我,陈逸适应环境的能力很强,学习成绩大幅提高。现在,她谈起儿子来不那么唉声叹气了,对自己下的这一步棋,她非常满意。甚至为了照顾我的情绪,她还微微压抑着自己的轻松和喜悦。

陈逸的转学,对我和儿子打击都很大。我很沮丧没有能力跟他们做一样的安排。我儿子再也不能经常和小伙伴坐在一起看漫画和骑脚踏车,很长一段时间,只要我们提到陈逸的名字,他就会变得暴躁和易怒。他似乎恨着陈逸,也似乎还不明白他的小伙伴并没法决定自己的命运。

有天我突然有了新的念想:虽然我没有能力把儿子送到私立学校,除了要有能力承担高昂的学费之外还有要送出国的实力,但也不能坐以待毙。既然在这个班级他坏学生的形象定型了,老师也基本放弃他了,不如让他换个学校,重新开始。我的心一动:如果我们去一个陌生的地方,以新的形式和状态,有机会见到更高素质的老师和同学,也许可以摆脱这老地方带来的颓丧之气。

换到重点小学,先得换到重点小学所在的学区房。王辉竭力反对。他说,我们现在每个月还几千块的贷款,已经很吃力了,再换贵的房子,压力会更大,再说眼下这个小区宽敞明亮,绿化很好,住在这里还是蛮舒服的,换房之后要换邻居还要重新装修,太折腾了。

但我被新生活的幻影迷住了,想象儿子能摆脱这窘迫的处境,消除过去的阴影,精神面貌焕然一新,像陈逸一样变成优秀生。我回想陈逸妈妈清脆的声音,羡慕不已。这些都让我变得顽固而亢奋,像被什么东西追赶一样,每天心无旁骛地盘算这个事。似乎只要我咬咬牙,冲过去,我们的生活就能重新开始了。最终王辉拗不过我,默许了我的意愿,也陪我去看房。看着一套又一套价格昂贵的房子,我体会到一种隐隐的下坠感,一种正在犯错的令人恐惧的直觉,但随着心意越来越坚定,我们已经很难后退。最终我如愿以偿地换了一套重点小学的学区房。我们换房差不多贴进去全部储蓄,房子少了一个房间不说,还多欠了银行二十多万元的贷款,一共多花了一百多万。这一百多万忠实地显示了我对儿子的爱。

新房子到手后,我把朝南的最好的房间给了王嘉瑞,房间里配了书桌、书橱、席梦思、一台联想电脑。当然我知道,光换环境不管用,我必须从精神上、从习惯上、从思想上都紧张起来,带动王嘉瑞也紧张起来。

我每天晚上读故事书给他听,说一次我爱你,虽然说的时候我的心里充满了疲倦和困意。他拥有比我更好的生活,使我得到许多安慰。我希望他明白,这不是随便得来的,这是父母全部的能量。我向他形容我的童年:在微弱灯光下写作业,蚊子整晚吸我的血,早上空着肚子去上课,中午回来的时候头晕眼花,就这样我仍然考上了大学,希望他能珍惜今天的条件。但我发现这些话都是对牛弹琴。他无法感同身受,也没有兴趣去体会。遇到他不感兴趣的话题,他放空自己,两眼发直,这是他的抵抗方式。他不太使用激烈的语言,大多数时候很温和,很唯命是从。但显然,他已经不止一次采取这样的方式逃开他不能理解或不愿服从的说教。

奇迹没有发生。新的学校仍然有一帮格外优秀的孩子,他们品德端正、发挥稳定、礼貌待人。作为良好的典范,他们的名字一直出现在荣誉榜上和老师的嘴里。他们像一面面镜子,把王嘉瑞身上的毛病照得清清楚楚。王嘉瑞的新班主任第一时间猜到王嘉瑞转学的原因。好在他没有一棍子打死。这位老师算是位教育专家。他让我把"硬"和"软"的度掌握好。他说每个孩子都是天使,也都是恶魔,他们的身体里都住着"懒惰和自私的小人",在培养他优秀品质的时候,不能心软,因为你对付的不是儿子,而是他体内的"小人"。如果你的心慈手软被他体内的"小人"觉察到,他就会利用这一点,放纵他自己。他教给我许多技巧。比如,想让孩子学什么,都不要直接提出来,而是要营造一种假象,要让他深信那都是他自己的选择,同时还要让他觉得荣誉感是个好东西,是可贵的东西,让这个东西激发他的积极性,这比成天盯着他要好许多。

比如我想让孩子去学钢琴——我深信钢琴对他的手指和脑子都有帮助,但并不急于怂恿他,而是先煞有介事地"沉醉"在莫扎特和贝多芬的曲子中,还带他去听了一场刘诗昆的现场演奏会,让他领略观众站起来鼓掌五分钟的盛况。趁着那种氛围,我在他耳边说:"瞧,多伟大、多了不起的音乐家,多少人喜欢他、羡慕他呀。"他两眼发直,如坐针毡,一直吵着要去上厕所。演奏会一结束,他就蹿到马路边上的小吃摊等着烤鱿鱼。他喜欢蘸甜面酱,糊了一嘴,黑乎乎一片,回到家,往床上一扑就睡着了,拖起来洗澡都是不可能的。

但是,要不露声色,不要抱怨。老师说了,这是一场气场和能量的较量,谁坚持下去,谁就占有主导权。你想要什么样的孩子,就得有什么样的智慧。

我假装不经意地买来些画笔和画纸,没事的时候自己就在那里画画写写,就盼着他一时兴起,也过来培养一下兴趣。我还找了一家死贵的英语培训机构,里面有一个金发碧眼的老外,幽默、风趣、亲切地又蹦又跳又唱。

效果不是很好。

经过高智商老师的技术手法诱导之后,王嘉瑞仍然当仁不让地包揽市二小四年级二班的倒数前三名。

"你这次考试考了77分啊?"放学的路上我问他。

"是的。"他说。

"会不会觉得有点遗憾呢?"

"太难。"他说,过了一会儿,怕我不信似的,他又补充了一句,"陈泽宇也说难。"陈泽宇是新学校的学霸,他也没考到满分。

同样出于技术原因,我没有责备他,甚至表现得更爱他。当然我也担心考砸了表现出更爱他,会不会让他自己考砸更多次来获得我的特别关注。专家让我放心。专家说,只要他能,他还是愿意考高分。就算考砸妈妈更爱他,他也一定更在乎同学和老师对他的评价。

事实确实如此。他用尽了全身的力气,还是只有考砸的结果交到我手上。

我的心里充满着疲倦。因为一直以来对儿子的教育方式,既不是我一贯的做派,也不符合我的性格,都是专家传授给我的。我就像在操作一台精密仪器,而我对这台机器又一无所知。所以我虽然机械地做着,却同样是麻木不堪的。

除了上班,我几乎把所有的精力都投到他身上。每天早上起来变着花样做早餐,下午做好点心去学校门口接他,带他一起去辅导老师家补课,回到家做夜宵,陪着他做作业,直到他上床,我还会在门外侧耳听一听里面有什么动静,确定他睡着之后,我的一天才算正式结束。可是,剩下我一个人的时候,我的心情抑郁极了,觉得生活没有什么快乐可言,只剩下和这股劲拧着的力气。

王嘉瑞的长相也不像我的家人。我的家人都身材魁梧,王辉也是个高个子,可是我的儿子身材一直没有发育,背有点驼,手臂纤细,两颊瘦削,更突出的特点是,他不自信,他也不掩饰他的甘愿渺小和胆怯的神情。当我试图鼓励他的时候,他的眼睛里会流露出一种不可思议的古怪神情。可是,当我责备他的时候,他同样表现出一种不可思议的表情,好像在说:"你不是我妈吗?怎么像个坏人?"

怎么会是这样呢?要是生了一个智力超群的孩子多好,或者一点儿不在乎他的前途也好。可是,一想到如果我就此松手,他势必会失去种种进步的可能性,我的心揪住了。可是一待我准备更紧地催促他时,我面对的是一张无措和疲倦的脸,一阵深深的怜悯袭来,我的心柔软起来。

每天半夜,我会将身体放直,躺在无声的房间里,阵阵睡意拂面,白天一切的难题渐渐融化在夜里。

7

耀祖近40的时候才结了婚,对方是一个丧偶的寡妇,带着一个女儿,和耀祖结婚后生了一个儿子。可是村子里人提到他,还是会说"光棍耀祖"。其实早在30出头,村子里就有人背地里喊他光棍了,尤其在他父亲过世之后。听说娘家村子里有一两户身有残疾的儿子在遥远的四川"娶"回了儿媳,耀祖妈妈不知道私底下琢磨了多久、经过多少痛苦的挣扎之后,开始频繁地拜望山里的娘家。她到处打听谁家有待嫁的姑娘——太多的没有,但几千块、万把块她能拿得出来。她甚至可以凭她一贯的好名声去借一些。她频频对外宣称,不放过任何一个有做媒天赋的人。她说了,她不买儿媳妇。她不买,她只是在找特别需要为了钱而草率嫁女儿的比她家更穷的家庭。

也许陌生人看到的是苦难,或者令人感到不安的忧虑,但熟悉的人看到的是另外一种东西:那种经过一日又一日的忍耐和劳累积攒起来的苦相和倔强。她从来没有停止过劳作。她的庄稼从不缺水,从不长杂草。总之,她就是一个循规蹈矩的农村妇女,天晴戴草帽,下雨撑雨伞,春播秋收,一直跟从季节和别人的步伐。她还有小林这样的侄子,也有友林那样的外甥,这些血缘关系多多少少替她加点分,成了她的资本。她的行为越来越疯狂,确切地说,都不像她了。有一天,她突然兴冲冲地从远方走回来。一路上,她都在散播着一个好消息:

"有个姑娘看中了我家耀祖。"

"多大?"

"32。"

年纪增加了事情的可信度。人们立刻想起那样的形象,古板的、木讷的、说话不利索的,甚至长相有点瑕疵的大龄姑娘。

"那赶紧呀!"邻居们异口同声地催促她。

可是多少还是需要点彩礼的,不能让人家穿旧衣裳进门呀。

说得是啊。大伙都赞同她的看法,也希望耀祖不要错过这次结婚的机会。

她开始借钱。一开始,她去了娘家,去了耀祖的叔叔家,她带回来一半好消息一半坏消息:借到了一半的钱,还缺另一半。

我爸爸慷慨解囊,还有四五户邻居也破天荒大方相助。等到耀祖妈妈再次离开去接儿媳妇,邻居们端着饭碗在门口闲聊时发现了一个不对劲的地方:

这个婚礼一直都是耀祖妈妈在唱独角戏。耀祖还没有露面和点头呢。

"耀祖反对什么呢?"有人这样反驳了一句,紧接着发现这样有点太看不起人了,所以讪讪地笑了一声。

事情果然不是这么简单。第三天,耀祖妈妈回来了。

远远出现在视野里的她面色苍白,额头上全是汗,头发也水淋淋的,迈步的样子显示已经用尽了所有的力气,每一步都像是最后一步。她谁也没有看,直接进门倒在床上。

真相很快被猜测出来。她遇到的是一对骗子。做丈夫的把老婆说成自己的女儿,四处找待娶的光棍。耀祖妈妈交出了八千块之后,那个女人跟着她走了十几里路,在一个叫"十里"的街上把耀祖妈妈甩了。

一开始,她以为人家脑子不好迷了路。她等在那姑娘上厕所的街口,从中午等到傍晚,最后把厕所里里外外找了个遍后,六神无主地哭了起来。等她哭着把来龙去脉告诉看热闹的人时,立刻有人指出她是遇到骗婚的了。

"跑远了,追不上了,你这么大年龄。"

她仍然不死心地追到了县城的汽车站,来来回回兜了几十圈。等她找到派出所门口的时候,好心的路人劝她算了。她花钱买儿媳本身也是犯法的。

那是个夏天,岛上的风景还说得过去,虽然杂树枝无人打理,垃圾袋散落在路边,无人收集,被江水冲垮的护堤,堤下的江面上漂浮着千里之外的塑料瓶。那时候,我们村子里至少还有五分之一的人留下,可是完全离开的迹象已经显现了。

那次,她病了很长时间,因为羞愧,她拒绝把自己生病的消息告诉儿子。时值中秋,我回老家时看过她一次。她穿着旧花布衫,躺在床上。空气里弥漫着一股酸楚和陈旧的气味。老年人的家里样样东西都是冷色的,就连堂屋中间的一块匾都发出冷飕飕的寒光,我看看她,又看看自己的脚。屋外的泥从我的脚尖上滑落,沾到她家的地面上,显得很扎眼。我说了几句空洞的安慰话。她脸上松弛的肌肉抖动着——她难堪,她自责,她不是欠债不还的人,没人逼她,但她仍然羞愧地重复地诅咒自己。我告别的时候,她说:

"耀祖要是有你这样的媳妇我死都瞑目了。"

我那时才生了王嘉瑞不久,还很穷,过着朝九晚五的上班族生活,毫无优越感可言,可是,在这里,我陡然间又成了他人羡慕的对象,一时无所适从,只好又客气了几句,离开了。

8

  王嘉瑞小学毕业的时候,我和他爸爸分居了。他与单位一个年轻的文员有染,被发现后,我一直在扮演受害者的角色。这当然是实情,但等我冷静下来,却能看到不一样的东西。这些东西当时是绝对看不到的。就是他对我以及对我们一起的生活感到彻底的失望。我和王辉都来自同一个小镇,好不容易读了大学,各自找到一份待遇不错的工作,买了一套房。在别人看来,这些平平常常的生活,其实已经透支了我们前半生太多的体力和激情。结婚后,我们胸无大志,愿意过平淡无奇的生活,况且婚后头几年也的确能从朴素的生活中找到乐趣。直到孩子的问题出现,我做出换学区房这样的超出我们的承受力的举措,以及平常过多的精力和情绪都用在了孩子上,属于"我俩"的生活才慢慢消失。但感情破裂的真正导火索并不是王嘉瑞的成绩。孩子是我们共同的,好也罢,歹也罢,他身上有我俩的基因,都得认。问题还是出在那套房上。买房不久他在单位得罪了一位领导,失去了升迁的可能性,他守着无望的工作坚持了很久,因为高额的贷款要还,他不敢轻易辞职;也可能为了保全自尊,他也不太愿意把受的委屈全部倒出来……这个家事实上早已失去了欢乐,被一股淡淡的看不见的忧愁笼罩。事情到这样微妙的地步,我想王辉的心里仍然清楚:这不是我一个人的错。有次邻居送来两张演奏会的门票——他的孩子有一个独奏节目在省大剧院表演。王辉接过票,连连感谢,连连赞叹,可是人家一走,他的脸色立刻变得很难看。他看上去严肃而阴郁,就是那种突然被什么东西撞了一下,疼痛又猛又烈。他大口喘着气,喘了好一会儿,才开始说话:

  "不知道人家的神童是怎么培养出来的。"

  我明白他也倒戈了。当初也是他主张不剥夺孩子的童年快乐,不把孩子送到各种智力开发培训班,声称小孩长成一个健康平凡的人就可以。可现在,他看上去比我更脆弱、更失落。他说:"王嘉瑞,你在班上进不了前十名,就肯定考不上好的中学,考不到好的中学就进不了'985'和'211'。你从小学起就是差生,就只能交到更差的朋友,将来你的朋友圈里都是维修工、清洁工和扛沙包的,我辛苦几十年改变家族地位,到你这里付诸东流、前功尽弃。"

他捶胸顿足,焦虑万分。

王嘉瑞能否承受,他管不了了,因为他急需一个管道来消化自己消极和沮丧的情绪。过去扮演两面三刀的角色,软硬兼施、说大话狠话的都是我,王辉一直在说什么做一个淡泊名利的人。他出尔反尔的表现着实把王嘉瑞吓着了。孩子在父亲的训斥下连连后退。那是一个冬天,气温大约在零摄氏度左右。南方的冬天屋里屋外一样冷,在家里我们也穿着厚厚的棉袄。王嘉瑞的牙齿开始打战。我发现他不对头,赶紧打开空调。通常来讲,下雪的时候才会开空调。

开着空调的房间已经热乎起来,可是王嘉瑞还像打摆子一样抖动不已,王辉这才偃旗息鼓。那天晚上,王嘉瑞缩在床上到凌晨三四点才睡着,睡着时佝偻着身体,保持着防御戒备的姿势。自那之后,家里充斥着紧张的急迫成功的气味,我们都被熏得昏头昏脑。我们对待王嘉瑞,或暴怒,或劝导,软硬兼施,可是一等孩子疲劳过度生病的时候,我们又会开始深深地忏悔。那时真想放弃得了,随他去吧,自然生长,长成什么样就什么样。可是,他到底不是一块木头,偶尔又像金子一样放射出些许光芒,唤醒我们沉下去的希望。只要他表现好一点点,我们就大肆宣扬,大加褒扬,各种夸大其词,希望他吃这一套。

到后来,我觉得我们全家都像小丑一样——我们母子都是一根无形的线上的木偶。怎么样动,往哪里动,其实不是由我们自己说了算。有更大的手在操纵我们,我们自己的心意算不了什么。

那次发作之后,王辉开始频频晚归,一开始跟朋友喝酒唱歌,最后发展到移情别恋。直至他的小情人的电话打到我手机上跟我叫板,他不得不跟我摊牌。与其说他变心,不如说他在自我防卫,防卫自己一日又一日被儿子拖到一个深不见底的坏情绪的大坑里爬不出来。他把因儿子而生出的沮丧和失落统统甩给我,好像这样一来,他就能得到另外的人生。没办法,我只能尽力扮演好受害者的角色,才能争取到更多的优势。后来我也想,是不是我的决策失误才毁了这个家?不过我很快自我安慰说:换房上重点小学看上去是偶然,其实也是必然,更是环境使然。到处都是无形的看不见的影响力在起作用。别人都把谈论房子、汽车品牌和孩子的教育理所当然地当成头等大事严肃对待的时候,我们这些意志不坚定的人,过去秉持的观点,很容易摇摇摆摆,直到自我否定,去服从大家的标准。同事的孩子多么优秀,亲戚的孩子多么优秀,这些优秀的别人家的孩子把我们的孩子比下去,刺激着我们的神经,像四处发射过来无声的嘲讽,促使我们变得疑虑重重。王辉内心里早就认同老师和同事的那一套了:学习成绩无比重要,有无特长对升学有好处,考不上好学校,整个人生就输掉了一大半。

我们名存实亡的婚姻持续了两年。之所以一直拖着没有离婚,是怕对王嘉瑞造成伤害。王辉早就有离婚的意愿,但在儿子跟前还要拼命演戏,时不时出现在晚上的饭桌上,习惯性地教育儿子做一个勇敢、正常、诚实的人。这些话不走心,张口就来,本能告诉他要这样教育下一代,但这些话却和他本人的行为背道而驰。

双方的老人都已经知道我们的事,都还抱着幻想,做着各种无望的努力,试图帮我们挽回婚姻。在我父母从乡下来我家的那几天,他借口出差,跑出去住进了他女友的家。有一就有二,那之后,他有时是出差,有时陪领导,有时在打牌,各种各样的理由使他消失不见。

有一天晚上,我带着儿子外出吃饭。经过夫子庙的时候,孩子看到了惊人的一幕:他的父亲,那个满口正义道德的男人搂着他的女友正在牌楼下面玩自拍呢。

我儿子傻呵呵地盯着这个早上收拾行李说要出差,关照他听妈妈话的男人举着手机摆出各种姿态。王嘉瑞眨巴眨巴眼睛,像是等着自己从梦里醒来,直到他父亲的笑声真切地传来,他仍然怔怔地看着那个愉快的场景,完全没有一丝的惊讶和愤怒。我赶紧拉起儿子的手,把他拽离现场。王嘉瑞顺从地跟随着我的脚步,可是他的脸上保持着那种狐疑的表情,就像出现在他眼前的是一座海市蜃楼,是魔术,是电影镜头。可是我相信那个在家已经难得一见的欢快的父亲的笑脸,已经深深地刻在了王嘉瑞的脑子里。

协议离婚的过程中,我父母和王辉的父母数次恶语相向,纠缠了许久。一开始为了划分责任和罪过,后来为了房子的归属权。

拉锯战开始时,为了鼓舞士气,我爸妈来陪我们一阵子。我听到我爸悄声对我儿子说:"好好读书,长大了赚大钱孝敬你妈。你妈才30多岁为你愁白了头,你外婆的头发还没有白。"

我赶紧上前阻止他。我说："怎么能这么讲呢？好好读书不是为了挣大钱，好好读书是为了有能力选择生活。钱不是最重要的东西，不要为了钱而丧失了生活的乐趣。"

我们争执的时候，王嘉瑞就静静地站在一旁，目光在我和我爸爸之间扫来扫去，好像我们说的跟他完全不相干，他只是个看热闹的路人。

王嘉瑞的爷爷奶奶也时不时来看孩子，我每次都会借故回避，不跟他们正面相处。凭良心说，爷爷奶奶对王嘉瑞很好，嘘寒问暖、疼爱有加。他们自己的经济并不宽裕，却给王嘉瑞买了一部智能手机。王嘉瑞懵懵懂懂地享受着他们的疼爱，甚至溺爱，没有负担、没有索求，也没有说教。可是只要他在外公外婆面前提到爷爷奶奶，外公外婆就会一脸嫌恶地转过脸去，眼皮耷拉下来。仿佛因为王辉的背叛，女儿变得十分不幸，世上的一切都是不对的。手机不对，爱的表达不对，孙子的高兴也是不对的。离婚家庭的孩子之所以更脆弱，就是因为这样的斗争和敌意。王嘉瑞被亲人的爱和恨牵扯着，父亲那头的爱越拉越纤细，脆弱得好像随时要断的样子；可是母亲的爱越来越粗厚，像麻绳一样捆住他的时时刻刻。久而久之，王嘉瑞的脸上好像贴着一张招牌。招牌上标明他父母所犯下的过错，他贴着父母的错误走来走去，他更加内向，更加沉默，更加慵懒。生活已然失去了平衡。

9

我们的村子就是这么神奇的地方，许多地方都面目全非了，可它没有变。最新的房子也是三十年前造的。人们不回来造新的房子，而没有人住的旧房子一直保留在那里，没人去拆它，也没有去修缮，因为修缮了也没有人住。零零碎碎的垃圾堆在堤坡下，平常掩映在灌木丛中，到了冬天，全部裸露出来，显得更冷、更丑、更旧。

耀祖32岁的时候经历过一次剧烈的人生动荡。那时候，是小林向他伸出手。小林在省城搞海鲜批发，请耀祖过去帮他。耀祖在小林那里工作了一年，离开了。

离开小林的鱼铺子时，耀祖来南京停留了一个晚上。他从我家打了个弯，也许是来求王辉找一份工作的。王辉跟我回娘家过年时他们见过面、聊过天。王辉聊天时喜欢吹牛,经常会把道听途说的大事件描述得如临其境,让人觉得他很有来头。耀祖坐在我家的沙发上,那是我见过他最瘦的一次。他的腿很长,穿一条薄裤子,膝盖头从裤子里抻出来,脚踝也裸露在外。他有点紧张,生怕弄脏我的沙发。我叫他不要见外。我们自少年时代分别后又各自经历了十几年风雨。不管多少年没有见面,见了面我还是像能够一眼看穿他。手还是那双手,脚也是那双脚,可是褪了无数层皮。他坐着,显现出他生活的所有信息。王嘉瑞被他奶奶接走,王辉又堂而惶之地住在他的女友家里,我的婚姻虽然快完蛋了,但名义上还有个丈夫。我不停地跟耀祖道歉,因为家里没人陪他喝两杯。我做了条鱼、虾和几个素菜,两个人坐在客厅的沙发上吃饭。耀祖的筷子绕过放在他跟前的鱼,夹着我这边的素菜。我客气地让他吃鱼。他说他一年里把一辈子的鱼都吃完了。我这才后悔没买肉。吃过饭我给他泡了一杯茶。我问他为什么在小林那里做了一年就不做了?

他没有正面回答,只说想换个工作。后来我回老家的时候才听说小林把赚来的钱拿去炒房,耀祖给他帮忙的那一年,小林买了五个门面房。为了买房,工人工资也不发。他做这些事不避讳耀祖,觉得耀祖是他表哥的缘故。其余两个工人拿着杀鱼刀大吵大闹,小林怕他们有什么出格的举动,借钱给他们发了工资,因为耀祖是亲戚,一起长大,反而空着手离开。

耀祖并不想太多人知道他帮小林打工。他们是表兄弟,生活境况差别太大,对耀祖是很大的压力。要是远处的人发了财,只是一个传奇;要是身边的人发了财,会显得自己格外差劲。我理解这种感受,我尤其明白,一开始,耀祖不想离小林太近,尤其不想杀鱼。但是小林打电话催他过去,很亲近、很理所当然的口气。谁听了都有一种幻想:一个有能力关照自己的人的亲切是能给人希望和期待的。耀祖以为到小林那边能担当重任,就像电影里的江湖弟兄一样。但小林只让他早上去鱼市把鱼拉回来,再从车上卸载下来。后来耀祖知道小林是受妈妈所托,妈妈拜托小林帮帮耀祖别让他颓废下去。因此小林完全忽视了耀祖的期望,随随便便地使唤他。一开始耀祖搬鱼,后来杀鱼的那个伙计辞职不干了,小林就让耀祖杀鱼。耀祖以超常的忍耐应承下来,结果一杀就是整整一年。后来小林发现耀祖晚上也没什么重要安排,反正闲着也是闲着,就让他帮着喂养他的几条大狗。小林怎么想的我不知道,但耀祖在小林那里一年瘦了十几斤,我见到他的时候一开始都没敢直接喊出来,要不是他直直的眼神和粗粗的嗓音,我还真不敢确定是他。

他只是抱怨了一下觉不够睡,早上四点多起来,一直要忙到晚上八九点,一点时间都没有。

我们一直话不多。我有心事藏着掖着,所以有点儿紧张,后来想想,他显然比我更紧张。他的乡音很重,虽然也用了别扭的普通话。他的话和我的话一直不太对得上。在老家的时候,我们像在同一个世界,可是在这里,电视机开着,里面随便放着一个娱乐节目。耀祖的眼神告诉我他不熟悉里面的导师、不熟悉嘉宾,也不熟悉里面的歌,那是他不熟悉的世界。我们的世界都只有花生粒那么大,一旦超过,就一片茫然。他的这种茫然就像我在科技馆看遥感技术连连惊叹时是一样的道理。只有播放奥运广告的时候,他显得有点儿激动:更快更高更强,图片上是着红色运动服的中国短跑运动员举着国旗高声呐喊。耀祖朝我会心地笑了一下,搓了搓手心:"不得了。"我立刻回到我们童年的夏天:我们赛跑,最先到达栅栏的会站上土墩制作的领奖台,以一捧狗尾巴草作为奖品,但那让我们对外部的生活产生无限憧憬。他亦和我一样对遥远的友情有强烈的印象。他的茶杯空了,我去帮他添水,他站起来,一定要自己动手。可是他站在饮水机面前,不知道按哪个按钮,又恢复成拘谨的客人。

吃完饭的时候,他略略活泼了一些。

"小林又买了一辆雷克萨斯,不得了。"他说,他喜欢用这句口头禅。我说到我们共同认识的其他人时,他插话说,"听说你哥哥有好几艘大船。不得了。"

"并没有好几艘,"我纠正他,造了一只大的,先抵押了小的,然后又卖掉小的,现在还欠了一大笔贷款。

"还是不得了。"他的鼻音很重,他的脸上那种憨憨的,一看就是欠缺思考的神气从小到大都没有消散过。小林变得大腹便便,整个人从上到下无一处同小时候相似,可是耀祖,除了更长更干巴一点之外,无处不是小时候的样子。他把"羡慕别人"几个字写在脸上。好像这几个字影子一样天生就跟着他。自打我认识他,就觉得他是一个安全的、没有攻击性的人。现在,他还是拘谨的,他那么高,膝盖并在一起,手脚不知道放到何处,脸上带着惊扰了他人的歉意。他的手关节都是肿的,那是因为长年在水里泡着,从早到晚手都是湿的,就算现在脱离了水,皮肉还是红肿,关节也红肿。

我从来没有见过耀祖杀鱼,但那天晚上,我想象耀祖弯着腰,在臭烘烘的鱼摊前,一条鱼一条鱼地宰杀,我对小林产生了一种莫名其妙的憎恶——不公的感觉如此实实在在,甚至,从某种意义上说,这种不公非常有重量、有质地、有味道——就是像各种活鱼、死鱼摆在一起散发出来的腥臭味。

我仍然没有把我的快要离婚的事告诉他。我们小时候无话不谈,但今天局面显然与从前大不同。因为即使我离婚了,至少还有个儿子,可是耀祖是一条一无所有的光棍。他的处境使我不忍心抱怨。

大概晚上八点多钟的时候,他突然站起身来说:"我要走了。"

"这么晚了,没有车了呢。"

我很吃惊,那时不像现在这么方便,我再三挽留他,让他明天一大早再走。小瑞和王辉都不在家,有空房间。

不了,他说,不了。

后来我才明白,恰恰是王辉和王嘉瑞都不在家,他觉得一个人在我家不合适。至于他那天晚上究竟在哪里过夜的,我到现在也不知道。经过火车站和汽车站的时候,我经常遇见睡在长廊和花坛边上的人,旁边放着邋遢的行李。我想,他如果挤在那样的地方也不奇怪,只是我当时没有意识到这一点。我固然也不宽裕,但我不知道他可能一分钱也没有。

"不了不了。"这是他边走边重复着的话。

耀祖的背影消失在楼下。急匆匆的,到最后,甚至开始小跑起来。记忆里小时候的耀祖一直都慢吞吞的。有一次,有一个疯子在打人,跑得快的躲开了,跑得慢的耀祖被揪住好一顿揍。

"你为什么不跑呢?"

看着耀祖身上青一块紫一块的,耀祖妈妈斥责过儿子后,还是牵着他的手去疯子的家讨一个说法。她把耀祖的衣服掀开,让疯子的妈妈和亲戚看他的伤痕。

"你为什么不跑呢?"

疯子的妈妈责备耀祖说:"别人都跑了,就你一个人不跑,怪谁呢?"

吵闹声把邻居们都惊动了。大家捧着饭碗，拿着扫帚，或是抱着娃娃来看热闹。听到前因后果之后，大家也都异口同声地责问耀祖：

"看到疯子为什么不跑？"

这样一来，他妈妈的声音被杂七杂八的声音全部覆盖了，实在难以抵挡。末了，耀祖一瘸一拐地跟在边走边抹眼泪的妈妈后面回来，连一个鸡蛋都没有要回来。他脸上的伤半个月后才恢复，而他的腿瘸了更长时间。

他这么匆匆地往前冲，比他小时候灵活多了。他那么生怕我喊住他。他是多么怕麻烦到我。我转过脸，忍住瞬间的心酸。

10

可是，我记得，彼时的耀祖仍然是我教育王嘉瑞的反面教材。

你的耀祖舅舅，他在卖鱼。

嗯？

卖鱼，天天弯腰驼背，身上全是鱼腥味，还拿不到钱。

嗯？

所以要好好读书……

令人感到不可思议的是，我和王辉正式离婚后的第一次期中考试，王嘉瑞拿回来一张93分的数学测试卷。他假装随随便便把书包摊在饭桌上。之前的每一次需要签字，他都会指着签字的空白处说，这里。我也假装看不到大红的×。这次，他把整张卷面摊开，扔过来一支笔，假装漫不经心地说：

"妈，签个字。"

我签上"已阅"之后，好奇地扫了一眼清爽的卷面，以及上面不容忽视的分数。

"怎么考得这么好啊？"

"以后都会考得这么好！"

"嗯？"

我听到他粗重的喘息声，诧异地一回头，他咬住下唇，眼睛里已经浸满了泪水。

"外婆说你是为了我才被爸爸抛弃的，因为我太不争气，爸爸怪你。"

我一惊,抬起眼睛,刚想说责备外婆的话,结果一下子看到了自己在窗玻璃上的形象:头发凌乱,面色憔悴,明知这就是自己,还是被吓了一跳。

"都是我的错,以后我会给你争气,为你报仇。"王嘉瑞说着说着,哽咽起来,眼泪收不住似的流淌出来。我走过去帮他擦拭,擦掉一颗又出来一颗,像散了线的珍珠似的,晶莹发亮。

初二下学期和初三上学期,王嘉瑞的成绩直线上升,让我惊喜连连。

本来我只想着他做一个普通的小孩,不让我难堪就行了。但是,他不仅不让我难堪,他让我感受到了风光。他的名字开始在教室黑板的光荣榜上展示了。

妈妈太高兴了。说明妈妈对你的安排没有错,说明妈妈买学区房、把你的潜能都激发出来了。每次我夸他的时候,也忍不住夸一夸自己的英明决定,仿佛这样一来,受过的苦都得到了报偿。

"是不是我成绩好了爸爸就回来了?"王嘉瑞看着我,认真地问。原来这孩子还在做破镜重圆的梦。

我再傻也知道这个时候不能让他泄气。我半推半就地说:"你再努力一下,他不是说过了吗,如果你拼到年级前三,你可以提一切要求。"

但是,王嘉瑞的成绩始终没有冲到年级前三,甚至班级前三都没有达到过。初三的下学期,他几乎没有一个晚上睡觉超过六个小时。他的黑眼圈重重的,因为疲于打理,头发乱糟糟地支在头上。他做题也很认真,有时跟他讲话,他好半天都反应不过来。他让我一再想起耀祖。但是耀祖在这里只能成为一个反面的榜样:

"你的耀祖舅舅,因为不努力读书,一米八的大高个子,因为没有文化,一天到晚蹲在地上杀鱼,忙了一年,黑心老板都没有给他工钱,让他空着手回老家过年。"

每次说到这里,我的声音哽咽,心里升起隐隐的疼痛,和耀祖见面的时候被忽视的细节和情节一再地涌现出来,每一次,都有新的内容填充进来。我终于明白,他是真的过得不好,很窘迫、很累、很无助,才到南京来走了这么一趟。

"知道了,知道了。不好好学习,就会像他一样给人家卖鱼。"儿子不耐烦地快速报出了标准答案。

11

耀祖在投靠小林之前,有过一阵子好的生活。我的意思是正常的生活。他在南京郊区六合打工。还交到了一个从云南来的在理发店洗头的女朋友。这么一个内向的人,竟然跟人家女孩子吹牛皮说,他的家乡是个桃花岛一样的地方。

"像黄药师住的岛?"

"一样。"

"真的一样?"

"真的。"

过年的时候耀祖带她一起回来。甜甜 20 出头,瘦瘦的,皮肤惊人的白,特别挑食,不喜欢吃饭,喜欢听人家说她瘦:

"我喜欢瘦成一道闪电。"耀祖妈妈每次都爱怜地端汤给她喝。她喝着耀祖妈妈的汤,嘴里说着瘦成闪电的愿望。

她还是个小话痨:

"你们这个岛上真穷,可是我为什么不跟他分手呢?因为我喜欢比我大十来岁的大叔啊,而且大叔的妈妈对我太好了。"她说这话的时候拿腔拿调,一听就知道韩剧没少看,她虽然不算漂亮,但眼睛亮晶晶的。

耀祖妈妈捏着围裙一角不好意思地笑。她因为儿子找到了女朋友而扬眉吐气,她也丝毫不掩饰自己的扬眉吐气。我们那个年过得真是欢乐,那时候儿子还没上小学,并没有任何迹象表明我们会因此而饱受困苦。我把他丢给我妈,自己和耀祖他们一起打扑克,到沙滩上追浪,各自讲过去偷黄瓜的黑历史。虽然几天假期一结束,我们都得会被塞回到笼子里继续当困兽,但那快乐的姑娘让我印象深刻。她无拘无束,喜气洋洋。就是她把云南的段子带到了小岛上。她说,她家的亲戚就住在靠缅甸的边境,晚上在树林的吊床上睡觉,翻着身就到了别的国家。那时候我们虽然去了城市,见过一些世面,听到这个离奇的事还是乐不可支,哈哈大笑。

云南对我们来说太远了,但甜甜的形象是那样生动、那样美丽,我敢说她的出现让我们整个村对云南都充满了向往。

那是耀祖一生中笑得最多的时候。他毫不避讳地带着女友在江滩上玩沙子、堆房子、拔芦笋。每当甜甜挖到一根又长又肥的芦笋,耀祖的赞叹声就会响起:

"不得了,不得了!"

他的衣着也发生了变化。他穿着鹅黄色的直筒裤,雪白的衬衫外穿一件白色双层夹克。人人心里有数,这行头不值多少钱,但一点也不土气。他举止变得轻松,好像身上一种东西被卸掉了似的,让人生出一些好感来。我们惊异地发现,耀祖可以是跟他完全相反的样子:活泼的、爱笑的、奔跑的、挺着自信的脸膛,像一颗星星……大家知道这是甜甜的杰作,她让耀祖不像昨天的耀祖,不像童年的耀祖,像一个新人。

但是,过完年,噩耗传来。甜甜从四楼跳下去,死了。

她死得毫无预兆。正月里,她爸爸从云南给她的工厂打电话,让她和耀祖分手。她爸爸的态度非常坚决,因为他摸到了耀祖的底牌:耀祖根本拿不出一分钱彩礼。甜甜的爸爸耍了一个小把戏,说他自己病危,想见女儿最后一面。甜甜根本没有怀疑这是一场处心积虑的算计。也许她被教育要防备外人,但她没有做好防备父亲的打算。回到云南当天她就被软禁了。耀祖赶过去,守了好几天都没获准进屋。无奈之下,耀祖回到六合上班,但是,等待他的却是女友跳窗逃跑身亡的消息。

耀祖在收发室接到电话通知。他放下电话往车间走。收发室到车间有五十米,耀祖似乎走完这五十米才意识到发生了什么,他一头栽倒在车间的卷闸门上。卷闸门发出尖锐的颤抖的响声,随后,人们把耀祖扒拉过来,让他的脸朝上。他的脸完全扭曲了,像有钉子正缓缓扎进头颅。

伤心的耀祖无法在车间工作。因为难过的情绪会让他分神,机器会切掉他的手。他被好心的工友送回小岛。耀祖在床上躺了好几个月,他不怎么出声,也不抱怨,就那么整天昏睡着。

有一天,我回娘家给妈妈送几件衣服,刚刚下过雨,雨后的太阳光洒在草叶和树尖上,堤坝上湿漉漉的,到处是人们经过时留下的泥泞。老远我看到耀祖摇摇晃晃从门外往屋里走,他步履蹒跚,可能有点虚弱,他的胳膊肘撞到了门环上。我吃惊于他这个季节也在老家,大声喊了他一声,他没有应答。

进了家门,妈妈才偷偷告诉我甜甜的事。我被惊呆了,但是我妈妈阻止我去看他。因为耀祖谁也不想见,什么话也不想说。

他也不帮妈妈下地干活。三亩地的麦子都是他妈妈一个人收割的。

他似乎什么都不在乎,他的筋被抽掉了似的,什么事也做不了,但半夜里经常能听到他的哭吼。

耀祖妈妈经过我的门口,我妈妈絮絮叨叨地说耀祖没搭理我的事。耀祖妈妈一个劲给我道歉。她说耀祖是没脸见人,混得太差了,样样都不如人,连个老婆都没守住。

"别这么说,只是运气不好。"

就是那次,她说到了小林,说到了她娘家一个岛上的能人,造了一个千人大厂。而这些能人,她都是看着他们出生长大的。

"耀祖太没用了。也是我命不好,怪不得别人。"她说着,眼泪淌了下来。

她走之后,我问我妈,耀祖不肯干活,怎么有钱花呢?

手头紧得很,吃得不怎么样啊。我妈妈皱着眉头,耀祖妈妈偶尔会买半斤肉,用咸菜混在一起烧好给儿子吃,再就是地里的茄子扁豆,偶尔能煮个鸡蛋,能怎么样呢,麦子能卖几个钱?

第二天我再一次看到了耀祖的背影。他的身上散发出浓烈的悲伤的味道,那种无所顾忌的、无视前后的悲伤,换句话说,如果有人举着刀向他冲来,他也是这番懒得躲闪的万念俱灰的姿态。

那时候我还没有遇到婚姻问题,生活还算安稳,对耀祖的遭遇感到震惊,觉得他的痛苦真实却又遥远。有几次我想强冲进去,说一些诸如"为了母亲,振作起来"的话,可是站在他家的门前,门里一点动静都没有,门上的对联上的红纸被雨打褪了色,惨白惨白,一戳就破的样子,我退缩了。

我走后他又睡了很长时间。他用昏睡来抵挡自己想死的欲望。一直到冬天,积雪开始融化,枯草在被行人践踏之后又长出新芽。邻居们议论纷纷,最初同情他的人也都开始责备他,甚至有人在窗口向他发出劝告。只有耀祖妈妈坚决支持儿子睡觉。宁愿他睡,也不希望他想不开。儿子睡觉的时候,她坐在旁边祷告。从那年起,她由信"菩萨"改信"上帝"。

12

王嘉瑞成绩有了意外的提升,这是离婚带来的唯一"好处"。

这个事固然令我异常兴奋,同时也让我无比困惑。我们绞尽脑汁、穷凶极恶地算计他,玩心眼,耍花腔,希望把他培养成一个优秀的人,可现在,在我萎靡不振、几近放弃的时候,他悄悄地把自己变成了我们一直以来期望的样子。此后我经常接到莫名其妙的电话,都是一些留学中介机构。一开始,我不胜其烦,一听到来意就粗暴地挂掉电话。直到有一天,我在家长群里看到一个家长气愤地指责学校也堕落了,竟然把优秀学生的信息都卖给中介了,让她不断接到骚扰电话。一种自豪感顿时油然而生:原来我接到电话是因为我的孩子成了优秀生。

我还被王嘉瑞的班主任请到学校,在家长会上做了一次半小时讲座,题目已经拟订:如何快速提高孩子的成绩。我本来想拒绝,但是听说去谈成功的经验向来只是那些优秀学生父母的独享荣耀,一时虚荣心作祟,我应承下来。我第一次坐在台上,看到学生的位置上坐着的家长们,看到他们眼巴巴期待的眼神,我内心充满着滑稽和荒唐的感觉,因为虽然我分享的经验是真实的,但效果是虚构的。王嘉瑞成绩的提高对我其实也是一个谜。

当初离婚时说好房子给我和儿子,所幸贷款还得差不多了。另外,协议还写明王辉每个月给儿子五千块生活补助费,直到他大学毕业。但是离婚之后,王辉每次来看儿子,都流露出眷恋和愧疚的心理,我们之间因而变得客客气气,我也就没有催促过生活费的事。

直到有一天,王嘉瑞需要交数学补习费,我手头有点紧,才想起来问王辉讨儿子的生活费。

"还有什么生活费?"他表现得一脸茫然。

"就是咱们合同上约定的每月五千的生活费。"

"什么合同约定?房子给了你!"

我一时有点发蒙。赶紧跑到卧室去翻看合同,没想到,原来的第二页最后一行的那句关于生活费的话竟然不翼而飞。过了半天才意识到他在签字的时候把协议调包了。

"你竟然这么无耻失德,太卑鄙了!"我气得浑身发抖,直接把合同摔到他脸上。使我愤怒的不仅是生活费凭空消失,生活了这么多年的人竟然如此做派,实在令人作呕。

他装着无辜的样子矢口否认,还连连诅咒发誓。他越说我越觉得荒唐透顶,忍不住向他扔了一只杯子,他躲了过去,但扬言再这样就不客气。直到王嘉瑞哭了起来,我们才作罢。吵闹声把邻居都惊动了,清洁工也蹲在门外偷听。也可以说,整个小区都知道了。

之后,我不断地给朋友打电话,把我认为奇葩的事散播出去,以泄怒火。

这件事也引发了双方家庭更强烈的争斗。我父母每次在镇上遇到王辉的父母,必是把这个事拿出来控诉一番。我爸爸和王嘉瑞的爷爷甚至还动过一次手,他把人家买菜的篮子掼到地上,踩了几脚。王辉的父亲也向我爸爸吐口水。本来藏着掖着的事就这么不顾体面地张扬出去了。我每天下班回来打电话接电话就是谈这个事,甚至把之前的一些不堪的事也拿出来反复说,控诉王辉以及他全家的人品,甚至跟王嘉瑞的小姑也撕破了脸。王嘉瑞小姑是王家我唯一愿意离婚后继续来往沟通的人,我俩有亲戚关系之外的同性友谊,但是在王辉的父亲朝我爸爸吐口水之后,她也成了我怨恨的对象。王嘉瑞过生日的时候,出于报复,我没有接受她送来的蛋糕,此后一年时间都没有让王嘉瑞的爷爷奶奶看见过孩子。

一切真面目在王嘉瑞面前暴露出来:父亲找了别的女人,可能生了别的小孩,调包离婚协议,爷爷朝外公吐口水,现在连小姑也断绝来往,做妈妈的经常半夜睡在床上哭醒,根本无心管他的生活和成绩。所有这些对王嘉瑞都是难以承受的打击。几天后一场重要的摸底考试,王嘉瑞结结实实地考砸了。看着我拿着他的试卷大惊失色的脸,王嘉瑞耸耸肩膀,对我说:

"不是你让我平常心,考出真实水平就可以了吗?"

"这不是你的真实水平呀!"

"这就是我的真实水平。"

"那也不应该是这样啊!"

"生气了对吧,翻脸真快,虚伪!"

我儿子站起来,轻蔑地投来一瞥,不疾不徐地走进自己的房间,把房门关上了。

所谓的叛逆期就这样突然到来。此后,不管我问他什么,他都抿紧嘴,不吭声。每天放学后,他再也不做卷子背单词弹钢琴了。他常常瞪着猜疑的眼神,坐在课桌边发呆。他学习的热情如同变魔术般地消失了。现在,不是成绩不成绩的问题,王嘉瑞变成了另外一个孩子。他突然对甜食特别感兴趣。吃粽子要蘸上左一层右一层的白糖。冬天也喜欢吃冰激凌,以前那些奶油蛋糕根本碰也不碰,现在,他大口大口地吞吃,头也不抬。

一个多月时间,他长胖了十四斤。

他心理上明显出现了问题,好像一只受了伤的流浪猫,即使妈妈的爱无处不在,他仍然想通过其他东西寻找安慰。

但是,这时,我反而没有勇气带他去看医生了。

13

15岁时,我和耀祖在不同的学校上高中。但他的学费是借来的,他妈妈把翻身的希望寄托在他身上。我们这一代受穷我们认了,孩子不上学就要受穷一辈子。邻居们也觉得耀祖妈妈比一般人更明事理。我们村里许多户都借过一些钱给她。我爸爸也借过。公平地说,那个时期耀祖表现得很勤奋。他在区里的学校寄宿,每周回来拿一次粮和咸菜。五十多里路,他全凭双脚步行。他常常天黑透了才能到家。他进门的时候,左右邻居都会听到他妈妈欢快的声音响起来,他妈的欢乐在夜里被放大,会把卧在坡下的一条野狗惊醒。

承载翻身希望的少年耀祖性情上并没有多少变化。周末上午见到他,他呆呆地坐在门槛上,端着一本书。人们经过他的身边,他惊觉周围有响声,却要等到人们的背影渐行渐远、快要消失的时候,他才抬起头。他迟钝。这时期似乎更迟钝,好像眉毛和眉心都打了结;他的面色很黄,眼睛里有一种昏暗的凝重感,这凝重感钳制了他的手脚;他的书也显得很重,但他的样子被认为是一个有前途的读书人应该有的样子。他妈妈竭力弄有营养的东西喂养他。花生米炖得稀烂,里面放些红糖,据说补血。晒干的霉干菜泡开,煮得烂烂的,浇上一勺猪油,装在洗干净的罐头瓶里,他用网兜拎在手上去学校。他拎着这些罐头,但我们都知道他在挨饿。这就是实情。

他的笑话不断传回来。据说他比别人落后太多。他不会打篮球,不会打乒乓球。班级演个话剧,让他当根木头,本以为他会胜任,结果他在台上瑟瑟发抖,导致主演们笑了场。吝啬,据说他被评为全校最吝啬的人,现在我们这个年纪很容易理解的一切,当时的年纪却似乎完全不能够,他被嘲笑了很久。

他向家里隐瞒了这一切。为了避免撒谎,他什么也不说,回来的时候,我们站在门口向水里扔石子,他闷声不响,扔出去的石子划出决绝的弧线。

他用他的沉默展示着他的忍耐。他不笑。几乎不笑。那时我不能理解他怎么变成这样。他整天穿着那条不合身的裤子,有时赤着脚,我经常看到他把鞋拿在手上,听说快到学校了才穿上。可是,有人回来反映说,他在学校也赤脚,脚指甲里全是泥;他的床上的被子是黑色的,这些也遭到取笑。所有别人不能理解的事他们就笑,反正笑笑又不要钱。他的那股怪异的样子最终使他没什么朋友。

按理说,声名狼藉的耀祖应该很懂事,其实不。有一个周末,我也回来了,吃过晚饭做作业的时候听到他妈妈大声地说话。

"我哪里有钱买白球鞋。我做的鞋不比球鞋跟脚吗?"

"别人都有球鞋,为什么就我没有白球鞋?"是耀祖的声音,他的音量时高时低,像一杯端不平的水摇摇晃晃,最后一个字是冲出来的,就像水杯最后被掼碎一样,碎片撒了一地。

这件事的结果比耀祖妈妈想得更坏。耀祖出于羞怯不愿意站在高中的操场上做操,他不解释。三次之后,他被记了一过,但他一直没有解释。甚至连老师也猜出他不出操是因为球鞋的事,准备放过他了,可他就是不解释,他的态度使老师觉得受到冒犯,他最后被记了一大过。

高三的时候,许多同学周末都不回家了。要么父母给点菜金,要么家里人送菜到学校。但耀祖必须回来,一则回来拿咸菜,二则他必须周末回家帮忙做农活。

周六晚上,鸡鸭入笼,江水平息,一切都安静下来,我们听到耀祖妈妈的声音响起来。

"我哪里有钱给你买自行车?"

"不买不去上学。"声音瓮声瓮气,显然,耀祖的体内有愤怒的火苗在往外蹿,但是,这股愤怒的火苗在接触到母亲的目光时是有退缩和犹疑的。

"怎么,"我爸爸惊呼,"这小子上个高中就学坏了?"一瞬间,似乎那个木讷的、甘愿服从的、一句完整的话都说不出来的耀祖不见了。我爸爸似乎忘记了,他才刚刚给我买过一辆自行车,甚至在我还没有开口的情况下。

"不去更好,反正你考上大学我也供不起。你爸病成这样,你正好回来挑大粪。"

挑就挑。说完这句话之后,一只鸡下了蛋,"咯咯咯!""咯咯咯!""咯咯咯!"掩盖了耀祖的吸气声和他妈妈的反击声。

呀呀呀!我们家的大人小孩都把耳朵竖起来,看大逆不道的耀祖顶撞人。

第二天早上,我在门口刷牙的时候,看到耀祖家的鸡还没有放笼。耀祖妈妈似乎不在家。我跑到耀祖的窗底下,从碎了的玻璃窗往里看。耀祖躺在床上,头捂在被子里,没有动静。

到了十点来钟,我们看到耀祖起床了。他支着凌乱的头发,嘟着嘴坐在门前,到了下午两三点的时候,他还没有动身去学校的样子。

"耀祖,我先走了!"

我骑上自行车,向他摆了一下手就动身了。我当时想,如果我们在同一所学校,我完全可以让给他骑。他带着我,到了学校附近再把我放下来,这样就没人知道了。

这个念头就这么一闪,没有阻止我绝尘而去的速度。

下个星期我回来的时候,竟然看到一辆崭新的自行车摆在耀祖家门口。

我惊喜地咦了一声,我妈妈立刻给出了答案:

"他妈妈上个星期卖血给他买的。你瞧瞧,脸白得跟纸一样,瞒不住谁!"

我妈妈说完,大声地对着耀祖家的方向说:"耀祖你一定要孝顺哦,你要比别人强,你可以自己争口气,还要帮你妈争口气,骑着高头大马回来把她接走享福。"

没有人搭腔。

当年高考,耀祖落榜。我考上了一所师范院校。一切都在意料之中。

14

　　这是一个肉眼可见的分水岭。儿子的体重继续飙升,但成绩一路下滑,和成绩一起坏下去的还有他的态度。明明是他爸爸做了缺德事,到头来他连我一起恨上了。他没有恶意恶语,但就是软抵抗。你让他写作业,他当没听见;你让他少吃点甜食,他当没听见;你让他出门跑个步,他仍然当没听见。他的体积有我两倍大了,我就算有打他的冲动,也不知道往哪里下手,才能让他有痛感了。

　　考完雅思之后没多久,是中考。

　　我发现了一件奇怪的现象:当你有一个中考的儿子的时候,你会发现围绕在你周围的全都是跟中考有关的人和事。这些人和事就像早就预备好的,从其他各个角落钻出来与你会合。

　　我轻而易举地打开了一扇看上去不起眼的奇特的大门。大门背后是无限的新鲜知识——加分项、特长生、招生班、留学中介、奥数班、一等奖,如此充满着诱惑力的东西,其中的任何一项后面都挤满了想攫取它的人,而我的儿子在人群中的最末端。不管冲在前端的人究竟能捞到什么已被证实的切实好处,光是末端这个位置就够让人沮丧和自卑。

　　王嘉瑞中考分数出来了,不出所料,惨不忍睹,等了半个多月,没有一所普通高中发来录取信。王辉再婚的消息到底传到我的耳边。老伤新痛,我的感觉糟透了。正当我觉得世界一片灰暗的时候,王嘉瑞的雅思成绩出来了:六分! 远超我的预期,也成了我最后一根稻草。

　　就我个人来讲,我非常希望孩子留在我身边。失去婚姻之后再失去孩子,恐怕后面的生活很艰难,所以没考虑让孩子留学的事。但是,王嘉瑞无学可上,只剩下拿得出手的雅思成绩。一想到中考结束,孩子们大人们都在谈论这个事,觉悟好的,已经提前在学高中的课本。每天都有更优秀孩子的传奇故事传来:某某的儿子进京参加奥数比赛,获得全国一等奖;谁的女儿竟然通过了"最强大脑"的初选;谁的孩子上了央视英语擂台……这些新闻从手机、邮箱、电话、老师和其他家长的口中源源不断地传来。人人疯魔一样想进好高中、好大学。

我心里明白,这往后我儿子将一直生活在不如别人的境地里,我必须得接受这个现实了。有一阵子,我说服儿子和我一起跑步,孩子艰难地跟在我身后,双腿发出摩擦的声响,使我无比心烦。我失眠很严重,有时走在户外,都觉得透不过气来。有一天,我们母子俩走在小区外面的人行道上,天不知不觉黑了,儿子被我落在身后,渐渐地,他的身躯模糊成一座小山似的。我停下来等他走近,他站在原地迟迟不动,我只好往回走,快到跟前的时候,我看到他的脸色阴沉,张大嘴巴直喘气。

"跑不动了吗?再坚持一会儿。"

他没有理我。我耐住性子,站在他身边,再给他一点时间。

突然,他口齿不清地说:

"陈逸进南外了。"

"什么?"

"你明明听见了。"说完,儿子艰难地迈开腿,往前挪去。

南外意味着什么?南外在所有人心目中,意味着大好前程:不用参加国内高考,直接被国外的名校提前录取,然后进入到世界一流的大学去学习,那个时候,就不是一份稳定的工作、一个脸面的问题,是实实在在的大好前程摆在他面前……

一阵心酸涌上心头,一个声音突然在我脑子里回响:

快想办法,不然就晚了!我突然生发了孤注一掷的决心,让孩子出国留学,让他摆脱这无边无际的压力,远离无处不在的同伴压力、升学压力。

这个念头像用手拨开了森林里茂密的枝杈,看到了远处炊烟袅袅升起一样令我兴奋不已。

我知道自己的经济能力没有达到这一步,可是这个念头就是驱赶不了,脑子里那个声音还在对我说:快想办法,不然就晚了。

一种莫名的悲壮感升起来。我隐隐明白,王嘉瑞才是我生活跌入谷底的根源,我不是光指经济,包括精神的苦闷。从他上小学,我的生活方式改变了;他上中学,我的婚姻破灭了;现在,他中考结束了,失败的虚线变成实影飘在眼前,一大片,无处躲闪。我知道,解决这烦恼,必须大力一搏。

果然,我把这个想法告诉王辉,他用一种"你一定疯了"的眼光打量了我一会儿,然后坚决表态说,他的第二个孩子即将出生,他才刚刚贷款买了一个两居室,根本无力承担任何费用。他让我"后果自负"。

他的态度是意料之中,却也触怒了我,使我确定王嘉瑞需要摆脱这样的父亲和这样的环境。我甚至想象王嘉瑞成功之后,王辉对背叛家庭和儿子感到"后悔莫及"。8月份,我和一家中介机构签署了留学协议,委托他们把王嘉瑞送到英国去上夏令营。如我所料,王嘉瑞喜欢国外的环境和气氛。我趁机告诉他:

"如果你喜欢英国,就不要在国内上高中了。直接上英国的 A-Level 课程。"

"那得多少钱?"王嘉瑞瞪大了眼睛。

钱的事你不要管。其余的什么事情你都不要管,念好你的书就行了。

"不会吧,妈妈你彩票中奖了?"孩子总算有心思跟我说说话了。他眼睛里闪着光,期待地盯着我。此前我们看过电视新闻:一个很有钱的爸爸为了教育自己的孩子装扮成穷人,直到孩子大学毕业,直接向他揭开谜底,孩子感动而泣。还有就是身世显赫的父母继承了不明遗产,就像我小时候常常做这样的白日梦。

"保密!"我故意装出神秘莫测的样子,不正面回答他,我想,兴许这样一来,他能摆脱"什么都不如别人"的感觉,重新做人。

无论如何,王嘉瑞相信钱不是问题之后,他答应去英国。

王嘉瑞刚刚办好留学手续之时,我则以迅雷不及掩耳之势卖掉了这套价格翻倍的学区房。我算准了,这笔钱够王嘉瑞读完高中和大学。如果王嘉瑞受到了好的教育,上了名校,将来到大城市发展,我在这里有没有房都不那么要紧。王嘉瑞的脚还没有踏上英国国土,我就从市中心的一品家园搬到了郊区的出租屋里。

这个决定跟我当初要买这套学区房时一样坚决、果断。可以说,把儿子送到英国去上高中,是我的最后一搏。我每天都幻想他能脱胎换骨,一蹴而就,把不堪的家庭记忆甩到脑后,在新的环境里激发出深不可测的能量。不过,我也做好了他更差的打算。

儿子离开之后我有机会回顾自己近乎病态的好胜心,也经常觉得自己变得不像自己。但周围却没有任何人觉得我做错了。相反,有孩子的父母过来跟我打听。我收获了许多友谊和赞美。我相信自己给了别人一些错觉。他们想,连李连秋这种条件的人都有能力有决心送孩子出国留学,我们还有什么理由不送呢!他们甚至因此而觉得自己不如我有心机有胆识。

如我自己所言,我孤注一掷,也做好了王嘉瑞一跃成为学霸和继续成为学渣的两手准备,唯独没有想到第三种情况发生了:儿子在情感上一天天疏离我。出国前短暂的融洽相处之后,儿子变得更加冷漠。我有时候想和他视频聊聊天,无论我说什么,他总是会"嗯""好""是"。能少说几个字就少说几个字。我父母也联系不上他。我妈说,这孩子不会是白眼狼吧,站到他爸爸那边去了吧?他妈妈算是把天上的星星都摘下来递到他手上了呀。

王嘉瑞比我想象得更忙也是真的,除了学科课程之外,学校会有非常多的活动提供给学生参加,比如马术、高尔夫、丛林探险、滑雪等等。从他的英国监护人那里,我知道他爱上了踢足球,每周有三个下午都在球场。

"那怎么行,他应该加强英文,他的英文……"

"可是运动更重要啊。"那位未曾谋面过的台湾监护人完全不理解我的焦虑,我要求她帮我把足球课换成英文补习时,她在电话里笑着回敬我说,"那是王嘉瑞自己的选择呀!"

"那么他的成绩……"

"不算差,还不错,很顺利。"每次都这样,让我有一种把握不住什么的感觉,同时让我真正头疼的是每个月的费用。除了中介费、学费和学校各种杂费之外,我还要付他的住家开出来的日常开销。包括王嘉瑞的足球课、运动服、聚会时分摊的饮料钱,这些费用远远超过我当初的预算。每到信箱里收到繁体字的问候,我的头皮就发麻。

有一次,我跟王嘉瑞视频,婉转地让他节约开销,不必要的钱尽量不要花。

"我已经很节约了,就因为我花钱过于算计,其他人都不带我玩了。我们学校的中国同学,他们每个月的零花钱至少五百英镑。"

中介证实了王嘉瑞的话。和他同时来的五个来自中国的同学,王嘉瑞几乎不跟他们其中的任何一个来往。

"他们太有钱了,他们出去逛街,花钱眼睛都不眨,他们从头到脚,浑身都是名牌。"

听出王嘉瑞的声音里既有羡慕,也有委屈。

"你不能跟他们比,如果不想占人家的便宜就离远点吧。"

"我正是这么做的,因为觉得我小气,其他人都不带我玩了。"

"不要自寻烦恼,你要跟你初中的同学比、小学的同学比,他们有几个出国了?"

"我只能跟站在我身边的人比。"

"有什么好比的?"

"让我跟人比的是你们呀。"他小声地嘀咕一声就不再说话。他并没有吼叫、争执,或者怄气。但这个程度,已足够让我们的谈话不欢而散。我本来期望,王嘉瑞得到了留学的机会,应该更珍惜更感动更幸福才是。但事实表明,他并没有摆脱同伴压力,相反,同伴压力不是减小,而是加大了。

他似乎正在一步步脱离我的节奏,但也并没有走向我期望的那个方向,因为距离,使我觉得他越来越捉摸不定。这是可怕的全新体验,我倾其所有,却未能得到任何回报。我不想夸大经济上的拮据,我还没有沦落到捡菜场上的菜叶吃。不过,待我孑然一身的时候,窗外呼呼而过的车辆都在提醒着我的落寞和失败,以及我未来的虚无和抗争的无效。

15

在我们各自去外地上高中之前,我和耀祖一直是最好的玩伴。

那时候我们的世界只有这个小岛。一条清澈却又深不见底的河流阻隔了我们与外部世界的联系。我们不能够触摸外面的世界,我们不知道知识、希望、爱情和永恒。我们只有鱼叉、鹅卵石,捉迷藏和捉弄一条不知谁家的看热闹的老猫。除了赛跑、打水仗,我们还做过家家的游戏。耀祖扮演坐在桌边陪来访亲戚的丈夫,而我是那个勤快的妻子。一片碎瓦片代表一只碗,一片树叶代表一个菜,泥巴和泥代表肉圆。而小林和小翠,则是游戏里被我们招待的亲戚。他的责任是刺溜嘴,表示稀饭很烫嘴。

小林刺溜了两下停了下来,耀祖像大人一样客气地说:

"多吃点,别客气。来,夹块肉。"

我也在旁边附和,再夹块鱼干。鱼干是一根折断的细枝条。

"你们俩玩得这么好,长大了结婚吧。"小翠说。

耀祖抬起眼,还在回味着这句话。小林,这个一贯胆小的跟屁虫,却迅速做出了反应。他轻蔑地看了耀祖一眼,像一个真正的长者那样训斥道:"你家是草房,她家是大瓦房,她怎么会跟你结婚?"

当时的耀祖脸上没有表情。从来都慢人一拍的耀祖需要更多的时间去消化外部世界的击打。在他的头转过去之后,我看到他的脖子根突然通红,他的脸颊抽搐了一下。在他不提防的时候,痛苦已经从他的脖子和脸颊展现出来。他什么都没说,但是我后来相信,他的童年伙伴朝他划了一道看不见也难以愈合的伤口。他始终什么也没有说。这是一贯的他,毫无攻击性,也毫无战斗力的他。

但我对他的痛苦置若罔闻,我还没那份领悟力。他的傻乎乎的麻木助长了我的自以为是。长大后回想起来,我甚至觉得那一段是我一生最快乐的时光。我不缺吃穿,父亲不打母亲,唯一让我不开心的是,我个头矮小,在课间各种游戏时总被人推来挡去。拔河游戏、捉小鸡、跳房子,我都因为不灵巧而成为累赘。被孤立的时候,我会四处张望,寻找耀祖。他一定会在不远处站着,就好像等着有脏水泼过来的时候挡到我前面。但我知道他其实不会那样做。远远看着我出丑,偶尔转移别人的视线,他能做的就这么多。

当然我不能说自己对他就毫无用处。也有许多时候,我陪着他躲在黑夜里。他的父亲正在打母亲,他缩在墙角久久不敢进屋。

他用麻绳抽她。她抽泣着。耀祖的爸爸脾气特别火暴,喜欢毫无理由地打老婆,比如他在外头受了委屈或者没有按时吃到晚饭。

"你哥哥会帮她。"我说。

"他不敢。他帮过一回,也挨了拳头。"耀祖的牙齿不整齐,还有点黄,那时我们已经有属于自己的牙刷,他还没有。他做什么事都慢我们一拍。我有书包的时候,他还只能把书用一块旧毛巾裹住搂在胸口去上学。他借我的橡皮擦和削笔刀,如果他去借别人的,只会得到训斥,没有人会心软。尽管只有10来岁,我们知道谁可以欺负,谁可不能得罪。他的人生似乎从那时起就已经被预置:一切都慢人一拍,一直在追赶别人。而他也很快适应了这一切:每天处于混乱、失望之中,接受被羞辱、被轻视、被遗忘的事实。但我喜欢这个软弱的人、迟钝的人、懦弱的人。我对他知根知底;他对我极有耐心,从来没有挑剔过我任何方面,即使在其他同学嘲笑我的时候,他会坚定、毫无悬念地选择站在我身边,虽然他所能做的就是直愣愣地旁观,看着别人对我的质疑和嘲笑。他从来没有为我反抗过,如同我从来没指望他一样。不为什么,这就是他——比我渺小,比我更受歧视。我接受这样一个朋友,从他的身上可以获得安全感和优越感,他的存在可以抚慰我不时受到的小小的排挤和伤害。我当时不知道他的存在对我意义重大,直到我在外地上中学之后成了孤家寡人,在被嘲笑的时候根本无人帮着转移注意力的时候,我才发现自己十分想念耀祖。但此时我们已经开始长年不能见面。这时没有任何迹象表明他会成为一个抢劫犯。

经过漫长的几十年,如今我突然明白,我如今遭受同伴压力,但在很早很早之前,自己就已经是同伴压力的施行者。在我不知不觉的时候,我的优越感以及我身边小伙伴的恶毒早就压住了耀祖。在他成长的路上,在他成人的路上,一直有这样的恶出现在他身边,颠覆他对生活的想象,磨灭他的天真和奢求,让他品尝到无法用语言表达的撕裂和痛楚,他被打磨成一个不自信、不反抗、诚惶诚恐的人。同伴们组成一把长剑,插进去,拔出来,因为看不见红色的血,人人都以为自己没有犯错。

16

在王嘉瑞去英国一年多之后,我去了一趟英国。在飞机上,我仍旧不死心,幻想着留学能够成功改变了他,并在脑中勾画一个乐观上进、充满感激和爱意的儿子,他魔术般地变得振奋和积极……在希思罗机场,我见到的王嘉瑞变成了一个几近陌生的青年。他留着长长的头发,眼睛开始略略有些近视,佩戴了一副眼镜。他的身材长成了我认为应该的高度,但看上去竟然很瘦。我知道他瘦了,但不知道竟然瘦成了这样,简直判若两人。或许是身材发生了巨变,他的面容也发生了巨变。此刻是伦敦深夜两点,加上陌生的建筑和面孔,我疲倦而僵硬地看着他。我们之间有一种跟过去不同的生分。我如此思念他,但此刻竟然不知道怎么样表达才好。他只是朝我笑了一笑,拎起行李箱就往出口走。

就在那次见面,我从他身上看到了一种不同的风度。令我暗暗惊异。

他像个大人一样带我认识他的监护人,带我去他的学校参观。在明亮而漫长的黄昏,他在路边的咖啡店买一杯咖啡让我尝尝。清晨的时候,我们坐在敞开的巴士上层去看大本钟。他沿途指指点点,把觉得有趣的地方介绍给我。我们迷路的时候,他没有为我的焦躁和惶恐而难为情,他气定神闲,步伐坦然从容。从他的举手投足我看到了一个孩子经过一年的神秘旅程,到达了少年世界。

这个眼花缭乱的陌生世界,令我想起坐在我家沙发上手足无措的耀祖,我此刻就跟他当年一模一样啊。我一阵心酸,但这回,我什么也没有说。

比起学习,王嘉瑞的全部兴趣和热情其实在踢球上,这也是他一年多来迅速瘦下来的原因。他邀请我去看他的训练。他起步晚,动作不是很规范,但很有热情,用英语和教练沟通。我实在忍不住又问了他申请大学的情况,他的学分,以及他将来的打算。

还没有想好,有名的学校肯定考不上,毕竟咱成绩一般嘛。

知道一般,是不是因为你的心思都在踢球上?

是的,妈妈,踢球让我快乐。

他公然地说出了"快乐"这个词。

"快乐以后会有的。"

"现在没有,以后怎么会有?"

可是现在不努力……

他快速打断我:"最多就是普通人,普通人也有自己的快乐。你们自己也是普通人,可总是歧视普通人。"

"但是,我希望你过上好的生活。"

"好的生活有许多不同的定义。"

受异域影响的教养显现出来,他的声音很平静,但明明白白表露出对规则和母亲意愿的公然漠视。他的神情像是在说,你的人生没有什么成功之处,就不要灌输什么宝贵的准则了。

他赢了。我不想和他争执,我不忍心他输。但是,再往下了解,我认为,踢球,不过是用来回避无法与人交往的尴尬。换句话说,如果他在中国是边缘的,在这里,他仍然是边缘的。他没挤进富二代的行列,也没挤进学霸的行列,我们眼里的学渣们也瞧不上他。用他的话说,他不够酷,没资本。他说这些的时候,声音很平静,但是,我却听出点责备之意。我清了一下嗓子。

就算我明白他在抱怨家境不好,我也只能眼睁睁看着了。

有一天,我帮他收拾宿舍,无意中翻到了一个笔记本,这个笔记本是出国的时候,他的初中同学赠送给他的。我随便一翻开,里面赫然写着:

我爸爸是个浑蛋,可是我时常想念这个浑蛋。

我妈妈不肯接受我是一个普通人的现实,她希望我成为一个她认为必须成为的人。

不要给自己制造牢笼。

不要沿着别人的错误继续前进。

体验,体验,体验生活!

我吓得一激灵,好像闯进了陌生的房间,赶紧合上笔记本,不敢再往下看。

从英国回来,带给我两种截然不同的心情。孩子健康、有教养、有思想的样子,他也比我想象的更成熟、更复杂,也更有思想,笔记本里有他自我挣扎的痕迹,他似乎也正在学着成长,这一点让我安心,但同时又觉得哪里不对劲。他对成绩对前途表现出来的无动于衷很不合适。他应该像我身边一切面临高考的孩子一样紧迫、焦虑,心无旁骛,这才是一个学生应有的状态。

出于一种矛盾的心理,我给他发了一条微信。我告诉他卖掉了房子的事,或许他会像当初发现我和他爸爸离婚一样,一次压力成就一次反弹。

没想到,他只是回了一句话:

"我早就知道了,爸爸说你疯了。"

他没有表示愧疚,也没有表示感恩。他表现得过分冷静而漠然。换句话说,我这样的牺牲他笑纳了,也并不准备回报——我要求的回报无非是希望他一跃而起,加倍奋斗。他没有,崩溃的是我。我被某种观念控制住、牵着走,但我没有带动任何人。他甚至都没有说:妈,你在用爱和牺牲绑架我。他没说。他接受爱和奉献,但也没有被绑架。他只顾着寻找他自己。

当初留学中介广告上可说了:英国是培养绅士的国家。你送给我一个少年,我还你一个绅士。可是,王嘉瑞的不客气、不亲近、不买账使我震惊不已。他按照他自己的意志在成长。我当了十八年妈妈,还是不知道怎么当妈妈,甚至不知道怎么当自己。

眼下,我们的关系如此冷淡,比陌生人好不到哪里去。

17

我以为耀祖会坚持下来,他的母亲会坚持下来。但是,他落到了坐牢的下场。他被判得很重,十五年。大家都瞒着他妈妈,说只判了三年。他们估摸着三年之后,耀祖妈妈差不多也不在人世了,但她至少可以揣一个儿子能够重获自由的梦想。

"我的儿子犯了错,"耀祖妈妈坐在门槛上声嘶力竭地哭喊,"都是为了我呀,都是因为去年时候他向我保证要开辆车回来呀!"

"一辆旧车要判十五年?"我再三在微信里跟提供消息的人核实,"真的吗?有没有弄错?搞错了对不对?"

并没有。

他的供词特别可笑,不像真的。他不知道自己是抢劫。他说他知道这家人有四辆车。这辆车是最旧的,最用不着的,平常都不怎么开,而且这家人出国度假去了,过完年才回来。他跟他们熟悉着呢。他一定会在他们回来之前把这辆车还回去。他这么盘算。甚至他还会加满油,放两包香烟在车上。他的供词像在说梦话。但是疫情改变了事情发展的速度,主人提前回来,报警,并且,更糟的是,这辆车里放有女主人的钻石戒指,现在它不见了。他说没见着,他甚至不知道有这东西的存在。

听说他在法庭上一言不发,像是认罪,又像是事不关己、无动于衷的样子。倒是他的大哥,放下手里的活去旁听。听到十五年的刑期,当场哭了起来,一个劲地喊:"不公平!不公平!"

有什么不公平呢?到底是什么不公平呢?是判决还是生活?

我仿佛看到他被铐起的双手并在一起。在被押走的时候步履蹒跚,但努力跟押送他的人保持一致。他一贯怕麻烦别人。他是个老实人。他是个好人。到这时我仍然这么认为。他到那时也许还不明白:他想从那辆车、从那个城市得到的东西,一直以来都不过是存在于他脑海里的缥缈的幻想。

就在他被判决的时候,小林的生活也出了很大的变故,因为经常没日没夜地赚钱,装货卸货、开网店、炒房,小林的心脏出了问题,差点没救过来。

而我呢,40多岁了,连一套住房都没有,房价在我卖掉之后又翻了一倍,如果不是那个失心疯的决定,现在我至少有一套价值数百万元的房子。而我每个月的收入不要说重新买房,连儿子一个月的伙食费都很勉强。如果耀祖知道这些,他心里是不是平衡一些?他会不会放弃铤而走险,偷什么劳什子破奔驰回家显摆,或者仅仅是为了让妈妈高兴一下?

18

因为犯罪和疫情,耀祖和儿子,我都一年多没有见到了。我浑浑噩噩地工作,每天戴着口罩,但心里,并不害怕死。这是我人生中最失落、最迷茫的时期,某些东西在我心里粉碎了。我感到孤立无援,一无所有。临近过年的时候,我妈妈打来电话。听着妈妈的唉声叹气的声音,我知道她没有怪我疏于关心她和我爸,而且完全能理解我正在遭受的一切,恨不得替我分担。挂掉电话,突然一阵风,窗帘被吹起一角。窗外下起无声的小雨,雨水混杂着灰尘的味道飘进来。我辗转难眠,实在忍不住拨通了儿子的微信。很意外,他接了。听到他喊了一声"妈妈",我立刻放声大哭。我不停地哭啊哭啊,好像要把我心底里所有的眼泪都哭出来。

"妈妈是不是错了?我应该怎么办?"我哽咽地问儿子。

"妈妈,"那个少年在电话里说,"发生了什么事?"

"耀祖因为抢劫被抓进去,判了十五年。"

"耀祖舅舅?那个成天被人笑话的耀祖?"

"是他。"

"妈妈,你是不是想对我说,他是因为没好好读书,没有学历,所以只能卖鱼,还被人骗?"

"不,"我喃喃地说,"事情哪有这么简单?但他不应该去抢劫啊,他妈妈怎么能承受啊?她对耀祖有那么多的期待!"说到激动处,我的声音有点儿变形。

"就是因为你们的期待,他都不敢大大方方地穷,他去抢劫,不是因为他穷到无法生存,而是他以为他的这种穷是耻辱的,是见不得人的,是需要藏起来的。他可以大大方方地穷。"

"是别人容不下他的穷,他才成了一个罪人。妈妈只是希望你能避免这样的遭遇,不让别人有机会给你难堪。"

"妈妈,如果你不允许别人让你难堪,他们就给不了你难堪。"他说得很认真,像是为这句话思考了很久。

"你觉得是这样的吗?"我喃喃地说,我很虚弱,无力反驳。

"你试一试换个角度想一想。还有,妈妈,我知道你爱我,但是,你一定要先爱你自己。"

"但愿我会。"我在心里说,"可是我所有的力气都已经拿去爱你了。如果我只爱自己,你现在就得滚回来。我的钱还够在郊区买一个安身之处。"我当然没有把这些说出口。

雨在天亮的时候停了。窗外是浓重的雾气覆盖的楼房,一切都湿漉漉的,里里外外。那个时候我突然想起从前。想起我第一次去上学的那个清晨,想起我蜜月旅行的那个旅馆,想起小时候的那条河,想起我和耀祖过家家时装模作样的待客姿势,以及捕风捉影时的无端笑声,这些已经离开太久了。现在,时间似乎变慢了,大地似乎变得沉重了。

(《北京文学》2021 年第 11 期;《中篇小说选刊》2022 年第 1 期和《台港文学选刊》2022 年第 2 期转载》)

追 风

洪 放

1

科创园很快建立起来了,第一个进园的是以研究和制造语音交互同步翻译设备为主的众听科技。

杜光辉参加了众听科技的开工仪式。科大的蒯校长一见他,就说:"光辉啊,你把这个好项目留在了南州,真的是一件特别正确的大好事。我相信,要不了三年,众听就会成为全球有影响力的语音交互同步翻译企业。"

"你这么有信心?"

"当然。我清楚他们。那是一帮特别有智慧又能干事的年轻人。他们在科学研究之外,同时还适应了市场经济。你看他们做事,有章法、有创新、有特色。"蒯校长接着就给杜光辉讲了众听研发团队几位年轻人的三次选择——

"这些人都不简单啊!这团队的灵魂人物小聂和他的团队这些年来历经三次重要的选择,每一次选择可以说都是生死攸关。第一次是当年小聂上大二时,他果断地由电子工程系转到数学系,并开始联合科大BBS众多版主,成立了语音研究工作室。第二次是小聂研究生毕业时,他放弃了国外众多大学与公司的邀请,一边在科大读博,一边成立了中文语音研究公司,自己给自己当股东。后来他们开始在语音研究过程中与华为等大公司合作。当时,他们开发的软件,市场寥寥,团队人员流失,员工情绪低落。小聂决定放手一搏。他拿着产品去华为试用,却很快就被拒绝了出来。在小聂团队的一再恳求下,华为给了他们一周升级时间,结果他们成功了,将自己的语音交互技术嵌入了华为的系统之中。然后,他们开始了第三次选择——由单纯研究向研究与产业结合转型。但现实却给了他们当头一棒,市场对他们的产品并没有太大的兴趣。很多企业习惯了使用国外产品,对他们的产品半信半疑。一年下来,不仅赔了转型投入的几百万,而且还积压了一批卖不出去的产品。团队里又开始浮动悲观和怀疑的情绪了,有的人甚至提出散伙,或者干脆专门走卖技术的路子。顶着巨大的压力,小聂召集大家开了一个具有关键性意义的大湖会议。会上,小聂问一道拼搏多年的同伴:假如我们现在放弃,当初我们为什么要成立公司? 为什么不开始就去做房地产呢? 正是这一问,决定了众听的坚守和未来。他们跨过最黑暗的时期,终于迎来了如今的美好前景。现在,他们的技术是国内顶尖、国际一流,他们的产品也成了国际国内市场的宠儿。要说实业爱国,这些年轻人就是这方面的典型。他们走的正是一条踏踏实实的科技报国的路子。"

蒯校长说得很深情,听得出来他对这些年轻人和他们的企业的爱护。他告诉杜光辉,围绕着众听,将来这里绝对不是一个两个企业,而可能是一百个两百个企业,甚至上千企业,一定会形成一条完整的语音技术研发与生产的产业链。所以,他请南州市在众听以及整个语音产业的规划用地上,一定要留有余地,让这个阳光产业能够游刃有余地更好发展。

杜光辉说:"他们提出来要一百亩,我预备了五百亩,常委会通过了。够了吧?"

"这个,肯定够了。"

"我希望尽快看到这五百亩的土地上,都布满企业。科创园要有两大支撑,一个是科技研发,另一个就是企业转化。研发是龙头,转化是结果。缺一样,科创园就跛足了。"

蒯校长看着杜光辉,感觉到这样的一个经济学家已经完全融入了南州的城市发展之中。杜光辉现在想问题,比刚来南州时全面多了,也深刻多了。难怪前几天他碰见市委书记唐铭时,唐铭就说想让杜光辉留在南州。看来,唐铭是真的瞅准了杜光辉呢!

"想过有一天,如果让你留在南州,怎么办吗?"蒯校长问。

"这……? 不过,这倒真的是个问题啊。也真快,我来南州挂职副市长马上就要到期了。回去,还是留下? 我其实也有些拿不准。唐铭书记上次跟我提过,不过,那是四个月前的事。现在,只有两个月了。蒯校长,你觉得呢?"

蒯校长拍拍杜光辉的肩膀,说,你还记得我们学校的高先生吗？他也是你的先生。

杜光辉脑子里马上就浮现出了高先生的形象。一个高而瘦的中年人,几乎悄无声息地走进教室。那是杜光辉他们本科上的第一堂课。高先生一上课,就用浓重的桐城方言说:"我们今天来学习。学,到底是为了什么？很多人没想明白。其实很简单,古人早就说过,学以致用。学,唯一的目的,就是用。无用之学,我们不学。我们学有用之学。学了有用之学,然后再学以致用。"

杜光辉重复了一遍高先生的话,蒯校长说:"对,就是这段话。难得杜市长还记得这么清楚,不容易。我也一直记着。这些年,我也是坚持学以致用。人生苦短,能学什么呢？学无用的,太浪费时间了。学有用的,那就得赶紧用。你到南州快两年了吧？这两年看起来你在工作,其实也一直在学习。学了什么,你自己知道。下一步,就是致用了。"

蒯校长这么一说,杜光辉当然很快就明白了。他笑了笑说:"校长,其实,我脑子里一直也还有一些关于宏观经济的想法,尤其这两年在南州实践,想法更丰富了,很想能有大块时间,再深入研究。但在南州,蒯校长你也知道,几乎是连轴转的,根本拿不出时间来成文。所以……"杜光辉叹了声说,"另外,中科院那边也希望我回所里。还有我那几个研究生,马上面临着读博,他们也希望能继续跟着我。"

"这都不是理由!"蒯校长直截了当地说,"研究和写作,以后还有大把的时间。伟大的学问,是经得住时间考验的。至于院里,所长有了,你回去干啥？把人家位子给挤掉？不现实嘛。可是,在南州,并且赶上南州这样一个意气风发的时代,并不是每一个人都有这运气的。你真的是赶上了,你需要南州,南州更需要你。"

杜光辉没有回答。蒯校长说:"南州现在正在大发展的过程中,你真舍得走？"

"还真舍不得。"

"那不就成了？就别走了,我们以后还可以常在一块儿聊聊。"

杜光辉挨近蒯校长,看了他一会儿,开了句玩笑:"您不是唐铭书记派来的说客吧?"

"哈哈,哪里是,只不过我跟唐铭书记想到一块儿了嘛!"

众听科技的老总聂成,是个刚刚三十出头的年轻人。他西装革履,文质彬彬,走过来跟蒯校长和杜光辉说道:"两位领导在聊什么呢?聊得这么高兴。杜市长有一年在清华讲课,我去听过。"

"是吧?你在清华待了几年?"

"两年,专门研究语音分析,"聂成说,"我还记得杜市长讲的宏观经济学中的新古典模型,包括索洛理论和黄金分割率,虽然我不是学经济的,但很受启发。"

"所有学问都是相通的,只不过表现方式不同。就是你这语音同步翻译,和量子力学其实也是一个道理,都是对未知的探询。只是,你们更倾向于未来,而宏观经济学更倾向于从现在走向未来,"杜光辉说着,问他,"投产大概还需要多长时间?"

聂成指着正要架构的标准化厂房,用手比画了下,言下之意是三个月,他们已经在采购原材料了。等机器一到,马上就会进入生产阶段。并且感叹,现在办个企业容易多了,科创园统一建设标准化厂房,这是个大好事,省了企业很多工夫与麻烦。他很兴奋,说要告诉杜市长一件喜事。

"喜事?快说吧。"杜光辉催道。

"我们决定在南州建厂后,很快就有一些上下游企业表示有意向要到南州来。我其实也一直有个想法,只是因为刚刚开始,我不好说出来。说出来,怕将来成不了。如果他们都来了,我其实还有更大的想法。"聂成说到这儿时,脸上露出腼腆的神情。

蒯校长笑笑,说:"怕什么,先说说看。"

"我想在这儿建一座中国声谷。"

"中国声谷?"杜光辉问。

"是啊,美国有硅谷,我们为什么不能建声谷?以众听为龙头,带动上下游关联企业,达到一定规模后,我们就可以对外宣布我们有了中国声谷。目前,世界上语音产业的前几位,包括NUANCE、谷歌、微软,还有IBM等,年产值八十亿美元。而且,随着智能化水平的提高,对智能语音产业的需求越来越大。我们预计三年后,全球语音产业规模会达到一百五十亿美元。我们虽然起步晚了，但技术研发不晚，有一定的优势。另外，中国是个大市场，也是我们的优势。所以，中国声谷现在已经是呼之欲出。"

聂成说话的时候，杜光辉注意到他眼神里都是光芒，那是一个科学家和一个科创实业家的理想之光。

蒯校长看了一眼杜光辉，说："杜市长，中国声谷呼之欲出，你还想走吗？"

"哈，校长这是……不过，中国声谷，中国声谷！这个设想确实太好了，太有吸引力了。聂总，我们就按着这个思路往下干，不要怕，愿意来的企业都让他们来，南州一百个欢迎！需要政府的政策和服务，只要在我职责范围内，尽管说。只要有利于南州科技创新的、有利于南州发展的，我们都全力以赴，尽力支持。"

杜光辉说完，聂成马上表态："有市长和校长这么支持，我们一定能将中国声谷搞起来，热起来，火起来！"

墨子号发射成功。杜光辉接到量子实验室程建华的电话，兴奋得有些把持不住。虽然在办公室里，他还是哼起了小调。外面，试验区化工园拆迁的最后一批企业，正在办理相关手续。

杜光辉来到试验区后，很快改变了化工园拆迁的策略。有些策略，还来自于福建商人林先生的启示。林先生与李博士联合开发PEF，企业还留在南州，这样，既节省了企业搬迁的成本，又做到了企业转型升级。他将这事报告给唐铭和刘振兴市长。刘振兴说："他们暂时留下来，也许瞅的还是补偿。这些人啦，说起来都是企业家，可是有时计较起来，恨不得把财政的钱一股脑儿全给拿过去。"

杜光辉说："市长这个担心也不是没道理，但这次情况不同。我总结了下，关键是要给他们找路子。第一，他们并不想与政府正面碰撞；第二，他们清楚地知道并且愿意继续留在南州办企业，只是他们没有找到合适的路子，一时没办法转型而已。林先生找到了PEF项目，以前他是真正幕后抵制化工园区拆迁的带头人，现在，不也很快签订了协议？"

唐铭听了汇报，十分赞成和肯定了杜光辉产业拆迁项目拆迁的思路，说这个思路很好，要围绕着这个思路，在服务上做细、做实。甚至可以组织一些科大、中科院、工大，还有其他高校和研究机构，来一个专门的项目对接，让这些企业和科研机构实行双向选择。他们有兴趣，科研机构有意愿，我们就牵线搭桥。目标一是留住这些企业，解决他们的后顾之忧，二是将科研机构的专利和技术留在南州。

杜光辉很快就让孟春他们面向化工园区，专门搞了一场科技转化大会。科大、中直院所和其他科研机构，一共送来一百多个科技创新项目，大的投资可能达到几千万甚至过亿，小的投资也许只有几十万。这些项目一展览出来，化工园区的企业家们，短短一天就签约三十二项。除了七八家一直在闹着补偿的企业外，其余都找到了出口。杜光辉承诺：只要签约了，愿意留在南州继续办企业的，全部进入科创园区，享受科创优惠。林先生的企业，就已经在科创园区开始筹备生产了。

七八家一直不愿意露头的企业，都是化工原料生产企业。这些企业转型路子窄，而且，基本上属于流通型企业。化工园区没了，他们就失去了经营的市场。所以，这七八家企业联合起来，想最后捞一笔。杜光辉接待过他们一次，谈着谈着，七八个人拂袖而去。这让陪同杜光辉谈话的试验区领导也很不高兴，说太不像话，连最起码的礼节也不懂。杜光辉说："他们不是不懂，而是窝着气。我们要找出他们窝气的原因。"

"有什么原因？还不是……"这位领导吞吞吐吐，想说又不说。

杜光辉问："到底是什么？"

这位领导说："没什么，真的没什么。"

杜光辉说："我知道你有话要说，说嘛，只要有利于工作，有什么话不能说？"

这位领导才吞吞吐吐说出了原因。原来这几家企业因为走市场，所以是纯粹的原料供应流通企业，当初进入化工园，都是通过南州试验区主任宗一林批准的。后来，这些企业也与宗一林走得比较近。他们这些年来，为此也送出了不少。这次，他们提出既然要拆迁，那就请将以前他们送出去的，全都还回来。但是他们也知道，这事除了他们自己，没人能真正说得清。即使都是真的，也没办法拿到桌面上说。所以他们就一直软磨硬泡，想争取补偿最大化。

杜光辉听了，少有地拍了桌子，说："他们当然没办法说。他们这是行贿！行贿了，还有什么办法说？"

当最后一批签订协议的企业办理完拆迁手续后，杜光辉专门将这七八家企业全部找到试验区。他坐在会议室里，看着一个个进来坐下的企业主。他看了半天，也不说话，只是看着。企业主们大概没想到：这个试验区主任找他们来，仅仅是看，而不是说。他们中有性急的开口了，说："杜市长哪，我们不是专门来给你看的，而是来解决问题的。你看够了吧？"

"没看够。我以前做研究时，有时会对着一个方向，看半天。这才几分钟啊，受不了啦？"

"你……"

杜光辉继续看着。会议室静下来。静，是杜光辉要的效果。越静，说明这些人心里越沉不住气。杜光辉是以静制动，而这些人是静中不静。他们的静只是一种表象，内心里却在与杜光辉较量着。

果然，不断地有人开口了，牢骚开始越来越多，甚至有人直接说到宗一林。杜光辉看着听着，半小时后，他环视了一遍，说："都讲好了？"

"讲好了。"有人迫不及待地回答。

"那好，那我就讲了，"杜光辉说，"拆迁是大政策，政策的前提就是一视同仁。既然一视同仁，那就不可能也不会有区别对待。你们要求区别对待的心情我理解，但理由不充分。不仅不充分，而且很不对头。有些理由，我不说，你们也清楚，那是违法的。化工园上一次爆炸，案子还没有最后结案。在座的各位，都与这案子没什么牵连吧？"

"没有！没有！"就像一群过江之鲫，他们赶紧答着。

"我也希望没有。最后有没有，公安机关将做出结论，该承担责任的一定要承担责任。"杜光辉说着，再次环视这些人。他们静极了，都瞪着眼，看着杜光辉。有的人看着看着就转过头，盯着墙壁。有的人，在用手抹着额头上的汗珠。有的甚至站了起来，准备往门口走。杜光辉又追了一句："我该说的话都说了，请大家好自为之。"

"这……这……那我们怎么办？"

"按照政策和拆迁要求，尽快签订协议，完成拆迁。"杜光辉说着起身，离开了会议室。

有人跟到门口，说："杜主任，杜市长，我们再好好谈谈嘛。我们一向是支持政府决策的,一向支持……"

杜光辉没有回头。这七八个人面面相觑,呆站在会议室内。

杜光辉站在办公室窗子前,看着这些人离开试验区,他心里明白:不出三天,这些企业都会签订协议,同时,他们也会找出更适合自己发展的项目。

墨子号现在在太空中,处于什么位置? 杜光辉给程建华打电话,说晚上要请程教授和团队坐坐,祝贺"墨子号"发射成功!

"谢谢杜市长,请就不必了,我想静一静。我已经出发回老家了。"程建华说。

"回老家了?"

"是啊,回老家了。我觉得我现在的心情,只有回到老家才能慢慢平复。老家,是我人生的起点,也是我一次次在成功与失败之后,最愿意回去的地方。你想想,走在老家的小县城里,在那青石板路上一步一步地走,一处一处地看。时光都变慢了,这能让人腾空自己,清理自己。"墨子号"发射成功了,但量子通讯后面的路还有很长。特别是我们谈到的科学与神学,量子研究最神秘的隧道,还有量子未来的应用……有时啊,我感到要做的事太多了。因此,杜市长,你可能想象不到:我们有时心里也会乱。一乱,我就想回到老家来,听听乡音,吃点儿小吃,很自然地,人就获得了一次新生。"

"哎呀,程教授真是有特色。不过,清空自己,重新出发,这是一个成功者应有的品质。那么,您就在老家好好休息吧,等回南州,我再去祝贺。"

放下电话后,孟春打电话问杜光辉晚上有没有安排,如果没有,正好请杜市长去见见两位来无人机厂的客商。杜光辉说行,我也正好想了解一下现在企业的情况。到了后,老秦和老李精神饱满,信心十足,说任我飞无人机进入市场后,不仅在国内,而且在欧盟和美国都销售火爆。这两位客商,就是代表欧盟来下订单的。杜光辉站起来,没说话,只是使劲地握住了老秦和老李的手。

饭后回来,两个人沿着绿轴大道散步。杜光辉说:"这才是真干事业。而一个人,一生总得干点儿事业。想着那些远销海外的无人机,正飞翔在世界各国的天空上,我想,所有人,没有幻想、没有理想,都是不行的。包括我们的城市,没有理想、没有幻想,也就干涸了。"

孟春轻声问:"决定回北京吗? 想好了吗?"

"想好了。唐铭书记又找我谈了一次。昨天晚上,我又问了可心。我问她:'我该回去还是该留在南州?'她反问我:'老爸你觉得在哪里干得更有意思?'我说目前是南州。她说,那不就解决了?留在南州呗。我说:'你高中了,我怕耽误你。'她倒是笑了,说:'你回来天天监视着我,那才叫耽误我呢。'"

"这孩子,有意思,"孟春说,"那你打算?"

"你说呢?"

"我……肯定希望你留下来。当然,我是为南州考虑的。"

"那……就留下来吧!明天我就跟唐铭书记说。"

一晃,四个月就过去了。杜光辉离开南州去进修时,政务广场绿轴大道上的银杏还是一片金黄,如同披了一树金子,闪着动人的光泽。等他回来时,银杏上已经发出了新芽。那新芽清新可爱,一粒一粒的,如同一个个正瞅着世界的孩子。江淮分水岭春天来得早,而今年的春天,更是格外早。明月湖里的水波,也从冬天的凛冽中泛出了一片片温柔的花朵;几只水鸟似乎已经感知了春水的温暖,正在嬉戏、唱歌。杜光辉虽然听不清楚它们唱的是什么歌,但他知道那一定是首欢乐而幸福的歌。

刘振兴市长调到省直机关工委担任书记去了。杜光辉到办公室时,还习惯性地朝刘振兴的办公室看了看。

自己的办公室里依旧清爽。两盆绿植养得很好,绿萝牵得更长了,沿着窗台,正伸着细嫩可爱的叶尖,似乎要探出窗外。而吊兰居然开出了细碎的小花。这在以前,杜光辉是绝对不曾注意过的。他一直以为,吊兰就是那些细密的叶子,和不断延长的气概。现在,他低头细看,吊兰的花如同害羞的小女孩,忍不住悄悄地看着他。他甚至能感觉到这花的调皮、可爱与天真了。

昨天晚上他下飞机,孟春开车到机场接他。一见面,两个人居然沉默了。其实他有很多话想说,却不知从何说起。他想孟春应该也是。

出了机场,孟春说:"你现在回南州,跟两年多前来,不一样了。那时,你是挂职副市长,不影响任何人的利益。现在,你是正式任职的常委、副市长,而且有很多人正在说你要接任市长。这以后的日子,可不会再那么单纯了。"

杜光辉很吃惊,说:"有这回事吗?不可能,我也不想。我还是像以往一样,搞好科技创新和两区工作。至于别的,你还不知道我?我是想都不想的。"

"不是你想不想的问题,边走边看吧,"孟春将新买的衬衫递给杜光辉,"说警备区那边宿舍的被子都洗好了。等过两天,我陪你好好地看看科创园区,又来了一批新企业呢!"

按照惯例,杜光辉先到市委,给唐铭书记汇报进修情况。唐铭听了后,说:"不错。出去一下,还是不一样的。你以前虽然在国外待过,但那是专门研究经济学。这次出去,是工业经济与城市发展的主题,这个,就对南州很有用。当初你同意留在南州,我就准备再给你压点儿担子。当然,也还有许多同志都跟你一样,在为南州的经济发展,特别是科技创新努力工作着。你这四个月不在家,一摊子事由程市长代管,而且振兴市长调走了,程市长还得临时主持政府工作。他可是投入了大量心血啊。科创园区那边,我听他们说不断有企业进驻,发展势头之快,连我都没想到!光辉啊,你当时建议设立科创园区这个想法,现在看来不是一般的对,而是十分必要、十分超前哪。"

杜光辉说:"其实那也是大家共同的想法,主要还是书记的决策。"

唐铭看着杜光辉,轻声道:"光辉啊,我有个事要问你。"

"有什么事,请书记尽管问。"

"听说你跟科技局那个孟春走得很近,有这回事吧?"

"有。我们关系不错。"

"就是不错吗?"

"目前就是不错。其他的,没有了。"

"可有人说,你们关系超越了上下级和朋友的关系啊。"

"我可以肯定地说,现在没有超越。但是,将来嘛……"

唐铭说:"将来那是将来,我只问现在。我相信你。不过,其实也没什么嘛,你是一个人,她也是一个人,正常嘛。我也只是问问,我倒是觉得,能发展就发展,大大方方地发展,好事,好事嘛!"

"谢谢书记,"杜光辉告诉唐铭,"他和孟春不仅仅是同事和朋友关系,其实还有更深一层的关系,孟春是他初恋女友的妹妹。"

唐铭也很意外,说:"世上还有这巧事?"

杜光辉低着声音说,在科大读书的时候,跟孟春的姐姐田忆同学,虽然不在一个班,但是他们很快相恋了。只是后来,大三时,她因为一场车祸去世了。而且……如果当时,他要不是因为有其他事没能陪她,她或许就不会一个人走出校门,然后走上公路,然后遇上那辆飞驰而过的大卡车……说着,杜光辉鼻子一酸,他转过头。

太可惜了。唐铭也叹道。

沉默了会儿,杜光辉稳定了下情绪,说程建华教授团队的量子通讯京沪干线马上就要开通了,先研院也即将动工建设。科学岛上肖剑他们的肿瘤基因库建设更是全速前进,现在已经成为亚洲最大的肿瘤基因库了。还有那些大科学装置,每天都有来自世界各地的科学家团队来做实验,每天都有新成果发布。只争朝夕,他强调说,必须只争朝夕啊,否则,就不可能与这飞速发展的追风之城同步。

唐铭打开窗子,从明月湖上吹来的春风,温煦和畅。他接着刚才杜光辉的话说:"光辉啊,不仅仅是你,我们都要只争朝夕啊。科技部即将批准南州为全国科技中心城市,应该说,我们第一步的路子是彻底走对了。我当初把你要到南州,这步棋不仅走对了,而且走活了。你现在已经正式在南州任职,要说整个南州最高兴的人是谁?那就是我啊。"

"谢谢书记,如果没有书记的提携和信任,我现在还在所里埋头书斋。"杜光辉说完,唐铭一笑,说:"放下包袱,全面发展!"

回到政府这边,杜光辉特意到程市长办公室。程市长是市委常委、政府常务副市长,现在主持政府工作。杜光辉将在外进修的情况简单说了说,然后感谢程市长这四个月的辛劳。程市长皮肤白净,戴着副眼镜。那眼镜是滤光的,浅茶色,所以,他跟人说话时,别人很难看清他的表情。他扶了扶眼镜,走上前来,与杜光辉并排坐在沙发上,一手玩着铅笔,说:"杜市长这次外出进修,开了眼界,现在是知识更新太快,其实谁都想出去进修进修啊。只可惜政府工作太忙,走不开。说到这一阵的工作嘛,反正都是政府工作,都是组织安排,哪有什么辛苦不辛苦之说。杜市长,你一回来,不也是这样?"停了会儿,程市长忽然站起来,坐回办公室椅子,既像认真又像调侃似的说:

"以后还得请杜市长多关照啊。"他说这话时,摘下了眼镜,那双又小又亮的眼睛里,眼神飘忽,如同两粒夜晚的萤火,又仿佛背后正飞扬着无数个让人捉摸不透的心思。而且,他的语气里也多少含着几分揶揄甚至不屑。

杜光辉心里无事,自然不会多想,也不会深想。他只是嗯嗯着点了头,打招呼后就离开了。等到了办公室,王也斯捧着小茶壶过来了。他最近好像疏于剃须,所以胡子有点儿突出。他颤动着胡子,说:"杜市长可有什么吩咐?我让人来办。"

"没什么。小王都已经安排好了。"

那就好。王也斯将喝茶声提得老高,如同一块石头掉进了深潭,那种回声是意味深长的。他有事无事地转了两圈,说:"听说先研院也动工了?科创园区应该成规模了吧?我这个秘书长,成天待在办公室里,成了井底之蛙,什么都不知道了。"

"你啊,是得出去看看。科创园那边,现在已经有三百多家企业,都是高科技企业。你去看一看,只要你能想到的科技创新,以及专利发明,或许都能在那里找到。即使找不到,也能够让他们开发。还有那里的许多创业者,真的了不起。每个人都有故事,而每个人的故事,都为南州的发展添上了光彩一笔。"杜光辉道。

王也斯又啜了口茶,说:"看来,我一定得去看看了,只是这秘书长的事情太多啊,一天到晚忙忙碌碌,却没见什么成效。哪天请杜市长也关心安排一下,我去转一圈。免得人家问到我,一问三不知。"

杜光辉说好啊,王也斯凑上前来说:"杜市长这次回来,怕要履新了吧?"

"履新?"

"是啊,是啊!……不说了,不说了!等到时候了,再来恭贺杜市长!"

"王秘书长,你这一说,我更糊涂了。都是子虚乌有的事,不要再说了。"杜光辉严肃地说完,便喊来小王,让他准备一下,自己要去试验区。

王也斯将小茶壶从嘴上拿下来,说:"风起于青萍之末,天将降大任于斯人也……"

路上,孟春发来信息:"晚上去银泰吧?"

杜光辉回道:"要去试验区,估计不行。过两天吧。"

孟春说:"可心跟小鹏讲,她妈妈想让她出国去,你知道吗?"

"不知道。"

"唉,你太粗心了。赶快问问。"

杜光辉也觉得自己是太粗心了。从国外回来,他还特地去岳母家看了看可心。四个月没见,女儿似乎又长高了,更漂亮了。他问可心,一切可好?可心说:"什么叫好,什么叫不好?你想着我好,那就好呗。"

这调皮的丫头!杜光辉当时就刮了她的鼻子,可心给外婆告状,说:"爸爸还当我是小孩子,还刮我鼻子。要是刮坏了,怎么办?"

杜光辉当时也问了女儿的学习情况,女儿并没有说要出国读书。现在,她跟孟春的儿子小鹏说了,难道她妈妈真的要让她出国?

晚上回宿舍后,杜光辉与可心视频。他问起出国的事,女儿说:"妈妈找了我,说要接我出国。可是,我不想去。"

"为什么不想去?"

"就是不想去嘛,"可心说,"我现在很快活,为什么要去国外?"

"你要理解你妈妈的心思。"

"我理解,但是也请你们尊重我的选择。"

"好吧,我尊重你!"

2

杜光辉接到省纪委电话时,正在科创园先研院工地上。纪委的同志说:"请杜市长到省纪委来一趟,有些事,想请您说明一下。"

"什么事?"

"来了就知道了,请尽快过来。"

他匆匆看了一圈工地,又到隔壁的众听科技跟聂成谈了会儿。众听的市场现在基本上打开了,他们的产品正向多元化方向发展。同时,他们正在跟同在南州的几家大的家电企业,包括永力集团、海洋集团还有东方电子南州公司合作,为他们开发白色家电语音软件。聂成说:"上下游企业也来了不少,我以前说的中国声谷已经初具规模了。"

"好啊,再搞大一点儿,我们就正式提出中国声谷这个概念。"

杜光辉没有回市里,而是直接去了省纪委。一路上,他都沉默着。省纪委一位副书记与他谈话,神情淡然,先请他喝茶,聊了聊南州的事,随口问:"杜市长来南州快三年了吧?"

"马上就三年了。"

"先是挂职,现在是任职。南州市委常委、副市长兼南州试验区管委会主任?"

"是的。"

副书记迅速而不经意地笑了笑,说:"我也就开门见山了。杜市长,你爱人在国外吧?"

"是的,在国外。不过,我得解释一下,确切地说,是我前妻。我们已经离婚了。"

"离婚了?什么时候?"

"快两年了。"

"给组织报告过吗?"

"报告了。给当时的中科院党组报告了。同时,我也给南州市委书记唐铭同志做了口头报告。因为那时候,我的关系都在中科院。"

副书记吸了一口气,仿佛嘴里含着一块冰,突然碎了,一下子松懈了许多。他的眼神也由刚才的过于严肃,开始慢慢柔和起来。他望着杜光辉,又笑了笑,这回,他的笑比第一次的笑自然、亲切了许多。说:"本来也没什么事,但按照原则,必须要问清楚,所以请杜市长理解。"

"我理解。既然来了,就做好了准备。您有什么,尽管问。"

"杜市长现在是一个人,是不是有合适的对象了?"

"这……没有。或者说,暂时没有。"

"真的没有?"

"您这话的意思是……?"

"有人说你作风有问题。"

杜光辉虽然心理有准备,但乍一听到,还是吓了一跳。他很肯定地说:"没有。"同时他又反问了句,"她是谁?"

"这……名字我不方便说。杜市长,请理解。您还是好好想想。既然现在有实名举报,同时还有照片为证,这事肯定就有些眉目。我们也是本着对您负责的态度来了解的。我觉得您还是直接说了,比较合适。"副书记说着拿出一摞照片,放到杜光辉面前的桌上。

杜光辉一眼看上去,那照片有些模糊。但看得出来是两个拥抱着的人影。他拿起照片,细一看,那上面确实是他和孟春。他震惊了,问道:"这照片从哪里来的?什么时候拍的?"

"这就不必问了。请杜市长确认一下,这照片上的人是你吧?"副书记让杜光辉看完照片,一共六张,背景是两个不同的地方。杜光辉看得出来,一个是银泰上面的茶楼,一个是政务广场绿轴大道边。照片让杜光辉清晰地回忆起来,确实,在这两个地方,他同孟春拥抱过。在银泰茶楼,那次是孟春的生日,两个人说到田忆,后来相拥而泣。绿轴大道那次,应该是他和孟春一道散步。两个人离开时,拥抱了一下。他震惊于这些照片,震惊于谁在背后一直跟踪着他。不同的场景、不同的时间,都被拍摄记录。做这事的人,应该是处心积虑,不是一天两天了。那么,他意欲何为?

杜光辉将照片理好,定了定神,说:"本来恋爱这事我不想现在公开,因为毕竟还没到需要公开的时候。但这一组照片,却提前将这事公开了。我参加工作二十多年了,入党也二十年了。无论是从小所受的家庭教育,还是长大所受的各种影响,都决定了我无论是做人还是做学问,都一向坦荡。我认为我没有什么不能向组织上汇报的。我来南州两年多,基本上没什么特别的朋友。如果说有朋友的话,南州科技局的孟春,就是照片上这位女同志,可能算得上唯一的一位异性朋友。原因有二,一来我们是上下级关系,而且她是科技创新工作领导小组办公室主任,工作上接触很多。工作思路与工作方法上有能谈得来的地方。二来她是我大学同学、我初恋女友的妹妹。只是,她姐姐早在大学时代就去世了。对她姐姐的去世,我一直心存愧疚。所以当我知道她们是姐妹后,一种自然而然的亲切情感就产生了。但到目前为止,我们没有其他任何超越朋友关系的更深层次关系。"

"有人举报说你们在一起过生日,孟春还多次去过你宿舍。同时,你还为她争取了一系列的利益,包括担任科技创新领导小组办公室主任和提名她担任科创园主任。"

"纯粹是无稽之谈。"

"请杜市长不要生气,慢慢说吧。"

杜光辉平复了下情绪,说:"我确实参加了孟春的生日,她也去过我的宿舍,是给我洗被褥等。但是,我可以以党籍保证,没有其他不应该做的事情。至于孟春担任科技创新领导小组办公室主任和提名她担任科创园主任,这都是从工作出发。在南州的干部当中,她是最适合到科创园当主任的。她本身就是博士,又有丰富的科技工作经验,她来出任这个职务,虽然是由我提名的,但最后是经过严格考察,最终由市委常委会研究通过的。我既是南州市委常委,又是副市长,无论从党内还是党外,我都有向组织上推荐优秀干部的权利。"

副书记点点头,说:"杜市长,事实上,在找你之前,我们前期也做了一些调查。我们知道孟春的爱人已经去世了。而你,已经离婚。按理,你们两个人都是单身,正常交往无可厚非议。但是,举报信上说你们在孟春爱人去世之前,就已经有了不正常的男女关系。这是事实吗?"

"怎么可能?那时,我来南州才几个月,我和孟春连熟悉都还谈不上。何况刚才那些照片,哪张是那之前的?"

副书记又拿起照片看了会儿,然后放下照片说:"既然这样,那好,我们就谈到这儿吧。谢谢杜市长配合。"

杜光辉出了省纪委的大门,一抬头,5月的阳光正从一大团云缝间照射下来。这一刻,他竟有个奇怪的感觉:阳光真好。他呼吸了一口有些温热的空气,伸了下懒腰。上车前,他又回头看了看纪委大楼。然后,很坦然地上车。司机见他脸色开朗,便笑着说:"杜市长到纪委来,是笑着出来的。我可听说,很多领导干部都是苦着脸出来的。"

"那是因为他们心里有鬼。"杜光辉道。

杜光辉看着窗外的明月湖,那一湖碧水,一定也在荡漾着清波。到底是水在荡漾,还是水上的风在荡漾?都是,又都不是。自从挂职到南州这两年多来,杜光辉前前后后也还真的做了不少事情。洗衣机厂和冰箱厂的兼并重组,东方电子的落地并批量生产,现如今方兴未艾的科技创新。试验区化工园拆迁了,科创园建立起来了,企业也在一天天增多。依上半年的发展势头,南州的年GDP可望超过六千亿,财政收入将达到七百个亿。这比两年多前他刚来时,翻了一番还多。杜光辉渐渐有些看清他现在的处境了。很多时候,你并没有把任何人当作自己的对手,却无法保证别人不将你列入他的对手行列。杜光辉叹了口气,心想如果能站出来公开表态,他一定会当众表态不会去竞争市长的位置。他对现在很满足,他只想好好地将南州的科技创新抓到实处。然而,当他看着绿轴大道上那些向天空伸展的树枝,便想起导师当年跟他说过的话:家国情怀,君子担当。是君子,便要有担当。如果组织真的要求他出来担起这份责任,他也是会义不容辞,全力以赴的。

常委会之前,办公厅给每个常委发了一份《当前中国科技发展的新走向》。这是来自十几位院士参加的一个讨论会的文章汇总,里面不仅仅分析了当前世界科技发展的新动态、新走向,而且特别对科技产业化进行了系列的探讨。唐铭在上面作了批示,说这份材料中的很多观点,对南州正在进行的科技创新,有极强的指导意义。

杜光辉翻着材料,其中的大部分,他之前已经看过了。他将材料放到一边,喝着茶,有些发呆。整个会议过程,他都没有主动发言。只是在涉及必须表态的议程时,他才说上两句。唐铭中间看了他几次,那眼神里有问询。他没回应,而是在笔记本上默写他最喜欢的《岳阳楼记》:"不以物喜,不以己悲。居庙堂之高,则忧其民;处江湖之远,则忧其君。是进亦忧,退亦忧,然则何时而乐耶?其必曰:先天下之忧而忧,后天下之乐而乐。噫,微斯人,吾谁与归?"

范仲淹的《岳阳楼记》,是杜光辉记得最牢的一篇古典散文。他10来岁的时候,父亲就教他背诵。后来,他便一直没有忘记。他喜欢文中最后一段,悲凉沉郁,这是他对这一段风格的总结。他每每读着这样的文字,就似乎看见范仲淹站在他想象中的岳阳楼上,那种忧国忧民的情怀,充溢在天地之间。一个人,来到这个宇宙之间,虽然注定只是一粒微尘,但也必须发出自己的光,迸出自己的热。庙堂之高,江湖之远,无论哪种,只要有心、有情怀,便都能达到先天下之忧而忧,但这并非人生的最高境界。后天下之乐而乐,甚于先天下之忧而忧,倘若能达到如此境界,则是真正的化境、至境。然而,杜光辉一边写着一边默诵,却禁不住有落日之悲。他问自己:是因为最近纪委找他谈话的事吗?还是因为南州很多人现在看他的目光中的异样?

甚至,在纪委找他谈话后,这一个月来,几乎除了工作上的接触外,他有意识地避开了孟春。孟春倒是给他打过电话,发过信息,说无论怎样她都站在杜光辉的身边。如果是他们的感情让他为难,或者说授人以柄,那么她干脆退出。不能因为她,而让他心生悲凉;更不能因为她,而让南州有可能失去一位干实事的好市长。杜光辉心底里感动,但还是在信息中对孟春说:"这跟你没有关系,跟感情更没关系。完全是两码事。"上周末孟春还问他:愿不愿意出去透透气,一道去山里走走?他没同意。孟春又说:"我懂得你的心情,也希望能够抚慰你。既然你一直让我坚定,那么,这个时候,你自己更要沉住气。"

杜光辉想着这些,将手中的笔轻轻放下。他翻开笔记本,里面夹着他昨天晚上写好的请调报告。他决定回到中科院经济所,去继续他的宏观经济学研究了。这个决定,他没有跟任何人说,包括孟春。他觉得他调离南州,或许一切就会烟消云散,这对南州的发展也会有利。而且,他本质上还是个学者,他真的不太习惯这种暗地里的争斗。他将请调报告拿出来,揣在手里。他准备等一会儿亲自交给唐铭书记。

会议已经结束,常委们笑着收拾笔记本,然后端着杯子往外走。大家打着招呼,言笑晏晏,一派祥和。程市长走到杜光辉边上,本来正笑着的脸突然瞬间凝固了,接着又瞬间解冻,继续笑着,出门去了。

杜光辉也笑着,他并没在意程市长的瞬间表情变化。他正要等唐铭书记过来,唐铭却喊住了他,两个人一道去了书记办公室。唐铭劈头就问:"情绪不好?为纪委那事?我看你心事重重。"

杜光辉没有辩解,而是将请调报告递给唐铭。

唐铭问:"这是……?"

"我准备调回经济所了。"杜光辉说。

"怎么?要撤退?"唐铭看都没看,就将请调报告塞回给杜光辉,然后站在南州地图前,指着地图,说,"以后不要再提这事了。南州这么大片热土,你真舍得走?"

杜光辉说:"走,这回是走定了。也许我当初挂职期满,本就不该留下来的。"

"你啊,你啊!这就是犯了知识分子的小个性了。纪委调查一下,就受不了?哪个干部没受过调查?调查了,没问题,就是组织上对你的最大肯定。"唐铭摆了摆手,说这事到此为止。安心在南州干,组织上从来不会冤枉一个能干事的好干部。有则改之,无则加勉。相信组织,好好干!

唐铭书记话说到这份上,杜光辉觉得再也没理由去坚持自己的想法了。他将请调报告放进口袋,说:"书记啊,我来南州先是挂职,后是任职,说真话,对于什么位置问题,我考虑得很少。我只想做点儿力所能及的事情。特别是科技创新和工业经济方面。如果对我的工作有意见、有批评,可以通过正常的方式,我绝对欢迎。可是,对……而且还牵连到其他同志,这个,我真的很有想法,而且有些心寒。"

"有想法也是正常的,但不要心寒,毕竟是极个别人的行为。组织上已经调查了,清楚了,你还有什么顾虑?接下来更可以放下包袱,放手去干。不过……"唐铭放缓了语气,问杜光辉,"你跟孟春到底有没有可能?"

"我们很谈得来,但至少现在不行。"杜光辉说。

"我觉得你们都很难得,也挺好。既然现在大家都知道了,那就光明正大地谈嘛。"唐铭说着,拿起桌上的一份明传电报,说这是北京方面有个领导让秘书传过来的。说有个项目,问问南州这边有没有兴趣。他将明传电报递给杜光辉,说:"你看看,我们先议一议。"

明传上写得很清楚,这是一个存储器项目,也就是所谓的内存芯片项目,主要是各种动态随机存取存储芯片(DRAM)的设计、研发、生产和销售。项目已经列入国家战略发展项目,总投资二百二十亿美元,分期投资。第一期投资八十亿美元。达产后,年产可达到一百五十万片高性能芯片,年产值可达两千亿元。

杜光辉放下明传电报,看着唐铭。唐铭问:"怎么样?干不干?"

杜光辉明白这的确是个十分好的项目。国内目前主要的内存芯片生产企业是SK海力士,但产量较低,与三星等国外芯片制造商相比,市场占有份额极低。三星目前市场占有最大,达到百分之四十五左右。中国大陆企业,长期在内存芯片上受制约。而且,随着国外对知识产权保护的政策越来越严苛,存储芯片市场或许将成为中国的卡脖子产业。如果这个大项目能在南州落地,达产后,无疑是给国内芯片制造业带来一片新的天地。不过杜光辉也有些犹豫,说:"看这明传上简单说的,一是技术要求极高。三星已经是7nm,国内目前最好的芯片是18nm,因此,研发将成为重点。这个投资不是一个亿、两个亿的事。三星每年的研发投入是五十亿美元。同时,生产投资也很大,总投资二百多亿美元,人民币就是一千五百亿。第一期投资八十亿美元,也就是五百多亿人民币。这比起我们上一轮东方电子南州公司的投资,要多出近四百亿。"

"是啊,我也在考虑这些。所以,想先问问你,首先我们要确定:这个项目能不能干?南州要不要?"唐铭说,"如果不要,我就直接回复他们了。但是,我心有不甘啊!或许,这对南州来说,是一次难得的机遇呢。"

杜光辉心里也明白,这种机遇并非想有就有的。稍纵即逝,而且溜走了,你再追也不会回来。南州在引进东方电子时,拿着南州的身家性命赌了一次。结果,南州成功了。如果再引进存储芯片,那又将是南州经济发展中的第二次拼搏。上一次,南州赢了,东方电子南州公司带来了千亿产值,形成了巨大的产业链,成为南州经济发展的一台重力引擎。这次如果要再次一搏,投入更大,风险也就会更大。说真话,他心里真的一点儿底也没有。因此,他建议唐铭,再好好琢磨,集思广益,再做决策。

唐铭同意杜光辉的建议,说一定得反复琢磨。一切都要讲究科学。上一轮东方电子来南州之前,也是请了很多专家进行了多轮论证,是在确定了项目切实可行并且符合南州整体产业发展方向之后,才搏了一把,看起来孤注一掷,有些冒险,但那是有科学决策撑腰的。这次的存储芯片,投资是东方电子的四五倍,所以更得慎重再慎重。他要求杜光辉先去科大和物质院,找一些专家听听他们的意见。然后再去北京,找相关领域的专家进行论证。如果专家们都认为可以干,南州就再次搏一搏。当然,如果专家都不支持,或者有顾虑,那他们必须相信专家,尊重科学,放弃这个项目。

杜光辉就像一个战士一样,又有了临上战场的兴奋。他说明天就开始去科大和物质院,倾听专家们的意见。

唐铭笑着,叮嘱说一定要注意保密。尤其是现在。说罢,他意味深长地看着杜光辉,说:"振兴市长调走也快半年了,省里正在考虑相关人选。这个时候,议论可能会很多。光辉啊,你尽管干你的事!尽管干!"

临出门时,杜光辉折回来,说请书记尽快安排人到试验区,他一直兼着,事情太多,怕干不好。而且,随着科创园区建设越来越快,会有大量的工作要做。还是尽早安排合适的同志去试验区吧!

"这个,快了,快了!"唐铭道。

杜光辉连着在科大和中直院所开了两个小规模的讨论会,他并没有正面提到存储芯片项目,而是将主题放在中国半导体存储产业现状与发展前景上。与会的专家们,几乎同时提到了中国半导体存储产业目前十分堪忧。至于原因,蒯校长一语中的:"我们的技术还没有突破,存在着较大的卡脖子风险。同时,产业化水平太低。除了极个别企业外,几乎没有与国外企业抗衡的能力。国产半导体芯片只占全国使用量的百分之十,另外百分之九十依赖进口。从产业发展上看,这个产业具有巨大潜力。从安全风险上研究,也必须发展国产半导体芯片产业。芯片是智能化的核心,核心被控制在别人手里,这本身就是一个不可预见的漏洞。"

我已经在全国政协会议上呼吁要重点打造我国自主知识产权的存储芯片产业。科大的李博士是院士、全国政协委员,也是研究半导体方面的权威专家,他痛心疾首,说话时有些激动。他说半导体存储产业必须上升到国家战略层面。现在,它已被列入国家战略发展计划,关键是产业要跟上来。老先生讲到兴奋处,站起来挥着手说:"只争朝夕,只争朝夕。芯片产业就是朝夕之间的事情。要争啦,再不争,中国就更落后了。而落后除了挨打,还有什么?卡脖子,挨打,我们还能等着过这种日子吗?不能啦,不能!"

杜光辉扶着李院士坐下:"院士之心,其诚可感。院士这么一说,我也感到责任重大。存储芯片产业是国家的战略性产业,牵动着全局。我们之所以请各位专家来讨论,就是想看看南州能不能在这个产业上做篇大文章。"

"能做,绝对能做!"蒯校长说,如果南州要做,科大将尽全力支持。我们有很多优秀的人才,同时,我们还有一些海内外校友,也是研究这个方向的。我们也可以请他们回来。

"那就好。校长和专家们一说,我真的很有信心了。"杜光辉道。

在物质院,杜光辉开宗明义,直奔主题。李敬第一个举手赞成。这个小规模的研讨会,李敬不仅邀请了研究电子产业的专家,同时还邀请了其他行业的一些专家。他的理由是:大家从不同角度不同专业不同领域,全方位地研讨这个问题,这个问题就会被研讨得全面、深入。事实证明,他的想法是对的。肖剑就直接指出:"我们国家现在最被卡脖子的,其实正是芯片,当然,还有一块,就是高端仪器。这些看起来都不是特别大的东西,但它与国民经济和人民生活以及整个国家的科技发展经济发展密不可分。大到航天飞机,小到微型家电,芯片其实就是大脑、核心、中枢。没有大脑、核心、中枢,你造出来的就是一堆废铁。有了大脑、核心、中枢,它才会活起来,真正能为人所用。而现在我们国家使用的这些大脑、核心、中枢,绝大多数都是进口货。国内自给比例占不到百分之十。换句不好听的话说,我们长期用着国外的大脑。这细思极恐。我们为什么要回来搞肿瘤基因库,原因跟这个一样。我们要有自己民族的基因库,才能更好地为自己的国家服务。芯片也是。再不搞,就更没希望了。"

杜光辉喜欢听知识分子说话,饱含深情,有理有据。他握着肖博士的手说,肖博士的话代表了很多人的心声,也是很多爱国的专家学者们都想说的。"最近,国家确定了大力发展存储芯片产业的战略思想,如果这个时候,我们来搞芯片……"杜光辉问专家们,"会有些什么问题?或者说前景如何?"

专家们议论纷纷。首先是自主知识产权问题。其次,中国存储芯片研发人才相对缺少,一些高精尖人才,因为以前这个产业不太受重视,流失到了国外。首先必须有人才,才能大规模地开展研发。当然,研发一定不是一年两年的事情。三星搞了近二十年,才从18nm搞到7nm。我们现在国内能做的,也就18nm,比他们迟了两到三代。不过,这不可怕。我们慢慢来,只要真正地开始干,就能够追上来。三年不行,五年。五年不行,十年。我们总能追上来的。托克马克科学大装置的负责人现身说法,在建设托克马克大装置之前,没有人相信中国能搞成。现在,不仅搞成了,还在全世界处于领先地位。连世界一流大学和一流实验室都来做实验。芯片产业也可以这样,关键是要行动迅速,尽快上马,抢占人才和技术的先机。

两场研讨会下来,杜光辉对存储芯片产业的状况基本上了解了,看到了这个产业发展的制约与艰难。但总体上,他觉得大家的意见趋向一致——存储芯片产业是个潜力巨大的产业,但同时也是个风险巨大的产业。潜力在广阔的市场,风险在艰难的研发。并且,很多专家都一再提到:存储芯片的研发,是一代接着一代的,几乎是永不停歇。一旦停歇,事实上就预示着产业的失败。因此,如果下定决心来做存储芯片产业,就必须有打攻坚战、持久战、人才战与市场战的信心与毅力……

杜光辉将两场研讨会的情况给唐铭做了汇报。唐铭听了,说:"他们都说出了真话。这是专家学者应有的情怀。这些问题,我也一直在考虑。有些是意料中的问题,有些我们还真的不曾想到。存储芯片绝对是个大市场,大市场就意味着大风险。所以,我们首先得解决两个问题,一是研发问题,二是生产问题。但说到底,其实就是一个问题:人才问题。"

杜光辉觉得唐铭将一切归纳为人才问题,这个点抓得准确。只要有了人才,研发就有了保证,有了研发,生产就不是问题。

唐铭让杜光辉准备一下,他已经跟国家发改委联系了,明天就去北京,找相关领域的专家再论证一次。同时,有必要的话,争取与这个项目的负责人直接见面。

第二天,唐铭和杜光辉去了北京。走之前,他们只说是去北京拜会国家发改委领导。孟春也随行。本来,按照杜光辉所列的名单,孟春是不在列的,但唐铭临时加上了。唐铭加完后,对杜光辉说:"我倒还真的希望你们有点儿故事呢。"

"书记觉得我们能有故事吗?"

"怎么不能?牛郎织女,一个天上,一个人间,还生出故事了呢。"

到了北京后,又是一番专家研讨,意见与科大和中直院所的专家们意见差不多,只是他们对知识产权的关心更大于产品的生产。研讨会之后,唐铭一行见到了项目的总负责人光总。

光总,剑桥博士,穿着一身休闲服装,文质彬彬,看上去40岁不到。一寒暄,果然才38岁。杜光辉说:"我像博士这么大的时候,正在四川搞田野调查,然后出版了我的第一本宏观经济学著作。"

光总说:"不瞒杜市长,我特地查了下,杜市长可是著名的宏观经济学家。咱们都是搞研究的,所以,我希望咱们谈话直接些,不拐弯抹角。我的项目,大概情况你们都了解了。我们有技术,有人才,最需要的是投资。第一期五百亿,我已经说服了一家企业集团同意参股,他们愿意出三分之一。另外一家风投公司,我们正在谈判。如果南州方面有意向合作,我们愿意去南州。南州现在是科技城市,有我们需要的人才和资源。南州方面可以以土地入股,同时,也给我们解决三分之一的资金,这样,我们就能争取在年内正式建厂,一年半到两年后,能够正式生产。"

唐铭问:"整个项目要多少地?"

"一千亩。"光总答道。

杜光辉望了望唐铭，唐铭说："为什么是一千亩？一个存储芯片企业要这么多？当然，我指的是包括研发中心在内。"

光总拿出一张规划图，指着图纸说："唐书记、杜市长，我们现在谈的项目，看起来是单个的存储芯片研发与生产项目，其实项目一期建设的同时，就会有一条庞大的产业链开始同步建设。围绕着存储芯片研发与生产，会有上百家上下游企业集聚而来。按照我们的规划，企业三期工程建设完成后，整条产业链会有千亿以上的产值，吸纳员工二十万人，产业链上企业可能会达到两百家左右。到时，三产等服务业也会跟来。那时，我们就不是一条单纯的存储芯片产业链了，而会建成像底特律那样的产业小镇。"

"产业小镇？"杜光辉说，"这个规划不错。"

晚上，唐铭和杜光辉请光总他们茶叙。孟春却请假了，她说她想去看个多年未见的老同学。等到杜光辉茶叙结束，给可心打电话时，可心跟他说："老爸，你猜猜晚上我和谁在一块儿吃饭？"

"谁啊？你妈？"

"不是。再猜。"

"猜不着，"杜光辉说，"本来我要到姥姥家看你，但这边事太多。明天早晨就要赶回南州，这次，就不回去了。"

"我都知道。有人告诉我啦。"

"有人告诉你了？谁啊，你这小丫头，难不成飞来看老爸了吗？"

"我又没长翅膀，"可心说，"不为难你了，是孟阿姨来了。她请我去吃了大餐。"

杜光辉这才想起孟春下午请假时的神情。原来……他心里涌过一股暖流，耳边回响起唐铭书记说的话："怎么不能？牛郎织女，一个天上，一个人间，还生出故事了呢。"

杜光辉在这一瞬间，又切实地感到了人间温暖。他给孟春发了条信息，没有文字，只有一枝花和一个拥抱……

3

新华社的陆颖在电话里告诉杜光辉，他们正在做一个调查，是关于南州人才情况的。杜光辉问:"情况怎么样?"

"不容乐观。"陆颖道。

杜光辉吃了一惊,就他的层面了解:这几年随着科技创新的坚持与深入,来南州的企业越来越多,随之而来的人才应该也是越来越多。在日常工作中,他就经常接触到一些博士、硕士,还有院士,当然更多的是本科生。他一直以为,南州正在形成人才的积聚效应,而且这也正是他坚持南州必须走科技创新之路的底气所在。现在陆颖这么一说,还真的让他有些放不下心来。他请陆颖过来,好好地谈谈这方面的情况。

陆颖很快就到了,进门后,她盯着杜光辉,绕了个圈子看了看,说:"杜市长,更清瘦了啊。大知识分子形象出来了。南州的水土不养人?"

杜光辉笑着,问她什么叫大知识分子形象,就这么瘦得像棵树,那可经不起风雨呢。

杜光辉问陆颖,关于南州人才问题,到底是个什么状况?

陆颖恢复了记者的睿智,她推出了几个数字。"南州市去年一年,城市人口净流入八万九千多人。看起来这是个向好的指数,也说明有大量的劳动力正向南州积聚。但如果仅仅看这个数字,那就是盲目乐观了。还有一个数字,更值得注意。这个数字是分社记者在南州试验区、科创园和其他企业抽样调查获取的。这些企业虽然劳动力增加了,但企业中的人才,特别是高层次人才流失率达到了百分之十五左右。这就意味着去年每一百个技术人才中,有十五个左右离开了南州。得到这个数字后,我们也很吃惊。我们反复追究造成这种状况的原因。主要是在政策,包括人才的住房、安家、收入等方面。一些高层次人才来南州后,囿于南州的高房价、低收入,难以安居、乐居,因此很快就被外地企业以更优惠的条件挖走。更令人吃惊的是,去年南州增加的近九万劳动力中,来南州的本科以上人才,比前年少了将近一万人。这九万人,一部分是当地在外人员回来就业,另外有很大一部分是随着总部或者企业迁入南州而进来的。本科人才不愿意回南州,硕博以上人才流失率更是达到了百分之二十。这问题的严重程度,想必杜市长比我更清楚吧。"

"有这么严重?"杜光辉皱眉问。

"这是事实。我们无法回避,也不应该回避。南州要搞科技创新,人才是根本。而人才不能安居,何以乐业?当然也还有其他理由。但加强服务,特别是人才安居的服务,已迫在眉睫,值得南州市委市政府认真考虑。"陆颖说她也了解了其他城市的一些情况与做法,新一轮竞争,说到底是人才的竞争。南州必须养人,只有养人,才能留人。

杜光辉让陆颖将相关材料留下来。

齐航行刚进办公室时,杜光辉还真差一点儿没认出来。他穿着西装,戴着眼镜,斯斯文文地站在那儿。杜光辉朝他看了眼,觉得有些眼熟。他又看了眼,那眉眼还是从前的样子,只是多了几分自信。

"杜市长,忙吧?"齐航行道。

"齐航行?"杜光辉起身说,"我以为是哪个海归呢。"

"杜市长笑话我了。是海归。不过,是短期龟。"

"出去了?"

"出去待了三个月,参加了洗衣机行业世界博览会,同时考察了一些外国市场。那可真是开了眼界,我们的'南州牌'洗衣机还获得了金奖。"说着,齐航行从包里拿出一个小洗衣机的模型,金色的,放在桌上,说,"这是我们获奖产品的模型。我特地送一个过来给杜市长。我们有今天,杜市长功不可没啊!"

"主要是市委决策。"杜光辉道。

两个人坐下来,齐航行说:"我一直记得杜市长当时到厂里同工人们座谈,说的都是大实话。后来做的事也是大实事。现如今,厂子重新活了起来,也兴旺了,大家都记着杜市长您呢。只是您太忙,所以,我也一直不敢来打扰。今天,正好有个会,顺道。"

杜光辉说这值得祝贺,不容易。又问齐航行:"今年是不是可以突破一百五十亿了?"

齐航行很自信,说:"差不多。上半年就有七十亿左右了。"

杜光辉兴奋起来,说:"太好了,南州的家电产业,包括你们,还有冰箱厂、智能家电公司等等,现在已经真正地形成规模了。近千家的企业,链条越来越长,而且还在往精深和智能化方向发展。看来五百亿产业,也指日可待了。"他拿起洗衣机模型,齐航行介绍说这是最新的白色智能化三代机。

技术方面,可以说目前在全球领先。集团还同步开拓欧洲市场,主要是高端市场,明年,南州就能生产世界最高端的全智能洗衣机了。

杜光辉想起第一次见到齐航行的情景,那是他刚来南州时,齐航行带着一班人来政府上访。那时候,齐航行一肚子牢骚,完全是个落魄样子。才过了两年,就完全变了个人似的,无论是形象还是精气神都昂扬向上,振奋着呢。他又想起第一次去洗衣机厂,老总工躺在床上,看着他时那种热切眼神……他问齐航行:"老总工也还好吧?"

"挺好。天天推着轮椅,在厂子里转悠。精神着呢。"

"哈哈,人逢喜事精神爽,我巴望着南州天天都有这样的喜事啊。"

两个人喝着茶,杜光辉又瞅了瞅齐航行的穿着,说:"工装不穿了?"

齐航行拍了拍上装,说:"市长这是批评我。不是不穿,而是看场合。在外面,正式场合穿这一身,毕竟我也是海归嘛。市长见笑了。不过,回到厂里,我全部穿工装。穿上工装觉得亲切,觉得就跟厂子融到了一起,有那种血肉相连的感觉。否则,就有些隔膜。"

"这就是主人翁意识。"

"大概是吧!"

齐航行又聊了会儿,就说到像南州洗衣机厂一样的东城老工业区。齐航行说:"艰难着呢。"

杜光辉皱着眉头,说东城那边,他曾去过两次,确实很艰难。那里很多企业都是当年迁移过来的三线厂。他们为这个城市最初的发展,立下了汗马功劳。南州市对不起他们啦。如果让他们都像洗衣机厂、冰箱厂一样,也不太可能。所以,市里正打算在老城区即老工业区重点搞文旅服务,盘活工业遗址和老城资源,打造存史、文旅与消费为一体的新型业态。

"这个好。没想到领导们都想到了,真不错。"齐航行笑着说,还要到发改委办点儿事。杜光辉送他到门口,说:"等你们到了一百五十个亿,我去祝贺你们!"

政研室简主任等齐航行走后,才走进来。他将搜集到的有关存储芯片技术和市场的材料,以及政研室连夜搞出来的综合分析报告递过来。杜光辉坐下,边看边用笔在上面做着记号。通篇看完,他抬起头问:"你们的意思是存储及芯片制造产业暂时不太乐观,主要原因是技术还不完全成熟,是吧?"

"是这个意思,市长一下子就抓住了。"

杜光辉觉得这观点并不完全正确,"任何技术都有一个研发的过程、完善的过程、投向市场的过程。这三个过程看起来分得很清,而且每个过程有每个过程的特点。很多人往往将注意力放在完善的过程,甚至完善后的过程上,而忽略了一点:真正的市场意识往往就萌生于研发的过程,甚至是研发前的过程。这话虽然绕,但意思很明确,就是越是正在研发正在完善的技术,从市场来判断,越具有竞争力。"

"是这个理。"简主任依然慢条斯理,但是,他加重了语气说,"越是这样,风险也随之越大。存储芯片产业不动则已,一动至少数百亿,甚至上千亿。南州上一轮大规模投资,除了造城运动之外,就是东方电子南州公司。那个项目政府投资了一百个亿,当时在全国都引起了极大反响。现在看来,赢了。但不能因为那个项目的赢,而再次启动'赌'。"他脸上的皱纹似乎舒展了些,说我们也不知道领导这个时候提出来存储芯片产业的用意,就我们政研室来讲,建议还是等技术成熟些,再来考虑。

"有道理。这种判断和担心,都是有理由且是必须的。"杜光辉说,都再研究研究吧。

简主任出去后,他站在窗前,想起有一天在水街看到的一句广告词:站立的明月湖。他当时还有些蒙,不理解,明月湖这样一座水波荡漾的大湖怎么站立?等到再往下看,他明白了,那是一个房地产的广告。从房地产角度看,明月湖就是站立的。一语双关,既说出了南州的站立,又说出了楼盘所在位置和品质。现在看来房地产就是双刃剑,一方面刺激了经济发展,另外一方面又刺伤了人才之心。确实要正视了。他将眼光收回到沙地。听孟春说,因为学业紧张,小鹏已经很少再去垒沙雕了。他在家里又建了一个沙雕,形状是一座无人机。环绕着无人机的,是那些越来越神奇和科幻的天线、发射塔,大装置在最上面,他还特意建造了一个微型的托克马克。孟春说,有时候,小鹏会关了电灯,在黑暗中让沙雕通电,那真是一种如梦如幻的感觉,神奇极了。杜光辉答应哪一天一定去看看小鹏建在家里的沙雕。

想到孟春,杜光辉觉得自己就像一把琴,被暗暗地扯动了其中的某一根弦。那种感觉是轻微的、迅速的、深入的,而且持续。那就是爱情的感觉吧?

一如他当年见到田忆一样。

先进知识研究院紧邻着众听语音,隆重而简朴的奠基仪式后,已升任科大副校长的程建华陪着省市领导,详细了解了先研院的规划设计。程建华说:"不出两年,这里的研发项目将会达到五百项以上,我们的展示厅将会展出南州科技制造近千项。其中,在全国处于领先地位的至少一半以上,在世界处于前列的不会少于一百项。"

唐铭说:"要加紧建设。我们申报的全国科学中心下一步要迎来专家评审。怎么把南州的科学成就推到评审委员面前,是必须要动脑筋想办法的。光辉市长,还有孟春主任,你们要多协助程校长。"

杜光辉说:"南州这边一定尽力,将它作为科创园当前的首要任务来抓。"

孟春点点头道:"我们会全力支持的。"

仪式之后,杜光辉到科创园区管委会去看了看。因为是刚刚建立,所以还很简陋,办公室就在一排标准化厂房里。杜光辉前前后后地转了转,说:"难为你们了。虽然条件艰苦点儿,可是,工作不能打折扣。"

孟春说:"都是年轻人,吃得下来这个苦。目前,科创园区的班子里,三个人,三个博士。"

"那可能是全南州学历最高的班子了。"

"应该是吧。"

到了孟春办公室,杜光辉看她似乎又瘦了些,便问:"适应了吧?"

"没什么不适应的,以前其实也一直在干这方面工作,所以没有什么阻碍。只是……"孟春蹙着眉头,说:"你可发现梁局长今天没来?按理说,他是一定要来的。向你请假了?"

杜光辉还真没注意到。刚才忙着奠基仪式,这会儿一想,是没看见梁大才,他含糊道:"可能另外有工作安排吧。"

"不是,"孟春说,"我是觉得啊,他可能心里有些想法。"

想法?

"我说的也不一定对。"孟春拢了下短头发,说她觉得梁局长对组织上安排自己来科创园区有想法。据说梁局长给市委另外推荐了人选。同时,孟春顺手理了理杜光辉的西装领子,说:"试验区那边,梁局长一直也是很指望。但我听说,他可能性不大。他自己也一定听说了。像他们这样的年龄,别的也不图什么了,就想着解决个副厅,好提高点儿待遇。"

杜光辉说:"可以理解。但这些都是集体研究的。个人得服从组织啊!"

孟春将刚才虚掩的门打开,说:"你没推荐我吧?"

"你说呢?"杜光辉笑道。

孟春说:"你如果没推荐,那就对了。你要是推荐了,我怎么着,心里都感觉不是太……不过,要真没推荐,我可能又……"

杜光辉瞅了孟春一眼,说:"还真是直性子,跟你姐一样。"

孟春听杜光辉提到田忆,便说:"我上周去我姐的墓上看了看,跟她说了许多话。结果,当天晚上,我姐就给我托梦了。"

"托梦?"

"我姐在梦里还提到你,说她还记得你给她抄的席慕蓉的诗《一棵开花的树》。"

"真的?"杜光辉有些激动,说,"她还记得?那是大二的时候,她生日时,我抄着送给她的。"说着,杜光辉轻轻吟道:

  如何让你遇见我
  在我最美丽的时刻

  为这
  我已在佛前求了五百年
  求佛让我们结一段尘缘
  佛于是把我化作一棵树
  长在你必经的路旁

  阳光下
  慎重地开满了花
  朵朵都是我前世的盼望

当你走近
请你细听
那颤抖的叶
是我等待的热情

而当你终于无视地走过
在你身后落了一地的
朋友啊
那不是花瓣
那是我凋零的心

杜光辉吟着,心疼不已,他转过头,看见孟春也红着眼睛。孟春说她是在清理姐姐留下的东西时,发现了这首诗,被姐姐夹在笔记本里。诗后面有杜光辉的签名。姐姐去世后,家里人一直不愿意动她的东西,直到最近她才将它拿出来,结果就看到了这个。

"她当年读着这首诗时,哭了。"杜光辉道。

省委考察组真的到了南州。

推荐的对象主要是两个人选,一个是南州市市长人选,另外一个是南州市政协副主席人选。政协副主席要求是党外人士,所以推荐起来就显得风平浪静。毕竟竞争的人少,符合条件的也就那么几个。再加上考察组所列出的任职条件,最后更是凤毛麟角。但市长却不同,符合条件的人虽然也不多,但都过硬,推荐起来也就格外不同。杜光辉几乎想都没想,就填上了副书记的名字。他觉得这是常理,也是他内心真实的表达。

4

杜光辉提议将存储芯片项目和老城区工业遗址改造项目列入党政联席会议讨论。特别是存储芯片项目,他有一种预感:随着这个项目的热度增加,很快将会有更多其他城市参与这个项目的竞争。而目前,虽然它已经列入国家战略发展项目,但因为投资大、技术要求高,市场前景尚不明确,所以,大部分城市都在持观望态度。好比炒股,现在它正是潜力股。谁认定了它、看好它、支持它,也许将来就会是一只巨大的绩优股。事实上,在刚开始唐铭提到这个项目时,杜光辉也有过犹豫。东方电子引进到南州的事,让杜光辉着实看清了在招商引资之后的另外一场博弈。而存储芯片项目比起东方电子来,体量更大,风险也更大。他将自己的想法给唐铭说了,唐铭说:"我也考虑过这问题。但是,南州就要有一种迎难而上、弯道超车的勇气与胆识。当然,我们要对项目严肃认真地论证,要从科学决策的角度,来最后确定。"

杜光辉点点头,他心里有了底。他看好它,支持它,也认定了它。

他让办公厅将议题列上去,最后等唐铭书记决定。他以为唐铭一定会通过,但没想到的是,刚刚送上去,就传来消息:唐铭书记将存储芯片项目这条给划掉了。

"划掉了?"杜光辉有些疑惑。

这个项目最初是由唐铭书记提供信息的,然后他们又一道去拜访了北京的一些专家学者,同时与光总进行了座谈。一个月前,光总带队来南州考察,也是经过唐铭同意的。而现在,唐铭书记怎么了?突然对这个项目失去了兴趣,还是他另外得到了什么信息?

一定得去问问。杜光辉心里装不下事,马上就去找唐铭,唐铭不在。秘书小江说唐书记划这条时,几乎连想都没有想,一看见就直接划了。这说明他心里早就有这想法,所以一点儿也没犹豫。

杜光辉问:"书记到底什么意思?不搞了?"

这个,就不知道了。

小江当然不知道。他只是一个秘书,只负责上传下达。杜光辉回到办公室,琢磨着唐铭为什么要划掉存储芯片项目。而且唐铭这次在划掉之前也没有和他打个招呼。当然,书记审定党政联席会议的议程,那是必须的。可是……杜光辉起身踱到窗前,明月湖的湖水正闪动着波光。虽然隔着这么远的距离,但那波光依然晶莹跳跃,灵动无比。人心亦如湖水,纵然像唐铭书记,他内心最深处的思考,也是杜光辉难以明白的。

江南省一直有传闻,说唐铭可能会离开南州,调到外省任职。当然,这

457

是好事,唐铭会有更大的空间和舞台。杜光辉回想了下,他来南州这么长时间,如果没有唐铭,包括当初的邀请和后来的一系列支持,或许他在挂职期满后,就直接打道回府了。从内心里来讲,他并不希望唐铭离开。南州的一切,都还仅仅只是开始。科技创新、城市建设、民生工程……遇到一个好的决策者,是这个城市的幸运,也是决策者本身的幸运。决策者与城市相互成就,就像科大与南州、科学岛与南州,只有在相互成就中,才能共同前进。是不是因为唐铭可能会离开南州,他才将存储芯片项目从党政联席会议议题中划掉呢?杜光辉想了想,觉得又似乎不太可能。他记得唐铭上次要他留在南州任职时,跟他谈话,还说道:能在南州这一片热土上好好地干点儿事,尤其是科技创新这样具有开创性的大事,对于一个官员来说,也是一种幸福。

他喝了两杯茶,也没琢磨出结果来。正好接到试验区那边电话,说东方电子南州公司有人来试验区了,正在等他。

到了试验区,杜光辉见到了等他的程总。乍一见,理着平头看起来爽爽快快的程总就说:"杜市长不会忘了我吧?我们可是有约在先的。"

有约在先?杜光辉真的蒙了,什么约?何时约的?他飞快地转动着脑子,只是觉得这程总似乎有些面熟。再细想,他想起了,这人应该是东方电子总部的那个程宏。当初他陪唐铭书记到东方电子考察时,程宏曾跟他说过,他是江南省人,将来想回到南州来工作。果然就真的回来了,而且是南州公司的老总。他握着程宏的手,说:"想起来了,确实有个约定。程总没爽约,南州欢迎您回来!"

程宏说:"我前几天才到岗,今天过来,一是给市长报到,另外,也还想就南州公司的一些事情请求市长支持。"

"好,好!"杜光辉请程宏先喝茶,又问了问高董他们的情况。程宏说:"现在高董太忙了,国外公司牵扯的精力太多。今年,东方电子主要的市场在欧盟国家。特别是高端产品,在欧盟广受欢迎。"

"关键还是靠的研发啊!"杜光辉说。

程宏喝着茶,问道:"杜市长,也喝上了我老家的茶叶?"

"程总老家在……"

"大别山里,三省交界。"

杜光辉说:"这就对了。我现在都在喝这茶,这茶源自大别山里。大别山山深林茂,一年四季云雾缭绕,适于茶叶生长。而且,山上多生兰花,兰花香气沁入茶叶之中。因此,这茶才醇厚清香。看来,这茶是让程总更有了真实的归乡之感啊!"

"是啊。谢谢杜市长。"

杜光辉问:"刚才说有事,什么事?"

"是这样。"程宏将茶杯放下,说,"想必杜市长可能关注到了。我来之前,南州公司就有反映。我来了后,公司开会,我们又深入了解了一下,确实发现有这方面问题。因为这不仅仅是我们一个企业的问题,可能将会是南州很多企业共同面对的问题。如果这个问题得不到解决,将来可能会影响企业发展,甚至整个南州的产业发展。"

"有这么严重?"

"现在看起来,才刚刚萌芽。可是,它要长大,那也是很快的啊。"

说着,程宏便详细地谈到东方电子南州公司的人才流失情况:"公司从去年初开始,就陆续发现一些年轻技术人才开始外流。他们大都是近些年招聘进来的技术人员,很多都是硕士、博士,有些是从总公司那边调过来的。公司一开始也没注意,认为是人才的正常流动。但很快,走的人越来越多。仅仅去年下半年到现在,已经走了五十多人。这引起了南州公司和总公司的注意。随后,南州公司又调查了周边企业,发现也出现了类似情况。有些企业的人才流失情况比南州公司更加严重。企业研发到了要停顿的地步。那么,这些人去了哪里呢?是不是被南州的其他企业挖去了?我们也做了调查,结果很吃惊,他们都离开南州,去别的城市了。我们经过分析,同时也联系了一些离开南州的年轻人,发现他们大都是在即将成家或者刚成家的年龄段,压走他们的最后一根稻草,原来是南州不断增高的房价。"

杜光辉听了,也着实焦虑,说:"南州房价近年来确实增长得较快,新华社的陆颖他们专门搞了个调查,市委市政府也注意到了这一点,正在考虑出台相关政策,解决人才的实际问题。"

"确实要尽快解决啊。这么多人才流失,而且现在还在不断流失,对企业影响很大。别看他们只是一个人、两个人,但通过他们,又影响了一大批人。今年我们招聘,应聘人数明显低于往年。"程宏说,"我们有责任把这情况向市长汇报。南州正在创建全国科学中心,没有人才,怎么创？人才既是靠事业吸引来的,也要靠政策留得住。我们也分析了一下,房价过高,主要还是地价过高,中间成本过高。说到底,政府调控的手段还是有的。我们南州公司虽然走了不少人,但对企业研发影响还不是十分明显。可有些中小微企业,技术人员一走,就近乎瘫痪。没了技术,企业就没了生命。"

杜光辉给程宏续了茶水,说:"这事我们尽快研究。人才是南州科创之本,必须要想方设法来留住。"

程宏走后,杜光辉又带人到试验区跑了几家企业,情况基本上和程宏说得差不多,百分之十到百分之二十的青年人才离开了,个别企业研发中心处于关门状态。他越看越焦急,越听越觉得这事哪怕一天也不能再拖了。他回政府后就径直去了唐铭办公室。唐铭正站在地图前,用放大镜看着地图。杜光辉等他回过头来,说:"书记,关于人才的事,我想马上给向汇报一下。"

"这么急？肯定是大事了。"唐铭说,"是不是有不少企业来反映了？"

"不仅反映了,我自己也跑了一圈。新华社的陆颖也写了个调查报告。百分之十到百分之二十的人才流失,太不正常了。依这样的流失速度,不出五年,南州将无人才可用,"杜光辉攥着手,说,"人才流失还会形成连锁效应。今年,来南州企业的本科生以上学历人才,比去年少了百分之三十。"

很严峻啊！唐铭在纸上写下"30%",又重重地画了道杠子,说:"要立即开展调查研究,出台政策,稳定人才;南州不仅要建成国家科学中心,还要建成令人向往的人才高地。"

杜光辉迟疑了下,还是决定问下问唐铭:"您将存储芯片项目的汇报拿掉了？"

"是的,拿掉了。"

"有什么特殊原因吗？再不定,我怕……"

唐铭转过身,眼光里既有锐利又有关切,说:"光辉啊,我比你还着急,发改委那边有消息说,南方某城市也正在跟光总他们洽谈。人家财大气粗,有很大的优势。我们有什么？不就是诚心和科技吗？我昨天才跟光总通了电话,再次表明了南州的态度。不过,现在情况有些复杂,如果马上提交讨论,很可能会适得其反。"

"可是,"杜光辉急道,"假如那边等不及呢？光总最近正在寻求人才。

他们想找一个能统领整个项目的高端人才,也就是芯片行业的领军人才。他希望这人有较强的学术背景,又有强烈的爱国情怀。目前正在商谈,估计最近快达成协议了。他们在快马加鞭,而我们却在犹犹豫豫。"

"这不是犹犹豫豫的问题。光辉,这样一个牵动着整个南州经济社会命脉的大项目,慎之又慎是对的。总体上,要往前走。但步骤上,要顾及社会各界的情绪。我昨天跟光总通电话,国内现在很多人还没有意识到芯片行业对国家将来的重大影响。这其实是个卡脖子项目,现在,全靠进口。一旦断供、封锁,后果不堪设想。所以,我也着急啊。我也想马上就确定下来,就干。就像东方电子那样,落地有声。可是……省委特别指示:经济发展一定要科学决策,要量力而行,不能搞求大求上的形式主义。"

杜光辉道:"我们这是形式主义吗?我们这是……这对于芯片行业来说,我们是突破。如果南州建起了芯片制造工厂,将来我们被卡脖子就少了一分。而且,这个项目的可行性,已经由专家组进行了论证。"

唐铭推开窗,指着明月湖,说:"湖水是不会一味地等待春天的。所以,我们仍然要主动。光总那边的工作不能等,要不断对接,做好项目落地的前期准备。"他回到桌前,找出他给省委关于南州引进存储芯片项目的专题报告,递给杜光辉。

杜光辉看了一遍,在报告中,唐铭详细介绍了项目的来由、可行性与风险分析,同时一再强调,项目是由南州市委集体研究决定引进的,主要责任由他这个市委书记承担。报告中当然也提到了杜光辉,明确杜光辉是在书记领导下,具体开展项目的对接与运作,并没有实际参与项目的最后决策。唐铭这个报告不长,却让杜光辉读着,胸襟、担当和作为一个市委领导的果敢,禁不住地感动。他将报告放到桌上,说:"书记,感谢!"

唐铭豁然一笑说:"感谢什么?将项目拉到南州来,就是对南州人民的最大贡献。"他有些动情,说存储芯片这个项目,只要他还在南州工作,就一定会坚持引进。他说:"当年,南州搞东方电子,也是冒了巨大风险的。结果现在成了五百亿产业,支柱产业。存储芯片也一样,如果能引进来,两三年以后,它将在南州再造一个千亿产业。经济发展,当然要稳。但稳中有进,适度的风投,也是必需的。何况我们这风投,本身就契合南州经济发展以科技创新为主导的思路,而且,我们在引进这些产业的同时,不断培育产业生态、政策生态,甚至人文生态。我们相信他们开花,是因为我们首先培植了能让花朵开放的沃土。"

"好!我们会紧盯着。"杜光辉道。

杜光辉回到办公室,站在窗前看了会儿明月湖。湖上一片澄澈。他刚坐下来,钱老主席来了。寒暄过后,钱老主席直接道:"我也听说存储芯片项目的事了。本来我这早退下来的人,不该来多说。但杜市长,我还是想转达一些意见,这个项目比东方电子投资风险要大得多。风险预估需要充分一些啊!南州要发展,不过也得稳步前行。"

"感谢钱老主席的关心。国家现在一再强调要发展创新产业,南州以前底子薄,基础不好。现在要发展,就必须实现弯道超越。存储芯片项目是创新产业,目前的情况是外国垄断了。中国每年必须从国外进口数千亿美元。而且还面临着卡脖子的可能。一旦卡了脖子,怎么办?所以,钱老主席啊,唐铭书记主张引进存储芯片项目,一方面是为南州的发展,另外一方面也是为着国家的重大战略考虑。"

钱老主席说:"我们不是反对你搞,而是担心冒进,弄不好可担当不起啊。"

"谢谢你们哪!"他笑着说,钱老主席当年是改革的先锋,南州现在也正处在改革和发展的关键节点,还请钱老主席多指点,多支持啊。

因为林总的PEF项目,杜光辉又陪着李博士去了一趟北京。李博士一路上感叹:民营企业现在搞科技创新,不仅仅难在技术,还难在对市场风险的承担上。事出有因,林先生投资的PEF项目,第一期试产并没有取得预期的成效。产品虽然出来了,但几乎不能进入市场。李博士也为此邀请了多位专家前来南州会商,最后找出了原因,是其中的一份添加剂在分量上没有把握好。一份小小的添加剂,让林先生损失了将近两千万。李博士对杜光辉道:"其实我也很内疚。林总请了我,但我没做好。事情最严重的时候,林总几乎要撤资,打道回府了。我也是急啊,甚至将自己那点儿存款也搬出来了。当然,林总没要。他想另外再找项目干。这两千万对一个民营企业,可是……唉,一个巨大的包袱啊!"

杜光辉听了也很吃惊。林总的PEF项目他本来一直关注着,但最近事情确实太多,没想到这里面就出了这样的大纰漏。他问李博士:"最后林总怎么想通了？"

"一是没有找到新项目，二是我们找出了失败的原因，让他看到了曙光。"李博士说，"林总最近回福建去了，说要在石材上再加把劲，把这项目的缺失给补回来。我的确很内疚，我承诺林总，自罚一年薪酬，算是给林总一个补偿。他能投资我的项目，已经是很了不起了。"

杜光辉却说："哪有不犯错误的人和事？拿钱买了数据，总还是值得的。而且找出问题后，对这个产业，我还是充满希望的。"

"是啊，但这也让我想到，民营企业特别是中小企业，真的受不住大风险啊。"

杜光辉皱着眉，说："李博士所想的问题，其实我也注意到了。扶持中小微企业的成长，任重道远。市场风险、人才风险、产品风险等等，都容易成为压垮企业的稻草。我在想，应该有一种强大的容错机制。政府要能出面来替企业分担，给企业吃定心丸，让企业大胆干。这样，也不至于让李博士您自罚年薪，让林总回头去重操旧业。这事，我让办公厅再做调研，尽快设立政府性风险机制基金，为一些确实具有创新意义的'错误'买单。"

"这太好了。杜市长如果真的建立起这个基金，政府可以投入，企业也可以投入。只有宽容创新之错，才能更好地激励创新，"李博士说，"就我所知，这两年有一些小企业就因为一步错了，只好倒闭。太可惜了啊！"

杜光辉其实也很担忧这种现象，他这次跟李博士进京，就是要上报他们的 PEF 项目，以争取支持。同时，他还想考察一下个别高科技企业，看看他们在容错机制建立上的新举措。一个城市，既要有对创新发展的鼓励，更要有对探索失败的包容。这是一个城市的气度、风度，更是一个城市所能达到的高度。

5

秋天的第一个周一，省委在南州召开领导干部大会，正式宣布杜光辉任南州市委副书记、提名市长人选。与此同时，常务副市长程市长，被调到省直部门任副职。

会后，南州人大召开会议，正式任命杜光辉为副市长，代理市长。

唐铭很快就在市委全会上,介绍了存储芯片项目的进展情况。说省委高度重视,专门听取了南州市关于存储芯片项目的报告,并且咨询了国家工信部专家组。省委认为:存储芯片作为国家战略性新型产业,前景广阔,时不我待。同时,省委建议成立相关项目监察组,全程跟踪项目进展,确保项目公开、透明、阳光、可持续。

人大会议通过后,杜光辉回到政府,办公室已经换了。这办公室的窗子,与明月湖是正对着的。绿轴大道和湖上风景,一览无余。

李明叩门进来,上周,他刚刚到试验区任管委会主任。他一进门,就祝贺道:"您当市长,南州走科技创新的路子,就一定会更坚定。"

杜光辉说:"到试验区去了,还好吧?"

李明憨厚地一笑,说既好也不好。好,是试验区有市长在时打下的良好基础,现在,一切都走上了正轨。不好,是确实也还存在着诸多问题,比如人才的问题,还有化工园区拆迁的一些遗留问题。当然,也还有区内企业现代管理的缺失问题。

"很好啊,看得准。试验区涉及的不仅仅是企业,还有周边群众。它就是一个小社会,必须强化管理,进一步优化试验区的发展环境。特别是一些真空地带,甚至三不管。有些地方,出现了黑恶势力死灰复燃。"杜光辉说,"这些都是硬骨头啊,李主任,一定要高度重视,不要让他们露头。一露头就打,狠狠打。否则,他们就将是试验区的害群之马。"

李明说:"其他同志也给我汇报了,说市长已经做过布置。请市长放心,我们将按照原来的布置,把这事落实好。"

想起来,时间过得真快,从杜光辉到南州挂职开始,李明作为经信委主任就跟在杜光辉后面。他早年北大毕业,一开始在工大任教,后来调到地方工作。话少,办事实在,有主见,有分量,有思想,善于动脑筋,宏观把握能力较强,这是杜光辉对他的整体印象。因此当初确立试验区主任人选时,唐铭征求杜光辉的意见,杜光辉毫不犹豫地就推荐了他。

李明临走时,心事重重地跟杜光辉说到人才流失的事,说东方电子南州公司的程总又向他说了一次。他同时也到那些中小企业调研过,发现情况确实比想象的严重。很多中小企业,包括程宏他们,也都在思考怎么解决。他们参照外地做法,提出由政府出面,出台南州市关于人才的相关优惠政策,特别是以政府为主导,组织社会力量,兴建各类人才公寓,使来到南州的人才都有房可居,解决他们的后顾之忧。

"是个好办法!我跟书记也讨论过。不过,具体操作起来,还有个过程。"杜光辉让李明他们从试验区开始试点,先外出考察,再结合试验区情况,征求方方面面意见,拿出具体政策。如果可行,由试验区或市政府发文,尽快实施。

第二天,杜光辉就带队赶到北京,一方面与光总就存储芯片项目进行深入洽谈,另一方面邀请半导体晶圆研究的著名专家丁杨院士来南州讲课。光总向杜光辉介绍了叶凡博士,说如果芯片制造企业落户南州,叶博士将负责主抓企业研发与生产。这叶博士可了不得!光总有些神秘地告诉杜光辉,他可是花了大心血,才请到的。

叶凡看起来文静、安静,学者样子,但一开口,杜光辉就感觉出了他的分量。叶凡说:"十几年前在美国时,我就想着有一天回到祖国,来打造我们中国自己的芯片企业。芯片是制造之心,是制造之魂,而我们国家显然在这方面落后了。长期以来,过于依赖国外进口,如果将来有一天,国外稍稍卡一下,那么整个中国的制造业将会受到致命打击。一想到这,我有时半夜都能惊醒。五年前,我回国后也多次呼吁。只是芯片制造业投资大、风险大、后续投入大,而国内很多企业都有短平快心态。像光总这样有远见有思想的企业家,太少了。当然,还有南州。举全市之力来投资芯片制造,这可是大见识大抱负!杜市长,我得感谢您!"

"哪里,应该感谢光总和叶博士啊。"

光总说:"原来,我一直急着两件事。一件是谁来负责制造工厂这一块。现在,叶博士来了,有着落了。那另一块最让我急的事,杜市长,是资金哪!我这边已经差不多了,南州那边怎么样?一千个亿,对于一个市来说,也是大数目。我就怕开了头,将来后续跟不上。"

"这个请光总放心,"杜光辉说,"当年我们举全市之力引进东方电子,当时资金也是最大的制约。我们挺过来了。现在,南州经济实力增强了,何况一千个亿也并不是一年投入。我们看重的不仅仅是芯片制造这一块,而是整个产业。同时,如果我们南州率先造出了国产高端芯片,那也是站在了国家战略的前沿,为整个国家智能制造尽力了。这次回去后,我们就尽快落实。"

忙碌了一天,晚上,杜光辉抽空去了一趟岳母家。岳父岳母见到他,上下打量着,有些伤感地说:"我以为你再不会到我们这里来了呢。"

"怎么会呢?你们这儿,就是我在北京的家,"杜光辉动情地说,"虽然我跟小亚分开了,但你们永远是可心的外公外婆,我只要有空儿,就会经常来的。"

岳父戴着老花镜,说他最近正在家写自传,写着写着,发现一个人一生的经历真是太丰富了,又太难以描述了。写自传,虽然写的是自己,但无法脱离生命中经过的那些人和事。越写越觉得评价一个人是世上最难的事,做好一个人,是世界上难中之难的事。尤其是写到那些正直光明的人时,就特别顺畅;而写到那些心地阴暗的人时,笔头都变得艰涩。古人说留取丹心照汗青,人到老了,写自传时,还能坦然说一声,一生无愧,那是多么难得啊!

杜光辉觉得岳父就是个一生无愧的人,所以才能有如此感悟。岳父说:"虽然你没告诉我,但已经有人给我打电话了,说你当市长了。我没有什么送给你,只送给你八个字:不忘初心,一心为民!"

"谢谢爸爸!"杜光辉说,"我一定时刻记着!"

可心上晚自习去了,杜光辉在女儿的床边坐了一会儿,又在她的记事板上画了一只大恐龙。在大恐龙的边上,正站着一只可爱的小白兔。这画的意思只有他和女儿明白。女儿小时候学画画时,画的第一张画就是这个。女儿说,爸爸就是大恐龙,而可心就是那只小白兔。

这是杜光辉来南州后争论得最激烈的一次党政联席会议,争论的议题是关于存储芯片项目引进。几乎所有人都同意南州必须坚持走科技创新之路,要引进大项目、好项目,夯实南州经济发展基础。但对待具体项目,却分成了三种意见。第一种自然是以杜光辉为主的坚持引进观点,这里面除了杜光辉,还有李明。第二种是反对意见,尤其是四位副市长和人大政协的同志,都觉得项目不确定性太大,持续投资太多,很可能成为南州将来一个巨大的发展包袱,就目前南州的经济实力与基础,还不具备引进芯片产业的条件。最后一种是观望,这是最大多数。而事实上,杜光辉和唐铭都清楚:观望就是一种反对。只是态度相对温和些而已。意见久久不能统一,唐铭只好宣布暂时休会。同时,安排所有联席会议人员,到科大、科学岛以及科创园区去调研三天。三天后,再来开会。

杜光辉觉得唐铭书记这个分寸把握得相当到位,会后,他跟唐铭书记一道到省委汇报。省委表示,勇气来源于底气,来源于对未来的准确判断。在接到南州市关于存储芯片项目的情况汇报后,省委十分重视,多次与相关领域专家进行商谈,同时向国务院发展研究中心、国家发改委等部门征求意见。最后认为芯片存储制造项目的确是个有风险的高科技项目。但更是一个好项目。省委现在支持南州上这个项目,当初让项目停下来,一是对项目本身也没把握,二是南州正处在情况相对复杂的局面之中。现在,南州的班子稳定了,南州市又做了扎实细致的前期准备。因此,可以上,而且要尽快上。芯片制造产业将来一定是国家的重大战略支撑性产业。南州要走在前面,为国家的战略发展考虑,争取形成高端完善的芯片制造产业链。当然,项目落地,南州市还必须做好方方面面的解释和宣传工作,让干部群众认识到这个项目到南州来的可行性、必要性和前瞻意义,从而支持和积极参与这个项目。

唐铭说:"我们也正在做这件事。南州最近有几项重要工作,一个就是存储芯片项目的落地。二是全面启动人才公寓建设,解决人才的后顾之忧,同时控制高房价,出台政策,引导房地产良性循环。当然,还有杜市长提出来的政府性容错机制基金。"

省委高度肯定,说不错。这些问题都与经济发展密切相关。做好了,就是南州经济发展的再生动力。要好好谋划,把这几件事都做好,做出成效,让广大干群真正拥护,让人民真正受益。特别是人才公寓与房地产长效机制建设,南州作为正在发展中的大城市,要有气魄,有力度;要在房地产开发上舍得小利,在为人才服务上争得大利。

三天后,党政联席会议再次召开。会前,杜光辉主持,专门请丁杨院士就存储芯片产业作了一场专题讨论。在随后召开的联席会上,一大半人员的态度开始转变。人才公寓建设很快获得同意;会议提议由市政府相关部门参加,结合外地经验,制定出台适合南州的房地产运行机制,目标就是稳房价,保民生;最难啃的硬骨头存储芯片项目放在了最后。唐铭没作解释,杜光辉也没发言。只是让工作人员发票进行票决。十几分钟的寂静之后,工作人员宣布:存储芯片制造项目获得十二票,超过半数票一票,通过!

杜光辉松了口气。他下意识地望了望唐铭。唐铭面色也缓和了,而阳光正透过窗帘,照射在会议室里。杜光辉轻轻地笑了笑,他的笑也和阳光融到一起,成为阳光的一部分。

会后,唐铭问杜光辉感觉如何。

"很艰难。但通过了,就是好事。"杜光辉道。

唐铭面对着墙上的书法,轻诵道:长风破浪会有时,直挂云帆济沧海!

是啊,党政联席会议能通过存储芯片项目,这是南州的进步,也是南州科技创新战略的重要成果。事实上,在这样重大的风险与机遇并存的项目问题上,不能强求百分之百同意。有些人不同意,甚至反对,这才是正常的。说明这个项目本身有很多需要我们高度警惕和关注的问题,同时也说明参加会议人员是真正从南州的实际出发,从工作出发,经过深思熟虑后,才表达了各自的意见。其实,经过这几年的科技创新氛围的熏陶,南州干部自上至下,科技创新意识已今非昔比,有了质的提高。面对着科学大装置,面对着一项项的新技术、新专利、新发明,过去,南州的干部们只能知其然而不知其所以然,能看得清葫芦是个什么样子,却解释不清葫芦到底是怎么生长的。现在,很多干部一步步地开始了解"所以然"了。一些高科技项目刚到南州,项目人员与南州的干部一接触,往往都很惊讶——他们怎么也不会想到,这些南州干部会把他们的项目研究得很透彻,说起项目中的科技也是头头是道。唐铭在大大小小的会上,也一再强调科技创新知识的学习与普及。全民科创意识增强了,才有凝聚力、向心力,才能真正地为项目落地做好服务。

唐铭看着杜光辉,有些感慨,说:"你来南州,正好赶上南州的两次大的项目落地,都是不容易的啊。我们是立足南州科技创新的优势,立足国家科学中心的优势,根据南州经济和产业发展导向,来选择、来引进、来支持、来建设的。正因为如此,我们才有信心坚持,而且有信心取得最后的胜利。这几年,你也不容易啊!我都知道。"

杜光辉其实也有很多感慨,但是唐铭一说,他倒觉得敞亮了。唐铭概括得全面,关键是科技,包括科技创新、科学决策、科学服务等等。而且,南州这几年在政策创新、人文创新和服务创新上,都下了很大功夫。也正是这些年持续不断的努力,才有了今天南州创建国家级科学中心的共识。他对唐铭道:"我一直在想,存储芯片整个项目的投资一千五百多亿,我们能不能想办法通过股份合作方式,募集资金,共同建设?我这次去北京,光总说有跨国公司愿意加入,我说要考虑考虑。看来,这也是一条路,您看?"

"很好!尽快谈。"唐铭接着又和杜光辉商定了具体的合作方案。建议项目方以技术入股,南州和其他各方以资金入股,共同建设,共同获利。只要项目到了南州,南州更看重的是它带动的上下游产业,以及随之兴起的配套服务业。按照项目规划,那将是一座人口不少于五十万的中等规模新兴产业城市。

半年后,存储芯片项目正式落地南州空港区。按照规划,这里将用三到五年时间,投资两千亿以上,打造国内最大规模的存储芯片生产基地,同时配套建设上下游企业集群和存储芯片产业小镇。

杜光辉、光总还有叶博士站在空港存储芯片项目工地前,看着红红火火的建设场面。杜光辉说:"谁都不会想到,这空港会成为最高端的科技产业小镇,甚至会成为世界存储芯片制造业的核心。"

这是我们的目标。光总说:"虽然现在我们还只有18nm,但请相信:我们有最棒的研发队伍,有最强的实力支撑,我们会赶上世界最高水平的。现在国际上最高水平是7nm,我们计划用三年时间赶上。从学习到并行,最后的理想是赶超!南州的发展经验鼓舞了我们。南州现在是国家科学中心,南州走过的路其实也是学习、并行,现在进入了领跑。杜市长,是吧?"

"是啊,光总了解得很详细。学习,并行,领跑,这一路走下来,风风雨雨,酸甜苦辣,荣辱悲欢,仿佛一场梦,又实实在在,可触可感。"

光总笑道:"那是奋斗的梦吧,而我们都注定是追梦人。"

(《人民文学》2021年第11期)

骊 歌

曹多勇

逸诗有《骊驹》篇云:"骊驹在门,仆夫具存;骊驹在路,仆夫整驾。"客人临去歌《骊驹》,后人因而将告别之歌称之为骊歌。

1

曹老头虚岁90这一年,停下喂牛。

这是一个腊月天,天晴、天暖,曹老头上一趟山王集,去找张心亮。张心亮是一个牛行令,曹老头卖牛买牛都找他。张心亮在家里,三间破瓦房,一个旧院子,老的牛和小的牛,一齐拴里边。张心亮蹲地上,面前看一只塑料盆,血呼啦啦地洗一堆牛下水。曹老头走进去,跟他说:"明天你去我家拉牛!"张心亮站起身,甩一甩手上的血水说:"我在心里约莫着,你这两天要上我家门。"曹老头不看张心亮,抬头看一眼半天空里的太阳说:"趁天好,我好卖牛,你好杀牛。"张心亮说:"我杀牛不看天。"曹老头说:"你不看我看!"

牛行令,就是牛行的中介人,赶山王集买牛的卖牛的,都找他讲价钱。这些年,四周养牛的人家少了,山王集上的牛行不存在了,张心亮改行在家里杀牛、上集上卖牛肉。

张心亮说:"上两天我买回两头牛犊子,你去看一看?"

曹老头说:"今个天我不看牛犊子。"

张心亮问:"你不看牛犊子,我怎么送你家里去?"

曹老头说:"过年我虚岁90,不能再喂牛。"

张心亮问:"你当真停下喂牛?"

曹老头说:"不停也得停,我总不能牵两头牛去阎王爷那里吧?"

曹老头就是我父亲。这些年,他每一年都要喂养两头牛。从张心亮手上买回牛犊子,喂大再卖给张心亮。如此循环往复几十年。

隔一天,天阴欲雨,气温陡降。曹老头心想张心亮不会来拉牛,张心亮却来拉牛了。张心亮不是一个人来,他的小儿子开一辆农用车跟他一块来。一般情况下,张心亮跟卖牛人家讲好价钱付过钱,牵牛走出卖牛人家的院子,小儿子接手就把牛装上农用车,一路突突突地拉回家。买牛杀牛卖牛肉是张心亮一个人的活,小儿子出一趟车,张心亮付一趟钱。这叫亲爷俩,明算账。我家房前屋后巷子窄,农用车停在远远的村路口,张心亮一个人甩拉两只手朝我家院子走过来。曹老头眼睛花,耳朵背。看,看不清张心亮走过来的身影;听,听不清张心亮走过来的响声。拴在牛槽上的两头牛不一样,嚓啦一声停下吃牛草,四蹄惊慌开来,在牛棚里乱踢乱蹦。听人说,杀牛人身上有一股子杀气,人闻不见,牛能闻得见。

曹老头连忙问:"张心亮来了?"

曹老头问两头牛,两头牛不回答。曹老头转身去大门口堵张心亮。

曹老头说:"今个天你莫进我家院子。"

张心亮站住两只脚,糊里糊涂地看着曹老头。

张心亮说:"我不进你家院子,怎么去拃牛?怎么去拉牛?"

两头牛喂一年值好多钱,不是上秤称,是上拃拃。牛脊梁有几拃厚几拃长,就能出好多肉,就能卖好多钱。也就是说,一头牛的价钱,全在张心亮手上,全在张心亮心里,全在张心亮嘴上。面对一头牛,张心亮上手拃一拃,心里算一算,嘴上就能把价钱讲出来。

曹老头说:"过一会,我拉牛去你车子跟前。"

这一天,是两头牛最后一天活着,也是曹老头最后一天喂牛。听人说,张心亮上手摸过拃过的牛,不会再吃一根草,不会再喝一口水。曹老头不叫张心亮走进来,就是不叫张心亮摸牛拃牛。

张心亮说:"你快点拉牛送过去,我还有一大堆狗头事回去做。"曹老头说:"候我一支烟工夫,我喂一喂牛草,饮一饮牛水。"

早上,曹老头起得早,去地里割够两头牛吃一顿的牛草,去豆腐坊买够两头牛饮一顿的豆腐渣。张心亮转身离开后,曹老头接手喂牛饮牛。

曹老头跟两头牛说:"你俩前脚去那一边,我过一过也去那一边。就是不知道去那一边,能不能见着你们两头牛。要是我过奈何桥喝下迷魂汤,认不出你们两头牛,你们两头牛就上嘴扯拉我的衣褂襟,你们两头牛一扯拉我的衣褂襟,我就知道是你们两头牛。"

听人说,牛知道自个的死期,会在最后一抱牛草里看见一把明晃晃的刀子,牛会一口吞下去。两头牛一边吃牛草一边流眼泪,曹老头一边喂牛草一边流眼泪。

一缕太阳光猛然地从云彩中探出来,斜愣愣地照进牛棚里,照在曹老头和两头牛的脸上泪上。

2

这之前,曹老头停下过两回喂牛。头一回是曹老头虚岁 73 这一年,第二回是曹老头虚岁 84 这一年。老话说,七十三、八十四,阎王不请自个至。也就是说,73、84,是生死的两道门槛,不管相信不相信宿命,事实上有许多年岁大的老人就是迈不过这两道门槛。

虚岁 73 这一年,一向没病的曹老头,一下生起病。说起来只是传染上流行感冒,头疼发烧,浑身酸疼不自在。吃,吃不下饭。睡,睡不好觉。曹老头在村里挂两天吊水,头疼不见轻,发烧不见退,就在心里生出大疑惑。是不是自个的大限到了?曹老头赶紧地托人去山王集喊来张心亮,要把家里的两头牛卖出去。紧接下,曹老头打电话喊回两个儿子,说有后事要交代。

曹老头生病在农历六月天,卖牛也在农历六月天,两头牛喂半大,这种时候卖牛最吃亏。张心亮牵牛的两只手迟疑,曹老头不迟疑。张心亮问:"要不要候两天看一看?"曹老头说:"看什么看,候两天我眼一闭腿一伸,你说我还去卖谁家的牛?"

曹老头喊回两个儿子,最主要的一件事,是找一棺地。曹老头 70 岁那一年,自个当家打一口棺材,置办一套妆老衣。就是防备哪一天,呼通头一倒,穿上妆老衣,塞进棺材里,顺顺当当地埋下土。眼下的大河湾,是一个因煤矿扒煤塌陷,重新搬迁的村子。房屋四周都是人家村子的土地。大河湾老(死)人埋在哪地场,都要花一笔钱买地。曹老头手上有买坟地的钱,就是看不上村前村后哪地场适合自个睡。曹老头喊回两个儿子,就是把买坟地的权力下放一半给他俩。曹老头吩咐两个儿子赶紧地去四周找坟地,两个儿子先看上眼,再喊他去做决定。

我跟二弟花半天工夫,先后看上三块坟地。村北是淮河,村东、村西、村南各一块,喊曹老头去选择,他一一摇头不向心。曹老头说:"我睡这样的斜楞地,早八百年买过了。"

村子四周都是高洼不平的岗子地,确实找不出一块平整地。再说了,曹老头自个年年割牛草,哪里的一块地,他没看过好多遍?我和二弟跟他说:"要不你还是埋在娘的那一块地里吧?"曹老头说:"不是我不想跟你们娘埋一块,是那里实在没地场埋!"

娘死那一年,曹老头虚岁60。娘睡的那一棺地,曹老头亲自选,出五百块钱买下来。要是那一年,曹老头就手多给地主家五百块钱,买下娘左手边的一棺地,就能顺理成章地跟娘埋一块。中间隔一年,地主家迁来一座坟,占上娘左手边的一棺地。娘的坟前还有一棺地,我和二弟劝他赶快找地主家买下来。曹老头嘴上答应,行动上迟缓。迟缓的原因是,娘前面的一棺地地势洼,将来埋上一座坟,超不过娘的老坟高。曹老头这么一迟缓,一棺地又被别人家埋上坟。这样一来,曹老头不得不在娘的那一块地之外选坟地。曹老头大包大揽地跟我和二弟说,买坟地的事不用你们兄弟俩操心,哪一天我看上哪一块地就花钱买下哪一块地。就这样,买坟地的事一放手,曹老头前后十年没落实。

那一回,我跟二弟在家待两天,曹老头身上的感冒症状逐渐转好,吃能吃得下饭,睡能睡得着觉,也就迈过了73岁门槛。

曹老头虚岁84这一年,遇见一件蹊跷事。鸡叫五更天,曹老头迷迷糊糊地听见院子里有响动。曹老头睡觉惊咋,时刻担心有偷牛贼翻墙偷牛。曹老头一轱辘爬起床,慌张下床没下稳,一头栽地上。床矮,栽没栽一个怎么样,倒是左脸剐在一根钢筋上剐破相,哗啦啦地流出血。钢筋有一米多那么长,曹老头靠在床头床前,半夜起床当拐杖拄,也是对付偷牛贼的一件武器。不想这件武器反过头来对付了他自个。天亮过后,曹老头去喊我四叔家的儿子老虎,叫老虎带他上毕家岗煤矿医院看脸,医生在他的左脸上缝五针。回头路上,曹老头细细地琢磨这件事,越想越觉得哪个地方不对劲。一是明明听见院子里有响动,跑出去看院子里空空的不见人影子。二是明明房屋里空空的,却试觉有一个人伸手推搡他一把。猛然地,曹老头记起五更天的

473

一个梦。梦在大河湾的旧村子,跟娘一块朝北过一道小河,去祁集街上买年货。一道小河不变样,一条祁集街不变样,变样的是祁集街上摆出来的年货。鸡是纸扎的鸡,鸭是纸扎的鸭,鱼是纸扎的鱼,肉是纸扎的肉。曹老头仔细地看一眼,就连祁集街上的行人一个个都是纸扎的。曹老头问:"我俩来的这是哪个地方?"娘说,祁集街!曹老头摇头说:"不像祁集街,是祁集街怎么赶集人和年货都是纸扎的?"娘说:"你上手摸一摸我是不是纸扎的。"曹老头刚想抬手往娘的身上摸一摸,就迷迷糊糊地听见院子里有响动,就急赶急地坐起身下床,紧接着栽下地,刨破脸。

或许这纯属是一件偶然事,曹老头却偏要看成一件必然事。十年前,虚岁73那一年发生的事,曹老头重新演一遍。卖掉两头牛,喊两个儿子回家找坟地,说自个大限到了。

这一年,二弟一家人在浙江金华打工,二弟接曹老头电话不想回,转手打电话跟我说:"大哥你当家在哪里买坟地我都没意见,花好多钱都是我两家一家一半出。"二弟的一份责任转给我,我想当家能当得了吗?我跟曹老头说:"我俩一块去看坟地吧!"

家里有一辆电瓶三轮车,曹老头下地割牛草就是骑这辆车。这一天,曹老头不用割牛草,骑车拉上我,专门替他找坟地。曹老头坐前面开车,我搬一只板凳坐在后面的车斗里。曹老头像一个闲散无事可做的人,带上我去四周庄稼地里,无目的地瞎转悠。20世纪80年代初,大河湾搬迁这里,算一算快四十年。四十年间,哪一年大河湾不死人?一个个死人都埋在村子四周。讲究一点的人家,花钱买一块坟地,挖一口坑,埋下土。不讲究的人家,路边荒地里随便埋随便葬。曹老头领上我村东村西村南三个方位转一遍,所到之处满眼都是坟墓,高的矮的,胖的瘦的,杂乱无章,触目惊心。可以这么说,村里的死人在村子四周渐渐地形成一个包抄态势,一步一步地逼近村子,一步一步挤压村子。一个不争的事实是,迟早有一天,村子里边的活人,没有村子周边的死人多。

一大早出门,眼见挨近晌午。我和曹老头自然是徒劳无益地浪费时间。曹老头说:"我带你去村北看一看。"村北是淮河,一长溜慢坡地,南高北低地坡向淮河。相对来说,这里地是平整的,哪一块都是好坟地。偏生地,这里只是淮河涨水出没的地盘,不是死人安睡的地盘。面朝淮河,曹老头停下车,走进一块庄稼地,身子一歪躺地上。曹老头说:"我就想睡这样的一块地。"我不搭他的话茬子,我知道他的心愿难实现。

曹老头躺一躺,坐起身来说:"我的坟地不看了不买了,哪一天我倒头,你们兄弟俩把我扔进大河(淮河)里,省心省事,一了百了。"

当时,我心想曹老头说的是一句瞎话。其实,曹老头说的是一句真话。百年之后,曹老头最想去的地方是淮河。那里平整宽展,能够安睡万古千年。

买坟地的事再一回放手,一眨眼又过去五六年。

曹老头虚岁90这一年,停下喂牛。因由是,他觉得自个年岁大,喂不动两头牛,不想再喂牛了。曹老头的两只眼一齐长白内障,先后开过两回刀。现在一只眼模模糊糊地看人看物,另一只眼只剩下一团化不开的黑影子。曹老头的两只耳朵一齐聋,我回家跟他说话,要是不站在他面前脸对脸,喊破天大声说话,他一句听不清。二十年前,曹老头虚岁70,预备棺材和妆老衣那一年,我跟二弟就劝他不要喂牛了。说家里不缺钱花,不缺吃喝,你就在家安安心心地养老吧。我们兄弟俩不是担心他割不动牛草,是担心他哪一天割牛草,头一倒死在庄稼地里没有人知道。曹老头说:"我胳膊腿好生的能动能走,我不喂两头牛找一件事做一做,还能整天待在家里吃了睡睡了吃等死吗?"

我们兄弟俩这么说一说,曹老头听不进去,就随便他去吧。人怎么都有一个活法。或者说,人怎么都有一个死法。曹老头真要割牛草死在庄稼地里,那就叫他死在庄稼地里吧。我们兄弟俩想通顺,反倒不用担心了。

曹老头卖掉两头牛,往我家打一个电话。曹老头在那头大声说话,怕我听不清。我在这头大声说话,怕曹老头听不清。曹老头说:"今个天家里的两头牛卖掉了!"我"噢"一声说,天进腊月,说起来卖牛不算早啦!曹老头说:"下一年我不喂牛了!"我迟钝一下说:"你想喂牛就喂一喂,不想喂牛就停下来!"曹老头在电话那头说话有了哽咽模样。曹老头说:"过年我虚岁90,喂不动牛了。"我说:"喂不动牛不喂,你在家享两年清福。"曹老头说:"我老了,没用了。"曹老头说罢这句话,自个先挂掉电话。我手捧手机,呆愣好久。面对曹老头的这一幅生命晚景,我觉得有一股子悲凉的气息漫过我心底。

3

　　一年到头,曹老头都早睡早起。暮春天,或初冬天,清早寒,霜露大,曹老头起床先喂牛、饮牛、车牛粪。候太阳出来了,天气暖和了,曹老头运一车牛粪倒地里,再去四周庄稼地割牛草。我家西头路边上,曹老头早年花钱买三分菜园地,车上的牛粪倒那里。早上八点来钟的样子,曹老头停下割牛草,拉牛草走出庄稼地,去毕家岗或李嘴孜街上吃早饭。毕家岗在东头,李嘴孜在西头,两地相隔五里地。曹老头早上去哪里吃早饭,不是看哪里的早饭可口向心,是看割牛草的庄稼地离哪里近。曹老头吃罢早饭,歇过来一口气,车子一拐回来家。要是牛草割的多,上午就不用再下地割牛草,空闲下来,在村子里转一转,跟村里人唠一唠闲呱。挨近响午回家,烧响午饭,吃罢响午饭,消消停停地睡一大觉,候半下午再下地割一车牛草。

　　要是夏季天,太阳暴烈,天气炎热,曹老头就把劳作习惯改一改。比如说,趁清早天凉快下地割牛草,赶太阳高天气热,上街吃罢早饭已经回来家。曹老头下午再出门割牛草,要候太阳快落山。这样一来,曹老头头一趟出门割牛草,天色麻糊亮;第二趟割牛草回家,天色已黑透。

　　如此这般,一天一天往下循环,一年一年往下循环,一下就抵近曹老头虚岁90这一年。

　　这一天,是曹老头卖牛第二天。不用割牛草,不用饮牛水,曹老头早睡早起的习惯没有变。五更天鸡鸣三声过后,曹老头迟迟缓缓地爬起床。起床干什么?车牛粪!

　　牛卖掉。牛粪在,牛棚在。就算牛棚暂时不拆。牛棚里的牛粪要得车干净吧?往日曹老头是这样,一边车牛粪,一边垫沙土。牛屎屙在沙土上,好车好清理。

　　这一天早上,曹老头拿锨车牛粪,车一锨,车两锨,车三锨,停下来。往日早上车牛粪是一件必得去做的事,这一天早上不这样。曹老头自个问自个:"明个天车牛粪,后个天车牛粪,不是一样吗?说不定,过两天我连牛棚一块都拆掉。牛不喂了,留下牛棚干什么?"曹老头这么一思想,停下车牛粪,愣在那里不知道该干什么好。一句话,曹老头是一个天天忙习惯的人,猛然地一下闲下来不喂牛,他一时半会没办法从往日的习惯里走出来。

天色渐渐地亮透。曹老头站在自家的院子里,不断地打量眼前的牛粪牛棚,不断地打量自个的两只手,想找一件早上必得去做的事。牛草不用割。牛粪不急车。牛棚不慌拆。上街吃早饭显得早。曹老头自个跟自个说,我下河沿拉一车沙土吧!车掉牛粪的地面,必得垫沙土。早上拉一车沙土不算多。村子四周是黄土,拉沙土去河沿下。

一下子,曹老头找一件拉沙土的活。骑上三轮车,急赶急地出家门,往河沿下赶。生怕一迟疑,自个否定这件事。

这一天早上,曹老头一赶气去河沿下拉三车沙土倒进院子里,太阳爬上半天空,早过了吃早饭时辰。曹老头屁股下的三轮车一拐弯去毕家岗街上,找一家早饭摊子坐下身。往日早饭,曹老头吃一笼包子,喝一碗胡辣汤。这一天早饭,曹老头吃两笼包子,喝两碗胡辣汤。一顿早饭,曹老头一口气吃下这么多,肚子确实有点撑。曹老头自个跟自个说:"我晌午饭烧晚点,吃少点。"

一辆三轮车停在早饭摊子前面几步远,曹老头走过去一屁股坐上去,伸手掏钥匙打火往家回。锁匙插进锁眼里一别,三轮车呼呼呼地一阵响,曹老头坐上面却一动不想动。曹老头依旧自个问自个,我回家干一件什么必得去做的事?曹老头脸上露出一股子倔强神色,好似想不出一件回家必得去做的事,就是不回家!

这一天早上,曹老头坐在三轮车上面一口气想十分钟二十分钟那么长,就是想不出一件回家必得去做的事。曹老头自个问自个,你跟我说一说,你最想做的一件事是什么?曹老头自个答自个,我最想看朋友!

问:"你最想去看哪一个?"

答:"大先生!"

接下来,曹老头就把三轮车托付给街上的一个熟人照管,自个去了一趟寿县隐贤集,去找大先生家,去看大先生。

大先生是一个郎中,在隐贤集上坐堂问诊几十年,医德高,人心善,名声好。曹老头早年上隐贤集那里做生意,得到大先生照应,买卖上面没有受到一毫闪失。

隐贤集是一座千年古镇,坐落在淠河岸边。淠河是一条南北流向的河流,南接大别山深处,北通正阳关,是淮河中游的一条重要支流。正阳关是淮河岸边的一座千年古镇,淠河、颍河在这里与淮河交汇。大别山里的货物从淠河运出来必定要经过正阳关。从这里沿颍河北上,过开封、入黄河,可通达西安古城;沿淮河东去,过洪泽湖、入长江,可通达的地方就多了,就大了。曹老头年轻时跟我四叔兄弟俩使一条木船,常年去隐贤集上做买卖。木船小,去不了黄河,入不了长江,只能往返隐贤集与正阳关中间,做的是一份小生意,挣的是一份辛苦钱。

隐贤集有适合的东西,曹老头去隐贤集上买。正阳关有适合的东西,曹老头运隐贤集上卖。不管买或卖,在隐贤集的地盘上,就得仰仗大先生。大先生轻易地不露面,也不需要大先生露面。大先生有两个小舅子,跟曹老头年纪差不多大。曹老头去隐贤集上找他俩,跟找大先生一般样。大先生吃喝靠坐堂行医。两个小舅子吃喝就得靠替人家买东西或卖东西从中谋利。两个小舅子在隐贤集上吃这一碗饭,仰仗的依旧是大先生。

大先生对曹老头的一份好,就好在大先生交代两个小舅子,说姓曹的兄弟俩做的是小买卖,该让利的让利,该不收钱的不收钱。不缺大户人家在隐贤集上做买卖,两个小舅子赚钱从大户人家身上赚。大先生对曹老头的这么一份好,是图一个好名声。大先生有了一个好名声,不缺更多的大户人家找上门。

曹老头最后一趟去隐贤集上买东西都快五十年了。那个时候属于生产队。闲冬天,生产队要搓一批麻绳。当地种的麻,是高秆麻。麻秆砍下来埋水塘边的烂泥里沤,沤烂麻皮,剩下麻匹,搓出来的麻绳怎么都有一股子臭味。关键是这种麻绳不结实,三年五年用下来,就成一堆烂麻绳。曹老头知道隐贤集那一带出火麻。火麻不用埋烂泥里沤,没臭味,结实,搓出里的麻绳用十年八年依旧像新的。曹老头跟生产队长说:"我俩去隐贤集上买火麻,搓出来的麻绳火亮亮的,看一眼都是不一样。"生产队长犯为难,一来隐贤集路途远,拉架子车去一趟没有十天八日的回不来;二来那个时候形势紧张,不是说一声买火麻就去买火麻。一路上,每个交通要道都设有关卡,各个公社都不放松,就是防止自家的物质乱流通,投机倒把分子钻空子。

曹老头说:"从大队写一张证明信,我俩带身上。"

队长说："从公社写一张证明信,我俩带身上都不管用。"

这边出的证明信,人家那边不买账。

曹老头说："我俩想办法绕开他们的关卡。"

队长问："怎么绕得开?"

曹老头说："我俩使船去。"

  关卡在陆路,使船走水路。曹老头就跟生产队长摇一条摆渡船,白天找一处背静所在停船睡觉,夜晚摇船偷偷地走水路去隐贤集。这之前,曹老头有二十年没去隐贤集做生意,不知道大先生在不在。大先生活着,公社不许他在隐贤集上坐堂行医,他回家当社员下生产队地里干活。大先生的好名声依旧在,他去找生产队长,打开仓库,按公社供销社统购统销的价钱,卖给曹老头几百斤火麻。曹老头跟生产队长装船上摇回头,搓一批麻绳,生产队解散那一年还在用。曹老头家分两根火麻绳,接着又用十几年。

  曹老头上一回去隐贤集是虚岁70那一年。那一年,曹老头在家买木料打棺材,买布料缝妆老衣。这么两件大事张罗好,曹老头去一趟隐贤集看大先生。这一趟,曹老头没见着大先生。大先生十年前作古了。大先生姓赵,家住赵家台子,离隐贤集二里路远。赵家台子四周围堤坝,淠河涨大水淹不着。大先生家门前有一口大水塘。他家在水塘里喂养两只大白鹅。两只都公鹅,整天在水里嘎嘎嘎地乱叫唤。两只公鹅不下蛋,喂一年不杀,喂两年不杀,喂三年不杀,专门养鹅种。四周村人家喂母鹅缺鹅种,就抱来母鹅放进水塘里。两只公鹅一扑一扑地扑上去。当地人叫鹅扑水,不叫鹅配种。大先生不在了,家门前的一口水塘空下来,见不着两只公鹅凫水里。上一回,曹老头上午赶到隐贤集,在大先生儿子家吃一顿晌午饭,下午早早地回来家。

  一转眼,日子过去二十年。曹老头这一回去隐贤集,哪里还有大先生?

4

  这一回,曹老头上隐贤集,不走水路,走陆路。他的大致行程路线是这样:毕家岗至蔡家岗十里路远,曹老头坐上公交车,半个小时到那里;蔡家岗至寿县城二十里路远,曹老头转乘一趟公交车,一个小时到那里;寿县城至隐贤集七十里路远,有乡乡通中巴车,曹老头上车掏十块钱,两个小时到那里。隐贤集属于寿县隐贤镇。中巴车途经隐贤集西头停下来,曹老头慌慌张张地走下车。

二十年没去,隐贤集的格局模样还是老样子,隐贤集的房屋街面还是老样子。曹老头走上街面,四下破破败败的,空空落落的,不见几户住家的人家。很显然,街面上的人家搬走了,丢下一个破败的集,丢下一个空落的集。曹老头不知不觉地流出泪。这样的一个隐贤集跟他记忆里的反差大。在曹老头的头脑中,那是一个兴隆的集,那是一个热闹的集。那里有曹老头少年时候的欢乐喜悦,那里有曹老头年轻时候的青春梦想。

曹老头14岁,帮人家使船,在正阳关与隐贤集中间上下船搬运货。曹老头18岁那一年,自个买一条木船,跟我四叔兄弟俩,在正阳关与隐贤集中间来回做生意。曹老头28岁那一年,各地成立人民公社,一条木船交给大队做渡船,上岸干农活。曹老头跟我四叔兄弟俩做生意十年,各自盖上三间房屋,各自成家有了老婆孩子。我母亲是曹老头跑船认得的。我四婶是我四叔跑船认得的。我母亲的娘家在淠河边的许家大郢子。我四婶的娘家在淠河边的吴家老圩子。

隐贤集是一条东西街,曹老头从西头街进,从东头街出,不远处是淠河。淠河边上有一座尼姑庙,叫泰山庵。早年间,这里只有一个小院落,几间青砖青瓦的瓦房。眼下院落扩大,有大殿,侧殿,俨然成了一座像模像样的庙庵。曹老头走进去,瞧见尼姑居士上百人在里边做法事。烟雾缭绕,梵乐嘈杂,曹老头一转身走出来。

有一年,淠河两岸战事吃紧,曹老头兄弟俩在隐贤集装一船山货,不敢回正阳关。一船山货停靠在那里,一停好多天。曹老头心里急,却喜欢去僻静的泰山庵。庵里有一盘石碾一头毛驴,小尼姑整天赶毛驴在石碾上碾压稻草。稻草碾压碎,拌纸浆,做火纸,上集卖,是泰山庵的一项收入。曹老头一连数天去那里看石碾看毛驴,就有一个年老的尼姑走过来跟曹老头说,我看山主不像一个心闲人,要是山主有什么难心事,不妨跟老尼去殿里抽一签算一算。当地人称呼做生意的人为山主。尼姑说话随当地人。

曹老头跟在尼姑身后,走进殿里。三间房屋,中间塑一尊菩萨像,一旁摆一张案几。案几上面,一端放铜磬,一端放竹筒。竹筒里有竹签,半截露出来。尼姑说,山主先拜一拜菩萨,再抽签算卦,灵验得很。曹老头跪在菩萨跟前,磕三个头。曹老头磕一个头,尼姑敲一声磬。三个头,三声磬。曹老头站起身去抽签。尼姑上手抓住竹筒一阵摇,哗啦哗啦竹签一阵响。泰山庵跟别处不一样,抽签一连抽两签。尼姑说:"山主抽的第一签是下下签,第二签是上上签,这是说山主眼下万万动不得,一动出人命。"曹老头问:"我要候到哪一天?"尼姑掐指算一算说:"山主再候七天,你想做的事,就能做成了。"

七天后,曹老头兄弟俩顺顺当当地把一船货运回正阳关。前两天,淠河里有不少船货物被劫持,死伤不少人。

泰山庵旁边有一个老年妇女在那里浇水兴菜,曹老头走过去跟她搭腔说话。曹老头问:"早年在集上行医的大先生,你认得不认得?"老妇人说:"怎么不认得,我去大先生药堂里瞧过恙、抓过药。"曹老头问:"大先生家的后人眼下住哪里,你知道不知道?"老妇人说:"大先生的小儿子住在赵家台子的老宅子里,你要是想去看一看,过一会我找一个人领你去。"曹老头心里拿不定主意,是去赵家台子,还是不去赵家台子。老话说,七十不留宿,八十不留饭,九十不留坐。曹老头虚岁九十,去人家坐一坐都忌讳。正在犹豫间,那边过来一个骑电瓶三轮车的中年男人。老妇人一招手,那个人停下来。老妇人说:"这个老头去赵有胜家,你带他去一下。"赵有胜就是大先生的小儿子。中年男人走过来,搀扶曹老头上车。就这么,曹老头不想去赵家台子也得去赵家台子了。

赵有胜在家里。曹老头不记得赵有胜。赵有胜记得曹老头。曹老头上两回来赵家台子,赵有胜都不在家。赵有胜说他齐小的时候,见过曹老头。曹老头问:"我上上回来你家,一晃快有五十年,你怎么会记得我?"赵有胜说:"我大(爸)在世的时候,经常在我面前说起你,说你是他这辈子见过的最不像做生意的一个生意人。"曹老头噢一声问:"大先生这话怎么讲?"赵有胜说:"我大说姓曹的兄弟俩憨憨实实的,怎么敢在隐贤集和正阳关这一带跑船做生意?"曹老头嘿嘿地笑一笑,大先生原本是这样看待他。

曹老头在大先生的小儿子家坐有两顿饭工夫后抬身走人。赵有胜跟他家里的人也不强留曹老头。赵有胜送曹老头去村头候乡乡通中巴车,他家里的怀抱一只老母鸡撵上来,说要曹老头带回家炖汤喝。曹老头推辞不掉,就这么怀抱一只老母鸡回来家。

一路上,老母鸡咯咯地不自在。快到家,天黑虚眼,老母鸡安静下来。曹老头跟老母鸡说:"你是大先生家的鸡,我哪里舍得杀你炖汤喝,就像我喂牛一样,我会好生地养活你。"

去一趟隐贤集回头,曹老头的一颗心安下来。该车牛粪的车牛粪,该拆牛棚的拆牛棚。牛粪车掉,牛棚拆除。整个院子垫上一层沙土,就显得平整、空朗、干净了。一口棺材遮盖在房屋廊檐下面,曹老头伸手扯下上面的塑料布和油毛毡,挪开棺材上盖晾一晾。接下来,曹老头手背身后,迈开两只脚在院子里前后左右丈量步数。曹老头一边数步数,一边合计着,自个死后躺进棺材里,八个抬重的汉子,抬上他走出自家的院子,会不会有阻拦?牛棚在不好说,院门窄不好说,好在世上万事万物都是安排就绪的。

半下午,棺材一半照在太阳里,一半暗在阴影里。猛地一下子,曹老头有了一种想进棺材里躺一躺的愿望。也就是说,曹老头想趁着自个喘一口气,提前尝试一下死后睡在棺材里的滋味。曹老头这一回不迟疑,说行动就行动。棺材两端担在两根柳木上面不算矮,直接爬上去有困难。曹老头伸手搬一只板凳垫在脚底下,快速地爬进棺材里,像是下水底,深吸一口气,慢慢地憋气躺下去。棺材的底部是平整的宽敞的,曹老头却感觉逼仄的不平的。曹老头感觉胸闷气短,有一种喘不过气的样子。曹老头自个问自个:"我现在是死着是活着?"曹老头自个答自个:"你现在这个样子就是一个活死人。"

棺材外面的太阳光一点一点地偏移。棺材里边的黑阴影一点一点地浓厚。曹老头就这么一动不动地躺在棺材里。

5

翻过年,曹老头自个当家买上一棺地。地在大河湾东边两里路远。那里有一口水塘,下面有一块慢坡地,不怕旱,不怕涝,种庄稼是一块好地,睡人也不差。曹老头的一棺地,选在远离水塘的拐角处,地势高,眼界宽,睡在那里看得见近处的一地好庄稼,看得见远处的村子和大河。

有一年干旱天,曹老头四周割牛草难心,上山王集遇见张心亮说起这件事。张心亮说:"你去我种的庄稼地里割黄豆秧子喂牛。"曹老头问:"你种的庄稼地在哪里?"张心亮说:"七号井水塘下面那一块地。"七号井水塘是毕家岗煤矿人的说法,大河湾人叫月牙塘。水塘弯弯的像天上落地上的月牙。一共二亩地,是张心亮亲家的。亲家一家人去宁波打工,二亩地撂给张心亮种。曹老头去那里一趟,看见二亩地里长半人高的黄豆秧子。这么排场的庄稼,哪里舍得割下来喂牛?曹老头一棵黄豆秧子没割回来家。

曹老头虚岁90这一年春节后,一下想到这块地,自个跑过去一看,合上眼,贴上心,直接去找张心亮。张心亮说:"地是亲家的,我不当这个家。"曹老头说:"你不当这个家,不许你问亲家卖不卖?"过两天,张心亮回话说:"我打电话去宁波,亲家说一棺地一万五千块钱。"曹老头牙疼似的吸溜吸溜嘴说:"一万五千块钱一棺地,确实有点贵。村子近旁一棺地,有要七千块钱的,有要八千块钱的,没听说谁的一棺地超过一万块钱。"张心亮说:"我回头叫亲家让一让价?"曹老头喜上眉梢说:"你打电话叫亲家让一让。"

最终,曹老头花一万两千块钱买下一棺地。张心亮送地契那一天,手上提来一嘟噜牛下水。张心亮说:"棺材地买下来,你就能安心地吃牛下水了。"曹老头问:"我吃过牛下水,碗一丢就死啦?"张心亮说:"死不掉,你还去我那提牛下水,接着吃,接着活。"张心亮走后,曹老头手提一嘟噜牛下水,走出家门,扔进野地里。血呼啦啦的牛下水,曹老头嫌脏吃不下。

张心亮亲家姓杨,家住杨家地。这一天,杨家地有人传闲话,说张心亮亲家卖一棺地只拿曹老头一万块钱。剩下来的两千块钱哪里去了?很明显,张心亮揣进自个的口袋里。曹老头不去找张心亮核实真假,呵呵呵地笑上一阵子,自个跟自个说:"做人做事,张心亮哪能跟大先生相比呀!"

清明节这一天,曹老头去一趟我娘坟上。往年,曹老头年跟前都要去我娘坟上一趟。这一年年跟前曹老头没去。他不去不说因由,我跟二弟不好问。曹老头往年年跟前去我娘坟上,最重要的一件事,就是向我娘汇报这一年当中,我们一家老少的大事小事。好似时下机关单位里的下级向上级做述职报告。我娘不在了,曹老头领导这个家,一年一度地向我娘汇报一年来的家庭情况,是理当的,也是必须的。这一年,曹老头年跟前缺席,清明节补救,站在我娘坟前,却一句话说不出来。到了不得不说的时候,曹老头语无伦次地说:"我知道你在那边等我三十年,早巴望我过去,年前我没来跟你说话,候下一年年跟前我去那边一发子说。"

曹老头虚岁 90 这一年,在行动上做了不少离世准备,可在心里边还是有诸多不舍的:对活着的不舍、对家人的不舍、对这个人世间万事万物的不舍。

(《天涯》2021 年第 6 期)

半条手绢

帅忠平

1. 秦鹏举，通往单县的列车上

这是半条青灰色的手绢，或许是年代久远的缘故，它显得有些发白。左边剪开的边缘，许多线头已经脱落，露出了参差不齐的毛茬。但它依然干净、整洁，可以清晰地看见淡淡的折痕。特别是手绢的左上角，那个用蓝色的丝线绣出的"魁"字，十分醒目。

这是我表姑奶奶留下的。八年前，她去世时，几家亲戚分配她的遗物，有三箱小人书没有人要，便送给了我。它就夹在其中一本小册子里。

对于这半条手绢，我并不陌生。我曾经很多次看到表姑奶奶捧着它呆呆地出神。此刻，它就静静地躺在列车的桌几上。窗外，淮北平原紧凑的村庄、广袤的田野、高大的白杨林一闪而过，像时光的剪影不停地翻转着。

我端详着这半条手绢，努力设想着它"身世"诸多的可能性。这些想象让我的这次行程变得饱满而充实。

但我害怕想象，因为我是一个重度失眠症患者。在深夜、凌晨、正午这些人们最易沉入梦乡，享受着最普通幸福的时候，我却经常性地被一种焦灼的兴奋所困扰。即使在白天，我的精神虽然困顿衰弱，但还是会长时间陷入一种毫无节制的自我冥想。所以，多年以来，我就像一个始终处在半睡半醒之间的人，思维在想象中异常活跃，但对现实生活却越来越漫不经心，我甚至无法将注意力很好地集中在正在干的工作上。

我的失眠症也是八年前开始严重起来的。参加完表姑奶奶葬礼的那段日子，我的脑子里几乎整夜整夜地浮现着她瘦弱孤苦的身影，特别是她坐在窗前，捧着手绢几个小时一动不动的情形。我总是在揣想，她究竟经历了什么,才变得这么孤独,以至于终生未嫁？她和手绢的背后,到底隐藏着一个什么样复杂曲折的故事？自然,没有任何结果。但正因如此,我更加不可遏制地去好奇,去猜想。久而久之,它成了我习惯性的梦魇。后来,就连在生活中,偶然看到一件老旧的器物,听到别人提起的某个事件,都仿佛拥有着无比强大的魔力,足以拉拽着我的思想沿着纵横交错的路径,向着未知的远方驰骋,无法自拔。我的生活变得支离破碎,混乱不堪。

这是一种十分可怕的状态,我得努力改变它。

前几天,我又翻出了这半条手绢。我决定,带着它从表姑奶奶的老家出发,去寻找她曾经的过往。

我的表姑奶奶叫杨玲花,因为少言寡语,一年都说不了几句话。她村里人年纪稍大点的叫她哑姑,年纪小些的叫她哑婆。当然,在农村,用身体或者性格的某种特征来称谓一个人,是很普遍的事。但就贫苦孤独的表姑奶奶来说,我以为多少是有些轻视的含义在内的。然而我对她却始终持有一种特殊的亲近和怜惜,经常会想起我们第一次见面的情景。

那是在我读四年级的暑假。当时,父母正在双双经历一场事关他们命运转折的重要考试,于是父亲便决定送我回他老家的弟弟那生活一段时间。

父亲的老家在山东郓城县一个原来叫杨树集,现在叫郭庄村的地方。整个村庄大约几百户人家,有许多孩子,常常聚在一起玩。跳房子、"斗鸡"、打弹子,有时也会拿着脸盆、畚箕,去附近那条浑浊的小河里兜泥鳅。但这些与性格内向的我都有些隔膜。我既不能成为其中积极的参与者,也无法做热情的看客,有时都懒得鼓掌和欢呼。所以,几天一过,他们也不太爱喊我一起玩了。

在叔叔家的那段时间,每天,我都是先把作业做完,然后独自去村东那片临河的杨树林里看书。正值盛夏,大杨树的叶子碧绿茂密,林中散落着一圈一圈的浓荫,偶尔有风吹来,就会带起一溜猩热的凉爽。但有一天,我却向东穿过了这片杨树林,爬上矮坡,便看到了一座院子。

这是一座略有些荒凉的院子。推开院门,首先映入眼帘的是一条甬路。甬路左边,种着一厢苞谷。右边的地里则长着几畦青豆。些许杂草点缀其中,还有几株紫菀,开着细碎的小白花。甬路正前方连着低矮的平房。屋门开着,一个身穿灰色衣服的老女人弯着腰,左手拿着扫把,右手拿着一个白铁皮的畚箕,正在扫着什么。

见到我走过去,老人直起腰,把右手的畚箕换到左手和扫把一起抓着,问:"你是谁呀?"

我有些局促。我感觉这个老人明明看着我,但似乎又在看着远处。她的声音也好像从很远的地方飘过来一样,显得十分空洞怪异。我下意识捏紧自己的衣角,怯怯地答道:"我叫秦鹏举……"

"哦,不是杨树集的啊?"估计老人是听了我的口音不像本地人,又问,"那你是哪家的亲戚呀?"

"我叔叔叫秦伟元。就是住在村中间大榆树下那家……"

"哦,你喝水吗?"

我摇摇头。

"你要吃花生吗?"

我其实有些想吃,但不知道怎么的,还是点点头继而又摇了摇头。

老人没有说什么。她转身向左边的房间走去。身子摇摇晃晃地,显得瘦小而羸弱。

我随着她走进房间。房间里挺整洁,但是有些拥挤。中间靠墙摆着一张木头架子的床,上面堆叠着淡蓝色的薄被褥。床后面放着一些高高低低的木桶和土瓮。床角沿墙横列着几只旧木箱。对着院门的窗子下放着一张桌子,透过窗子,可以看到外面的一株大榆树,以及榆树那边翠绿葳蕤的苞谷地。

老人从木箱和床之间的间隔处慢慢地寻摸过去,掀开了后面的一只木桶,从里面拎出一只红色的塑料袋,窸窸窣窣地解开,捧出一大把花生递给我。又窸窸窣窣地将塑料袋系好,放进木桶,盖上盖子。

我接过花生,走到窗边,把它们倒在桌子上。我发现桌子上放着一面梳妆用的圆镜、几把枣木梳子,还有一把不知道什么材质的篦子。靠左的地方,堆着几本大小不一的小图书。我拿起来,翻了翻。内容都是关于淮海战役的。但版本不一样,是不同出版社的。

"你喜欢看小人书?"

我转过头,望着坐在床沿上的老人,点点头。

老人站起身来,走到床脚处,打开那几只横列的木箱。里面竟然层层码放着的全是连环画册。大部分是战争类的,《红旗谱》《烈火金刚》《洪湖赤卫队》《平原烈火》……我听说过的,没听说过的,应有尽有。

整个下午,我都在老人家里待着,直到黄昏时候才恋恋不舍地回叔叔家。

晚饭时,叔叔问我下午去哪了。我便把情况说了。

叔叔说:"那是哑姑,按辈分,你应该喊表姑奶奶。"他继而很诧异地问,"她真把小人书给你看了?"

我说:"是啊。她家有好多呢!"

叔叔慢慢转动着碗,一边吸溜着热腾腾的辣糊汤,一边沉吟着说:"这事倒有点怪哦,平日里她可是把这些小人书当成宝贝的,轻易不让人看的呢!"

叔叔还说,据老辈人讲,哑姑是家中独女,父母曾经缩衣节食送她去省城里读了不少书,识文断字的。但淮海大战那年,她却瞒着家里偷偷溜出去一趟,回来就变得沉默寡言了,父母问她究竟遇见了啥事,她也不说。后来媒婆保了几次媒,她也坚持不嫁。父母死后,她就一直住在那座院子里,吃了不少苦,脾气也怪,总是用尽办法收集各种小人书,搁在箱子里存放着。

这之后,我大部分时间都待在表姑奶奶家。不过,她不太说话。多数时候,我都是端个凳子独自看书,看完一本再换一本。而她则时而做些家务,时而迈着颤颤巍巍的脚步喂喂鸡,时而就坐在那张桌子前,捧着手绢呆呆地望着窗外那棵大榆树。虽然,她的沉默让我感到异样,却没有任何不适。除了看书以外,我还有许多其他的乐趣。比如,在墙根的泥土上看地鳖虫转出的那些像极了冰裂纹瓷盏的小旋涡,比如,去后园子里看那些穿梭在大片辣蓼和鹅绒藤之间的蚱蜢和蝴蝶……这些都带给了我无数旖旎而奇妙的快乐。

偶尔,表姑奶奶也会让我牵着她,去河边采嫩水芹,回来用鸡蛋和腌辣椒碎炒了,包包子给我吃。酸酸辣辣中,回旋着一种清雅的香气,特别开胃。

除了我之外,很少有孩子去表姑奶奶家。他们都说,她身上有一股很重的阴气。的确,表姑奶奶的沉静就像是从骨子里透出来的一样。有时候,她坐在窗前,竟然会几个小时一动不动。然而,看着她的样子,我却总感觉她灰色调的身上,仿佛流动着许多奇异的微芒。那些微芒里潜藏着许多不为人知的秘密。我想,只要深入破解了这些秘密,就能找到另外一个远比一般人更加鲜活生动的她。

后来,我几乎每年暑假都会去她家待一阵子。每次去,这种感觉都比上一次更强烈。

2. 陈德旺,青山谷农庄

第一眼看到他走进来时,我陈德旺就知道他是为了她而来。当然,这么说,并不是因为我见多识广,有未卜先知的本事。虽然,我的确经历了很多事情,见识过五花八门的各色人群,但对这个年轻人的判断,一方面是凭着直觉,另一方面是基于我的愿望。就像一个故事,你见证过它的开头,参与过它无比深刻的过程,然而结尾却始终悬而未决。时间一久,你就会为它焦虑、担忧,甚至成为内心的魔障。而见到他的那一刻,我隐隐觉得,这个故事已经到尾声部分了。

这个年轻人自称秦鹏举。他定定地望着我,问:"你认识我表姑奶奶吗?"

我没有说话,把他引到会客室里那架大榆树根制成的茶台旁坐下,然后,慢腾腾地烧水、洗杯、泡茶。我想,这个年轻人还真有些与众不同——没有来意介绍,直接就提出看似不着边际的问题。不过,我并不着急。我想,我的故事不是三言两语、一时半刻就能说完的。我一边打量着他,一边把茶杯慢悠悠地递到他手里。

他接过杯子,轻轻啜了一口,又问:"你认识我表姑奶奶吗?"

我轻轻地转了转自己手中的茶杯,反问他:"你表姑奶奶是……?"

"哦,她叫杨玲花,1948年冬天,曾经到过淮海战役的战场。"

"杨玲花?"我摇了摇头,"你确定她叫杨玲花,而不是杨紫雨?"

"杨紫雨?"他看起来有点蒙,端着杯子的双手微微抖动着,眼神从我身上慢慢移到左边的墙上,转而快速地移回来,十分坚定地说,"不,她就叫杨玲花,山东郓城县郭庄村人。"

这次轮到我惊诧了。郭庄村?难道她不是我一直在寻找的人?我想,名字不对,地址也不对……但一个陌生人能找到我这,不为访故,也不是生意上的事,应该就是为了她啊。

"你表姑奶奶的家难道不是杨树集吗?"我又反问道。

"哦,我表姑奶奶住的地方原来叫杨树集。不过,新中国成立的时候,杨树集就和皮家沟、郭家庄合并成郭庄村了。"

"哦,原来如此。"我松了口气,终于确定了心中的想法,"那你到我这儿来为了什么呢?"

"我想了解一下我表姑奶奶跟淮海战役有关的事,你能和我说说吗?"

"好,你先喝口水,不急。"我努力调整了下自己因为激动而有些波澜的心情。我想,我得找一个不错的开头,才能把这个对我来说比较重要的故事说得让人印象深刻。所以,沉思了一下,说:"1948年的冬天,我13岁,刚刚做了半年的土匪……"

果然,他惊疑地抬起头,直勾勾地望着我。

"说土匪可能不太准确,"我顿了一下,说,"或许应该叫劫道吧。毕竟我们从来没有杀人放火,也没有打过家劫过舍。充其量就是在路上拦截些财物,主要是粮食和衣服,当然,如果有钱的话,那也是要的。"

我的眼前慢慢浮现出韩大牙、猴子的影子。我说:"那时,我们一共三个人。韩大牙是老大,猴子是老二。我呢,年纪最小,自然就是小弟了。对了,韩大牙并不是真的长有一口大板牙,相反,他的牙细密而齐整,人瘦瘦高高的,看模样倒像个落魄的读书人。但他总是说,做土匪就必须有个土匪的狠相,也得起一个响亮的名字。所以,他便自号韩大牙。他常吹嘘说,自己是大土匪韩金山的侄子,经历过枪林弹雨。

"韩大牙有把捡来的驳壳枪,但没有子弹。平日里,他总把枪斜斜地插在腰带上。到了抢劫的时候,他就把这铁疙瘩抽出来,对着人挥来挥去。不过这一招的确很管用。被抢的人每次基本都不看我们手里的钢叉菜刀,而是惊恐地望着韩大牙,然后乖乖地交出财物。"

说到这里,我望了望对面坐着的这个年轻人。发现他沉静了下来,甚至连目光都显得有些漂浮呆愣,好像正陷入自己的心事中。他的表情让我有些难受,仿佛我所说的事情寡淡无味,和他没有任何关系。这极大程度地降低了我的讲述热情。

"在遇见你表姑奶奶之前，我们在松云岗已经猫了半个多月了。"我把手在虚空中用力地挥动了一下，并且故意把"你表姑奶奶"几个字语气加重，以显示我正在说的事情和他关系密切。但这好像也没什么效果。他只在很短的一瞬回过神，很快又变得眼神散乱。

"是的，在遇见你表姑奶奶之前，我们已经在松云岗猫了半个多月，"我重复了一下，"但在来松云岗之前，我们其实一直在萧县。萧县，你知道吗？"我看向这个年轻人，问他。

他茫然地摇了摇头。

我说："萧县是在淮北的南边。后来有传闻说，徐州和蚌埠周围，将会打一个前所未有的大仗。一开始大家都不相信，后来，临近几个县城里的富户陆陆续续搬走了，再后来，住在村子里的人也渐渐开始跑路。我们才意识到，这传闻应该是真的。于是，我们便也跟着逃难的人从南往北走。一直到了单县，哦，对了，也就是我们遇见你表姑奶奶的这个县。"

我喝了口水，继续说："到单县后，我们不想再往北了，韩大牙便带着我们四处去踩点，终于找到了松云岗这个地方。韩大牙说，这儿好，这地方是四省八县的交汇处，岗下的壕沟就是南来北往的人必经的要道。的确，你要是站在山岗上，可以清楚瞧见下面那条沟里的情况。

"那段时间，我们晚上就住在附近山沟的一间废弃的破庙里。早晨出发来到这面山岗躲藏着。因为从壕沟里向上望，只能看到一片茂密的树林，和树林上隐约浮动的铅云般的烟雾，根本看不清树林里的情况，特别适合埋伏。所以，我们可以自由地在树林里活动，不怕被山下途径的人发现。

"开始的几天，那条壕沟里道路上经过的人很多。有牵儿带女北上逃避战乱的村民，有荷枪实弹衣着齐整的南下的解放军，还有少数从山东被打散败退的国民党的散兵游勇。但不管哪路人马，我们都不敢轻举妄动。我们所能拦路打劫的只有落单的村民。后来，这条路上，开始出现了大批的民夫。一队一队的，人少的有几百人，多的甚至有上千人。他们都推着木制的小独轮车，一人在后面推，一人在前面用绳子拉。车上面满满地架着麻袋，麻袋上一般都盖着一件狗皮袄，车前则挂着喝水用的葫芦水瓢。队伍前后打着红旗，还有人指挥一起唱着歌，浩浩荡荡地经过。韩大牙说，那一定是给南边战场送粮食的。

"猴子听了粮食两个字就很激动。他说:'老大,我们挑个百把人以内的队伍干它一票吧,只要能抢到一车子,就够我们吃好久了。'

"韩大牙说:'你找死啊,那么多人,人家抢你还差不多。'

"猴子不服气:'怕啥呀,这些都是庄稼人。你把枪掏出来一吓,他们还不乖乖地送给我们?'

"韩大牙把手里的枪舞了两下,说:'就我这个铁疙瘩?你没看到,他们队伍里都有背枪的民兵呢。'

"我们眼睁睁地看着一支又一支的送粮队伍从我们面前通过,渐渐走远,消失不见。我们十分沮丧,却没什么办法可想。

"接下来好多天,这条道上重新恢复了冷清。没什么人来往,直到你表姑奶奶出现。

"你表姑奶奶到的那天上午,天空就像一大片破烂的麻袋,灰暗,千疮百孔。而风就如同无数看不见的兽齿,咔哧咔哧从深沟里掠过。我们先是看见一枚小黑点从北向南移动着。渐渐地,一个推着独轮车的女人身影慢慢清晰起来。她背后斜挎着一个灰格子的大包袱,头到颈子部位被一块蓝色的花布紧紧包裹着。穿着蓝点小碎花的棉袄棉裤,腰间系着黑色的布带,上面挂一只水瓢。这和前面送粮队伍的装扮是基本一致的。不同的是,她的小推车明显有些破损,木轱辘不居中不说,左边的把手也有些开裂,用一根麻绳紧紧缠着。还有就是,一般推车上多数装着四只麻袋,而她的却是两只。

"她明显非常吃力,腰背弓着,像一头正在抵角的牛那样,一步一步努力往前挣。肩头上的布带深深地勒进破了口子的棉袄,以至于棉絮都露了出来。

"猴子抓起插在雪地上的钢叉,对着韩大牙兴奋地说:'老大,这个女的车上肯定也装的是粮食,只有一个人,我们冲下去抢吧。'

"但韩大牙却摆了摆手,说:'不,先看看再说。'

"我和猴子都狐疑地望着他。韩大牙往下看了看,又转过头扫了一眼这片空荡荡的树林,说:'按道理,一个送粮的女人是不应该单身走的,会不会后面不远处正跟着其他人呢?还有,她会不会是个武工队员,身上也有枪呢,不然怎么那么大胆子?这样吧,我们先盯一段。'

"就这样,你表姑奶奶在那条沟里推着车行走。而我们沿着山岗上的树林,在她后面不远的地方慢悠悠地跟着。

"当时,山下的那条路上,积着薄薄的雪,有的地方露出了坚硬光滑的冰层。你表姑奶奶推的车子忽左忽右一扭一扭地,发出清晰的吱吱嘎嘎的声音。她的每一步都仿佛付出了巨大的力气,以至于看起来像一顿一顿的样子。她隔一小段,就会把小推车停下来,坐在车旁歇息一会。每次休息的时候,她都会警惕地望望四周,然后,把肩膀处的棉衣掀起来,让冷风吹进去。我知道,她一定是用这种办法稍微缓解一下肩头处皮肉的疼痛。

"当她歇息的时候,我们便也停下脚步。

"慢慢地,那条深沟越来越宽。我们这片山岗的树木越来越少,坡度也越来越低。两条路渐渐快合在一起了。猴子心急,耐不住性子,就叫:'老大,这个女人一看就是落单的,我们上去抢吧。'韩大牙犹豫了好一会,还是没同意。他看向我说:'小乞儿,你上前去,再摸摸情况。'

"小乞儿是我当时的绰号。韩大牙起这个名字的时候,我觉得既不好听,也不响亮,不想要。但韩大牙说:'江湖上有个苏乞儿,是流浪汉中的大侠客。你做过小乞丐,现在又当土匪,这名字特别合适。'猴子也跟着起哄乱喊,我没办法,只有应了。

"我从坡上悄悄地滑下来,小跑着追上前去。

"听到我的脚步声,你表姑奶奶明显有些紧张。车子'咚'一声停了下来。

"我年纪小,但也算见过一些世面,知道怎么应付一个陌生人。我装出一个逃难者的样子,可怜兮兮地对她说:'大姐,我是从北边逃过来的,饿了好几天了,你有吃的吗?行行好,给口吃的给我,好吗?'

"她没有作声。犹豫着看了我好半天,最后还是从胸前解开布疙瘩结,把背在身后的包袱放了下来,手在里面摸索一阵,掏出一个浅黄色的窝头给我。

"我接过,是小米加面做的杂合窝窝头,硬得像石头一样。

"我咬了一口,定睛打量面前这个女人。发现她的确有些异样。虽然头部被布巾包着,但明显看出不像一般女民夫那样扎两根粗辫子,而是剪着齐耳短发。并且脸上虽然脏乱,涂着许多泥垢,却依稀能看到皮肤比较细腻,双手也是，没有那种粗糙的皴裂。我曾经在县城里混过多年生活，凭经验，知道面前这个女子不是富人家的闺女，就是一个读过书的学生。

"我心中有了答案，但脸上却没有露出任何异常的神色。我问：大姐，你车上装的是什么呀，这么沉，准备送到哪里去啊？

"她还是不搭腔。默默地把包袱重新背在身后系好，将连着车把的布带套在颈子上，推起车子就走。

"我啃着窝窝头，站在原地没动。看着她弓着的背影越走越远。她的步子明显加快了不少。

"韩大牙和猴子撵了上来，问我啥情况。我说：'我也看不出来是啥人，只看到她是剪着齐耳短发的。'

"韩大牙和猴子一听愣住了。在我们这一带，剪短发的女人，一般都不是普通人。只有女游击队长，武工队员，或者是农会的妇女干部，才这样装束。

"韩大牙不敢动手。就说：'也不知道她身上带没带枪，我们还是再跟一截，到前面看情况再说。'

"于是，我们缀在这个女人后面，继续远远地跟了下去。"

3. 秦鹏举，青山谷农庄

清晨，我在青山谷农庄里转悠了一大圈。目触所及，到处都是高大的意大利杨树、樟树、冬青和桂花。枝条丰茂，绿意盎然，微风轻轻吹着，好像有一蓬绿色的气流在旋转。据老人陈德旺介绍，这片林场原本是他的一个苗木基地。多数树种都是外地购买回来移栽的。早些时候，主要想卖给市政公司以及木板厂用于城市绿化改造和板材加工。但随着皖北绝大部分城市提升工程的完成，这方面生意渐渐不好做了，于是，就让它们自生自灭，结果长成了这片茂林。陈德旺说，原先他还办了几个工厂，后来因为年龄大了，便将它们交给儿子打理，自己利用这片林子建了个农庄，既少量接待些游客，也让自己有一个合适的场所安度晚年。

我觉得陈德旺真是一个让人羡慕的老头。年过八旬，却一点不显老，而且精力旺盛。他回忆起我表姑奶奶的事情，思路还是那么清晰，竟然连细节都记得清清楚楚。说真的,这么多年,我是第一次长时间沉浸在一个故事里没有太过走神,也是第一次在晚上获得了几个小时以上的连续睡眠。

转了一圈后,我在房间的窗台前坐下来,认真地翻看一本日记。这本日记是陈德旺交给我的。

日记用一层油纸包裹着,但内芯有些发黄发软了,我想陈德旺肯定也翻看过多次。日记封面为浅粉色缎面,上面绣着一株菟丝草,左上角结着两片嫩叶,显得十分精致。扉页上用钢笔写着一句话:共同努力吧,血与火的青春之后,必将是美好的将来!与紫雨共勉。落款只有一个字:魁。

很显然,这本日记就是这名叫"魁"的男人送给我表姑奶奶的礼物。这会儿,我才知道,我的表姑奶奶真的还有另外一个叫"紫雨"的名字,难怪刚见到我时陈德旺那么诧异。我想,或许是她在读书时候,觉得"杨玲花"比较土气才自己改的吧。

日记只有半本有字,后面都是空白的。前几页上写的都是分别后她对魁的思念,后面才渐渐转入了她前往淮海战役战场的事情。由于内容以一种信件的方式写成,记叙的事情不多,但情感丰富。为了使自己因长期失眠导致的极度衰弱的注意力不至于太分散,我便轻声读了起来:

1948年11月5日 阴

今天是我的生日。早上,母亲擀了一碗面条,又煎了一只鸡蛋,端给我。本来,每年这个时候,她都会说些快乐呀长寿啊诸如此类的祝福的话。但今天她什么都没来得及说,就被村里的秦二婶叫走了,因为她们得赶制一批军鞋。

她们走后,我看着这碗平时难得吃到的面条,却没有什么胃口。分别一年多了,我对你的思念在一个时辰一个时辰地增加着,以至于睁眼闭眼,全都是你带着阳光的笑容。前几天,收到你的来信,我高兴坏了。但同时,我也为你深深担忧着,毕竟战场上子弹是不长眼的。我知道,你有你的志向,当然,那也是我的愿望。但我还是抑制不住地焦虑、担忧。

这几天,村里热闹得像过年。大家都在忙着,有征粮的,有做鞋的,还有忙着炒面、做窝头和煎饼的。听五叔说,共产党将在南边跟蒋介石的"遭殃军"打一个大仗,作为解放区的老百姓,得组织一批人将征集到的物资送到前线去。他是支前委员,说得肯定没错。再结合你来信中说的随部队南下的事情,我想,这批物资说不定就是送给你们的。所以,我决定了,我也要报名参加送粮队。

1948年11月9日 雪

这几日,我一直缠着五叔,要求跟着他去前线运送物资。但他说,这事可不是什么人想干就可以干的,按照规定,一要体力好,能推车。二要政治能过关,有过革命经历。三还要出工的人家里得有留守的子女。我一样条件都够不上,所以他坚决不同意。其实,作为家中唯一的女儿,我心里也不忍心丢下孤单的父母,但我又无法遏制想见你的念头。我恨不得立即飞到你的身边,看着你的眼睛、你的鼻子、你的嘴唇,告诉你我有多么想你。

每次,从五叔那回来,我都会拿出分别时我们剪开的彼此留存的那半条手绢,独自坐在窗前,摩挲着上面线绣的"魁"字,眼泪止不住地流着。这是我们约定以后见面的信物。

或许老天也体会到了我的思念和伤心,今天下午,纷纷扬扬的雪真的开始飘落下来了,不一会儿,窗外的那棵大榆树上,就像开满了细碎洁白的花朵。

我决定,无论如何,哪怕想尽办法,吃再多的苦,我都得去找到你。

1948年11月12日 阴

五叔他们已经出发好几天了。村里猛地一下冷清起来,大家仿佛都不太适应。空闲时间,很多人都开始相互串门,三五成群地集中在一起,谈论这场战争的事情,猜测着送粮队可能发生的各种情况。说着说着,就有人着急地哭。

今天上午,秦二婶来找我母亲,说她的丈夫临走时忘记戴她专门去东山那座观里求来的平安符了。这可能不是什么好兆头。母亲也找不到什么合适的话来安慰她,只有不断地重复着一句:"不要紧的,你就别担心了,千万别自己吓自己。"

听了她们的对话,不由又勾起了我对你的担心。我的心就像猫抓得一样,慌乱极了。无论做什么事情,心脏都仿佛扑通扑通要跳出来。根据从村外传来的消息,南边的战斗已经打响,波及了几个省好多县,并且说是状况特别惨烈,两边部队死的人都堆得像小山一样。你究竟怎么样了?可千万别出什么事情啊。

这几天,我已经偷偷藏了不少干粮。等父母稍稍安稳一点,我就去找你,你千万要等着我。

1948年11月16日 阴

这会儿,父母终于睡了。晌午的时候,我悄悄在房间里准备出行的包袱。母亲推了推门,发现它拴着,就问我在干什么。我一边说在换衣服呢,一边赶紧把包袱塞到床底下。母亲让我把门打开,看了看我说,大白天换什么衣服啊?我说,上衣小褂的袖子早上没理好,外面穿着棉袄又不好拉。所以就脱了换一下。母亲狐疑地左右扫了几眼,没有发现什么异常就出去了。

当时,我简直吓死了。说真的,想到今晚我就要不告而别,心中就无比愧疚。他们吃尽了苦,把所有的心血和宠爱都给了我,可我却要不声不响地丢下他们。可以猜得到,当他们发现我不在时,会是怎样的焦急和伤心,没有我,他们的下半辈子又该怎么活啊?

此刻,我坐在桌子旁,心乱如麻。究竟是留下来,还是勇敢地跑出去,这两种念头交替出现在我的脑子里,不断反复。我无法做出理性的选择。好几次都萌发了放弃的想法,但我一想到可能再也见不到你,我的心就像刀绞一般。

真的好痛苦啊!我甚至都不知道该怎么样给父母留言。

好了,去找你!等着我……

读到这里,我停了下来。与前面的几篇相比,这篇的字迹明显有更多的凌乱,有些地方还有涂改。页面上留存着许多淡淡的水渍,那估计是表姑奶奶的眼泪吧,我想。可见当时的表姑奶奶是如何的迷茫、慌乱和纠结。

我从椅子上站起身来,张开双臂,尽力地把它们向后拗去,颈子左右转动着,大口呼吸了一下,好像只有这样,才能缓解自己的窒息感。

我在房间里来来回回走了几圈,等到心情稍稍平复,重新坐下来读日记。

接下来的几篇,表姑奶奶记录的都是她对父母和魁的双重担心带来的精神煎熬。临走时,她慎重考虑后,还是留下了一张字条,虽然父母不识字,但她想,他们一定会找人看的。所以在出发的那天晚上以及后来的几天里,她眼前交替出现的就是父母在发现她出走后的呼天抢地、村民四处寻找她的场景,还有一种就是魁在炮火纷飞的战场上的身影。这些使她反而忘却了黑夜的恐惧和途中的危险。她只是一门心思地起早摸黑继续南下。她想,只要再快一点,不几日,她就会赶上五叔他们的送粮队伍。但没想到的是,她行走的路线一开始就错了。五叔他们并非是把粮食直接送到战场,而是由西向东,送到津浦铁路的兵站,然后交由火车送往徐州地段。

表姑奶奶知道这一情况,已经到了成武县境内。当地的村干部告诉她,淮海战役已经打响很久,被飞机炸毁的津浦铁路已经抢修完工。北边比较远的地方物资运送使用火车,只有离战场比较近的县份才南下直接送到前线。

表姑奶奶真正的厄难是从单县开始的。她的日记里,有一篇这样写道:

1948年11月26日　雪

由北向南,人烟越来越稀少了。有时候,走一整天路上也看不到一个行人,沿途的杨树林落光了叶子,稀稀疏疏的,远看像一片片蒙着烟云的荆棘,村庄被白雪覆盖着,显得更加清寒。这不由得让我想起曾经和你在雪中散步的日子,那时,我们吟诵着苏轼的"去年相送,馀杭门外,飞雪似杨花"的诗句,心中荡漾的是何等意气风发!而眼前,这白茫茫的一片却更符合杜甫的"战哭多新鬼,愁吟独老翁。乱云低薄暮,急雪舞回风"的意境。虽然,我没有他经历过的沧桑,但对战争的恐惧却是一样的。我太害怕你也成为新鬼中的一个。

毫无疑问,这次出门,我对路上的困难估计是严重不足的。本来,我想,只要每天多走一点,走快一点,迟早会赶上五叔的送粮队,然后跟着他们,自然就能找到你所在的部队,就能见到你了。但没想到,天寒地冻,加上不辨东西南北,需要到处询问,每天根本走不了多远。到成武县的时候,我带的干粮也所剩不多了,只好从当地村民那换。看得出来,他们家里也没有多余的存粮,有的说都已经把种子拿出来充作军粮借给支前人员了。所以我即使用自己最喜欢的那件红色针织围脖和一只娘给的银手镯,也只换到一些玉米面的窝窝头。

换粮的时候,他们都劝我不要再往前了。因为进入单县,那里不再是真正的解放区,共产党和国民党的机构并存着,还有土匪出没,再加上国民党的飞机经常会对运粮队和担架队进行轰炸,安全很难保障。的确,他们说得没错,这两天我沿途经过的村里已经没多少人居住了,有的只剩下几个老人留守着。而我现在所待着的地方,就是一处被炮弹炸过的地点。几个巨大的弹坑像大地的伤口,被厚厚的积雪掩盖着,一些衣服的碎屑和血迹还隐约可见。但我没有过多地关注这些,我注意的是后面不远处的那条沟垄。那下面,有一个死去的民夫和一辆装满了粮食的小推车。

发现它们时,我并没有意识到,我碰见的是如此可怕的一件事。当时,我只是看到路坎下那堆积雪覆盖的小丘露出的部分好像是小推车顶部的木架。出于好奇,我滑到沟里,慢慢地把上面的雪扒下来,才发现车身上还扑倒着一个死人。一时间,我简直吓得手足发抖,连滚带爬冲上路,一口气跑了好远。但跑着跑着,我的眼前不断闪现出他双脚后蹬,双手紧握车把拼命前挣的样子。我猜想,他一定是被飞机轰炸中弹后往回奔跑时不慎掉到沟里的,他最后一口气也一定正在努力想把这车粮食重新推到路上。想到这些,我没有勇气继续跑了。我知道这些粮食在这个时候的珍贵,更明白这个民夫正是为了把它们送往你们部队才死在这里。我想,如果我不管不顾直接跑了,将没有脸面再去见你。

我慢慢往转走,于是就见到了这些弹坑,看见了靠近坡地那插了几块木牌的小土包(在跑的时候,我竟然没有发现这些):那是运粮队埋葬死亡民夫的地方。我在这地方坐了很久,直到抢救粮食的念头最终战胜了恐惧的心理。

我胆战心惊地回到那条沟里，闭着双眼哆哆嗦嗦地把那个民夫的尸体从推车上拖下来，让他仰面躺着，再把那件染血的狗皮袄子盖在他身上，最后用积雪把它们埋得严严实实。说来也奇怪，渐渐地，我好像不怎么恐惧了。我解开车上捆紧的绳子，分别把四袋粮食和推车弄到路上。做完这些，我感觉自己虚弱得一点力气没有了。我坐在路边休息了一会。休息的时候，我就在想，凭着自己的体力，肯定无法将这四袋粮食全部推走。于是我将两袋粮食放置在路边显眼的地方，再将另外两袋搬到车上，重新捆扎紧推着上路了。

4. 陈德旺，青山谷农庄

对于一个说故事的人而言，有个彼此默契的听众，无疑是件愉快的事。他们知道该在什么时候闭嘴不言，什么时候该偶尔插几句话与你互动一下。特别是当你有些疲倦，或者说得有些乏味的档口，他们会用专注的眼神、偶尔的插话来让你重新进入身临其境的讲述氛围。这一点，在我面对秦鹏举这个年轻人的时候，体会得尤其深刻。他的木讷和时常的走神实在太让人难以忍受了。

不过，这也怪不得他。晚上吃饭时，他告诉我他是一个重度失眠症患者，注意力很难从头至尾集中在一件事上。说实话，原来做生意时，我也曾经因为一些烦心事，痛苦地失眠过，但我从未想到，这种病还能达到他这样严重的程度。

然而，我也并未觉得这是多大的一件事。一个人活着，总会经历这样那样的困难。每个人的内心深处都会藏着一些问题，被它困扰，为它煎熬，就像我都80多岁的人了，还不是有许多东西没有放下，比如我和当年那个叫杨紫雨的女人，相处的时间并不长，经历的事情对于一生来说也不算多，可却常常记忆起来，并且那些事还鲜活得像刚刚发生的一样。

那天，我们跟在杨紫雨身后。一开始，她并没有发现。很显然，光是推着这车粮食行走，就足够耗尽她所有的精力了。

但慢慢地，她注意到了我们。于是，便把车停在路边，想等我们过去但韩大牙说她停我们也停,她走我们也走。这下让她彻底慌了神,推着车猛跑起来。我看见她双肩耸动着,脚步跌跌撞撞,车子也左摇右晃,跑了一阵,估计实在没劲了,便又把车停了下来,惊恐地回头望着我们。

我们停住脚步,坐在路边聊天。她对我们望了望,推起车来急着跑,跑了一阵又停下来。如此反反复复,跑了好几里地,连人带车还摔倒了好几次。后来,她实在熬不住了,就大声朝我们喊道:"几位大哥,你们到底是什么人啊?干吗老跟着我?"

猴子刚要搭话,韩大牙朝他横了一眼,对着杨紫雨说:"大妹子,我们不是什么坏人,你只管推你的,不用管我们。"

杨紫雨明显带着哭腔,大声喊:"你们是土匪吗?是不是想抢这车粮食?后面可是有护粮队马上要追来的。"

韩大牙说:"大妹子,你不用管我们是不是土匪,我们也不抢你粮食,你只管推车走就是了。"

杨紫雨无计可施,只有继续往前跑。后来,她的一只鞋底跑掉了,坚硬的冰碴很快就把她的脚板磨破。路上,拖出长长的一溜血迹。我看了很不忍心。猴子说,老大,这个女人一看就不是共产党干部,肯定没枪,我们上去直接抢吧。

但韩大牙不同意。没办法,我们只有照旧远远地跟着。

很多年后,我才明白,当时我们的做法其实是非常残忍的。就像土匪的"熬鹰"一样,会把人的内心彻底摧残到崩溃。

后来,天色渐渐暗淡下来。杨紫雨把小推车停在路上,人快速跑走了。

我们一拥而上。把车上的麻袋打开,发现一袋是面粉,一袋是小米。我们高兴极了,这下,两三个月的粮食不用再着急了。

于是,我们兴奋地把粮车向驻地赶去。猴子扶着把手后面推,我用绳子前面拉。然而,没走几步,杨紫雨从前面冲了过来,一下子把车子扑倒在地,哭着喊:"大哥,你们行行好吧,这粮食是送到战场上去救命的,你们可不能抢啊。"

我吓了一跳,心想,还真有这样要粮不要命的人。

韩大牙一边用手去拉,一边说:"大妹子,我们只抢粮食,不伤人命。你让开吧,再不让,我们可要不客气了。"

杨紫雨还是整个身子扑在车上,双手死死抓住捆着麻袋的绳子死活不让。嘴里只喊着让我们行行好。说是为了这车粮食,已经有人被飞机炸死了。

猴子扳了半天她的手没有扳开,便用脚踹她的身子,后来又用钢叉柄砸她的脑袋,但都没有用。

韩大牙也没法子,就从身上背着的干粮袋里掏出绳子,对我们说,既然她坚决要护着粮食,那只好一起绑了。

杨紫雨听说我们要绑她,松开手准备跑,但禁不住我们三个人合力,终于被按倒在地,绑了起来。

好在这地方,离我们的驻地不远。本来想用绳牵着韩紫雨走的,但她躺在地上打滚拉不动。韩大牙便叫我们把杨紫雨的双脚也捆上,让猴子背着,但刚上背,杨紫雨就一口把猴子的脖子咬出了血。猴子气急败坏,反手一拳打在杨紫雨的脸上,立马肿起了老大一块淤青。最后,没办法,只好把杨紫雨架在麻袋上面捆着,费了九牛二虎之力才弄到了我们住的那间破庙里。

这座庙坐落在一条山沟里,离最近的村子也有好几里地。庙前,一字张开三株大榆树伞般的枝丫,显得十分清静。庙宇分前后两进。前殿供着几座佛像,后面是三间厢房,一间用于做饭,其他两间都是卧室。或许是因为战乱的缘故吧,已经荒废很久了。大殿里到处都是陈年的积尘和蛛网,连佛像身上的外漆也掉落不少,露出了里面灰黄色的泥胎。地上,随意散落着一堆一堆的干草。应该是路过此地的人临时夜憩留下的。

韩大牙让我们把杨紫雨绑在大殿的柱子上。为防止她叫喊,还用她自己的头巾把嘴也堵上。

猴子说:"老大,今天抢了这么多粮食,该当庆祝一下吧"

韩大牙说:"好啊,把存货都拿出来。今晚高兴高兴。"

韩大牙所说的存货,是指那坛烧酒。这是我们到单县后,在一个人去房空的大户人家的番薯窖里搜出来的。一直没舍得喝。

猴子在后院取水,我烧火洗锅,韩大牙打开麻袋倒面,煮了一大锅面疙瘩汤。我还把残存的一点腌白菜干丢在里面。一会儿,厨房的腾腾热气之下,香味扑鼻。

猴子嘴唇嗫嚅着,小声嘟哝:"那这个女人怎么办?难不成就一直绑着?"

"猴子,我们抢了她的粮,熬她几天,等她心里气顺了,接受这个事实开始惜命了,再放她走。"韩大牙考虑了一下,又说,"小乞儿,过会给她也盛一碗饭吃。"

我干了两大碗面疙瘩,又喝了一点点酒。看到韩大牙和猴子正喝在兴头上,就没理他们。我在锅里舀了一碗汤,端去前殿给杨紫雨。她看到我进来,上身扭动着,用愤怒的眼神望着我。

我慢慢靠近她。她猛地一脚踢向我,我一闪,碗里的汤洒了出来。

我说:"大姐,别这样。只要你不喊,我就把你嘴里塞的布拿下来。"

她安静了下来。我把碗放在地上,拿出她嘴里的头巾。她大喊:"来人啊,救命啊!"

我赶紧双手按住她嘴,说:"大姐,别喊了,喊也没用,这里前不着村,后不着店,喊破了喉咙,也不会有人来。"

她不管,还是使劲将头不断扭着,甚至要咬我的手。没办法,我只有重新把头巾塞进她嘴里,把碗端回到厨房。

韩大牙和猴子喝得有点多,在兴奋地吹牛。韩大牙说:"小乞儿,今晚,你就睡在前殿,那个女人性子有点烈,你看着点。"

晚上,睡到半夜,我听到有窸窸窣窣的声响。多年流浪的经历让我突然清醒过来。接着,就看见一个身影推开殿后门,蹑手蹑脚摸进来。我就喊:"谁啊?"

猴子快速跑到我身边,小声道:"别喊,别喊!是我。"

我问:"你来干什么?"

猴子说:"睡不着,我来看看这个女的。"

我知道猴子又想干坏事,就说,老大可说了,只能抢吃的,伤天害理的事不能干。猴子喊了一声:"你别管,我就想看看这个女的长得啥样?"

杨紫雨也醒了。她双脚不断地踢着地面,嘴里发出呜呜的声音。

猴子走上前去,想摸她的脸。杨紫雨坐在地上,背靠柱子,飞起一脚,把猴子踢得向后一仰。

猴子恼羞成怒,嘴里叫着:"你还踢我,好啊,你踢你踢,看我怎样弄死你。"我慌了,赶紧把猴子紧紧抱住。猴子说:"小乞儿,你放开,不然我连你一起打。"

我死死拖住猴子的手,说:"猴子,你再这样,我可要喊老大了。"

猴子顿了一下,没有作声,最后悻悻地走了。

我和杨紫雨都没了睡意。我点燃了煤油灯,对杨紫雨说:"大姐,如果你不叫,我就把你嘴里的布拿了。"

或许是刚才的事让她对我有了一点信任,她点点头。我扯下她嘴里的头巾,问:"你饿了吧?"她又点点头。

我去厨房端了那碗冷疙瘩汤给她,喂她一口气喝了。她说:"我手好疼,你把绳子解开。"

我说:"那我可不敢,万一你跑了呢?"

"我不跑,你解开,肯定不跑。"

不行,我只能把你绳子松一点。一边说,我一边站起身来,去柱子后面把绑她的绳头解开,松了松又打上结。

她肩膀左右晃动着,活动了几下手臂。过一会儿,她说:"你把绳子解开吧,我有事。"

"不行不行,我一口拒绝,"你性子那么烈,把你放开了,我可打不过你。

她沉默了一会,哀求着说:"你把绳子解开吧,我真有事。"

"那你说,你有什么事,就这样绑着说。"

她嗫嚅了好半天,最后吞吞吐吐说了句:"我要解手。"

我一听傻了眼。那怎么办?我犹豫了半天,拿不定主意。

她看我不动,就哭了起来。一边哭一边哀求我:"你把我解开吧,我肯定不跑。"

也不能真的让她尿在身上吧。我想了想,跑到殿门那,把门闩插好。然后说:"解开你也行,但你得先发誓不跑,还得让我用绳子把你一只手绑起来,远远地牵着。"

她答应了。我绕到柱子后,解开绳子,然后把她的右手依旧背剪着捆紧,又把绳子在她腰上缠了两圈,牵着走到殿拐角处。

她说:"你身子转过去,不要看。"我说:"我才不会看呢,撒尿有什么好看的?"她先是站着半天没动,我就不断催她。最后,她蹲下身子,不一会就听到了哗啦哗啦的声响。

解完手,她回到柱子这说:"你再绑起来吧。"我说:"只要你不跑,可以先不绑。"

我们坐下来。她问:"看你这么小,怎么当起土匪来了?"

我就把自己的事情慢慢说给她听。我家本来住在河北,家里有四个人,父母、姐姐和我。后来,日本人进村,把父母都杀了。我和姐姐是躲在地窖里才死里逃生的,后来,我和姐姐跟着逃难的人往南跑,路上姐姐饿死了,只剩下我一个人到处乞讨流浪,直到碰见韩大牙他们。

杨紫雨叹了叹气,说:"都是这世道害的,不过,快了,等解放军把全国都打下来,大家就都会过上好日子了。"

说实际话,我当时对共产党还没有什么概念。虽然,我也听说过他们是穷人的队伍。也见过他们攻打县城,但他们一般都是晚上打进来,第二天就撤走。那时候,淮北平原的县城,基本都是日本人、国民党、共产党轮流占,日本人次数居多,后来又是国民党,共产党一般活跃在乡下农村,打一下,换一个地方。

那天晚上,我们说了很多话。我才知道了她的名字叫杨紫雨,是山东郓城人。也知道了这批粮食是送到前线给共产党部队解放淮海地区用的。我第一次对未来有了憧憬。

直到凌晨,我们都说累了,她才让我把她重新绑起来。不过,我没再往她嘴里塞布。

第二天,因为有了足够的粮食,韩大牙没有带我们继续出去蹲守劫道。我们便在大殿里玩老虎杠子鸡的游戏。输了的人或者在脸上糊泥巴,或者学狗爬、学鸡叫。韩大牙和猴子老是偷奸耍滑,总是在我之后出手,所以,我的脸上被他们涂得一塌糊涂。大家哈哈大笑,十分开心。

杨紫雨默默地望着我们,有时候也不由自主地笑出声来。但她一看到我们注意她,就立即将脸板着,重新露出愤怒的神情。

玩的时候,我发现猴子老是偷偷去看杨紫雨。我知道,他还没死心,还是想干坏事。

于是,我便对韩大牙说:"老大,你看她不喊不叫,也不跑了,我们把她放开吧。"

猴子说:"不能放,这娘们性子就像一匹小母马,太烈了,把我的腿踢得到现在还疼。"

韩大牙转头望着他。猴子意识到自己说漏了嘴,讪讪地说:"不玩了,没意思,赶紧烧中饭吃。"

我们继续煮面疙瘩汤。吃过饭,猴子端了盆水,要去给杨紫雨洗脸,结果又让她把盆踢翻了。猴子说:"你看你,一个女的,那么脏,我好心给你洗下,真是不知好歹。"

杨紫雨说:"你别过来,你要动我,我就撞死在这柱子上。"

韩大牙听到声音,就跑出来拉住猴子说:"猴子,我跟你说多少遍了,别惹她,你要是想坏规矩。那你就走吧,去别的土匪帮里去。"猴子脸黑了黑,说:"老大,我也没想干啥。你吼我干什么?"

我怕他们吵起来,就打圆场:"老大、猴子,你们看门口的树上,有好多鸟哦,我们来抓鸟吧。"

韩大牙点点头。我们便找了一只破簸箕,又寻了些粗麻索打散,搓成细细的绳子。去门外的雪地上,用一根系了绳子的木棍把簸箕支起来,里面撒了些小米。坐在大殿里,远远地看着,等鸟雀下来啄食,然后一拉绳子就把它们罩在里面。

一下午,我们抓了十五六只。后来,鸟们也学精了,它们待在树上再不下来。

我们没得法子。就去厨房烧水,把鸟毛褪了,剁成小块,用干辣椒来烧,香气扑鼻。

韩大牙黑着脸不作声。猴子更生气,就不断地跟酒较劲,结果喝得酩酊大醉。我和韩大牙废了好大劲,才把他抬到隔壁房间里躺着。

晚上,我和杨紫雨继续在大殿里睡。她给我又讲了不少共产党打日本鬼子、打国民党、救老百姓的事情。通过她的讲述,我才知道了红军、新四军、八路军以及现在的野战军、解放军的区别。她告诉我,她的未婚夫就在共产党的部队里,正为了穷人能当家做主打仗,她这次就是去找他的。昏黄的灯光下,杨紫雨说着这些事情,脸上布满了笑意,很幸福的样子。这让我不断地想起我的姐姐。小时候,她也常常带着笑给我讲故事。不过,那些故事的内容大多已经忘记了,就连她的长相都变得十分模糊。

我问杨紫雨:"大姐,我可以喊你姐姐吗?"

她说:"好啊,从今往后,你就是我弟弟,我就是你姐姐。"

我内心像一股温热的水流淌过,瞬间变得温暖起来。我兴奋地喊了好几声:"姐,姐,姐………"

我说:"姐,猴子对你起了坏心思。如果你不跑的话,迟早被他祸害。我放开你,你跑吧!"

"那我跑了,你怎么办?"杨紫雨摇摇头,又说,"要不,你也跟姐一起跑吧。"

我考虑了一下,答应了。虽然,韩大牙和猴子对我都挺好的,和他们在一起,也是我很久都没经历过的快乐时光。但就像杨紫雨说的,当土匪毕竟不是什么好事。

我把杨紫雨解开。然后偷偷溜到后面厨房里把她的包袱拿出来,轻轻地打开殿门说:"姐,他们这会睡着了,我们赶紧逃。"

杨紫雨站着没动,她望着那车粮食。我知道她是想把粮食也推走。

我说:"姐,就我们两个,人能逃走就不错了,这车粮食可顾不上。"

她想了想问我:"你还能找些空袋子来吗?"

我知道她的想法,二话没说,就又去后面厨房里找了大大小小的几个布口袋。这些都是平时抢东西时得来的。

我们把车上的麻袋打开,装了满满四小袋。一人两袋背着,趁着夜色,逃跑了。

5. 王修文,濉溪县党史办公室

我叫王修文,在濉溪县党史办公室工作。这么多年来,我一直在寻找一个女人。

这是父亲交给我的任务。在他病重卧床期间,他把我叫到床头边,拿出半条手绢交代我说,如果有机会,一定要找到它的主人。这时候,父亲已经癌症晚期,放弃了医院治疗。脸上瘦得皮包骨,也没有丝毫血色,但那会儿,他的神色却显得异常郑重。

他说这半条手绢,是在参加淮海战役双堆集担架队时,一个战士临牺牲前交给他的。当时,这个战士满身血污,一条腿也炸没了。他从担架上奋力滚下来,从上衣口袋里掏出这半条手绢,拉着父亲的手,只断断续续说了一句话:"找到她……嫁人……活下去……"然后就咽气了。

关于父亲参加淮海战役担架队的事情,我是早就知道的。小时候,他就经常向我们讲起这段经历。不过,他从来没有提起过有关这条手绢的事情。他告诉我,他用了大半辈子时间,动用了各种社会关系,却没有任何眉目。现在生命也即将走到最后,所以将它作为后事安排给我,希望我努力弥补他的遗憾。我默默地接过。虽然手绢分量很轻,但我却感到一种沉甸甸的感觉。

我想,父亲是个老革命,新中国成立后又一直在区县政府工作。搜集信息,寻找线索,毫无疑问比我更有优势,他努力了这么久,都没有实现自己的愿望。我又能有什么更好的办法呢?

父亲死后,我便开始了自己漫长的寻人历程。

这半条手绢是丝质的,可能原来为青灰色,因为被血渍全部浸染过,再加上时间过了很久,现在看起来倒像是沉郁的紫黑色。手绢右下角用蓝色的丝线绣着一个"雨"字。根据那位战士牺牲前说的话,我想,这应该是一个女孩送给这位战士的定情信物,或者是相依为命的一个妹妹送给哥哥的再见信物。这个"雨",或许是名字中的一个字。当然,这些对于在茫茫人海中寻找一个人是没有什么直接的用处的。

我决定还是用父亲的老办法,从查清那位战士的身份入手。我详细研究了淮海战役,特别是双堆集战役的参战部队、作战时间、伤亡人数、后来去向等各方面情况,又去民政局查阅了申领淮海战役支前民夫补贴的名录,走访了很多留在濉溪,乃至淮北、宿州的老战士、老民夫,但事情没有任何进展。后来,我主动申请从国土部门调到党史办,利用整理编辑文史资料以及其他出差的机会,拿着着半条手绢到全国各地,寻找党史工作同行,抱着"死马当作活马医"的心态到处打听,并写出了几百封询函寄到各有关单位。由于当年部队档案普遍不健全,再加上淮海战役后部队流动很快,人员编制也经常变化,很多将士都已经阵亡,所以,可以想象得出来,查找一个不知名姓,不知职务,不知出生地的战士是何等艰难。所以直到现在,每次给父亲上坟的时候,我都是非常地愧疚。

不过,在另一方面,我又感到是欣慰的。我虽然没有替这位战士和我的父亲找到那个女人,但我近距离深入了当年的那场旷世大战,接触到无数令人感动至深的可歌可泣的故事。同时,整理出了数百万字弥足珍贵的文史资料。很多个夜晚,坐在寂静的书房,捧着那半条手绢,我常常想,这究竟应该是一个什么样的女人呢?能把一条手绢剪开两半,送给即将上战场的男人,还能让那个战士临死前说出"嫁人、活下去"的话,秀外慧中?柔弱无依?或许,是一个温婉极富情趣的江南姑娘吧,也或许他们之间曾经历了令人回肠荡气、复杂曲折的过往?后来,在采访中我还真的遇见到几个真实类似的事例。一个是一对新婚夫妇,妻子参加了担架队,丈夫随军负责运送炮弹,他们都充分估计到了此行的危险。所以,互换了腰带以便日后相认。结果,丈夫真的死在了国民党飞机的轰炸中。后来打扫战场时,妻子在血肉模糊的尸体堆里,根据腰带认出了丈夫,最终把四肢不全的丈夫背回了家。还有一则,是一对父女共同支前,途中,女儿被飞机低空扫射的时候炸死了。父亲把她背着放在一棵大柳树下,用自己的狗皮袄盖着,上面用鲜血做了一些他自己才知道的记号,对她说:"如果你的身子如果没有被狼吃掉,我回转时就背你回家。"结果,等他回来时,发现这个地方已经被炸得尸横遍野、面目全非。他最后也是靠着这件做了记号的狗皮袄,才找到了自己的女儿。

这些故事让我感动得夜不能寐。我也常常在想,究竟是战争使日常的爱情和亲情有了独具一格的巨大力量?还是爱情和亲情让战争变得更加血肉丰满,直击人心?后来,我渐渐明白了,都不是,是那个特殊的年代下,信仰的存在让爱情和亲情变得非同寻常,而这才是真正打动人的力量基石。

然而,我没想到的是,最终让我实现父亲愿望的,竟来自于这样一个巧合。今天下午,我正在单位里翻阅资料,有两个人推开了我办公室的门。一个看起来气色不错的老人,一个30来岁的年轻人。

他们简单做了自我介绍。那个叫陈德旺的老人问:"请问,你是王主任吗?"

我让他们在沙发上坐下,回答道:"是啊,我叫王修文,请问你们是谁?有什么事吗?"

老人说:"麻烦你了,我们想找一些关于淮海战役的资料。"

"那你们想找哪一方面的呢?淮海战役资料很多,"我又问道,"总前委不断变换的地址?参战双方部队的指挥机构?还是民夫支前情况?"

"哦,是这样的,我表姑奶奶和他当年曾经来这里送过粮食。"那个叫秦鹏举的年轻人用手指了指老人说,"当时,除了送粮食外,我表姑奶奶还想找她的未婚夫,但没有找到。我们想看看你这里有没有什么线索。"

那你知道你表姑奶奶的未婚夫是哪个部队的吗?我把目光从老人转到年轻人身上。

具体哪个团哪个营不知道,但我有她未婚夫写的信,信上表明,他是华东野战军第七纵队的。他说着,从挎包里掏出几封发黄的信件。

我给他们倒了水,然后接过信,仔细看了起来。

看着看着,我心里掠过了一阵悸动。的确,这几封信都是一个署名"正魁"的战士写给一位名叫"紫雨"的女同学的。从信中可以看出,这名战士原来隶属山东野战军,后来并入华东野战军第七纵队,在济南战役时曾在兖州阻击过沿津浦线北上的国民党增援之敌,后来随部队南下了。

对于华野七纵,我在之前就有过详细研究。淮海战役双堆集歼灭黄维兵团时最惨烈的大王庄之战,就是华野七纵二十师五十八团、五十九团、六十团,以及中野六纵的四十六团打的。阵地曾经三易其手,敌我双方都死伤累累,华野的二十师几乎打残,其中有三个营最后只剩下一个营长、一个指导员。而我父亲所在的担架队当时转运的伤员也正好在大王庄外围。何况,这几封信的收信人名字中正好有个"雨"字。

难不成,这个年轻人的表姑奶奶就是我和父亲一直在找的人?我站起身来,捧着信的双手控制不住地微微颤抖着。

我努力平复着自己的心情,问:"除了这些外,你还有什么其他信物吗?"

那个年轻人摇了摇头,继而又犹豫了一阵说:"不知道这个算不算?他一边说,一边取下斜挎着的皮包,拉开拉链,从里面掏出了一只笔记本和半条折叠得很齐整的青灰色手绢。

我几乎是跳着冲过去,从他手里夺过手绢。"就是它!"我不由得喊出了声。

他们两个惊诧地站了起来:"什么?什么它?"

我激动地说:"另外半条手绢在我这里!"说着,我拉开办公桌的抽屉,在一只文件袋里郑重地把父亲交给我的那半条手绢取了出来。

我们三个凑在一起,小心翼翼地把两个半条手绢在桌子上摊平,看着它们严丝合缝地拼接在一起。

我们默默地站着,谁都没有说话。岁月沧桑,风云变幻,历经六十余年的重重磨难,它们终于再次重逢了。

6. 陈德旺,濉溪县党史办公室

本来,这次小秦是不让我跟着他来濉溪的。他认为我80多岁了,实在不方便跟着他跑来跑去地吃苦。我对小秦说:"我陈德旺别的不敢讲,这么多年坚持锻炼,身体肯定不会有问题的。何况,你那失眠症那么严重,说不定我比你还强些呢?"小秦看我拿他健康说事,显得有些郁闷,就说在我的农庄住了六七天,失眠症已经缓解了很多,后面的行程是不用替他担心的。

的确,这些日子,我们每天都在交流。他精神是好了不少,人也不再那么木讷。通过交流,我才知道之所以我写给杨紫雨的信件大部分都是查无此人,是因为杨树集在解放初期就和其他村庄合并改了名。另外,在当地,他表姑奶奶叫杨玲花,而不是杨紫雨。他还说,他能找到我,也是凭着当年我一封没有退回的信件。

他也问了我许多问题。比如,他表姑奶奶的日记为什么只有前半本有记载,后面全是空白的?我告诉他,那本日记其实在单县那座庙里就已经被韩大牙拿走了。那天晚上我们逃走,韩大牙也是知道的,之所以视而不见,也是看了日记心中惭愧,再加上担心猴子翻脸,才将计就计让我们自己跑走。当然,这些都是韩大牙80年代辗转找到我时告诉我的。原来,他根本就不是什么大土匪韩金山的侄子,而曾经是一支骡马队的账房先生。有一次,这支骡马队被韩金山杀光了,只有他侥幸逃脱,后来无处可去便和猴子一起当了土匪。

我对小秦说:"虽然你的失眠症是好转不少,但你看我到了这个年纪,剩下的日子已经不多,才更想重走一趟当年走过的路。"小秦拗不过我,只有答应我跟他一起。

但我也没想到这次来会有这么圆满的收获。

整个下午,我们都在说淮海战役的事。

王修文主任介绍,淮海战役那年,濉溪县还不叫濉溪,而是叫宿西地区。当时,为了方便转运物资和伤员,解放军部队在五铺、杨柳、白沙集、铁佛、海孜、濉溪镇、陈集乡等十多个地方都设立了转运站。他父亲所在的陈集乡,组织了五百多人参与。六人一个小队负责一副担架,三十个小队组成一个中队。其中一部分中队到前线抬送伤员,其他的则将他们二手转运到百善、扈家庄、五沟集等野战军临时医院进行治疗。因为他父亲原来是公安员,抗日战争时曾在双堆集北边打过游击,对那一带情况比较熟悉,所以便安排到前线中队了。

他说,1948年12月3日后,双堆集战斗越来越惨烈,需要运送的伤员也不断增多,他父亲便日夜往返于战场和转运站之间,片刻不得休息。路上,除了流弹外,还得注意国民党飞机的轰炸。有一次,父亲他们跟一支送粮队一起赶赴前线。几十头毛驴驮着一长溜白色的面口袋,在荒凉的原野中十分显眼,很快被敌人飞机发现了。一架敌机向着他们俯冲而下,机关枪哒哒哒地射个不停,当场就打死了八个人。直到他们拉着毛驴的笼头,分散躲到堑壕和低洼的地方,再用担架上深颜色的被子蒙在白面口袋上,敌机失去了目标,才盘旋了一阵飞走了。

王主任说,他父亲接到给手绢的战士是在12月7日的中午。那天他们赶到大王庄附近,远远看去,这座只有四十余户的村庄已经没有一间完整的房子,甚至连空屋架都看不见了,只剩下或高或低的残垣断壁。硝烟中,炮弹的轰鸣声、机枪的扫射声和人的喊杀声交织在一起。到处都是堆叠着的尸体,血水在堑壕里淌得像一条河一样。他父亲的担架队刚把战斗间隙抢下来的伤员们抬上担架,就着急忙慌地往回赶。但走了大约五公里左右的时候,那名战士就自己奋力挣扎着从担架上滚落下来,掏出了这半条血染的手绢。

听了王主任的介绍,我特别感慨。虽然我没有经历过那场战争,但那些战场上的惨状,我却都是曾经亲自体会过的。

那年,我和杨紫雨费尽千辛万苦,终于到了临涣集兵站。杨紫雨把粮食一交,便向接待我们的一位40多岁的中年男人打听华野第七纵队的去向。可那个男人告诉我们说,双堆集战斗在几日前已经结束,参战部队究竟去了哪里他也不知道。不过听说,七纵这次的牺牲特别大,有一个师都快打没了,好几个营死得一个没剩下。杨紫雨一听非常着急,就提出想去双堆集看看。那个男人又说,去那可不容易,战场应该还在打扫,可能不会让一般人进。杨紫雨控制不住,哭了起来。旁边另外一个30多岁的男人看到杨紫雨哭得伤心,就说:"你们要真想去,应该也有办法。我听说,罗集那边正在动员当地村民掩埋尸体,你们要进战场,就去那报名吧。"

当天晚上,我们便赶到了罗集区顺利加入了埋尸队,并且争取到了在大王庄的埋尸点。第二天出发前,县里的工作人员先说了以粮食抵工钱的事,然后对我们进行了简单培训,强调了几项要求:一是对我军阵亡官兵要用两丈白布裹住掩埋。能发现姓名和地址的,一定要用木牌标记。无名烈士集中一起单埋一处;二是划片包干,要深埋在两米以下踩实土层,以防来年开春尸体腐烂传染疫病;三是要多选择沟沿空地,尽量不要占用群众耕地;四是埋尸人员每次饭前和晚上,要集中消毒一次。上工时,也必须带上喷了酒的双层口罩。

刚进入战场,我和杨紫雨就被惊呆了。我看到她双肩抖动着,脸上一下变得煞白。在我们眼前,完整的房子一间都见不到,触目所及,到处都是深深的战壕,壕沟里的泥土全是黑红色的。一些烧毁的汽车,炸断了履带的坦克,废弃的大炮四处零落着。田野上、堑壕里、残垣断壁边、汽车上,尸体层层叠叠,许多残肢和血肉随处散落。虽然正是天寒地冻的时候,但刺鼻的硝烟味和血腥味还是非常明显。我印象特别深的是这样一处战壕,上面用一长溜汽车遮蔽着,不仅有一边尸体堆得像座小山一样,沟里的血水能打湿裤脚,而且沟墙还是用尸体砌起来加固的。有人说,这是国民党十二兵团的临时救护所。

那段时间,我们白天一边呕吐一边背尸埋尸。杨紫雨几乎是把自己见到的每具穿着解放军军服的尸体都细细翻转,用手擦拭着他们脸上的血污认真辨认,还跑来跑去看别人背着的尸体。正因为这样,我们埋尸的效率十分低下,被工作队队长批评了好多次。但杨紫雨不管这些,总是带着哭腔拿未婚夫的照片给大家看,请他们也留意一下。时间不长,埋尸点的人都知道了她的事。不仅如此,每天晚上,我们还会赶到小马庄、张围子等其他埋尸点,拿照片到处找别人打听她未婚夫的线索。蓬头垢面不说,连休息时间也无法保证,两人都瘦得不成样子。说真的,那是我人生中感觉最累的一段时间。每次回到住宿点,倒头就睡着。后来,她看我实在疲惫得不行,就劝我不要跟着她干了。然而,我心里真的把她当成亲姐姐一样,所以便咬牙坚持着。大约十来天时间,几万具尸体终于埋完了,但杨紫雨的寻找却没有任何结果。

逃难的村民陆陆续续地回到村里。为了帮助他们重建家园,政府调集来了建房的材料、粮食和烧柴。又四处张贴公告,招募泥瓦匠和木工。杨紫雨便对我说:"现在解放了,弟,你得找个正经活干,虽然没有技术,但建房工地上肯定也需要一些打杂的人的。"我说:"姐,你也回山东老家吧,既然这个战场上没找到你未婚夫的尸体,就说明他还活着。说不定你回到家,就收到他的来信了。"但杨紫雨坚定地摇了摇头说:"你不用管我,这几天,我听说正魁他们部队有可能去涡阳和蒙城休整了,也可能开拔到河南永城一带参加了新的战斗,我想去再找找。"

第二天,杨紫雨带我去工地报了名。临分别时,我十分不舍。她摸摸我的头说:"等我找到他,就回来看你。"我说:"姐,你可要说话算话,我会一直等着你哦。"

谁知道,这一别就是永诀。

再后来,我打过零工,挖过煤窑,当过货车司机,改革开放初,从一个废品收购站开始,慢慢办了几个厂。直到日子过得好些了,就开始往杨树集写信,却始终查无此人。

7. 秦鹏举,濉溪县临涣镇

安顿好陈德旺老人后,一整天,我都一个人在这条老街上转悠。

街道临水而居,青石板的路面被两边老旧的房子遮掩着,幽暗得像流淌着光阴的影子。各式摊点随意摆放着,卖包瓜酱菜的、卖马蹄烧饼的、卖培乳肉的、卖棒棒茶的……摊位前,人倒也不少,但似乎并不显得拥挤或者喧嚷,相反,都好像逸散出一种沧桑之后的通透与平和。几家茶馆门口,依墙砌着清一色的老虎灶,黑黑的灶台上面满满当当地搁置着许多水壶。壶身密布着烟熏火燎的痕迹,已经看不出到底是白铁还是黄铜的材质了。

这条老街就是深藏在淮北腹地的临涣集。当年表姑奶奶来宿西,第一站也是在这里。不过,街道井然,几乎看不到战争的痕迹了。只有几个写着"淮海"字样的店招,还在提醒着人们这里曾经的历史。

这几天,我和陈德旺老人,以及党史办的王主任一起去了大王庄遗址、双堆集烈士陵园和尖谷堆,瞻仰了那座无名烈士墓地的忠魂碑,还去吊祭了王主任的父亲。之后,便来到了临涣。

我随便找了一家茶馆,走进去。里面同样像蒙着一层浮动的黑旧的氤氲,四处仿佛还闪烁着星星点点的油光。仔细一瞧,才发现有许多灰暗的人影,坐在一张张低矮的木桌旁,喝茶、聊天、嗑瓜子,也有一些声响,但似乎像是从岁月的留声机里传出的,听起来格外老旧、缓慢。仔细看旁边的茶客:有的喝一口,眼睛闭上,再回味一下,然后睁开眼;有的点着旱烟锅,看微火在幽暗里轻轻地明灭,然后徐徐吐出;有的,漫不经心地剥开一枚花生,用手指捻去外衣,丢在嘴里慢慢地咀嚼。每一个人的表情都是外面喧嚣世界里难得一见的安详、沉静和从容。

穿过厅堂,后面就是说淮北大鼓的地方。一个身着对襟小褂的老者,一手用木槌敲击着安置在身前的牛皮鼓,一手捏着竹板噼噼啪啪地打着节奏,正时唱时说着一部关于淮海战役的名叫《支前一家人》的戏本。

鼓点时快时慢,唱腔时而高亢,时而低沉。就像一些往事在岁月的河流里起起伏伏。

我在拐角处,找了一张矮凳坐下,端起茶台上的粗瓷大碗,喝了一口。然后从挎包里取出那条已拼接好的手绢慢慢地展平。微光下,那两个线绣的"魁"和"雨"字仿佛正在深情地对望着。

我默默地在心里说:"表姑奶奶,你安心吧,我已经替你找到他了。后天,我就将回到杨树集,把你们的信物埋进你的墓里。"

(《天津文学》2021 年第 12 期)

红色的绿茶

陈洁庚

1

事情过去一年多了，我还没缓过神来，恍恍惚惚的，眼前老有一杯茶在晃荡。我至今没搞清楚，是我的眼睛出现幻觉，还是茶叶变质、茶杯变色了，那杯绿茶怎么会是红的呢？

那天是个周末，中午，我在家美美地睡了一觉。起床后，我去餐厅沏了一杯茶。我喜欢喝茶，还有点讲究，只喝绿茶，并且要用白色陶瓷杯子。邵蓉说我是个无趣的人，40来岁活成了老夫子的光景。我也觉得是，不光生活习惯，做人做事也是，认真且较真、固执甚至偏执。

沏好了茶，我在沙发上坐下，拿起茶杯，掀开盖子，翠绿的叶片在杯中缓缓舒展，清香氤氲，腾腾热气扑鼻而来。我把杯子端到嘴边，把浮在水面上的茶叶吹到一边。就在这时，手机响了，一看号码，竟是初中时的班主任徐老师。

徐老师是我敬重的师长。那时候，他把我当成自己的孩子一样，经常带我去他的宿舍开小灶，我考上了县里最好的高中，后来以优异成绩考上了重点大学。毕业后，我分配在省直一个重要的职能部门工作。过年过节，只要回老家，我一定要去看看他。徐老师退休十来年了，平时很少联系，有事也不找我，上次回家听说师母生了重病，经济上遇到一些困难，也没有跟我说。

接通电话后，我从沙发上站起来，仿佛他就在我面前。徐老师也没客套，开门见山地说："是这样的，我有个学生叫郭全，是你的学弟，比你低三届。他在省北哪个县我记不得，可能有什么事情想找你。现在搞企业不容易，要是不违背原则，尽量帮帮他吧！不方便就算了，也不要紧。"

徐老师70多岁了,从他哆嗦甚至含混不清的声音里,我感觉到他真的老了。老了就不免糊涂。我心想,你又不是不知道我的性格和作风,别说现在抓得紧,就是以前,我也不会干这事啊!

在电话里,我不好意思一口回绝,下意识地抓了抓头,仿佛学生那会站在他面前,我说尽力而为吧。

徐老师挂电话前,又加了一句:"郭全这孩子人不错,懂事!"

其实,我见过郭全的。

三年前,林溪县委书记吴建波邀请我参加招商推介会。会后的招待晚宴上,有个人端着酒杯来到我身边,一只手伸过来要与我握手,大概觉得不妥,又把手缩回去了。他笑着对我说:"陈处您好!我是您的老乡郭全。"他放下酒杯,从口袋里拿出一张名片递给我;我接过后,礼貌性地看了一眼,什么也没记住;他毕恭毕敬地把杯子举到我面前,一饮而尽,我象征性地抿了一口。

后来我又无意中听说,在老家出来混的人里面,郭全算个人物。他曾经几次来省城,找人请我吃饭,都被我拒绝了。性格的原因,我不喜欢应酬,更不愿做无效的社交。作为企业家,这种拉关系结交朋友的行为,可以理解;作为一个公务员,这样的活动尽量少参加,会省去不少麻烦。

没想到,三年后,他找到了远在老家的徐老师。很久没给我上课的老师给我出了个难题,别说一个与自己毫无关系的人,早些年,家里的亲戚朋友找我帮他们办事、要项目,我一概不理,父母出面讲话都不行!气得父亲破口大骂:"你这个六亲不认的家伙!"一度把父子关系搞得很僵。只是,父母的话我可以不听,对我恩重如山的徐老师的话我不得不考虑一下。

放下手机,我又坐下来,端起茶杯,感觉温度降了,茶叶都沉下去了,汤色也由淡绿变成了淡黄。我刚把茶杯送到嘴边,手机又响了,是来自省北的陌生号码。我立马想到是郭全。我犹豫了一下,还是接了。

果然,老家方言从话筒里传来:"师兄,打扰了,我是郭全。不好意思,搬出徐老师与您套近乎。"

"找我什么事?"

我语气冷淡,连一句你好都没说。不熟悉我的人以为我摆架子,我说话就是这样,直来直去,简单、粗暴,甚至无礼。用邵蓉的话来说,我这人情商不高。更何况,我本来就不高兴。

"我在您家附近的茶楼,想请师兄喝杯茶,不知道您方便不方便?"

我想了一下,答应了。先了解一下情况吧,毕竟徐老师打过招呼的。

一个随心所欲的周末又被拦腰斩断。难得的一个蓝天白云的冬日,阳光也明媚,照得家里亮堂堂的。我家的博美犬蛋蛋像一团棉花,眯着眼,懒洋洋地趴在窝里晒太阳。说好和邵蓉一起带它去公园玩的,换鞋的时候,它摇着尾巴围着我转来转去。我弯腰摸了一下它的头。邵蓉从厨房里追过来问:"怎么突然要出去了?茶还没喝呢!"

我朝茶几看了一眼,杯子上已经没热气了,可惜了一杯好茶。

2

茶楼离小区不远,步行十几分钟就到了。大厅里人五人六的人不少,还煞有介事的样子。有那么多的事情聊吗?我不善言谈,但喜欢瞎想。包厢里,郭全笑容可掬,就我们俩。他已经把茶泡好,是带盖子的瓷杯,不是茶楼里的玻璃杯。

"师兄,请喝茶!"郭全坐我对面,微微低头,做了个请的手势,绅士一样。

我喝了一口,是上好的黄山毛峰。这个品级的茶叶,茶楼是没有的,应该是他带来的,包括茶杯。

放茶杯的时候,我有意抬头看了他一眼。他个子不高,两鬓有白发,戴副眼镜,显出几分斯文和几分沧桑,看上去不像个老板,说是个学者,也让人相信。按理,他比我要小一些,看上去却比我大。做企业操心,一辈子站在讲台上的徐老师都知道不容易,这是真的。

"师兄,您毕业以后,徐老师讲了您很多勤奋学习的感人事迹。说真的,您那时是我们学习的榜样。"

那时候不好好学习,哪有出路呢!

这叫不会聊天吧?本来一句很随意的话,从我嘴里说出来,连我自己都觉得不像话,语气不对,太严肃了。好在郭全能没话找话,聊了几个相互熟悉的人之后,我受不了了。

"你也别您啊您的了,找我有什么事,说吧。"

呵呵,郭全讪讪地说,谢谢陈处给我一个汇报的机会。他扶了扶眼镜,把跷着的一条腿放下,正襟危坐状,一如办公室里找我的那些人。

这几年,省北在大发展,趁这个机会,郭全从省城去了林溪县,成立了一个建筑安装公司,主要做政府的项目。他说:"你也知道,过去,都说省北是无法无天的地方,虽然现在好多了,但在省北做事情,没有关系还是行不通的。我知道,县委书记吴建波是你大学同学,并且关系很好。你别误会,我不是让你帮我说好话的。这不符合你的性格和作风,我也不想让你为难。"

从他的穿着、谈吐和举止看,我觉得这个人还是懂规矩的,见过世面,虽然毕恭毕敬故作谦卑,却也不卑不亢,不是巴结讨好的嘴脸,不像个不靠谱的人。有些人,需要你的时候装孙子,话也说得肉麻,不堪入耳。

我点点头,表示认同,也示意他继续说下去。

"这些年,我的公司在林溪做了一些事情,在当地算得上龙头企业。我还想做大做强。所以,我发起成立了县建筑行业协会,下周六举行成立大会。我托人找了吴书记,邀请他出席大会,他基本答应了。借此机会,我想请你去县里指导一下。"

说得好听一点,郭全是有思想和战略眼光的。这些年,各种行业组织如雨后春笋般涌现,对于草根出身的民营企业家来说,有个会长身份,就有与领导接触的机会。否则,门都没有。

当然,我也不想随便给人去推门。我说:"建筑行业与我的工作没有直接关系,我可能不方便参加会议。"

"那你能不能屈尊以我学长的身份去县里?说白了,你只要去了,吴书记就知道我们的关系了。"

郭全思维缜密,显然有备而来,对策都想好了。

我没表态,拿起杯子喝了一口茶。

吴建波是我大学同学,一个宿舍,并且是上下铺,关系确实不一般。我俩毕业后,一个留在省城,一个去了地方。多年以后,吴建波凭着出色的领导才华,成了统领一方的县委书记,而我则是因为过硬的业务能力,做了某个重要处室的负责人。现在,因为工作关系,吴建波来省里跑项目、要政策的时候也经常找我,但都是公事公办。

"恳请师兄陈处给我一个面子。"

见我犹豫不决,郭全给我茶杯续上水,然后,看着我,目光比开水还烫。

他有什么面子要我给的？我知道他想我去给他站台,拉大旗作虎皮,借此找到靠近吴建波的机会。如果按照他说的,只是去林溪走个过场,应付一下差事,这样倒不违规,也算给徐老师有个交代。

那就还徐老师一个人情吧。我说:"没有特殊情况,我会考虑一下。假如去的话,我不参加会议,不参加宴请,不发表任何言论,以私人身份去县里看看。吴书记如果参加会议,我会跟他见个面。"

"谢谢谢谢!"郭全双手合十,连连点头。

"就这样,我们回吧。"茶喝了三遍,淡了。我也不想闲聊,看看窗外,太阳西斜了,但还没有落山,时间还来得及,我想回去带蛋蛋玩儿。我对它说过的。

郭全要我留下,说已经约好几个老乡一起吃饭。我没搭理他,起身就走。他咚咚咚地紧跟着出来,走到一辆大型豪华轿车边。车牌号是GQ888,一看就知道是他的车。车牌号能看出车主的实力和身份,要是大老板,就全是数字8。由此可见,他还是一个不大不小的老板。他把车门打开,坚持要送我回去。

3

没找到合适的借口,周五下午下班后,我把茶杯塞进公文包里,不情不愿地离开办公室。我昂着头走出办公大楼,推开门,一阵寒风扑面而来,室内外温差大,我打了个寒噤,不由得缩了缩脖子。远远就看到,寒风中,郭全和他的黑色宝马轿车在路边等我。我加快了脚步。郭全笑脸相迎,打开了后车门,左手固定车门,右手护住车门的上沿,标准规范的迎请领导上车的动作,搞得我不好意思。我俯下身子,见座位上有个女孩子,连忙把伸进去的脚收了回来。

我转身坐到了副驾驶座上,从包里拿出茶杯,放在杯托上,一言不发。郭全系安全带的时候,眼睛往右边斜视,觉察到我不高兴。他像是自言自语,说琪琪是省职大的学生,明天事情多,特意请她过来帮忙。他又扭头说:"琪琪,跟陈哥打个招呼!"

我看不惯老板们出门就带个女孩子,不管他们是什么关系,也不管是不是工作需要,我固执地认为,大都关系暧昧,甚至不干不净。我知道自己有偏见,但八九不离十。虽然这个女孩子看上去很文静,像个大学生的样子。

"陈哥好!"声音很甜很听话。

陈哥?看上去跟我女儿差不多大小吧,对这个称呼我很反感!我讨厌男男女女,不管年龄大小,哥哥妹妹喊着。

"你好。"我头都没回,对着车头冷冷地说。

气氛有些尴尬,谁都没说话。郭全的样子有点蔫,想找个话题,一看我的脸色,又不知说什么好;那个叫琪琪的女孩,只好低着头没心没肺地玩手机,还不时发出嘻嘻的笑声;我知道自己的样子,像个瘟神一样,面无表情地看着前方。几乎是在沉默中一路前行。

上车前,我就发现郭全一脸疲惫,才上高速不久,虽然强撑着,他的哈欠毫不客气地接踵而至。他解释说,一连几天准备大会的事情,昨晚几乎都没睡。林溪的情况复杂,各个部门的领导,如果不把关系做到位,请不来的。话音刚落,一个哈欠跟着又来了,毫无商量的余地。

我没说话,眉头皱得越来越深,脸色也越来越难看。

林溪县离省城不远,只有一百多公里。下了高速后,郭全的哈欠一个比一个来得迅速和猛烈。为了省时,他上了一条刚刚修好但还没有放行的国道。这条路修得像高速公路一样,双向八车道;路上黑乎乎的,几乎没有车。因为路况好,他开得比高速上还快。打呵欠时,他一只手捂住嘴巴,明显感觉到车身在飘移。

看他那样子,着实叫人担心安全问题。我忍无可忍了,说:"你停下来,休息下,我来开一会。"

他说:"哪能让领导开车?没事,马上就到了。"

这时候,一路玩手机的琪琪开口了:"你让陈哥开吧,我都看你打瞌睡了,吓死个人,太不安全了!"

郭全这才放慢车速说:"打瞌睡了,不会吧?"

我也急了:"你靠边停下吧!"

我有一辆紧凑型的合资轿车,平时开车上下班,虽然有几年的驾龄,算个老司机,但开过的车型不多,更没开过豪车,对内饰和配置都不熟悉。所以,我开得很慢,全神贯注地。五六分钟后,感觉油门、刹车都顺了,才放松了些。

导航显示,离目的地只有七八公里,眼见着林溪县城越来越近,灯光越来越亮了。车内温度打得高,燥热,感觉有点渴,我丢开油门,减了车速,拿起茶杯喝了一口茶。放茶杯的时候,因为不顺手,我低头往右下边看了一眼。待我转过头来,岔道上突然冲出一辆农用三轮车!我惊出一身冷汗,虽然车速不快,并且及时踩了刹车,但是因为惯性,还是撞上了,砰的一声,三轮车连车带人都飞到了路边的庄稼地里。好在我们仨都系了安全带,没有受伤。

郭全的鼾声戛然而止,忙问怎么了。

我惊魂未定,说:"撞、撞了一辆三轮车!"

"啊!没有死人吧?"琪琪张着嘴问。

慌忙中,我条件反射地拿起了手机,我想到的是报警。

郭全拦住我说:"别急,等我去看看再说。"他打开了警示灯,接着,打电话给他的驾驶员,让他赶紧开车过来!然后,他下了车,我也跟着出来。宝马车头的右前方撞瘪了,车灯拖了出来。左前方的车灯还亮着,惨白的灯光直射远方。我们跨过护栏,借助轿车的灯光,大致能看清芜杂的庄稼地里侧翻的三轮车和两个人的身影,他们在地上痛苦地挣扎、呻吟。

我的心一下子跳到了嗓子眼。

郭全好像听到了我的心跳,他说:"师兄你别过去,你回到车上,等着我,千万别出来!"

这时候,我确实很害怕,听了他的话,我回到了车上。心还在狂跳,一摸额头,全是汗水,身上也湿透了。我不停地朝窗外看,窗外死一样寂静。警示灯不管不顾地咔嚓咔嚓的响声,让我更加焦急和烦躁。开车几年来,除了被别人追过几次尾,我没出过其他事故。没想到,这次才开了几分钟就出了事,还不知道被撞的人怎么样?

几分钟后,郭全回来了,我赶紧下车。他说情况还好,一男一女两个人,大概四十多岁,看上去没有生命危险。

我稍微松了一口气,说赶紧送医院吧,不要耽误抢救!他很有经验,说:"我们不能随便动,弄不好会造成二次伤害。我已经报警了,救护车马上就到。"

一听到报警,我紧张起来,太阳穴突突地跳,我咽了一下,没有唾液,哽噎了一样,喉结都下不去。

他把我拉到一边说:"交警来了,你什么也别说,由我来承担责任记住,这事与你没有关系!"

我沉默了一会,担心地问:"这不是顶包吗?违法吧?"

我总不能让你来承担吧?郭全看着我说,"没事的,又不是大事故,我们又没有逃逸。"

郭全看着我,意思是没问题,请我放心。这时,他的驾驶员开着车风驰电掣般过来了。郭全下车,比比画画,跟他交代了一番。

没多久,救护车和警车闪着警灯,拉着警报,一前一后也到了。几个警察从车上走下来,把我们每个人都看了一眼,问谁报的警,驾驶员是谁。

郭全淡定、从容地走上前说:"是我。"

我的心里一阵兵荒马乱。好在这之前我做了几个深呼吸,也好在月黑风高,要不我的眼睛早把我卖了。

郭全和驾驶员配合交警做事故勘查,我站在一旁,想帮忙又不知道干什么;救护人员很快把伤者抬到了车上,救护车拉着警笛呼啸而去。这时,风越来越大,天气越来越冷,交警让我和琪琪到车里待着。琪琪不停地跟我说话,说了些什么,我都记不得了。交警处理好了现场,郭全说了自己的身份,说明天要开大会,让驾驶员全权代表他去处理事故。"辛苦你们,给你们添麻烦了!"他一边发烟一边说,"我跟你们队长很熟的。"交警看了他一眼,让他签字后,同意了。办好了手续,警车带走了驾驶员,拉着警报一阵风似的走了。

我呆呆的,好像远去的警车带走了我的魂一样。

我们上了另一辆车。郭全打开车载音乐,想调节一下压抑的气氛,他说:"陈哥,不好意思,没想到出了这么个意外,让你受惊了。"

我情绪低落,自然语气也不好:"怪我经验不足,给你添麻烦了。"

郭全安慰我说:"陈哥别在意,小事一桩,交给驾驶员和保险公司就行了,他们会处理好的。"

4

　　几分钟后就到了酒店。这事让我一阵唏嘘,要是不接手开车,或者再小心谨慎一点,哪会出事呢!酒店外,工作人员正在搭建彩虹门,空飘升起来了,彩旗、横幅挂起来了,而我却看不出一点喜庆的气氛。办好入住手续后,已经晚上八点多钟了。郭全带我们去酒店二楼吃饭。我没有食欲,让他随便点两个菜。刚开始吃,找他的人又来了。从进入酒店,找他的人陆续来了好几拨,他又不便在我面前处理,不得不进进出出的。明天就要开大会,杂七杂八的事情多,我理解,但次数多了,未免叫人扫兴。本来我就心烦意乱,一顿饭吃得断断续续的,更没胃口。在他又一次说实在不好意思的时候,我放下筷子,径直走出了包厢。

　　郭全见势不妙,追过来说:对不起,"有几个人事问题摆不平。"

　　"没关系,忙你的去吧。"我的态度傲慢,语气冷若冰霜。

　　我倒不想故意耍脾气,只是心情不好,感觉身体也不舒服,而我又不会掩饰。进了房间,我气得把包甩在桌上,一头倒在床上。倒霉催的,偏偏这时,头一阵一阵地痛起来。出事之后,一会风一会雨,一会冷汗一会热汗的,估计是冻着了。我摸摸额头,有点发烫。没一会,头越来越痛,越想越生气,你为什么要开车?人家高速上打瞌睡都没事,你怕什么死,要逞什么能!这么想着,我越发沮丧和懊悔,不该草率行事,来到这个是非之地!

　　正郁闷着,邵蓉发来微信,问我到了没有,怎么不说一声。

　　以前外出到了目的地,第一件事就是给她报个平安。今天,我把这事彻底忘了。出事后,待在车上那会,我倒想给她打个电话,又觉着说了也于事无补,还会让她担心,就算了。我回复说:"到了,刚吃完饭。"邵蓉说:"到了也不说下,让人担心。"我说:"没事,你放心吧。"按下发送键时,我的手在颤抖。邵蓉说:"没事就好,早点休息吧。"紧接着又问了一句,"什么时候回家?"

　　她随口一问,我大脑一时发热,一个念头闪过:回家,现在就走!

　　我立即给郭全打电话,说身体不舒服,想回去。

　　什么?回去?他一定是愣住了,停顿了好一会才说,"师兄你稍等,我马上去你房间。"他那边很吵,可能还在忙乎。我也觉得愧疚,事情没办,又给他添麻烦!

十多分钟后,郭全来到我的房间,看着我烧红的脸说:"我送你去医院吧?"我说:"不用,你派个车送我回去吧。"

他说:"这么晚了怎么回去?要走也要等明天早上啊!"

我说:"感觉很难受,不光是身体,心里面也堵得慌。"

他点点头:"我能理解,你生病了,我不能为难你。"他担忧说,只是你这一走,吴书记肯定是不来了,还以为我骗他,我都说你来了。"

"确实对不起,你跟他解释一下,我这个样子也不方便见他。"

他走到窗户边,拉开窗帘说:"看样子要下雪了,现在走也不安全。"

我说:"要是冻住了,明天更回不去了。"

他看看我,无可奈何的样子,说:"那好吧,我来安排一下。"他一个电话就找人要了一辆车,对方说十分钟后到酒店大堂等我们。

放下电话,我看出了他不高兴,但没表现出来。那是他克制,如果是我,肯定要翻脸的。我猜他心里一定在骂我,这个猪头,怎么不讲情理!不管他了,我就是要走,骂就骂吧。

房间几乎不需要收拾,大概只过了五分钟,我穿上外套,拿起包准备出门。郭全紧跟着起身,我对他说:"不用送了,你去忙吧。"看着他表情复杂的脸,我有些过意不去,我说明天会考虑给吴建波打个电话。他勉强挤出一丝笑容说:"谢谢师兄,明天就不用了。我不能陪你回去了,你一路小心吧!"

我有点佩服他的涵养,这个时候还能保持微笑,即便装,也不容易。

这个笑容突然消失。我拉开房门的时候,他的手机响了,接听以后,他大惊失色,急切地说:"什么时候?我知道了,你什么都不要管,不要跟家属见面,等交警和保险公司去处理。"

一听这话我顿时紧张起来,明显与事故有关。我又把房门关上,问他怎么回事。

他把我拉到卧室,神色凝重地说:"那两个人没救过来,都死了。"

我感觉天旋地转,差点就倒下去了。

郭全一把扶住我说:"师兄,你别急啊,你一急,我也乱了。我说过,这事与你无关。你喝点水,我们一起想想办法。"

没想到担心变成了事实。人死了,性质变了,事情也就大了。我气急败坏地对他吼叫:"怎么与我无关?这是我的责任,应该我来承担。"

他低着头愧疚地说:"是你的责任也是我带来的,我哪能让你来承担?再说,就是你愿意,这后面一系列的事情,你想过没有?很麻烦!我是生意人,做事要计算成本,这样成本和代价太高了!"

他说的成本和代价是,我有可能受到行政处罚,丢掉公职,还有可能追究刑事责任。这些,我当然知道。

我垂头丧气地问他:"那你说怎么办?"

他站起来,在房间里走来走去,我的目光也跟着他的身影走来走去。他说办法倒是有,说起来也简单,就是花钱消灾,把责任推给对方,尽量满足他们的条件,多赔点钱。反正人已经死了,一般家属都会同意的。只是操作起来有点麻烦,各个环节都要找人。

这种暗箱操作的事我听说过,但到了自己头上,还是很担心。

郭全看出了我的心思,说:"师兄,你放心,我们工地上的事故就是这样操作的,我有经验,会处理好的。"他看看表,说时间不早,得赶紧找人去。他起身要走,我没着没落的,拉住他的手说:"有什么情况及时跟我说下。"他小声说:"说实话,陈处,这事我比你还急。不过,你放心,兄弟这几年也没有白混,白道黑道都有人,我会妥善处理,绝不让你为难的!对了,你现在还走吗?"

我点点头,马上又摇摇头。

我们的手握在了一起。他的手灼热,手心都是汗;我的手像雪地里的石头,冰冷,僵硬。

郭全一走,孤独和恐惧顷刻就包围了我。房间是豪华商务套间,外面是会客室,里面是卧室。我孤独一人,显得格外空旷和冷清。身体冷得发抖,我把空调温度调到了最高,还是冷。我没脱衣服,钻进了被窝,睁眼看着天花板,乱七八糟地想,越想越害怕。我打开手机百度,搜索、查找相关的交通事故文章一看,后果不堪设想!

我从床上一跃而起,鞋都没穿,拿起手机想给郭全打电话。可是,我说什么呢?我去投案自首,把真实的情况告诉警察?就像郭全说的,这样的代价和成本太高了!

想了想,我把电话放下了。

想了想,我要不要给吴建波打个电话?

我知道自己这个状态打电话不合适,话都不一定能说清楚。我给他发了一条微信:"我到了林溪,明天有空见个面。"

吴建波马上回了:"你真的来了?明天见。"

郭全心细,真是难为了他,走后没多久,让服务员送来一些伤风感冒的药;我把与吴建波联系的事情给他说了,他让我安心休息,以最好的状态见吴书记,其他的事情不要想。可能是药物的作用,我迷迷糊糊地睡着了。

早上7点钟左右,郭全来了,眼睛里布满了血丝,看来昨晚也没睡好。他西装革履,系着红领带,头发打理得整齐,白发也不见了,看上去精神多了。马上要当会长了,人逢喜事精神爽。他见面就说:"都很顺,该找的人都找了,该打的招呼都打了。"

我看了他一眼,心情错综复杂,不知道怎么回答他。

开会前,吴建波来到了我的房间。从吴建波的眼神看出,他对郭全很陌生。郭全帮我们泡好茶后,自觉地出去了。关门时,他意味深长地看了我一眼。

吴建波责怪我来林溪不事先告诉他,见我面容憔悴,他问:"你昨晚没睡好吗?看来对我大省北水土不服啊。"

我哭笑不得,敷衍他说:"知道你忙,不敢打扰。"

"忙是真忙,五加二、白加黑,昨晚你联系我的时候,还在开会。说实话,不是你来了,我真不想参加这个会议。你省领导都来了,我这地方官还敢不来吗?"

我怕他误会,说:"你知道,我不方便参加会议,借这个机会来看看你。"

他说:"好,既来之则安之。明天是星期天,我陪你看看我大林溪的新面貌。"

我赶紧推托,说:"算了,下次吧,我今天要回去。"

他大手一挥,说:"你敢!"

吴建波嗓门很大,我听着耳朵都炸。当了县委书记后,他比以前霸气多了。我理解,主政一方,没有一点霸气是不行的,更何况是在省北,一直是经济落后、社会风气恶劣的地方。这些年,在他的领导下,林溪县经济社会获得全面发展,他的政绩显著。

"下次去省城我们再聚吧。"想到郭全的眼神,我顿了一下,嗓子像堵住了,说:"郭全是我的学弟,在你这里……"

吴建波一摆手,打断了我的话,不用说了。

我的目光躲躲闪闪,却能看出他的手结实有力,传说中的一手遮天应该是这个样子。

5

吴建波走后,我执意要走,郭全怎么挽留都不行。感觉在这待着,无异于把我赤条条地扔在冰天雪地中。临走时,我叮嘱他,警方有任何消息要第一时间告诉我。

我低着头走出酒店大门,害怕被人认出来。车窗外,景物快速地倒行,林溪县渐行渐远。我愧恨交加,不禁黯然泪下,在这里,我欠下了两条人命!

我没让车子开进小区,在大门口就下来了。我缓慢地走到小区楼道口,进了电梯后又转身出来了。我在小区的亭子里坐了一会,寒风一阵阵地掠过,竟没感觉到冷。

我推开门,装着像平时出差归来一样。邵蓉一见我的神色,就觉得不对劲,问我是不是发生什么事了。我说没有,昨天着凉了,身体不舒服。邵蓉随手接过我的包说:"你去休息吧,我给你熬点姜汤去。"蛋蛋嗅了嗅我的裤脚,昂着头,两只乌溜溜的眼睛盯着我。它大概知道,我没说真话。

第二天,我在家昏昏沉沉地睡了一天。

周一早上去上班,走到地下车库,看到自己的车子时,我像是被电击了一下,车祸的场景一下子浮现在眼前。我打开车门,点火后,双脚像破旧的发动机一样抖得不停,久久不敢踩下油门。走出小区,才上路一会就拥堵不堪,车子走走停停。平时没怎么留意的交通宣传牌,这时候偏偏跟我过不去,几个红色的大字触目惊心:一秒事故,一生痛苦!我一个急刹车,险些造成了追尾。

一生痛苦?我倒吸了一口凉气。

果然很难受,一连几天,从早到晚,我要做的事情就是等郭全的消息。

我把手机铃声调到最大,把微信的提醒功能也打开了。等不及,我就主动给他发微信、打电话,询问事故处理的进展。他总是不厌其烦地安慰我:还在处理中,请放心!

我怎么能放心呢？人命关天的事故,真有那么简单?！事情不处理好,身上就像绑着个炸弹,随时要爆了我。

折磨了一个多月,郭全终于给了我好消息:事故处理好了,当事人家属非常满意,请你绝对放心!

我恶狠狠地出了口气,心上的石头拿掉了,身子轻松无比,仿佛能飞起来。就像痛苦时自己扛着一样,这个喜悦也只能独自分享。我不能告诉邵蓉,哪怕是我最亲密的人。

只高兴了一会,冷静下来后,我还是觉得哪不对劲,那块石头好像又弹回了心窝里。我让他把事情处理的详细情况告诉我,他说来省城当面跟我说。

好几天过去了,郭全没来省城。我有点着急,给他打电话,约他周末来省城。我想请他吃顿饭,表示一下感谢,多少还个人情。不管怎么说,虽然事出的原因在他,但责任是自己的。事故如果按照他说的方式去操作,会很复杂,各种关系都需要打点,加上赔付和车辆维修,损失一定不小。我想知道具体数字,自己也尽力出一点,这样我心里舒服一些。另外,我也想知道身亡的那两人的情况,虽然他们也有责任,但毕竟是因为我大意,让他们丢了性命！尽管自己这段日子生不如死,却毫发无损,还人模狗样地活着。

我在小区附近的一家特色酒店预订了包厢。约了6点钟到,5点钟刚过我就来了。没一会,郭全带着满面春风,也带着他的两个朋友,有说有笑地进了包厢。与两个月前相比,他的神情和气质都不一样。毕竟,他现在是会长,身份不一样,大小是个人物了。没想到,他还带来了两个人,让我有点不舒服,但又不便表现出来。吃饭的时候,郭全反客为主,与他的朋友一起,不停地给我敬酒。若不是我有点酒量,早就被灌趴下了。本来,我醉翁之意不在酒,只想与他谈事情。但是我请客,又不能不让人家喝。心里面火烧火燎的,比一杯杯烈酒过喉还难受。

可能是觉察到了我的反应,菜还没有上完,可能还没有喝好,郭全草草打发他的朋友走了。他说:"师兄,我带他们来是想陪你开开心心喝点酒,但一看你消瘦的样子,我心里很难受,知道你还放不下。真的对不起,让你受惊吓了!"

他的眼里含着泪水,在灯光下闪闪发光。

我差点控制不住了,我想对他说:"你知道我承受多大的心理压力吗?"我忍住了,让他把事情处理的情况讲一讲。

"师兄,我知道你想了解什么,但我不能跟你说。从出事的那一刻起,我就对你说,这事与你无关,你知道得越少越好,这是保护你!"他用手指拍着大脑说,"你要做到的就是什么都不知道,学会选择性遗忘!"

我说没关系,你给我讲一讲,你找了哪些人?怎么处理的?死者是哪里人,多大年纪,干什么的:"还有,你的经济损失是多少?我知道这些,做到心里有数,你不说我反而不放心。"

"这样跟你说吧,事情处理得天衣无缝,没有留下一点痕迹,也绝对不会有后遗症!所以说,你所有的顾虑都是多余的。我满足了死者家属提出的一切要求,他们很满意;现在,这样的事故很多,一家几口身亡的都有,你也不必自责;另外,因为方方面面的打点,确实有点经济损失,但对我来说,这不算什么,你更不要有负担。总之一句话,这事就让它随风而去。"

他说得风轻云淡,把手一舞,好像事情像他嘴里喷薄而出的浓烈的酒气,随着风飘到了遥远的天际。

我把他的话仔细回想了一遍,他在给我减压,可是怎么感觉我的心理负担反而更重了呢?

6

这顿饭虽然不是不欢而散,却也没有多大收获。我去前台买单,收银员告诉我,已经有人买过了。等我追出来,郭全已经上了车,朝我挥挥手,转眼就消失了。我站在路边,看着苍茫的夜色中来来往往的行人,我却不知去向哪里?

我像个孤魂野鬼,漫无目的地游荡。不远处的公园里灯火辉煌,人头攒动,广场舞音乐震耳欲聋,吵得人心烦意乱。我往前走了一段,远离了喧嚣,在一条灯光阴暗的街边,找了个石墩子坐下来。

这一段时间,我害怕回家,甚至害怕见到邵蓉,总是借口单位加班,拖到晚些时候才回去。只要有饭局,我基本来者不拒,并且要喝得有些醉意,否则我难以入睡。特别是周末的晚上,我更是惶恐,因为我们的夫妻生活一般在周末。从事情发生到现在两个月了,我和邵蓉竟然没有一次成功的性生活。

从林溪回来的那天晚上,邵蓉是端着姜汤到我床边嘘寒问暖的,自然一夜无事;第二个周末,邵蓉早早上床了。我知道躲不过,但我一点兴趣都没有。

等了好一会,邵蓉喊我了:"老公——"

声音拖那么长,还那么嗲,我知道她急了。我去洗澡,在卫生间里磨磨蹭蹭,用了差不多平时两倍的时间。我希望她在等待中呼呼大睡。等我穿上睡衣躺下时,发现她已经一丝不挂,眼色迷离,如梦如幻般看着我。我极力想表现得好一些,努力把前戏做得到位一些。但是,进入关键阶段,那家伙不听话,我很尴尬地把她晾在一边。

这种情况并不多见,邵蓉问:"你怎么了?是不是瞎搞了?"

别乱扯!

"我开玩笑的,你还当真了?借你个胆子也不敢!"

我偷偷地把脸转过去,鼻子有点酸。想把事情告诉她,话到嘴边,又咽下了。

这事躲过了初一,躲不过十五。我想找个机会主动一点,如果下次再无功而返,邵蓉肯定会怀疑,要是追着我问,我这心理素质是肯定招架不住的。郭全告诉我事情处理好了的那天,趁着心情短暂愉悦的瞬间,我打电话给邵蓉,说今天回家吃饭。回到家,邵蓉已经做好饭在等着我了。我感觉今晚事情能成,特意开了一瓶红酒。邵蓉很开心,说:"老夫子最近一直闷闷不乐,今天有什么开心的事情吗?"我说:"你一会就知道了。"她心里美滋滋的,对于接下来的大戏她认为非常精彩,这一夜她无比期待。当然,我也一样。我期待一切回到从前的样子。

结局与上次是一样的,又白忙乎了半天,双方一无所获。不一样的是,这次,邵蓉有点不高兴。

"你是不是有什么事情瞒着我?"

我汗流浃背,喘着气说:"最近工作忙,压力大。"

邵蓉虽然意犹未尽,脸上的红潮还没有退去,但心疼老公,乖乖地躺了下来,说:"你睡吧。"

借着这句话,我正好匆匆收场,穿上衣服,背对着她假装睡去。

可是,我却无法入眠。

当然,邵蓉也没睡着,我知道她不怀疑我有外遇什么的,也不怀疑我贪污受贿。她想到的是,现在的公务员确实不好干,压力大,关系复杂,我这个性尤其不好混。而她又不能帮上忙。她能做的就是少让我烦心,尽量把我的身体照顾好。她这个时候想的是,明天一早去菜市场买只老母鸡炖汤,放些枸杞和人参,给我补补身子。她轻轻地转过身来,把一只手搭在我的腰上。

我一动不动,假装睡着了,心里想的是,我是不是要去买一点壮阳药?

壮阳药?想到这,我猛地站起来,迈开大步往回走。小区沿街的商业街上有药店,我站在门外,却又不好意思进去,怕碰见了熟人。我拦了一辆出租车,跑了十几公里,在一个偏僻的街上找到一家药店。看看四周,没有熟人,我走进店里。一个年轻的女店员很热情地迎上来,问我买什么药。

我感觉脸有点发烫,支支吾吾地说我随便看看。我在里面转了转,拿了一盒清火胶囊。这段时间,急火攻心,嘴唇都起泡了。这药用得上。然后,我又假装无意转到了性保健品专柜。女店员一眼就看出来了,直截了当地说:"先生,你是不是要买伟哥?"

胡说八道!我愤怒地说。我感觉自己受到了莫大的羞辱,甩下清火胶囊夺门而出。

"神经病!"我跑得很快,把女店员的这句话抛得远远的。

7

什么都不要知道,选择性遗忘?是我胆小怕事,过于谨小慎微,还是做贼心虚,心理不够强大?我做了很多努力,却一次次以失败告终!而焦虑从出事之后就如影相随,几乎每个晚上,它让我一遍遍地回忆事故的经过,然后一遍遍地追问自己:"你为什么要开车?为什么要去林溪?你为什么不敢承担责任?"如此循环往复,让我饱受失眠的痛苦,心力交瘁,疲惫不堪,感觉做什么都没意思,甚至开始怀疑人生!

春暖花开的时候,我去面朝大海,险些奔向了无边无际的惊涛骇浪之中;我去名山大川,会当凌绝顶,一览众山小后,有纵身一跃体验蹦极的冲动;在香烟袅袅,梵音绕梁的佛门净土,我心得以安宁,却油然而生皈依之心。

还是要回到尘世,回到现实生活中。"朋友啊朋友,你可曾记起了我?如果你正承受不幸,请你告诉我!"我一反常态,主动找同学和朋友聚会。歌声永远是歌声,只是唱得好听而已。残酷的现实是,如果没有新的彼岸,请你离开我。那么,朋友不曾孤单过,一声朋友你会懂?别太天真,打打牌、喝喝酒,打发时间玩玩而已。接下来呢?只是吃,只是喝,还得痛,还得走,还是我。

一切都交给时间吧。都说时间是一把手术刀,能把伤口的血和脓剐得干干净净。可是半年过去了,这把手术刀已然变成凶器,四处追杀我这个潜逃的杀人犯,令我惶惶不可终日。

邵蓉这里好对付,哄哄骗骗就过去了,不好对付的是同事。在单位里,看上去我一如既往,泡一杯茶,坐在办公桌前;异于既往的是,我坐立不安,心思不在工作上。机关里,人多事情多,作为一个重要的处室,你不可能始终独自待在办公室里,总有不少人来找你。每一次敲门都会让我一阵心惊肉跳,每一次来人我都担心与事故有关。即便如此,我还是要把门关上。我心神不宁的样子,哪能逃得过一些别有用心一直盯着我的眼睛?

一个月前,领导交给我一个新的工作,让我草拟一份全省行业奖励的政策性文件。领导特意嘱咐,要做好调查和研究工作,制定出切实可行的措施和办法。

任务重大,时间紧迫,是个集中精力认真工作的好机会。我兴奋不已,欣然领命。我想好好表现一下,尽快完成任务。离开领导的办公室,我就打开电脑开始工作。可是,没敲出几个字,手就不由自主地停在了键盘上。我已经静不下心来,完全不在状态。我一会站起,一会坐下,像一只极不安分的小猴子。领导没几天就要催问一下工作进度,眼见着交稿的时间越来越近,我不得不照搬一些其他省份相关政策去交差。

第二天一上班,领导把我叫到他的办公室。我低着头,不敢与他直视。用脚指头想想也知道,领导一定是看出了文件的问题,我等着挨训。

领导说:"你的脸色不对,是不是生病了?"

我盯着他面前的文件,抬手揉了揉眼睛,掩饰内心的慌张。

领导还是不谈工作,接着说:"最近大家对你有些议论……"

"你听到什么了?"我一下子紧张起来。

领导干咳了一声,摘下眼镜,看着我说:"我也感觉到了,你最近心不在焉的,是不是有什么思想负担?有人说你反常,有点像那啥,抑郁症,是吧?"领导本来想轻描淡写,还有意调整了语气和语速,但还是把"抑郁症"三个字说出了一头汗。

我却松了一口气,我以为东窗事发了。

在官场,抑郁或被抑郁的人不少,大多没有好下场。抑郁症好像成了某个现象的代名词,在官场的意思很复杂,也很敏感。

抑郁症?半天后我才反应过来,我有吗?我站起身来,反问领导,"我怎么会有抑郁症?"

"你坐下,"领导和颜悦色地对我说,"有什么事情,不管是家庭的还是工作上的,我希望你如实对我说,我会尽量帮你。"

"我没事,谢谢领导关心!"

我受不了他的眼光,同情、怀疑、鄙夷?好像什么都有。我的后背已经湿透了,想大口大口地喘气。我起身要走,要不我会崩溃的。

领导看着我的神态,大概心里有数了。他说,"没事就好,我看你目前这个状态,情绪不是很稳定,不适合工作,我建议你休息一段时间,去医院看看。"

我茫然地走出单位大门,脚步有些踉跄,眼前的一切变得灰暗。

8

快到小区门口时,我停下了车,现在回家吗?跟邵蓉怎么说?有了!我瞬间打了鸡血一样,我先去银行取了一些现金,然后打电话给郭全,让他把死者的地址告诉我。郭全问我要干吗,我说想去看看他们的家人。

很多个无眠之夜,我想到了事故中死去的那两个人!那天晚上没看清楚,听郭全说他们是一对夫妻,三四十岁。这是个上有老下有小的年龄,他们的孩子多大?老人多大?今后谁来抚养他们?每次想到这,我都很冲动,想去看看他们的家人。如果有机会,我想给他们留点钱。我知道这样做很冒险,但我控制不住自己。

郭全声音很大,近乎吼叫:"真的没有这个必要,你这样只能把事情搞砸!"

我知道他是为我好,我也知道他是不会说了。挂了电话,我掉转车头,往林溪方向驶去。

一路上,我兴奋不已,虽然急不可待,但我小心翼翼,把车开得稳稳当当。有些教训非常实用,只是代价有点大。

下了高速,上了国道,我把车速降下来,缓慢地朝前走,气得后面的车子不停地按喇叭,有的超车时,还伸出头来朝我骂骂咧咧。我不气不急,心里还好笑,只当没看见没听到。当我看到那条黑色的刹车痕迹时,惊魂的那一刻又历历在目。

我把车靠边停下。道路的内侧还能找到一些细碎的车灯玻璃;我走到庄稼地边,想找找事故的现场。眼下,麦子黄了,阵阵翻滚的麦浪,把事故现场掩盖得严严实实,已经看不到一点点的痕迹。我四处张望,不远处有个村庄。我想,事故身亡的可能就是那个村子的人。那天晚上,他们一定是回家或者是从家里出来。

我重新启动车子,沿着那条岔道开过去。这是一条坑坑洼洼的小道,路面很窄,我紧紧握着方向盘。没走多远,到了路边的小村子。我停车,戴上墨镜,走进了村子。村子里几乎没什么人,大概都进城打工了,留下的大都是老弱病残。

在村口,见到一个坐在树下玩手机游戏的小男孩,我问他:"小朋友,去年冬天的时候,这里发生了一起交通事故,你知道吗?"

小男孩警惕地看着我,不说话。

我赶紧摘下眼镜,小孩一定把我当成坏人了。

小男孩漠然地看着我,摇摇头,继续玩游戏。

我又往前走,见到一位拄着拐杖的老人,我连忙迎上去问:"老人家,向你打听个事……"

老人显得很热情,我还没说完,他就接着说:"知道知道,来来,进屋说。"

我既兴奋又紧张,忙问:"是你们村子的人吗?"

老人说:"马路上经常发生事故,你问的是哪一次?"

我说:"是去年冬天,听说死了两个人。"

老人说:"对对,我知道,你听我说。"

老人像说书一样,给我演绎了好几段家破人亡的悲惨故事。我知道我遇到了一个孤独、寂寞的老人,他所说的一切真真假假,神神道道,不足为信。

我起身要走,老人拉住我的手说:"再聊会,我这还有很多故事讲给你听。"

我把车开回去,沿着国道往前走,见到村庄就停下来。就这样,走访了四五个村庄,都没有打听到。走出最后一个村子时,看到路边有个新修的坟墓,长出些浅浅的草儿;坟头边,还能看出烧过草纸的灰烬。我立即停车,走到坟墓边,这里面长眠的也许是那两个人吧。我想跪下,又觉得不妥,于是三鞠躬,说对不起,是我不小心,让你们丢了性命,请你们原谅我,愿你们在天之灵安息!

虽然是见到坟包乱磕头,但我心里舒服了许多。

这时候夕阳已经西下,我上了车,沿着原路返回。

晚上,我做了个梦。梦见了两个披头散发的人,一前一后朝我扑来,我拼命跑,拼命跑,却怎么使劲都跑不动,眼见着就要追上了,我吓得大叫,鬼啊,鬼啊!

我惊醒了。我知道,我心里有鬼,一个面目狰狞的魔鬼!

9

第二天上午,我昏昏沉沉地醒来后,邵蓉已经出去了。我起床去洗漱,镜子里,有一张扭曲变形的脸,瘦削枯黄,嘴歪鼻斜,乌黑的眼袋托着通红的眼睛。这个人不人鬼不鬼的家伙是我吗?我虽其貌不扬,却也不曾如此丑陋!我捂住脸,哇哇哇地放声大哭,像个受到天大委屈的小孩。

蛋蛋听到了,丢掉嘴上的玩具跑到我身边,眼睛一眨不眨地看着我,见我没理会,它小声地哼唧了几声,咬住我的裤脚使劲往外拉。我蹲下来,它小小的、毛茸茸的身子,一下子扑到我的怀里,呼哧呼哧地舔我,我的脸像洗了一遍似的,湿漉漉的。

我抱着蛋蛋走出卫生间,在沙发上坐下。我问蛋蛋:"我抑郁了吗?"它把头左歪一下,右歪一下,水汪汪的眼睛看着我。

现在说我抑郁了言过其实,是某些人的不怀好意,我很清楚,至少目前还没有。但我知道,却为时不远。我想,我应该听从领导的意见,找心理医生看看。

我打开电脑,在线联系了一家外地医院的心理医生。我把情况有所保留地给他说了,医生也保守地给我开了一个廉价的药引子:"解铃还须系铃人。"

我若有所悟,连忙问,什么意思?

电脑里打出一行字:"你来医院吧。"接着,发来一个医院的广告链接,就不再理我了。

不说就不说吧,我理解他,医院要生存,也要做生意。不过,我觉得现在不用去了。

关掉电脑后,我马上给郭全打电话,我语气强硬,开口就说:"你今天必须把事故的处理情况详细跟我说说!"

郭全显然感到意外,他说:"师兄,事情都过去大半年了,我都忘了,你还放不下吗?多大的事情啊?你又不是当事人,你要那么多知情权干吗?"

他的话让我的心一阵绞痛!"'你还没放下?'我能放得下吗!我恼火了,人命关天的事你说得简单,每个人的心理承受能力是不一样的,你知道我这段时间是怎么过的吗?我都要崩溃了!我不是当事人吗?"

郭全接过话头说:"师兄,对不起,是我的错,这样吧,我把手头的事情处理下就去省城。你等我,我当面去赔罪。"

中午时分,郭全匆匆忙忙地赶来了。三个多月不见,他看上去还是他,我却不是原来的我。也许是我的样子吓到他了,他都不敢看我,老是低着头。"对不起,师兄!"他愧疚地说,"其实我早就想来看你,因为最近在忙一个大项目的投标。是我大意了,没想到师兄还在纠结。你说得没错,人与人不一样,师兄像徐老师一样,是善良、正直的人,心里过不了这个关。"

我泪流满面。我也曾试图放弃纠缠,与内心和解,狼心狗肺地活过这一阵子。可是,痛苦的记忆和致命的恐惧俯仰皆是,让我不得安宁。上下班的路上,我总能遇到大大小小的交通事故;网络和电视上,我总能看到各种死亡的消息;不管白天还是黑夜,我总能听到警笛声,无论是公安的、消防的还是救护的,一样让我莫名紧张和害怕。我担心有一天,警察会突然出现在自己面前。

"师兄你多虑了!说真的,我就没当回事。我的工地上,经常出现伤亡事件,那些特大事故,一车死了几十人,驾驶员都不活了吗?你想开一点,真的一点事情都没有。至于你担心的那个情况,就更不会发生了。"

说着,他从包里拿出了一本书,递给我说:"你上次去林溪,给了我很大的支持,我还没来得及感谢你。"他压低声音说:"书里有一张银行卡,师兄你换个好一点的车吧,也许能换换心情。"

我大声吼道:"你要干什么,赶紧拿回去,你嫌害我不够,还想害我吗?"

也许潜意识里这么想的,没想到脱口而出了。说过之后,我也觉得言重了。

郭全脸色变了,一会红一会白的,他激动地说:"师兄,你这话是什么意思?我都替你把责任扛下来了,我怎么可能会害你?我也是个懂得感恩之人,你上次去林溪确实帮了我大忙,没别的意思。师兄,你是不是不相信我啊?我们认识的时间确实不长,接触也不多,你对我还缺乏了解。你不信任我,你还不相信徐老师吗?"

他这么一说,我豁然开朗,他说对了,我还真的不太信任他。好像一下子找到了答案,顿觉心情舒坦了,思维也清晰了,我知道我该怎么做了。

10

郭全刚走,我就回家打开了电脑,记得他说正在忙一个大项目的投标,我登录林溪县人民政府网,招投标公示上,县里一个十多亿的城建项目被郭全的公司中标。

我打电话问吴建波,郭全中标的那个项目,你有没有关照?

吴建波反问我："你说呢？他是你的兄弟,你都亲自来林溪了。"

我暗暗叫苦,同时也担忧起来,为自己的这位老同学。我知道这位学弟的厉害。

接下来,我想起了琪琪。记得从林溪回来的路上,她加了我的微信,说我以后可能会找她。小女孩子这么厉害,难道有先见之明？我直接语音联系了她。一个多小时后,我们见面了。她穿得少而性感,尽管面露腼腆和羞涩,还是让我怀疑她的学生身份。我请她吃饭,问她想吃什么,她要吃火锅。

我们边吃边聊,我问她还记得那次交通事故不,她说："当然记得,还没有处理好吗？"我说,那两个人死了。

琪琪把送到嘴边的肥牛片放到油碟上,眨着大眼睛说："你放心,我什么都不会说的。"

看不出,小女孩子还是鬼精鬼精的。我笑笑说："没事,你想多了。"她也松了一口气,说没事就好。

我不想拐弯抹角,问她："你跟郭全认识多久了？"

琪琪愣了一下,说："谁？哦,郭总啊！怎么了？"

也许是辣过瘾了,或许知道我是个不善谈的人,她的话开始多了。我不得不佩服现在的小女孩,什么都敢做,还什么都敢说。看来,我的眼光和想法有些是错误的。她说她真的是省职大学生,与郭全一点关系没有,既不是他的秘书也不是他的女朋友。因为家里条件不好,更主要的是虚荣心强,贪图安逸,偶尔出去做做兼职。我听说过这样的事情,当事件的女主角坐我对面,还是让我觉得如鲠在喉,不是个滋味；更让我震惊的是,她还敢没羞没臊地说出来,就像吃到大汗淋漓时,随手擦把汗一样自然和随意。

"那天,我的任务就是把你陪好,最好是陪到床上去。"说到这,她噘着嘴说,"哪知你不吃这一套,上车就给了我们一个下马威。后来又发生了车祸,就更没我什么事了。当然,郭老板还是很大气的,钱一分不少都给了我。"

我不想再聊下去了,说："有困难想想其他办法,还是好好学习吧,马上要工作了。"

琪琪拿起一块水果放进嘴里,说："你的言外之意我知道,我有我的生活方式,我知道不堪,但没辙的时候,我只能作践自己。"

我无语。我没有心灵鸡汤,有,也灌不下去；我的面前只有火锅,一红一白两种锅底,都很滚烫。

我给她拦了一辆出租车,又给她发了个红包。

接下来,我要去看看徐老师。老人家很意外,拉住我的手问:"不年不节的,怎么回来了?"我说出差到这里,顺便来看看。

他拿了一盒还没有拆封的茶叶出来,我注意了一下,是太平猴魁,这是黄山地区出产的名茶,也是典型的绿茶。我接过他手上的茶叶盒说:"你坐着,我来沏吧。"

徐老师家的茶杯是青花瓷的。如果我没记错的话,这还是 20 世纪 80 年代他用过的杯子,颜色暗淡,杯子边沿都有些小豁口,里外都残留着深深浅浅的茶渍。我曾经送给他一套景德镇出产的高档茶杯,从没见他用过。我上学那会,特别喜欢看他打开盖子鼓着腮帮子吹茶叶,然后眯着眼睛喝茶时那一脸陶醉的样子。我那时就想,是不是瓷杯泡出来的茶特别好喝呢?那个时候,我家里连茶壶都没有,粗制滥造的劣质茶叶泡在保温瓶里,像煮熟的野菜猪食一样。我工作后,条件好了些,就去买了几个陶瓷杯子,学着徐老师沏茶喝。

我把茶杯端到徐老师面前。他说:"这茶叶是郭全上次送给我的,说是最好的猴魁,我留着等你回来喝。他跟我说,你帮了他的大忙啊!"

"就是去林溪见了我的同学。"我又有意问了下,"他没说别的吗?"

没有。他只站了一会就走了,茶都没喝一口。

我说:"郭全很会做人,懂得感恩,我以前怎么没听你说过他呢?"

"这孩子不错啊!"徐老师眉开眼笑,咧着干瘪的嘴说,"其实我也不记得他,一点印象都没有。三年前吧,他突然来看我,说以前混得不好,不好意思见我。这几年发达了,过年过节都回来看我,上次,你师母生病给了我几万块钱,说什么都不要我还。"说到这,他叹了一口气,感慨地说,"说实话,离开学校还记得我这个老东西的,也就只有你和他了。"

我什么都明白了。

我有点冲动,想说点什么。当我看着徐老师颤颤巍巍地把杯子举到嘴边时,我沉默了。我的手颤抖着,拿起茶杯,掀开盖子一看,明明泡的是绿茶,特级太平猴魁,杯子里的茶汤却是红色的!是我的眼睛出现了幻觉,还是杯子的问题?或者茶叶变质了?我没有深究。

11

　　回来的路上,我决定去自首!

　　做出这个决定确实很艰难,但是,已别无选择。自首之前,我想还是和郭全说下,毕竟与他有关。

　　郭全近乎吼叫,师兄,你怎么回事,我都被你搞神经了!我求你,别纠结了,你想过后果没有?再说,陈处,你这样做有必要吗,你毁了自己不说,也连累了我,还牵涉到其他一些人。如果你真要这么做,你会得不偿失。我只能说到这了,你自己看着办吧!

　　威胁我是吧?我想说点什么,他却把电话挂了。也好,坚定了我自首的决心。

　　到家后,迎接我的是高兴得转圈圈的蛋蛋,邵蓉还没有下班,我去菜市场买了些新鲜的蔬菜,开始做饭。我会烧不少菜,有空的时候,我喜欢做饭。

　　邵蓉到家,看到的是一脸的笑容和一桌子的美食,惊叫起来,好久没吃老公做的饭了!她在我脸上亲了一口,问我有什么好事吗?

　　我知道她会支持我做出的决定,但毕竟有可能要丢掉公职,还有可能负刑事责任,她会担心害怕,肯定会大哭的。我也知道,哭的消耗很大。我说:"你先吃饭,吃完我跟你说。"

　　邵蓉听我把事情说完,转身跑进房间,趴在床上大哭起来。蛋蛋闻声进来,气呼呼地看着我,以为我欺负了她。它哪里知道,岂止是欺负,是伤害,伤害了她,伤害了这个家。我坐在床边,什么也没说。哭完后,她爬起来一把把我抱住,眼睛红肿,抽泣着说:"老公,你为什么不早说啊,我早就知道你有事,你却瞒着我,我真以为你是工作上的事情,还不敢问你。吃这么大苦,遭这么大罪。你放心,我陪你一起去自首。真有什么事情,我们会等着你!"

　　第二天,我们一早就起床了。我去洗手间,把脸上简单收拾了一下,换了一身干净的衣服。邵蓉愁眉苦脸,鼻子里吸溜吸溜的,眼泪流个没停。两人都没胃口,只喝了一杯牛奶。准备出门时,没想到邵蓉突然拉住我的手,泣不成声地说:"老公,咱不去了吧?我害怕!"她扑到我的怀里。我拍拍她的背说:"今天要是不去,明天就会有人请我去,到那时,后果会更严重。"我擦干她的眼泪,待她情绪平复,我们出发了。我担心她一个人回来时会受不了,让她把蛋蛋带着。

虽然有了足够的心理准备,走进交警大队,看着庄严的国徽,还是很忐忑。接待我们的是一位年轻的交警,我没有犹豫,开口就说:"我来自首。"这四个字,历时半年之久,挣脱了沉重的枷锁,带着正义和良知,终于被我说出来了!说完后,一下子就爽快了,彻彻底底放松了。

我把事故的经过详细地说了一遍,并且强调,撞死人的是我!

交警很快在电脑里查到了案卷和事故认定书,他看了我一眼说:"你说的是不是 GQ888 的车辆?事故里受伤的那两个人,住了几天就出院了,没有死人啊!"

我瞪大了眼睛,几乎把头伸到了交警的面前,说:"你有没有搞错?"心想,难道郭全真的神通广大,把死的又做成了活的?

交警说:"涉及死人的事故怎么可能搞错!你稍等,我来联系一下当事人。"他拨通了电话,按在免提键上。对方接通了电话,交警说:"我们对事故处理的情况做个回访。"

对方嗓门很大,我听得清清楚楚。他说:"感谢交警,处理得很好;感谢老板,我们只是受了轻伤,但给我们赔了不少钱!"

胸腔里一股热气往上涌,涌到了大脑,要炸了一样,狗日的杂种!我歇斯底里地狂叫了一声。

汪!汪!!

蛋蛋叫了两声,它不同意。

"没事了,我们没事了。"邵蓉喜出望外地对我说。

"没事?我们竟然都没事!"我哈哈大笑。

我像一根木头一样被邵蓉推着往前走。出了交警队的大门,阳光直射过来,一瞬间,我像失明了一样,什么也看不见。我站住,把眼睛闭上,过了一会再睁开,这时,徐老师家那杯红色的绿茶,浮现在我的眼前,晃啊晃的。

(《山西文学》2021 年第 12 期;《北京文学·中篇小说月报》2022 年第 1 期转载)

老 同 学

何世平

1

在学校时,我对谢小明还真的没什么印象。要说有印象那也是后来才有。那个时候,从镇上的初中回家,我几乎天天肩背着扁担和绳索,腰里别一把砍刀路过谢小明家门口,去山里砍柴。我的心里别提有多别扭。谢小明家坐落在小镇的中心,几间大瓦房,白色的石灰墙,家里是水泥地面。这在当时的小镇上绝对是上上人家。

我砍柴路过他家的门前,只要看见他在家里我就立即转过头,眼看着别处。如果看见他不在家时,我就会鬼鬼祟祟朝他家里多瞄上几眼。我隐隐约约地发现,谢小明上面有两个哥哥,听说是小镇很有名气的木匠。据说乡里新盖的电影院的木工活儿就出自这两弟兄之手。谢小明下面还有一个妹妹。

后来才知道,那个不是妹妹,原来与谢小明是双胞胎。她还是姐姐。这位姐姐个头儿不高,白白胖胖。谢小明也个头儿不高,一副敦实的模样。姐姐的名字也很有意思,叫谢小妹。

以上不是我找人打听的,是我平时路过他家门前陆陆续续观察到的。我还发现我还在砍柴的时候,他在家里开的理发店不知哪天开业了。外观倒没怎么变化,家里的地面变成了水磨石,堂屋的墙上嵌着几块大大方方的玻璃镜片。空中拉着细绳,上面挂满五颜六色的彩旗。

依我当时的判断,谢小明的"小明理发店"在当时的小镇上,应该是最时尚。谢小明的发型和穿着也跟着时尚起来。这些让路过的我心里很不是滋味。他的发型到现在我还记得,就是像女人一样的长发,清清爽爽地披在脑后,洋气十足。这还不算,最洋气的是他两鬓的络腮胡子,它们自由自在地长在他年轻的脸上。

这就是小镇青年。

也难怪,他有一个做木匠的父亲,又居住在小镇上。哪像我,虽然与他相隔几里,却是不折不扣的乡下。我的父亲平时也做买卖。可他总是把辛辛苦苦赚来的钱加倍地输掉,然后在家里一贫如洗的情况下再去挣钱还债。父亲要是不赌钱,也许我现在还在学校读书。这样的话我也许就不眼馋镇上的谢小明了。可我现在几乎天天要路过他家门前去十多里外的山里砍柴。早上去肚子吃得像西瓜,下午回来的路上肚子饿得像瘪了的皮球。走路都觉得费劲,何况肩上还担着几十斤重的柴。

一位美女跟在谢小明后面招摇过市的时候,林场的同学告诉我,那是信用社会计家的千金,叫陈靖。陈靖是非农户口,本来是在小镇的门市部上班,这几年门市部的生意虽然每况愈下,但这不妨碍乡政府的小干事们想跟陈靖交朋友。可人家陈靖偏偏一个都瞧不上,唯独看上了搞理发的谢小明。即使陈靖不与谢小明在一起也很招人耳目。她走在小镇的青石街道上,皮鞋笃笃的声响一路追随,身旁跟着一只纯白如雪的狮毛小狗。

我这位林场的同学虽然也已离开学校,而且我们在学校里的关系不是太铁,可现在我们的关系变得异常亲近。原因之一,他见到我时主动喊我的名字,还主动到我家造访。他说,我知道你自卑,现在我先到你家来串门,你以后也该到我家去串门了吧?于是,我只好硬着头皮跟着他去了他林场的家。

就这样一来二往,我们变成了无话不谈的朋友。差点忘记说名字了,他叫王刚强。谢小明虽然见到我吊儿郎当,可他见着王刚强时,却是一副毕恭毕敬的样子。原因之一,可能是王刚强有正式工作吧。王刚强却不这样认为,自从谢小明开了理发店,他就一直没有去其他理发店理过发,他是小明理发店忠实而坚定的客户。他这样说,也的确有道理。

在这方面我做得不够,自从谢小明的理发店开起来后,我有的只有眼红,我没有进去照顾他一回生意。不是我不想进去,也不是我出不起那个钱,实在是他目中无人。他有时候站在走廊上,我正好走在小镇青石条铺就的街道上,与站在走廊上的谢小明几乎是擦肩而过。可是他就有那个本事,对我视而不见。我有时脑袋发热准备跟他打个招呼,可每每看见他那副样子,我也只好目不斜视地注视着前方,心里却异常纠结。

我在想,假如王刚强此时走在街上,谢小明可否看见?这个答案但愿没有。

也就是在那天下午,林场在千山水库的下面设卡,没收我们这些在山里担柴的男男女女身上的柴。那天被拦截的队伍很长。林场的人说,是为了响应上级号召,维护山林。大道理说过之后就一个一个地命令,解去系着的扁担和绳索。不愿意自己动手的林场护林队自然有人卸下你的绳索。一看这样,只要在他们面前,都自己解去绳索和扁担。

他们一大班人走到我面前的时候,我也动手去解绳索和扁担。就在这时,一只脚轻轻踩在我的手上。我抬眼打量踩住我手的人,却见王刚强在对我眨巴眼睛。他小声告诉我,不要动。他尾随着队伍去了我后面。我只好低着头,坐在我的柴担上等。

待长长的队伍只剩下一捆一捆的柴火时,王刚强在我边上说,你还不走,下次不要砍了。就在挑起柴火的刹那,我看见谢小明和他的未婚妻陈靖站在离我不远的水库斜堤上漫不经心地朝我这边眺望,一副看热闹的表情。他们身旁的白色狮毛小狗也顺着主人的目光朝这边汪汪地吠叫。

那天我回家,村里人好奇,怎么我们去的人都空手而归,你还担着柴回来了?我却没有一点兴奋,也懒得说我同学当时用脚抵住了我解绳索的手。这个村里人都知道,王刚强来我家他们都看见过。他们都缠着我要我说当时的情形。我不想说,谢小明和陈靖站在水库斜堤的画面就在我的脑子里,那只纯白的狮毛小狗仿佛还站在眼前吠叫。我怕我一说,我的眼泪就要排山倒海地流下来。

村里人见我不说,都绷着脸责怪我故意卖关子。真是狗头上顶不了四两油!我懒得反驳,他们怎么知道我心里的苦衷。

我开始厌倦砍柴。我心里恨死了砍柴。丢人现眼。

家里加盖一间灶屋,父亲请了一个瓦匠敖师傅来做了十来天。瓦匠师傅天天说外面的活儿比家门口的挣钱,那里天天带口信来,真的要去了。他这么一说,父亲生怕他走了,天天好菜招待,供他自己都舍不得抽的"大江牌"香烟。这种烟当时五毛一包,据说档次非常高。

在灶屋建好的那晚,父亲才敢问他这段时间口口声声说的外面,到底是哪里?敖师傅说,是在界山。说这话的时候,我正站在桌边吃饭。这个话说过没两天,我决意去找敖师傅。找到他,就给他打下手儿,做小工。哪怕他不给工钱,只要给我饭吃就行。这样比去山里砍柴强好多倍。

在家里吃过早饭,我不慌不忙走到离家只有三四里路远的马路上。这条马路是条县道。东头通往县城,西头通往几十里开外叫作丫山的偏远乡镇。我知道界山,它在县城的南边,与皖南山区的一个邻县交界。我家离县城三十里,界山离县城也是三十里。

我来到铺满石子和黄土的马路上,看到一辆从丫山方向开往县城的班车。我连手都没挥一下。班车要到站才停车。

一个站有多远?我所在的小镇离县城三十里路。其间没有乡镇。有一次下大雨,我从县城坐班车回家,指望师傅能在家后面的马路上停一下车。我把嗓子都喊哑了,师傅只说了四个字,到站停车。喊到后来我很生气,甚至是带着愤怒。满车的乘客对我投来异样的目光。他们不理解,还没到站,怎么就要下车?他们哪里知道,我家离小镇有十里之遥。

班车在我身边款款驶过,掀起的尘埃像雾一般将我包裹其中,旋即又散了去。天上云层很厚,却透着亮色,让人感觉太阳马上就要露脸。我的心情很好,假如今天找到敖师傅,我马上央求他收下我给他做小工。我一定卖力地给他和砂浆,拎泥桶,搬砖递砖。

还没走两里路,身后传来嗵嗵嗵的声音。我扭头见后面开来了一辆手扶拖拉机。我又回头睃了一眼,拖拉机后面的拖斗是空的,一定是去县城拖货品的。当拖拉机开到我身边时,我甩开大步转身跑着将双手攀住拖拉机后斗沿,右脚迅疾搭上边上薄沿,左脚顺势越过后沿,右脚也跟着越过,这样整个人蹲在了拖斗里。

前面黑亮皮肤的中年驾驶员回头看了一眼,毫无表情地转过头,继续开车。蹲在拖斗里,我暗自庆幸,爬上了拖拉机,我就会省去三十里的走路之苦。

到县城后,走过县城猪大肠似的街道,我从西门到达东门,才又走上去界山的沙石马路。到界山时,已经是响午。

早上在家吃的是稀饭,现在已经是饥肠辘辘。我走进路边一家小吃店,买了两个馒头站在那儿狼吞虎咽。回头对着小吃店又瞅了一眼,我还没有吃饱,可我身上没那么多钱。

我只得边走边打听界山粮站,那天敖师傅说,在界山粮站给公家盖房子。只要找到敖师傅,就找到了活计。那样我就不愁没钱买馒头了。

几乎是把界山这个小镇走到尽头时,才找到界山粮站。里面稀稀拉拉住着几户人家。他们有的端着碗在往嘴里扒饭,当听说我打听一个叫敖师傅的人时,都摇着头表示没见过这个人。他们说,这里公家的房子还好好的,怎么可能还盖?我一脸茫然。

走在回程的路上,我失望至极。

就在这时,后面开过来一辆空着的大型拖拉机。已经是下午,两个三十里,再加上县城东门到西门的四五里路,我走到家不定是晚上什么时候。我不知是哪里来的勇气,当大型拖拉机驶到我身边时,毫不犹豫地攀上了斗沿。大型拖拉机比起手扶拖拉机,简直就是一个庞然大物。我尝试着迈了好几次腿,就是迈不过斗沿,这时我发现是我体力出了问题。挂在拖斗沿上,我想下来又没有胆量,因为大型拖拉机的拖斗离地面实在太高。

就在这时,拖拉机停在了路边,一脸油污的中年师傅望着已经站在地上的我,问我去哪里。我说去县城。他说你还不赶快上去。我不相信地打量了他一眼。见他没有恶意,便翻身爬进了拖斗。

我到家时,已经是黄昏。父亲问我今天到哪儿去了。我不敢说去了界山,我说去了趟县城。父亲说:"你胆子真大,就玩到现在才回家?"我顾不得父亲的怒骂,就着母亲端给我的热饭,狼吞虎咽。

2

谢小明走进我的店里,而且还大言不惭地喊我老同学。这让我或多或少有些吃惊,原来过了这么多年他还认识我。

那是2006年,他的女儿谢丹丹以全县第九名的成绩考进了县一中。他和陈靖来县城租房子住,陪女儿上学。这是见面后,他喊了我一声老同学后自豪又得体地向我传递的消息。

这样的消息也拉近了我们之间的距离,我有点低三下四地问他,怎么教育的女儿。他听了笑而不答,而后又拐弯抹角地告诉我,哪天我俩喝一杯慢慢聊吧。他说这个话时,我们已经抽完了两根香烟。

他告诉我,为了陪女儿上学,他来县城找了几天营生。这些营生无一例外都限制他在工作期间抽烟喝酒。谢小明觉得这样的限制等于是限制了他的人生。他这辈子就是为烟和酒才来到这世上,没有了这两样,生不如死。到最后还是去租了一辆人力车,他现在就靠蹬人力车维持一家人的生活。说着话,他指了指停在店门口路边的一辆黄篷的人力车。

这时一对小情侣站在人力车边东张西望。谢小明说,来生意了。他迅疾地来到人力车边,很利索地与情侣谈好价格,蹬着人力车融入大街上的人流。

这一幕让我觉得仿佛在梦里。去年王刚强夫妻也来县城陪女儿读书,他们来之前就在县城买好了商品房,买了我店里不少水暖材料。在一次谈起有关同学的话题时,王刚强说到了谢小明。

王刚强说,其实谢小明的理发店之所以生存了好几年,完全得益于他的双胞胎姐姐谢小妹。可后来谢小妹出嫁了。

谢小明非常爱喝酒,也爱抽烟。虽然他的理发手艺不错,但他身上那浓烈的烟酒味道,一般顾客不敢近身。他们在店里等也要等着谢小妹给他们打理。谢小妹出嫁后,谢小明的理发店生意每况愈下。谢小明不管这些,有顾客时,他中午可能还顾不上喝酒。没有顾客时,他中午就开始自斟自饮。拿他自己的话说,不吃饭可以,如果一天不喝酒,不抽两包烟,这个日子没法过。

为了节省开支,陈靖先是把她从娘家带来的狮毛小狗送给了别人。等到在女儿上幼儿园的时候,陈靖便义无反顾地加入了镇上卖菜的队伍。陈靖的这个举动令镇上人很吃惊,她却不以为然地告诉他们,我早就想来卖菜了,早上栽树,晚上乘凉,就是放不下那个臭架子。

陈靖在小镇的露天菜市卖了好长时间,没有见过谢小明的影子。终于在一天细雨霏霏的早上,谢小明也加入了卖菜的行列。他不来真的不好意思,理发店从早到晚不见一个顾客,他除了骂人,只有来陪老婆卖菜。卖菜的伙伴们都起哄,说他们这个队伍真了不得,连镇上大名鼎鼎的理发师都来了,真该敲锣打鼓庆贺一番。

谢小明有时候酒喝高了不能起早到县城批发菜蔬。这时候陈靖就起床，无论起风还是下雨，她都跟着镇上卖菜的伙伴，去几十里外的批发市场。这让谢小明在酒醒的时候，很过意不去。他说："你那么娇气的一个女人，跟了我吃这么大的苦。"

陈靖抬着她那面黄肌瘦的脸望着谢小明说："我想开了，世界上没有比卖菜再好的行当，我们再卖不好菜，不说人家笑话我们，我们自己都瞧不起自己。"

望着已然是黄脸婆的陈靖，谢小明的心里被什么东西掣了一下。

女儿谢丹丹录取县一中的通知书还没有下来，谢小明就迫不及待地到县城把房子租好。在开学前的时间里，他很快把自己来县城的生计也找好了。

自从得知谢小明在蹬人力车之后，只要店里闲下来，我就把眼光投到大街上，望着来来去去穿梭在大街上的人力车流。有时还真的在他们当中发现了谢小明。他目不斜视眼观前方，多数情况下，嘴里还叼着半截香烟。

那几年城里人口迅速增加，乡下的老老小小开始不顾一切地往城里挤。男人们往往把蹬人力车作为起码而容易的谋生手段。一时间，人力车遍布大街小巷。这样对市容市貌，对行人安全，还有对出租车造成的冲击不言而喻。据说出租车司机们要求控制人力车。

从那之后，县里开始把人力车分成单双号上街。这样好多人就面临着压力，一个月就上十五天街，挣钱放一边，维持生活都成问题。

有客户到我的店里边买货品边叫苦连天。也是，短短几年，县城人力车从稀少到繁盛，就连他们自己都嫌多了。谢小明一个月总要来我的店里坐个一两回。最近两次来，他就抱怨人力车太多，拉客就像抢客一样。到同样的地方，客户出的价低你没办法拉，往往你还在犹豫，后面来的车已经把人拉走了。

限制单双号上街，对谢小明这样靠拉车养家糊口的主来说，也是致命。那天我在仓库拿货，妻子打电话让我快点来店里。我有点不快，我又不是在仓库玩儿，怎么催我快点？我以为是她遇到了难做的买卖，她往往这个时候就打电话叫在外的我回去。

我匆匆从仓库回到店里的时候，就见脸色蜡黄的陈靖端坐在店里。我正诧异,她站起身,面带焦虑地告诉我,由于县里这么多天限制单双号上街,谢小明忽然想出了鬼点子,在不能整天上街的时候,他就趁中午交警和城管都休息的空隙,把人力车蹬到街上带客。

前几天效果的确不错,因为是限制单双号,街上人力车少了一半,所以他在午时出门,到交警和城管上班那段时间收获还真的事半功倍。今天他中午又出门,刚到路上就上了一个中年女顾客。他喜滋滋的还没把车子蹬多远,就被路边忽然冒出来的几个城管拦住了去路。他知道事情不妙,便谎称车上的顾客是自己的亲戚。城管说,是你八代都不行,今天是你上路的日子吗?说完话,他们就把女顾客劝下车,然后就要拖走他的人力车。

人力车是谢小明吃饭的家什,他不能让他们拖走。于是他死死攥住车把。就这样拉拉扯扯,他不但对城管爆了粗口,还动了拳头打了人。城管们见他打人,一起上前,把他按倒在地后,拨了110。警察来时,谢小明还不依不饶地在骂骂咧咧。

到了派出所,他嘴里还一刻不停地嚷嚷着那几个城管。警察问今天是不是他人力车上路的日子,警察还问他为什么动手打人。谢小明这个时候却突然噤若寒蝉,随便警察怎么问话,他就是不开口。

陈靖正在家里为丈夫着急,下午上班的时候到了,谢小明还没有回来,一个陌生电话打给她。电话是看守所打来的,通知她谢小明态度蛮横,在派出所拒不认错,被拘留了。

听过陈靖的话,我也一头雾水。我打听了一下,事情到了拘留所,想马上出来不是那么容易。我安慰了陈靖几句,让她放宽心,谢小明就是进了看守所也没什么大不了。陈靖说:"他打了城管。"我安慰她:"我刚才打听过,他没有把那个城管打得伤筋动骨,应该没什么大事。"

"就是没事,你也要帮帮我,把你老同学从拘留所救出来。"陈靖苦苦哀求我。这个时候我只好点头。陈靖走后,妻子问我:"你当真能帮上忙吗?"我说:"我怎么知道?我来县城天天守在店里,认识的人有限,到哪里能找到得力的人去救谢小明?"妻子说:"那你怎么在陈靖面前把头点得像鸡啄米?你不是在糊弄人家吗?"

妻子的话,让我无地自容。可我到哪里去找能帮上忙的人呢?我理解妻子的心,她对谢小明知之甚少,她是目睹了陈靖的焦急后,是女人对女人之间的那份天然的同情。可是,我有什么办法?在这个县城倒是认识几个人,可他们都不是在某个部门官居要职,怎么渡得了谢小明眼下的难关?

那天晚上回家,我破例拿出了白酒,一个人自斟自饮。妻子见我一个人喝酒起先有点莫名其妙。我咧着嘴喝下第二口的时候,她恍然大悟地告诉我:"我猜到了,你给你那位同学找到人了,他明儿个能出来了吧?"我没有理她,我竟然把自己灌得晕晕乎乎,没有洗澡就倒在了沙发上。

一天中午,突然接到谢小明的电话,他让我来他出租屋一趟。我问他有什么事?他说,肯定有事,要当面说。

我很轻易地找到了谢小明的住处。进屋时只见桌子上的卤菜和陈靖烧的几样菜蔬都已经摆在小圆桌上。

我进屋就问谢小明,有事说吧。

谢小明说:"喊你来喝酒,又怕你拉妖作怪的不来,就撒了一个谎。"

喝酒的时候我没好意思问陈靖找我那次,他怎么出来的。谢小明却主动告诉我,现在他每天晚上九点以后去街上拉客。这个时候城管和交警都下班了,街上的人力车很少,生意还不错。

我真的佩服他的钻营能力,谢小明却笑着说:"你不也会钻吗?从乡下钻到县城开了店还买了房子。想当年我在理发的时候,你还天天上山砍柴。"

我的脸都被他说红了,我说我也只不过是瞎猫碰到死老鼠,也就是温饱而已。

这个时候谢小明却话锋一转,说他这辈子也值得,女儿谢丹丹的成绩在县一中每次联考都在前十名左右。眼看高考在即,他在县城蹬人力车的日子也屈指可数。正说着,谢丹丹放学回家,吃过饭陈靖便关上房门,示意我和谢小明说话声音小点儿,谢丹丹开始午睡。

再次接到谢小明的电话,是他在电话里按捺不住喜悦地告诉我,谢丹丹被北京的大学录取,中午请我喝一杯。我一口应承,这么大的喜事,我一定要去喝杯喜酒。

这次是在谢小明出租屋不远的一家饭馆。去了才知道,谢小明今天是为谢丹丹办庆贺酒宴。好几桌亲戚都已入座。我出门时,幸亏妻子塞给我一沓钱,不然还真的尴尬。

我那天也喝了不少,谢小明由于高兴喝得醉眼蒙眬。就在我离开的时候,谢小明拉着我的手,表情恳切地问我:"老同学,想拜托你一件事,不知你愿不愿意办?"

自那次陈靖到我店里托我找人,妻子和我一直耿耿于怀。我们都感到亏欠了谢小明和陈靖什么东西。今天这么高兴的日子,说拜托我为他办一件事,我向他保证,只要我能办到,请放心吧。

吐着酒气的谢小明一本正经地告诉我:"既然我拜托你,相信你肯定能办到。"

谢小明委托我,下午也就是马上就打电话,把住在县城的王刚强夫妇,还有在机关上班和当老师的几个老同学约一下,晚上他来请客。这个对我来说,还真的不是事儿,我来县城一直都跟他们有来往。

回到店里,我一边打电话分享谢小明的喜悦,一边告诉每一个人,晚上务必要到场。

当王刚强夫妇来到店里的时候,我还不知道酒店在哪儿。我就打电话问谢小明,他在那头儿说,酒店由我定。又来了两位同学。我把他们带到我平时熟悉的酒店落座。

同学都到齐的时候,已经是黄昏时分。妻子也早早关了店门,高高兴兴地来了。一桌子同学叽叽喳喳说到天都黑了,谢小明还没有到来。我又打电话,电话响了半响。他这次接电话时,一反常态,吞吞吐吐地告诉我,晚上家里又来了客人,这边他就不来了。

放下电话,妻子问我怎么回事,我把刚才谢小明的话重复了一遍。妻子的脸都灰了。一大桌子同学打趣,说平白无故地揩了我的油。

县城的烟草公司坐落在西南角,白天人来人往,到了晚上就显得偏僻寂寞。人们都爱往公园和体育场去跳广场舞锻炼身体,没有人来这里。其实这里的景色还真让人心怡。除了门口的广场,还有四周环绕的松柏,显得很庄重怡人。

我晚上喜欢来这里散步。

在一个秋天的晚上,烟草公司门口黑灯瞎火。忽然一个人唤我的名字。

起初我以为是幻觉,待停下脚步时,发现一个人站在烟草公司的玻璃门外,上前就着灯光,才发现是谢小明。

我莫名其妙,这么晚了他怎么一个人站在这里?谢小明告诉我他来烟草公司做保安已经一个多月。他带我到他值班的房间,空调和床一应俱全。谢小明说在烟草公司值班两天两夜,就要回家休息一天一夜,人比较舒服,就是工资不高。我问多少?他说一千五百块钱。

谢小明递给我一支"红梅"烟,我不假思索地点着了。我在想,这个烟,就是在农村也很少有人吸。

"女儿考上大学后,去了哪里?"我问。

"去了北京,老婆在大学食堂打杂,我到附近的工地打工。"他说。

后来谢丹丹大学毕业,去了南方发展。他和陈靖也跟了去。谢丹丹在那里待了两年,又想回北方发展。临回北方前,回到小镇给他和陈靖盖了一栋楼房。这样他和陈靖就留了下来。谢丹丹每个月都把他们的生活费打回来,他当保安其实是打发时间。

这之后好几天,我没有去烟草公司那里散步,不知为啥,我挪不开去那里的脚步。秋末的一个阴天,王刚强来店里,他告诉我,谢小明走了。我说:"他不是在当保安吗,又去他女儿那了?"王刚强说:"他死了。"我一惊:"他不是好好的吗?没多久前我还在烟草公司见过他。"王刚强说:"昨天才下葬。"

"怎么死的?"我瞪大了眼睛。

王刚强说:"保安上班不给喝酒。他回家休息时,从早上就开始喝。喝得太多,血压上来,还没到医院人就走了。"

(《当代人》2021 年第 12 期)